MICHAEL HÜBNER

Stigma

GOLDMANN
Lesen erleben

Buch

Dreizehn Jahre sind vergangen, seit Tom Kessler auf einem verlassenen Grundstück die Leiche eines jungen Mädchens fand und in die Gewalt des Täters geriet. Obwohl dieser längst tot ist und Tom sich nicht mehr an die drei Stunden erinnern kann, die er dem Mann hilflos ausgeliefert war, leidet er noch immer unter quälenden Panikattacken. Sie machen ihn zu einem Gefangenen in seinem eigenen Haus, das er nur verlässt, um seine Therapeutin aufzusuchen. Eines Tages steht die Polizei vor Toms Tür. Die Beamten zeigen ihm eine Nachricht, die bei der Leiche eines kleinen Mädchens unweit seines Hauses gefunden wurde. Sie stammt ganz offensichtlich von dem damaligen Täter, einem Mann, der seit dreizehn Jahren tot sein müsste, denn sie enthält Details, die nur er wissen kann. Als Tom die Zeilen liest, bricht er zusammen – und beginnt sich zu erinnern. Zunächst sind es nur Bilder des Kellers, in dem er gefangen gehalten wurde, winzige Bruchstücke, die jedoch Schreckliches andeuten. Dann verschwindet ein weiteres Mädchen, wieder taucht eine Botschaft auf. Tom kann sich das alles nicht erklären, und sein Leben droht völlig aus den Fugen zu geraten. Auf Anraten seiner Ärztin beginnt er schließlich eine Hypnosetherapie, die ihn in seine Kindheit zurückführt. Doch die Erinnerungen an jenen Tag vor dreizehn Jahren sind so grausam, dass die Rückführung außer Kontrolle gerät …

Autor

Michael Hübner, Jahrgang 1968, hat als Keramiker, Logistiker und freiberuflicher Webdesigner gearbeitet, bevor er das Schreiben für sich entdeckte. Seine zweite Leidenschaft gilt der Fotografie und dem digitalen Bearbeiten von Bildern. Er lebt mit seiner Frau und drei Töchtern in der Nähe von Koblenz. »Stigma« ist sein erster Roman. Weitere Thriller sind bei Goldmann in Vorbereitung.

Mehr Informationen zum Autor und seinen Büchern unter:
www.michaelhuebner.de

Michael Hübner

STIGMA

Thriller

GOLDMANN

MIX
Papier aus verantwortungsvollen Quellen
FSC® C014496

Verlagsgruppe Random House FSC-DEU-0100
Das FSC®-zertifizierte Papier *München Super* für dieses Buch
liefert Arctic Paper Mochenwangen GmbH.

2. Auflage
Originalausgabe Mai 2011

Umschlaggestaltung: Uno Werbeagentur München
Umschlagfoto: FinePic®
Redaktion: Marie-Luise Bezzenberger
BH · Herstellung: Str.
Satz: omnisatz GmbH, Berlin
Druck und Bindung: GGP Media GmbH, Pößneck
Printed in Germany
ISBN: 978-3-442-47417-2

www.goldmann-verlag.de

Für meine Mutter,
in liebevoller Erinnerung.

Ich weiß,
du wärst sehr stolz auf mich gewesen.

»Wenn einer keine Angst hat,
hat er keine Fantasie.«

Erich Kästner

Prolog

Es war ein Dienstag, der dreiundzwanzigste Juli, an dem Tom Kesslers Kindheit endete. Er war zu diesem Zeitpunkt dreizehn Jahre alt.

Eigentlich hieß er Thomas, doch solange er zurückdenken konnte, nannten die Leute ihn Tom. Aus Bequemlichkeit, wie er vermutete, obwohl sein Großvater einmal behauptet hatte, diese Kurzform würde besser zu der Leichtfüßigkeit passen, mit der er der Welt entgegentrat. Vielleicht lag es auch daran, dass er für sein Alter schon ziemlich erwachsen wirkte. Seine Körpergröße, mit der er Gleichaltrige um gut einen Kopf überragte, und ein früh einsetzender Bartwuchs ließen ihn schon in diesem Alter wie einen jungen Mann aussehen. Zudem verlieh ihm sein dunkelbraunes Haar, das ihm stets ein wenig zerzaust in die Stirn hing, eine gewisse Verwegenheit, die seine Mitschülerinnen bereits zu dem einen oder anderen bewundernden Blick verleitet hatte.

Bis zu jenem Tag, an dem Gewalt und Wahnsinn so unverhofft in sein Leben einschlugen, war Tom ein glücklicher Junge gewesen. Er lebte mit seinen Eltern und seiner zwei Jahre jüngeren Schwester Sandra in einer kleinen Hochhaussiedlung am Rand von Wiesbaden. Tom war ein guter Schüler und sehr beliebt. Neben seinen Freunden nahm seine Leidenschaft für Bücher den größten Teil seiner Freizeit in Anspruch, und bereits als Kind war seine Vorstellungskraft ausgereift genug, um erste Kurzgeschichten zu verfassen. Außerdem war er ein begeisterter Fußballspieler, liebte Schach und schwärmte für alte Hollywoodfilme.

Es gab viele Dinge, die ihm wichtig waren. Doch nichts von alldem konnte ihn auf das vorbereiten, was an diesem Sommertag geschehen sollte, als zwei kräftige Männerhände ihn in diesen Keller zerrten, hinein in eine Welt, die er bis dahin nur aus Büchern kannte. Hände, die nach Zigaretten und feuchter Erde gerochen hatten, nach Verwesung und Tod. Hände, die so unvorstellbare Grausamkeiten verübt hatten. Werkzeuge des Bösen.

Noch nie hatte er eine Leiche gesehen. Gelesen hatte er oft davon. Aber es waren nur Worte gewesen, erfundene Geschichten, die sich so schnell wieder verflüchtigten wie ein Alptraum, aus dem man erwachte und in dem man nichts Reales entdecken konnte. Nichts jedenfalls, was einen auf Dauer ängstigte oder verfolgte oder den Glauben an eine gute Welt zerstörte.

Tom liebte Geschichten. Oft hatte er seinem Vater zugehört, wenn der abends beim Essen von seiner Arbeit als Polizist erzählte, von Verkehrsdelikten, Einbrüchen und Verhaftungen. Es faszinierte ihn, in eine Welt einzutauchen, die außerhalb der fiktiven Bücher lag. Denn es war der unwiderstehliche Reiz des Wirklichen, der ihn anzog und der sich in seinen Geschichten niederschlug. Aber diese Wirklichkeit war es auch, die ihn zum ersten Mal erkennen ließ, dass manche Ereignisse einen Menschen verändern konnten.

Tom merkte sofort, dass etwas nicht stimmte, als sein Vater am Tag vor dem Ferienbeginn früher nach Hause kam. Frank Kessler saß stumm auf seinem Stuhl in der Küche und starrte die ganze Zeit über verloren vor sich hin, als suche er in seinem Inneren verzweifelt nach etwas, das ihn befreien und ihm seinen Glauben an das Gute in der Welt zurückgeben konnte. Erst gegen Abend war sein Vater bereit, darüber zu reden, was ihn bedrückte. Noch immer tat er sich sehr schwer damit, musste hin und wieder Pausen einlegen. Wenn es um den Tod eines Menschen ging, war es eben nicht leicht, die richtigen Worte zu finden. Doch Tom vermutete, dass es für seinen Vater wichtig war, darüber zu sprechen, genauso wie es für ihn wichtig war, seine Geschichten zu erzählen. Eine Art Ventil, mit dessen Hilfe er angestauten Druck ablassen konnte, indem er ihn mit anderen teilte. Also hörte Tom aufmerksam zu, als sein Vater von dem Unfall auf der Autobahn berichtete. Von den ineinander verkeilten Autos und den Schreien der Insassen. Davon, wie sein Kollege versucht hatte, die Unfallstelle zu sichern, und dabei von einem heranrasenden Auto erfasst und in zwei Stücke gerissen worden war. Und er sah die Tränen in den Augen seines Vaters, während er davon erzählte.

An diesem Abend fiel das Essen aus, und die Familie ging früh zu Bett. Doch Tom lag noch lange wach und grübelte. Die Bilder in seinem Kopf ließen ihn nicht los. Nie zuvor hatte er seinen Vater weinen sehen. Diesen groß gewachsenen Mann, der allein durch seine Anwesenheit Autorität ausstrahlte. Und er begriff, dass nicht alles im Leben nach einem festen Raster verlief, sondern dass Ereignisse eintreten konnten, die einen Menschen nachhaltig beeinflussten und die ihre Spuren hinterließen. Er verstand auch, dass es Zeit brauchte, um mit diesen Dingen fertigzuwerden. Mit Dingen wie Tod und Verzweiflung. Dingen, denen man hilflos ausgeliefert war.

Damals war ihm nicht annähernd bewusst, wie sehr und wie nachhaltig ihn das schon bald selbst betreffen sollte.

Es war bereits früher Nachmittag, als er an diesem dreiundzwanzigsten Juli über den Lamellenzaun auf das abgelegene Grundstück kletterte. Die drückende Hitze dieses Sommers stellte sich ihm entgegen wie eine physische Barriere, die ihn an seinem Vorhaben hindern wollte. Nur wenige Meter entfernt standen seine Freunde und feuerten ihn an, bewunderten seinen Mut und seine Entschlossenheit.

Es sollte das letzte Mal sein, dass Tom sie sah.

Er hörte ihre Rufe noch, als er die frische Grube mit ihrem schrecklichen Inhalt in dem Garten entdeckte und sich kurz darauf die Hände des Mannes auf seinen Mund und um seinen Nacken legten.

Von da an schien die Zeit für ihn stillzustehen.

Vierzig Minuten dauerte es, bis Toms Freunde die Suche nach ihm aufgaben und seine Eltern verständigten. Weitere zwanzig Minuten, bis sein Vater in Begleitung zweier Kollegen vergeblich an der Tür des Hauses klingelte. Eine knappe halbe Stunde brauchte man, um die Adresse mit zwei Anzeigen und einer Suchmeldung in Verbindung zu bringen, und weitere eineinhalb Stunden für den richterlichen Durchsuchungsbefehl. Erst nach etwas mehr als drei Stunden drang die Polizei in das Haus ein. Drei qualvoll lange Stunden, die Tom im Keller des Mannes verbrachte, der sich selbst als »der Wächter« bezeichnete. Drei Stunden in Gegenwart des vollkommenen und menschenverachtenden Wahnsinns.

Was genau sich in dieser Zeit zugetragen hatte, konnte die Polizei nur anhand von Indizien rekonstruieren. Doch diese gaben nicht annähernd das wieder, was Tom tatsächlich durchlebt hatte. Mehrere Gegenstände wurden sichergestellt und den zahlreichen Verletzungen und Misshandlungsspuren an Toms Körper zugeordnet. Des Weiteren fand man vier Leichen auf dem Grundstück, Kinder im Alter zwischen vier und zehn Jahren, die zum Teil schon seit Monaten als vermisst gemeldet waren.

Tom selbst war nicht in der Lage gewesen, sich zu den Vorfällen zu äußern. Das Letzte, was er bei halbwegs klarem Verstand wahrgenommen hatte, war das Gefühl von warmem Sommerregen auf seiner Haut gewesen und ein gurgelndes, abscheuliches Lachen. Danach hatte sein Bewusstsein abgeschaltet wie ein überlasteter Stromkreis, und er war in tiefe, schützende Finsternis versunken. Er wurde sofort in ein nahe gelegenes Krankenhaus gebracht und umfassend medizinisch versorgt. Doch es gab Verletzungen, die man nicht einfach schienen oder verbinden konnte. Wunden, die weit tiefer in ihn eingedrungen waren als nur in sein Fleisch. Und er würde Zeit brauchen, bis diese Wunden sich schließen konnten. Sehr viel Zeit.

Es sollten Jahre vergehen, bis sie endlich zu heilen begannen.

TEIL EINS

Zeit der Dunkelheit

Dreizehn Jahre später

Montag, 15. Mai

Fast völlig entmutigt saß er am Schreibtisch seines Arbeitszimmers und starrte den blinkenden Cursor auf dem ansonsten leeren Bildschirm an. Seit geschlagenen vier Stunden tat er das. Und er hatte in dieser Zeit nicht einen vernünftigen Satz getippt. Es gab Tage, an denen er das Schreiben hasste, an denen ihm diese Gabe wie ein Fluch erschien. Heute war so ein Tag. Es gelang ihm einfach nicht, sich in seine Geschichte zu vertiefen, sich in seine eigens geschaffenen Charaktere hineinzuversetzen. Eigentlich war dies ein natürlicher Vorgang beim Schreiben, der ihm bei seinem ersten Buch vor vier Jahren wie von selbst von der Hand gegangen war.

Schatten der Seele hatte sich fünfzehn Monate in den Bestsellerlisten gehalten. Drei weitere Romane hatte er seitdem veröffentlicht, alle mit demselben Erfolg. Er konnte also getrost davon ausgehen, dass er sein Handwerk beherrschte. Und dennoch mehrten sich die Tage, an denen er eine völlige innere Leere verspürte. Ein tiefes schwarzes Loch, in dem er schwerelos zu schweben schien und das ihm jegliche Konzentration entzog. Dabei war ihm das Schreiben nie schwergefallen. Es war vielmehr ein eigenständiger Prozess, der ohne sein Zutun ablief. Beinahe so, als wäre da eine innere Stimme, die ihm diktierte, was er schreiben sollte. Und manchmal kam es ihm so vor, als ob diese Stimme tatsächlich existierte, als ob sie direkt aus seinem Kopf zu ihm sprach. Das Beunruhigende daran war, dass diese Stimme nicht wie seine eigene klang, ihm aber dennoch vertraut vorkam. Und noch viel beunruhigender war es, gelegentlich auch andere Stimmen zu hören, die sich dazugesellten. Dr. Westphal, seine Therapeutin, bei der er seit Jahren in Behandlung war, hatte sie als »Suggestivstimmen« bezeichnet. Als »Boten seiner Seele«. Und das Schreiben sei so etwas wie eine Therapie, ein »Ventil« für unverarbeitete Erlebnisse.

Übersetzt klang das für ihn so, als hätte er nicht alle Tassen im Schrank. Doch seine Ärztin meinte, dieses Verhalten sei eine ganz natürliche Reaktion auf die traumatischen Erlebnisse in seiner Kindheit, die zwar noch immer in seinem Unterbewusstsein verankert waren, auf die er jedoch keinen Zugriff mehr hatte. Auch die Gedächtnislücken und die gelegentlichen Panikattacken führte sie darauf zurück. Er müsse sich seiner Vergangenheit stellen und seine Dämonen besiegen, hatte sie gesagt, sie ein für alle Mal auslöschen.

Sich der Vergangenheit stellen.

Zum Teufel, das würde er ja gern tun, wenn er sich verdammt noch mal an sie erinnern könnte!

»Tom!«, tönte es schwach von unten durch die geschlossene Tür seines Arbeitszimmers. »Das Essen wird kalt, kommst du bitte? Es gibt Gemüseauflauf.«

»Komme sofort!«, rief er zurück und konnte gerade noch etwas durch den Flur hallen hören, das sich anhörte wie »Das sagst du immer!«. Normalerweise kam er selten in den Genuss, sein Mittagessen warm zu sich zu nehmen, zumindest wenn er in seine Arbeit vertieft war. Heute jedoch war er mehr als dankbar für diese Unterbrechung. Entweder hatte sein Unterbewusstsein die Schreibtherapie für beendet erklärt, oder sein »Ventil« war verstopft.

Er knipste den Monitor aus und zog die Jalousie vor dem Fenster hoch, die ihn vor den blendenden Sonnenstrahlen schützte. Und er fragte sich, ob ein leerer Bildschirm es tatsächlich rechtfertigte, einen so herrlichen Frühlingstag auszusperren, der ihm einen nahezu ungehinderten Blick auf den angrenzenden See und die umliegenden Wälder ermöglichte, deren Grün zu dieser Jahreszeit besonders zu leuchten schien.

Nur schwer löste er sich von diesem idyllischen Anblick und öffnete die Tür seines Arbeitszimmers. Unter dem gequälten Knarren der Dielen schritt er den Flur entlang, vorbei an Schlaf- und Kinderzimmer. Dabei beschloss er, nach dem Essen ein wenig im Garten zu arbeiten. Karin hatte am Morgen die bestellten Stauden in der Gärtnerei abgeholt. Wenn das Wetter es zuließ, und danach sah es aus, würde er sie am Nachmittag einpflanzen. Vielleicht brachte ihn das auf andere Gedanken, und hoffentlich auf einen rettenden Einfall.

Er stieg die geschwungene Holztreppe ins Erdgeschoss hinab, wo es bereits köstlich nach Essen roch. Karins erstaunter Gesichtsausdruck entging ihm nicht, als er die geräumige Landhausküche betrat und sich an den Tisch setzte, an dem bereits ihr dreijähriger Sohn Mark saß und sich emsig die eigens für ihn angerichteten Pommes frites in den Mund stopfte.

»So schnell?«, sagte sie erstaunt und stellte eine Schüssel mit Blattsalat in die Mitte des Tisches. »Lass mich raten: Du kommst nicht weiter, richtig?«

»Es ist wie verhext«, bestätigte er niedergeschlagen. »Seit Wochen sitze ich da und starre diesen verdammten Bildschirm an. Und mir fällt einfach keine brauchbare Strategie ein, wie ich das ändern könnte. Ich fühle mich vollkommen ausgebrannt.«

»Kein Wunder«, meinte Karin gelassen. »Du schläfst in

letzter Zeit auch ziemlich unruhig. Manchmal redest du sogar im Schlaf.«

»Ach ja, worüber denn?«

»Über deine rassige achtzehnjährige Geliebte, die du jeden Samstag im Hotel triffst, und über deine Pläne, mich zu verlassen.«

Entgeistert starrte Tom seine Frau an, doch sie lachte nur und küsste ihn sanft auf die Wange. Dabei streifte ihn eine Strähne ihres blonden Haares, das wunderbar nach Früchten duftete.

»Keine Bange, ich konnte kein Wort von dem verstehen, was du in dein Kissen gemurmelt hast. Dazu war ich selbst viel zu erledigt.«

»Na wenigstens kommt einer von uns beiden zur Ruhe.«

»Ja, und wenn du damit aufhören würdest, mitten in der Nacht im Haus herumzugeistern, könnte ich vielleicht sogar durchschlafen«, gab sie schnippisch zurück.

Tom wandte sich Mark zu, der mit einem Pommes einen Klumpen Mayonnaise mit Ketchup zu einer weiß-roten Soße zusammenmanschte. »Na, Champion«, sagte er, während er ihm das dunkelblonde Haar strubbelte, das genauso störrisch war wie sein eigenes. »Wie war's im Kindergarten?«

»Wie immer«, antwortete sein Sohn mit vollem Mund.

Das sollte wohl heißen: *»Nicht besonders aufregend.«*

Sein Blick glitt wieder zu Karin hinüber. »Du sagst, ich bin letzte Nacht im Haus herumgelaufen? Daran kann ich mich gar nicht erinnern.«

»Wirst du jetzt auch noch zum Schlafwandler? Vielleicht sollte ich dich nachts an die Leine legen.«

»Na ja«, bemerkte er grinsend, »wahrscheinlich hab ich mir gedacht, wenn sie mir nicht zuhört, geh ich eben woandershin.«

Sie lachte, so dass das kleine Muttermal kurz über ihrem rechten Mundwinkel auf und ab hüpfte. Doch gleich darauf wurde sie ernst. »Bedrückt dich irgendetwas?«

Er schüttelte den Kopf. »Nein.« *Bis auf die Tatsache, dass ich gelegentlich Todesängste ausstehe und keine Ahnung habe, weshalb.* »Jedenfalls nichts, was mir bewusst wäre.« Seine Augen verengten sich und wurden starr. »Diese ganze Geschichte von damals ... Es ist wie ausgelöscht. Meine Kindheit, meine Jugend ... Ich kann mich kaum noch daran erinnern, einmal jung gewesen zu sein.«

»Vielleicht solltest du mal mit Dr. Westphal darüber reden. Glaubst du, das könnte etwas mit deinen Panikanfällen zu tun haben?«

»Möglich ist alles, wenn es um die menschliche Psyche geht. Das behauptet sie zumindest. *Die Seele vergisst niemals*, das ist einer von ihren Standardsätzen. Wenn ich nur wüsste, was diese Anfälle auslöst.«

»Ihr werdet schon noch dahinterkommen. Sie ist eine gute Ärztin.«

»Ich weiß«, stimmte er ihr zu. »Ich habe ja nicht ohne Grund über sie für mein erstes Buch recherchiert.«

Schatten der Seele, rief er sich den Titel ins Gedächtnis. Möglicherweise hatte er sich einfach zu lange mit dieser Materie beschäftigt, und nun holten ihn seine eigenen Fantasien ein.

»Vielleicht brauchst du nur mal Urlaub«, bemerkte Karin und begann den Auflauf zu verteilen. »Seit über vier Monaten schreibst du ununterbrochen an deinem neuen Buch. Du müsstest vielleicht nur mal abschalten und auf andere Gedanken kommen.«

Karin schloss die Klappe des Backofens und war gerade im Begriff, sich zu ihnen an den Tisch zu setzen, als es an der Tür klingelte.

»Wer kann denn das sein, um die Mittagszeit?«, knurrte Tom.

»Ach, das ist bestimmt das Kleid, das ich mir bestellt habe. Du weißt schon, für Samstag.«

Tom sah sie verständnislos an.

»Samstag?«, wiederholte sie fragend. »Der zwanzigste Mai ...« Entschieden fügte sie hinzu: »Mein *Geburtstag*!«

Toms Augen weiteten sich. »Dein Geburtstag ... natürlich!« Er spielte verlegen mit dem Besteck. Über seinen verzweifelten Bemühungen, ein paar brauchbare Sätze zu Papier zu bringen, hatte er tatsächlich die Feier zu ihrem sechsundzwanzigsten Geburtstag vergessen. Vielleicht hatte er dieses Ereignis auch schlicht verdrängt, denn er war kein großer Anhänger solcher Feierlichkeiten. Zu viele Menschen in einem Raum machten ihn nervös, zumal die meisten davon für ihn Fremde waren, zu denen er kaum einen Bezugspunkt hatte. Karin war Elternsprecherin der Kindergartengruppe und half, Feste, Wanderungen und Ausflüge zu organisieren. Außerdem saß sie im Vorstand des Arbeiterwohlfahrtsvereins, der Freizeitaktivitäten für Senioren ausrichtete. All das machte ihren Freundeskreis für Tom sehr unübersichtlich, da er selbst so gut wie nie das Haus verließ. Lediglich einer einzigen Person hatte er es zu verdanken, dass seine Angst vor fremden Menschen ihn nicht zum sozialen Eremiten verkümmern ließ.

»Ich habe übrigens auch Fanta eingeladen«, rief Karin durch den Flur, während sie zur Haustür ging.

Stefan Tauber, sein kritischster Leser und bester Freund, den vermutlich alle außer Tom mit dem Kürzel »Fanta« ansprachen, das sich aus den letzten drei Buchstaben seines Vor- und den beiden ersten seines Nachnamens zusammensetzte. Tom dagegen fand diesen Spitznamen reichlich unpassend für einen Mann, der alles andere als ein frenetischer Anhänger schaler Brauselimonade war. Würden die Leute ihn »Hefe« nennen, so hätte Tom sich eher damit anfreunden können. Allerdings lag Stefans modisches Erscheinungsbild weit jenseits jeden konventionellen Geschmacks und machte ihn, gepaart mit seiner äußerst direkten Art, in Toms Augen zum wohl ausgeflipptesten Typen auf diesem Planeten. Weshalb das Kürzel zumindest in dieser Hinsicht seine Berechtigung hatte.

Durch den Flur hörte Tom, wie Karin die Tür öffnete. Kurz darauf vernahm er eine fremde Männerstimme, konnte aber keine Einzelheiten verstehen. Es dauerte nicht lange, bis Karin in die Küche zurückkehrte und ihn unsicher ansah.

»Was ist denn?«, fragte er. »Haben sie das falsche Kleid geliefert?«

»Mark, Schätzchen.« Karin hob ihren Sohn von seinem Kinderstuhl. »Bitte geh in dein Zimmer, ja?«

»Aber Mama«, protestierte der Kleine. »Ich will doch noch Nachtisch.«

»Den gibt es heute ausnahmsweise mal später.«

»Was ist denn los?«, wiederholte Tom hörbar besorgt, nachdem Mark den Raum verlassen hatte.

»Es ist die Kriminalpolizei«, berichtete Karin erschrocken. »Sie sagen, es geht um einen Mord.«

»Sind Sie Tom Kessler?«, erkundigte sich einer der beiden Männer, als Tom die Tür erreichte.

»Thomas Kessler – ja, der bin ich«, antwortete er verstört.

»Dürfen wir hereinkommen?«

»Um was genau geht es denn bitte?«

»Das würden wir Ihnen gerne drinnen erklären, wenn es Ihnen nichts ausmacht.«

»Nein, natürlich nicht«, sagte Tom zögernd und führte die Polizisten durch den Flur in das große Wohnzimmer, an das ein kleiner Wintergarten angrenzte. »Bitte setzen Sie sich.« Er deutete auf die dreiteilige Sitzgruppe, deren Mittelpunkt ein massiver Tisch aus Kiefernholz bildete. Tom und Karin nahmen den beiden gegenüber Platz. Der schmächtigere der Männer stellte sich als Kommissar Michael Dorn von der Kripo Koblenz vor. Er mochte Mitte dreißig sein, hatte dunkles, leicht gelocktes Haar und war leger in Jeans gekleidet. In der Hand hielt er eine blaue Aktenmappe.

Tom fiel auf, dass er sehr schlanke und gepflegte Finger hatte. Es war ihm fast schon zu einer zwanghaften Gewohnheit geworden, den Leuten zuerst auf die Hände zu schauen. Der andere Mann sah etwas jünger und förmlicher aus; brauner Anzug, aber keine Krawatte. Seine Hände waren kräftiger.

»Das ist mein Kollege Markus Bender.« Dorn nickte kurz zu dem Mann im braunen Anzug hinüber, während er gleichzeitig das Interieur des Hauses betrachtete.

Küche und Wohnraum bildeten fast eine Einheit und waren nur durch eine kleine Theke und einen im Rundbogen gemauerten Zugang voneinander getrennt. Die Möbel waren rustikal im Landhausstil gehalten, jedoch nicht im Mindesten wuchtig oder altmodisch. Ein frischer Orangeton strahlte von den Wänden, die um den geschlossenen Kamin herum mit Bruchsteinen verkleidet waren. Rötliche Vorhänge umrahmten die Fenster und die breiten Glastüren, hinter denen sich ein großzügiger Garten erstreckte. Alles wirkte sehr warm und durchdacht, aber keineswegs protzig.

»Schön haben Sie es hier«, bemerkte Bender beeindruckt. »Und mit streitlustigen Nachbarn haben Sie hier draußen sicher auch keine Probleme, nicht wahr?«

»Nein«, erwiderte Tom. »Ich bin kein besonders geselliger Mensch und brauche die Abgeschiedenheit, wenn ich schreibe. Das Haus und das Grundstück gehörten meinen Großeltern. Leider sind sie vor ein paar Jahren gestorben.«

»Das tut uns leid.«

»Schon gut, Herr Kommissar. Was ist denn nun der Grund Ihres Besuchs?«, drängte Tom, der kein Freund von Floskeln war.

»Nun, wie wir Ihrer Frau bereits erklärt haben«, sagte Dorn, »ermitteln wir momentan in einem Mordfall, der uns einige Rätsel aufgibt.«

»Ich hoffe doch, es betrifft niemanden, den wir kennen?«, fragte Karin besorgt.

»Nein, ich denke, das können wir ausschließen. Trotzdem haben wir die begründete Hoffnung, dass Ihr Mann uns helfen kann, etwas Licht in diese Angelegenheit zu bringen.«

Tom blickte kurz zu Karin hinüber. Dann sah er die beiden Männer unschlüssig an. »Nun, ich werde natürlich tun, was in meiner Macht steht«, versicherte er bestürzt. »Was genau ist denn passiert?«

Dorn räusperte sich kurz. Fast hatte es den Anschein, als wolle er nur zögernd mit den Einzelheiten herausrücken. »Gestern Nachmittag wurde neben dem baufälligen Gebäude in der Nähe des hier angrenzenden Hotels die Leiche eines fünfjährigen Mädchens gefunden«, begann er. »Sie war in einer offenen Grube deponiert und wies Spuren zahlreicher Misshandlungen auf. Die genauen Einzelheiten wollen wir Ihnen ersparen.«

»Mein Gott!« Entsetzt schlug Karin die Hände vor den Mund.

»Das Mädchen konnte mittlerweile identifiziert werden«, fuhr Dorn fort. »Ihr Name ist Franziska Kern, und wie sich herausstellte, war sie seit etwa acht Tagen als vermisst gemeldet. Allerdings stammt das Opfer nicht von hier, sondern aus der Nähe von Wiesbaden. Bei den Kollegen dort wurde auch die Vermisstenanzeige erstattet. Bis jetzt haben wir nur wenige Anhaltspunkte, wie das Mädchen hierhergekommen ist und was den eigentlichen Todeszeitpunkt betrifft, denn unser Gerichtsmediziner hat festgestellt, dass der Leichnam über längere Zeit gekühlt worden ist.«

Aus Toms Gesicht schien jegliche Farbe gewichen zu sein. Beinahe apathisch sah er die Beamten an. »Sie … Sie sagen, das Mädchen wurde in einer Grube gefunden?« Es war, als höre er sich selbst aus weiter Ferne sprechen. Er kam sich vor wie in einem bösen, immer wiederkehrenden Traum, aus dem er jeden Moment zu erwachen hoffte.

»Das ist richtig. Der Aushub war frisch, die Erde war zum Teil noch nicht getrocknet. Alles deutet darauf hin, dass der Täter beim Vergraben der Leiche überrascht worden ist.«

Tom sackte nach vorn, fing sich jedoch schnell wieder und ließ sich nach hinten in die Polster sinken. Seine Hände verkrampften sich. »Ich … ich glaube, ich brauche ein Glas Wasser«, stammelte er. Sein Puls raste, und er spürte, wie er am ganzen Leib zu zittern begann.

Ganz ruhig, Junge, hallte die altbekannte Stimme wieder durch seinen Kopf, während der Raum um ihn herum immer enger wurde. *Das ist nur wieder einer von deinen üblichen Anfällen. Gleich geht es dir besser.*

»Hier, Tom, trink.« Karin reichte ihm das Wasser, und er trank das Glas gierig in einem Zug leer. Er hatte gar nicht mitbekommen, wie sie den Raum verlassen hatte, um es ihm zu holen.

»Alles in Ordnung?«, erkundigte sich Dorn.

»Bitte entschuldigen Sie«, sagte Tom mit noch immer zittriger Stimme, während er versuchte, die Panikattacke, so gut es ging, zu überspielen, »aber ich bin etwas anfällig, wenn es um solche Nachrichten geht. Wir haben selbst einen kleinen Sohn, und es ist ziemlich beängstigend, wenn so etwas Entsetzliches hier in unmittelbarer Nähe passiert.«

»Ehrlich gesagt wundert es uns, dass Sie noch nicht davon erfahren haben. Es stand heute Morgen bereits in allen Zeitungen.«

»Ich lese keine Zeitungen, Herr Kommissar, ich beziehe meine Informationen ausschließlich aus Büchern. So gelingt es mir, Abstand zu solchen Dingen zu bewahren.«

»Aber sind es denn nicht genau diese Dinge, über die Sie schreiben?«, wollte Bender erstaunt wissen.

»Das stimmt. Aber das sind nur erfundene Geschichten, kombiniert mit ein wenig Recherche über Polizeiarbeit und etwas Grundwissen in Psychologie. Nichts, was der Realität entspringt. Das macht es …«

»Distanzierter«, vervollständigte Bender den Satz.

»Ja.«

»Verstehe«, meinte der Polizeibeamte. »Die Realität ist etwas anderes, als nur darüber zu schreiben, nicht wahr?«

»Das muss ich leider zugeben. Meine Romanfiguren sind diesbezüglich etwas abgebrühter.« Er versuchte sich an einem Lächeln, was ihm jedoch nicht darüber hinweghalf, wie sehr ihn die Routine erschreckte, mit der die beiden Beamten solche Nachrichten überbrachten. Für sie schien dergleichen Alltag zu sein, so wie ein Kurzschluss für einen Elektriker. Nur eine weitere Akte, die ihnen Arbeit verschaffte.

»Ich hoffe, wir haben Sie nicht zu sehr schockiert«, sagte Dorn, als könne er Toms Gedanken lesen. »Oder sollen wir die Befragung lieber später fortsetzen?«

»Es geht schon wieder«, beteuerte Tom und setzte sich auf. »Sie sagen, das Mädchen stammt aus Wiesbaden?«

»Aus der näheren Umgebung«, bestätigte Kommissar Dorn. »Soweit wir wissen, haben auch Sie einmal dort gelebt, nicht wahr?«

Normalerweise hätte es Tom beunruhigen sollen, dass zwei Kriminalpolizisten sich mit Details aus seiner Vergangenheit beschäftigten. Doch eine solche Information hätte jeder auf seiner offiziellen Internetseite abrufen können.

»Meine Schwester und ich sind dort aufgewachsen«, entgegnete er. »Das liegt aber schon viele Jahre zurück. Meine Familie ist hierhergezogen, nachdem ...« Er stockte. »Nun, es gab in Wiesbaden einfach nichts mehr, was uns hielt. Ich kenne dort niemanden mehr.« *Und ich kann mich auch an niemanden mehr erinnern, den ich dort einmal gekannt habe.* Nervös spielte er mit dem leeren Glas in seiner Hand. »Und Sie haben keine Ahnung, wie das Mädchen hierhergekommen ist?«

»Nein. Unseren Erkenntnissen nach hat die Familie hier weder Verwandte noch Freunde.«

»Demnach haben Sie also auch noch keinen konkreten Verdacht, was den Täter betrifft?«

»Leider nein. Alles, was wir bis jetzt haben, ist die Leiche und ein Haufen offener Fragen.«

Tom betrachtete die beiden Männer verwundert. »Also, dann würde mich wirklich interessieren, wie Sie darauf kommen, dass ich Ihnen helfen könnte?«

Der Kommissar legte eine kurze Pause ein, während er Tom eingehend musterte. »Weil wir bei der Leiche etwas gefunden haben, das Ihren Namen eindeutig mit dieser Sache in Verbindung bringt, Herr Kessler.«

Toms Gesichtsfarbe glich nun der von feinem Zementstaub. »Wie ... wie meinen Sie das?«

»Darauf kommen wir gleich zu sprechen«, wehrte der

Kommissar ab. »Zunächst einmal wüssten wir gerne, ob es in jüngster Zeit irgendwelche Vorfälle gegeben hat, die Sie beunruhigt haben.«

»Vorfälle?«, wiederholte Tom aufgebracht. »Sie meinen, außer den Panikattacken, den schlaflosen Nächten und der Schreibblockade, mit der ich mich gerade herumschlage? Oder meinen Sie etwa den Schreck, den man bekommt, wenn zwei Polizisten vor der Tür stehen und einen unversehens mit einem Mordfall in Verbindung bringen?«

»Nein, nein, verstehen Sie mich bitte nicht falsch«, beschwichtigte der Beamte. »Ich meine, jemanden, mit dem Sie vor kurzem Streit hatten oder der Sie bedroht hat. Ein anderer Schriftsteller vielleicht, der Ihnen den Erfolg missgönnt, oder ein fanatischer Fan, der auf sich aufmerksam machen will?«

»Nein, nichts dergleichen.« Toms Stimme klang jetzt beinahe wie die eines wütenden Kindes.

»Gibt es sonst irgendjemanden, dem Sie ein solches Verbrechen zutrauen würden, um Ihnen zu schaden?«

Empört sah Tom den Kommissar an. »Nein, um Gottes willen, ich kenne niemanden, der zu so etwas Schrecklichem in der Lage wäre. Mein Bekanntenkreis besteht in der Regel nicht aus pädophilen Wahnsinnigen.« Er schnaufte wütend. »Was sollen eigentlich all diese Fragen? Könnten Sie mir jetzt bitte erklären, was das alles zu bedeuten hat?«

Dorn warf seinem Kollegen einen ernsten Blick zu. »Herr Kessler, vielleicht sollten wir erst einmal mit Ihrer Frau sprechen«, meinte er zögernd. »Ehrlich gesagt bin ich mir nicht sicher, ob …«

»Es geht mir gut, keine Sorge«, unterbrach ihn Tom.

»Hören Sie, ich will ehrlich zu Ihnen sein.« Der Kommissar beugte sich zu ihm vor. »Der Grund, weshalb wir hier sind, ist, dass wir Nachforschungen über Sie angestellt haben. Aus Ihrer Polizeiakte wissen wir von den schrecklichen Dingen, die Ihnen in Ihrer Kindheit zugestoßen sind. Und glauben Sie mir, wenn ich Ihnen versichere, dass sich selbst den erfahrensten Kollegen der Magen umgedreht hat, als sie den Bericht gelesen und die Fotos von den Leichen gesehen haben.«

»Und was hat das alles hiermit zu tun?«, wollte Karin wissen, und Dorn sah die Beklommenheit in ihren Augen.

»Nun«, sagte er und atmete tief durch. »Wir haben den begründeten Verdacht, dass der Mord an dem Mädchen in direktem Zusammenhang mit den Ereignissen von damals steht, auch wenn wir uns das im Moment nicht recht erklären können.«

»Das kann nicht Ihr Ernst sein«, entfuhr es Karin. Schützend griff sie nach Toms Hand. »Sie meinen doch sicher, es gibt da gewisse Ähnlichkeiten.«

»Nein.« Der Kommissar öffnete die Mappe in seiner Hand. Er zog zwei Fotos daraus hervor und legte sie nebeneinander auf den Tisch. Auf den ersten Blick schienen beide identisch zu sein. »Ich meine, dass die Grube, in der wir das Mädchen gefunden haben, der von damals in Form und Ausmaß genau gleicht.« Er deutete auf das rechte der beiden Fotos. »Die Leiche des Mädchens weist genau die gleichen Misshandlungsspuren und Merkmale auf wie der Leichnam vor dreizehn Jahren. Die Position, in der sie gefunden wurde, ist ebenfalls identisch. Das Alter, die Haarfarbe ... sogar die Kleidungsstücke des Opfers stimmen bis ins Detail überein. Ich spreche von einer exakten Kopie des Fundortes, den Ihr Mann als Kind im Garten dieses Grundstücks entdeckt hat.«

Toms Atem war zu einem schnellen Keuchen geworden, und sein Herz raste so schnell, dass er glaubte, das Blut in seinen Augen pulsieren zu sehen, die starr auf die beiden Fotos gerichtet waren. »Aber … aber das ist unmöglich«, keuchte er und kämpfte verzweifelt gegen eine erneute Panikattacke an. »Was Sie da behaupten, kann nicht sein.«

»Glauben Sie uns, wir waren nicht minder überrascht, als wir die Fotos von damals gesehen haben.«

»Was haben Sie dort noch gefunden?« Tom hatte jetzt Mühe, sich verständlich auszudrücken. Seine Stimmbänder waren wie gelähmt. Er umklammerte Karins Hand so fest, dass sie vor Schmerz das Gesicht verzog. »Sie haben gesagt, da wäre noch etwas. Etwas, das mich damit in Verbindung bringt.«

Dorn sah ihm eindringlich in die angsterfüllten Augen. »Ehrlich gesagt glaube ich nicht, dass Sie momentan in der Verfassung sind, das zu verarbeiten.« Er wandte sich an Karin. »Vielleicht sollten wir das Weitere im Beisein eines Arztes besprechen. Ich möchte nicht dafür verantwortlich sein, dass Ihr Mann einen Rückfall erleidet oder ernste psychische Komplikationen auftreten.«

»Ich sitze hier vor Ihnen!«, schrie Tom außer sich. »Also reden Sie nicht über mich, als wäre ich nicht in diesem Zimmer. Ich will jetzt wissen, was Sie dort gefunden haben!«

»Tom, beruhige dich!« Karin fasste seine Hand fester. »Der Kommissar hat recht. Ich finde diese ganze Unterhaltung schon beängstigend genug, ich möchte mir nicht auch noch Sorgen um dich machen müssen.«

»Sie sollten auf Ihre Frau hören«, meinte Dorn. »Ich bezweifle, dass es gut für Sie wäre, wenn wir das Ganze hier fortsetzen. Ich hatte von Anfang an Bedenken, was dieses Gespräch betrifft. Aber mein Chef ist der Meinung, wir sollten Sie warnen, bevor die Presse von den Einzelheiten Wind bekommt. Und natürlich hatten wir auch gehofft, Sie könnten uns erklären, was wir dort vorgefunden haben. Aber ich halte es für unverantwortlich, Ihnen das zuzumuten. Wahrscheinlich haben wir schon zu viele alte Wunden wieder aufgerissen. Wir sollten es vorerst dabei belassen.«

Tom, der sich mittlerweile wieder gefasst hatte, sah zu, wie die beiden Beamten sich erhoben, und stellte das leere Glas auf dem Tisch ab, das er die ganze Zeit wie einen rettenden Anker umklammert hatte. »Können Sie sich an Ihre Jugend erinnern, Herr Kommissar?«, fragte er unvermittelt, und seine Stimme klang fester, als er es erwartet hätte. »Ich meine, an Dinge wie Ihren ersten Kuss oder die Abiturfeier? Oder an den Moment, als Ihre Eltern das erste Mal stolz auf Sie gewesen sind?«

Dorn hielt inne und blickte ein paar Sekunden lang mitfühlend auf ihn herab. »Ja«, sagte er schließlich, »ich denke schon.«

»Sehen Sie«, meinte Tom, »ich kann das nicht, weil ich meines Wissens nie eine derartige Jugend erlebt habe. Und obwohl ich Alkohol verabscheue, würde ich mich wahnsinnig gerne erinnern können, wann ich mein erstes Bier getrunken habe. Vermutlich in irgendeiner Klinik, zwischen zwei Therapiesitzungen. Das ist nämlich alles, woran ich mich aus all den Jahren erinnern kann. An unzählige Untersuchungen, an Analysen, Diagnosen und Therapien. Aber all das Gerede und die Medikamente haben mir mein Leben und meine Erinnerung bis heute nicht wiedergegeben. Sicher, ich habe trotzdem eine Menge erreicht, und es geht uns gut hier. Aber glauben Sie allen Ernstes, ich lebe gerne in dieser Abgeschiedenheit? Ich würde mich liebend gerne mit Nachbarn streiten, Herr Kommissar, aber ich bekomme schon Schweißausbrüche, wenn ich nur einen Zaun sehe. Ich habe nicht viele Freunde, denn ich verlasse dieses Haus nur selten, und meistens auch nur, wenn es aus beruflichen Gründen sein muss oder ich meinen Arzt aufsuche. Und selbst dann fällt es mir schwer. Ich lebe nur in meiner Fantasie, Herr Kommissar. Sie ist mein gesamtes Kapital. Nicht gerade das, was man sich unter einem Prominenten vorstellt, nicht wahr?«

Er saß jetzt aufrecht da, und das Zittern in seiner Stimme war Entschlossenheit gewichen.

»Sie sagen, Sie haben den Bericht gelesen. Soviel ich weiß, beschreibt dieser Bericht fast ausschließlich Dinge, die sich während und nach meiner Befreiung abgespielt haben. Was genau in den drei Stunden geschehen ist, die ich diesem Monster hilflos ausgeliefert war, konnte nie genau geklärt werden. Trotzdem hat es mein Leben zerstört, Herr Kommissar. Nur ganze drei Stunden waren dazu nötig.«

Wieder rang Tom mit seinen Gefühlen, und es fiel ihm schwer, die Fassung zu wahren.

»Sie glauben tatsächlich zu wissen, was ich damals durchgemacht habe?« Vorwurfsvoll sah er zu den beiden Beamten auf. »Dann wissen Sie offensichtlich mehr als ich, denn alles, was an diesem verfluchten Tag geschehen ist, entzieht sich vollständig meiner Erinnerung. Es ist nicht gelöscht, aber ich habe einfach keinen Zugriff mehr darauf. Die Ärzte haben gesagt, das sei eine Art Schutzfunktion meines Unterbewusstseins. Quasi eine körpereigene Gehirnwäsche, mit der mein Verstand mich daran hindern will, das Ganze immer wieder zu durchleben. Ich frage mich nur, was auf Dauer schlimmer ist? Sich an etwas so Schreckliches zu erinnern und es so zu verarbeiten oder ständig vor etwas Angst haben zu müssen, das man sich nicht erklären kann und das einen letztendlich am Leben hindert? Ich für meinen Teil ziehe Ersteres vor, auch wenn es vielleicht gewisse Risiken birgt. Die bin ich gerne bereit einzugehen, denn ich bin es nämlich langsam leid, davonzulaufen und mich zu verkriechen. Und ich möchte meinem Sohn auch nicht irgendwann einmal erklären müssen, dass sein Vater nicht mit ihm zum Fußball gehen kann, weil er sich nicht unter Menschen traut. Aber ich kann meine Ängste nur bekämpfen, wenn ich mich ihnen stelle, Herr Kommissar. Und wenn das, was Sie mir sagen wollen, schon nicht *Ihnen* helfen kann, dann hilft es vielleicht doch *mir*, mich an die Dinge von damals zu erinnern und diese Blockade zu durchbrechen.«

In den nächsten Sekunden sagte niemand etwas. Dorn schien Tom mit allen Sinnen zu fixieren, als wolle er ihn durchleuchten, um zu sehen, wie weit es für ihn vertretbar war, mit der Wahrheit herauszurücken. Schließlich schwenkte sein Blick zu Karin hinüber, in der Hoffnung auf so etwas wie eine Bestätigung.

»Bitte, Herr Kommissar«, flehte Tom. »Es ist schon schlimm genug, ständig diesen Ängsten ausgesetzt zu sein. Aber noch viel schlimmer ist es, wenn man nicht weiß, wovor man eigentlich solche Angst hat. Vielleicht muss ich das einfach alles noch einmal durchleben, damit ich damit abschließen kann.«

Wieder ein langes Zögern. »Also gut«, gab der Kommissar schließlich nach, und die beiden Männer setzten sich wieder. »Aber auf Ihre Verantwortung.«

Er nickte seinem Kollegen zu, der daraufhin in die Innentasche seines Jacketts griff und ein gefaltetes Blatt Papier zutage förderte.

»Das hier ist die Abschrift einer Nachricht, die wir bei der Leiche gefunden haben«, erklärte Bender. »Sie steckte in der Mundhöhle des Mädchens, als hätte der Täter Ihnen durch sie diese Worte mitteilen wollen.«

Zögernd nahm Tom das Papier entgegen; seine Augen

suchten unsicher nach Karin, die erneut seine Hand ergriff. Sie hatte Tränen in den Augen, nickte ihm jedoch aufmunternd zu. Mit zitternden Händen faltete er das Blatt auseinander und las die gedruckten Zeilen:

> Es beginnt erneut. Sie verlassen mich wieder. Und Du weißt, wie sehr ich es hasse, verlassen zu werden. Deinetwegen haben sie mir meine Schätze genommen, über die ich so fürsorglich gewacht habe. Ich habe es nicht vergessen, im Gegensatz zu Dir. Deshalb habe ich beschlossen, dass es an der Zeit ist, Dein Gedächtnis etwas aufzufrischen. Das Spiel ist noch nicht vorbei, Tom Kessler, egal, was sie Dir in all den Jahren eingetrichtert haben. Es beginnt erneut. Und diesmal werde ich vollenden, was ich an Dir begonnen habe. Ich werde Dich aus Deiner Dunkelheit befreien und dafür sorgen, dass Du Dich wieder daran erinnerst, wer der Wächter ist!

Tom fuhr zusammen. Eine Panikwelle flutete durch ihn hindurch wie Wasser durch einen geborstenen Schiffsrumpf. Die Wände des Wohnzimmers schienen zu schwanken, und das Sonnenlicht in den Fenstern und der Terrassentür wurde immer heller, bis es so grell war, dass es ihn blendete. Bilder tauchten plötzlich vor seinen Augen auf, zuckten wie grelle

Blitze durch seine Wahrnehmung, als hätten sie nur darauf gewartet, eine Lücke in seinem Unterbewusstsein zu finden, um daraus zu entfliehen. Bruchstücke seiner Vergangenheit hasteten an ihm vorbei, so greifbar und nah, dass sie ihm beinahe real erschienen. Er sah eine breite Werkbank vor den nackten Mauersteinen einer Kellerwand. Er sah unzählige Gerätschaften, die an der Wand befestigt waren und zum Teil Spuren von getrocknetem Blut aufwiesen. Sägen, Schraubzwingen, Metallbohrer. Eine Kühltruhe, über deren Rand ein kleiner Fuß herausragte. Die Luft war feucht und stickig und mit einem entsetzlichen Geruch nach Verwesung getränkt. Und er hörte diese unnatürlich hohe Stimme, die ihn an Kreide erinnerte, die über eine Tafel quietschte.

»Willst du mit mir spielen?«

»NEIN!«, schrie er, jetzt völlig außer sich. Die Angst war unerträglich. Sie schien physische Ausmaße anzunehmen, lastete auf ihm wie ein tonnenschwerer Granitblock.

»Niemand widersetzt sich dem Wächter«, hallte es bedrohlich durch seinen Kopf. »Hörst du, *NIEMAND*!«

Ein entsetzlicher, brennender Schmerz durchzuckte Toms Bein. Er konnte warmes Blut auf seiner Haut spüren, das sich wie ein Schleier über sein Gesicht legte. Dann vernahm er dieses unmenschliche Lachen.

»Ich werde dich spüren lassen, was Verlust ist!« Die Stimme klang so klar und deutlich, als stünde der Wächter vor ihm. Er fühlte kräftige Hände, die ihn packten und an ihm zerrten.

»Willst du mit mir spielen?«

»NEIN! *OH GOTT!*«

»Tom!« Die Stimme seiner Frau drang zu ihm durch und traf ihn wie eine Ohrfeige. Langsam lösten sich die Bilder auf, zerliefen wie das Blut, dessen Schleier sich verflüchtigte und Tom die Sicht wieder freigab. Nur verschwommen erkannte er drei Gesichter über sich, sah seine Arme, die wild fuchtelten und sich zu befreien versuchten.

»Nein, lasst mich!«, schrie er in panischer Furcht und sprang auf. Er prallte mit Bender zusammen, der das Gleichgewicht verlor und an den Tisch stieß. Das leere Glas fiel zu Boden und zersprang auf den braunen Keramikfliesen.

Schluchzend sackte Tom auf die Knie und wischte sich wild mit den Händen übers Gesicht. Dann starrte er sie an, war sich sicher, dass sie voller Blut waren. Doch er fand nichts außer glitzerndem Schweiß auf seinen zitternden Fingern. Sein Puls raste so schnell, dass er befürchtete, sein Herz könnte jeden Moment explodieren. »Oh Gott«, keuchte er wie ein verängstigtes Kind, während er noch immer seine Finger anstarrte. »Er ist wieder da. Es beginnt erneut!«

»Wir sollten einen Arzt rufen«, meinte Dorn, der Mühe hatte, die Fassung wiederzugewinnen.

»Ich rufe Dr. Westphal an!« Karin wischte sich die Tränen aus den Augen und stürzte zum Telefon. Bevor sie den Hörer aufnehmen und die ersten Tasten drücken konnte, hielt Tom sie zurück.

»Warte!«, rief er, während er noch immer keuchend auf dem Boden kniete. »Nicht … Es geht schon wieder.«

»Reden Sie doch keinen Unsinn, Mann«, widersprach Dorn. »Sie brauchen Hilfe.«

»Die hätte ich vor dreizehn Jahren gebraucht«, stöhnte Tom außer Atem. »Jetzt brauche ich nur etwas zu trinken.«

»Ich denke, das könnten wir jetzt alle vertragen«, bemerkte Bender. Er streifte mit beiden Händen sein dunkelblondes Haar nach hinten, das ihm wirr in die Stirn hing. Die Scherben knirschten unter den Sohlen seiner braunen Lederschuhe.

»Ich hole Besen und Schaufel«, sagte Karin, die noch immer völlig aufgelöst war und mit den Tränen kämpfte. »Bevor sich noch jemand verletzt.«

»Lass nur«, sagte Tom und stand langsam auf. Seine Glieder schmerzten und waren schwer wie nach einem Marathonlauf. »Ich mach das schon. Geh du bitte zu Mark, und sorg dafür, dass er nicht runterkommt. Ich möchte nicht, dass er das hier sieht.«

Karin stand da und betrachtete ihren Mann unschlüssig. Seine Augen waren blutunterlaufen, und noch immer spiegelte sich das Entsetzen darin, das er gerade durchlebt hatte.

»Bitte«, fügte Tom mit Nachdruck hinzu. Er sah, wie sie mit sich kämpfte. »Es ist in Ordnung. Geh, und kümmere dich um Mark.«

Mit einem dumpfen Scheppern kippte Tom die Glasscherben in den Abfallbehälter und verstaute das Kehrblech wieder in dem Schrank unter der Spüle. Der Anblick von Scherben löste in ihm stets ein beklemmendes Gefühl aus, das er ebenso wenig zu erklären wusste wie seine Angst vor fleischigen, behaarten Händen. Er schenkte sich ein weiteres Glas Wasser ein und spülte hastig eine Tablette damit herunter. Noch immer fiel es ihm schwer, das Zittern seiner Finger unter Kontrolle zu bekommen, doch es gelang ihm, es vor den beiden Beamten zu verbergen, indem er die Hände in den Taschen seiner Jeans vergrub. »Kann ich Ihnen auch etwas anbieten? Einen Kaffee vielleicht? Oder etwas Stärkeres?«

»Nein, danke«, lehnte Dorn ab, der sich dafür einen missmutigen Blick seines Kollegen einfing. Die beiden waren Tom in die Küche gefolgt, in der es noch immer nach dem Essen roch, das mittlerweile auf den Tellern kalt geworden war. »Und Sie sind wirklich wieder in Ordnung?«

»Ja«, entgegnete Tom. »Ich fühle mich nur noch etwas aufgedreht. So ähnlich wie nach einem Stromschlag.«

»Dann erzählen Sie uns doch mal, was genau da eben mit Ihnen passiert ist. Ich kann natürlich nicht für meinen Kollegen sprechen, aber ich habe so etwas noch nie erlebt.«

»Tja«, sagte Tom, »dem kann ich mich nur anschließen. Das Ganze ist auch für mich eine neue Erfahrung.«

Er senkte seinen Blick und starrte verlegen auf seine Füße, die nervös auf und ab wippten. Und einen kurzen Moment lang kam es ihm fast so vor, als sei er immer noch dreizehn Jahre alt und müsste sich vor seinen Eltern für einen peinlichen Schulstreich rechtfertigen. Auch nach all den Jahren psychologischer Behandlung tat er sich noch immer sehr schwer damit, seine Seele vor anderen zu entblößen. Noch dazu vor zwei wildfremden Menschen, die gerade mit angesehen hatten, wie er völlig die Fassung verloren hatte.

»Was da eben passiert ist«, begann er leise, »ist auch für mich schwer zu erklären, und Erklären gehört normalerweise zu meinem Beruf. Es war nicht nur einer der üblichen Anfälle, von denen ich nicht immer genau sagen kann, was sie auslöst. Das hier war wesentlich intensiver. Eine emotionale Flutwelle, könnte man sagen, die mich in die Vergangenheit gespült hat. Als hätte sich eine Schleuse in einem mir unbekannten Teil meines Gehirns geöffnet, die normalerweise fest geschlossen ist.«

Dorn sah ihn mit ausdrucksloser Miene an. »Dann war das also eine Art Rohrbruch, den wir da erlebt haben?«

Tom lächelte. »Wohl eher eine undichte Stelle, würde ich sagen.« Sein Lächeln wurde breiter. Das dürfte der Umschreibung *nicht ganz dicht* eine völlig neue Bedeutung geben, fügte er in Gedanken hinzu.

»Was genau haben Sie denn gesehen?«

»Nur winzige Teile. Aber es waren nicht nur visuelle Eindrücke. Da waren auch dieser entsetzliche Gestank und diese …« Er fing an, nervös auf seiner Unterlippe zu kauen. »Ich war wieder in dem Keller. Mit ihm. Ich konnte ihn nicht sehen, aber ich habe seine Stimme gehört.«

»Was hat er gesagt?«

»Er hat mich gefragt, ob ich mit ihm spielen will. Ich glaube, ich muss Ihnen nicht erklären, was er damit gemeint hat.«

»Nein.« Der Kommissar räusperte sich. »Wie gesagt, wir sind mit den Fakten vertraut.«

»Dann wissen Sie ja sicher auch von der Leiche in der Kühltruhe. Ich konnte sie sehen. Ihr … ihr Fuß hing über den Rand hinaus. Er war ganz blau und … *aufgedunsen*.« Tom atmete tief durch. »Sie sagten, der Leichnam des Mädchens, den Sie gefunden haben, wäre ebenfalls gekühlt worden. Sehen Sie da auch einen Zusammenhang?«

»Schon möglich. Dem damaligen Täter ging es in erster Linie darum, die Verwesung aufzuhalten. Vielleicht wurde die Leiche des Mädchens in diesem Fall nur gekühlt, um sie über einen gewissen Zeitraum hinweg exakt in dem Zustand der damaligen zu erhalten, bis sie gefunden werden sollte.«

»Sie denken also, der Täter wurde gar nicht überrascht, sondern *wollte*, dass die Tote so entdeckt wird.«

»Davon gehen wir aus. Weshalb sollte er sich sonst solche Mühe mit den Details geben?«

»Wer hat die Leiche gefunden?«

»Ein paar spielende Kinder.«

Eine weitere Parallele. Und noch ein paar Kinderseelen, die vernichtet wurden.

»Dort ist zwar der Zutritt verboten«, erklärte Bender, »aber das Gebäude dient Kindern und Jugendlichen oft als Treffpunkt. Ist wohl so eine Art Abenteuerspielplatz für sie.«

»Das Haus steht schon seit Jahren leer, nicht wahr?«, fragte Tom.

»Das stimmt«, bestätigte Dorn und blätterte in den Papieren, die er in der Hand hielt. »Genaueres können wir leider nicht sagen, da es seltsamerweise keinerlei Unterlagen darüber gibt. Selbst die zuständige Behörde konnte uns das nicht erklären; sie vermuten einen Computerfehler. Merkwürdig ist nur, dass auch kein notarieller Eintrag zu finden ist. Offiziell existiert dieses Gebäude also nicht, deshalb fühlt sich auch niemand dafür zuständig, und es gibt gerichtliche Streitigkeiten wegen der Entsorgungskosten. Allerdings wurde uns mitgeteilt, dass es früher wohl so etwas wie ein Depot gewesen ist. Wie auch immer, die Stadt würde das Objekt jedenfalls am liebsten dem Erdboden gleichmachen, weil es von vielen Anwohnern als Schandfleck bezeichnet wird und außerdem einsturzgefährdet ist. Das Grundstück ist zwar weitläufig eingezäunt, und überall stehen Verbotsschilder, aber das scheint die Kids nicht abzuhalten.«

Zäune, dachte Tom, und ihm wurde speiübel. »Dieser Mann, der mich damals … dieser *Wächter* … Man hat mir gesagt, er habe sich das Leben genommen.«

»Das stimmt. Er wurde mit durchgeschnittener Kehle gefunden, nachdem die Kollegen die Kellertür aufgebrochen hatten. Das Messer hielt er noch in der Hand.«

Das Blut, das viele Blut. Es war seins. »Mein Gott«, keuchte Tom. »Wie krank muss jemand sein, um so etwas zu tun?«

»Ich denke, seine Taten sprechen da für sich«, bemerkte der Kommissar trocken.

»Wer war der Mann?«

Dorn sah Tom unschlüssig an. »Hat man Ihnen das nie gesagt?«

»Ich … ich weiß es ehrlich gesagt nicht mehr genau.« Tom

fuhr sich mit der Hand über die Stirn und rieb sich die müden Augen. »Es gibt so vieles, an das ich mich nicht mehr erinnern kann. Am Anfang meiner Therapie haben die Ärzte es wohl nicht für ratsam gehalten, mich aufzuklären. Vielleicht hat man es mir später einmal gesagt, in der Hoffnung, ich würde mich erinnern. Aber ich habe das alles in den letzten Jahren so sehr verdrängt, dass es vermutlich irgendwann verloren gegangen ist. Ich wollte mich einfach nicht mehr erinnern. Ich wollte nur noch vergessen und nach vorn schauen. Aber Sie sehen ja, wie schwer mir das fällt. Und irgendwann ist dann der Punkt erreicht, wo selbst das nicht mehr möglich ist, weil es mich daran hindert, Dinge zu tun, die für andere Menschen ganz normal sind. Und wenn es mir nicht gelingt, mich endgültig davon zu befreien, dann werde ich wohl niemals ein normales Leben führen können.«

»Was ist denn mit Ihrem Vater? Wie ich dem Bericht entnehmen konnte, ist er Polizeibeamter und war an Ihrer Befreiung beteiligt. Er hätte Ihnen jederzeit eine Kopie ...«

»Ich habe keinen Kontakt mehr zu meinem Vater«, unterbrach ihn Tom. »Er hat uns kurz danach verlassen. Ich schätze, er ist mit den Dingen, die mir damals passiert sind, nie fertiggeworden. Ebenso wenig wie ich. Muss wohl in der Familie liegen«, stellte er verbittert fest. »Jedenfalls habe ich seitdem nichts mehr von ihm gehört. Und ich will auch gar nichts von ihm hören«, fügte er mit Nachdruck hinzu. »Aber wenn mich meine Vergangenheit schon wieder einholt, dann will ich doch wenigstens wissen, wem ich es zu verdanken habe, dass ich bloß noch ein verängstigtes Wrack bin.«

Dorn legte die Aktenmappe, die er noch immer in der Hand hielt, aufgeschlagen auf den Tisch. Sie enthielt die Berichte und Notizen zu den beiden Fällen. »Der Name des Mannes war Ralf Homberg. Er war Angestellter eines Sicherheitsunternehmens, bis er wegen Handgreiflichkeiten entlassen wurde. Bis zu diesem Zeitpunkt ist er nie straffällig geworden und hat eigentlich unauffällig mit seiner Familie in dem besagten Haus gelebt. Die Leute, mit denen er Umgang hatte, haben ihn eher als schüchtern und zurückhaltend beschrieben, manche auch als sonderbar. Er war nicht sonderlich beliebt, galt aber als fürsorglicher Familienvater. Etwa sechs Monate vor seinem Tod hat seine Frau die Scheidung eingereicht und ist mit dem zehnjährigen Sohn zu ihrer Mutter gezogen. Vermutlich war das der Auslöser für seine Taten, er hat den Verlust wohl nicht verkraftet.«

Sie verlassen mich wieder, spukte es Tom durch den Kopf.

»Etwa drei Monate nach der Trennung hat er dann seine Frau und seinen Sohn als vermisst gemeldet, angeblich weil sie nach einem gemeinsamen Einkaufsbummel nicht in das Haus seiner Schwiegermutter zurückgekehrt waren. Diese Vermisstenanzeige war später einer der Gründe, weshalb die Polizei in sein Haus eingedrungen ist, zu diesem Zeitpunkt ist man bereits davon ausgegangen, dass er selber etwas mit ihrem Verschwinden zu tun hatte. Seine Frau hatte ihn bereits zweimal wegen Belästigung angezeigt. Wie sich dann herausgestellt hat, hatten die Kollegen recht. Bei der einzigen Jungenleiche, die man in dem Keller entdeckte, handelte es sich um seinen Sohn. Die sterblichen Überreste seiner Frau konnten bis heute nicht gefunden werden. Sie gilt noch immer als vermisst.«

Tom blätterte in den Aufzeichnungen, während er Dorns Ausführungen folgte. Er stieß auf die beiden Bilder der Opfer, die beinahe identisch waren, und sein Magen zog sich schmerzhaft zusammen. »Ein Sicherheitsunternehmen«, ging er laut seinen Gedanken nach. »Deshalb also *der Wächter.*«

»Keine Ahnung. Dieser Begriff taucht in keinem Bericht auf, er scheint also nur Ihnen bekannt zu sein.«

»Er selbst hat sich mir gegenüber so genannt.«

»Nun, der Verlust seines Arbeitsplatzes *und* seiner Familie hat ihn wohl den Verstand gekostet. So was kann einen Menschen schon fertigmachen.«

Der eigene Sohn. Kein Verlust auf dieser Welt könnte Tom zu so etwas treiben. »Eines verstehe ich nicht.« Er sah wieder zu den beiden Beamten auf. »Wenn ich der einzige Überlebende bin, wie kann dann jemand nach all den Jahren eine Botschaft verfassen, die Details enthält, die nur ich wissen kann?«

»Tja«, sagte Bender, »genau das ist es ja, was wir uns auch nicht erklären können.« Er setzte sich zu Tom an den Tisch. »Zunächst sind wir davon ausgegangen, dass es ein Trittbrettfahrer ist. Jemand, der Ihre Vergangenheit kennt und Ihnen schaden will. Aber die Botschaft, die wir gefunden haben, schließt das aus, weil darin, wie Sie schon sagten, Details beschrieben werden, die nur Ihnen bekannt sind.«

»Nun, da ich mich bis vor etwa zwanzig Minuten selbst nicht mehr daran erinnern konnte und der eigentliche Täter seit dreizehn Jahren tot ist, wer kommt dann infrage?«

Bender lehnte sich auf dem Stuhl zurück. »Im Augenblick sind das natürlich alles nur Spekulationen, aber wir vermuten, dass Homberg vielleicht nicht allein gehandelt hat.«

»Sie meinen, er hatte einen Komplizen?«

»Das wäre zum jetzigen Zeitpunkt die einzig vernünftige Erklärung. Und deshalb hatten wir gehofft, Sie könnten sich vielleicht an eine weitere Person in dem Haus erinnern. Sind Sie sich ganz sicher, dass es Hombergs Stimme war, die Sie vorhin gehört haben?«

»Ja.« Tom rief sich die schrille Tonlage noch einmal ins

Gedächtnis zurück. Es war ihm unbegreiflich, wie er sie je hatte vergessen können. *Willst du mit mir spielen?* »Ganz sicher.«

»War da noch eine andere Stimme? Vielleicht nicht direkt in dem Keller, aber in den oberen Etagen?«

»Nein ... Ich weiß nicht.« Unsicher fuhr Tom sich mit den Fingern durch sein braunes Haar. »Wenn ich mich recht erinnere, hat er seine Stimme gelegentlich verstellt, wenn er mit mir gesprochen hat, so als wäre er jemand anderes. Aber da war sonst niemand. Und selbst wenn, die Polizei hätte ihn doch gefunden.«

»Sie waren drei Stunden in seiner Gewalt. In dieser Zeit kann die betreffende Person das Haus unbemerkt verlassen haben. Zumal dem Täter bewusst gewesen sein muss, dass die Polizei bald auftauchen würde, da Ihr Verschwinden nicht unbemerkt geblieben war.«

Tom dachte nach, und die Anstrengung zog Falten in seine hohe Stirn. Dann schüttelte er den Kopf. »Ich kann mich nur an Bruchstücke erinnern, nichts Zusammenhängendes. Aber ehrlich gesagt, der Gedanke, dass da noch jemand sein soll, der zu so etwas fähig wäre, ist ziemlich erschreckend.«

»Aber durchaus nicht abwegig«, schaltete sich Dorn wieder zu. »In vielen Fällen stecken organisierte Banden dahinter, die Pädophile in der ganzen Welt bedienen, einschließlich Kindesentführung und Missbrauch. Allerdings sind uns keine Kontakte bekannt, die Homberg mit diesem Milieu in Verbindung bringen. Er besaß weder einen Computer, noch wurde in seinem Haus pornografisches Material gefunden, das seine Neigungen diesbezüglich bestätigt hätte. Es scheint, als hätte er vorher ein ganz normales Leben geführt. Aus den Unterlagen geht hervor, dass er einen Bruder hat, der bereits damals zu den Vorfällen vernommen wurde. Da jedoch keine weiteren Verdachtsmomente gegen ihn oder andere vorlagen, ging man bisher von einem Einzeltäter aus. Deshalb konzentrieren sich unsere Ermittlungen augenblicklich auf seinen Bekanntenkreis. Soviel wir wissen, hatte er zwar nicht viele Freunde, aber da das Ganze nun schon dreizehn Jahre zurückliegt, dürfte es eine Weile dauern, diese wenigen ausfindig zu machen. Bis dahin raten wir Ihnen, gewisse Vorkehrungen zu treffen.«

Verstört blickte Tom in die ernsten Gesichter der beiden Beamten. »Was denn für Vorkehrungen?«

»Nun, diese Botschaft ist eindeutig eine Drohung gegen Sie«, meinte Dorn. »Das schließt Ihre Familie mit ein. Und solange wir nicht sicher sind, wer dahintersteckt, sollten Sie ein paar Sicherheitsmaßnahmen ergreifen.«

Erneut wich die Farbe aus Toms Gesicht. Zum ersten Mal, seit er diese Zeilen gelesen hatte, wurde ihm deren reale Bedrohung bewusst. »Und was genau schwebt Ihnen da so vor, Herr Kommissar? Soll ich mich dem Leben etwa noch mehr entziehen, als ich es ohnehin schon tue?«

»Hat dieses Haus eine Alarmanlage?«

»Nein. Es gab nie einen Grund dafür.«

»Ich schätze, das wäre die Standardausrede von jedem Mordopfer.« Dorns Lippen verzogen sich zu einem Lächeln, doch der Ausdruck in seinen dunklen Augen blieb todernst. »Ich würde Ihnen dringend raten, eine anzuschaffen. Außerdem würde ich Ihnen empfehlen, Kameras auf dem Grundstück zu installieren, insbesondere auf der Zufahrt zum Haus und im Garten.«

Großartig, dachte Tom. *Jetzt wird aus diesem Gefängnis auch noch eine Festung.* »Finden Sie das nicht ein wenig übertrieben?«

»Eine tote Fünfjährige empfinde ich keineswegs als Übertreibung, Herr Kessler.« Aus Michael Dorns Stimme war jede Kompromissbereitschaft gewichen. Nur noch die energische Autorität eines Kriminalpolizisten lag darin. »Gerade Sie sollten das nachvollziehen können.«

Tom blickte auf das Foto des Opfers, das wie ein infames Lesezeichen in die Innenseite der Aktenmappe gesteckt war. »Sie haben recht«, räumte er ein und schlug wütend den Deckel der Mappe zu. »Warum hat dieser Dreckskerl mir seinen Drohbrief nicht einfach mit der Post geschickt? Dann wäre dieses Mädchen noch am Leben.«

»Weil er wollte, dass Sie diese Drohung ernst nehmen«, antwortete Dorn. »Und genau das sollten Sie auch tun, denn das hier ist keineswegs die Tat eines Verrückten, der nur auf sich aufmerksam machen will. Der Täter muss sich ausführlich mit Ihrem Fall beschäftigt haben, er kennt Dinge aus Ihrer Vergangenheit, von denen nur Sie wissen können, und die Detailverliebtheit, mit der er das Ganze inszeniert hat, lässt auf eine ziemliche Besessenheit schließen. Sogar den Fundort der Leiche hat er nicht dem Zufall überlassen. Er wusste, dass dort ein beliebter Treffpunkt von Kindern und Jugendlichen ist, wo das, was er uns präsentieren wollte, auch zum richtigen Zeitpunkt gefunden wird. Und er war auch bereit, ein gewisses Risiko einzugehen, dort bei seinen Vorbereitungen beobachtet zu werden. All das erfordert einen abgebrühten Verstand und exakte Vorbereitung. Der Täter verfolgt ein klares Ziel. Und dieses Ziel sind augenscheinlich Sie, Herr Kessler.«

»Aber warum gerade jetzt, nach all den Jahren?«

»Das kann viele Gründe haben. Seiner Botschaft nach zu urteilen, wusste er, dass Sie jahrelang therapiert worden sind. Es könnte sein, dass er einfach abwarten wollte, bis Sie für seine Spielchen bereit waren. Schließlich will er ja auch seinen Spaß daran haben. Möglicherweise ist er aber auch erst jetzt in der Lage, seine Pläne umzusetzen. Wie schon erwähnt nimmt die Vorbereitung für eine solche Tat sehr viel Zeit in Anspruch, und Zeit bedeutet bekanntlich auch Geld. Vielleicht musste er sich erst einmal die nötigen finanziellen Freiräume sichern. Denkbar wären auch eine längere Krankheit, geschäftliche Verpflichtungen, möglicherweise sogar ein Gefängnisaufenthalt. Unsere Ermittlungen sind sehr weitläufig. Sie können sich aber sicher vorstellen, wie viel Zeit *uns* das alles kostet. Deshalb wird bereits die Gründung einer Sonderkommission vorbereitet, die sich ausschließlich mit diesem Fall beschäftigen soll. Sämtliche Spuren und alles Beweismaterial, das wir am Fundort sichergestellt haben, sind schon beim LKA in Mainz und werden dort untersucht. Wir hoffen, mehr über die Kleidung des Mädchens und die Originalbotschaft zu erfahren. Außerdem werden wir die Kinder und Jugendlichen aus der Gegend befragen, ob ihnen auf dem Grundstück irgendetwas aufgefallen ist. Mehr können wir im Augenblick nicht tun.«

Durch das Küchenfenster hindurch beobachtete Tom Karin und Mark, die ausgelassen im Garten herumtollten. Sie mussten durch die Haustür nach draußen gegangen sein, ohne dass er es gemerkt hatte. Und obwohl er wusste, dass seine Frau voller Sorge um ihn war, wirkte ihr Spiel völlig unbeschwert. *Das tut sie Mark zuliebe*, dachte Tom, während er ihrem Lachen lauschte, das nicht im Mindesten gezwungen wirkte.

»Ich veranlasse gleich morgen früh all das, was Sie mir empfohlen haben«, sagte er mit gerade eben genügend Kraft, dass es nicht verzweifelt klang. »Und ich nehme meinen Sohn eine Zeit lang aus dem Kindergarten.«

Kommissar Dorn nickte zufrieden. Dann trat er neben

ihn, und sie sahen gemeinsam zu, wie Mark sich strampelnd aus dem Griff seiner Mutter zu befreien versuchte. »Wie alt ist der Kleine?«, erkundigte er sich.

»Er wird in zwei Monaten vier.«

»Dann müssen Sie ja sehr früh geheiratet haben.«

»Tja, ich schätze, ich hatte es wohl ziemlich eilig damit, erwachsen zu werden, nachdem ich schon keine Jugend hatte.«

»Ich will bestimmt nicht indiskret sein, aber wie haben Sie und Ihre Frau sich kennengelernt?«

Tom sah zu dem Beamten auf. Vermutlich wunderte dieser sich darüber, wie jemand, der so gut wie nie das Haus verließ, an eine so bezaubernde Frau geraten konnte. »Sie hat in der Praxis meiner Ärztin gearbeitet. Wahrscheinlich hat sie nicht nur beruflich ein Faible für verkorkste Seelen.«

Ein Lächeln huschte über Dorns Gesicht. Und diesmal lächelten auch seine Augen. »Sie haben eine tolle Familie, Herr Kessler«, stellte er fest, ohne dass es sich anhörte, als wolle er Tom trösten. »So etwas kann man gar nicht genug beschützen.«

Tom sah, wie Mark strahlend in den Armen seiner Mutter versank. »Ja«, sagte er, »da haben Sie wohl recht.«

Der Kommissar nahm die Mappe wieder an sich. »Ach, da wäre noch etwas«, meinte er beinahe beiläufig. »Sagt Ihnen die Zahl sechsundvierzig irgendetwas?«

Tom überlegte kurz. »Nicht dass ich wüsste. Warum?«

»Diese Zahl stand auf der Originalbotschaft, die wir bei der Leiche gefunden haben. Es hat fast den Anschein, als ob sie eine Art Unterschrift darstellen soll.«

Tom schüttelte den Kopf. »Nein, tut mir leid, das sagt mir gar nichts.«

»Hatten wir auch nicht erwartet«, sagte Dorn und legte eine Visitenkarte neben Tom auf den Tisch. »Wir unterrichten Sie sofort, wenn sich etwas Neues ergibt. Hier ist auch meine private Handynummer vermerkt. So können Sie mich jederzeit erreichen, falls Sie sich noch an weitere Einzelheiten erinnern.«

Tom erhob sich und begleitete die Beamten in den Flur. »Vielleicht will ich das ja nach dem heutigen Tag gar nicht mehr. Mich erinnern, meine ich.«

Dorn blieb in der Tür stehen und drehte sich noch einmal zu ihm um. »Es dürfte jetzt keine Rolle mehr spielen, ob Sie das noch wollen, Herr Kessler. An dem Motiv des Täters gibt es keine Zweifel. *Er* will, dass Sie sich erinnern! Und er wird nicht aufhören, bis er erreicht hat, was er bezweckt.«

Tom sah zu, wie die Beamten in ihren Wagen stiegen und die geschwungene Auffahrt hinunterfuhren, bis sie in dem angrenzenden Wald verschwunden waren. Dann hastete er ins Wohnzimmer zum Telefon und tippte die Nummer ein, die ihm so vertraut war. Kurz darauf meldete sich die Sprechstundenhilfe.

»Tom Kessler hier. Ist Dr. Westphal zu sprechen?«

»Hallo, Herr Kessler«, antwortete die Frauenstimme. »Sie haben Glück. Im Moment hat sie keinen Patienten. Ich stelle Sie durch.«

Einige Sekunden lang hörte er leise beruhigende Musik in der Leitung, dann ein Knacken.

»Hallo, Tom«, begrüßte ihn eine raue, aber trotzdem weibliche Stimme. »Was kann ich für Sie tun?«

»Hallo, Dr. Westphal«, antwortete Tom erregt. »Ich weiß, wir haben uns erst letzte Woche gesehen, aber ich brauche für morgen dringend einen Termin. Es ist etwas geschehen, worüber ich unbedingt mit Ihnen reden muss.«

Eine kleine Pause trat ein.

»Immer mit der Ruhe, Tom.« Er hörte das Klacken einer Computertastatur. »Sie sind anscheinend sehr aufgeregt und bringen da etwas durcheinander. Sie waren letzte Woche nicht bei mir.«

»Was?«, stieß Tom verwirrt hervor. Seit nunmehr vier Jahren war Dr. Westphal seine Therapeutin, und er hatte noch nie eine Sitzung verpasst. »Aber ich weiß doch genau, dass ich …«

»Nein, Tom. Sie müssen da etwas verwechseln. Ihr Termin wurde abgesagt.«

Eine weitere Pause trat ein, während Tom ausdruckslos die Wand seines Wohnzimmers anstarrte. »Ach ja … natürlich«, stammelte er ratlos. »Das hatte ich völlig vergessen.«

»Ist alles in Ordnung, Tom?«

»Ja, ich hatte da wohl tatsächlich etwas verwechselt. Mein Fehler.«

»Kommen Sie morgen früh gegen neun Uhr in die Praxis. Ich nehme Sie gleich als Ersten ran«, sagte sie, ein wenig besorgt. »Dann sprechen wir in Ruhe über alles.«

»Danke.« Tom legte auf. Noch eine ganze Weile ließ er die Hand auf dem Hörer liegen. *Er will, dass Sie sich erinnern*, rief er sich die Worte des Kommissars ins Gedächtnis. *Und er wird nicht aufhören, bis er erreicht hat, was er bezweckt.*

Es würde weitere Botschaften geben. Weitere Morde. Obwohl es angenehm warm im Raum war, begann er zu frieren. Zitternd setzte er sich auf den Boden und schlang die Arme um seine Knie.

Abgesagt! Immer wieder hallte das Wort durch seinen Kopf. Doch sosehr er sich auch bemühte, er konnte sich nicht daran erinnern, wo er an diesem Tag gewesen war.

Nächster Tag

Dienstag, 16. Mai

Das ist ja nicht zu fassen!«, sagte sie aufgebracht, nachdem Tom ihr die Ereignisse des Vortages geschildert hatte. Dr. Westphal saß an ihrem mahagonifarbenen Schreibtisch, auf dem neben einem Flachbildmonitor nur ein paar Schreibutensilien und ein in Leder gebundener DIN-A4-Block ihren gewohnten Platz einnahmen, und hielt das Blatt Papier in der Hand, dessen Botschaft Tom am Tag zuvor in die Vergangenheit katapultiert hatte. »Wer in Gottes Namen denkt sich so etwas Grausames aus, nur um Sie damit aus der Reserve zu locken?« Der Ausdruck in ihren braunen Augen schwankte zwischen ungläubigem Entsetzen und blanker Empörung. »Ich kann mir vorstellen, was das alles in Ihnen ausgelöst hat. Kein Wunder, dass Sie gestern am Telefon so verstört gewirkt haben. Ich hatte mir schon Sorgen gemacht.«

Tom hatte beschlossen, seinen erneuten Gedächtnisverlust ihr gegenüber nicht zu erwähnen. Vorerst zumindest. Er wollte der Sache zunächst einmal selbst auf den Grund gehen.

»Immerhin hat es bewirkt, dass ich mich erinnert habe«, meinte er, und angesichts der Ereignisse, mit denen diese Rückblende erzwungen worden war, klang es fast egoistisch und herzlos.

Dr. Westphal lehnte sich in ihrem Sessel zurück. »Das soll

hoffentlich keine versteckte Kritik an meinen Fähigkeiten sein, Tom«, sagte sie halb im Scherz. »Und ich hoffe doch sehr, Sie erwarten von mir in Zukunft nicht ähnliche Methoden.« Sie sah ihm in die Augen.

»Natürlich nicht«, wehrte Tom ab.

»Das beruhigt mich«, sagte sie und beugte sich wieder zu ihm vor. »Tom, ich weiß, wie sehr Sie sich wünschen, sich an die schrecklichen Dinge von damals zu erinnern, in der Hoffnung, dann wieder ein ganz normales Leben führen zu können. Und bis zu einem gewissen Grad teile ich diese Hoffnung auch. Denn die Ereignisse, die für Ihre posttraumatische Störung verantwortlich sind, waren nur von relativ kurzer Dauer, und die Erinnerung daran kann das Gleichgewicht möglicherweise wiederherstellen.«

»Da bin ich mir seit gestern ziemlich sicher.«

»Was Sie da gestern erlebt haben, Tom, war nichts weiter als eine Intrusion. Eine Art Flashback, der Sie die traumatische Situation nacherleben ließ. Vergleichbar mit einem Film, der vor Ihren Augen abläuft. Genau wie Ihre Gedächtnislücken ist das eine typische Begleiterscheinung Ihrer Krankheit. Das Ungewöhnliche in Ihrem Fall ist, dass Sie bis gestern keinen Zugriff auf diese Ereignisse hatten, was immerhin bedeuten könnte, dass Ihre Blockade anfängt zu bröckeln. Allerdings sollten Sie deswegen nicht zu euphorisch sein. Sie fangen lediglich an, sich wieder zu erinnern, nicht mehr. Und es bleibt abzuwarten, inwiefern das gut für Sie ist.«

»Aber das verstehe ich nicht.« Tom rutschte unruhig auf dem breiten Ledersessel herum. »Sie sagen doch immer, ich soll mich meinen Ängsten stellen, dass das die einzige Möglichkeit wäre, sie zu besiegen.«

»Das ist richtig, Tom. Und ich integriere diese Aussage auch fest in meine Therapie. Weshalb bestehe ich wohl sonst darauf, dass Sie zu mir kommen? Ich könnte Sie ebenso gut in Ihrem Haus aufsuchen, um mit Ihnen zu reden. Das wäre sicher keine gängige Methode, aber in Ihrem Fall durchaus nicht abwegig. Da ich aber weiß, wie schwer es Ihnen fällt, Ihre gewohnte Umgebung zu verlassen, verlange ich, dass Sie es trotzdem tun, um Ihnen damit klarzumachen, dass es Sie nicht umbringt. Das nennt man Angstbewältigung, Tom.«

Dem konnte er nur zustimmen. Er hatte immer noch schweißnasse Hände von der Fahrt hierher. Karin hatte ihn an der Praxis abgesetzt und dann gemeinsam mit Mark beschlossen, ein paar Einkäufe zu machen.

»Das Entscheidende ist«, fuhr Dr. Westphal fort, »sich diesen Ängsten auszusetzen, nicht unbedingt, deren Ursache zu erforschen. Das kann sicherlich hilfreich sein, reduziert aber das Ausmaß der Angst nicht.«

»Aber in meinem Fall könnte es entscheidend sein.«

»Ja, vielleicht, Tom. Vielleicht kann die Erinnerung Ihnen helfen, das Ganze zu verarbeiten. Vielleicht macht sie es aber auch nur noch schlimmer.«

»Na toll«, zischte Tom zwischen den Zähnen hindurch. »So oder so, ich bin und bleibe ein verängstigter Waschlappen.«

»Tut mir leid, Tom. Ich wünschte, ich könnte Ihnen eine klarere Antwort geben. Aber die Psychoanalyse ist keine exakte Wissenschaft. Es gibt keine allumfassenden Grundsätze, die man anwenden kann. Jede Psyche ist individuell geprägt, und damit auch jedes Ereignis, welches sie aus dem Gleichgewicht bringt. Sicher, es gibt gewisse Richtlinien, an die man sich halten kann, trotzdem ist jeder Fall verschieden. Das macht die Arbeit für uns ja so schwierig. Es ist aber auch eine ständige Herausforderung und sehr spannend.«

»Es freut mich, dass ich Sie gut unterhalte, Frau Doktor«, meinte er sarkastisch.

»Jetzt werden Sie unfair, Tom.« Trotz dieses Angriffs sprach sie mit der Gelassenheit einer Psychologin. »Ich muss Sie sicher nicht daran erinnern, dass Sie am Beginn Ihrer Therapie nicht einmal imstande waren, den Keller Ihres eigenen Hauses zu betreten. Mittlerweile nehmen Sie sogar Pressetermine wahr, die sehr wichtig für Ihren beruflichen Erfolg sind. Und Sie kommen zweimal im Monat zu mir in die Praxis. Und auch wenn Ihnen das schwerfällt, ist das ein beachtlicher Fortschritt.«

Tom wollte Dr. Westphal keineswegs einen Dämpfer versetzen, dennoch teilte er ihren Optimismus nicht ganz, was seine Fortschritte betraf. Die »Pressetermine«, wie sie es nannte, absolvierte er größtenteils von zuhause aus. Meist handelte es sich dabei um Anfragen von Zeitungen oder Zeitschriften, die er telefonisch oder am Computer erledigen konnte. Nur vereinzelt gab er persönlich Interviews, die jedoch ausschließlich in seinem Haus stattfanden. Nur einmal hatte er den Fehler gemacht, für einen derartigen Termin seine gewohnte Umgebung zu verlassen. Sein Verlag hatte ihn zum Erscheinungstermin seines zweiten Buches zu einer Autogrammstunde in einer Buchhandlung in Koblenz gedrängt. Mehrere Hundert Menschen waren dort erschienen, um sich ihr frisch erstandenes Exemplar von *Dunkle Erinnerung* signieren zu lassen. Um das durchzustehen, hatte Tom die übliche Dosis seiner Medikamente deutlich erhöht, was dazu geführt hatte, dass die Veranstaltung beinahe abgebrochen werden musste.

Dr. Westphal lehnte sich wieder zurück und atmete tief durch. »Doch trotz dieser Fortschritte befürchte ich, dass wir an einem Punkt angelangt sind, wo wir nicht weiterkommen. Jedenfalls nicht mit den üblichen Methoden. Haben Sie vielleicht eine Erklärung dafür, Tom?«

Unruhig verlagerte er sein Gewicht in dem Sessel. »Sie sind doch die Ärztin. Sagen Sie es mir.«

»Tja, ich denke, genau darin liegt das Problem, denn Sie sehen in mir nur die Analytikerin und nicht die Bezugsperson.«

Was sollte denn das nun schon wieder? Wenn er jeden Arzt, der in den letzten dreizehn Jahren an ihm herumgedoktert hatte, als seinen Freund bezeichnen würde, müsste er für seine Geburtstagsfeier wahrscheinlich die Rhein-Mosel-Halle mieten.

»Ich fürchte, ich verstehe nicht ganz, worauf Sie hinauswollen.«

»Nun, Tom, dann werde ich versuchen, es Ihnen zu erklären«, sagte die Analytikerin in ihrem gewohnt neutralen Tonfall. »Wenn Sie Schmerzen haben, gehen Sie zum Arzt, in dem Wissen, dass er Ihnen Medikamente verschreibt, die Ihre Beschwerden lindern. Aber diese Medikamente bekämpfen nur das Symptom der Schmerzen, nicht deren Ursache. Und die kann, medizinisch betrachtet, sehr weitläufig sein. Deshalb ist eine umfassende Diagnose nötig, um sie aufzuspüren und dauerhaft zu beseitigen. Auf Ihren Fall bezogen sind die Ursachen nicht körperlichen, sondern seelischen Ursprungs. Als Ihre Ärztin kann ich Ihnen auch weiterhin Medikamente dagegen verschreiben. Doch damit würden Sie Ihre Symptome nur betäuben. Die Ursache, durch die sie entstehen, wäre immer noch dieselbe. Und um die zu analysieren, ist es nun einmal erforderlich, mir gewisse Einblicke in Ihr Seelenleben zu gewähren, wozu Sie jedoch nicht in der Lage sind. Jedenfalls nicht in dem Maße, dass es uns weiterbringt. Ich denke daher, es wäre sehr nützlich, wenn wir jemanden in Ihre Therapie mit einbeziehen, der mehr Zugang zu Ihnen hat. Eine Person Ihres Vertrauens. Idealerweise jemand, zu dem

Sie schon damals einen Bezug hatten und der die Ereignisse aus seiner Sicht schildern kann.«

»Sie reden von meiner Familie, nicht wahr?«

»Ich weiß, Sie haben keinen Kontakt mehr zu Ihrem Vater, trotzdem wäre er natürlich meine erste Wahl, weil er damals selbst vor Ort gewesen ist. Er könnte die Situation wohl am besten wiedergeben.«

»Vergessen Sie's«, wehrte Tom ab. »Selbst wenn ich es wollte, würde er vermutlich ohnehin nicht hier erscheinen. Aber da ich auch kein Interesse daran habe, ist mir das egal.«

»Vielleicht tun Sie ihm unrecht, Tom. Versetzen Sie sich mal in seine Lage. Bestimmt macht er sich Vorwürfe, dass er seinen eigenen Sohn nicht besser beschützt hat. Möglicherweise auch, weil er sich nicht schon früher Zugang zu dem Haus verschafft hat, um Sie dort herauszuholen, anstatt sich als Polizist an die offizielle Vorgehensweise zu halten.«

»Das ist keine Entschuldigung dafür, uns einfach im Stich zu lassen«, entgegnete Tom. »Und das ist das Einzige, was ich ihm vorwerfe! Ich habe ihm nie die Schuld für das gegeben, was mir passiert ist. Aber danach hätte er für uns da sein müssen. Stattdessen hat er es vorgezogen, sich einfach aus dem Staub zu machen. Jetzt will ich seine Hilfe nicht mehr. Also lassen Sie meinen Vater aus dem Spiel.«

Dr. Westphal seufzte hörbar. »Was ist mit Ihrer Mutter?«

»Sie besucht mich regelmäßig. Und früher hat sie oft mit mir über das gesprochen, was damals geschehen ist, aber irgendwie ist sie nie richtig zu mir durchgedrungen.«

»Vermutlich weil Sie Ihre Mutter nicht direkt damit in Verbindung bringen konnten.«

»Ja, vielleicht.«

»Und heute reden Sie nicht mehr darüber?«

»Nein. Ich schätze, irgendwann hat sie auch angefangen,

das Ganze zu verdrängen. Sie hat damit abgeschlossen, und deshalb sehe ich keine Veranlassung, sie in ihrem Alter wieder damit zu konfrontieren. Sie hat genug durchgemacht. Und falls Sie auch auf meine Schwester zu sprechen kommen wollen, sie hat ein Stipendium in den USA und studiert dort Meeresbiologie. Sie könnte ohnehin nicht viel zu den Ereignissen beisteuern, sie war damals erst elf. Also wäre es wohl ziemlich unnötig, sie deswegen extra hierherzubitten.«

»Aber immerhin wäre sie eine Bezugsperson für Sie.«

»Ich sehe meine Schwester nur einmal im Jahr an Weihnachten. Ich bin mir ziemlich sicher, dass ich zu meinem Apotheker einen näheren Bezug habe. Die wichtigsten Personen in meinem Leben sind meine Frau und mein kleiner Sohn.« Er zögerte einen Augenblick. »Und …«

»Ja?«, fragte Dr. Westphal neugierig.

»Na ja, es gibt da noch jemanden, einen guten Freund. Er ist einer der wenigen Menschen, denen ich vertraue. Sein Name ist Stefan Tauber.«

»Weiß er über die Ereignisse in Ihrer Kindheit Bescheid?«

»Ja, ich habe oft mit ihm darüber gesprochen. Na ja, eigentlich war es eher umgekehrt«, korrigierte er sich. »Er scheint großes Interesse daran zu haben.«

»Gut, dann würde ich Ihren Freund gerne hinzuziehen. Zuerst in einem Einzelgespräch und dann mit Ihnen zusammen. Ihr Einverständnis vorausgesetzt.«

»Wenn Sie meinen.« Toms Antwort klang übertrieben gleichgültig.

Dr. Westphal seufzte erneut. »Tom, Sie müssen mir schon ein wenig entgegenkommen, sonst kann ich Ihnen nicht mehr helfen.«

Tom spielte nervös an seinen Fingern herum. »Ich weiß«, sagte er kleinlaut, »aber wenn man in ständiger Angst lebt, ist es ziemlich schwer, sich jemandem zu öffnen. Es frisst einen innerlich auf.«

»Angst ist etwas ganz Natürliches, Tom. Sie könnten lernen, damit zu leben, wenn Sie mit ihr umzugehen wissen.«

»Ich will aber keine Angst mehr haben!« Wütend fuhr Tom aus dem Sessel auf und lief aufgebracht im Raum umher. »Sie macht mich zu jemandem, der ich nicht sein will. Und ich bin einfach nicht länger bereit, das hinzunehmen.« Er drehte sich zu der Ärztin um und sah ihr in die Augen. »Und ich habe diese Therapien satt! Seit dreizehn Jahren erzähle ich Leuten wie Ihnen meine Geschichte, schlucke Medikamente und höre mir schlaue Ratschläge an, aber nichts ändert sich. Und dann schickt mir ein offensichtlich Irrer ein paar verwirrte Zeilen und erreicht damit mehr, als jede Therapiesitzung es je vermocht hätte. Anscheinend habe ich mich jahrelang an die falschen Leute gewandt. Ganz offensichtlich braucht man tatsächlich einen Geistesgestörten, um einen Geistesgestörten zu heilen.«

»Ich kann Ihre Ungeduld durchaus verstehen«, erwiderte Dr. Westphal noch immer ruhig, »aber eine Psychotherapie benötigt viel Zeit. Man kann den Erfolg nicht erzwingen. Und Sie begeben sich auf äußerst gefährliches Gebiet, wenn Sie sich auf die grausamen Spielchen eines gewissenlosen Verbrechers einlassen. Dieser Jemand will Ihnen nicht helfen, Tom, er will Ihnen schaden. Und nach dem, was Sie mir eben erzählt haben, grenzt es fast an ein Wunder, dass er das noch nicht geschafft hat.« Ihre Augenbrauen zogen sich zusammen. »Tom, ist Ihnen eigentlich klar, welcher Gefahr Sie sich gestern ausgesetzt haben?«, fragte sie besorgt. »Diese Gedächtnisblockade, die Ihr Bewusstsein errichtet hat, hat durchaus ihre Berechtigung. Sie existiert zu Ihrem Schutz, Tom. Sie ohne weiteres einzureißen könnte fatale Folgen für Sie haben. Und als ich gesagt habe, Sie sollen sich Ihren Ängsten stellen, habe ich damit nicht gemeint, dass Sie in diesen Keller zurückrennen und das Ganze noch einmal durchleben sollen. Eine derart direkte Konfrontation mit Ihrer Vergangenheit sollte nie ohne ärztliche Aufsicht durchgeführt werden. Im ungünstigsten Fall wären jahrelange Therapieerfolge verloren. Wollen Sie das wirklich riskieren, Tom? Nur für ein paar grauenhafte Erinnerungen?«

Er lehnte an der Wand neben dem einzigen Fenster, von dem aus man einen Blick auf die Koblenzer Altstadt hatte. Sein Gesicht sah müde und angespannt aus. Erschöpft rieb er sich die Stirn und dachte darüber nach, ob er nach dem gestrigen Vorfall tatsächlich noch dazu bereit war, sich auf seine Vergangenheit einzulassen. Wieder spürte er dieses lähmende Entsetzen in sich und roch den fauligen Verwesungsgeruch.

Willst du mit mir spielen?

»Nein. Aber ich befürchte, ich habe keine Wahl«, sagte er niedergeschlagen. »Dieser Dreckskerl will, dass ich mich erinnere. Also sollte ich alles versuchen, um das zu tun, bevor noch weitere Morde geschehen.«

»Ist Ihnen mal der Gedanke gekommen, dass dieser *Dreckskerl* genau das von Ihnen erwartet?«, gab Dr. Westphal zurück. »Vermutlich weiß er genau, wie schädlich diese Erinnerungen für Sie sein können, und versucht, Sie auf diese Weise gezielt in den Wahnsinn zu treiben.«

»Mag sein. Aber möglicherweise komme ich so auch an ihn heran. Da die Polizei mittlerweile davon ausgeht, dass es damals einen zweiten Täter gegeben haben muss, könnten sich in meinen Erinnerungen auch Informationen verbergen, die helfen können, ihn zu identifizieren, womit dieser ganze Spuk ein Ende hätte.«

»Hm, verstehe«, meinte Dr. Westphal. »Aber warum sollte er dann wollen, dass Sie sich erinnern?«

Tom zuckte ratlos die Schultern. »Keine Ahnung. Vielleicht weil er verrückt ist? Ich weiß es nicht.«

Dr. Westphal atmete abermals tief durch und musterte Tom eingehend. Üblicherweise machte sie hinter ihrem Schreibtisch immer den Eindruck eines gelassenen und ausgeglichenen Menschen, was vermutlich für eine Psychoanalytikerin typisch war, die für ihre Patienten als Ruhepol fungieren musste. Jetzt jedoch wirkte sie eher wie jemand, der unschlüssig an einer Kreuzung steht und sich entscheiden muss, welchen Weg er einschlagen soll.

Schließlich erhob auch sie sich, was sie während einer Sitzung nur äußerst selten tat, und ging zu einem kleinen Beistelltisch an der anderen Seite des Fensters, auf dem neben einem Wasserkocher und diversen Getränkeflaschen eine Thermoskanne mit frisch gebrühtem Kaffee bereitstand. Tom beobachtete sie, während sie sich eine Tasse eingoss und Milch und Zucker dazutat. Und er musste sich dabei zusammennehmen, ihr nicht auf den Hintern zu starren, der durch ihr Nadelstreifenkostüm reizvoll betont wurde. Sibylle Westphal war achtundvierzig und Mutter zweier Kinder, hatte aber noch immer den durchtrainierten Körper einer Zwanzigjährigen. Was Tom zu der Vermutung veranlasste, dass sie den Monatsbeitrag ihres Fitnessstudios voll ausnutzte. Ihr kastanienbraunes Haar war zwar mittlerweile getönt, doch der Stufenschnitt, dessen Spitzen ihr ins Gesicht fielen, ließ sie noch immer jugendlich erscheinen. Nur die leichten Krähenfüße um ihre Augen herum, die sie ein wenig zu sehr mit Makeup zu kaschieren versuchte, ließen ihr tatsächliches Alter erahnen. Dennoch war nur schwer zu übersehen, dass sie noch immer eine äußerst attraktive Frau war, an der die Zeit nur geringfügige Spuren hinterlassen hatte. Manchmal erinnerte sie ihn sogar an seine Mutter, als diese noch jünger gewesen war.

»Für Sie das Gleiche wie immer?«, fragte sie.

Tom nickte ihr zu. »Mineralwasser, bitte.« Er trank keinen Kaffee mehr, seitdem er erfahren hatte, dass dessen anregende Wirkung die Auslöser einer Panikattacke noch verstärken konnte.

Sie öffnete eine der Flaschen und reichte sie ihm. Dann kehrte sie zu ihrem Schreibtisch zurück. »Tom«, sagte sie, nachdem sie einen Schluck aus ihrer Tasse getrunken hatte, und lehnte sich mit verschränkten Armen an die Tischplatte, »es gibt da vielleicht eine Möglichkeit, wie wir Ihre Erinnerungen zurückholen können.«

Tom sah sie erwartungsvoll an. »Ich bin gespannt, Frau Doktor.«

»Also, ich habe schon lange überlegt, ob ich Ihnen das vorschlagen soll, habe mich aber bis heute immer dagegen entschieden, weil diese Methode in den vergangenen Jahren zusehends in die Kritik geraten ist. Doch die jüngsten Entwicklungen haben meine Meinung diesbezüglich geändert; ich möchte nicht, dass Sie sich noch einmal schutzlos der Willkür einer offensichtlich fehlgeleiteten Persönlichkeit aussetzen.«

Es gehörte beinahe schon zum Wesen eines Analytikers, das Wort »verrückt« nicht in den Mund zu nehmen.

»Und von welcher Methode sprechen Sie?«, wollte Tom wissen.

»Haben Sie schon einmal von Regressionshypnose gehört?«

Toms Blick trübte sich. »Hat das nicht etwas mit Reinkarnation zu tun?«, erkundigte er sich abfällig.

»Nun ja, das ist nur ein Gebiet, auf dem diese Methode angewendet wird«, sagte Dr. Westphal. »Im Grunde geht es darum, mithilfe hypnosetechnischer Verfahren versteckte Erinnerungen wieder zum Vorschein zu bringen. Das umfasst unter anderem auch die Erinnerung an ein früheres Leben.«

»Und inwiefern sollte mir das helfen? Ich glaube nicht an so etwas.«

»In Ihrem Fall müssten wir ja auch nicht ganz so weit zurückgehen. Nur dreizehn Jahre, Tom.« Wieder nippte sie an ihrer Tasse. »Die Anwendungsgebiete dieses Verfahrens sind sehr vielfältig, es wird auch bei Patienten mit posttraumatischen Belastungsstörungen eingesetzt, um Erinnerungen an das traumatische Ereignis zurückzuholen. Zum Beispiel bei Kriegs- oder Unfallopfern. Aber auch bei Gewaltverbrechen und sexuellem Missbrauch.«

Tom trank gelassen einen Schluck seines Mineralwassers. Dr. Westphals bemühte Ausführungen hatten seiner Skepsis keinen Abbruch getan. »Sie sagen, diese Methode sei nicht ganz kritiklos. Wo also ist der Haken?«

»Genau *das* ist der Haken, Tom. Die Vielseitigkeit dieser Methode. Denn sie wird auch bei Menschen angewendet, die glauben, von Außerirdischen entführt worden zu sein, das lässt an der Glaubwürdigkeit mancher Ergebnisse argen Zweifel aufkommen.«

Prima, dachte Tom und malte sich die Schlagzeile aus: »Erfolgreicher Schriftsteller auf dem Holodeck eines Raumkreuzers von Klingonen sexuell missbraucht«. Das würde sein Trauma komplett machen. »Für mich klingt das alles nach psychologischem Hokuspokus.«

»Ich kann Ihre Bedenken verstehen. Selbst einige meiner Kollegen sind dieser Ansicht. In den Neunzigerjahren wurde diese Methode in den USA sehr häufig praktiziert, aber später fand man anhand von klinischen Studien heraus, dass viele der unter Hypnose gewonnenen Erinnerungen gar nicht den tatsächlichen entsprachen, sondern in dem hypnotischen

Prozess indiziert und vom Patienten für real gehalten wurden. Das nennt man *False-Memory-Syndrom.*«

»Sie können es nennen, wie Sie wollen«, erwiderte Tom, »letztendlich wäre das, was dabei zum Vorschein käme, doch wohl sehr zweifelhaft.«

»Nicht unbedingt«, meinte Dr. Westphal. »In Ihrem Fall wissen wir jetzt, dass die Erinnerungen an das Trauma noch immer vorhanden und gespeichert sind. Wir müssen Ihr Unterbewusstsein nur dazu bringen, sie freizugeben. Behutsam natürlich. Und dafür ist Hypnose geradezu wie geschaffen, weil sie kontrollierbar ist. Ich habe sogar schon einen Therapeuten gefunden, den ich für geeignet halte und dessen Referenzen auf diesem Gebiet hervorragend sind. Er ist sehr interessiert an Ihrem Fall und wäre auch sofort bereit, die Sitzungen bei Ihnen zuhause durchzuführen, da Sie dort bestimmt wesentlich entspannter sind als in irgendeiner Praxis.« Dr. Westphal ging um den schweren Schreibtisch herum, öffnete eine der Schubladen und zog eine Aktenmappe daraus hervor. »Hier sind alle Informationen, die ich in den letzten Monaten darüber zusammengetragen habe«, verkündete sie. »Nehmen Sie sie mit, und entscheiden Sie sich in aller Ruhe.« Sie reichte ihm die Mappe.

Tom zögerte. »Ich weiß nicht«, sagte er skeptisch. »Ich halte nicht viel von solcher Effekthascherei.«

»Wir reden hier nicht von billigen Jahrmarkttricks, Tom. Die therapeutische Hypnose ist in der Psychiatrie eine anerkannte Methode zur Bekämpfung von Ängsten. Natürlich gibt es auch schwarze Schafe, die ihr Wissen in irgendwelchen Fernsehshows vermarkten. Trotzdem sollten Sie ein bisschen mehr Vertrauen haben, Tom.«

»Was für Alternativen hätte ich?«

»Nun, die üblichen. Sie könnten weiter alle zwei Wochen

zu mir kommen. Ich habe auch gehört, dass es eine weiterentwickelte Therapieform für schwere posttraumatische Fälle wie Ihren gibt. Allerdings existieren noch keine brauchbaren Studien über Wirksamkeit und Dauer dieser Therapie. Es liegt also bei Ihnen, Tom. Wir können noch jahrelang auf diesem Weg weitergehen, oder wir riskieren eine Abkürzung.« Noch immer hielt sie ihm die Mappe hin. »Denken Sie wenigstens darüber nach. Es wäre eine echte Chance.«

»Also gut«, gab Tom schließlich nach und griff nach den Unterlagen. »Wie viele solcher Sitzungen wären denn nötig?«

»Das hängt davon ab, wie stark Ihre Blockaden sind und wie Sie darauf reagieren. Ich wäre natürlich bei jeder Sitzung dabei und könnte sofort eingreifen, wenn ich Bedenken hätte.«

»Und Sie sind wirklich überzeugt, dass mir das helfen könnte?«, fragte er, noch immer zweifelnd.

»Wenn Sie eine Garantie wollen, Tom, dann müssen Sie sich einen Fernseher kaufen«, gab sie schlagfertig zurück. »Die Psychoanalyse kann das nicht. Vertrauen ist alles, was ich Ihnen anbieten kann.«

»Na schön.« Er sah auf seine Armbanduhr. Es war kurz nach zehn. Karin würde ihn in ein paar Minuten abholen, und er konnte es kaum erwarten, wieder in seinen eigenen vier Wänden zu sein.

In einem Zug trank er sein Mineralwasser aus und stellte die Flasche zurück auf den Tisch. »Ich werde es mir überlegen«, versprach er, doch es klang nicht besonders glaubhaft.

»Tun Sie das, Tom. Und wenn Sie zu einer Entscheidung gekommen sind, lassen Sie es mich wissen. Ich veranlasse dann alles Nötige.«

»Hypnose?«, wiederholte Karin, während sie den Wagen durch die engen Straßen der Altstadt in Richtung Autobahn lenkte.

»Klingt ziemlich verzweifelt, was?«, meinte Tom, der nervös die losen Papiere in der Mappe durchblätterte, um nicht aus dem Fenster schauen zu müssen.

»Findest du? Für mich hört sich das an wie eine faszinierende Alternative.«

»Für dich hört sich in letzter Zeit alles faszinierend an, was Dr. Westphal sagt«, entgegnete er gereizt. »Ich glaube, sie könnte mir auch vorschlagen, einen Wochenendausflug auf den Mount Everest zu machen, und du wärst *fasziniert* von dieser Idee.«

»Ich halte sie nun mal für eine sehr gute Therapeutin. Immerhin habe ich mal für sie gearbeitet, schon vergessen?«

»Nein, Schatz. An ein paar Dinge kann ich mich durchaus noch erinnern, auch ohne diesen Voodoo-Zauber.«

Karin hielt an einer roten Ampel. Sie betrachtete Tom argwöhnisch und schüttelte den Kopf. »Du bist ganz schön unaufgeschlossen.«

»Da hast du recht. Vielleicht sollte ich das Ganze ja als Inspiration betrachten. Wenn es nicht hilft, kann ich hinterher wenigstens darüber schreiben, wie mir irgend so ein Kurpfuscher mit einem Pendel vor der Nase herumgewedelt hat.« Er winkte abfällig ab. »Hypnose, ich bitte dich.«

Tom sah kurz von den Unterlagen auf. In diesem Moment hielt auf der Spur neben ihnen ein Auto, worauf er so erschrak, dass ihm die Mappe entglitt und die Blätter sich lose im Fußraum verteilten. Der Fahrer des Wagens neben ihnen sah verwirrt zu ihnen herüber.

»Verdammt, was glotzt du so?«, fuhr Tom den Mann durch die geschlossene Scheibe an. »Hast du noch nie einen erwachsenen Mann gesehen, der sich vor Angst in die Hosen pisst?«

»Tom, reg dich ab«, sagte Karin und griff energisch nach seiner Hand. »Ich weiß, du bist ziemlich angespannt, aber du brauchst deine Laune nicht an uns auszulassen.« Sie deutete mit dem Kopf in Richtung Rücksitz, wo Mark saß und seinen Vater argwöhnisch betrachtete.

Tom schloss einen Moment die Augen und atmete tief durch. »Hey, kleiner Mann«, sagte er kleinlaut und verbog die Lippen zu so etwas wie einem Lächeln. »Das … das war gerade sehr unhöflich von mir. Verstehst du, ich hab im Moment ziemlich viel um die Ohren und …« Er brach ab und seufzte. »Weißt du was, wir vergessen das Ganze einfach. Tut mir leid, dass ich so ausgerastet bin. Ich wollte dir bestimmt keine Angst machen, glaub mir, das ist das Letzte, was ich will. Davon habe ich nämlich selbst schon genug.«

Die Ampel schaltete auf Grün, und sie bogen auf die Bundesstraße ab, die aus der Stadt führte.

»Wovor hast du denn Angst, Papa?«, fragte Mark.

»Tja, weißt du …«, begann er zögerlich. »Als ich noch ein Kind war, ist mir mal etwas Schlimmes passiert. Und das hat mir ziemliche Angst gemacht. Und diese Angst ist noch immer da und erschreckt mich manchmal. Das ist so, als würde dir plötzlich eine dicke Spinne den Arm heraufkrabbeln.« Er strich mit den Fingern an Marks Arm hinauf.

»Iiiiihh!«, quiekte Mark und zog eine Grimasse.

»Genauso geht es mir dann auch«, sagte Tom. »Und dann versuche ich, diese Spinne totzuschlagen, aber sie ist immer schneller als ich und versteckt sich an einer Stelle, wo ich nicht hinkomme. Und da wartet sie dann nur darauf, mich wieder zu erschrecken, verstehst du?«

Mark nickte. »Papa, was ist Hypnose?«

Tom sah Hilfe suchend zu Karin hinüber, die konzentriert auf die Straße blickte, sich aber ein Lächeln nicht verkneifen konnte.

»Tja, weißt du«, antwortete er schließlich, »das ist ein Mittel, mit dem man böse Spinnen aufspürt.«

Mark dachte kurz nach. »Dann sollten wir das mal in unserem Keller ausprobieren, da sind nämlich ganz viele.«

Fast wie aus einem Mund fingen Tom und Karin an zu lachen.

Sie fuhren von der Bundesstraße auf die Autobahn in Richtung Frankfurt. Karin schielte immer wieder auf die Papiere, die auf dem Boden des Wagens verstreut waren. Das Foto eines Mannes starrte zu ihr empor. Er hatte braunes, über der Stirn bereits deutlich lichtes Haar und ein längliches Gesicht, das durch einen Bart voller wirkte. Sein Lächeln schien aufrichtig und seriös.

»Wer ist das?«, fragte sie schließlich und deutete auf das Bild.

Tom zog den Ausdruck aus dem Blätterwirrwarr hervor. »Das ist Professor Dr. Peter Bartsch, 56 Jahre alt, Diplompsychologe und auf Hypnosetherapie und Traumdeutung spezialisiert«, las er den nebenstehenden Text vor. »Hört sich fast schon spirituell an, findest du nicht?«

»Ich finde, er macht einen kompetenten Eindruck. Du solltest einfach mal mit ihm reden, vielleicht änderst du dann deine Meinung.«

»Ja, vielleicht mache ich das sogar. Auf einen Arzt mehr oder weniger kommt es jetzt auch nicht mehr an.« Er warf das Blatt zurück zu den anderen. »Ich schaue das Ganze zuhause in Ruhe durch«, versprach er auf Karins argwöhnischen Blick hin. »Beim Lesen im Auto wird mir immer schlecht. Das war schon so, als ich noch ein Kind war.« Der

Ausdruck in seinen braunen Augen wurde verträumt, als hätte er im Geiste ein Fenster geöffnet, durch das er zurückblicken konnte. »Komisch«, meinte er nach einiger Zeit, »an solche Kleinigkeiten erinnere ich mich noch.«

»Der Rest kommt auch wieder«, sagte Karin zuversichtlich. »Dr. Westphal wird schon dafür sorgen, da bin ich ganz sicher. Du solltest ihr einfach mehr vertrauen.«

Tom runzelte die Stirn. »Langsam könnte man wirklich meinen, ihr beiden macht gemeinsame Sache, was diese Hypnosegeschichte angeht. Ihr habt euch nicht zufällig gegen mich verschworen, oder?«

»Jetzt redest du aber Unsinn«, wehrte sie lachend ab.

»Na, ich weiß nicht. Ihr seid plötzlich ziemlich versessen darauf.«

»Wahrscheinlich wollen wir beide nur das Beste für dich. Was ist daran verkehrt?«

»Nichts«, sagte Tom. »Aber ich lasse mich nicht gern zu etwas drängen.«

»Du hast Angst davor, nicht wahr?«, fragte Karin unvermittelt. »Angst vor dem, was dabei herauskommen könnte.«

Tom schwieg. Die Frage müsste eigentlich lauten, wovor er *keine* Angst hatte. Das würde die Liste um einiges verkürzen. Aber ihm war tatsächlich nicht wohl bei dem Gedanken, sich wieder in diesen Keller zurückführen zu lassen. Noch dazu, wenn er dabei der Willkür eines Arztes ausgesetzt war, der ihn in Tiefschlaf versetzte und in seinen intimsten Gedanken herumkramte. Es gab nur eins, was er noch mehr hasste als Angst, und das war das hilflose Gefühl des Ausgeliefertseins.

»Mach doch einfach mal einen unverbindlichen Termin mit diesem Dr. Bartsch, und lass dir das alles genau erklären«, schlug Karin vor.

»Du tust es schon wieder.«

»Ich will dich nicht drängen, Tom, ich will dir nur helfen.«

»Ich habe doch gesagt, ich werde in Ruhe darüber nachdenken. Und dann werde ich eine Entscheidung treffen.«

»Gut«, seufzte Karin, die an seiner energischen Stimmlage erkannte, dass dieses Thema für ihn beendet war.

»Aber wo wir gerade bei Terminen sind«, legte Tom nach einer Weile nach. »Hast du letzte Woche meine Therapiesitzung abgesagt?«

Entgeistert schaute sie zu ihm herüber. »Nein. Wie kommst du denn darauf?«

»Weil es irgendjemand getan hat.«

»Wann soll das gewesen sein?«

»Tu bitte nicht so, als wüsstest du nicht, dass ich jeden zweiten Mittwoch bei ihr bin. Du fährst mich schließlich hin.«

»Tom, ich war letzten Mittwoch den ganzen Tag als Betreuerin mit Marks Kindergarten unterwegs. Wir haben eine Wanderung im Wald gemacht und sind erst am frühen Nachmittag zurückgekommen.«

Tom dachte angestrengt nach, doch er fand nichts, was auch nur einem Anhaltspunkt für das gleichkam, was Karin da behauptete.

»Ja, Papa«, sagte Mark vom Rücksitz aus. »Wir waren bei dieser Hütte und haben Würstchen gegrillt. Ich hab dir doch auf der Kamera die Bilder gezeigt, die wir gemacht haben.«

Immer noch nichts. Dieser Tag schien wie ausgelöscht zu sein. »Ja, richtig«, log er, um seinem Sohn gegenüber nicht den Eindruck zu erwecken, er habe völlig den Verstand verloren. »Dann hättest du mich also gar nicht in die Praxis fahren können.«

»Nein, Tom«, sagte Karin, und ihre Stimme begann zu zittern. »Ich hatte nicht einmal das Auto mit. Jenny Peters hat mich und Mark abgeholt. Du weißt doch, wer Jenny ist?«, fragte sie beinahe flehend.

Das war die Mutter von Tanja Peters, einer Freundin von Mark. So viel wusste er immerhin. »Ja, natürlich«, versicherte er. »Aber … Wie hätte ich dann zur Therapie kommen sollen?«

»Das hatten wir doch alles besprochen. Fanta wollte dich abholen.«

Stefan? Das Leck in seinem Kopf schien immer größer zu werden. »Na ja«, stammelte er nervös, »dann … dann ist ihm vermutlich etwas dazwischengekommen und …«

»Ich habe diesen Termin nicht abgesagt«, beteuerte Karin. Sie klang fast hysterisch.

»Aber irgendjemand muss es getan haben. Denk nach, möglicherweise ist etwas passiert, und ich habe dich auf dem Handy angerufen.«

»Mein Handy lag zuhause in der Küche. Ich hatte vergessen, es aufzuladen.« Sie hatte Mühe, die Tränen zurückzuhalten. »Tom, ich mache mir ernsthaft Sorgen um dich. Bitte ruf diesen Arzt an, und lass dir helfen«, flehte sie.

»Lass nur, du musst dir keine Sorgen machen«, antwortete er geistesabwesend. »Ich bin nur ziemlich angespannt. Das Ganze löst sich vermutlich auf, wenn ich wieder in meiner gewohnten Umgebung bin.«

Sie seufzte nur; ihr Atem ging stoßweise.

Tom wusste, dass seine Worte wenig tröstlich waren. Er starrte auf die weite Landschaft, die an seinem Fenster vorbeizog, und war dabei so in sich versunken, dass er darüber sogar seine Angst vergaß. Und je intensiver er seine Gedanken durchforstete, desto klarer schienen sich zwei Möglichkeiten in seinem Kopf zu formen, die ihn beide erschauern ließen: Entweder wurde er langsam verrückt, oder jemand legte es tatsächlich gezielt darauf an, ihn in den Wahnsinn zu treiben.

Der Rest der Fahrt bestand aus Schweigen. Tom war so in seine Gedanken vertieft, dass er es gar nicht registriert hatte, als Karin die Autobahn verließ und sich an der Ortseinfahrt in den Kreisverkehr einordnete. Pausenlos ging er die Fakten durch, in der Hoffnung, auf etwas zu stoßen, was den Geschehnissen an jenem Mittwoch eine nachvollziehbare Logik verlieh. Aber entweder entzog sich diese Logik seinem Verstand, oder es war einfach keine Spur davon vorhanden.

Wiederum kamen sie an einer Ampel zum Stehen. An einem Zaun neben Toms Fenster wurde ein Plakat sichtbar.

»Es beginnt erneut«, las er vor dem blutroten Hintergrund, und sein Körper erstarrte so jäh, als sei ein Blitz durch ihn hindurchgefahren. Dabei biss er sich auf die Zunge, und der metallische Geschmack von Blut breitete sich in seinem Mund aus. Er schloss die Augen, um sie kurz darauf wieder zu öffnen, und seine Sinne entspannten sich, als die weißen Buchstaben ihre tatsächliche Botschaft preisgaben: »Essen Sie gesund?«, fragte die übergroße Schrift auf dem Plakat. Darunter prangte das Logo einer bekannten Supermarktkette. Er spürte, wie die Angst wich, und war versucht, in lautes Gelächter auszubrechen.

Ich werde wirklich langsam verrückt, dachte er. *Jetzt kommen zu den Blockaden und den Angstattacken auch noch Wahnvorstellungen hinzu.*

Dr. Westphal konnte ihrer beruflichen Zukunft also beruhigt entgegenblicken, denn vermutlich würden noch ihre Kinder damit beschäftigt sein, seine verdrehte Psyche wieder geradezubiegen. Tom spürte eine leichte Berührung am Knie und zuckte erneut zusammen.

»Entspann dich, Schatz«, sagte Karin. »Wir sind gleich da.«

Sie fuhren durch den Stadtkern, in dem sich an beiden Seiten Geschäfte, Eiscafés und Restaurants aneinanderreihten, bis sie nach einiger Zeit an eine Abzweigung kamen, die zum östlichen Ende der Stadt führte. Die Häuserreihen lichteten sich nach und nach und machten einer Birkenallee Platz. Hier erreichte die Steigung der Straße ihren Höhepunkt, und sie passierten das größte Hotel der Stadt, dessen prächtige weiße Fassade links von ihnen hinter üppigem Grün aufragte. Immer mehr gewann die Natur in Form von blühenden Wiesen und bewaldeten Flächen die Oberhand, und je weiter sie in diese Idylle vordrangen, desto mehr Luft schien für Toms Lunge vorhanden zu sein. Es war, als lösten sich mächtige Schraubzwingen von seinem Brustkorb und ließen ihn tiefer atmen.

Jetzt hatten sie fast den höchsten Punkt der Straße erreicht, und auf der rechten Seite tat sich in der dichten Baumreihe eine etwa zehn Meter breite Lücke auf. Darin waren die durchwucherten Überreste einer schmalen Einfahrt zu sehen. Wegen des hüfthohen Dickichts war sie nur auf den zweiten Blick zu erkennen, und obwohl Tom dieser Weg noch nie sonderlich aufgefallen war, wusste er genau, wohin er führte.

»Halt an«, verlangte er aus einem plötzlichen Impuls heraus.

»Warum?« Karin trat erschrocken auf die Bremse und hielt nach etwas Ausschau, das unvermutet ihren Weg kreuzen könnte. »Was ist denn?«, fragte sie verärgert, als ihre Suche erfolglos blieb.

»Fahr einfach rechts ran.«

Sie ließ den Wagen ausrollen und kam auf einem schmalen Fußweg etwas oberhalb der Einfahrt zum Stehen. Tom starrte aus dem Beifahrerfenster. Karin musste sich zu ihm herüberbeugen, um zu erkennen, was er sah. Doch durch die umliegenden Bäume und das wild wuchernde Dickicht hindurch war nichts zu erkennen, was diesen plötzlichen Stopp gerechtfertigt hätte.

»Was wollen wir hier?«, fragte sie verwirrt.

»Das weiß ich noch nicht«, erwiderte Tom und öffnete die Wagentür.

»Du willst doch wohl nicht da hingehen.« Beklommenheit lag in ihrer Stimme, als sie begriff, was er vorhatte.

»Ich muss es einfach sehen«, sagte Tom.

»Papa, darf ich mitkommen?«, fragte Mark neugierig.

»Nein!«, antwortete er entschieden. »Ich möchte nicht, dass du jemals auch nur in die Nähe dieses Grundstücks gehst, hast du verstanden?«

»Ja«, seufzte Mark enttäuscht und ließ sich schmollend in seinen Kindersitz sinken.

»Ihr wartet hier. Ich bin gleich wieder da.«

Der rissige Asphalt der Einfahrt war voller Unkraut und Schlaglöcher, die der Frost der letzten Winter zu kleinen Kratern geformt hatte, so dass Tom auf jeden seiner Schritte achten musste. Etwa nach der Hälfte machte der Weg eine leichte Biegung und führte zwischen Haselnusssträuchern und Brombeerbüschen hindurch, wo er nach circa fünfzig Metern leichtem Gefälle an einem Tor aus Maschendraht endete. Zwei große Warnschilder prangten an dem rostigen Drahtnetz: »Betreten verboten« und »Einsturzgefahr«. Tom versuchte sich auszumalen, wie diese Warnungen wohl auf die Abenteuerlust jugendlicher Halbstarker wirkten. Ebenso gut hätte man unter einer großen Klingel ein Schild mit der Aufschrift »Nicht klingeln!« anbringen können.

Das Tor wurde von einer Edelstahlkette und einem Vorhängeschloss gesichert. Beides sah im Gegensatz zum Rest neu aus. Der Torrahmen war von Rost zerfressen und der Maschendraht an der rechten Seite durchtrennt, so dass dort ein Durchgang war, sobald man den Zaun beiseitedrückte. Dies verlieh der Kette und dem teuren Schloss einen ziemlich grotesken Charakter.

Tom starrte durch den Zaun auf das Grundstück. Es war zu zwei Dritteln von kniehohem Gras und Unkraut bedeckt. Leere Bierdosen und zerbrochene Flaschen waren überall verstreut. An einigen Stellen waren kleinere Feuer entfacht worden. Dies schien tatsächlich ein beliebter Treffpunkt für Jugendliche zu sein, und Tom konnte es ihnen nicht einmal verdenken. Hier waren sie ungestört. Niemand, der ihnen Vorschriften machte, außer ein paar Schildern, deren Botschaften ebenso wenig bis in ihre Köpfe vordrangen wie die Warnhinweise auf den zerknüllten Zigarettenschachteln, die überall herumlagen. Er konnte sie beinahe vor sich sehen, wie sie an den Feuerstellen saßen, vor den Mädchen angaben, Bier tranken und sich aufführten, als gehöre die Welt ihnen allein. Und sofort beneidete er sie darum, denn seine Jugend verfügte nicht über solche Erinnerungen.

Sein Blick schwenkte zu dem alten Gebäude hinüber. Der ehemals weiße Putz war vergraut und bröckelte an einigen Stellen großflächig ab. Der Eingang war mit Brettern vernagelt, und die wenigen Fenster des Erdgeschosses waren eingeschlagen und zum Teil mit Plastikplanen überzogen. Dahinter schimmerten die Räume dunkel durch die zackigen Scherbenreste. Durch die Fensteröffnungen konnte Tom die ungewöhnliche Dicke der Mauern erkennen, die gut einen Meter betrug. Erst jetzt fielen ihm die rostigen Stellen um die Fenster herum auf. Er nahm an, dass diese früher einmal vergittert gewesen waren. Dieses Gebäude sah für ihn keinesfalls wie ein Depot aus, sondern vielmehr wie eine ehemalige Anstalt. Die Fenster der oberen zwei Stockwerke schienen größtenteils intakt zu sein. Wahrscheinlich traute sich dort niemand mehr hinauf, aus Angst, die Decke könnte nachgeben. Links neben dem Haus stand ein rostiger Bauschuttcontainer, bis zum Rand mit den Resten eines Mauerdurchbruches gefüllt. Er musste bereits Jahre dort stehen, denn er war von Schlingpflanzen umwuchert, die sich bereits bis zu den Rändern hinaufgearbeitet hatten. Der Abfall darin schien jedoch frisch zu sein, als hätte erst vor kurzem jemand in dem Haus gearbeitet. Um das Gebäude herum dagegen schien alles zu verkommen. Der Rest des Zaunes, der das gesamte Grundstück umschloss, war kaum noch zu erkennen. Efeu hatte sich wie ein grüner Mantel über ihn gelegt und wucherte an manchen Stellen bereits die Hauswand empor. Es hatte fast den Anschein, als wollte die Natur sich diesen Flecken Erde mit allen Mitteln zurückerobern.

Tom konnte durch den Zaun nicht alle Bereiche des Grundstücks einsehen. Also beschloss er zu seinem eigenen Erstaunen, etwas weiter vorzudringen. Seine plötzliche Unbefangenheit beunruhigte ihn etwas, da er es nicht gewohnt war, außerhalb seiner normalen Umgebung so zielstrebig zu agieren. Doch er verspürte einen fast zwanghaften Drang, dieses Gebäude aus der Nähe zu betrachten.

Sachte drückte er gegen die Verstrebung, und der Maschendraht gab sofort nach und öffnete ihm einen bequemen Durchgang. Er bemerkte, dass die Stelle einmal notdürftig mit Bindedraht geflickt worden war. Die Schnittstellen waren frisch und wiesen keinerlei Rost auf. Jemand musste sich also erst vor kurzem Zutritt zu dem Gelände verschafft haben, und Tom hatte seine Zweifel, dass es sich dabei nur um ein paar Halbstarke gehandelt hatte, schließlich trugen die in der Regel keine Drahtscheren mit sich herum.

Tom bückte sich und glitt problemlos durch die Öffnung. Obwohl die Polizei ihre Zelte mittlerweile abgebrochen und das Gelände wieder freigegeben hatte, verfing sich ein letzter Rest von rot-weißem Absperrband um den Knöchel seines Fußes. Er schüttelte es ab und drang behutsam auf das Gelände vor, immer darauf bedacht, nicht auf irgendwelche Scherbenreste oder sonstigen Abfall zu treten. Und je näher er dem Gebäude kam, desto stärker wurde das beklemmende Gefühl, das ihn jetzt einhüllte wie ein nasses Tuch. Mit jedem Schritt erhöhte sich sein Puls, und sein Atem wurde schnell und flach.

Neben dem Haupthaus erkannte Tom jetzt inmitten von dichtem Gestrüpp einen kleinen Geräteschuppen. Die Bretter, mit denen er errichtet worden war, schimmerten in der Nachmittagssonne schmutzig grün. Moos und Schimmel hatten das Holz im Laufe der Jahre zersetzt, und die dunklen Dachbahnen waren von Wind und Wetter brüchig geworden. Alles war von Zerfall gezeichnet, was in Tom unweigerlich eine Assoziation mit Verwesung wachrief.

Sie verlassen mich wieder.

Der Druck der Schraubzwingen um seine Brust nahm wieder zu. *Was suchst du hier eigentlich*, fragte er sich, in der Gewissheit, dass er keine befriedigende Antwort bekommen würde. Insgeheim jedoch wusste er, was ihn hierhergeführt hatte. Denn jeder Schritt, den er auf diesem Gelände tat, kam ihm vor wie ein Schritt in seine Vergangenheit. Er bildete sich sogar ein, dass dieses Gebäude eine gewisse Ähnlichkeit mit dem hatte, über dessen Zaun er als Kind geklettert war. Die braunen Rahmen der Fenster. Das steil ansteigende Dach. Die roten Dachschindeln.

Unsinn, tadelte er sich selbst. Dieses Haus war viel größer. Und massiver. Und verfallener. Und überhaupt hatte jedes verdammte Haus ein verdammtes Dach und verdammte Fenster und …

Was war das?

Tom blieb wie angewurzelt stehen. Hatte sich dort etwas bewegt? Die Muskeln seiner Beine begannen zu zittern, und an seinem Rücken bildeten sich kleine kalte Schweißinseln, die den dünnen Stoff seines T-Shirts tränkten. Er war sich ziemlich sicher, hinter einem der Fenster im oberen Stock einen Schatten gesehen zu haben. Nur für den Bruchteil einer Sekunde, doch er hatte ihn gesehen.

Das bildest du dir ein, versuchte er sich zu beruhigen. *Genauso wie du dir einbildest, unheimliche Botschaften auf Werbeplakaten zu sehen. Wahrscheinlich war es nur eine Spiegelung, nichts weiter.*

Dennoch verharrte sein Blick weiter auf dem Fenster, in der Hoffnung auf eine Bestätigung seiner Täuschung. Doch solange er es auch anstarrte, es blieb nur ein altes, vermodertes Fenster, hinter dem nichts zu erkennen war.

Sein neu gewonnener Mut begann ebenso zu bröckeln wie die Fassade des alten Hauses. Was auch immer ihn dazu bewegt hatte, sich diesem Ort zu nähern, es war nacktem Unbehagen gewichen, das in jede Faser seines Körpers vordrang und ihn zum Auto zurückdrängte. Und trotzdem fiel es ihm schwer, sich der Anziehungskraft dieses Gebäudes zu entziehen. Seine Sinne hafteten an diesen maroden Mauern wie Metall an einem Magneten, und er konnte sich nicht erklären, weshalb. Trotz seiner stetig zunehmenden Panik dauerte es gut eine Minute, bis er endlich den Blick abwenden konnte. Gerade als er kehrtmachen und zum Auto zurückgehen wollte, entdeckte er die Grube.

Sie lag etwas abseits des Hauses inmitten von etwas, das früher einmal ein gepflegter Rasen gewesen sein musste, nun aber aus kniehohem Gras und Unkraut bestand. Nur der unmittelbare Bereich um die Grube und den Aushub herum war von beidem befreit worden. Vermutlich um das, was hier so makaber inszeniert worden war, jedem zugänglich zu machen.

Ein kalter Schauer lief Tom den Rücken hinunter wie Tausende kleiner Spinnenfüße. Er zitterte am ganzen Leib, doch trotz der Starre, die ihn befiel, ging er weiter, wie von einer unsichtbaren Schnur gezogen. Wie im Rausch bewegte er sich auf die Stelle zu und hatte dabei das Gefühl, durch ein Zeitportal gesogen zu werden. Die Luft um ihn herum schien plötzlich dichter zu werden und verzerrte den Anblick wie bei einer Fata Morgana. Frische Fuß- und Reifenspuren, die von Polizei und Spurensicherung dort hinterlassen worden waren, glätteten sich vor seinen Augen wie von Geisterhand … und unmittelbar darauf fand er sich auf einem schmalen Kiesweg wieder, auf dem jeder seiner Schritte ein scharfes Knirschen erzeugte. Das hohe Gras fiel in sich zusammen und schrumpfte zu einem gepflegten Grün zurück. Dorniges Gestrüpp verwandelte sich in blühendes Buschwerk und farbenfrohe Stauden. Auch das Absperrband, mit dem die Grube noch immer gesichert war, wurde aus seiner Wahrnehmung gelöscht und löste sich auf. Seine Umgebung veränderte sich im Sekundentakt bis zurück zu jenem Punkt in seiner Vergangenheit, der für ihn als Kind zum Schicksal geworden war.

Er befand sich wieder im Garten hinter dem Haus, in dessen Keller er als Junge beinahe umgekommen wäre. Alles hier war sauber und makellos. Die Rasenflächen um den verzweigten Kiesweg herum waren sorgfältig gemäht und strotzten vor sattem Grün. Kleine Nussbäume und Sträucher erhoben sich darauf, erblühten zu farbenprächtigen kleinen Inseln. In der Nähe plätscherte ein künstlicher Bach, und der Duft blühender Rosen umgab ihn. Inmitten dieses Kleingärtnertraums wirkte das dunkle Erdloch, auf das er sich zubewegte, so befremdlich wie ein Fleck auf einem weißen Hemd.

Verzweifelt versuchte er, seine Beine am Weitergehen zu hindern, doch sie marschierten wie von einer fremden Macht gesteuert auf die Grube zu. Und damit unweigerlich auf das, was darin verborgen lag. Es waren Szenen, die seine Augen vor langer Zeit eingefangen hatten und die nun im Inneren seines Kopfes abgespielt wurden wie ein altes Video. Doch dieser Film bestand nicht nur aus Bildern. Es gehörten auch Geräusche, Gerüche und Gefühle dazu. Er *erlebte* diese Szenen noch einmal.

Es beginnt erneut!

Eine weitere Panikwoge überspülte ihn.

Tom spürte, dass er etwas in den Händen hielt. Es fühlte sich leicht an, rund und narbig. Doch seine Wahrnehmung war zu sehr auf die zierliche Hand fixiert, die über den Rand des Erdlochs herausragte. Ihre Finger waren zu einer lockeren Faust gekrümmt und glänzten feucht, als würden sie in der Nachmittagssonne schmelzen. Etwas daran wirkte nicht vollständig. Es war, als betrachtete man eines dieser Bilderrätsel, die früher immer in Zeitschriften zu finden gewesen waren und bei denen man Original und Fälschung miteinander vergleichen musste, um auf die winzigen Abweichungen zu stoßen. Erst bei näherem Hinsehen bemerkte er das grausige Detail.

Der Hand waren die Fingernägel entfernt worden.

Herausgerissen, ging es ihm durch den Kopf.

Sein Puls ging nun so schnell, dass er das Blut in seinen Ohren rauschen hörte. Das Geräusch übertönte beinahe seine Schritte im Kies. Ein erdiger Geruch schlug ihm entgegen, während sein Blick immer weiter an dem dünnen Arm hinabglitt, je näher er ihm kam. Verkrustete Striemen waren darauf wie von Peitschenhieben. An manchen Stellen war das Gewebe von dunklen, kraterartigen Flecken überzogen, die wie tiefe Verbrennungen aussahen. Die Haut war bläulich verfärbt und sah ledern aus, beinahe wie aus Wachs geformt. Was für ein armes Geschöpf auch immer dort lag, es musste vor seinem Tod Schreckliches durchlitten haben.

Der Rand der Grube rückte immer näher. Tom verkrampfte sich, hielt von Angst gelähmt den Atem an, in der Erwartung, noch schlimmere Verstümmelungen am Rest des Körpers zu entdecken, der jeden Moment in sein Blickfeld geraten würde … als er plötzlich eine Hand auf seiner rechten Schulter spürte.

Er schreckte herum, riss panisch die Fäuste hoch und ließ sie wild durch die Luft zucken, fest entschlossen, sich dieses Mal nicht kampflos in sein Schicksal zu ergeben.

Doch der Film hatte längst angehalten, und die Rückblende, die er gerade durchlebt hatte, war zerplatzt wie eine Seifenblase. Zu seiner großen Verwunderung starrte er in das entsetzte Gesicht von Karin, die ihn mit großen, angstvollen Augen anstarrte und die abwehrend die Hände vor den Körper hielt.

»Herrgott noch mal!«, schrie Tom völlig perplex und riss im letzten Moment die Fäuste zurück, die sonst unkontrolliert auf seine Frau eingeschlagen hätten. Sein Atem ging wie der eines gehetzten Stiers, und er hatte Mühe, die Beherrschung wiederzufinden. »Willst du mich zu Tode erschrecken, oder warum schleichst du dich so an mich heran?«, keuchte er.

Noch immer sah Karin ängstlich aus ihrer geduckten Haltung zu ihm auf. »Heranschleichen?«, wiederholte sie, und ihre Stimme gewann an Kraft. »Ich habe mehrmals laut nach dir gerufen, aber du hast nur dagestanden und Löcher in die Luft gestarrt!«

Tom sah sich um. Er stand noch immer an derselben Stelle, von der aus er die Grube entdeckt hatte, etwa zehn Meter von ihr entfernt. Alles sah wieder so aus wie vorher. Die Fußabdrücke und Reifenspuren im Boden. Das hohe Gras. Die Absperrung. Nichts davon hatte sich verändert. Zumindest nicht in jenem Teil seiner Wahrnehmung, den er als Realität bezeichnete.

Erleichtert atmete er auf. Das Ganze musste eine weitere intensive Rückkopplung seiner Erinnerung gewesen sein. Eine erneute *Intrusion*, wie Dr. Westphal sagen würde.

»Alles in Ordnung?« Karin betrachtete ihn argwöhnisch. »Du hast mir eine Heidenangst eingejagt.«

»Tut mir leid. Was machst du eigentlich hier?«, fragte er, noch immer ein wenig desorientiert.

»Dasselbe könnte ich dich fragen«, gab sie barsch zurück. »Hast du die Schilder nicht gesehen? Mark und ich haben zwanzig Minuten auf dich gewartet, da habe ich mir Sorgen gemacht.«

Zwanzig Minuten? Ihm war es nur wie ein Augenblick vorgekommen. »Wo ist Mark jetzt?«

»Wo soll er schon sein, er wartet immer noch im Auto.«

»Du hast ihn allein gelassen?«

Karins Blick wurde scharf. »Ich konnte ja nicht ahnen, dass du vorhast, hier einzubrechen. Was zum Teufel erhoffst du dir davon? So was wie Erlösung?«

»Ich weiß nicht.« In Gedanken versunken starrte Tom abermals auf die Grube. Plötzlich fiel sein Blick auf eine Stelle etwa drei Meter links neben der Absperrung. Genau dort, wo das Gras wieder in dichtes Unkraut überging, lag ein runder Gegenstand. Die dunklen Rillen darauf schimmerten durch die weiße Oberfläche wie Nähte nach einer Operation.

Ein Fußball.

So sehr wie ihn dieser Anblick irritierte, dachte er angestrengt darüber nach, ob dieser Ball schon vorher dort gelegen hatte. Er hätte ihm eigentlich auffallen müssen.

»Mein Gott«, entfuhr es Karin entsetzt, als sie seinem Blick folgte und das Erdloch entdeckte. »Ist das etwa die Stelle, wo sie das tote Mädchen gefunden haben?«

»Ja«, antwortete er fast teilnahmslos.

»Gütiger Himmel, Tom.« Bestürzt legte sie die Hände an die Wangen. »Du starrst diese Stelle an, als wäre sie für dich eine Art Altar. Das macht mir Angst, Tom, das ist krank.«

Tom schaute in ihre graugrünen Augen, in denen Furcht und Sorge lagen. Er konnte unmöglich von ihr verlangen, zu begreifen, was in ihm vorging. Niemand konnte das, der nicht ähnlich Traumatisches erlebt hatte und nun von derselben verzweifelten Unruhe dazu getrieben wurde, dieses klaffende schwarze Loch in seinem Leben zu erforschen, das seine Vergangenheit verschluckt hatte und die Gegenwart dadurch noch immer beeinflusste. Er selbst hatte oft genug Schwierigkeiten damit, das nachzuvollziehen, was durch sein Unterbewusstsein zu ihm durchdrang und ihn zu etwas wie dem hier veranlasste. Aber ihm war auch klar, dass dies nicht ohne Grund geschah. Etwas verband ihn mit diesem Gebäude und diesem Ort. Etwas, das mächtig genug war, ihn ohne Zögern hier eindringen zu lassen. Und das, obwohl er normalerweise nicht einmal sein eigenes Haus verlassen konnte, ohne dabei in Todesstarre zu verfallen. Allerdings konnte er sich nicht erklären, worin diese seltsame Verbindung bestand. Obwohl dieses Gelände nur gut einen Kilometer Luftlinie von seinem eigenen Grundstück entfernt lag, konnte er sich nicht erinnern, schon einmal hier gewesen zu sein. Für jemanden, dessen Erinnerungsvermögen so porös war wie die Struktur eines Gasbetonsteines, musste das zwar nichts bedeuten, dennoch war er sich absolut sicher, noch nie einen Fuß auf diesen Boden gesetzt zu haben. Selbst in seiner Kindheit – an die er sich noch gut erinnern konnte und in der er oft an Wochenenden seine Großeltern hier besucht hatte – fehlte jeglicher Bezug zu diesem Ort. Und dennoch verspürte er eine tiefe Vertrautheit mit dem, was sich ihm hier erschloss … und so etwas wie Wehmut. Ein Gefühl, das er üblicherweise empfand, wenn er einen Roman vollendet hatte. Ein zwiespältiger Punkt in seinem Leben, an dem er vollkommene Zufriedenheit dabei erlebte, etwas geschaffen zu haben, gleichzeitig jedoch die drückende Pflicht verspürte, sich nun neuen Aufgaben stellen zu müssen. Ein Punkt, an dem etwas lange Vertrautes endete und zugleich etwas Neues, Unbekanntes begann.

»Tom?«, riss Karin ihn aus seinen Gedanken. Er bemerkte, dass sie ihn noch immer voller Sorge betrachtete. »Sag doch bitte etwas. Was siehst du dort?«

Einen Ball, der dort nicht sein dürfte, hätte er beinahe gesagt, doch das würde sie wohl vollkommen an seinem Verstand zweifeln lassen. »Nichts«, antwortete er stattdessen, zu erschöpft, um ihr zu erklären, was sich eben in ihm zugetragen hatte. »Lass uns hier verschwinden.«

Sie gingen zurück zum Tor, und während Tom hinter Karin durch die Maschen schlüpfte, warf er noch einen letzten Blick auf das alte Gebäude. Wäre dies ein Schauplatz in einem seiner Romane gewesen, dann wären alle Handlungsfäden hier zusammengelaufen. Und ihn durchfuhr das unheilvolle Gefühl, dass er dieses Grundstück nicht zum letzten Mal betreten hatte. Diese alten Mauern waren der Schlüssel zu etwas, das ihn aus den dunklen Tiefen seiner Vergangenheit befreien konnte. Weder hätte er erklären können, woher diese Eingebung kam, noch weshalb er sich dessen so sicher war. Er wusste es einfach.

Sie fuhren weiter die Straße entlang, die an einem Reiterhof und einer Sportanlage vorbeiführte und schließlich am Waldrand endete. Dort passierten sie eine abgelegene Gaststätte und bogen kurz darauf nach links in einen schmalen Privatweg ein, der sich durch das Dickicht des Waldes schlängelte und bis zu ihrem Grundstück führte. Es lag oberhalb eines kleinen Tals – in dessen Sohle sich ein See erstreckte, etwa so groß wie zwei Fußballfelder –, malerisch eingebettet zwischen den Bäumen eines Laubwaldes, dessen hüglige Ausläufer sich bis zum Horizont erstreckten. Das Haus darauf unterschied sich nicht wesentlich von den anderen in der Gegend bis auf die Tatsache, dass es als Nachbarn nur Eichhörnchen, Vögel und ein paar Forellen hatte, die der ortsansässige Anglerverein in dem See ausgesetzt hatte. Tom störten die Angler nicht. Er beobachtete sie oft von seinem Garten aus, wie sie mit ihren Kombis und Campingbussen die Ufer des Sees bevölkerten. Sie gaben ihm das Gefühl, nicht völlig von der Außenwelt abgeschottet zu sein, obwohl er ihre Leidenschaft nicht teilen konnte. Zu früh, als dass er es hätte begreifen können, war er damit konfrontiert worden, dass der Tod etwas Grausames sein konnte. Etwas Unnatürliches. Deshalb beschränkte er sich darauf, nur Dinge zu essen, die man vorher nicht umbringen musste.

Der asphaltierte Weg ging in eine gepflasterte Einfahrt über, die zu einer breiten Garage führte. Früher hatte dort nur ein einfacher Carport gestanden, bevor Tom beschlossen hatte, das Haus von Grund auf renovieren zu lassen. Neben der neu angebauten Garage hatte er die alten Dachziegel durch Schieferplatten ersetzen und den vergrauten Außenmauern einen neuen Anstrich verpassen lassen, so dass sie nun wieder in leuchtendem Weiß erstrahlten. Neben der Garage führte ein schmaler Kiesweg direkt in den großen Garten, der das Haus zu zwei Dritteln umschloss und dessen Pflege neben dem Schreiben zu Toms Hauptbeschäftigung geworden war. Würde er diese Mauern nicht als sein Gefängnis betrachten, hätte er sie höchstwahrscheinlich als sein Traumhaus angesehen.

Karin lenkte den Wagen in die offene Garage.

»Erinnere mich daran, dass ich den Kerl anrufe, der uns dieses Garagentor verkauft hat«, knurrte Tom, nachdem der Wagen zum Stehen gekommen war. »Das verdammte Ding ist jetzt schon seit Tagen kaputt. Da können wir ja gleich Einladungen an sämtliche Irre in der Gegend verteilen.«

»Ach, Tom«, seufzte Karin und zog mit einem ratschenden Geräusch die Handbremse an. »Das ist einer der vielen Vorteile, wenn man hier draußen wohnt. Man muss hier nicht in einer Festung leben, um einigermaßen sicher zu sein.«

Unwillkürlich rief Tom sich die Worte des Kommissars ins Gedächtnis, was ihn daran erinnerte, dass er einen Termin mit der Sicherheitsfirma ausmachen musste, die er sich noch am gestrigen Abend aus dem Internet herausgesucht hatte. Allerdings fragte er sich ernsthaft, welchen Sinn eine Alarmanlage hätte, wenn sämtliche Türen offen standen. Karin gegenüber hatte er noch nichts von Dorns Bedenken bezüglich ihrer Sicherheit erwähnt, um sie nicht unnötig zu erschrecken. Doch wie es aussah, war diese Sorge wohl völlig unbegründet. Denn wenn er ihrer Aussage von eben Glauben schenken durfte, schien sie das Ganze nicht weiter zu beunruhigen. Was in ihm die Frage aufkeimen ließ, ob *ihn* das beunruhigen sollte. Angesichts der Tatsache, dass quasi vor ihrer Haustür die Leiche eines kleinen Mädchens gefunden worden war, grenzte ihre Sorglosigkeit beinahe schon an Verleugnung. Möglicherweise verdrängte sie ihre Angst, um sie so nicht greifbar werden zu lassen. Eine Methode, die Tom nur allzu vertraut war. Dennoch glaubte er – nein, er war sich fast sicher –, dass sie der Angelegenheit tatsächlich nicht allzu viel Bedeutung zumaß. Für sie schien das Leben weiter in geordneten Bahnen zu verlaufen. Es hatte ihn einiges an Überredungskunst gekostet, sie davon zu überzeugen, dass es im Augenblick sicherer für Mark wäre, ihn nicht mehr in den Kindergarten zu schicken.

»Ich werde nicht zulassen, dass diese Geschichte auch noch Marks Leben beeinflusst«, hatte sie gesagt und schließlich nur unter Protest zugestimmt, unter der Bedingung, dass es nur für ein paar Tage wäre. Wie konnte sie als Mutter eine derart unmittelbare Gefahr übersehen? Mark war die empfindlichste Stelle in ihrer Familie. Der Punkt, wo sie am ehesten verwundbar wären. Warum fiel es ihr nur so schwer, das zu begreifen?

»Hilfst du mir beim Reintragen?«, fragte sie, nachdem sie den Motor abgestellt hatte.

»Natürlich.«

Er öffnete die Tür, und in dem Moment, als er ausstieg, zog ein stechender Schmerz durch sein rechtes Bein. Er blieb in gebückter Haltung stehen und hielt sich am Dach des Wagens fest. »Verdammt«, zischte er durch die Zähne und verzog das Gesicht.

»Was ist?«, fragte Karin, die bereits an der Heckklappe hantierte. »Wieder das Bein?«

»Ja«, sagte Tom und rieb sich die Stelle dicht unterhalb des Knies. Ein weiteres Andenken an den Wächter. Die Ärzte hatten ihm erklärt, dass er immer wieder mit diesen Schmerzen würde rechnen müssen. Meist holten sie ihn ein, wenn ein Wetterumbruch bevorstand oder es extrem kalt war. Noch heute waren die dunkel verfärbten Stellen zu erkennen, wo die dünnen Stifte aus seiner Haut herausgeragt hatten wie stählerne Insektenbeine, Stifte, deren kalter Stahl die Trümmer dessen zusammengehalten hatte, was einmal sein Schienbein gewesen war. Wundmale seiner dunklen Vergangenheit – Stigmata des Wahnsinns. Eine Erinnerung, auf die er keinen großen Wert legte.

»Soll ich die Sachen in den Keller tragen?«, fragte Karin.

»Nein, schon gut«, wehrte Tom ab. »Ich mach das schon. Mark, geh und hilf deiner Mutter.«

Mark gehorchte wortlos und lief an das Heck des Wagens. Natürlich suchte er sich die Tüte heraus, in der die Süßigkeiten waren, und knabberte sogleich an einem Schokoriegel herum.

»Der Rest kann in die Kühltruhe«, wies Karin ihn an und verschwand durch die graue Stahltür, die die Garage mit dem Haus verband. Mark trottete schmatzend hinterher.

»Ich fang schon mal an zu kochen!«, hallte es noch, was für Tom heißen sollte, dass er erst gar nicht auf den Gedanken kommen solle, sich noch vor dem Essen in sein Arbeitszimmer zu verkriechen. Doch diese Befürchtung war unnötig, im Augenblick machte er lieber einen großen Bogen um seinen Arbeitsbereich, um sich nicht mit seiner Schreibblockade herumschlagen zu müssen.

Blockaden. Im Moment war sein Leben so voll davon, dass sie vermutlich ausgereicht hätten, um den verdammten Mississippi zu stauen.

Er stolperte über etwas, als er zum Heck des Wagens hinkte. Um ein Haar hätte er das Gleichgewicht verloren und wäre auf dem Betonboden hingeschlagen, was seinem schmerzenden Bein sicher keine Linderung beschert hätte. Doch es gelang ihm, sich am Griff der Autotür festzuhalten.

»Verdammt«, fluchte er leise, während er den Gegenstand genauer unter die Lupe nahm. Verwundert hob er ihn auf und betrachtete ihn im hereinfallenden Tageslicht. Es war sein Spaten. Er war von einer Haut aus getrocknetem Lehm überzogen. An den Rändern bemerkte er Grasreste, die wie grüne Fasern daran klebten. Das allein wäre nicht allzu verwunderlich gewesen, schließlich benutzte er ihn für die Gartenarbeit. Doch normalerweise reinigte er ihn danach und verstaute ihn in dem kleinen Gerätehaus im Garten. Wie also war er hierhergekommen?

Er schüttelte den Kopf, schenkte dem Ganzen aber keine weitere Beachtung und deponierte den Spaten an der Wand neben dem Wasserschlauch. Vermutlich hatte er ihn reinigen wollen und es dann vergessen. Er würde es später nachholen. Zuerst einmal galt es, die restlichen Lebensmittel ins Haus zu bringen.

Er griff sich den letzten verbliebenen Einkaufskorb, in dem Eiscreme, tiefgefrorene Kräuter und Gemüse lagen, und betrat durch die Stahltür einen schmalen Flur, der im hinteren Teil nach wenigen Metern auf eine Wand stieß und nach links auswich. Von dort ging er in eine geschwungene Treppe über, die den Flur mit den Kellerräumen verband. Er knipste das Licht an und stieg die hell gefliesten Stufen hinab. Auch dieser Bereich des Hauses war ausgiebig renoviert worden. Tom hatte den Keller so ausbauen lassen, dass Mark ihn später einmal als Wohnraum würde nutzen können. Gleich links neben der Treppe befand sich der Schlafbereich, der bis dahin als Gästezimmer diente. Gegenüber erstreckte sich ein großzügiges Badezimmer mit angrenzender Sauna. Tom schritt daran vorbei und ging weiter den schmalen Gang entlang, dessen Wände weiß verputzt waren. Sogar einige Bilder hatte Karin dort aufgehängt. Nichts hier deutete mehr auf die graue Zweckmäßigkeit eines Kellers hin, was Tom natürlich nicht ganz uneigennützig geplant hatte. Die Räume hier unten nahmen seinem Verstand durch ihre wohnliche Behaglichkeit den tief in ihm verankerten Schrecken eines Kellers. Es funktionierte. Er empfand hier unten keinerlei Angst mehr. Keine Dämonen aus der Vergangenheit, die ihn heimsuchten, keine Schreckensvisionen, die ihn überkamen. *Vielleicht sollte* ich *hier unten einziehen*, kam es ihm unverhofft in den Sinn, und er musste bei diesem Gedanken schmunzeln.

Jetzt betrat er den hinteren Bereich des Kellers, der früher eine Art Werkraum gewesen war. Tom konnte sich noch gut daran erinnern, wie sein Großvater ihn früher hierher mitgenommen hatte. Zusammen hatten sie hier unten Regale und Kisten gebaut. Es waren unbeschwerte Tage gewesen, in denen ein Keller für ihn nichts weiter gewesen war als ein Abstellraum. Doch die Erinnerung daran kam ihm nicht so vor, als läge sie schon viele Jahre zurück. Fast konnte er seinen Großvater noch dort stehen sehen, in seinem ausgewaschenen blauen Overall, der von Farbflecken und Kleberresten übersät war. Er vermisste ihn sehr.

Wäre ich doch nur nie über diesen verdammten Zaun geklettert, hörte er sich in Gedanken sagen und verfluchte diesen Tag ein weiteres Mal. Es war nicht nur die Angst, die er seitdem empfand. Es waren auch die vielen Erinnerungen, die ihm geraubt worden waren. Diese drei Stunden waren sein persönlicher Ground Zero, in denen die Türme seiner

Hoffnung und Unbeschwertheit eingestürzt waren und eine Welt aus Angst und Paranoia zurückgelassen hatten. Eine Welt, die er verabscheute.

Noch immer hielt er den Korb mit den Lebensmitteln in den Händen, und seine Finger ballten sich um den Tragegriff, bis sie weiß und blutleer waren. Unbändiger Hass stieg schlagartig in ihm auf. Hass auf all die Dinge, die ihm als Kind angetan worden waren. Hass auf die Leere, die diese Dinge in ihm hinterlassen hatten. Das Schlimmste jedoch war, dass es niemanden gab, auf den er diesen Hass richten konnte. Kein Schuldiger, den er dafür büßen lassen konnte. Vielleicht würde es ihm eine gewisse Befriedigung verschaffen, wenn er diesen Mistkerl hinter Gittern verrotten sehen könnte. Doch der Wächter war tot. Er hatte sich jeglicher Verantwortung entzogen. Und damit auch Toms Hass auf ihn. Es gab Dinge, die konnte man nicht verzeihen. Und selbst der Tod eines Menschen reichte nicht aus, sie ungeschehen zu machen. Immer wieder hatte er in all den Jahren versucht, sich einzureden, dass er verdammtes Glück gehabt hätte. Er war am Leben, wenn auch mit Einbußen. Aber oft holten ihn Momente wie dieser ein, in denen er sich wünschte, er wäre ebenfalls in diesem Keller gestorben. Den anderen Opfern gegenüber war es sicher nicht fair, so zu denken, doch gelegentlich verfiel er dem Glauben, sie hätten mehr Glück gehabt, weil sie diese schrecklichen Erlebnisse nicht verarbeiten und damit weiterleben mussten. In der ständigen Angst, es könnte wieder geschehen. Und trotzdem wurde er von der Vorstellung getrieben, er wäre es ihnen schuldig, es wenigstens zu versuchen. Vielleicht war das Schreiben ja tatsächlich ein Ventil für ihn, durch das er ihre Geschichten erzählte, um so dem Ganzen einen Sinn zu geben. Nur in seiner Fantasie konnte er sich seine eigene Welt schaffen, eine Welt, die er kontrollieren konnte und in der nichts Unvorhergesehenes geschah.

Seine Finger entspannten sich wieder, und der Hass versiegte so schnell, wie er gekommen war. Und plötzlich wünschte er sich nur noch, dass die Ereignisse der letzten Tage, die ihn aus seiner Routine gerissen hatten, niemals stattgefunden hätten. Alles war besser, als sich selbst zu entgleiten und nicht mehr zu wissen, wer man eigentlich war. Es gab genug, wofür es sich zu kämpfen lohnte, und keine Angst dieser Welt war es wert, das alles aufs Spiel zu setzen.

Angst ist etwas ganz Natürliches, erinnerte er sich an Dr. Westphals Worte. *Man kann lernen, mit ihr zu leben.*

Das war immerhin besser, als sich von ihr auffressen zu lassen.

Die ehemalige Werkstatt seines Großvaters war durch eine Trennwand in zwei separate Räume unterteilt worden. Der Bereich, der später einmal als Küche dienen sollte, befand sich auf der linken Seite. Im Moment standen dort jedoch nur eine Waschmaschine und ein Trockner, der durch ein rotes Blinklicht anzeigte, dass das Programm abgelaufen war. Direkt daneben stand die Kühltruhe. Sie war der einzig verbliebene Gegenstand hier unten, der Tom Unbehagen bereitete. Als er sie betrachtete, lief ihm sogleich ein kalter Schauer über den Rücken, und den Bruchteil einer Sekunde lang glaubte er tatsächlich, einen kleinen Fuß über deren Rand ragen zu sehen. Sofort schloss er die Augen, um dieses Trugbild zu löschen.

Reiß dich zusammen, kämpf dagegen an!

Seine Knie begannen zu zittern, und er spürte, wie ihm der Schweiß aus den Poren schoss.

Es ist nicht real, es ist nur eine dunkle Erinnerung.

Langsam öffnete er wieder die Augen. Der Fuß war verschwunden. Nur das leise Summen der Kühlung drang aus der Truhe. Vorsichtig öffnete er den Deckel. Keine Leiche, kein gefrorener Körper. Nur die übliche Tiefkühlkost einer ganz normalen Familie. Und obwohl er im Grunde nichts anderes erwartet hatte, stieß er einen tiefen Seufzer der Erleichterung aus.

Nachdem Tom die Lebensmittel verstaut hatte, kehrte er in die Garage zurück und stellte den leeren Korb wieder hinten in den Wagen. Als er die Heckklappe schloss, traf ihn ein Schock, so unverhofft, dass er ihn wie eine Lawine überrollte. Jäh starrte er in zwei blaue Augen, die ihn reglos betrachteten.

Ein erstickter Schrei entwich Toms Kehle, während er einige Schritte zurücktaumelte, bis er das Gleichgewicht verlor und rücklings über einen Reifenstapel stolperte. Es gelang ihm, sich an einem der Regale an der Wand festzuhalten, bevor er unsanft auf dem harten Betonboden aufschlug. Eine Dose mit Farbresten fiel von dem Regal und rollte blechern an ihm vorüber. Noch immer wie paralysiert, starrte er auf die Gestalt, die aus dem Halbdunkel der Garage trat und sich drohend über ihn beugte.

»Buh!«, sagte eine wohlvertraute Stimme, bevor sie in schallendes Gelächter überging.

Die Panik in Toms Gesicht wich augenblicklich Erleichterung, um sich gleich darauf in Wut zu verwandeln.

»Stefan, du verdammter Drecksack!«

»Sorry, Alter«, prustete Fanta, dem es sichtlich schwerfiel, seinen Lachanfall unter Kontrolle zu bringen, »aber dich zu erschrecken ist immer wieder einen Anschiss wert.« Er schlug sich auf die Schenkel. »Du hättest dein Gesicht sehen sollen«, quietschte er und äffte ihn nach.

»Ja, wahnsinnig komisch«, knurrte Tom.

»Tut mir echt leid, Mann, aber ich konnte einfach nicht anders.« Fanta streckte die Hand aus und half ihm auf die Beine. »Ich hoffe, du hast dir nichts getan.«

»Nein«, sagte Tom und rieb sich das Bein. »Die Schmerzen hatte ich vorher schon.«

»Wieder die alte Geschichte, was?«

»Ja, die alte Geschichte«, grollte Tom. »Was machst du eigentlich hier?«

»Na ja, ich war gerade in der Nähe, und da dachte ich mir, ich schau mal vorbei. Du solltest deine Garage übrigens nicht offen lassen. So was zieht Ungeziefer an.« Er grinste verschmitzt.

Tom musterte ihn argwöhnisch. Ein schrilles Outfit war für Fanta nichts Ungewöhnliches, es gehörte quasi zu seinem Erscheinungsbild und unterstrich seinen unkonventionellen Charakter. Dennoch mussten sich Toms Augen jedes Mal erst an den Anblick gewöhnen, so wie sie sich nach längerer Dunkelheit wieder an Tageslicht gewöhnen mussten. Wie geblendet kniff er die Augen zusammen, als er Fantas grellbunte Lederjacke betrachtete, die ihn zu einer Art Designerhippie machte. Darunter trug er ein pinkfarbenes Seidenhemd und schwarze Jeans, die um die Taschen herum und entlang der Nähte mit kleinen silbernen Nieten verziert waren. Seine Schuhe waren eine Mischung aus Motorradboots und Cowboystiefeln, jedoch nur halbhoch und reichlich mit Schmucknähten verziert. Tom fragte sich, woher man wohl solche Klamotten bekam. Das Verwunderliche daran war, dass Stefan darin gut aussah. Vermutlich stand sein Aufzug in Einklang mit seiner Gesinnung, die irgendwo im Bereich zwischen Che Guevara und Pippi Langstrumpf angesiedelt war.

»Nach einem Zufallsbesuch sieht das nicht aus.« Tom deutete auf den Sechserpack Bier in Fantas Hand.

»Wie sieht's aus? Vernichten wir ein paar von den Babys hier?«

»Du kennst doch meine Ansicht dazu.«

»Sicher«, sagte Fanta, »aber solange wir Freunde sind, kannst du es mir ja wohl kaum verübeln, wenn ich alles daransetze, sie zu ändern. Und du weißt ja, ich kann sehr hartnäckig sein.«

Tom lächelte und schlug ihm auf die Schulter. »Komm mit, Karin wird sich freuen, dich zu sehen.«

Die wenigen Wolken am Himmel hatten der Sonne nichts mehr entgegenzusetzen, und der lang erwartete Sommer schien an diesem Tag endgültig Einzug zu halten. Etwas, das Tom sehr begrüßte, da ihn die Ereignisse des Vortages in einen eher trüben Gemütszustand versetzt hatten. Doch nun hellte sich seine Stimmung mehr und mehr auf, und wohltuende Entspannung machte sich in ihm breit, was nicht allein am Wetter lag. In Fantas Gegenwart hatte er dieses Gefühl sehr oft. Vielleicht lag es an der offenen, positiven Natur seines Freundes, die auf ihn abfärbte, ihn inspirierte. Oft jedoch war Tom fest davon überzeugt, dass es da noch etwas anderes gab. Etwas, das sie beide verband. Fast so, als wären sie auf irgendeiner Ebene verwandt, als wäre er ein Teil von ihm. Rein charakterlich gesehen war das natürlich unmöglich. Ebenso gut hätte man Leitungswasser mit einem tropischen Cocktail vergleichen können. Doch so unterschiedlich ihre Ansichten auch waren, sie hatten keinerlei Einfluss auf ihre Freundschaft. In ihrem Fall schienen Gegensätze sich tatsächlich anzuziehen.

Sie saßen auf der Terrasse im Garten, der einen eindrucksvollen Blick auf den angrenzenden See und die erblühende Landschaft bot, redeten über alltägliche Dinge und analysierten die neusten Fußballergebnisse. Gelegentlich gab Fanta ein paar seiner Witze zum Besten, über die Tom so spontan lachen musste, dass er sich an seinem Mineralwasser verschluckte. Eine Zeit lang gab ihm diese Ausgelassenheit das Gefühl, ein ganz normales Leben zu führen, und drängte all seine Sorgen und Ängste in den Hintergrund.

Fanta, der mittlerweile bei seiner dritten Flasche Bier angelangt war, lehnte sich entspannt zurück und nahm einen weiteren kräftigen Schluck.

»Langsam dämmert's mir, warum dich alle Fanta nennen«, meinte Tom. »Du trinkst das Zeug, als wäre es Limonade.«

»Höre ich da ein wenig den Moralapostel heraus?«, fragte Fanta.

»Na ja, ich meine ja nur, wenn du dein Auto lieber stehen lassen willst ... Du kannst gerne über Nacht bleiben. Das Gästezimmer wird ohnehin nie benutzt.«

»Danke für das Angebot«, winkte Fanta ab, »aber ich muss gleich wieder los. Hab im Moment reichlich zu tun.«

Tom fragte sich nicht zum ersten Mal, womit Stefan wohl so beschäftigt war. Obwohl er ihn als Freund betrachtete, wurde ihm erneut bewusst, wie wenig er eigentlich über ihn wusste. Ganz zu schweigen davon, womit er seinen Lebensunterhalt verdiente. Er hatte ihn nie danach gefragt, und der Grund dafür lag auf der Hand. Stefan ging keiner geregelten Arbeit nach, so viel war sicher. Ansonsten wäre es ihm kaum möglich gewesen, jederzeit bei ihm aufzutauchen. Mal abgesehen davon, dass eine solche Tätigkeit auch nicht zu ihm passte. Dafür war er viel zu eigenwillig. Dennoch schien er über genügend Mittel zu verfügen, um sich ein angenehmes Leben zu ermöglichen. Seine Kleidung mochte ausgefallen und sicher nicht nach jedermanns Geschmack sein, aber sie kam keineswegs von der Stange. Und auch sein Wagen gehörte nicht gerade zur untersten Klasse. Er fuhr einen roten Ford Mustang Fastback GT, Baujahr 1968, mit Chromfelgen und 270 PS, die vermutlich schon im Leerlauf mehr Sprit verbrauchten als ein Panzer bei voller Fahrt im Gelände. Bis auf die Farbe war es das gleiche Modell, das Steve McQueen in *Bullitt* gefahren hatte. Tom verfluchte sich jedes Mal dafür, dass er nicht Auto fahren konnte, wenn er vor diesem Traum von Wagen stand, der stets den Eindruck erweckte, als käme er gerade fabrikneu vom Händler. Das alles deutete auf einen gewissen Wohlstand hin. Und auf Unabhängigkeit. Die Basis dieser Unabhängigkeit hatte Tom nie zu hinterfragen versucht. Vermutlich weil er fürchtete, sie könnte auf einem illegalen Fundament errichtet worden sein. Stefan war sein Freund. Sein einziger, wie er unzweifelhaft zugeben musste. Und auch wenn ihm diese Freundschaft manchmal etwas absurd und unwirklich erschien, hatte er nicht die Absicht, sie durch die falschen Fragen zu zerstören. Denn sie verkörperte für ihn das, was man als soziale Stabilität bezeichnete, und gab ihm das Gefühl, auf eine gewisse Weise dazuzugehören. Gerade in Momenten wie diesem wusste er das sehr zu schätzen. Wäre da nur nicht Stefans unbequeme Eigenart gewesen, ihn immer wieder auf seine Vergangenheit anzusprechen. Manchmal fand Tom es beinahe penetrant, wie sehr er daran interessiert war.

»Wie kommst du mit deinem neuen Buch voran?«, fragte Fanta nach einigen Sekunden des Schweigens.

Tom, dessen Laune sich augenblicklich verschlechterte, seufzte verlegen. »Im Moment bin ich so ausgebrannt wie ein Heuschober nach einem Funkenflug«, gab er schließlich betreten zu.

»Passiert so etwas Schriftstellern nicht öfter?«

»Sicher gibt es Tage, an denen einem das Schreiben schwerefällt«, gestand Tom ein, »aber diesmal ist es anders. Irgendwie kommt es mir so vor, als … als wäre mir meine Fantasie abhandengekommen.«

»Vielleicht ist sie im Moment bloß durch andere Dinge abgelenkt«, sagte Fanta und sah verstohlen auf die Bierflasche in seiner Hand hinunter.

»Wie kommst du denn darauf?«

»Na ja, ich meine durch Dinge, die dich zu sehr beschäftigen«, wich sein Freund aus.

Tom seufzte. »Karin hat mit dir gesprochen, stimmt's?«

Fanta räusperte sich kurz. »Sie hat mich gestern Abend angerufen und mir erzählt, was passiert ist. Sie meinte, es würde dir sicher guttun, wenn ich mal vorbeischaue, um dich auf andere Gedanken zu bringen.«

»Warum lassen wir das Thema dann nicht einfach aus?«

»Weil ich finde, dass es wichtig ist, darüber zu reden. Sie hat mir auch von deinen Gedächtnislücken erzählt.«

Toll, dachte Tom. Schlimm genug, dass sein einziger Freund nur auf die Bitte seiner Frau hin hier aufgekreuzt war. Nun hielt er ihn vermutlich auch noch für frühsenil oder, schlimmer noch, für verrückt.

»Tja, anscheinend tut sie in letzter Zeit so einiges, ohne vorher mit mir darüber zu reden.«

»Bist du jetzt sauer auf sie?«

Tom stellte sein Glas auf dem Tisch ab und lehnte sich in den gepolsterten Stuhl zurück. »Nein, natürlich nicht.« Er sah zu Fanta hinüber, der still über seiner Flasche brütete. Beinahe hatte es den Anschein, als wäre er enttäuscht. »Ich … ich habe nur Angst, sie wegen dieser Geschichte auch noch zu verlieren, verstehst du?«

»Könntest du dir ein Leben ohne sie vorstellen?«

Was sollte denn diese Frage? Es war zwar Fantas Art, sehr direkt mit Menschen umzugehen, dennoch sah Tom ihn verwundert an. »Nein. Und das will ich auch gar nicht.«

»Das hab ich mir gedacht«, seufzte Fanta und nahm einen großen Schluck aus seiner Flasche. »Und genau darin liegt dein eigentliches Problem, Alter. Du klammerst dich zu sehr an solche Dinge.«

»Dinge?«, wiederholte Tom aufgebracht. »Du redest hier von meiner Familie.«

»Letztendlich ist es ziemlich egal, ob es um dein Meerschweinchen oder um deine Familie geht, Tom. Das Entscheidende ist, wie sehr du daran festhältst. Und allein deine Reaktion auf diese einfache Frage zeigt mir, dass du mit Verlust, ganz gleich welcher Art, nicht fertigwirst. Es ist das Unverhoffte, das dir zu schaffen macht. Und eben darin liegt der Ursprung all deiner Ängste. Damals wie heute. Du musst endlich lernen, dass *du* es bist, der dein Leben beeinflusst, und nicht umgekehrt.«

»Ganz so einfach ist das nicht.«

»Doch, Tom, ist es. Es gibt Eltern, die ihr Kind verlieren und an dem Verlust zerbrechen. Sie geben sich auf, anstatt nach vorn zu sehen. Ich will nicht, dass es dir genauso geht. Sicher, du hast etwas Schreckliches erlebt. Aber das liegt lange zurück, und ich finde, es ist verdammt noch mal an der Zeit, mit deiner Vergangenheit abzuschließen. Wach endlich auf, Tom, und stell dich deinen Dämonen, sonst wirst du ewig ein Gefangener in dir selbst bleiben.«

»Jetzt klingst du auch schon wie meine Analytikerin«, brummte Tom verächtlich.

»Vermutlich weil sie recht damit hat.«

Er sah verstohlen auf seine Hände hinab. »Tja, ganz offensichtlich steht ihr beide mit dieser Ansicht nicht allein da, denn so wie es aussieht, ist noch jemand ziemlich versessen darauf, dass ich mich meiner Vergangenheit stelle. Und anscheinend ist ihm dabei jedes Mittel recht.«

»Du sprichst von dem toten Mädchen, nicht wahr? Karin hat mir davon erzählt. Hat sich denn schon etwas Neues ergeben?«

Tom schüttelte den Kopf. »Aber ich war vorhin da, wo man sie gefunden hat. Ich weiß auch nicht, was mich dorthin getrieben hat. Normalerweise hätte ich das nie getan, aber es war fast so, als … als hätte mich jemand dorthin geführt. Ich kann es nicht anders beschreiben.«

»Was hast du dabei empfunden?«

»Keine Ahnung. Eine Art Bedrohung. Aber auch ein Prickeln. Ein bisschen von beidem, schätze ich. Aber erstaunlicherweise keinerlei Angst. Ich stand an diesem Zaun – verstehst du, an einem *Zaun* –, aber ich habe keine Angst gehabt. Fast so, als wäre ich nicht ich selbst, als würde ich neben mir stehen und mich beobachten. Und dann, auf diesem Grundstück …«

»Was?«, drängte Fanta.

»Es kam mir seltsam fremd vor, aber gleichzeitig auch vertraut. Ich bin mir absolut sicher, dass ich das Gelände nicht kenne, aber trotzdem war es, als käme ich zurück an einen dunklen, vertrauten Ort. Und dann sind plötzlich Bilder vor mir aufgetaucht. Ich bin wieder durch diesen Garten gegangen, genau wie damals. Und ich schwöre dir, ich konnte sogar die Rosensträucher riechen.«

»Erstaunlich, was in unserem Unterbewusstsein so alles hängenbleibt«, bemerkte Fanta.

»Ja, aber es war mehr als das. Ich habe diesen Ausschnitt quasi *von Neuem durchlebt.* Alles erschien so real, als könnte ich es anfassen.«

»Trotzdem war es nur eine Erinnerung. Und dieses Grundstück war der Auslöser. Dein Unterbewusstsein hat lediglich eine Assoziation zu dem hergestellt, was dir in deiner Kindheit passiert ist. Ich glaube, man nennt so etwas Flashback.«

»Du scheinst ja erstaunlich viel darüber zu wissen.«

»Na ja, ich lese deine Bücher.« Er grinste verschmitzt.

»Wahrscheinlich tut der Kerl, der mir diese Botschaft geschickt hat, das auch. Jedenfalls scheint er sich auf diesem Gebiet bestens auszukennen. Ich glaube, er will mich um jeden Preis in den Wahnsinn treiben, und nur Gott weiß, warum. Das Schlimme daran ist, es könnte ihm sogar gelingen.«

»Und warum glaubst du das?«, erkundigte sich Fanta hellhörig.

»Weil ich …«, setzte Tom an und hielt kurz inne. Wieder sah er auf seine Hände hinab. »Ich habe in letzter Zeit immer häufiger das Gefühl, als wäre ich nicht ganz Herr meiner selbst. Und ich bin mir ehrlich gesagt nicht sicher, wie ich das deuten soll.«

»Hast du denn nicht mit deiner Therapeutin darüber gesprochen? Wie hieß sie doch gleich?«

»Dr. Westphal. Nein, noch nicht. Aber ich habe da so meine eigene Theorie.«

»Und die wäre?«

»Na ja, du kennst ja meine Bücher. Sie behandeln alle ähnliche Themen, was meine Kritiker mir auch immer wieder gerne vorwerfen. Trotzdem ist nicht alles an diesen Geschichten frei erfunden. Die medizinischen Fakten beruhen alle auf Tatsachen.«

»Das macht deine Bücher wohl so authentisch«, bemerkte Fanta.

»Mag sein«, erwiderte Tom. »Aber was mich angeht, werden diese Geschichten langsam etwas zu realistisch.«

Einen Augenblick lang betrachtete sein Freund ihn amüsiert. Dann wurde sein Gesichtsausdruck ernster. »Du versuchst mir hier doch nicht etwa zu erzählen, dass deine Geschichten plötzlich ein Eigenleben entwickeln und sich auf dich projizieren?«

»Ich weiß, es klingt vielleicht verrückt«, gab Tom zu, »aber ... ja, im Grunde kommt es mir tatsächlich so vor.«

In Fantas Blick schien sich etwas zu wandeln. Seine Lider senkten sich beinahe unmerklich und verliehen seinen Augen etwas Durchdringendes. Einen winzigen Moment lang kam es Tom fast so vor, als würden sie ihre Farbe ändern.

»Du irrst dich«, sagte Fanta, und sein Tonfall wurde schärfer. »Das klingt nicht verrückt, es ist absolut schwachsinnig.«

»Meine Gedächtnislücken werden größer.«

»Na und«, fauchte Fanta, jetzt ganz außer sich. »Ich stehe auch manchmal neben mir und vergesse gewisse Dinge. Deswegen halte ich mich nicht gleich für Jason Bourne! Und schon gar nicht für eine gespaltene Persönlichkeit.«

»Ich rede nicht von Momenten der Unachtsamkeit«, entgegnete Tom. »Ich spreche von Stunden, neuerdings sogar ganzen Tagen, von denen ich nicht mehr weiß, wo ich war oder was ich getan habe.«

»Wo du warst?« Fanta betonte die Worte, als wären sie etwas Unwirkliches. »Wo sollst du schon gewesen sein? Ich denke, du kannst dieses Haus nicht verlassen.«

»Im Grunde schon. Aber wenn das, was ich befürchte, wirklich zutrifft, dann wäre das unter Umständen hinfällig.«

»Das glaub ich einfach nicht.« Wütend sprang Fanta von seinem Stuhl auf. Eine Art von Zorn schien sich in ihm aufzustauen, den Tom noch nie zuvor bei ihm erlebt hatte. »Was denkst du dir als Nächstes aus, um dich nicht mit deinen Ängsten auseinandersetzen zu müssen?«

Tom schüttelte verständnislos mit dem Kopf. »Du glaubst mir also nicht. Na schön, dann sag mir doch bitte mal, was ich letzten Mittwoch um diese Zeit getan habe.«

»Woher soll ich das wissen?«

»Weil du mich zu meinem Termin bei Doktor Westphal bringen solltest, wo ich jedoch nie aufgetaucht bin.«

Fanta überlegte einen Moment. »Ja, richtig«, meinte er ein wenig distanziert, als suche er nach den richtigen Antworten. »Aber du hast mich doch gleich morgens angerufen und das Ganze abgeblasen«, fügte er rasch hinzu.

Toms Stirn legte sich nachdenklich in Falten. »Hab ich irgendeinen Grund dafür genannt?«

»Nein … nicht dass ich wüsste«, überlegte sein Freund.

»Denk nach«, bohrte Tom weiter. »Ich muss doch irgendwas zu dir gesagt haben.«

»Nur, dass du zu viel zu tun hättest. Ich bin also davon ausgegangen, dass dir mal wieder der Arsch auf Grundeis geht und du das Haus nicht verlassen willst.«

»Und du bist dir ganz sicher, dass *ich* das gewesen bin, am Telefon?«

Fanta starrte ihn an. »Ist dir eigentlich klar, wie bescheuert sich das anhört?«

»Stefan, bitte«, flehte Tom. »Das ist wirklich wichtig für mich.«

»Ja, natürlich bin ich mir sicher«, knurrte er gereizt.

»Hab ich mich vielleicht irgendwie anders angehört als sonst?«

»Du meinst, noch durchgeknallter als jetzt?«

»Nein, ich meine, war da irgendetwas Ungewohntes in meiner Stimme oder der Art, wie ich gesprochen habe?«

»Du hast sie ja nicht alle«, fauchte Fanta.

»Genau das versuche ich dir ja die ganze Zeit zu sagen.«

»Nein, Tom, du suchst nur nach Ausreden! Denn wenn man Angst vor der Wahrheit hat, legt man sich eben einfach seine eigene Version davon zurecht, und schon hat man seine wahren Probleme umgangen, nicht wahr?« Fanta war jetzt so aufgebracht, dass seine Wangen rot anliefen. »Aber die Wahrheit ist, dass du einfach nur Schiss davor hast, diese ganze Idylle hier könnte sich plötzlich in Luft auflösen. Deshalb erfindest du ständig neue Ausflüchte, die dich weiter daran binden, in der Hoffnung, du könntest das alles hier festhalten.«

»Fanta«, sagte Tom bestürzt, »bitte beruhige dich. Was ist denn los mit dir?«

»Was mit *mir* los ist?«, fauchte er Tom an. »Es geht hier allein um dich, kapierst du das nicht? Vergiss mal deine Familie, all dein Geld und diese ganze Postkartenromantik hier, und frag dich dann, wer du wirklich bist.«

»Wer ich bin?« Verwirrt sah Tom zu ihm auf. »Wovon redest du eigentlich?«

»Ich rede von der Verantwortung, die du dir selbst gegenüber hast. Denn das schließt auch automatisch all die Menschen mit ein, die dir etwas bedeuten. Sie leiden genauso darunter, und sie werden mit dir den Bach runtergehen, wenn du nicht langsam aus dieser Illusion aufwachst. Falls du mir nicht glaubst, frag doch deine Psychotante. Die wird dir nichts anderes erzählen.«

»Sie will, dass ich eine Hypnosetherapie mache.«

»Und?« Fanta zuckte die Achseln, als wüsste er bereits davon. »Wirst du's tun?«

»Komm schon, das ist doch nichts weiter als Jahrmarktzauber. Ich dachte, wenigstens du würdest mir da zustimmen.«

»Bist du wirklich dieser Meinung, oder ist das nur wieder eine von deinen Ausreden?«

»Ich brauche einfach noch mehr Zeit, verstehst du?«

»Du hattest mehr als genug Zeit«, entgegnete Fanta. »Wie viel willst du noch davon verschwenden, ein ganzes Leben? Weißt du, was ich denke? Du brauchst einfach nur jemanden, der dir mal wieder kräftig in den Arsch tritt und dich aus dem Sessel aufscheucht, in dem du es dir all die Jahre so bequem gemacht hast!«

»Ach, und dieser Jemand willst du sein?«, entgegnete Tom scharf.

»Ich habe es schon einmal geschafft, erinnerst du dich?«

Tom überlegte einen Moment. »Du redest von damals in dieser Buchhandlung, als wir uns das erste Mal begegnet sind?«

Fanta nickte.

»Das war etwas ganz anderes.«

»Nein, Tom, im Grunde ist es dasselbe. Du bist genau wie damals schon wieder dabei, dich auf die Toilette zu flüchten und vor allem davonzulaufen. Nur sind es dieses Mal nicht nur ein paar von deinen Bewunderern, die du damit vergraulst. Dieses Mal schadest du damit den Menschen, denen du wirklich etwas bedeutest! Und für jemanden, der angeblich eine Scheißangst davor hat, verlassen zu werden, ist das ein ziemlich riskantes Verhalten.«

»Und was soll ich deiner Meinung nach tun?«

»Mach diese Therapie, Tom! Sie wird dir helfen, dich daran zu erinnern, was damals passiert ist.«

»Vielleicht will ich mich ja gar nicht mehr daran erinnern!«, schrie Tom wütend und sprang nun ebenfalls von seinem Stuhl auf. »Warum seid ihr alle so versessen darauf? Ihr habt ja keine Ahnung, was sich in mir abspielt, wenn diese schrecklichen Bilder vor meinen Augen auftauchen. Es ist, als würde ich das alles zum ersten Mal durchleben, als würde ich in die Hölle blicken. Ein lähmender Stromschlag aus Todesangst und Entsetzen.« Er hielt einen Moment inne, starrte ängstlich auf seine Fußspitzen. »Ich kann kaum atmen, weil mir die Brust so eng ist, als würde gleich mein Herz zerquetscht. Mir wird fast schwarz vor Augen, und ich hoffe dann jedes Mal, dass ich ohnmächtig werde, damit ich dieses Grauen nicht länger mit ansehen muss. Aber das passiert nicht, und meine Augen sind gezwungen, Dinge zu sehen, die ich mir nicht einmal vorstellen will. Ich kann das nicht, Stefan, nicht noch einmal! Zumindest was diese Blockaden angeht, hat Dr. Westphal völlig recht. Sie sind aus einem bestimmten Grund da, und mittlerweile glaube ich, es ist besser, sie nicht noch weiter einzureißen.«

»Aber diese Erinnerungen sind womöglich dein Schlüssel für die Welt da draußen, für ein Leben ohne Angst.«

Tom ging einige Schritte über die Terrasse. Er ließ den Blick über den See gleiten, bis hin zu den Dächern einiger entfernter Häuser, deren Schindeln schuppig in der Sonne glänzten. »Vielleicht habe ich einfach beschlossen, dass die Welt da draußen es nicht wert ist, das alles noch einmal durchzumachen. Es geht mir gut hier.« Bedächtig drehte er sich zu Fanta um. »Ich habe hier alles, was ich brauche.«

»Und was ist mit diesem Kerl, der dich bedroht?«

»Das ist Sache der Polizei. Die werden bestimmt auch ohne mich damit fertig.«

»Na schön«, gab sich Fanta geschlagen und ließ die Enttäuschung deutlich in seiner Stimme durchklingen. Er trat Tom gegenüber, und ihre Gesichter waren nur Zentimeter voneinander entfernt. »Wie du meinst. Verkriech dich nur in deinem Schneckenhaus, und spiel dir und allen anderen weiter was vor, nur um deine Seifenblase nicht zum Platzen zu bringen. Ich hoffe nur für dich, du bist auch bereit, den Preis dafür zu zahlen.«

»Ist alles in Ordnung bei euch?«, fragte Karin, die den aufgebrachten Stimmen auf die Terrasse gefolgt war.

»Ist schon gut«, sagte Fanta und stellte seine halb leere Flasche so fest auf dem Tisch ab, dass der Rest daraus hervorschäumte. »Ich wollte sowieso gerade gehen.« Er warf Tom noch einen zornigen Blick zu. Dann kehrte er ihm den Rücken und eilte zurück zum Haus. Wenige Augenblicke später heulte der Motor seines Mustang auf, bis das Geräusch kurz darauf als entferntes Röhren in den Wäldern verhallte.

»Was war denn los?«, fragte Karin verstört. Sie hielt einen Kartoffelschäler in der Hand, an dem noch Schalenreste hingen. »Ich dachte, Fanta bleibt zum Essen.«

»Er hat es sich offensichtlich anders überlegt«, antwortete Tom verärgert. »Ruf mich, wenn du fertig bist. Bis dahin wäre ich gerne einen Moment allein.«

»Ja … natürlich«, sagte sie, noch immer bestürzt. Zögernd ging sie zurück in die Küche und ließ ihren Mann allein auf der Terrasse zurück.

Das Mittagessen verlief ziemlich wortkarg. Tom saß schweigend da und starrte vor sich hin, während er nachdenklich auf seinem Teller herumstocherte, wobei er aussah, als sei er es, auf den eingestochen wurde. Auch Karin schien der Hunger vergangen zu sein. Mark hingegen legte den für ihn typischen Appetit an den Tag. Trotz der drei Schokoriegel, die er vor dem Essen in sich hineingestopft hatte, verdrückte er zwei Portionen des Kartoffelauflaufs und anschließend noch eine große Schale Sahnedessert, das er sich geräuschvoll in den Mund schaufelte. Anscheinend war er der Einzige, dem die jüngsten Ereignisse nicht auf den Magen geschlagen waren.

»Ich bin fertig, Mami«, verkündete er schließlich, nachdem er den letzten Rest vertilgt hatte. »Darf ich nach oben gehen?«

»Ja, geh nur, Schätzchen«, sagte Karin, hob ihn aus seinem Stuhl und lächelte ihn an.

»Okay.« Mark trottete mit der sorglosen Naivität eines Vierjährigen davon, nichts ahnend von den Sorgen und Gefahren, denen sich seine Eltern ausgesetzt sahen, und bereit, sich in seinem Kinderzimmer neuen Abenteuern zu stellen.

»Was war denn vorhin los?«, wollte Karin schließlich nach etlichen Minuten des Schweigens wissen. »So aufgebracht habe ich dich und Fanta noch nie gesehen.«

»Sag du es mir«, erwiderte Tom gereizt. »Wie es aussieht, macht ihr beide ja jetzt gemeinsame Sache.«

Sie seufzte und ließ die Gabel auf ihren Teller sinken. »Wir machen uns doch nur Sorgen um dich, Tom.«

»Danke, aber das ist absolut nicht nötig.«

»Der Meinung bin ich nicht«, sagte sie und trank einen Schluck aus ihrem Weinglas. »Ich finde, es ist Zeit, eine Entscheidung zu treffen.«

»Was für eine Entscheidung?«

»Ob du weiterhin den Dickschädel spielen willst oder bereit bist, dir helfen zu lassen. Ich denke, du solltest diese Therapie machen, die Dr. Westphal dir empfohlen hat. Sie wird dir helfen, davon bin ich überzeugt. Fanta übrigens auch.«

Langsam hob Tom den Blick von seinem Teller und sah sie eindringlich an. »So, Fanta, ja? Wann hast du denn mit ihm darüber gesprochen?«

»Wir haben uns schon letzte Woche darüber unterhalten.«

»Na, sieh mal einer an«, murmelte Tom, und in seiner Stimme schwang eine unterschwellige Spannung mit. »Jetzt trefft ihr euch also schon heimlich und redet hinter meinem Rücken über mich.« Wütend schob er seinen Teller beiseite.

»Und das, obwohl ich selbst erst heute Morgen von dieser Therapie gehört habe. Ich gehe also mal stark davon aus, dass Dr. Westphal auch zu deiner kleinen Selbsthilfegruppe für die Angehörigen von Geisteskranken gehört?«

Wieder ein zaghaftes Seufzen. »Sie hat mich in den letzten Wochen ein paarmal auf meinem Handy angerufen.«

»Das glaub ich einfach nicht«, zischte Tom völlig außer sich.

»Sie hat keinerlei Details erwähnt«, wiegelte Karin sofort ab. »Sie hat nur von ihren Bedenken gesprochen, was die Fortschritte deiner Therapie betrifft, und dass sie das Gefühl hat, du verschweigst ihr etwas.«

Tom erwiderte nichts. Er saß nur da und starrte vor sich auf den Tisch.

»Ich habe ihr gesagt, ich könne mir das nicht erklären«, fuhr Karin vorsichtig fort, »allerdings habe ich auch zugegeben, dass es mir genauso geht. Daraufhin hat sie zum ersten Mal die Hypnosetherapie erwähnt. Sie hat mir die Einzelheiten erklärt und gemeint, sie sei sehr zuversichtlich, was den Erfolg anginge. Allerdings war sie sich auch sicher, dass es schwierig werden würde, dich davon zu überzeugen. Kurz danach bin ich dann Fanta beim Einkaufen begegnet. Ich habe ihn zu meinem Geburtstag eingeladen, und wir sind ein wenig ins Plaudern gekommen. Da hab ich ihm davon erzählt. Ich brauchte einfach jemanden, dem ich mich anvertrauen konnte. Du bist in letzter Zeit so stur und in dich gekehrt, dass ich keinen anderen Ausweg mehr wusste. Fanta hatte immer einen besseren Zugang zu dir. Also habe ich ihn um Hilfe gebeten, ich habe gehofft, er könnte dich vielleicht umstimmen.«

Allmählich erwachte Tom aus seiner Starre. Sein ausdrucksloser Blick schwenkte zu Karin hinüber. »Tja, dann ist ja alles klar«, verkündete er, und seine Unterlippe begann vor Wut zu zittern. »Anscheinend hatte ich wohl wieder einen Blackout, denn es muss mir irgendwie entgangen sein, dass ihr jetzt die Entscheidungen für mich trefft.«

»Tom, bitte. Tu nicht so, als wäre das hier eine Verschwörung gegen dich.«

»Ach nein? Und warum fühlt es sich dann genau so an?«

»Wir wollen doch nur das Beste für dich.«

»Und ihr glaubt zu wissen, was das ist?«

»So kann es nicht weitergehen, Tom.«

»Und warum nicht?«, fauchte er und schlug mit der Faust auf den Tisch, so dass Karin erschrocken zusammenzuckte. »Vielleicht gefällt es mir ja, so wie es ist. Vielleicht will ich ja gar nichts mehr daran ändern.«

»Das wäre sehr schade, Tom. Ich kann nämlich unter diesen Umständen so nicht weitermachen.«

Toms Augen weiteten sich. »Aha, daher weht also der Wind«, meinte er verächtlich. Er zerknüllte seine Papierserviette und warf sie zornig auf den Tisch. »Weißt du, es ist schon komisch«, meinte er. »Bis vor kurzem hattest du an diesen *Umständen* absolut nichts auszusetzen. Eigentlich hast du auf mich einen sehr glücklichen Eindruck gemacht, als ich noch schreiben konnte und der Erfolg und das damit verbundene Geld noch alltäglich waren.«

»Was willst du damit andeuten?«, fragte sie empört.

»Na ja, möglicherweise bist du ja plötzlich der Meinung, ich hätte mein Talent verloren und somit auch die Möglichkeit, diesen ganzen Wohlstand hier aufrechtzuerhalten. Ich könnte es dir nicht einmal verübeln, wenn du nicht den Rest deines Lebens damit vergeuden willst, die Pflegemutter für einen Psycho zu spielen, der offensichtlich nicht einmal mehr dazu fähig ist, drei zusammenhängende Sätze in seinen verdammten Computer zu tippen!«

Tiefes Entsetzen erfasste Karin. Sie musste tief Luft holen, um nicht die Beherrschung zu verlieren. »Jetzt wirst du ziemlich unfair, Tom!«

»Ach ja? Dann erklär mir doch mal, was das Ganze hier soll. Als du mich geheiratet hast, wusstest du, worauf du dich einlässt. Also, was ist plötzlich so anders? Oder hast du mich etwa nur aus Mitleid genommen?«

»Nein, Tom«, gab sie wütend zurück und beugte sich energisch zu ihm vor. »Ich bin mit dir zusammen, weil ich dich liebe und weil du eine starke Persönlichkeit bist! Ich war immer glücklich hier und wäre es auch weiterhin. Aber es hat sich einiges verändert. *Du* hast dich verändert, Tom!«

Er machte eine wegwerfende Handbewegung. »Das kann man mir nach den jüngsten Geschehnissen wohl auch kaum verübeln. Was wäre ich denn für ein Mensch, wenn mich das nicht verändert?«

»Das meine ich nicht. Es hat schon vorher angefangen.«

»Vorher? Wie meinst du das?«

»Ich meine dein Verhalten, deine ganze Art. Du bist sehr gereizt in letzter Zeit und jähzornig. Du stammelst im Schlaf zusammenhangloses Zeug oder läufst nachts stundenlang durchs Haus, ohne dich am nächsten Tag daran zu erinnern. Dir fehlen neuerdings ganze Tage, von denen du weder weißt, wo du sie verbracht, noch was du in dieser Zeit getan hast. Du steigst auf fremden Grundstücken ein und bestaunst den Schauplatz eines Mordes, als wäre er eine Art Heiligenschrein für dich. Mein Gott, Tom, heute Vormittag hättest du beinahe völlig unkontrolliert auf mich eingeschlagen!« Nervös fuhr sie sich durch das blonde Haar, und ihre Stimme begann zu zittern. »Du bist so unberechenbar geworden, dass ich manchmal nicht mehr weiß, wer vor mir steht. Sogar Mark ist durch dein Verhalten schon ganz eingeschüchtert. Und ich werde auf keinen Fall zulassen, dass er auch in diese Geschichte mit hineingezogen wird.« Sie machte eine Pause und kämpfte verzweifelt gegen die Tränen an. »Ich kann nur erahnen, was das alles in dir auslöst. Und ich müsste lügen, wenn ich behaupte, ich wüsste, was du gerade alles durchmachst. Aber allmählich bekomme auch ich einen Eindruck davon, was es heißt, in ständiger Angst leben zu müssen.«

Tom war wie paralysiert, als diese Worte zu ihm durchdrangen. Es fiel ihm schwer, die Sprache wiederzufinden. »Karin«, sagte er, und es war nicht mehr als ein Flüstern. »Willst du etwa sagen, du … du hast *Angst* vor mir?«

Karin antwortete nicht. Sie faltete die Hände vor dem Mund, während ihr das Wasser in die Augen stieg. »Tom, bitte …«, flehte sie schließlich, und eine Träne lief ihr über die Wange. »Bitte mach diese Therapie. Wenn schon nicht für dich, dann tu es wenigstens Mark und mir zuliebe. Bitte …«

Tom rührte sich nicht. Es verging gut eine Minute, bis er sich langsam erhob und vom Tisch zurücktrat. Seine Beine fühlten sich an, als hätte er sie seit Wochen nicht benutzt. »Ich …« Er räusperte sich, um seine Stimmbänder aus der Schockstarre zu befreien. »Ich kann mir kein Hotelzimmer suchen, wie du sicher verstehen wirst. Aber ich übernachte heute im Arbeitszimmer. Du brauchst also nicht zu befürchten, dass ich über dich herfalle.«

»Ach, Tom«, schluchzte Karin, und die Tränen strömten ihr jetzt über das blasse Gesicht, das sie gleich darauf in den Händen vergrub.

»Ich gehe jetzt nach oben und versuche, ein bisschen zu arbeiten. Warte nicht mit dem Abendessen auf mich.« Er wandte sich ab und ließ seine weinende Frau am Tisch zurück. Auf dem Treppenabsatz hielt er kurz inne und sagte, ohne sich zu ihr umzudrehen: »Ich weiß es durchaus zu schätzen, dass ihr euch solche Sorgen um mich macht. Aber es enttäuscht mich sehr, dass du tatsächlich der Meinung bist, ich könnte dir oder Mark etwas antun. Glaub mir, ich habe nie gewollt, dass ihr in all das verwickelt werdet. Ich habe mich immer mit ganzem Herzen darum bemüht, die Angst von diesem Haus fernzuhalten. Aber wie es jetzt aussieht, habe ich mir wohl nur etwas vorgemacht. Angst wird immer ein Bestandteil meines Lebens sein. Anscheinend ist das das Einzige, dessen ich mir noch sicher sein kann. Aber wenn ich schon dazu gezwungen bin, dieser Angst die Kontrolle über gewisse Bereiche meines Lebens zu überlassen, werde ich doch niemals aufhören, sie zu bekämpfen. Und solange ich klar denken kann, entscheide *ich* alleine, wann und auf welche Weise ich das tue.« Dann ging er nach oben und schlug die Tür hinter sich zu.

Der Nachmittag verstrich so schnell, dass Tom überrascht war, als er aus dem Fenster seines Arbeitszimmers blickte und feststellte, dass sich bereits die Dämmerung über den angrenzenden Wald gelegt hatte. Diesmal jedoch war es keine Gedächtnislücke, die für diesen Zeitsprung verantwortlich war. Wenn man seinen Gedanken nachhing, schien die Zeit kein fester Faktor mehr zu sein.

Seit Stunden hatte er sich nun hier oben eingeschlossen, hatte grübelnd hinter seinem Schreibtisch gesessen oder war nervös im Zimmer auf und ab gewandert wie ein Gefangener in seiner Zelle. Sein Kerker schien immer kleiner zu werden, beschränkte sich jetzt auf die knapp dreißig Quadratmeter dieses Raumes. Der Rest des Hauses gehörte nun zu einer Welt, die ihm immer fremder geworden war. Seine eigene Familie hatte Angst vor ihm, und er hatte die letzten Stunden verzweifelt damit zugebracht, herauszufinden, wie es innerhalb kürzester Zeit dazu hatte kommen können, dass *seine* Welt, die fast ausschließlich aus seinem Zuhause bestand, zu einem Ort des Misstrauens und der Anschuldigungen hatte werden können. Und er war überzeugt davon, dass keine Hypnosetherapie auf diesem Planeten ihm eine überzeugende Antwort darauf liefern konnte. Lediglich ein Verdacht verdichtete sich in ihm mehr und mehr zu einer festen Gewissheit, und zwar dass derjenige, der ihm diese Botschaft hatte zukommen lassen, genau das damit bezweckte. Für Tom stand diese Absicht mittlerweile außer Frage. Irgendjemand hatte vor, ihn fertigzumachen, ihm alles zu nehmen, was ihm wichtig war, um ihn damit aus der Reserve zu locken. Was ihm daran am meisten zu schaffen machte, war die Tatsache, dass es dieser Person tatsächlich zu gelingen schien. Sie hatte es immerhin in kürzester Zeit geschafft, dass er sich seiner eigenen Familie und seinem besten Freund entfremdete, und das umfasste so ziemlich alles, was ihm etwas bedeutete. Langsam zweifelte er sogar an seinem eigenen Geisteszustand. Und über alldem lag das Motiv des Täters völlig im Dunkeln. Und Tom erschien es ziemlich aussichtslos, darüber zu grübeln, da alle Möglichkeiten, auf die er eventuell stoßen könnte, sich in reiner Spekulation verlaufen würden. Allerdings war er sicher, dass die Gründe dafür nicht allein in seiner Vergangenheit zu suchen waren. Dieser zugegebenermaßen naheliegende Verdacht schien ihm zu simpel. Zu viel Zeit war seither verstrichen. Es ergab einfach keinen Sinn. Er konnte die Ereignisse von damals zwar nicht gänzlich ausschließen, doch die Motive des Täters allein darauf zu reduzieren reichte nicht aus. Seiner Meinung nach waren sie nur der Aufhänger, die Grundidee, um die herum sich alles aufbaute. Als Schriftsteller kannte er sich immerhin bestens mit derartigen dramaturgischen Feinheiten aus, was ihn letztendlich aber auch nicht weiterbrachte. Das Ganze war und blieb ihm ein Rätsel.

Die Ruhe im Haus war beinahe beängstigend. Nur gelegentlich drangen Geräusche aus Marks Zimmer oder den Räumen im Erdgeschoss zu ihm herauf. Ansonsten war es still. Lediglich das stetige leise Ticken der Uhr über dem großen Regal lenkte ihn ab. Er ließ seinen Blick über die vielen Bücher gleiten, die das Regal füllten und ihn mit ihren verheißungsvollen Titeln lockten. Bücher waren schon immer ein wichtiger Bestandteil seines Lebens gewesen. Sie boten ihm Lehrstoff und Zuflucht zugleich, hatten etwas Verführerisches und waren außerdem inspirierend. Und der Gedanke, dass womöglich in diesem Moment jemand da draußen eines seiner Bücher in den Händen hielt und dabei dasselbe empfand, machte ihn unendlich stolz.

Er fragte sich, ob Karin jemals wirklich begriffen hatte, was ihm dies alles bedeutete und wie wichtig es für ihn war. Ein paarmal war er kurz davor gewesen, nach unten zu gehen und sie um Verzeihung zu bitten. Sie einfach in die Arme zu nehmen, sie zu küssen und damit der quälenden Angst, sie zu verlieren, ein Ende zu machen.

Dieses Mal schadest du damit den Menschen, denen du wirklich etwas bedeutest!

Doch allein der Gedanke, dass Karin anscheinend überzeugt war, er könnte ihr etwas antun, war ihm unerträglich. Außerdem fühlte er sich von ihr hintergangen. Und nicht zuletzt hatte er keine Lust mehr zu reden. Sein Mitteilungsbedürfnis war für den heutigen Tag mehr als erschöpft, und wenn er die Ergebnisse seiner Bemühungen betrachtete, wäre es vermutlich besser gewesen, eine seiner Gedächtnislücken hätte ihn erwischt und diesen Tag für immer aus seiner Erinnerung gelöscht. Doch komischerweise schienen negative Aspekte dieser Art von seiner partiellen Demenz nicht betroffen zu sein. Also blieb ihm nichts anderes übrig, als sich mit seiner Situation auseinanderzusetzen, die zunehmend einer inneren Zerreißprobe glich.

Zum einen war da seine Ärztin, die einen seelischen Kammerjäger auf sein Innerstes loslassen wollte, um damit jene Blockaden einzuäschern, die ihn zu dem abgeschiedenen Leben zwangen, welches er führte. Doch jetzt, wo diese Möglichkeit konkret wurde, hatte er schreckliche Angst davor. Die Metapher, mit deren Hilfe er Stunden zuvor versucht hatte, seinem Sohn zu erklären, was in ihm vorging, war gar nicht so weit hergeholt gewesen. Die Angst vor bösen Erinnerungen war tatsächlich mit der Angst vor Spinnen vergleichbar. Denn beide konnte man nur besiegen, wenn man sich ihnen aussetzte. Dazu jedoch fühlte er sich nach den jüngsten Erfahrungen außerstande. Die kurzen Rückblenden hatten schon genug an seinen Nerven gezerrt. Das volle Ausmaß seines Martyriums zu begreifen würde ihn vermutlich den Verstand kosten. Da zog er sein Einsiedlerdasein eindeutig vor, auch wenn andere das vielleicht als Feigheit interpretierten. Für ihn jedoch war diese Zurückgezogenheit eine Art Regeneration. Eine Art Refugium, um einen gewissen Abstand zwischen sich und seiner Vergangenheit aufzubauen. Aus einer bestimmten Distanz heraus, so lautete seine Theorie, war es leichter, sich den Geschehnissen aus seiner Kindheit zu nähern. Im sicheren Schutz von Heim und Familie war eben vieles einfacher zu ertragen. Und dieser Welt, die ihm so Schreckliches angetan hatte, den Rücken zu kehren, schien ihm da nur eine logische Konsequenz zu sein. Andererseits musste er sich eingestehen, dass es trotz aller Einschränkungen all die Jahre sehr bequem gewesen war, sich unter dem Deckmantel der Angst zu verkriechen. Jetzt jedoch drohten sowohl seine Ehe als auch die einzige Freundschaft, die er in den letzten Jahren hatte erfahren dürfen, an ebendieser Isolation zu zerbrechen. Eine Freundschaft, die, wie er zugeben musste, so merkwürdig begonnen hatte, dass es ihm noch heute manchmal grotesk vorkam.

Genau wie damals bist du schon wieder dabei, dich auf die Toilette zu flüchten und vor allem davonzulaufen!

Er konnte sich noch gut an den Tag erinnern, an dem er Stefan das erste Mal begegnet war. Genau genommen war Fanta einfach aufgetaucht, in einem Moment, in dem er es sich am wenigsten erhofft hätte. Denn wenn man halb besinnungslos vor Angst in einer Herrentoilette hängt und sich die Eingeweide aus dem Leib kotzt, legt man im Grunde keinen großen Wert auf Gesellschaft. Und noch weniger rechnet man in solchen Momenten mit einer Begegnung, die einen so nachhaltig beeindruckt, dass sich daraus eine Freundschaft entwickelt. So verschwommen seine Erinnerung an die Vergangenheit auch sein mochte, dieses erste Zusammentreffen war so deutlich in seinem Gedächtnis verankert, dass es die zwei Jahre nahezu vollständig überdauert hatte, die es nun zurücklag. Und obwohl Toms Wahrnehmung durch die erhöhte Medikamentendosis mehr als getrübt gewesen war, konnte er sich seltsamerweise an jedes Detail dieses Tages erinnern. An die vielen Menschen, deren Nähe ihn beinahe erdrückt hätte. Daran, wie er nahezu betäubt in der Buchhandlung gesessen und fast automatisch seine Werke signiert hatte. Bücher, welche ihm von Fremden entgegengehalten wurden, die ihn mit einer Mischung aus Bewunderung und Skepsis betrachteten, da sie sein sonderbar abwesendes Verhalten vermutlich für Arroganz hielten. Und an die vielen Fragen, die so gedämpft und verzerrt durch den Medikamentenschleier zu ihm durchgedrungen waren wie Schreie aus einer Gummizelle. Es waren die üblichen Fragen gewesen, nach seinen Motiven, seinen Vorbildern oder woher er seine Ideen bezog. Fragen, die er zum Teil selbst nicht hätte beantworten können. Manchmal entstand eine Geschichte aus einem einzigen Gedanken. Ein anderes Mal brauchte sie Jahre, um zu reifen. Und was seine Geschichten betraf, so waren sie ihm regelrecht zugeflogen, wie ein Traum in der Nacht. Er hätte nicht erklären können, wieso dies geschah. Es lag ganz einfach in seiner Natur. Nur dass sein Instinkt sich eben ausschließlich auf den Bereich des Erzählens fixierte, was in seinen Augen keine besondere Fähigkeit darstellte. In solchen Fällen zitierte er gerne einen berühmten amerikanischen Kollegen, der einmal behauptet hatte, jeder hätte das Zeug dazu, einen Roman zu schreiben. Der einzige Unterschied zu einem Schriftsteller sei der, dass dieser sich die Mühe mache, es auch wirklich zu tun. Es war eine Aussage, auf die er immer wieder gerne zurückgriff, da sie ihm weitere Fragen ersparte und den Leuten in gewissem Maße schmeichelte.

So auch an diesem Tag. Er signierte Bücher und beantwortete den Leuten geduldig ihre Fragen. Bis dieser Mann mit dem grünen Arbeitsoverall vor ihm stand, unter dem sich sein stramm vorstehender Bauch abzeichnete wie eine auftürmende Welle. Tom nahm an, dass er einer der Handwerker war, die im leer stehenden Nachbargebäude damit beschäftigt waren, der Koblenzer Altstadt einen weiteren Schnellimbiss zu bescheren, und der seine Mittagspause offenbar widerstrebend dazu nutzte, sich ein Exemplar von *Dunkle Erinnerung* signieren zu lassen. Sein missmutiger Gesichtsausdruck ließ Tom vermuten, dass er dies wahrscheinlich im Auftrag seiner Frau tat, da er selbst nicht wie ein begeisterter Anhänger spannender Unterhaltungsliteratur aussah. Doch trotz seines negativen Auftretens stufte Toms mentales Alarmsystem ihn nicht als Bedrohung ein. Die Medikamente hielten, was ihre Dosis versprach.

Das sollte sich schlagartig ändern, als der Mann ihm das Buch entgegenstreckte.

Das stetige wabernde Brummen in Toms Kopf, das ihn angenehm träge und gleichgültig machte, wich augenblicklich wachem Entsetzen, als er die Hand des Mannes betrachtete. Für jeden anderen wäre es nur eine einfache Hand gewesen, für Tom jedoch war es ein Indikator für Folter und Schmerz. Die Finger waren dick und fleischig und teilweise von Nikotin gelb verfärbt; sie verströmten einen penetranten Tabakgeruch, der bei Tom undefinierbare Assoziationen hervorrief. Dunkle, borstenartige Haare wucherten auf den Handrücken bis zu den Ärmeln des Baumwollhemdes hinauf. Wulstige Aderstränge verzweigten sich darunter wie ein Netzwerk aus graublauen Schlangen. Und dann dieser Ring. Ein einfacher goldener Ehering, dessen Oberfläche bereits leicht zerkratzt war. Zu diesem Zeitpunkt konnte Tom nicht genau sagen, was diese unbändige Panik in ihm auslöste, doch er glaubte plötzlich, die kalte Härte dieses Rings auf seiner Wange zu spüren, getrieben von einer Wucht, die nur dem Wahnsinn entstammen konnte. Er fühlte, wie diese Hand sich über seinen Mund legte und seine verzweifelten Schreie erstickte. Wie sie ihn packte und hinein in die Dunkelheit zerrte, aus der es kein Entrinnen gab und die er nie wieder als der verlassen sollte, der er gewesen war. Die Dunkelheit, die seine Unschuld verschluckt hatte.

Wie von Sinnen sprang er auf und riss polternd seinen Stuhl zu Boden, während er in panischer Furcht zurücktaumelte und dabei noch immer auf die Hand des Mannes starrte, als gehöre sie dem Teufel persönlich. Die Menschen um ihn herum sahen fassungslos zu, wie er fluchtartig in den hinteren Bereich der Buchhandlung stürzte und in der Toilette verschwand.

Tom war es ziemlich egal, was die Leute in diesem Moment über ihn dachten. Jedes einzelne Molekül seines Körpers war von dem Virus Angst befallen, der seine gesamte physische Existenz außer Kraft zu setzen schien. Es war, als hätte der bloße Anblick dieser Hand in seinem Inneren eine Adrenalinbombe gezündet, deren verheerende Energie sich wie die Druckwelle einer Explosion durch seine Eingeweide fraß. Zitternd und schweißüberströmt stand er an die kalten Fliesen des Toilettenraumes gepresst regungslos da, hilflos dem lähmenden Gefühl der Todesangst ausgeliefert. Sein Puls raste, und Tom fürchtete, sein Herz könne dieser Belastung nicht standhalten und den Dienst versagen. Mit zitternden Händen lockerte er seine Krawatte, die ihm die Luft abzuschneiden drohte. Die Wände des Raumes pulsierten grell vor seinen Augen. Sie dehnten sich mit jedem Schlag seines Herzens aus und zogen sich wieder zusammen, bis sie schließlich anfingen, sich zu drehen, und eine Woge der Übelkeit über ihn hereinbrach. Er schaffte es gerade noch, sich über eines der Pinkelbecken zu beugen, wo er sich mit einer Heftigkeit übergab, die er selbst nicht für möglich gehalten hätte. Fast schien es so, als dränge all das Böse, das sich durch die Blockaden in ihm aufgestaut hatte, auf einen Schlag aus ihm heraus.

Es vergingen einige Sekunden, bis sich seine Sinne wieder beruhigt hatten und die Panik versiegte wie Wasser in einem Kaffeefilter. Noch immer hing er keuchend über dem Becken, als er neben sich ein leises Plätschern wahrnahm. Augenblicklich spannten sich seine Sinne wieder, und er fuhr erschrocken zurück, als er den Mann entdeckte, der ein Becken weiter stand und dessen Erscheinung so unwirklich war, dass Tom sie zunächst für ein Trugbild seines benebelten Verstandes hielt.

Der Mann war hochgewachsen und schlank. Er trug eine rote Lederhose, die bis zu den weißen Turnschuhen hinunter mit goldenen Nieten verziert war. Sein Oberkörper war in eine eierschalenfarbige Jeansjacke gehüllt, auf der aufwendige Stickerei auf dem Rücken wohl so etwas wie einen Adlerkopf darstellen sollte. Sein Gesicht war glatt und jugendlich, und die blondierten Haare standen wie Stacheln von seinem Kopf ab. Auf den ersten Blick sah er aus wie eine absurde Parodie des jungen Billy Idol. Und er stand einfach nur da und pinkelte. Das war auf einer öffentlichen Toilette gewiss nichts Ungewöhnliches, dennoch kam Tom dieses Bild äußerst trügerisch vor. Er hätte nicht auf Anhieb sagen können, ob dieser Mann schon vorher dort gestanden hatte, doch er war sich fast sicher, dass nach ihm niemand mehr in diesen Raum gekommen war. Wie angewurzelt kniete er auf dem Boden und betrachtete den anderen mit großen, unschlüssigen Augen.

Schließlich seufzte der Mann zufrieden und betätigte die Spülung. Anschließend warf er einen beiläufigen Blick auf Tom, als bemerke er ihn erst jetzt.

»Ist schon erstaunlich, wie erleichternd so ein Gang aufs Klo sein kann«, sagte er beschwingt, als fände er nichts Ungewöhnliches an dieser Situation. »Hat fast schon was Spirituelles, findest du nicht?« Er schielte verstohlen in das Becken, in das Tom sich übergeben hatte. »Alle Achtung, Alter«, meinte er anerkennend. »Ihr Schriftsteller lasst euch die Dinge gerne noch mal durch den Kopf gehen, was?« Er grinste und zog geräuschvoll seinen Reißverschluss hoch.

Noch immer bekam Tom kein Wort heraus. Mit offenem Mund starrte er den Mann an, als wäre er eine Fata Morgana. Dem verschmitzten Grinsen seines Gegenübers konnte er entnehmen, dass der ihn lediglich auf den Arm nehmen wollte.

»Mach dir nichts draus«, meinte der Mann schließlich. »Anders zu sein kann manchmal ganz schön stressen. Ich kenn das.«

Schließlich wandte der Mann sich ab und verschwand kurz im Nebenraum. Gleich darauf stand er wieder vor ihm und hielt ihm mehrere grüne Papierhandtücher aus dem Spender über dem Waschbecken hin.

»Hier, Alter«, meinte er knapp. »Solltest dich lieber ein wenig sauber machen, bevor du wieder rausgehst.« Damit packte er Tom am Arm und hob ihn auf die Füße. Es schien ihn keinerlei Mühe zu kosten.

Zaghaft wischte Tom sich den Mund ab. »Danke, aber ich …«, stammelte er heiser, als er seine Sprache wiedergefunden hatte. »Ich habe ganz bestimmt nicht vor, noch einmal da rauszugehen.«

Das Lächeln des Mannes ließ ein wenig nach. »Tja«, meinte er enttäuscht, »dann hab ich wohl im wahrsten Sinne des Wortes ins Klo gegriffen.«

»Kenne ich Sie?«, fragte Tom, der sich plötzlich auf unerklärliche Weise sehr zu diesem Kerl hingezogen fühlte. »Ich meine, arbeiten Sie für den Verlag?«

»Nein, ich arbeite mehr in eigenem Interesse.« Mit festem Griff schüttelte der Fremde Tom die Hand.

Und in diesem Moment verspürte Tom eine innere Wärme, wie er sie sonst nur im Kreis seiner Familie erlebte. Er hatte keine Ahnung, woher dieses unerwartete Gefühl kam, oder die seltsame Vertrautheit, die von diesem Mann ausging. Fast kam es ihm so vor, als begegne er nach langer Zeit einem alten Freund.

»Tauber, Stefan Tauber«, stellte der Mann sich schließlich vor. »Meine Freunde nennen mich Fanta.« Damit zog er eine Visitenkarte aus der Brusttasche seiner Jacke.

Noch immer völlig konfus nahm Tom die Karte entgegen und studierte sie. Darauf standen nur der Name und eine Handynummer. Und etwas, das seine Verwirrung nur noch steigerte. In bunter, verspielter Schrift stand dort:

Freidenker
&
Überlebenskünstler

Irritiert schüttelte er den Kopf. »Das soll wohl ein Scherz sein. Ich meine … Sie wollen mich auf den Arm nehmen, richtig?«

»Keine Förmlichkeiten, Tom«, wehrte der Mann ab und hob energisch die Hand. »Immerhin hast du mir gerade dein Innerstes offenbart. Kann es einen intimeren Moment zwischen zwei Männern geben?«

»Na schön … *Stefan.*« Toms Stimme gewann wieder an Kraft, und ihr war deutlich anzuhören, dass er diese Situation allmählich als einen grotesken Streich interpretierte. »Dann weißt du also, wer ich bin. Was willst du? Bist du von der Presse?«

»Wenn ich das wäre, dann hätte ich meine Story längst und müsste nicht an einem Ort wie diesem hier Konversation mit dir machen.«

»Also gut, worin genau liegt dann dein *Interesse*?«

»Vielleicht bin ich einfach nur ein netter Kerl, der versucht, dir zu helfen. Wäre das so abwegig?«

»In meiner Welt schon«, sagte Tom.

»Du scheinst ja ziemlich misstrauisch zu sein, was andere Menschen angeht.«

»Ich habe meine Gründe dafür.«

»Sicher, da stimme ich dir zu.«

»Ach ja?«, meinte Tom, den die ruhige und herablassende Art des Mannes langsam in Rage brachte. Noch nie hatte er für einen Menschen so zwiespältige Gefühle gehegt. Er hätte diesen Kerl am liebsten umarmt und ihm gleichzeitig dabei den Kopf abgerissen. »Hör zu, was immer du über mich zu wissen meinst, ich glaube kaum, dass es ausreicht, um meine Motive zu beurteilen.«

Der Mann machte ein paar Schritte und lehnte sich lässig Tom gegenüber an die geflieste Wand. »Ich weiß nicht mehr über dich, als man im Internet erfahren kann. Aber ich erkenne Angst, wenn ich sie sehe. Und wenn ich die Reste der kleinen blauen Pillen da im Becken richtig deute, dann hat diese Angst bei dir ziemlich zwanghafte Formen angenommen.«

Tom musterte sein Gegenüber misstrauisch. »Du siehst nicht gerade aus wie jemand, der das beurteilen kann.«

»Tja, Alter, du wirkst auf mich im Moment auch nicht gerade wie ein erfolgreicher Schriftsteller«, entgegnete Stefan Tauber unbeeindruckt. »So viel in Sachen Äußerlichkeiten. Sagen wir einfach, ich habe auch so meine Erfahrungen auf dem Gebiet.«

»Ach, wirklich?«, zischte Tom. »Na dann verstehst du ja sicher, dass ich jetzt lieber allein sein würde.«

»Bist du das nicht längst?«, meinte der Mann, und seine blauen Augen schienen zu funkeln. »Angst isoliert. Und ich schätze mal, wenn deine kleinen pharmazeutischen Kumpel dort nicht wären, würdest du jetzt zuhause auf *deiner* Toilette kauern, weil schon der Gedanke, das Haus verlassen zu müssen, dir Panikattacken bescheren würde. Hab ich recht?«

Tom schaute skeptisch auf die Karte in seiner Hand. »Komisch«, meinte er sachlich, »hier steht gar nichts davon, dass du auch Hellseher bist.«

»Ich bin nur ein guter Fährtenleser. Und als solcher habe ich eine Menge Vorstellungskraft.« Wieder dieses Grinsen. »Hast du gewusst, dass Angstsymptome eine anerkannte Volkskrankheit sind? Sogar Kinder sind schon davon betroffen. Wachsender Druck, ständige Sorge um den Arbeitsplatz, Zukunftsängste ... Das kann einen Menschen auf Dauer schon fertigmachen.«

»Tja, dieses Problem musst du schon unserer Gesellschaft vorwerfen, nicht mir.«

»Ich wollte dir damit auch nur klarmachen, dass du nicht der Einzige bist, der darunter leidet. Nur können sich die meisten anderen den Luxus nicht leisten, vor ihren Ängsten davonzulaufen.«

»Glaub mir, meine Ängste sind auch nicht ganz so alltäglicher Natur wie die der meisten anderen.«

»Und du glaubst, das macht dich zu etwas Besonderem?«

»Nein, aber ich glaube, dass dich das nichts angeht und ich mich deshalb nicht vor dir rechtfertigen muss!«

Trotz der unerklärlichen Anziehungskraft, die von diesem Mann ausging, gewann Toms Zorn mehr und mehr die Oberhand und verdrängte die angestaute Angst aus seinen Gliedern. Was bildete sich dieser Kerl eigentlich ein? Als wäre die Situation nicht schon peinlich genug für ihn, jetzt musste er sich auch noch mit diesem Klugscheißer herumärgern. Er wollte nur noch nach Hause, zurück zu seiner Familie, in den sicheren Schutz seiner gewohnten Umgebung. Wie hatte er sich nur zu dieser törichten Veranstaltung überreden lassen können?

»Ich möchte, dass du jetzt gehst«, sagte er gereizt.

Der Mann inspizierte übertrieben auffällig den Raum. Anschließend zuckte er ratlos die Schultern. »Ich sehe nirgendwo ein Schild, das mir den Aufenthalt hier verbietet«, entgegnete er unbeeindruckt. »Du wirst dich also mit meiner Anwesenheit abfinden müssen, es sei denn, du ziehst es vor, wieder da rauszugehen.«

Das muss ein verdammter Alptraum sein, dachte Tom und spürte, wie die wachsende Wut ihn mutiger werden ließ. Sein Herz hatte sein Arbeitspensum wieder erhöht und hämmerte nun wild gegen seine Brust, versorgte seine angespannten Muskeln mit Sauerstoff. Alles in ihm war auf Konfrontation eingestellt, und zu seiner eigenen Überraschung war er tatsächlich entschlossen, sich mit diesem Kerl anzulegen.

»Verschwinde endlich!«, schrie er, und seine Hände ballten sich drohend zu Fäusten. »Lass mich in Ruhe, kapiert?«

Der Mann tat verblüfft. »Oder was?«, fragte er herausfordernd. »Willst du mich vollreihern oder dich auf dem Klo einschließen?«

»Glaub mir, ich bin durchaus in der Lage, mit Kerlen wie dir fertigzuwerden!«

»Tatsächlich?«

»Überrascht dich das?«

»Nein, ehrlich gesagt amüsiere ich mich prächtig.«

»Was willst du von mir?«

»Ich will, dass du da rausgehst und deinen Job machst!«

»Und weshalb sollte ich das tun?«

Blitzartig schnellte der Mann nach vorn und packte Tom an den Schultern. Er presste ihn gegen die kalte Wand, und sein entschlossener Blick bohrte sich in Toms Augen. »Weil du es den Leuten da draußen schuldig bist, die keine andere Wahl haben!«, schrie er ihm ins Gesicht.

Tom war so überrascht von dem jähen Angriff, dass er kaum reagieren konnte. Die Medikamente beeinträchtigten sein Reaktionsvermögen nach wie vor. Doch trotz des Schocks blieb die übliche Panik aus, und das restliche Adrenalin in seinen Adern verwandelte sein Erstaunen in unbändigen Zorn, der nun aus ihm herausbrach. Wieder hörte er die altbekannten Stimmen in seinem Kopf. Doch sie schwirrten nur durch seine Wahrnehmung wie ein aufgescheuchter Vogelschwarm, und durch den milchigen Nebel, den die Tabletten über ihn gelegt hatten, konnte er ihre Botschaft nicht herausfiltern. Es blieben nur Stimmen, und er bildete sich ein, dass sie ihn anfeuerten, ihn bestärkten. Plötzlich glaubte er, etwas von jener furchtlosen Zielstrebigkeit zu verspüren, die ihn in seiner Kindheit angetrieben hatte und von der er sicher gewesen war, dass sie mitsamt seinen Erinnerungen in diesem Keller begraben lag.

Beharrlich stemmte er seine Hände gegen Taubers Brust und stieß ihn mit aller Kraft, die sich in ihm angestaut hatte, von sich weg. Er fühlte die Hände des Mannes von seinen Schultern gleiten, sah, wie er einige Schritte zurücktaumelte und Mühe hatte, nicht lang hinzuschlagen. Energisch trat Tom auf ihn zu, bereit, jeden weitern Angriff abzuwehren. Seine Muskeln bebten vor Anspannung.

»Nur um eines klarzustellen«, schrie er völlig außer sich. »Ich bin niemandem da draußen etwas schuldig, kapiert! Denn genau Typen wie dir habe ich das alles zu verdanken! Kranke Spinner, die sich einen Spaß daraus machen, andere zu quälen. Aber damit ist jetzt Schluss, ich lasse mich nicht länger von euch kaputt machen!« Drohend baute er sich vor Tauber auf, und seine Stimme überschlug sich vor Zorn. »Du willst den starken Mann markieren, ein bisschen Spaß haben? Nur zu! Ich schlage mich jeden Tag mit Todesängsten herum, da ist einer wie du mal eine harmlose Abwechslung!« Er rammte dem anderen die flache Hand gegen die Schulter und drängte ihn weiter in Richtung Tür. »Du und all die anderen da draußen, ihr könnt von mir aus in der Hölle verrotten, es wäre mir scheißegal! Sucht euch jemand anderen, den ihr fertigmachen könnt, bei mir ist nicht mehr viel zu holen! Und jetzt hau endlich ab, oder ich schwöre bei Gott, ich prügel dir dein dämliches Grinsen aus dem Gesicht!«

Wutentbrannt stand er mit geballten Fäusten vor dem Mann und wünschte sich beinahe, dass dieser erneut auf ihn losgehen würde. Doch zu seiner Überraschung betrachtete sein Gegenüber ihn nur staunend, wie ein Vater seinen Sohn, nachdem er ihm das Fahrradfahren beigebracht hat.

»Wow!«, brachte Fanta schließlich seine Bewunderung zum Ausdruck, während er voller Freude um Tom herumtänzelte. »Alle Achtung, Alter! Das war bemerkenswert überzeugend für jemanden, der gerade noch zitternd in der Ecke gekauert hat. Wenn meine Blase nicht schon leer wäre, hätte ich mir vermutlich in die Hose gepisst.«

»Was …?«, stammelte Tom atemlos. Seine Verwirrung spiegelte sich in seinem hochroten Gesicht wider.

»Ist schon erstaunlich, was Wut alles in einem bewirken kann, nicht wahr? Sie gibt einem Mut und Kraft. Ich meine, sieh dich doch mal an. Ziemlich beängstigend.«

Tom stand wie paralysiert da. Er hatte reichlich Mühe, seine Entrüstung im Zaum zu halten und die neue Situation einzuschätzen. »Soll das etwa heißen …«, stammelte er ratlos. »Ich meine … Willst du damit sagen, du hast mich nur verarscht?«

»Ich hab dir lediglich geholfen, dich aus einer peinlichen Lage zu befreien«, erwiderte Fanta trocken.

»Ich fasse es einfach nicht«, schnaufte Tom, dessen Erregung sich nur langsam wieder legte. »Du bist ja vollkommen irre!«

»Nenn es, wie du willst, es hat funktioniert. Deine Angst ist weg, oder etwa nicht?«

Tom schwieg. Insgeheim jedoch musste er dem anderen recht geben. Er fühlte sich aufgeputscht wie nach einem Hundertmetersprint, aber es war ein gutes Gefühl, das sämtliche Furcht aus ihm vertrieben hatte.

»Mag sein«, räumte er ein, »aber sie kommt wieder, sobald ich durch diese Tür trete, so viel ist sicher.«

»Dann lass das nicht zu.«

Tom lachte verächtlich. »Glaubst du wirklich, es wäre so einfach? Was soll ich deiner Meinung nach tun, jeden verprügeln, der mir in die Quere kommt? Ich glaube kaum, dass es eine sinnvolle Lösung wäre, Angst durch Hass zu ersetzen.«

»Sicher nicht«, stimmte Fanta ihm zu. »Aber Angst ist auch immer ein Produkt der Unsicherheit. Stärke dein Selbstvertrauen, und du schwächst damit die Angst.«

»Und woher hast du diese Weisheit, aus einem Glückskeks?«

»Wie gesagt, ich habe auch so meine Erfahrungen.«

Tom sah abschätzend an ihm herab. »Wie alt bist du? Neunzehn? Zwanzig? Was hat man dir angetan, dir dein Pausenbrot geklaut?«

»Spielt das eine Rolle? Die Gründe sind vielleicht verschieden, aber der Ausweg ist derselbe!«

»Und du hast diesen Ausweg gefunden?«

»Na ja, sagen wir, ich arbeite daran.«

»Deiner großen Klappe nach zu urteilen, scheinst du jedenfalls Erfolg damit zu haben.« Tom schüttelte den Kopf und trat einige Schritte zurück. Allmählich entspannte sich sein Körper. »Jemand wie du ist mir noch nie begegnet«, stellte er fest und lehnte sich erschöpft gegen die Wand. »Ich meine, was kümmert es dich überhaupt, was mit mir los ist? Hältst du dich für so eine Art Messias der Angstneurotiker?«

»Nein. Alles, was ich bin, steht auf der Karte.«

Tom konnte sich ein Lächeln nicht verkneifen. »Und davon kannst du leben? Alle Achtung.«

»Im Grunde ist es nicht viel mehr, als du tust. Und wenn du mich fragst, wirst du dafür ziemlich überbezahlt.«

»Tja, da hast du vermutlich sogar recht.«

Es vergingen einige Sekunden, bis Tom bemerkte, dass Fantas Blick erwartungsvoll auf ihm ruhte.

»Was noch?«, fragte er.

»Na ja, ich warte darauf, dass du zurück an deinen Tisch gehst.«

»Warum in Gottes Namen bist du so versessen darauf?«

Fantas Hand tauchte in seine Jacke. »Weil ich mir seit über einer Stunde die Beine in den Bauch stehe, um eine Widmung von dir in dieses Buch zu bekommen.« Er hielt eine Ausgabe von *Schatten der Seele* hoch.

Tom traute seinen Augen nicht. »Das ist alles?«, fragte er erstaunt. »Dafür das ganze Theater?«

»Ich kriege eben gerne, was ich haben will«, gab Fanta ungezwungen zurück.

»Ich kann mich gar nicht daran erinnern, dich vorhin bei den anderen gesehen zu haben«, meinte Tom. »Und jemand wie du wäre mir bestimmt aufgefallen«, fügte er etwas abfällig hinzu.

Fanta deutete auf die Pillen in dem Becken. »Du hättest mich vermutlich nicht einmal bemerkt, wenn ich genau vor dir gestanden hätte.«

»Na schön«, gab sich Tom geschlagen. »Du hast nicht zufällig einen Kugelschreiber dabei, oder?«

Er schüttelte den Kopf. »Tut mir leid, da musst du dir schon draußen einen besorgen.«

»Tja.« Tom lächelte erschöpft. »Das hab ich mir gedacht. Und was soll ich deiner Meinung nach den Leuten erzählen, was vorhin mit mir los war? Ich weiß ja selbst nicht mal genau, vor was ich weggerannt bin.«

»Angeblich sind dir die Leute doch egal. Wozu also die Aufregung?«

»Tja, unter den gegebenen Umständen wäre diese Aussage wohl nicht ganz passend.«

»Dann sag doch einfach, du musstest dringend aufs Klo.«

»Ja«, lachte Tom, »das wäre nicht mal gelogen.« Er atmete tief durch. Allein die Vorstellung, wieder durch diese Tür nach draußen zu gehen und sich den Fragen der Menschen zu stellen, ließ die Nervosität schlagartig zurückkehren und mit ihr die Angst. »Ich weiß nicht«, sagte er und fuhr sich nervös durch die Haare. »Ich … ich bin nicht ganz so zuversichtlich, dass ich das auch wirklich schaffe.«

»Du kannst dich nicht ewig hier verstecken.«

»Ich brauche meine Medikamente.«

»Ich denke, davon hattest du heute schon mehr als genug.« Fanta trat auf Tom zu und rückte ihm die Krawatte zurecht. Anschließend legte er ihm die Hände auf die Schultern, eine Geste, deren Nähe und Intimität Tom normalerweise in Schrecken versetzt hätte. Doch er empfand diese Berührung als alltäglich, beinahe als vertraut. »Lass nicht länger zu, dass diese Ängste die Kontrolle über dein Leben gewinnen«, sagte Fanta. »Wenn du schon anderen nicht traust, dann hab wenigstens Vertrauen zu dir selbst, okay?« Er gab ihm einen leichten Klaps auf die Wange. Dann ging er zur Tür und legte die Hand auf die Klinke. »Bist du so weit?«

Tom nickte zögernd. Doch die kleinen Schweißperlen, die

sich an seinem Haaransatz gebildet hatten, zeigten, dass dem ganz und gar nicht so war. »Warte noch«, hielt er Fanta zurück und bückte sich nach der Visitenkarte, die neben ihm auf dem Boden lag. Sie musste ihm aus der Hand geglitten sein, als Fanta auf ihn losgegangen war. »Die steck ich lieber ein, falls ich mal wieder auf einer Toilette festhängen sollte«, meinte er.

»Jederzeit«, sagte Fanta. »Ich stehe auch an Sonn- und Feiertagen zur Verfügung. Anruf genügt.«

Tom war zu nervös, um über diesen Scherz zu lachen. Er wischte sich den Schweiß von der Stirn und fingerte unruhig an seinem Krawattenknoten herum. »Kommst du mit da raus?«, fragte er, und es klang beinahe flehend.

Fanta schüttelte mit gespieltem Ernst den Kopf. »Nein, Mann. Mir gefällt es echt gut hier, weißt du. Ich spiele aufrichtig mit dem Gedanken, mit meiner Schrankwand hier einzuziehen.«

»Hey, du weißt schon, was ich meine.«

»Keine Sorge, Alter. Ich bin direkt hinter dir, und ich weiche keinen Schritt von deiner Seite, bis ich eine verdammte Widmung von dir in diesem Buch habe, verstanden?«

»Ich denke, die hast du dir verdient.« Tom zwang sich zu einem Lächeln. »Danke.«

»Keine Ursache«, erwiderte Fanta und setzte sein typisches Grinsen auf. »Dafür sind Freunde doch da.«

Dann öffnete er die Tür.

Tom saß in seinem Arbeitszimmer vor der offenen Schublade seines Schreibtisches und betrachtete amüsiert die Visitenkarte in seiner Hand. Sie war mittlerweile etwas vergilbt und an den Rändern geknickt, doch ihre Botschaft brachte ihn noch immer zum Lächeln. Die Telefonnummer darauf kannte er mittlerweile auswendig. Dennoch hatte er die Karte all die Monate aufgehoben, wahrscheinlich aus sentimentalen Gründen. Sie war für ihn zu einer Art Symbol der Hoffnung geworden, das ihm vor Augen hielt, dass es außer seiner Familie tatsächlich noch Menschen gab, zu denen er Vertrauen entwickeln konnte. Menschen, die zumindest erahnen konnten, was in ihm vorging, und ihm zur Seite standen, was auch immer sie dazu veranlasste.

Und wie gewöhnlich bringst du es, ohne mit der Wimper zu zucken, fertig, diese Menschen von dir wegzustoßen.

Warum waren plötzlich auch alle so versessen darauf, ihm zu helfen und sich in seine Angelegenheiten einzumischen? Seit jenem Julitag vor dreizehn Jahren schienen andere die Entscheidungen für ihn treffen zu wollen. Zu Therapiezwecken oder aus übertriebener Fürsorge. Dabei war er durchaus in der Lage, das selbst zu tun. Immer wieder stocherten sie in seiner Vergangenheit herum, ohne dabei die Gegenwart zu würdigen. Immerhin hatte er es zum Bestsellerautor gebracht. Nebenbei hatte er eine Familie gegründet und sich ein Heim geschaffen. Er war finanziell unabhängig und konnte durchaus von sich behaupten, eine rechtschaffenere Existenz zu führen als viele seiner Mitmenschen. Er hatte genügend Stärken bewiesen. Was musste er noch leisten, bis man auch seine Schwächen akzeptierte?

Ein Geräusch vor der Tür seines Arbeitszimmers riss ihn aus seinen Gedanken. Er hörte das hölzerne Knarren der Dielen, dann ein gedämpftes Poltern, das leise Klirren von Geschirr. Danach Schritte, die sich wieder entfernten. Die Uhr zeigte ihm, dass es bereits nach elf war. Zögernd verharrte er einige Sekunden, bis er sich erhob und neugierig durch den Türspalt spähte. Das Licht aus dem Zimmer fiel auf den dunklen Boden des Flures, auf dem er ein Tablett mit belegten Broten und einer Tasse heißem Kakao entdeckte.

Karin.

Diese offensichtliche Geste der Versöhnung bescherte ihm augenblicklich ein Kribbeln am ganzen Körper. Ein Gefühl von Wärme und Geborgenheit. Aber gleichzeitig auch das heftige Zwicken seines schlechten Gewissens. Er hatte ihr schlimme Dinge gesagt. Worte, die er längst bereute und die er im Zorn gesprochen hatte. *Verdammter Dickschädel*, rügte er sich in Gedanken, und einen Moment lang überwog das Bedürfnis, ihr nachzulaufen, sie in die Arme zu schließen und sich mit ihr auszusprechen. Doch er unterdrückte diesen Impuls. Nicht aus Feigheit oder aus falschem Stolz heraus. Zumindest redete er sich das ein. Er war einfach viel zu erschöpft dafür. Das viele Grübeln und die Suche nach Erklärungen hatten ihn geistig wie körperlich ausgelaugt. In seinem Kopf schien sich alles zu drehen, und er hatte Mühe, einen klaren Gedanken zu fassen. Keine besonders gute Ausgangssituation für ein Friedensangebot. Erst einmal war es an der Zeit, seine Gedanken zu ordnen und sich ein wenig zu stärken.

Er trug das Tablett ins Zimmer und machte sich über die Brote her. Erst jetzt bemerkte er, dass er völlig ausgehungert war. Nachdem er den letzten Bissen heruntergespült hatte, überkam ihn schlagartig eine bleierne Müdigkeit, und es gelang ihm gerade noch, sich auf die Couch seines Arbeitszimmers zu schleppen, wo er augenblicklich in tiefen Schlaf sank.

Geräusche. Den Bruchteil einer Sekunde lang glaubte er, Geräusche zu hören – eine Art Fiepen, das ihm vertraut vorkam und gleichzeitig fremd klang –, doch er konnte ihren Ursprung nicht orten. Es fühlte sich an, als kämen sie nicht von außerhalb, sondern aus dem Inneren seines Verstandes, der von Müdigkeit umspült wurde wie ein Fels in einer tosenden Brandung. Und er hatte das Gefühl, nicht allein dort zu sein. Hier, in den Tiefen seines Bewusstseins, spürte er die Anwesenheit eines anderen. Sie war nicht greifbar, mehr unterschwellig, als fühle er sich von jemandem beobachtet. Jemandem, der ihn studierte, ihn abschätzte. Jemand, der in ihm las wie in einem Buch. Er kam sich vor wie auf einem Seziertisch, nackt und vom Schlaf betäubt, aber gleichzeitig wach genug, um die Gefahr zu spüren, die ihn umgab.

Träumte er, oder geschah dies wirklich?

Noch ehe er diesen Gedanken fassen konnte, brach eine weitere Welle aus Müdigkeit über ihn herein und zog ihn ganz hinab in die dunklen, unergründlichen Fluten des Ozeans …

Nächster Tag

Mittwoch, 17. Mai

Behäbig schlug Tom die Augen auf. Seine Lider schienen schwer wie Blei zu sein. Die Sonne, die ihre Strahlen durchs Fenster warf, blendete ihn und schmerzte in seinen Augen. Er hörte das Zwitschern der Vögel draußen über dem See. Einen kurzen Moment lang hielt er es für die Schreie eines Kindes, bis sich das Dickicht langsam lichtete, das der Schlaf um ihn gelegt hatte, und er allmählich die Kontrolle über seinen Verstand zurückgewann. In seinem Kopf summte es wie in einem Bienenschwarm. Als er sich langsam aufrichtete, breitete sich dieses Summen bis in alle Glieder aus. Er brauchte eine Weile, um halbwegs zu sich zu kommen und zu bemerken, dass etwas nicht stimmte. Zunächst drang es nur schemenhaft zu ihm durch, doch als er sich umblickte, stellte er fest, dass er sich nicht mehr in seinem Arbeitszimmer befand.

Er saß auf der Polsterliege im Wintergarten. Üppige Grünpflanzen umgaben ihn, und durch die Verglasung hindurch wanderte sein Blick über den Garten und Teile des Sees.

Wie war er hierhergekommen? War er etwa wieder geschlafwandelt?

Er sah auf die Uhr neben dem schwarzen Fernseher und stellte erstaunt fest, dass er fast elf Stunden geschlafen hatte; sie zeigte 9 Uhr 44. Dennoch war er völlig erschöpft, und seine Kleider fühlten sich klamm und klebrig an. Das Summen in seinem Kopf ging langsam in eine Melodie über, die wie ein Echo durch sein Hirn hallte, ohne dabei einen erkennbaren Ursprung zu haben.

Benommen stand er auf und betrat das angrenzende Wohnzimmer. Sein Knie schmerzte noch immer, und in seinen Beinen glaubte er so etwas wie Muskelkater zu spüren, als wäre er kilometerweit gelaufen. Doch das führte er darauf zurück, dass er die Nacht auf einer Couch verbracht hatte, die seinen Körpermaßen nicht annähernd gerecht wurde.

»Karin?«, rief er in die Stille des Hauses, wartete jedoch vergeblich auf eine Antwort. Er ging weiter, an der leeren Küche vorbei auf die Wendeltreppe zu, die nach oben führte. Die Melodie in seinem Kopf verblasste allmählich, worüber Tom nicht unglücklich war, denn es handelte sich dabei um einen Song einer Rockgruppe, deren Musik er in etwa so viel abringen konnte wie einem dreistündigen Migräneanfall. Er fragte sich, woher diese Melodie wohl gekommen war. Vermutlich aus demselben abgestandenen Winkel seines Gehirns, in dem auch der restliche Unrat seiner Erinnerungen eingelagert war.

Die Tür des Schlafzimmers stand offen, und aus dem Bad konnte er das Rauschen der Dusche hören. Karin schien gerade erst aufgestanden zu sein. Vermutlich hatte ihr gestriger Streit auch sie nicht zur Ruhe kommen lassen, denn normalerweise schlief sie nicht so lange. Er würde sich noch vor dem Frühstück bei ihr entschuldigen, um das Ganze so schnell wie möglich aus der Welt zu schaffen. Danach, so hoffte er, würde endlich wieder alles seinen gewohnten Gang gehen, denn er hasste es zutiefst, aus seiner alltäglichen Routine gerissen zu werden und so die Kontrolle über sein Leben zu verlieren. Obwohl er sich im Moment nicht mehr sicher war, ob diese Art der Kontrolle jemals existiert hatte.

Die Dielen knarrten dumpf, als er sein Arbeitszimmer betrat. Zunächst glaubte er, alles so vorzufinden, wie er es am Abend zuvor hinterlassen hatte, als er auf dem Sofa eingeschlafen war. Doch dann fiel sein Blick auf den breiten Schreibtisch vor dem großen Panoramafenster.

Der Monitor seines Computers war eingeschaltet.

Er hatte am Abend zuvor nicht am Computer gearbeitet, dessen war er sich sicher. Und doch zog das Logo des Herstellers, das als Bildschirmschoner eingestellt war, munter seine Kreise darauf. Als Nächstes glitt sein Blick zu dem wuchtigen Epson-Drucker, der jedoch ausgeschaltet war.

Stöhnend ließ er sich auf dem lederbezogenen Bürostuhl nieder. Er berührte eine Taste. Augenblicklich verschwand das tanzende Logo, und sein Textverarbeitungsprogramm erschien.

Die Zeilen, die dort standen, verbannten schlagartig sämtliche Müdigkeit aus seinen Gliedern. Wie von Sinnen starrte er auf die Wörter, deren Botschaft eisige Kälte in ihm aufsteigen ließ. Sein Blick schwenkte langsam nach rechts unten. Unterhalb der blinkenden Eingabemarke stand die Seitenzahl 46.

Sechsundvierzig, wiederholte er in Gedanken.

Zitternd legte sich seine Hand über die Maus und scrollte zurück. Die Seiten flogen vorüber – ... 40 ... 36 ... 22 ... 13 ... –, bis er schließlich auf Seite 1 angelangt war. Die Botschaft hatte sich nicht verändert. Es war nur ein Satz, der sich auf allen Seiten ständig wiederholte.

»Es beginnt erneut.«

Aufgewühlt klickte er in der Menüleiste des Programms auf *Datei* und rief *Eigenschaften* auf. Das Entstehungsdatum zeigte den heutigen Tag. Mittwoch, den 17. Mai, 05:33 Uhr.

Unmöglich!

Keuchend kehrte er zum Text zurück und starrte minutenlang die immer wiederkehrende Zeile an, in der Hoffnung, dass sie sich als Trugbild erweisen möge. Doch stattdessen breitete sie sich vor ihm aus wie ein Mantra, bis die Schrift aus dem Bildschirm herauszubrechen schien, und seine spröden Stimmbänder begannen, die Botschaft wie einen unheilvollen Gesang zu wiederholen.

»Es beginnt erneut«, flüsterte er wie in Trance, während seine Augen den Wörtern folgten. Wieder und wieder. »Es beginnt erneut!«

Die folgenden Stunden verbrachte Tom in einem Zustand, der alles trübe und neblig erscheinen ließ und es ihm unmöglich machte, sich auf etwas zu konzentrieren. Seine Bewegungen waren schwerfällig und mechanisch, er war geistesabwesend und in sich gekehrt. Diese Stimmung machte eine Aussprache mit Karin unmöglich, so dass er ihr die meiste Zeit aus dem Weg ging, was sie dazu veranlasste, dasselbe zu tun. Zwischen den beiden herrschte eine neutrale, zuweilen auch gleichgültige Haltung. In gewisser Weise war Tom sogar dankbar für diese Distanz.

Den Großteil des Nachmittags verbrachte er mit Gartenarbeit. Er mähte, jätete und pflanzte, doch sosehr er auch versuchte, sich zu beschäftigen, seine Gedanken ließen sich nicht ablenken, sie wurden von den Ereignissen angezogen wie Mücken vom Licht. Wie besessen hackte er auf den Boden ein, hob Löcher aus und setzte Pflanzen hinein, aber es half nicht. Immer wieder tauchte diese Zeile vor seinen Augen auf, fügten die Buchstaben sich zu dieser unheilvollen Botschaft zusammen, deren Drohung mehr und mehr zur Gewissheit wurde.

Es beginnt erneut.

Entsetzliche Angst wallte in ihm auf, und er fürchtete, völlig den Verstand zu verlieren. Je tiefer er Hacke und Spaten ins Erdreich rammte, desto mehr hatte er das Gefühl, selbst den Boden unter den Füßen zu verlieren. Alles um ihn herum nahm plötzlich einen surrealen Charakter an, drang nur noch verzerrt und gedämpft zu ihm durch, als befände er sich unter Wasser. Dies ließ seine Befürchtung mehr und mehr zur Gewissheit werden. Geisteskrankheit war die einzige plausible Erklärung, doch die kam für ihn nicht infrage.

Nein!, bäumte er sich dagegen auf, während er mit seiner Hacke einen weiteren kegelförmigen Erdklumpen aus dem Boden hob. *Ich werde nicht wahnsinnig!*

Aber was für eine Erklärung gab es dann dafür? War in der Nacht etwa jemand in seinem Zimmer gewesen? Er erinnerte sich vage daran, im Schlaf ein Geräusch gehört zu haben, konnte aber nicht mit Sicherheit sagen, ob dies wirklich geschehen war oder ob es sich nur um das Fragment eines Traumes handelte. Doch selbst für den Fall, dass er dieses angebliche Geräusch tatsächlich gehört hatte, wer sollte es verursacht haben? Einbrecher? Sein Arbeitszimmer befand sich im oberen Stock des Hauses und war von außen nicht zugänglich. Also hätte sich jemand durch die Vordertür oder den Terrasseneingang Zutritt verschaffen müssen, wofür es keinerlei Anzeichen gab und was vermutlich so viel Lärm gemacht hätte, dass es niemals unbemerkt geblieben wäre.

Jedenfalls nicht, wenn dein Haus eine Alarmanlage hätte, dachte er sarkastisch.

Die offene Garage kam ihm in den Sinn. Und sofort wurde ihm klar, dass es selbst für einen ungeübten Einbrecher ein Leichtes gewesen wäre, durch die Verbindungstür ins Haus zu gelangen. Trotzdem hielt er es für ausgeschlossen, es klang einfach zu absurd. Niemand würde ein solches Risiko eingehen, nur um ihm eine Botschaft auf seinem Computer zu hinterlassen. Demnach kamen nur zwei Personen dafür infrage. Und eine davon war noch nicht einmal vier Jahre alt und somit wohl kaum in der Lage, ihm einen solch perfiden Streich zu spielen. Blieb also nur noch Karin. Im Gegensatz zu Mark hätte sie zumindest ein überzeugendes Motiv. Sie wollte ihn unbedingt zu dieser Therapie überreden, das hatte sie ihm mit ihrer unterschwelligen Drohung deutlich zu verstehen gegeben. Und sie hatte Angst vor ihm. Aber würden ihre Angst und ihre Fürsorge sie tatsächlich dazu treiben, ihm heimlich Nachrichten zu hinterlassen? Das hielt er für äußerst unwahrscheinlich, zumal sie es bestimmt nicht riskiert hätte, ihn dabei zu wecken. Sie hätte ihn schon betäuben müssen, um sicherzugehen …

Der Kakao!

Der Gedanke kam ihm so plötzlich, dass er erschrak. Hatte sie etwa ein Schlafmittel hineingemischt? Immerhin würde das erklären, weshalb er sich am Morgen so betäubt gefühlt hatte. Sie war Arzthelferin und also mit derlei Dingen vertraut. Vermutlich wäre es sehr leicht für sie gewesen, sich mithilfe von Dr. Westphal ein entsprechendes Mittel zu besorgen. Allerdings würde es nicht erklären, weshalb er heute Morgen im Wintergarten aufgewacht war. Ohne fremde Hilfe hätte sie ihn unmöglich dorthin schleppen können. Ganz abgesehen davon, dass das keinen Sinn ergab. Aber womöglich wollte sie ihm auf diese Weise ihre Ängste verdeutlichen, um ihn so dazu zu bewegen …

Stopp!

Wutentbrannt rammte er den Spaten in den Boden. Was machte er da eigentlich? Er war im Begriff, ein Szenario zu entwickeln, in dem seine eigene Familie ihn um den Verstand bringen wollte. Menschen, die er liebte und die all die Jahre für ihn da gewesen waren. Menschen, die ihm ein Zuhause geschaffen hatten. Und damit eine Zuflucht. Er schämte sich zutiefst für diese Gedanken. Wie konnte er Karin so etwas auch nur ansatzweise zutrauen?

Vielleicht um die eine Möglichkeit zu umgehen, die du noch nicht in Betracht gezogen hast, dachte er und raufte sich verzweifelt die Haare, während seine Gedanken um die entscheidende Frage kreisten: Was, wenn er selbst diese Worte geschrieben hatte?

Der Gedanke ließ ihn schaudern, doch nüchtern betrachtet war dies die einzige vernünftige Erklärung, sofern er die Existenz von Poltergeistern ausschloss. In ihm ging eine Veränderung vor, das konnte er nicht länger leugnen. Eine Veränderung, auf die er keinen Einfluss hatte, deren Symptome aber unverkennbar waren, was seinen schlimmsten Befürchtungen neue Nahrung bot. Seiner Romane wegen hatte er sich lange und ausgiebig mit dem Krankheitsbild der multiplen Persönlichkeit beschäftigt, das im Grunde eine weitere Schutzfunktion der Psyche darstellte und durch ein traumatisches Ereignis ausgelöst wurde. Dieses seltene Phänomen beschrieb die Eigenart einer Persönlichkeit, sich in zwei oder mehrere Hälften spalten zu können, die dann unabhängig voneinander im selben Körper existieren konnten. Eine faszinierende Ausgangssituation für eine Geschichte, die jedoch umso erschreckender war, wenn einem der Verdacht kam, man sei selbst davon betroffen. Seine zunehmenden Erinnerungslücken und seine nächtlichen Aktivitäten passten jedenfalls sehr gut in sein eigenes, reales Bild. Doch die Vorstellung, tief in seinem Innersten könnte ein anderer Tom Kessler existieren, dessen Charakter er nicht einzuschätzen vermochte und der ihm unheimliche Botschaften hinterließ, trieb ihm einen kalten Schauer den Rücken hinunter. Blieb nur die Frage, weshalb sein anderes Ich das alles tun sollte?

Und was hatte es verdammt noch mal mit der Zahl Sechsundvierzig auf sich?

Mein Gott, jetzt denkst du schon wie ein Verrückter, ging es ihm durch den Kopf. *Was kommt als Nächstes?*

»Tom!«

Karins Stimme ließ das Vakuum seiner Gedanken, durch das er sich den ganzen Tag über abgekapselt hatte, schlagartig in sich zusammenfallen. Er sah seine Frau mit energischen Schritten über die Terrasse auf sich zukommen. In der Hand hielt sie den Telefonhörer.

»Für dich«, sagte sie mit beherrschter Stimme, in der noch immer Groll mitschwang, den Tom seiner anhaltenden Schweigsamkeit ihr gegenüber zuschrieb. Ohne ein weiteres Wort reichte sie ihm den Hörer und ging zurück ins Haus.

Toms Gesichtszüge spannten sich, als am anderen Ende der Leitung Dorns Stimme ertönte.

»Hallo, Herr Kommissar.« Er musste sich anstrengen, damit seine Stimme nicht zitterte. »Ich hoffe, Sie haben gute Neuigkeiten. Ich könnte welche gebrauchen.«

»Ich schätze, da muss ich Sie leider enttäuschen«, erwiderte Dorn.

»Nichts Neues?«

»Nun ja, unsere Experten im Labor haben sich die Botschaft, die der Täter hinterlassen hat, mal ein wenig genauer angesehen, und sie konnten anhand der Tinte herausfinden, dass sie mit einem Drucker der Marke Epson ausgedruckt worden ist. Auf das genaue Modell konnten sie sich allerdings nicht festlegen. Fingerabdrücke waren leider Fehlanzeige. Aber damit haben wir auch nicht gerechnet.«

Toms Finger legten sich fester um den Hörer, als er an den Drucker in seinem Arbeitszimmer dachte. »Was ist mit den Jugendlichen?«

»Die Befragungen sind noch nicht abgeschlossen«, sagte Kommissar Dorn, »und die Kollegen sind noch dabei, die bereits vorhandenen Protokolle auszuwerten. Bisher haben sich keine brauchbaren Hinweise daraus ergeben. Aber das ist nicht der eigentliche Grund meines Anrufs«, fügte er sachlich hinzu.

Toms Anspannung steigerte sich zu einer düsteren Vorahnung.

»Wir haben gerade die Meldung hereinbekommen, dass heute Morgen ein weiteres Mädchen als vermisst gemeldet wurde«, fuhr der Kommissar fort. »Allerdings passen die Umstände ihres Verschwindens nicht zum Profil des letzten Opfers. Auch die Herkunft stimmt nicht überein. Daher schließen wir einen direkten Zusammenhang erst einmal aus. Trotzdem hielten wir es für besser, Sie darüber zu informieren.«

»Woher stammt das Mädchen?« Toms Stimmbänder fühlten sich an, als wären sie auf doppelte Größe angeschwollen.

»Hier aus der Gegend«, sagte Dorn. »Genauer gesagt, aus *Ihrer* Gegend. Sie heißt Tanja Peters.«

Toms Beine gaben nach, und er sackte auf die Knie. »Mein Gott!«, hauchte er verzweifelt.

»Kennen Sie das Mädchen?«

»Meine Frau ist mit der Mutter befreundet«, sagte er wie betäubt. »Tanja geht in denselben Kindergarten wie mein Sohn.«

»Ja. Der Kindergarten ist nur etwa dreihundert Meter von Tanjas Elternhaus entfernt. Aber sie ist dort nie angekommen.«

»Glauben Sie …«, setzte Tom an, geriet jedoch bei dem Gedanken ins Stocken. »Denken Sie, sie ist …«

»Es ist noch zu früh, um etwas Konkretes zu sagen. Von

Tanjas Mutter wissen wir allerdings, dass sie seit kurzem von ihrem Ehemann getrennt lebt und dass jetzt ein Sorgerechtsstreit um das Kind läuft. Deshalb halten wir es durchaus für möglich, dass der Vater des Kindes für die Entführung verantwortlich ist. Meine Kollegen sind gerade auf dem Weg zu ihm. Mehr kann ich im Moment nicht sagen.«

»Danke«, schluchzte Tom. »Danke, dass Sie mich angerufen haben.«

»Tut mir leid, wenn ich Sie beunruhigt habe, aber ich dachte, Sie sollten Bescheid wissen. Haben Sie meinen Rat in Sachen Sicherheit befolgt?«

Die Kraft wich aus Toms Arm wie Luft aus einem löchrigen Ballon, und der Hörer sank herab.

»Herr Kessler?«, hörte er noch die Stimme des Kommissars, bevor er das Gespräch abrupt beendete und das Telefon neben sich auf den Boden fallen ließ.

Eine Weile hockte er so da, schluchzte und wimmerte und starrte auf die frischen Löcher in der Erde, die jetzt wie kleine dunkle Gräber aussahen. Und fast als hätte er es erwartet, bewegte sich plötzlich etwas in einem der Löcher. Zunächst waren es nur kleine Klümpchen der frischen Muttererde, die aus den Seiten der Vertiefung herausbröckelten. Dann hob sich langsam der Boden, und Tom konnte die Kuppen kleiner Finger erkennen, die durch die Erde hervorbrachen wie die zarten Keime einer Pflanze. Immer weiter wuchsen sie empor, bis Tom die Hand eines Kindes erkennen konnte, übersät von Striemen und kleinen Wunden, die flehend nach ihm griff wie nach einem rettenden Felsvorsprung. Und obwohl er wusste, dass dies nicht wirklich geschah, sondern nur wieder eine seiner Visionen sein konnte, war er vor Angst völlig gelähmt. Die Hand arbeitete sich weiter vor, suchte verzweifelt nach Halt. Sie war nur noch Zentimeter von seinem

Knie entfernt, doch Tom konnte nicht reagieren, war nicht in der Lage, nach der Hand zu greifen, nach dem Kind, dem sie gehörte.

Geh weg, flehte er in seinem Innersten. *Verschwinde. Lass mich endlich in Ruhe!*

Die Hand bäumte sich noch einmal auf, griff nach ihm. Dann erschlaffte sie und blieb leblos liegen. Kurz darauf glitt sie langsam zurück, als zöge auf der anderen Seite des Loches jemand daran. Jemand, der diese Trophäe für sich beanspruchte und sie mit aller Gewalt zurückverlangte.

Sie verlassen mich wieder, hörte er die schrille Stimme sagen, die aus den tiefsten Schluchten seines Unterbewusstseins zu ihm sprach. *Und du weißt, wie sehr ich es hasse, verlassen zu werden …*, hallte es ihm noch durch den Kopf, als die Hand bereits wieder im Erdreich versunken war.

Tom atmete tief durch und merkte, wie die Anspannung aus ihm wich. Gleichzeitig dehnte sich die Luft um ihn herum schlagartig aus und verringerte ihren Druck. Am liebsten wäre er aufgestanden und davongelaufen, doch er konnte sich noch immer nicht bewegen. Zu tief saß der Schock über Tanjas Entführung. Plötzlich wünschte sich Tom, er hätte diesen Anruf nie bekommen.

»Was wollte der Kommissar?«

Er schreckte herum und stellte erstaunt fest, dass Karin direkt hinter ihm stand. Seine geröteten Augen, die voller Tränen waren, blickten erleichtert zu ihr auf, als wäre er noch nie so froh gewesen, sie zu sehen.

»Tom!«, stieß Karin entsetzt hervor, und ihre kühle Abgeklärtheit verwandelte sich auf der Stelle in Besorgnis, als sie Toms desolaten Zustand sah. »Du meine Güte, was ist denn passiert?« Sie kniete vor ihm nieder und strich ihm das schweißnasse Haar aus der Stirn.

Tom starrte sie nur an, schaute in ihre graugrünen Augen, in denen er nichts als Reinheit und aufrichtige Fürsorge erblickte, und in diesem Moment wurde ihm eines auf erschreckende Weise klar: Er hatte sie nicht verdient!

»Karin«, sagte er mit schwacher Stimme. Die Tränen in seinen Augen trübten ihre Schönheit. »Hast du letzte Nacht oder heute Morgen irgendetwas Ungewöhnliches im Haus bemerkt?«

Karin betrachtete ihn verwirrt. »Wie meinst du das?«

»Ich meine, hast du Geräusche gehört, oder hat jemand das Haus verlassen?«

»Das Haus verlassen?«, wiederholte sie beunruhigt. »Tom, was ist denn los mit dir?«

»Es tut mir leid.« Die Tränen strömten nun über seine hochroten Wangen, als wollten sie deren pochende Hitze löschen. »Es tut mir leid, was ich zu dir gesagt habe. Glaub mir bitte, das alles hier tut mir so schrecklich leid.«

»Oh Gott, Tom.« Sie nahm sein Gesicht in die Hände und wischte die Tränen weg. »Ich will doch nur, dass du dir helfen lässt. Weshalb sträubst du dich so dagegen? Vor was hast du nur solche Angst?«

Er antwortete nicht, sondern sank nur schluchzend in ihre Arme, die sich ihm bereitwillig entgegenstreckten, und ergab sich seinen Tränen.

»Hier«, sagte Karin, als sie wieder auf die Terrasse kam. Sie reichte Tom ein Glas kaltes Wasser, das er gierig in einem Zug leerte, und setzte sich neben ihn an den Tisch. In der Hand hielt sie ein halb gefülltes Cognacglas. Nachdem Tom ihr von Dorns Anruf erzählt hatte, brauchte sie etwas, um ihre angespannten Nerven zu beruhigen.

»Arme Jenny«, sagte sie und verzog angewidert das Gesicht, nachdem sie einen großen Schluck getrunken hatte. »Man kann sich kaum vorstellen, was sie als Mutter jetzt durchmacht. Ich rufe sie gleich nachher an. Sie kann jetzt sicher Beistand gebrauchen.«

»Ja, tu das«, sagte Tom, der noch immer in seinem Dämmerzustand dahintrieb, mit gebrochener Stimme.

Karin sah eine Zeit lang nachdenklich zu Boden. Dann stellte sie ihr Glas auf dem Tisch ab und stieß einen tiefen Seufzer aus. »Ich denke, es ist Zeit, dass ich mich bei dir entschuldige.«

Tom sah sie fragend an.

»Du hattest vollkommen recht, was Mark angeht«, sagte sie weiter. »Es war richtig, ihn aus dem Kindergarten zu nehmen. Wie konnte ich nur daran zweifeln? Nicht auszudenken, wenn er es gewesen wäre, der …« Hastig griff sie nach dem Glas und trank einen weiteren Schluck.

»Ist schon gut«, beschwichtigte Tom.

»Nein, ist es nicht«, hustete sie. »Ich war einfach zu stur, um die Gefahr zu erkennen. Ich wollte nicht zulassen, dass irgendein Wahnsinniger die Kontrolle über unser Leben erlangt, und habe bewusst die Sicherheit unseres Sohnes riskiert. Das ist unverzeihlich.« Sie griff nach seiner Hand, und in ihren Augen lag ein flehender Blick. »Bitte lass nicht zu, dass dir dasselbe passiert, Tom. Ich möchte dich wirklich nicht zu etwas zwingen, das du nicht tun willst, aber bitte mach nicht denselben Fehler wie ich und übersieh die Gefahr, die es mit sich bringt, wenn man nur aus eigenen Motiven handelt. Triff nicht aus verletztem Stolz die falsche Entscheidung. Denk in Ruhe darüber nach. Das ist alles, worum ich dich bitte.«

Tom seufzte. »Seit gestern tue ich nichts anderes«, sagte er, und es klang verzweifelt. »Und je länger ich darüber nachdenke, desto klarer wird mir, dass es mich zerstören würde.«

»Wie kommst du darauf?«

Er beugte sich zu ihr vor und erwiderte ihren Händedruck. »Seit diesem Tag vor dreizehn Jahren habe ich mir nichts sehnlicher gewünscht, als mich an die Dinge zu erinnern, die mir angetan worden sind, in der Hoffnung, es könnte mich befreien. Aber jetzt bin ich sicher, dass ich dadurch alles verlieren würde, was mir wichtig ist. Seit diese Geschichte wieder in mein Leben getreten ist, gerät nach und nach alles aus den Fugen. Und je verzweifelter ich versuche, dagegen anzugehen, desto mehr verliere ich die Kontrolle darüber. Irgendetwas geschieht mit mir, *in* mir, und ich fürchte, es ist nichts Gutes.«

»Das bildest du dir nur ein.«

»Du hast selbst gesagt, ich hätte mich verändert. Und dass du Angst vor mir hast.«

Sie senkte den Blick.

»Diese Erinnerungen sind nicht gut für mich«, fuhr Tom fort. »Sie machen mich zu einem anderen Menschen. Zu einem Menschen, der mir fremd ist und der ich nicht sein will. Und das macht *mir* schreckliche Angst. Ich kann und werde nicht zulassen, dass diese Dinge ein zweites Mal mein Leben zerstören. Sie sind Teil meiner Vergangenheit. Und ich finde, dort sollten wir sie auch belassen.«

»Und was ist, wenn du dich irrst?«, fragte Karin, und ihre Stimme war nur ein Flüstern. »Was ist, wenn es nicht die Erinnerungen selbst sind, die dich verändern, sondern nur die Angst davor? Du kannst dich der Vergangenheit nicht auf Dauer entziehen. Diese Rückblenden und Visionen, von denen du mir erzählt hast, sind der beste Beweis dafür. Wahrscheinlich trägst du das alles schon viel zu lange mit dir herum, und nun drängt es aus dir heraus. Es hat nur auf einen Auslöser gewartet. Ich weiß, du hasst Veränderungen, bist ihnen immer aus dem Weg gegangen. Aber Veränderungen sind nicht grundsätzlich schlecht, Tom. Sie können dir auch den Weg in ein neues Leben ermöglichen.«

»Was ist denn an diesem so falsch?«

»Im Grunde nichts, Tom. Bis auf die Tatsache, dass du ein Gefangener deiner selbst bist. Und die eigene Seele ist auf Dauer keine geeignete Zuflucht, weil sie meistens mit Isolation darauf reagiert. Und genau das ist es meiner Meinung nach, was dich quält. Daran sind nicht irgendwelche Erinnerungen oder Ereignisse schuld.« Sie legte ihre Hand auf seine Brust. »Es ist die Einsamkeit da drin, die dich verändert. Du hast dich lange genug vom Rest der Welt abgekapselt. Ich finde, es ist an der Zeit, sich ihr wieder zu öffnen.«

»Und wenn ich nicht dazu bereit bin? Da draußen lauern zu viele Gefahren, und ich weiß einfach nicht, ob ich den Menschen noch einmal vertrauen kann. Hier fühle ich mich wenigstens sicher, verstehst du?«

»Es geschehen nicht nur schreckliche Dinge in unserer Welt«, entgegnete Karin. »Denk nur an deine Kindheit. Bis zu diesem Tag war sie doch sehr harmonisch, oder etwa nicht?«

Tom seufzte. »Ja, aber ich bin eben kein naives Kind mehr. Die Dinge, die mir angetan wurden, lassen sich nun mal nicht auslöschen. Sie haben ihre Spuren hinterlassen und mich zu einem Feigling gemacht. Damit muss ich leben. Vielleicht hast du ja recht mit dem, was du sagst. Und sicher stimmt es auch, dass ich einfach nicht den Mut habe, mich meiner Vergangenheit zu stellen. Aber das ist mir egal. Solange ich dich und Mark habe, brauche ich niemand anderen. Ihr seid mein Leben. Und mehr verlange ich auch gar nicht.«

»Denkst du nicht, dass das ein bisschen egoistisch ist?«

»Langsam weiß ich nicht mehr, was ich denken oder glauben soll. Ich habe das Gefühl, mich nur noch im Kreis zu drehen. Ganz egal, wofür ich mich entscheide, es könnte genau das Falsche sein.«

»So ist das nun mal mit Entscheidungen. Sie stellen uns vor die Wahl, und man weiß vorher nie, wie sie sich auswirken.« Sie ließ sich auf ihren Stuhl zurücksinken. »Ich habe auch eine Entscheidung getroffen«, sagte sie und vermied es, ihn anzusehen. »Ich habe mit dem Gedanken gespielt, mit Mark zu meinen Eltern zu fahren. Nach dem, was gestern auf diesem Grundstück passiert ist, dachte ich, es wäre vielleicht das Beste, wenn wir uns eine Weile nicht sehen. Ich dachte, es würde dir vielleicht helfen, die richtige Wahl zu treffen und dich mit deinen Ängsten auseinanderzusetzen. Aber dann ist es mir feige und falsch vorgekommen, dich einfach im Stich zu lassen. Also habe ich beschlossen zu bleiben, egal, wie du dich entscheidest. Ich habe das nicht nur getan, um dir zur Seite zu stehen. Ich habe es getan, weil ich dich liebe. Aber über eines musst du dir im Klaren sein, Tom«, setzte sie mit Nachdruck hinzu. »Wenn sich dieser Vorfall von gestern wiederholen sollte oder ich das Gefühl habe, dass Mark unter dieser Geschichte leidet, dann kann ich nicht länger zu dir halten. Ich hoffe, du verstehst das.« Sie stand auf und trat vor ihn. »Das ist es, wofür *ich* mich entschieden habe«, verkündete sie mit fester Stimme. »Bitte sorg dafür, dass ich es nicht bereuen muss.« Ihre Lippen berührten sanft seine Stirn. Dann ging sie zurück ins Haus.

Tom saß noch lange so da. Sein trüber Blick verlor sich im See, dessen glatte Oberfläche das warme Licht der Nachmittagssonne reflektierte wie ein überdimensionaler Spiegel, vor den sich nun vereinzelte dunkle Wolken schoben, so als wären sie die düsteren Vorboten für etwas Schreckliches. Die Anzeichen von Veränderung schienen allgegenwärtig zu sein, und seine Angst davor war begründeter denn je, denn diese Veränderungen hatten längst begonnen.

Zwei Tage später

Freitag, 19. Mai

Obwohl Tom den Vormittag abermals mit dem erfolglosen Versuch verbracht hatte, ein paar brauchbare Zeilen zu schreiben, war er an diesem Tag guter Dinge. Seit Kommissar Dorns Anruf hatte er keine weiteren Visionen gehabt. Keine neuen Hiobsbotschaften, keine Angstzustände und, was noch wichtiger war, keine weiteren vermissten Mädchen. Nur die Tatsache, dass die Polizei noch nichts Neues über den Verbleib von Tanja Peters in Erfahrung hatte bringen können, trübte seine Stimmung ein wenig. Wie man ihm berichtet hatte, schied ihr Vater als Verdächtiger aus, da er zur fraglichen Zeit auf dem Weg zu einem geschäftlichen Termin gewesen war, den er auch pünktlich eingehalten hatte; somit kam er zumindest nicht als direkter Täter infrage. Auch gab es keinerlei brauchbare Spuren, denen die Beamten nachgehen konnten.

Karin stürzte sich trotz allem in die Vorbereitungen für ihren Geburtstag. Zwar hatte sie angesichts der Ereignisse zunächst mit dem Gedanken gespielt, die Feier abzusagen, dann aber hatte sie sich dagegen entschieden. Denn im Gegensatz zu Tom brauchte sie den Kontakt und den Austausch mit anderen Menschen. Und sie fand, dass dies eine gute Gelegenheit war, ihre eigenen Sorgen für kurze Zeit zu vergessen. Also duftete es im Haus nach frisch gebackenem

Kuchen und köstlichen Salaten. Sie war so voller Energie und Vorfreude, dass die Geschehnisse der letzten Tage mehr und mehr in den Hintergrund traten. Diese Stimmung schien sich auch auf Tom zu übertragen, denn trotz seiner andauernden Schreibblockade fühlte er ein wenig Normalität in sein Leben zurückkehren. Und Normalität war eine Droge, nach der er süchtig war. Andere mochten das vielleicht spießig oder langweilig finden, aber für ihn war jeder Tag ohne Überraschungen ein guter Tag.

Das wechselhafte Wetter der beiden letzten Tage hatte sich wieder beruhigt, und die Sonne eroberte sich die Vorherrschaft am Himmel zurück. Es war ein herrlicher Frühlingstag, daher beschlossen sie, auf der Terrasse zu Mittag zu essen. Tom saß mit seiner Familie in der Sonne, und sie aßen, redeten und lachten, als hätte es niemals eine Vergangenheit gegeben, deren er sich entledigen musste. Alles schien wieder *normal* zu sein und seinen gewohnten Gang zu gehen.

Nach dem Essen überredete Mark seinen Vater zu einem kleinen Fußballmatch, für das sie sich in den hinteren Teil des Gartens zurückzogen, wo die Stämme zweier Nussbäume als Torpfosten dienten. Ausgelassen tobten sie über den Rasen, taten so, als wären sie berühmte Fußballer in einem entscheidenden Endspiel, bolzten sich die Bälle zu und alberten herum. In diesem Moment wünschte sich Tom, dass die Zeit stehen bleiben würde, um die Gefühle, die er empfand, ewig festhalten zu können. Er konnte sich nicht daran erinnern, wann er das letzte Mal so ausgelassen und glücklich gewesen war. Doch genau in dieser Sekunde schien das Schicksal erneut gegen ihn entschieden zu haben und machte ihm auf schmerzhafte Weise bewusst, dass alles Glück vergänglich ist.

Tom war gerade im Begriff, Mark den Ball zuzuspielen, als sein rechtes Bein wieder von heftigen Schmerzen durchzuckt wurde wie unheilvolle Vorboten dessen, was gleich geschehen sollte. Verbissen verzog Tom das Gesicht und verlor die Kontrolle über den Ball, der hoch über Marks Kopf hinwegflog und schließlich nach etlichen Metern vor einer mannshohen Zypressenhecke liegen blieb, die das Grundstück an dieser Stelle begrenzte. Mark betrachtete seinen Vater hämisch und meinte nur: »Das musst du aber noch üben, Papa.«

»Da hast du wohl recht, Champion«, erwiderte Tom und rieb sich das schmerzende Bein. »Aber ich befürchte, der Stürmerstar der deutschen Nationalmannschaft braucht eine verletzungsbedingte Auszeit.«

»Wieder das blöde Bein«, stellte Mark enttäuscht fest.

»Ja, das blöde Bein.«

Mark sah traurig zu Boden.

»Hey, Kopf hoch, Champ. Wir spielen nachher weiter, okay? Versprochen.«

»Okay«, sagte Mark tapfer, obwohl er ahnte, dass es für heute mit dem Ballspielen vorbei war.

»Alles in Ordnung bei euch?«, ertönte Karins Stimme von der Terrasse her.

»Ja!«, rief Tom zurück. »Aber wir brauchen hier wohl ein bisschen seelisches Aufbautraining für einen geknickten Nachwuchskicker!« Mit einer Hand zeigte er auf Marks betrübtes Gesicht, mit der anderen auf sein Bein.

»Na, wenn das so ist«, meinte sie, »dann kommt mal her. Ich habe hier noch Schokoladeneis zum Nachtisch. Das soll Wunder bewirken, hab ich mir sagen lassen.«

Marks Gesicht hellte sich augenblicklich auf. »Au ja!«, johlte er begeistert.

Tom lachte und strich seinem Sohn übers Haar. »Moment, ich hol nur schnell den Ball, und dann lassen wir es uns schmecken.«

Tom hinkte zu der Hecke und bückte sich nach dem Ball. Als seine Hände ihn berührten und seine Finger die Ausbuchtungen der Nähte spürten, die sich wie wulstige Narben anfühlten, schien sich die Luft um ihn herum schlagartig zu verdichten. Es war, als hätte er mit dieser Berührung einen Riss in Raum und Zeit verursacht, der ihn in eine ferne Dimension befördert hatte. Alles um ihn herum stand plötzlich still, wurde von seinem Verstand ausgeblendet, um ihn auf das zu fokussieren, was sich wie ein glühender Lavastrom aus den Tiefen seines Bewusstseins über ihn ergoss. Wie hypnotisiert vor Angst war sein Blick auf die fasrigen, blaugrünen Zweige der Hecke gerichtet, die sich vor seinen Augen wie von Geisterhand getrieben miteinander verwoben, verdichteten und zu etwas Neuem formten.

Nein, flehte er in Gedanken und versuchte vergeblich, sich gegen diese neue Vision zu wehren. Er war wie versteinert. *Bitte nicht! Nicht heute, nicht jetzt!*

Die Zweige hörten nicht auf ihn, schoben sich weiter ineinander, verschmolzen förmlich, bis sie eine großflächige, massive Form angenommen hatten, auf der eine lamellenartige Struktur zu erkennen war und die allmählich eine schmutzig braune Farbe annahm, als verdorrten die Triebe in Sekundenschnelle, um sich sogleich wieder in einer kompakten Holzkonstruktion zu manifestieren. Wenige Augenblicke später stand Tom vor einem dunklen Lamellenzaun, der bedrohlich vor ihm emporragte wie ein Tor, das ihm den Weg zu seinen schlimmsten Ängsten öffnete. Er zitterte am ganzen Leib, war so starr, dass es ihm schwerfiel, zu atmen.

Bitte ...!, flehte er eine höhere Macht an, in der verzweifelten Hoffnung, erhört zu werden. *Lass es nicht zu ... Lass es nicht erneut beginnen!*

Er konnte Stimmen hören, und einen Moment lang glaubte er, sie wären die Antwort auf sein Gebet. Doch dann bemerkte er, dass es die Stimmen von Kindern waren, die ihn anfeuerten.

»Du schaffst das, Tom, du bist der Größte!«

»Wir bauen auf dich, hol den Ball zurück!«

»Ja, zeig, dass du's draufhast!«

»Tom! … Tom! … Tom! …«

Er wusste, dass diese Stimmen aus seinem Kopf kamen, dass sie aus einem längst vergessenen Teil seiner Vergangenheit zu ihm sprachen. Dennoch war er der festen Überzeugung, dass ihr Ursprung hinter seinem Rücken lag. Langsam drehte er sich um.

Sein Garten war verschwunden.

Er war einer riesigen Wiese gewichen, deren Ausläufer sich bis an eine angrenzende Siedlung erstreckten. Graue Hochhausfassaden stiegen am Horizont wie Stalagmiten in den blauen Himmel empor. Links davon, in einiger Entfernung, erkannte Tom die vertrauten Umrisse eines Kinderspielplatzes. Er sah ein Klettergerüst und einen geräumigen Sandkasten, um den herum mehrere Holzbänke aufgestellt waren. Zu seiner Rechten konnte er ein paar vereinzelte Wohnhäuser erkennen, deren Standorte so willkürlich erschienen, als wären sie durch ein Los vergeben worden. Überall auf der weitläufigen Grasfläche waren Schilder im Boden angebracht, die sie als Baugrundstück anpriesen. Darunter prangte das Logo einer Immobilienfirma. Schon bald würde diese Spielfläche einer weiteren Wohnsiedlung weichen müssen.

Tom sah an sich herab. Der Ball hatte sich in Luft aufgelöst. Seine Arme glänzten vor Schweiß, und seine Hände waren die eines Kindes. Er trug blaue Shorts, und seine Knie waren grün vom Gras und juckten vor Schmutz. Dicke Schweißperlen rannen ihm über die Stirn, als er bemerkte, dass ihm schrecklich heiß war. Er konnte die sengende Sonne auf seinem Gesicht spüren, und die schwüle Luft, die ihn am Atmen hindern wollte. Ihm war klar, dass dies alles nicht real war, nicht wirklich passierte. Doch sein Verstand gaukelte es ihm in einer beeindruckend detaillierten Inszenierung vor. Er erinnerte sich nicht einfach nur an diese Dinge, er *lebte* diese Erinnerung.

Dann entdeckte er den Ursprung der Stimmen, die nach wie vor seinen Namen riefen. Drei Jungen und ein Mädchen. Sie standen nur wenige Meter entfernt am Rand der Wiese. Er erahnte etwas Bekanntes in ihren Stimmen und ihren Gesichtern, konnte ihnen jedoch keine Namen zuordnen. Die drei Jungen trugen kurze Sporthosen, und einer von ihnen hatte das Trikot einer namhaften Fußballmannschaft an, das ihm viel zu groß war. Sie hüpften auf der Stelle, reckten die geballten Fäuste in die Luft und riefen Toms Namen. Und er hatte augenblicklich das Gefühl, dass sie damit einen anderen Tom Kessler meinten. Einen mutigeren, einen entschlosseneren Tom. Den Tom aus einem früheren Leben. Nicht den Feigling, der hier schweißgebadet in seinem verschwundenen Garten stand und imaginäre Mächte um Hilfe anflehte.

Das Mädchen trug Jeans, die bis zu den Knien reichten. Im Gegensatz zu den Jungs stand sie nur da und hatte die Hände vor der Brust gefaltet, als spräche sie vor Erregung ein Gebet. Ihr dunkelblondes Haar bildete im Gegenlicht der Nachmittagssonne einen feurigen Kranz, und ihre graugrünen, engelsgleichen Augen strahlten ihn bewundernd an.

Karin, ging es Tom bei ihrem Anblick unvermittelt durch den Kopf. Die auffallende Ähnlichkeit mit seiner jetzigen Frau war nicht zu übersehen. Das Mädchen war zwar jünger, kindlicher und mochte höchstens zwölf Jahre alt sein, doch gewisse Merkmale waren bereits jetzt vorhanden. Die Art, wie sie die Lippen zusammenpresste, wenn sie aufgeregt war, und das winzige Muttermal neben ihrem rechten Mundwinkel. Doch das konnte nicht sein. Wenn er sich hier tatsächlich in einer seiner Erinnerungen befand, war das unmöglich. Es musste ein Zufall sein oder dieses Syndrom, von dem Dr. Westphal berichtet hatte. Falsche, indizierte Erinnerungen, die auf Wunschdenken zurückzuführen waren.

»Tom! ... Tom! ... Tom!«

Die Rufe der Jungen spornten ihn an, ließen ein Gefühl des Hochmuts in ihm aufkeimen. Trotz seiner panischen Angst und seines Wissens um das, was seine kommenden Handlungen auslösen würden, verspürte er plötzlich das jugendliche Bedürfnis, sich vor den anderen zu beweisen; ihnen zu zeigen, dass ihr Vertrauen in ihn gerechtfertigt war. Mit aller Kraft kämpfte er gegen dieses mächtige Gefühl an und zugleich gegen die Leichtsinnigkeit, die es in ihm auslöste.

»Tu's nicht«, sagte er vor sich hin, in der Hoffnung, sein jüngeres Ich davon überzeugen zu können, dass es der größte Fehler seines Lebens wäre, sich diesem Gefühl hinzugeben. Er wollte ihm sagen, er solle das alles vergessen und nach Hause gehen, zu seinen Eltern, seiner Familie und weiterhin der Junge sein, der er war. Unbeschwert, naiv und voller Zuversicht. Er wollte ihm sagen, wie kostbar das alles gewesen sei. Doch er begriff auch, wie sinnlos es war. Dies hier war keine Zeitreise, in der er Vergangenes ändern oder beeinflussen konnte. Er war lediglich ein hilfloser Beobachter, dazu verdammt, sein Schicksal noch einmal zu durchleben.

Es beginnt erneut!

Wie von einer fremden Macht gesteuert, drehte er sich um und sah wehrlos zu, wie seine Finger in den Windungen der hölzernen Lamellen nach Halt suchten.

Sekunden später kletterte er über den Zaun.

»Papa?«

Es war Marks Stimme, die sich in diese Erinnerung einschlich wie ein fremdes Signal aus einer anderen Welt.

»Papa, kommst du?«

Zunächst ignorierte Tom die Stimme; er war zu sehr damit beschäftigt, sein jüngeres Ich daran zu hindern, weiter durch diesen Garten zu laufen, weiter auf sein Unglück zu.

»Nein!«

Es war nur ein Flüstern, doch es drang so unverhofft aus Toms Mund, dass es ihn beinahe selbst erschreckte. Jetzt fühlte er wieder den Ball zwischen seinen Händen, spürte, wie sie ihn vor Anspannung zusammenpressten, als wollten sie ihn zum Platzen bringen.

»Tu's nicht!«, hörte er sich sagen. *»Geh da nicht hin!«*

Er spürte, wie er sich verkrampfte, wie seine Arme zu zittern begannen. Salziger Schweiß brannte in seinen Augen.

»Wo soll ich nicht hingehen?«

Marks Stimme war näher gekommen, klang nun so laut, als stünde er neben ihm. Trotzdem konnte Tom ihn nicht sehen. Er sah nur die Grube, die sich vor seinem inneren Auge auftat und deren grauenvoller Inhalt ihn wie magisch anzog.

»Nein, nicht …«

Sein Körper begann unkontrolliert zu zucken, wehrte sich verzweifelt gegen diese imaginäre Macht, die von ihm Besitz ergriffen hatte.

»Papa, hör auf!«, flehte Marks Stimme. »Du machst mir Angst.«

Toms Hände gruben sich förmlich in den Ball. Er stand am Rande der Grube, blickte in sie hinab wie in einen Abgrund.

»Mein Gott, NICHT!«

»Papa …?«

Tom spürte eine Berührung am Arm …

… und im selben Moment verflog das Vakuum seiner Vergangenheit, und Tom erwachte schlagartig aus seiner Starre. So jämmerlich und flehend seine Stimme noch vor wenigen Augenblicken geklungen hatte, so befreit schrie sie nun aus ihm heraus.

»NEIN, *DU DRECKSKERL*!«

Toms Gesicht hatte sich in eine wütende Fratze verwandelt. Aus seinen Augen blitzte blanker Hass, der nun in der verschwommenen Gestalt neben ihm eine willkommene Zielscheibe fand. Reflexartig schwang sein rechter Arm zur Seite. Den Bruchteil einer Sekunde lang hatte es den Anschein, als würde der Ball, den Tom zuvor so fest umklammert hatte, frei und schwerelos in der Luft schweben.

Die geballte Faust seines Vaters traf Mark mit voller Wucht im Gesicht. Er wirbelte herum und wurde von den Füßen gerissen, trieb durch die Luft wie ein Stück Holz, das man gespalten hatte. Im selben Moment, in dem auch der Ball das Grün des Rasens berührte, schlug Mark bäuchlings auf den Boden und blieb dort regungslos liegen.

Tom brauchte eine Weile, bis er begriff, was gerade geschehen war. Zu tief war sein Verstand in die Bilder eingetaucht, die ihn soeben heimgesucht hatten, und er tat sich schwer damit, diese Vision abzuschütteln und in eine Wirklichkeit zurückzukehren, die dreizehn Jahre später angesiedelt war. Jegliche Orientierungsfähigkeit schien ihm völlig abhandengekommen zu sein. Noch immer glaubte er, im Garten jenes Grundstücks zu stehen und in die Grube zu starren, die eigentlich ein Grab war. Doch die Grube war verschwunden. Auch die Rosensträucher, der Kiesweg und der künstliche Bach hatten sich in Luft aufgelöst. Und die Hecke war wieder zu *seiner* Hecke geworden, von der keinerlei Bedrohung mehr ausging. Kein Zaun, keine Lamellen und keine Geister aus der Vergangenheit. Er stand in *seinem* Garten, auf *seinem* Grundstück und starrte auf einen Jungen herab – *seinen* Jungen –, der benommen vor ihm im Gras lag und ein leises, aber durchdringendes Wimmern von sich gab. Und es war *seine* Hand, an der Blut klebte und in der sich ein schmerzhaftes Pochen ausbreitete. All das konnte er sich im ersten Moment nicht erklären.

Dann hörte er einen Schrei.

Verstört blickte er auf – und für die Dauer eines Atemzuges glaubte er, jenes Mädchen aus seiner Erinnerung vor sich zu sehen, dessen blonde Haare im Sonnenlicht leuchteten. Doch dann erkannte er die Panik in ihren weit geöffneten Augen – den Augen seiner Frau. Glas klirrte, als es auf den Boden der Terrasse schlug und zersprang. Ihre Haare flogen im Wind, als sie auf ihn zugerannt kam, und ihre Arme fuchtelten wild durch die Luft. Fast ohne zu bremsen, fiel Karin vor ihrem Sohn auf die Knie und tastete hektisch sein Gesicht ab.

»Mama«, wimmerte Mark, der wieder zu sich gekommen war und sich die Wange hielt.

»Was …? Was ist denn passiert?«, fragte Tom verstört, und der Klang seiner eigenen Stimme holte ihn endgültig wieder ins Diesseits zurück.

»Was passiert ist?«, schrie Karin hysterisch und starrte ihn wütend an. »Das ist passiert!« Sie deutete auf eine etwa zwei Zentimeter lange Platzwunde unterhalb von Marks linkem Auge. »Du hast ihn geschlagen, Tom! Du hast deinen eigenen Sohn blutig geschlagen, du verdammter Mistkerl!«

»Was …? Aber …« Toms Stimmbänder fühlten sich an, als hätte er eine Dosis Lidocain inhaliert. Verstört sah er auf seine pochende Hand hinunter, deren Knöchel rot angelaufen waren. »Mein Gott!«, hauchte er, als er das volle Ausmaß der Situation erkannte. »Mark!«

Er wollte sich zu seinem Sohn hinunterbeugen, der mittlerweile schrie und weinte, doch Karin schob sich schützend vor ihn.

»Rühr ihn nicht an!«, kreischte sie. »Rühr ihn nie wieder an, hast du verstanden?«

»Aber ich …«, stammelte Tom hilflos. Mit jedem Schrei seines Sohnes wurde ihm bewusster, dass er in diesem Moment vor den Trümmern seines Lebens stand. Trümmer, die bis vor wenigen Augenblicken noch ein halbwegs intaktes Familienleben gewesen waren. »Ich kann mich nicht daran erinnern … Ich hatte wieder einen Flashback, und das Erste, was ich danach gesehen habe, war Mark, wie er auf dem Boden lag. Es muss passiert sein, während ich weggetreten war. Ich könnte ihm doch niemals wissentlich …«

»Du hast es aber getan!«, schrie Karin hysterisch. »Bewusst oder unbewusst, was spielt das für eine Rolle? Sieh ihn dir an, Tom! Sieh ihn dir genau an! Ich habe dich mehr als einmal gewarnt, dass genau das passieren könnte, aber du musstest ja unbedingt deinen sturen Dickkopf durchsetzen!«

»Es tut mir leid«, flehte er.

»Nein, Tom! Keine Entschuldigungen und keine Ausflüchte mehr. Jetzt musst du allein mit den Konsequenzen leben.« Mit der Kraft einer Löwin hievte sie ihren wimmernden Sohn auf die Arme und stand auf. »Solltest du wieder zur Vernunft kommen, weißt du ja, wo du uns findest«, sagte sie entschlossen mit Tränen in den Augen. »Aber bis dahin halte ich es für besser, wenn du dich von uns fernhältst.«

Wie gelähmt sah Tom zu, wie sie ihm den Rücken zukehrte und mit Mark im Arm zur Terrasse ging, um kurz darauf im Haus zu verschwinden.

Tom stand am Fenster seines Arbeitszimmers und blickte hilflos auf die Einfahrt hinunter, wo Karin im warmen Licht der Nachmittagssonne den Wagen mit Koffern belud, die sie eilig gepackt hatte. Noch immer schien sie völlig außer sich zu sein und entschlossen, ihren Vorsatz in die Tat umzusetzen. Tom hatte nicht mehr versucht, sie umzustimmen. Er wusste, dass es aussichtslos gewesen wäre. In seinem Inneren herrschte völlige Leere, ein Zustand der absoluten Resignation, als er seinen Sohn in das Auto einsteigen sah. Mark hatte sich mittlerweile beruhigt, war seiner Mutter aber nicht mehr von der Seite gewichen. Ein handflächengroßes Pflaster prangte auf seiner Wange. Zum Glück war es nicht nötig gewesen, die Wunde nähen zu lassen, was für Tom jedoch kein Trost war. Er konnte Karins entschiedenes Handeln verstehen; was er getan hatte, war unverzeihlich. Er war zu einer Gefahr geworden. Einer Gefahr, die nicht mehr einzuschätzen war.

Während er zusah, wie Karin die letzten Gepäckstücke verstaute und zu Mark in den Wagen stieg, betätigte er eine der Kurzwahltasten des Funktelefons. Wenige Augenblicke später meldete sich Dr. Westphal.

»Hallo, Tom, was kann ich für Sie tun?«

»Ich will diese Therapie machen, die Sie mir empfohlen haben«, sagte er mit tonloser Stimme.

»Also, das freut mich sehr, Tom«, erwiderte sie überrascht und gleichzeitig begeistert.

»Wie schnell können Sie alles Nötige in die Wege leiten?«

»Das hängt von Professor Bartsch ab«, meinte sie. »Aber wie ich ihn kenne, kann er es in Ihrem Fall kaum …«

»Morgen Nachmittag«, fiel er ihr entschieden ins Wort. »Hier, in meinem Haus. Ich erwarte Sie.« Ohne eine Reaktion abzuwarten, legte er auf.

Währenddessen hörte er das Geräusch eines startenden Motors und sah dann zu, wie der Wagen die Einfahrt hinunterfuhr. Wenige Augenblicke später war seine Familie aus seinem Blickfeld verschwunden. Und damit auch aus seinem Leben.

TEIL ZWEI

Zeit der Rückkehr

Nächster Tag

Samstag, 20. Mai

Suchen Sie sich jetzt einen Punkt in diesem Raum aus, auf den Sie sich fest konzentrieren.«

Professor Bartschs tiefe, prägnante Stimme erinnerte Tom an die eines Nachrichtensprechers. Sein dichter Vollbart und die schmale Lesebrille auf seiner massigen Nase verliehen ihm die Aura eines Gelehrten. Als Tom dem hageren Mann an diesem Nachmittag zum ersten Mal begegnet war, hatte er sich gut vorstellen können, ihn als Vorleser für seine Hörbücher zu engagieren.

»Richten Sie nun Ihre gesamte visuelle Wahrnehmung auf diesen einen Punkt und blenden Sie alles andere aus.«

Der Professor saß auf einem weißen Veloursessel, auf dem Schoß eine Mappe mit allen relevanten Daten zu Toms Fall. Tom selbst lag vor ihm auf der großen Polsterliege, die den Mittelpunkt des Wintergartens bildete. Dr. Westphal hatte auf einem Stuhl hinter den beiden Platz genommen und fungierte als Beobachterin. Die beiden Ärzte waren gegen drei Uhr bei Tom eingetroffen, der diesen frühen Termin lediglich dem Umstand zu verdanken hatte, dass Professor Bartsch am Wochenende keine Therapiesitzungen abhielt und damit an diesem Tag keine anderen Patienten behandeln musste. Außerdem war er von Dr. Westphal bereits ausreichend mit Toms Situation vertraut gemacht worden. Tom hatte auf ein einleitendes Gespräch verzichtet. Schon am Abend zuvor hatte er sich im Internet über sämtliche Formen der Hypnose und deren Einleitung informiert. Deshalb sah er keine Veranlassung, noch mehr Zeit mit Gerede zu vergeuden. Er hatte genug von Erklärungen. Er wollte Antworten. Nur seine Rolle und sein Verhalten während der Rückführung wurden im Voraus festgelegt. Man einigte sich darauf, dass er in seinen Erinnerungen als neutraler Beobachter agieren sollte, genauso, wie er es auch in den Rückblenden tat, die ihn immer wieder heimsuchten. Damit sollte ein gewisser Abstand zu dem Geschehen hergestellt werden, um eine emotionale Überreaktion zu vermeiden. Sofern dies bei der Härte des Erlebten überhaupt möglich war. Außerdem legten sie fest, dass er sich nach der Sitzung an alle Einzelheiten der Rückführung erinnern würde. Dies barg zwar angesichts seiner instabilen psychischen Verfassung gewisse Risiken, doch schließlich war es Sinn und Zweck der Hypnose, die blockierten Erinnerungen freizulegen und neu aufzuarbeiten, deshalb war dieses Vorgehen unvermeidlich. Dr. Westphal bestand allerdings darauf, die Sitzung sofort abzubrechen, falls sich ihrer Meinung nach ein kritischer Zustand einstellen sollte.

»Es gibt jetzt nur noch diesen einen Punkt für Sie. Ihr Sichtfeld schränkt sich mehr und mehr ein, und Ihr Blick gleicht dem Verlauf eines Tunnels.«

Tom lag mit halb aufgerichtetem Oberkörper an das hohe Kopfteil der Polsterliege gelehnt da und starrte auf den Gegenstand, den er fixierte. Zunächst war es ihm unmöglich gewesen, sich in der gläsernen Konstruktion des Wintergartens, der ihm einen nahezu freien Blick in den Garten und zum See ermöglichte, auf einen einzigen Punkt festzulegen. Zu viele Dinge lenkten ihn ab. Die grünen Blätter der Bäume, die sich sanft im Wind wiegten. Die Boote der Angler, die die glatte Oberfläche des Sees durchschnitten. Vögel, die aus den Baumkronen aufflogen. Erst wenn man versuchte, die Welt um sich herum zum Stillstand zu bringen, bemerkte man, wie sehr sie in Bewegung war. Dennoch hatte Tom darauf bestanden, die Sitzung in diesem Raum abzuhalten. Nur hier erlebte er üblicherweise so etwas wie Entspannung, wenn er sich in seine Bücher vertiefte und sich so der Welt draußen mit all ihren Tyrannen entzog. Dieser Raum war sein gläserner Käfig, seine Raumkapsel, mit deren Hilfe er sich schwerelos durch die Realität bewegte und die es ihm gleichzeitig ermöglichte, sie auf seine Weise wahrzunehmen: als Zuschauer. Umso schwieriger erschien ihm diese Aufgabe jetzt.

Zwei Anläufe waren bereits gescheitert (was Toms Vertrauen in das Ganze nicht unbedingt wachsen ließ), so dass der Professor es zunächst mit einer anderen Methode versuchte. Tom musste nacheinander die Muskeln in Armen, Beinen, Gesäß und Nacken fünf Sekunden lang so fest anspannen, wie er konnte. Danach folgten zehn Sekunden des Lockerlassens. Auf Anspannung folgte Entspannung. Eine gängige Methode, die speziell bei Patienten mit Angstzuständen angewandt wurde, die sich aufgrund ihrer inneren Unruhe und Zerrissenheit ohnehin sehr schwer damit taten, sich längere Zeit auf etwas zu konzentrieren. Seltsamerweise hatte das bei Tom nie fürs Schreiben gegolten. Anscheinend war das für ihn tatsächlich eine Art Therapie.

Beim dritten Anlauf zeigte die Methode ihre Wirkung, und Tom bemerkte, wie sein Körper von einer angenehmen Schwere durchzogen wurde. Zunächst versuchte er, sich auf den Fernseher zu konzentrieren, der schräg gegenüber in seinem Blickfeld stand. Tom sah nur selten fern, doch wenn, tat er es ausschließlich hier, und es diente ihm einzig und allein zur Information. Es war seine Nabelschnur zur Welt, die er jederzeit durchtrennen konnte, was ihm das Gefühl gab, die Kontrolle zu haben. Doch der schwarze Kasten (»die Blackbox«, wie er ihn nannte) bot nur wenig Anhaltspunkte. Schließlich blieb sein Blick an der tellergroßen Uhr hängen, die auf dem flachen Bord links neben dem Fernseher stand. Sie hatte einen Rand aus gebürstetem Aluminium, in dem sich das Licht der Nachmittagssonne brach. Tom erinnerte sich, wie Karin die Uhr von einem ihrer Einkäufe mitgebracht hatte. Zunächst hatte er sich geweigert, sie hier aufzustellen. Er wollte die Zeit aus diesem Raum fernhalten, wollte nicht daran erinnert werden, wie viel ihm davon abhandengekommen war. Der Wintergarten sollte auch weiterhin der Ort bleiben, wo er sich ihr entzog. Nur Karin zuliebe hatte er schließlich nachgegeben, hatte in diesem polierten Stück Metall jedoch immer einen Fremdkörper gesehen. Eine Art Antenne, die der Hektik und den Gezeiten der modernen Gesellschaft Einlass bot. Nun jedoch war er froh darüber, denn diese Uhr sollte es ihm nun ermöglichen, die Zeit um Jahre zurückzudrehen.

Wie gebannt starrte Tom auf den Takt des Sekundenzeigers, der mit gnadenloser Beharrlichkeit die Zeit vorantrieb, während ihn der Klang der Stimme mehr und mehr einschläferte, bis er den Eindruck hatte, dass sich der Rhythmus der Schläge verlangsamte.

»Sie merken jetzt, wie Ihre Lider immer schwerer werden und Sie Mühe haben, sie offen zu halten«, suggerierte die Stimme weiter. »Schließen Sie nun die Augen, aber stellen Sie sich im Geiste weiterhin diesen Punkt vor.«

Wie automatisiert folgte Tom den Anweisungen. Immer weiter tickte der Sekundenzeiger vor seinem geistigen Auge.

»Ich werde jetzt von fünf rückwärtszählen, und mit jeder

Zahl werden Ihre Arme und Beine schwerer. Sie werden tiefer und tiefer in dieser Schwere versinken, bis Sie das Gefühl haben, sich von Ihrem Körper zu lösen. Und wenn ich bei null angelangt bin, werden Sie völlig entspannt sein.«

Tom lauschte gebannt der Stimme, die zu einer Art Lotse für ihn geworden war und ihn über die stürmische Brandung seines Verstandes hinweg zu seinem Unterbewusstsein geleitete. Alle anderen Geräusche waren ausgeblendet, und es gab nur noch diese Stimme, die seine ganze Aufmerksamkeit erforderte. Schließlich begann sie, langsam zu zählen.

»Fünf …«

Augenblicklich spürte Tom, wie sich eine bleierne Schwere über seine Glieder legte, gleichzeitig war er fasziniert. Das hier funktionierte tatsächlich.

»… vier …«

Seine Adern schienen sich zu dehnen, und zu der Schwere gesellte sich ein wohliges Gefühl von Wärme.

»… drei …«

Ihm war, als würde sein Blut auf den Grund seines Körpers gezogen.

»… zwei …«

Sein eigenes Gewicht schien ihn tiefer und tiefer in die Polster zu drücken.

»… eins …«

»… null!«

Sein Verstand war ausgeschaltet. Doch wenn er eine Berührung an seinem rechten Ohrläppchen verspüre, würde er sofort wieder aus der Trance erwachen, sagte die Stimme. Tom gehorchte stumm und speicherte diesen Befehl in seinem Unterbewusstsein ab. Er schien sich nun in einem luftleeren Raum zu bewegen, einem schwerelosen Vakuum, frei von jeglicher Entscheidungslast. Irgendwie kam ihm dieser

Zustand bekannt vor, und er hatte das unbestimmte Gefühl, schon öfter hier gewesen zu sein. Hier, im Niemandsland, im Innersten seines Wesens, das ihm wie ein vertrautes Versteck vorkam. Ein Zufluchtsort, an den er vor den Widrigkeiten seines Verstandes floh.

»Sie sind jetzt an einem sicheren Ort«, sagte die Stimme. *»Ein Ort, den nur Sie betreten können. Niemand kann Ihnen hier etwas tun, und Sie können jederzeit zu diesem Ort zurückkehren, wenn Sie das Bedürfnis danach haben. Sind Sie dazu bereit, Tom?«*

»Ja.«

»Gut, dann beginne ich nun damit, Ihnen ein paar Fragen zu stellen. Wie lautet Ihr voller Name?«

»Thomas Kessler«, hörte er sich ohne Zögern antworten. Immer noch trieb er in diesem Vakuum, in dem nur noch der warme Klang der Stimme Gewicht hatte, die fortfuhr, ihm Fragen zu stellen. Fragen nach seiner Herkunft, seinen Eltern und seiner Lieblingsfarbe. Fragen, die Tom normalerweise töricht gefunden hätte, doch er antwortete prompt und emotionslos. Es waren lediglich Daten, die er über sein Unterbewusstsein abrief wie von einer Festplatte. Eine Prozedur, die nur dem Aufbau von Vertrauen diente und ihn gleichzeitig auf den Klang der Stimme eichen sollte, ähnlich wie bei den Sensoren eines Lügendetektors.

»Gut, Tom«, sagte die Stimme schließlich. *»Wir werden uns nun zusammen auf eine Reise begeben, eine Reise in Ihre Vergangenheit. Wir werden dies behutsam tun, Schritt für Schritt, bis in Ihre Kindheit zurück, und Sie werden jede Station dieser Reise als ein neutraler Beobachter wahrnehmen und wiedergeben. Sie werden sich in Ihrem Körper befinden, das Geschehen aber in der Rolle eines Zuschauers betrachten und beurteilen. Sie werden keinerlei Schmerzen empfinden,*

sofern Ihnen welche zugefügt werden. Und Sie werden sich nach dem Erwachen an alles Erlebte erinnern. Haben Sie das verstanden, Tom?«

»Ja.« Toms Augen zuckten unter den geschlossenen Lidern kurz hin und her.

»Gut, dann wollen wir beginnen. Sie gehen nun in der Zeit zurück, zunächst nur ein kurzes Stück, sagen wir einen Tag, genau vierundzwanzig Stunden. Was sehen Sie?«

Nichts. Absolute Schwärze.

»Sind Sie noch da?«, fragte die Stimme.

»Ja«, antwortete er etwas heiser.

Eine kurze Pause.

»Schön, Sie reisen nun weiter zurück. Zwei Tage, drei Tage … Es ist Mittwoch, der siebzehnte Mai, neun Uhr morgens. Wo befinden Sie sich?«

Ein Test, zur Kontrolle. Das war der Morgen, an dem Tom bei Dr. Westphal gewesen war.

Noch immer Schwärze.

»Können Sie mich hören?«

Wieder ein »Ja«.

»Und Sie folgen meinen Anweisungen?«

»Ja.«

Eine erneute Pause setzte ein. Diesmal etwas länger.

»Gehen Sie nun eine weitere Woche zurück. Dieselbe Uhrzeit, der gleiche Tag.«

Wieder nichts. Kompletter Bild- und Tonausfall.

Die Stimme versuchte es noch zwei weitere Male, bis sie an einem Zeitpunkt angekommen waren, der jetzt zwei Jahre zurücklag. Doch da war nur Dunkelheit, so schwarz, dass nicht einmal weiße Farbe sie aufzuhellen vermocht hätte.

Die Pause, die nun eintrat, schien endlos zu dauern.

»Tom?«

Wieder das Zucken unter den geschlossenen Lidern. »Ja.«

»Welcher Tag ist heute?«

»Samstag, der zwanzigste Mai«, gab er umgehend Antwort.

»Also gut, Tom«, sagte die Stimme und klang ein wenig ratlos. *»Sie werden nun sehr weit zurückreisen, bis Sie in Ihrer Kindheit angekommen sind …«*

Plötzlich, aus tiefster Dunkelheit heraus, tauchten Bilder vor ihm auf wie auf dem Schirm eines alten Röhrenfernsehers, den man eben erst eingeschaltet hatte. Zunächst waren sie noch unscharf und hektisch, flogen an ihm vorüber wie weggeschnippte Spielkarten. Das geschah so unverhofft, dass sein Körper sich kurz versteifte, was die Stimme mit Erleichterung zu registrieren schien.

»Sie sind jetzt wieder dreizehn Jahre alt. Es ist Dienstagmorgen, der dreiundzwanzigste Juli, kurz nach dem Aufwachen. Wo befinden Sie sich?«

Das Bilderkarussell verlangsamte sich, bis es ruckartig zum Stillstand kam. »Ich bin in meinem Zimmer. Es ist dunkel, und ich ziehe das Rollo hoch.«

»Beschreiben Sie, was Sie sehen.«

»Grün«, sagte Tom. »Eine riesige Wiese, direkt hinter dem Fenster. Ein paar vereinzelte Häuser ein Stück entfernt, manche davon noch unverputzt. Es sind Ferien, und es ist ein schöner Sommertag. Ich freue mich auf meine Freunde Ralf, Chris, Ingo und Babs.«

»Weiter, Tom, beschreiben Sie Ihr Zimmer.«

»Es ist groß. Die Wände sind gerade und hell. Links von mir steht mein Bett. Die Decke ist zurückgeschlagen, das Laken ist zerknittert. Auf der Bettwäsche ist das Vereinswappen vom FC Bayern München. Ich bin ein Fan dieser Mannschaft.«

Einen Moment lang schien die Stimme zu schmunzeln. *»Was sonst noch?«*

»Bücher. Regale voller Bücher. Ein paar Hardcover, aber die meisten sind Taschenbücher. Einige haben tiefe Eselsohren und Falten. Ich habe sie oft gelesen. Auf der rechten Seite ist eine breite Nische. Darin steht ein Schreibtisch. Er ist unordentlich. Stifte liegen darauf herum. In der Mitte der Auflage liegt ein Schreibblock, das oberste Blatt ist halb vollgeschrieben. Dahinter stehen ein Computer und eine kleine Musikanlage. Ein paar CD-Hüllen sind auf dem Tisch verstreut. An der Wand darüber ist ein Regal. Darauf stehen mehrere Modellautos. Ich habe sie selbst zusammengebaut. Die Wände sind voller Poster. Eines davon ist ein Filmplakat: Steve McQueen in *Bullitt*. Das ist einer von meinen Lieblingsfilmen. Die anderen sind Bilder von Fußballspielern.«

»Gut, Tom.« Die Detailgenauigkeit der Beschreibungen schien die Stimme zu beeindrucken. *»Was geschieht als Nächstes?«*

»Ich verlasse das Zimmer und trete auf den Flur. Auf der linken Seite sind das Bad und das Schlafzimmer meiner Eltern. Beide Türen sind geschlossen. Ich gehe weiter. Der Flur knickt jetzt nach rechts ab. Jetzt kommt das Zimmer meiner Schwester. Ihre Tür ist offen, aber sie ist nicht da. Kurz dahinter ist die Küche. Da treffe ich meine Mutter. Sie hat ein gelbes Sommerkleid an und sieht bezaubernd aus. Ihr braunes Haar ist frisch gekämmt und fällt ihr locker über die Schultern und bis zu den Ansätzen ihrer Brüste. Sie lächelt mich an, während sie den Frühstückstisch deckt. Meine Schwester hilft ihr dabei. Sie hat noch ihr Nachthemd an, das genauso bleich ist wie ihr Gesicht. Ihre schwarz getönten Haare sind struppig, und sie schaut mich grimmig an. Sie schaut immer grimmig.«

»Wo befindet sich Ihr Vater?«

»Er schläft noch. Meine Mutter gibt mir ein Zeichen, dass ich leise sein soll, weil er erst vor wenigen Stunden von der Arbeit gekommen ist.«

»Okay, Tom, machen wir an dieser Stelle Halt und setzen unsere Reise fort.«

Das Karussell begann sich wieder zu drehen.

»Sie haben gesagt, Sie freuen sich auf Ihre Freunde.«

»Ja – Ralf, Chris, Ingo und Babs.«

»Haben Sie sich an diesem Tag mit ihnen verabredet?«

»Ja. Babs wohnt im selben Haus, drei Stockwerke über uns, Chris am unteren Ende der Straße. Ralf und Ingo wohnen in den neueren Häusern, auf der anderen Seite. Wir wollen uns dort mit ihnen treffen, um auf der Wiese Fußball zu spielen. Wir spielen oft dort. Babs interessiert sich eigentlich nicht für Fußball, und sie ist auch nicht besonders gut, deshalb stellen wir sie immer ins Tor. Sie ist halt ein Mädchen.«

»Weshalb spielt sie dann nicht mit ihren Freundinnen?«

»Ich bin nicht ganz sicher, aber ich glaube, sie mag mich.«

»Und mögen Sie dieses Mädchen auch?«

»Ja, Babs ist ein toller Kumpel. Ich mag sie sehr.«

»Das ist schön, Tom. Und nun sagen Sie mir bitte, ob sich in unmittelbarer Nähe der Stelle, wo Sie sich an diesem Tag mit Ihren Freunden treffen, der Zaun eines Grundstücks befindet.«

»Ja. Ein brauner Lamellenzaun. Er steht nur wenige Meter hinter der Stelle, wo wir unser Tor gebaut haben, damit wir nicht immer so weit laufen müssen, um den Ball zu holen.«

»Und handelt es sich dabei um den Zaun, über den Sie an diesem Tag geklettert sind?«

»Ja«, kam es ein wenig zögerlich.

»Also gut, Tom. Dann möchte ich jetzt, dass Sie sich an den Zeitpunkt kurz davor begeben. Bitte schildern Sie so exakt wie möglich, wie es dazu kommt und was anschließend ge-

schieht. Lassen Sie nichts aus, auch wenn es Ihnen unwichtig erscheint. Fühlen Sie sich dazu in der Lage?«

»Ja«, erwiderte Tom, während das Karussell wieder zum Stillstand kam und die Bilder Gestalt annahmen.

Kurz darauf begann er zu erzählen …

»Spiel ab, Tom!«

Es war Chris, der ihm das zurief, während er sich von Ingo löste und vor das Tor stürmte. Dieses bestand aus zwei bunten Trainingsjacken, die in zweieinhalb Meter Abstand voneinander auf dem Boden lagen und als behelfsmäßige Pfosten dienten, zwischen denen Babs ein wenig unbeholfen auf und ab rannte.

»Mach schon, Tom! Elvis ist so gut wie zuhause!«

Tom bekam Chris' sinnfreie Zurufe nicht mit, weil sie von Ralfs keuchendem Atem übertönt wurden, während er ihn mit einem schnellen Haken austrickste und hinter sich stehen ließ. Jetzt schien er offensichtlich Mühe zu haben, mit ihm mitzuhalten. Erst als er sicher war, den Abstand vergrößert zu haben, blickte Tom kurz zu Chris hinüber, der ihm mit wild fuchtelnden Armen zu verstehen gab, dass er frei stand. Dann flankte er die lederne Kugel in flachem Bogen vors Tor.

Chris – der neben seinem leidenschaftlichen Temperament auch die spleenige Eigenart besaß, allen Dingen alberne Eigennamen zuzuordnen – setzte zu einem letzten Spurt an und grätschte aus vollem Lauf in den Ball, den er scherzhaft »Elvis« getauft hatte, weil er fand, dass ihn die nach vorne spitz zulaufende dunkle Maserung darauf an eine Haartolle erinnerte. Es gelang ihm gerade noch, ihn mit der Fußspitze zu berühren, woraufhin der Ball zwischen Babs' Beinen hindurch die imaginäre Torlinie überquerte.

»Und wieder einmal beweist Christian Dahlbeck, dass er

zu den besten Stürmern der Welt gehört!«, brüllte Chris am Boden liegend, während er die Arme zu einer Siegesgeste hochreckte. »Was für ein grandioser Treffer! Die Massen jubeln ihm begeistert zu!«

»Komm wieder runter, Chris«, keuchte Ingo und kam erschöpft neben ihm zum Stehen. Sein kupferrotes Haar kräuselte sich um seine schweißnasse Stirn herum. »Und du, Babs, du könntest dich im Tor ruhig ein bisschen mehr bewegen, dann sieht es wenigstens so aus, als ob du versuchst, den Ball zu halten.«

Sie warf ihm aus großen, graugrünen Augen einen missmutigen Blick zu. »Du willst Bewegung?«, fragte sie und deutete mit der rechten Hand eine kurbelnde Geste an, während sich an ihrer linken langsam der Mittelfinger hob. »Hier hast du welche!«

»Sehr witzig«, meinte Ingo verächtlich.

»Hey, Leute!«, keuchte Ralf außer Atem und stützte sich nach Luft ringend auf seine Knie. In dem viel zu großen Eintracht-Frankfurt-Trikot, das eigentlich seinem drei Jahre älteren Bruder gehörte, sah er aus wie einer der Hauptdarsteller aus *Liebling, ich habe die Kinder geschrumpft*. »Spart euch die Aufregung, der Treffer zählt sowieso nicht.«

»Was?«, schrie Chris, während er sich aufrappelte und seine Brille zurechtrückte. »Und wieso nicht?«

»Der Ball hat vorher den Boden berührt.«

Um das Spiel *»Zwei gegen zwei«* ein wenig interessanter zu gestalten, hatten sie eine Variante kreiert, die Chris als »Volleykicken« bezeichnete. Diese Regel besagte, dass der Ball vor dem Torschuss vom eigenen Mitspieler kommen musste und auch den Boden vorher nicht berühren durfte. Wem es auf diese Weise zuerst gelang, fünf Treffer zu erzielen, der ging als glorreicher Sieger vom Platz.

»Red doch keinen Stuss, du Nachthemd«, protestierte Chris lautstark. »Das war ein astreines Tor! Ich hab Elvis glatt nach Graceland befördert!«

»Wen nennst du hier Nachthemd, Brillenschlange?«, entgegnete Ralf und trabte wütend auf Chris los, wobei ihm das schweißnasse Trikot um die Oberschenkel schlug.

»Na, sieh dich doch mal an«, gab Chris herablassend zurück. »In dem Fetzen siehst du aus wie ein Bettnässer.«

»Das kann ich ja gerne mal meinem Bruder erzählen, dann brauchst du keine Brille mehr!«

»Hey«, rief Tom und trat schlichtend auf die beiden zu. »Hört auf zu streiten!«

Sofort wichen Ralf und Chris einige Schritte zurück, warfen sich aber weiterhin missmutige Blicke zu. Dennoch startete keiner der beiden einen erneuten Versuch, den anderen anzugehen. Aus irgendeinem Grund hatten sie Respekt vor Tom, so ähnlich wie vor einem großen Bruder. Tom selbst führte dies darauf zurück, dass er die anderen um gut einen Kopf überragte, und darauf, dass er der Älteste der Gruppe war. Er legte es zwar nicht direkt darauf an, die Anführerrolle zu übernehmen, wehrte sich aber auch nicht dagegen. Es war ein gutes Gefühl, von den anderen geachtet zu werden, in ihren Augen eine Art *Held* zu sein. So wie Steve McQueen in seinen Filmen. Gegen den waren die heutigen Schauspieler nur unreifes Fallobst. Er hätte sie alle in die Tasche gesteckt. Stevie war einfach der Coolste.

»Was meinst du?«, wandte Tom sich an Ingo. »War der Ball auf dem Boden oder nicht?«

Ingo Schröder sah verlegen auf seine Füße, während er sich eifrig hinter dem Ohr kratzte; das tat er immer, wenn er unschlüssig oder nervös war. Er war der Jüngste und vom Umfang her der Kräftigste der kleinen Clique. Seinem Vater gehörte eine der größten Metzgereien in der Gegend, was seiner Ernährung nicht unbedingt zugutekam. Man hätte ihn zwar nicht als dick bezeichnen können, aber von einer künftigen Karriere als Unterwäsche-Model konnte man getrost absehen.

»Na ja«, meinte er nachdenklich und strich sich mit der freien Hand die roten Locken aus der Stirn, »es steht vier zu vier. Wenn du mich fragst, würde ich den Boden vorziehen.«

»Du elender Penner!«, schrie Chris sofort, dessen aufbrausendes Temperament wohl seiner italienischen Mutter zuzuschreiben war, der er auch sein tiefschwarzes Haar verdankte. Seine schlechten Augen gingen hingegen auf das Konto seines Vaters. »Du hast doch genau gesehen, dass es nicht so war.«

»Reg dich ab«, beschwichtigte Tom und sah zu dem breiten Lamellenzaun hinüber, wo Babs gerade Elvis aufhob und zu ihnen zurückgelaufen kam. »Fragen wir doch einfach jemanden, der unparteiisch ist.«

»Was denn, *die*?«, protestierte Ingo lautstark. »Die schafft es doch nicht mal, einen Ball zu fangen.«

Kaum hatte er diesen Satz beendet, traf ihn etwas mit einem hohlen *Plob* rechts am Kopf, so dass er zurücktaumelte und nach wenigen Schritten auf dem Hintern landete. Mit schmerzverzerrter Miene rieb er sein rechtes Ohr und schaute erstaunt zu Babs hinüber.

»Werfen kann ich ihn aber ganz gut, findest du nicht?«, sagte sie kokett, woraufhin alle außer Ingo in Gelächter ausbrachen.

»Jetzt hast du wenigstens einen Grund, dich hinterm Ohr zu kratzen, Blechdach«, meinte Chris und ließ sich grölend ins Gras fallen. »Das war echt grandios, Röckchen!«

Babs trug eigentlich nie Röcke, doch die Tatsache, dass sie

ein Mädchen war, schien Chris völlig auszureichen, um sie so zu nennen.

»Du dämliche Kuh!«, schrie Ingo. »Hast du sie noch alle?«

Tom reichte Ingo die Hand und half ihm hoch. »Das sollte dir eine Lehre sein«, meinte er und klang dabei reifer, als man es seinem Alter zugetraut hätte. »Babs ist eine von uns, also solltest du auch ihre Meinung respektieren, klar?«

Ingo nickte beschämt und rieb sich unter dem anhaltenden Gelächter der anderen noch immer das Gesicht, dessen rechte Hälfte langsam die Farbe seiner Haare anzunehmen begann. »Meinetwegen«, gab er sich geschlagen.

Alle Blicke waren nun gespannt auf Babs gerichtet, die jedoch nur Augen für Tom hatte. Wenn sie ihn ansah, trat ein Leuchten in diese Augen, so dass das Grün darin noch klarer und kräftiger erschien.

»Also …« Sie räusperte sich kurz, um den ungewohnt weichen Klang in ihrer Stimme zu überspielen. »Ehrlich gesagt bin ich mir nicht sicher. Ich finde, der Treffer sollte wiederholt werden.«

»Na toll«, zischte Chris. »Nur weil ihr beiden hier noch weiter Händchen halten wollt, soll ich mir einen Hitzschlag holen? Ohne mich, Mann!«

»Hast du einen besseren Vorschlag?«

»Und ob ich den habe«, erwiderte Chris wütend. »Ich verpass dem Nachthemd eine, und wir können alle als Sieger nach Hause gehen.«

»Klappe, Chris!«, riefen alle im Chor.

»Na schön«, schnaufte er wütend. »Ihr wollt das Scheißtor wiederholen? Da habt ihr es!« Chris stürmte geradewegs auf Elvis zu, der noch immer an der Stelle im Gras lag, wo er nach Ingos unfreiwilligem Kopfball liegen geblieben war, und trat ihn mit aller Kraft in Richtung Tor.

Der Ball wirbelte in einem viel zu hohen Bogen über Babs und den angrenzenden Zaun hinweg, senkte sich und verschwand schließlich hinter den dichten Lamellen, die das Grundstück dahinter eingrenzten, auf dessen rechter Seite sich die roten Schindeln eines steil ansteigenden Daches erhoben.

Einen kurzen Moment lang sagte niemand etwas. Alle starrten stumm zu der Stelle am blauen Himmel, wo der Ball hinter dem Zaun aus ihrem Blickfeld verschwunden war. Ralf wurde kreidebleich, als er das Haus dahinter betrachtete, und trat dabei unwillkürlich einen Schritt zurück, als fühlte er sich davon bedroht.

Schließlich war es Ingo, der als Erster die Stimme wiederfand.

»Scheiße«, murmelte er halb zu sich selbst, und dieses Mal vergaß er sogar, sich hinterm Ohr zu kratzen. »Ich fürchte, Elvis hat das Gebäude verlassen.«

»Tor!«, schrie Chris und tänzelte wie ein Verrückter auf der Stelle. »Fünf zu vier. Lasst uns abhauen.«

»Bist du irre?«, fauchte Ralf ihn an. »Der Ball war fast neu. Und er gehört meinem Bruder! Was soll ich ihm denn jetzt sagen?«, jammerte er. »Er bringt mich um, du Idiot!«

Chris musterte ihn gleichgültig. »Daran hättest du denken sollen, bevor du hier den Besserwisser gespielt hast. Sag deinem Bruder doch einfach die Wahrheit: dass sein blöder Ball dran glauben musste, weil du mal wieder nicht verlieren konntest!«

»Du bist ein Riesenarschloch, Chris, weißt du das?« Ralf schien völlig außer sich zu sein. Dicke Tränen rannen ihm die Wange hinunter, und er wandte sich verlegen von den anderen ab.

»Hey, Mann.« Chris wirkte angesichts dieses unerwarteten Gefühlsausbruchs plötzlich ziemlich kleinlaut. »Jetzt mach dir mal nicht gleich dein Nachthemd nass, Alter. Das ist schließlich nur ein Zaun und nicht die Chinesische Mauer. Ich hol dir deinen blöden Ball schon wieder.«

»Nein, vergiss es«, schniefte Ralf und wischte sich die Tränen weg. »Den kriegst du doch nicht zurück. Lasst uns nach Hause fahren, mir wird schon was einfallen.«

»Was redest du denn da?«, sagte Tom. »Es braucht doch nur jemand vorne zur Straße fahren und dort an der Tür klingeln. Dann haben wir unseren Ball.«

»Seid ihr verrückt?«, meinte Ingo, und sein rundliches Gesicht schien schlagartig blass zu werden, was sein hochrotes Ohr noch deutlicher betonte. »Wisst ihr denn nicht, wer da wohnt?«

Alle außer Ralf sahen ihn fragend an.

»Nein«, sagte Tom, »aber du wirst es uns bestimmt gleich verraten.«

»Und wie ich dich kenne, wirst du dabei wie immer maßlos übertreiben«, fügte Chris abfällig hinzu.

»Nein, echt nicht«, versicherte Ingo mit Nachdruck. »Der Kerl ist bekannt dafür, dass er nichts mehr hergibt, was einmal auf seinem Grundstück gelandet ist. Erst neulich ist Mark Lehmann was Ähnliches passiert, einem Jungen aus der Gegend. Er hat mit ein paar Freunden hier gespielt, und sein Frisbee ist über den Zaun geflogen. Sie haben dann auch an der Tür geklingelt, aber es hat keiner aufgemacht.«

»Vermutlich, weil niemand zuhause war«, mutmaßte Chris.

»Nein, sie haben gesehen, wie der Typ sie die ganze Zeit von einem der Fenster aus beobachtet hat. Er muss ziemlich finster ausgesehen haben, hat Mark mir erzählt. Irgendwie verwahrlost. Jedenfalls hat Mark sein Frisbee nie wiedergesehen.«

»Wie, haben seine Eltern denn nichts unternommen?«

»Herrgott, Chris«, sagte Tom. »Niemand schaltet wegen einer Plastikscheibe einen Anwalt ein. Was hätten sie denn tun sollen, dem Kerl auflauern und ihn verprügeln?«

»Meine Mutter hätte dem die Hölle heißgemacht.«

»Ja, Chris, wer dich kennt, glaubt das auf der Stelle«, stöhnte Babs.

»Na jedenfalls ist das schon ein paar Jungen aus der Gegend so gegangen«, erzählte Ingo weiter. »Und alle haben ihren Kram nie zurückbekommen. Der Typ muss mittlerweile eine ganze Sammlung von Bällen und Frisbees haben.«

»Toll, dass du erst jetzt damit rausrückst, nachdem wir schon hundertmal vor diesem Scheißzaun gespielt haben«, bemerkte Chris verärgert.

»Ich konnte ja nicht ahnen, dass du hier 'nen Weltrekord im Ausrasten aufstellst«, verteidigte sich Ingo. »Jedenfalls klingel ich ganz bestimmt nicht bei dem Typen. Ich sage euch, mit dem stimmt irgendwas nicht. Wahrscheinlich frisst er kleine Kinder zum Frühstück.«

Chris gab einen zischenden Laut von sich. »Ich sag's doch, er übertreibt mal wieder.«

»Tut er nicht«, widersprach Ralf, der damit erneut alle Blicke auf sich zog. Er wirkte plötzlich in sich gekehrt und unsicher, beinahe schüchtern. Und die etwas arrogante Art, mit der er stets auf seinem Recht beharrte, war verflogen. Seine Freunde bemerkten diese plötzliche Veränderung und hielten sich abwartend zurück. Selbst Chris verkniff sich seine üblichen Kommentare.

»Ich hab neulich eine Nachbarin mit meiner Mutter über den Kerl reden hören«, sagte Ralf schließlich. »Ich konnte durch die Haustür nicht alles verstehen, aber sie war sehr aufgeregt, und ich habe gehört, wie sie erzählt hat, seine Frau hat ihn wohl vor einem halben Jahr sitzengelassen. Und es heißt, er hätte sie geschlagen. Seitdem hat ihn niemand mehr gesehen oder mit ihm geredet. Aber unsere Nachbarin hat erzählt, in dem Haus brennt manchmal bis spät in die Nacht noch Licht, und einmal, hat sie gesagt, hätte sie durch ein offenes Fenster Stimmen gehört.«

»Stimmen?«, fragte Babs.

»Na ja, so als würden zwei Leute ganz aufgeregt miteinander reden.«

»Und woher will sie das so genau wissen?«, warf Chris skeptisch ein. »Ich meine, hat sie sich etwa nachts vor dem Haus auf die Lauer gelegt und den Kerl beschattet?«

»Nein«, erwiderte Ralf. »Sie ist Krankenschwester und kommt oft erst sehr spät nachhause.«

Chris nickte; diese Erklärung genügte ihm.

»Vielleicht ist seine Frau ja wieder zurückgekommen«, meinte Babs, »und die beiden haben sich ausgesprochen.«

Ralf schüttelte den Kopf. »Sie wird seit drei Monaten vermisst, genau wie sein Sohn.«

»Warte mal«, meinte Babs nach ein paar Sekunden nachdenklich. »Ist das etwa der Junge, über den sie andauernd in der Schule reden? So ein kleiner Blonder, der immer mit einer roten Baseballkappe herumgelaufen ist?«

»Ja«, sagte Ralf. »Ich glaube, er heißt Robert. Ist zwei Klassen unter mir.« Nervös spielte er an seinen Fingern. »Na, jedenfalls hat mich das ziemlich neugierig gemacht. Also bin ich neulich nach der Schule mit dem Rad zu dem Haus gefahren.«

»Bist du lebensmüde?«, platzte Ingo heraus. »Ich glaub, du liest zu viele von deinen Comics. Was, zum Teufel, wolltest du denn da?«

»Mich nur mal umschauen, keine Ahnung. Dachte, ich könnte was sehen.«

»Und, hast du was gesehen?«, fragte Chris gespannt.

»Na ja, ich hab mein Fahrrad abgestellt und versucht, in eines von den unteren Fenstern zu gucken. Dabei hab ich mir das T-Shirt an den Dornen von dieser Rosenhecke zerrissen, die vor dem Haus steht. Ich hab ganz schön geflucht, weil das Shirt neu war, und wollte gerade wieder abhauen. Und dann stand er plötzlich da.«

»Wo?«

»Hinter dem Fenster. Ich hab mich so erschreckt, dass ich hintenüber in die Rosen gefallen bin. Deshalb hab ich auch das Trikot von meinem Bruder an.« Er zog die kurzen Ärmel zurück, die ihm dennoch fast bis zu den Handgelenken reichten, und zeigte den anderen zahlreiche verkrustete Kratzer auf seinen Armen.

»Scheiße«, stellte Chris fest, als er die Verletzungen betrachtete. »Das muss wehgetan haben.«

»Hat es auch«, bestätigte Ralf und ließ die schweißgetränkten Ärmel wieder zurückgleiten.

»Und was ist dann passiert?«, wollte Ingo ungeduldig wissen.

Ralf stieß einen tiefen Seufzer aus. »Er hat nur dagestanden und hat mich angestarrt. Und ich sage euch, der hat direkt durch mich durchgeschaut, wie mit Röntgenstrahlen. Dann hat er auf irgendetwas an seinem Kopf gedeutet und was gesagt, aber durch das geschlossene Fenster hab ich nichts gehört. Ich konnte nur sehen, dass sich seine Lippen bewegt haben. Er sah fast ein bisschen verspielt aus.«

Chris kaute nervös an seinen Fingernägeln. »Auf was hat er gedeutet? An seinem Kopf?«

»Ich weiß nicht genau.«

»Was soll das heißen? Du hast ihn doch gesehen, oder?«

»Ja«, sagte Ralf zögernd, »aber … ich hatte solche Angst,

dass ich mir in die Hose gepinkelt hab«, gestand er kleinlaut und schaute zu Boden. »Deshalb hab ich bis jetzt auch niemandem davon erzählt. Vielleicht hab ich mir das alles ja nur eingebildet.«

»Los, sag schon«, drängte Chris. »Da war doch was, oder nicht?«

Ralf seufzte erneut. »Ich glaube, er hatte eine rote Baseballkappe auf. Und sie war ihm viel zu klein.«

Die Stille nach diesem Satz schien alles auszufüllen. Fast automatisch schwenkten die Blicke der fünf zu dem Zaun und dem Dach des Hauses hinüber, das sich dahinter in den blauen Himmel reckte und jetzt wie eine Festung des Grauens aussah. Tom konnte spüren, wie Babs zaghaft nach seiner Hand griff, als bräuchte sie jemanden, an dem sie sich festhalten und der sie beschützen konnte. Also erwiderte er ihren Händedruck.

»Verdammt«, fluchte Chris schließlich und betrachtete die anderen. »Scheiß auf den Ball! Ich klingele jedenfalls nicht an dieser Tür.«

»Ich auch nicht«, stimmte Ingo ihm zu und hob abwehrend beide Hände.

Tom sah Ralfs niedergeschlagene Miene, die vermutlich weniger mit seinem alptraumhaften – und nicht minder peinlichen – Erlebnis zu tun hatte als vielmehr mit der Angst vor dem Zorn seines großen Bruders. »Na schön«, sagte er und sah in die Runde. »Dann muss eben einer von uns über den Zaun klettern.«

Alle gafften ihn fassungslos an.

Tom seufzte, als er die entsetzten Gesichter seiner Freunde deutete. »Und so wie es aussieht, bin das wohl ich«, fügte er hinzu. Dann ging er, ohne zu zögern, auf den Zaun zu, während die anderen ihm in respektvollem Abstand folgten.

»Willst du das wirklich durchziehen?«, fragte Chris.

»Sag mir, wenn ich mich irre, aber wir brauchen einen Ball, um Fußball zu spielen.«

»Aber …«, setzte Chris erneut an. »Ich meine, was ist, wenn an den Geschichten was dran ist? Dann könntest du genauso gut in einen Löwenkäfig einsteigen.«

»Ich glaube, jetzt bist du es, der übertreibt«, entgegnete Tom lächelnd. »Die Leute erzählen viel, wenn der Tag lang ist. Und sie entwickeln dabei eine Menge Fantasie. Glaub mir, ich weiß genau, wovon ich rede.«

»Das hier ist aber nicht eine von deinen Geschichten«, wandte Babs ein, die zwar eine aufrichtige Bewunderin seiner Schreibkünste war, im wahren Leben jedoch mit beiden Beinen fest in der Realität stand. Energisch packte sie ihn am Arm. »Findest du nicht, wir sollten deinem Vater davon erzählen? Er ist schließlich Polizist.«

Tom musste sich eingestehen, dass er sich immer mehr nach ihren Berührungen sehnte. Und obwohl diese hier keineswegs zärtlicher Natur war, war er wie elektrisiert davon und genoss ihre Nähe. Er sah in ihr Engelsgesicht, und sein Blick blieb an dem kleinen Muttermal hängen, das quasi einen Mittelpunkt zwischen ihrem Mundwinkel und dem ausgeprägten Wangenknochen bildete. »Ich bin mir ziemlich sicher, dass die Polizei den Kerl schon längst hopsgenommen hätte, wenn all das wahr wäre, was die Leute über ihn sagen. Wahrscheinlich ist er einfach nur sauer, weil ihn seine Familie abserviert hat. Würde wohl jedem so gehen.« Er schielte auf das obere Ende des Zaunes. »Der Ball kann nicht allzu weit geflogen sein. Ich spring nur schnell rüber und bin gleich wieder da.«

Ihre Augen strahlten ihn bewundernd an, und trotz der hartnäckigen Zweifel darin war es für Tom einmal mehr ein unbeschreibliches Gefühl, sich in ihnen als Held widerzuspiegeln. Noch immer hielt sie seinen Arm. Dann zog sie ihn spontan zu sich hinunter und gab ihm einen Kuss auf die Wange.

Tom bemerkte, dass seine Freunde im Hintergrund grinsten und Grimassen schnitten. »Wow!« war das Einzige, was er hervorbrachte, während sein Gesicht vor Verlegenheit glühte. »Wofür war der denn?«

»Dafür, dass du dich für mich eingesetzt hast«, flüsterte sie und ging zurück zu den anderen.

»Tom steht auf Baabs«, sang Chris, während er weiter leidenschaftliche Grimassen schnitt.

»Idiot!«, erwiderte Tom.

Chris zuckte nur unschuldig die Schultern. »Hey, Mann, die Leute lieben mich, ich kann nichts dagegen machen.«

Tom wandte sich dem Zaun zu, und seine Finger suchten Halt in den Windungen der breiten Lamellen. Er glaubte, Babs' Blick auf seinem Rücken spüren zu können. Ihr Kuss hatte jeden Zweifel ausgeräumt, hatte ihn quasi unbesiegbar gemacht. Kein Zaun der Welt würde ihn jetzt noch aufhalten können! Und während sie hinter ihm johlten und ihn anfeuerten, zog sich Tom über den Zaun und sprang dahinter zu Boden.

»Tom?«, ertönte die Stimme. *»Können Sie mich hören?«*

»Ja«, kam es keuchend zurück.

»Wie fühlen Sie sich, Tom?«

»Alles in Ordnung.«

»Ihre Atmung ist schneller geworden. Fühlen Sie sich in der Lage, fortzufahren?«

»Ja.«

»Sind Sie sicher? Wir können eine Pause einlegen. Sie sollten nichts überstürzen.«

»Das ist nicht nötig.«

»Na schön, Tom, dann erzählen Sie weiter.«

Er duckte sich hinter einem der zahlreichen Zypressensträucher, die so angeordnet waren, dass sie das Gelände in mehrere Nischen aufteilten, und versuchte, sich zu orientieren. Gleich rechts von ihm erstreckte sich eine große Terrasse aus hellbraunem Bruchstein, die durch eine kleine Mauer in zwei Ebenen gestuft war. Auf der oberen stand eine Sonnenliege aus Teakholz neben einem kleinen Tisch. Tom malte sich aus, wie entspannend es sein musste, dort in der Sonne zu liegen und sich in ein Buch zu vertiefen. Doch zu seinem Glück war niemand zu sehen. *Hätte* dort jemand gelegen, wäre sein Vorhaben bereits im Ansatz gescheitert, denn von dort aus konnte man den Zaun sehen. Die gläserne Schiebetür zur Terrasse war geschlossen, daher hoffte Tom auf die Abwesenheit des Hausherrn; er konnte sich nicht vorstellen, dass jemand an einem solchen Tag sämtliche Fenster und Türen verschlossen hielt. Zumal alles in diesem herrlichen Garten darauf hindeutete, dass hier jemand wohnte, der jede Gelegenheit nutzte, seine Zeit im Freien zu verbringen. Tom konnte wunderschön angelegte Blumenbeete erkennen, die mit buntem Zierkies umrandet waren und mit Apfelbäumen und farbenprächtigen Stauden um die Wette blühten. Bei diesem Anblick hielt er es für völlig ausgeschlossen, dass hier jemand leben sollte, der so verbittert und unheimlich war, wie die Leute es sich erzählten. Dennoch achtete er sorgfältig darauf, nicht entdeckt zu werden.

Vorsichtig spähte er über den großflächigen Rasen, der die linke Seite des Hauses umrahmte und von einem kunstvoll angelegten Kiesweg geteilt wurde, was das Anwesen wie einen Park wirken ließ. Tom sah, dass der Zaun das ganze

Gelände umschloss, bis nach vorne zur Straße, wo er mit dichtem Efeu überwuchert war und von kräftigen Sträuchern und kleinen Bäumen gesäumt wurde, die für zusätzlichen Sichtschutz sorgten. Der Besitzer schien sich die größte Mühe zu geben, diese Oase vor den Blicken anderer zu verbergen. Zwischen zwei der Zypressensträucher stand eine kleine Holzbank, hinter der ein breites Rankgitter stand, das von prächtigen roten Rosen bedeckt war. Dicht dahinter entdeckte er den Ball. Er lag am Fuß eines kleinen Springbrunnens, von dem ein künstlicher, von Steinen gesäumter Bach wegführte, knapp sechs Meter von ihm entfernt. Vermutlich hatte einer der Bäume den Flug des Balles gebremst.

Vorsichtig verließ Tom seine Deckung und lief zu der Stelle. Ein Gefühl der Erleichterung überkam ihn, als er Elvis in den Händen hielt. *War doch ein Kinderspiel.* Draußen vor dem Zaun konnte er noch immer die Rufe seiner Freunde hören.

Er war bereits wieder auf dem Rückweg, als er aus den Augenwinkeln etwas entdeckte, das ihm vorher nicht aufgefallen war. Der Kiesweg endete an einem seitlichen Nebeneingang des Hauses, dessen Tür einen Spaltbreit nach innen geöffnet war. Sofort duckte Tom sich neben den Brunnen, der ihm jedoch keinen ausreichenden Schutz bot. Dennoch verharrte er in dieser Stellung, aus Angst, jede weitere Bewegung könnte ihn möglicherweise verraten. Hektisch ließ er den Blick über die seitliche Fassade des Hauses und die Fenster dort gleiten, aber er konnte hinter den Scheiben niemanden entdecken. Doch noch etwas fiel ihm auf. Neben der Tür befand sich ein Kellerschacht, aber das Gitter darüber war mit gut sechs Zentimeter dickem Styropor abgedeckt, das wiederum durch eine massive Holzplatte und einige Steine beschwert wurde. Eine Art Schallschutz, nahm Tom an. Aber was sollte er dämpfen? Handwerkerlärm? Musik?

Schreie?

Er konzentrierte sich auf den vorderen Bereich des Anwesens. Dort, wo sich der Brunnen befand, stieg der Boden etwas an, deshalb war es ihm von seinem vorherigen Standort aus nicht möglich gewesen, diesen Teil des Gartens einzusehen. Jetzt jedoch konnte sein Blick dem Verlauf des Weges folgen, der wenige Meter hinter dem Brunnen eine Rechtskurve beschrieb und schließlich in eine breite Einfahrt überging, die zu einem Carport führte, unter dessen flachem Dach ein roter Kombi parkte. An der Wegbiegung konnte Tom unweit des Zaunes einen Haufen frisch ausgehobene Erde erkennen. Gleich daneben, zwischen zwei weiteren Zypressensträuchern, war eine etwa eineinhalb Meter breite Grube. Normalerweise hätte er dieser Entdeckung keine weitere Bedeutung zugemessen. Doch aus dem hinteren Teil der Grube ragte etwas empor, das nicht wie der zarte Trieb eines neuen Baumes oder Strauches aussah. Es glitzerte feucht in der tiefer stehenden Sonne. Da diese ihn inzwischen blendete, beschloss er, seinen Standort etwas zu verlagern, um bessere Sicht zu haben. Von brennender Neugier überwältigt, folgte Tom parallel dem Verlauf des Weges, ohne an Deckung zu denken. Als er schließlich die Biegung erreicht hatte, verlangsamte er seine Schritte, und sein Verstand begann allmählich zu realisieren, was er dort sah.

Seine Neugier, die ihn soeben noch sämtliche Vorsicht hatte vergessen lassen, verwandelte sich augenblicklich in nacktes Entsetzen. Die Erkenntnis, in welcher Gefahr er sich aufgrund dieser Entdeckung befand, traf ihn wie ein Schlag. Trotzdem bewegte er sich weiter auf die Grube zu, als ginge von ihr eine düstere Anziehungskraft aus, die seinem kindlichen Verstand die letzten Zweifel daran rauben wollte, was aus diesem Erdloch hervorragte.

Eine Hand.

Es war eine menschliche Hand! Und sie konnte nur einem Kind gehören!

Babs hatte recht gehabt. Alle hatten recht gehabt. Dieser Kerl war verrückt, ein Psychopath, der wahrscheinlich seine ganze Familie auf dem Gewissen hatte. Und er, Tom„ stand mitten auf seinem hauseigenen Friedhof!

Der Schock lähmte ihn, so dass er nicht einmal mehr Luft holen konnte. Er spürte ein Zittern in den Beinen, und seine Finger gruben sich krampfhaft in die Nähte des Balles, die sich plötzlich wie frische, wulstige Narben anfühlten. Salziger Schweiß lief ihm in die Augen und ließ das Grab zu seinen Füßen verschwimmen. Er musste Hilfe holen, seinem Vater davon erzählen, die Polizei verständigen … irgendetwas! Zuallererst aber musste er schleunigst von hier verschwinden!

Doch trotz seiner Angst schien eine morbide Macht Besitz von ihm ergriffen zu haben, drängte ihn weiter auf die Grube zu, wollte ihn auch den Rest von dem sehen lassen, was sich dort verbarg. Der Hand fehlten sämtliche Fingernägel, und der Arm, zu dem sie gehörte und der wie ein steifer Ast aus der Grube herausragte, war mit tiefen Striemen und kraterähnlichen Löchern übersät. Immer tiefer glitt sein Blick, je näher er kam. Und dann …

Mein Gott!

In diesem Moment hörte er Schritte, das Knirschen von Kies. Zuerst dachte er, es wären seine eigenen, da er mittlerweile den Weg betreten hatte, ohne es zu merken. Doch die Schritte waren hinter ihm. Und sie kamen schnell näher.

Noch ehe er sich aus seiner Lähmung befreien und reagieren konnte, packte ihn eine fleischige, raue Hand und legte sich auf seinen Mund. Tom atmete den bitteren Geruch von

Nikotin und feuchter Erde ein, und augenblicklich fiel der Schock von ihm ab, und er gewann die Kontrolle über seinen Verstand zurück. Todesangst erfasste ihn. Der Ball glitt ihm aus den Händen und rollte auf die Grube und ihren schrecklichen Inhalt zu, änderte jedoch kurz davor seine Richtung und blieb wenige Schritte neben dem Erdloch liegen. Tom versuchte zu schreien, doch die Hand legte sich fester auf seinen Mund und erstickte jeden Laut.

»Na, was haben wir denn da für einen neugierigen kleinen Scheißer?«, ließ sich eine Männerstimme vernehmen, die ungewöhnlich hoch und kratzig klang, fast wie die eines Kindes. »Was suchst du hier? Willst du mit uns spielen?«

Tom trat wild um sich und versuchte, sich loszureißen. Doch der kräftige Arm des Mannes umschlang seinen Körper wie ein übermächtiger Tentakel, der seine Beute nicht freigab. Die Hand rutschte höher, legte sich jetzt auch über seine Nase, so dass er keine Luft mehr bekam. Tom versuchte hinter sich zu greifen, irgendetwas von dem Kerl zu erwischen – ein Ohr, ein Auge oder seine Haare –, ihn zu kratzen oder auf andere Weise zu verletzen. Doch der Arm des Mannes machte seine verzweifelten Befreiungsversuche zunichte.

Mit jedem weiteren Versuch, sich aus dem Würgegriff zu befreien, wurde Tom schwächer. Verzweifelt rang er nach Luft, wünschte sich nichts sehnlicher, als eine winzige Menge der drückenden Sommerluft in seine Lunge zu saugen, doch es war unmöglich. Schon nach kurzer Zeit durchströmte eine Art Rauschen seinen Kopf, breitete sich schließlich auf seine Augen aus und tauchte die Grube vor ihm in weiße Punkte, die an ihm vorüberzogen wie Schneeflocken, deren unregelmäßige Umrisse mit jeder Sekunde anschwollen und sich dunkel färbten, bis sie sein Blickfeld mit tiefem, alles umgebenden Schwarz ausfüllten …

»Tom … Tom! Beruhigen Sie sich!«

Es tat gut, die Stimme zu hören. Zwar klang sie aufgeregt, gab ihm aber das Gefühl, nicht allein zu sein, hatte etwas Vertrautes in dieser Dunkelheit, etwas Tröstendes. Augenblicklich verblassten die Erinnerungen, und er entspannte sich wieder.

»Gut so, Tom. Sie sind wieder an Ihrem sicheren Ort. Niemand kann Ihnen hier etwas tun, erinnern Sie sich?«

»Ja.« Er keuchte noch immer. Es war ausgesprochen beruhigend, den Rhythmus seines Atems wieder zu spüren, zu merken, dass ihn nichts daran hinderte.

»Das Ganze hat Sie sehr mitgenommen, Tom. Diese Reise war äußerst anstrengend für Sie, deshalb möchte ich, dass Sie sich jetzt ein bisschen davon erholen.«

»Ich kann ihn hören«, flüsterte er. »Ich kann seine Stimme hören.«

»Tom?«

»Er muss direkt vor mir stehen, er klingt so nahe.«

»Tom, wo sind Sie?«

»Dunkelheit, die sich langsam zu lichten beginnt. Es ist angenehm kühl, und ich friere ein wenig.« Er schluckte. »Gestank … entsetzlicher Gestank …«

»Tom, ich möchte, dass Sie diese Eindrücke ignorieren. Lassen Sie die Erinnerungen los, und kehren Sie zu Ihrem sicheren Ort zurück!«

»Ich kann nicht.« Er flüsterte immer noch, als hätte er Angst, gehört zu werden. »Seine Stimme … Er redet mit jemandem. Ich muss zurück, ich muss wissen, wer das ist.«

»Ich halte das für keine gute Idee, Tom. Hören Sie mich? … Tom?«

Doch so gerne Tom dieser angenehmen Stimme gefolgt wäre, er widersetzte sich ihrem verlockenden Klang und ließ sich völlig vom Strudel der Vergangenheit mitreißen …

Das Erste, was er wahrnahm, als er langsam wieder zu sich kam, war der entsetzliche faulige Gestank. Zunächst glaubte er, noch immer die Hand auf seinem Gesicht zu spüren, die ihm die Luft abschnitt, doch diesmal war es nur der modrige Geruch, der ihm den Atem nahm. Er keuchte und hustete, als er schließlich die Augen aufschlug. Seine Lunge rang verzweifelt nach Luft, als könne sie sich nicht ausdehnen. Ihm war speiübel, und er hatte rasende Kopfschmerzen. Dann kam die Erinnerung zurück. Die tosende Erinnerung an das, was er in dem Garten vorgefunden hatte. Und dieser Bildersturm fegte die Übelkeit und das Brummen in seinem Schädel weg und ließ nur rasende Angst zurück, deren Wucht ihn rücklings gegen die Wand drückte, vor der er anscheinend saß.

Blendend helles Licht fiel auf ihn, brannte in seinen Augen. Es dauerte einige Sekunden, bis er sich daran gewöhnt hatte. Tom erkannte eine Leuchtstoffröhre an der leicht gewölbten Decke, an der er auch einige Spinnweben ausmachen konnte. In zweien davon hingen kleine Insekten – Fliegen und etwas, das Tom für einen Nachtfalter hielt. Er konnte sehr gut nachempfinden, wie sie sich fühlen mussten, obwohl sie bestimmt schon tot waren.

Ausgesaugt, wie von einem Vampir, ging es ihm durch den Kopf, und er wünschte sich augenblicklich, wieder das Bewusstsein zu verlieren.

Tom schaute nach unten und stellte fest, dass er bis auf seine Unterhose nackt war. Fasriges Klebeband umschloss seine Knöchel und Handgelenke. Er saß auf einer fleckigen grauen Stoffdecke, die auf dem blanken Betonboden ausgebreitet war. Darauf waren dunkle rötliche Flecken und etwas, das wie getrockneter Schleim aussah. Ein Großteil des penetranten Gestanks schien von dieser Decke auszugehen.

Eine Leichendecke!

Ekel schoss in ihm empor. Verzweifelt versuchte er, von dem Stoff wegzukriechen, in den vermutlich das tote Kind eingewickelt gewesen war, das nun dort oben in dem Grab lag. Doch seine Fesseln gaben keinen Millimeter nach. Bei seinem Bemühen, sie zu lockern, hätte er beinahe den Plastikeimer umgestoßen, der unmittelbar neben ihm stand. Er war halb mit Wasser gefüllt, und Tom sah einen Schwamm, der darin trieb. Das alles ergab für ihn keinen Sinn, und so ignorierte er es vorerst. Stattdessen versuchte er, sich so gut es ging zu beruhigen, und inspizierte weiter seine Umgebung.

Er schien sich in einem Keller zu befinden. Raue Wände aus blanken Mauersteinen umgaben ihn. Bis auf die Spinnweben an der Decke sah alles sehr sauber und aufgeräumt aus, wirkte beinahe zu ordentlich für einen Abstellraum. Rechts von ihm erkannte er einige Regale mit sorgfältig aufgereihten Farbdosen und Autopflegemitteln. Daneben war ein zweitüriger Schrank. Auf der gegenüberliegenden Seite stand eine breite Kühltruhe, wie Tom sie aus Supermärkten kannte, deren Kühlung leise und gleichmäßig brummte. In der Mitte der Wand war auf halber Höhe ein kleines Fenster mit weißem Kunststoffrahmen eingelassen; vermutlich führte es zu dem Schacht, den Tom im Garten gesehen hatte. Doch ebenso wenig, wie Licht durch das Glas fiel, würden seine Hilferufe durch diesen Schacht nach oben dringen. Seltsamerweise schien ihn das nicht weiter zu ängstigen. Seine Freunde wussten, dass er auf diesem Grundstück war. Wahrscheinlich hatten sie mittlerweile seine Eltern verständigt, und sein Vater würde bald mit seinen Kollegen hier auftauchen und ihn befreien. Ganz bestimmt. Es war nur eine Frage der Zeit. Er musste einfach nur ruhig bleiben und abwarten.

Dann hörte er die Stimme. Es war nur ein Flüstern, und

es kam aus der Nische zu seiner Linken. Und dort sah er ihn zum ersten Mal. Er stand mit dem Rücken zu ihm vor einer breiten Werkbank, die in die Nische eingebaut war und sich L-förmig bis zur hinteren Wand erstreckte. Er trug eine Latzhose, so ähnlich wie die, die sein Großvater immer trug, wenn er Handwerksarbeiten verrichtete, nur war diese grün und wies keine der üblichen Flecken auf, die man sonst auf derlei Kleidungsstücken erwartete. Sie sah nicht neu aus, war aber makellos. Sein dunkelbraunes, dichtes Haar war lang und zu einem strengen Pferdeschwanz zusammengebunden, der ihm bis kurz unter die Schulterblätter reichte. Trotzdem wirkte es sehr gepflegt. Keine Spur von Verwahrlosung, von der Ingo berichtet hatte. Doch auf einen Mann, dessen Keller so aufgeräumt und sauber war, dürfte so etwas auch kaum zutreffen. Abgesehen von diesem widerlichen Gestank.

»Du musst einfach besser auf dich aufpassen, hörst du?«, drang es flüsternd zu Tom herüber. Der Mann stand leicht nach vorn gebeugt da und schien an etwas herumzuhantieren, doch wegen des Mauervorsprungs konnte Tom nicht genau erkennen, was er dort tat. Er konnte ein Zischen hören, wie von einer Sprühdose. Kurz darauf hing ein chemischer Geruch in der feuchten Luft, der jedoch nicht ausreichte, um den fauligen Gestank zu überlagern.

»So«, meinte der Mann, dessen flüsternde Stimme ungewöhnlich sanft klang, »das wäre geschafft. Nur eines noch.« Er griff nach etwas und schien sich dann auf einen bestimmten Punkt zu konzentrieren. Wenige Sekunden später stieg eine kleine Rauchwolke hinter ihm auf. »Perfekt«, meinte er. »Ich denke, das dürfte ihn zufriedenstellen.«

Tom erblickte eine Art Klebestreifen, der über dem Mann von der Decke hing. Dutzende toter Fliegen klebten daran. In Anbetracht des abgedichteten Schachtes fragte er sich, wie sie wohl hierhergelangt waren. Vorsichtig beugte er sich ein wenig vor, um zu sehen, mit wem der Mann redete, doch das reichte nicht aus, um hinter dem Vorsprung etwas zu erkennen. Doch er wagte nicht, sich noch mehr zu bewegen, er wollte so unauffällig wie möglich bleiben, wollte Zeit schinden. Vielleicht beachtete der Mann ihn dann nicht und ließ ihn lange genug in Ruhe, bis Hilfe eintraf, so dass er das Ganze einigermaßen unbeschadet überstehen würde.

»Wie ich höre, bist du wieder unter uns«, sagte die Stimme des Mannes, diesmal etwas lauter. Trotzdem klang sie seltsam verstellt, irgendwie weiblich. »Dein Name ist Tom, nicht wahr?« Er drehte sich beim Sprechen nicht zu ihm um, sondern beschäftigte sich weiter mit etwas, das auf der Werkbank lag. »Deine Freunde haben ihn oft gerufen, wenn ihr vor unserem Zaun gespielt habt. Du wohnst drüben bei den Hochhäusern, stimmt's?«

Tom wagte nicht, etwas zu erwidern.

»Es ist sehr unhöflich, nicht auf eine Frage zu antworten. Hat dir das deine Mutter nicht beigebracht?« Der Mann zündete sich eine Zigarette an und blies Rauch in die verpestete Luft. Anschließend hantierte er weiter auf seiner Werkbank herum. Das Klappern von Werkzeug war zu vernehmen. »Ich habe dich ein bisschen sauber gemacht. Falls du deine Sachen suchst, die habe ich entsorgt. Sie waren total verschwitzt und schmutzig. Und er mag es nicht, wenn man schmutzig ist. Er hasst Unordnung.«

Tom schluckte, kämpfte weiter gegen den Gestank und gegen das immer stärker werdende Gefühl an, sich übergeben zu müssen. »W… wer?«, fragte er ängstlich.

Dann sah er etwas, das er zunächst für ein Trugbild seines von Angst benebelten Verstandes hielt, für etwas, das es in Wirklichkeit nicht geben konnte. Zumindest nicht in der

Wirklichkeit, die er kannte. So etwas existierte nur in Büchern oder in Horrorfilmen. Vielleicht auch in einem besonders schlimmen Alptraum, aber bestimmt nicht in der wirklichen Welt. Jedenfalls hatte er das bis jetzt angenommen. Von nun an jedoch sollte sich seine Vorstellung der Realität radikal verändern.

Der Mann war nach wie vor an der Werkbank zugange und kehrte ihm den Rücken zu, als er plötzlich regungslos verharrte. Wie bei einer mechanisch gesteuerten Puppe richtete sich sein Oberkörper ruckartig auf, schien sich für eine Sekunde zu verkrampfen, um sich gleich darauf wieder zu entspannen. Tom sah, dass er etwas in der rechten Hand hielt, eine Art Pistole, von deren Griff ein Kabel zu der Werkbank führte. Achtlos warf er das Ding zu den anderen Werkzeugen auf den Tisch. Dann griff er mit derselben Hand nach oben und streifte sich die Haare vom Kopf, *nahm sie ab*, wie man sich eine Mütze abnimmt, wenn man ein Haus betritt. Zunächst dachte Tom, es sei eine ganz normale Perücke (was an und für sich schon ungewöhnlich gewesen wäre, wenn er die Länge der Haare bedachte), weil der Kopf darunter fast kahl war. Doch als der Mann sie in der Hand hielt, konnte Tom die Unterseite sehen, die aus einem glatten, beinahe lederartigen Gewebe bestand, das um die Mitte herum eine blassrosa Tönung hatte, sich nach außen hin dunkler verfärbte und an den ausgefransten Rändern beinahe schwarz war. So etwas Ähnliches hatte Tom schon einmal in einem Film gesehen, doch er konnte sich in seiner Panik nicht mehr an den Titel erinnern. Das war nur verständlich, denn was er daraus schlussfolgerte, setzte seinen Verstand außer Kraft.

Das war keine Perücke! Es war das Haar eines Menschen. Und die Kopfhaut, aus der es einmal herausgewachsen war, hing noch immer daran!

»Ich habe dir doch gesagt, du sollst den Jungen sauber machen!«, schrie der Mann plötzlich, und seine Stimme klang jetzt wesentlich kraftvoller und männlicher als noch vor wenigen Sekunden. »Soll ich ihn etwa so seinem neuen Freund vorstellen? … Was heißt das, du kannst keine Wunder vollbringen? Du bist seine Mutter! Und als solche hast du dich um ihn zu kümmern! … Komm mir bloß nicht damit, dass ich mich beruhigen soll! Ich wünsche nur ein wenig Ordnung und Sauberkeit in diesem Haus, ist das denn zu viel verlangt?« Aufgeregt deutete er auf die Stelle an der niedrigen Kellerdecke, wo die Spinnweben hingen. »Siehst du, was ich meine?«, sagte er und wischte sie mit dem Arm weg. Anschließend deutete er damit auf den Mauervorsprung, als wolle er jemanden auf den Schmutz darauf aufmerksam machen. Doch da war niemand. »Du schaffst es ja nicht einmal, diesen Keller in Ordnung zu halten, wie kann ich da von dir verlangen, dich um meinen Jungen zu kümmern … Was? … Es ist meine Schuld, dass er so aussieht? Du warst doch diejenige, die ihn gegen mich aufgehetzt und ihn mir weggenommen hat. Und gerade du solltest doch wissen, was mit Leuten passiert, die mich hintergehen wollen. Also gib nicht mir die Schuld dafür, Weib!«

Tom verfolgte dieses sonderbare Zwiegespräch mit zunehmendem Unbehagen. Der Mann schien mit seiner Frau zu sprechen. Mit seiner Frau, die nicht da war und die, wie Tom vermutete, auch nie wieder hier auftauchen würde. Denn er hätte darauf gewettet, dass sie dunkelbraunes, schulterlanges Haar hatte.

»Du hast ja keine Ahnung, wie es ist, ein Außenseiter zu sein, von anderen immer nur übergangen und belächelt zu werden«, fuhr er mit seinem Monolog fort. »Das wollte ich unserem Jungen ersparen. Nur deswegen habe ich ihn so hart rangenommen, habe ihm nichts durchgehen lassen. Ich konnte doch nicht ahnen … Ich meine, ich wollte doch nicht … Es tut mir so leid!« Er schluchzte, schien einem Zusammenbruch nahe zu sein. Tom registrierte diesen abrupten Stimmungswechsel mit steigender Angst und hielt es für das Beste, sich weiterhin ruhig zu verhalten. Er sah zu, wie der Mann abermals hinter den Vorsprung trat und sich über die Werkbank beugte. Als er sich wieder aufrichtete, hielt er etwas in den Armen, das für Tom im ersten Moment wie eine Puppe aussah, deren Glieder schlaff herabhingen und so trocken und leicht zu sein schienen wie das Gerüst einer Vogelscheuche. Als der Mann weiter ins Licht trat, konnte Tom über dessen Schulter hinweg etwas erkennen, das wie eine Kappe aussah. Bei diesem Anblick weiteten sich seine Augen vor Entsetzen.

»Es tut mir so schrecklich leid, *mein Junge*«, beteuerte der Mann und streichelte dabei den Kopf der Puppe, deren blondes, lockiges Haar unter den Rändern der roten Baseballkappe hervorquoll. »Bitte verzeih mir.«

Das kann unmöglich sein, schoss es Tom durch den Kopf; er versuchte, mit diesem Gedanken den Wahnsinn zu verscheuchen, dem er hier offensichtlich begegnete. Und als ob das alles nicht genügte, ertönte erneut die Stimme des Mannes, nun wieder hell und kratzig wie die eines Kindes.

»Ist schon gut, Papa. Ich hab dich trotzdem lieb!«

Tom fuhr entsetzt zusammen, als der Mann sich ruckartig umdrehte und unbeholfen auf ihn zutappte. Er kniete sich vor ihm auf den Boden, und über sein fleischiges Gesicht hatte sich ein breites kindisches Grinsen gelegt, das ihn so verrückt erscheinen ließ wie einen cracksüchtigen Clown.

»Willst du mit mir spielen?«, fragte er. Aus seinen Augen schien nackter Wahnsinn zu strahlen. Dabei streckte er Tom die Puppe entgegen, die einmal sein zehnjähriger Sohn Robert gewesen war, die jetzt jedoch nur noch ein grotesk entstelltes Abbild von ihm darstellte. Der Leichnam befand sich bereits im fortgeschrittenen Stadium der Verwesung. Teile der Haut an Stirn und Wangen fehlten und waren notdürftig mit einer glatten, silikonartigen Masse ausgebessert worden. Darüber konnte Tom eine Schicht frischer Farbe erkennen, die einen etwas zu dunklen Hautton hatte und an einigen Stellen bereits rissig wurde und abzublättern begann. Die Augen des Jungen waren eingefallen und milchig wie blindes Glas. Und seine Nase bestand nur noch aus zwei länglichen Öffnungen, die wie faulige Grotten aus seinem Gesicht ragten. Tom glaubte zu sehen, wie sich darin etwas bewegte.

Maden, fuhr es ihm unwillkürlich durch den Kopf, und augenblicklich wurde ihm klar, woher die vielen Fliegen in den Spinnennetzen und an dem Klebestreifen kamen.

Um den Mund herum war die Haut weitgehend zersetzt. Hinter den fransigen Rändern kamen gelblich graue Zähne zum Vorschein, die in schwarzen Zahnfleischresten steckten und das groteske Antlitz wie einen grinsenden Totenschädel aussehen ließen. Dort, wo früher einmal Lippen gewesen waren, konnte Tom Teile einer Zahnspange erkennen, die sich wie eine metallene Raupe durch den Mund zog und an einigen Stellen neu gelötet worden war.

In blinder Panik versuchte Tom, sich von dem Leichnam wegzustoßen, presste den Rücken gegen die raue Wand, als hoffe er, sie dadurch zum Einsturz bringen zu können. Doch es gab keine Möglichkeit, sich diesem grausigen Anblick zu entziehen. Und in seiner Angst kam es ihm jetzt beinahe so vor, als würden jene faserigen Fetzen, die einmal der Mund des Jungen gewesen waren, tatsächlich Worte formen.

»Willst du mit mir spielen?«

Toms Magen hielt dem nicht länger stand und verkrampfte sich schmerzhaft. Schließlich sackte er seitlich weg. Die Welle aus Übelkeit brach so heftig über ihn herein, dass er zu spüren glaubte, wie sämtliches Blut aus seinem Körper in seinen Kopf stieg. Erbrochenes brannte in seinem Hals und ergoss sich auf den sauberen Betonboden. Er keuchte und hustete, bis er völlig erschöpft und kreidebleich gegen die Wand rollte. Kalter Schweiß stand ihm auf der Stirn, und als er die Augen wieder öffnete, starrte der Mann ihn durchdringend an. In seinem Gesicht war nun nichts Kindliches mehr, und seine Augen schienen vor Zorn zu glühen.

»Du bist genau wie die anderen«, keuchte er, und es war eindeutig, dass es ihm schwerfiel, seine Wut im Zaum zu halten. »Sie haben so ähnlich reagiert, haben sich für was Besseres gehalten. Aber sie haben alle ihre Lektion gelernt. Ich glaube, es wird Zeit, dass ich dir auch ein bisschen Anstand beibringe.«

Tom wollte gerade etwas erwidern, wollte einen jämmerlichen Versuch unternehmen, sich für sein Missgeschick zu entschuldigen, als die Hand des Mannes vorschnellte und ihn am Kopf packte. Gleich darauf lag er mit dem Gesicht in seinem eigenen Erbrochenen, rang ein weiteres Mal verzweifelt nach Luft, während er die Hand mit beinahe unmenschlicher Härte in seinem Nacken spürte.

»Du bist bei deinen Freunden sehr angesehen, nicht wahr?«, höhnte der Mann, während Toms Körper unter ihm zuckte. »Fühlst dich als ihr Anführer, der hier einfach eindringen und den Helden spielen kann. Tja, Tom, Helden sterben früh, das solltest du wissen.«

Die Hand erhöhte den Druck, presste ihn fester auf den Boden, und Tom fühlte, wie sein Nasenbein auf dem harten Beton brach wie ein vertrockneter Zweig.

»Jungs in deinem Alter meinen doch ständig, sich aufspielen zu müssen. Vermutlich hältst du dich für so unfehlbar und perfekt, dass du glaubst, andere müssten voller Ehrfurcht zu dir aufschauen, ist es nicht so?«

Toms Antwort bestand aus einem Schrei, der in einem gurgelnden Röcheln erstickte.

»Nun, Tom, wie fühlt sich das jetzt an, ganz unten in seinem eigenen Dreck zu liegen und nach Luft zu schnappen?« Er lachte hämisch. »Vielleicht bist du ja jetzt in der Lage, mir und meinem Sohn ein wenig mehr Respekt entgegenzubringen.«

Mit einem kräftigen Ruck riss er Tom wieder hoch, der keuchend Luft in seine brennende Lunge sog. Dabei atmete er Erbrochenes ein und hustete und spukte, bis er graue Punkte vor seinen Augen tanzen sah. Der kupferartige Geschmack von Blut war auf seinen Lippen. Es rann in Strömen aus seiner gebrochenen Nase, doch er spürte keinen Schmerz. Nur dieses Entsetzen, diese alles verschlingende Angst, die durch das Adrenalin in seinem Blut aufgepeitscht wurde wie ein Sturm durch eine Schlechtwetterfront.

»Tja, sieht aus, als wärst du jetzt nicht mehr ganz so perfekt«, sagte der Mann und erhob sich zufrieden.

Durch den Schleier aus Erbrochenem hindurch konnte Tom erkennen, dass der Mann jetzt vor den breiten Türen des Schrankes rechts neben den Regalen stand. »Hören Sie«, keuchte er verzweifelt, und seine Stimme war nicht mehr als ein atemloses Fiepen. »Es tut mir leid, dass ich Ihren Keller schmutzig gemacht habe. Das war keine Absicht, wirklich nicht. Ich bringe das wieder in Ordnung, versprochen.«

»Oh ja, das wirst du«, sagte der Mann. »Ganz bestimmt sogar. Aber zunächst einmal sollst du etwas lernen.« Er öffnete die Türen und kramte in dem Schrank herum. Tom konnte einige Gegenstände darin erkennen. Im unteren Bereich, der den größten Teil einnahm, standen Schrubber und mehrere Eimer. Daneben ein Nasssauger. Der Kerl schien tatsächlich einen Sauberkeitsfimmel zu haben. Den oberen Bereich konnte Tom nicht einsehen, darunter jedoch waren mehrere verschieden große Bälle nebeneinander aufgereiht wie Trophäen, ordentlich nach Größe sortiert. Gummibälle, Lederbälle, sogar ein Federball war darunter. Ganz außen entdeckte er Elvis, die neueste Errungenschaft dieses Irren. Im Fach darunter stand ein Einmachglas, wie es seine Mutter früher für selbst gekochte Marmelade verwendet hatte. Nur war dieses hier viel größer. Es war mit einer klaren Flüssigkeit gefüllt und mit einem roten Gummiring luftdicht verschlossen. In der Flüssigkeit trieb etwas Massiges. Tom wischte sich mit den gefesselten Händen die Reste des Erbrochenen aus dem Gesicht, um besser sehen zu können. Zunächst konnte er nicht erkennen, worum es sich handelte, da der Mann das Glas halb mit seinem Körper verdeckte. Angesichts dessen, was er bis jetzt hier erlebt hatte, beschlich ihn jedoch eine grauenhafte Ahnung, was sich darin befinden könnte. Und als der Mann sich schließlich abwandte und ihm die Sicht auf das Glas freigab, wurden seine schlimmsten Befürchtungen noch übertroffen.

Toms Herz setzte einen Schlag lang aus, als er in die zwei Augen blickte, die ihn durch das Glas betrachteten. Ihr fester Blick wirkte so natürlich, als wären sie noch lebendig. Er sah feines, blondes Haar, das zu steifen Zöpfen geflochten war und nie wieder von einer Mutter gekämmt werden würde. Und er sah den hilflosen Ausdruck auf dem jungen Gesicht, dem für immer die Unschuld geraubt worden war.

Tom schluckte, und sein Magen wurde steinhart, schien sich auf die Größe eines Kiesels zu verkrampfen. *Sie kom-*

men gleich war sein einziger Gedanke, als er starr vor Schrecken den Kopf in dem Glas betrachtete. *Sie werden jeden Moment da sein und dich hier rausholen. Gleich ist es so weit, ganz bestimmt.*

Er sah in die toten Augen des Mädchens, aus denen jegliche Hoffnung gewichen war, und ihm kam ein schrecklicher Gedanke.

Wahrscheinlich hat sie das auch gedacht.

»Ja, sieh sie dir ruhig an, mein Junge«, sagte der Mann, als er Toms verängstigten Blick bemerkte. »Das ist die Strafe dafür, wenn man sich dem Wächter widersetzt.« Er zog eine Verlängerungsschnur aus dem Schrank. Dann verharrte er und blieb wie angewurzelt davor stehen. Seine Hand zuckte empor und streichelte langsam über das Glas. »Sieh nur, wie friedlich sie jetzt ist«, sagte er, und es klang wieder sanft und fürsorglich. Er seufzte zufrieden, und sein Blick schien entrückt, als befänden sich seine Gedanken an einem weit entfernten Ort. »Weißt du, ich wollte immer noch eine Tochter haben. Aber nachdem meine Frau mich …« Er schluckte, schien gegen Tränen anzukämpfen. Noch immer streichelte er das Glas, als wäre es ein Haustier. »Und als ich sie vor dem Kindergarten gesehen habe, da konnte ich nicht widerstehen. Sie sah so … hübsch und unschuldig aus in ihrem rosa Kleidchen und mit den blonden Zöpfen. Wie ein kleiner Engel.« Ein zärtliches Lächeln machte sich auf einem roten, von Schweiß glänzenden Gesicht breit. »Ich wollte doch nur, dass wir eine Familie sind, nichts weiter. Weißt du, ich … ich bin mir so verlassen vorgekommen. So allein.« Eine kleine Pause entstand. Der Mann starrte auf den kleinen Mauervorsprung neben der Werkbank. »Ich *hatte* eine Familie. Aber es war nicht immer leicht. Sie … sie waren einfach nicht so, wie ich sie mir vorgestellt hatte. So eigenwillig und so … Sie haben mich manchmal wütend gemacht, verstehst du?« Wieder dieses Seufzen. Er schien völlig aufgelöst zu sein. »Jetzt sind sie alle weg, sie haben mich im Stich gelassen. Und ich hasse dieses Gefühl, diese schreckliche Einsamkeit, ich komme einfach nicht damit klar. Ich fühle dann immer diese Leere in meinem Kopf, die mich vollkommen ausfüllt. Und dann …« Er fasste sich mit beiden Händen an die Schläfen. »Dann kommen mir diese Gedanken. Böse Gedanken. Ich kann nichts dagegen tun, sie sind einfach da, ergreifen Besitz von mir wie ein Dämon. Ich dachte, ich könnte diese Gedanken verscheuchen, indem ich …« Wieder betrachtete er das Glas in dem Schrank, begann es erneut zu streicheln. Dann verschwand der verträumte Gesichtsausdruck, und die Härte in seinen Augen kam wieder zum Vorschein. »Aber es war nicht dasselbe. Sie hat sich gewehrt, hat immerzu nach ihrer Mutter geschrien. Sie war einfach nicht zu beruhigen, hat ständig versucht wegzulaufen. Das konnte ich doch nicht zulassen.«

Dicke Schweißperlen rannen wie Tränen über seine Wange, und Tom schien es, als wäre das der Wahnsinn, der aus seinen Poren quoll.

»Gott ist mein Zeuge, ich habe wirklich alles versucht, um ihr Disziplin beizubringen.« Seine Stimme nahm wieder diesen knappen militärischen Unterton an. Ruckartig zog er die Hand von dem Glas weg. »Aber sie hat einfach nicht auf mich gehört, musste ständig ihren Dickkopf durchsetzen. Sie hat es nicht anders gewollt«, stellte er fest und schlug wütend die Schranktüren zu. »So gefällt sie mir besser!« Er schnappte sich die Verlängerungsschnur und ging zu der Werkbank zurück, wo er eilig begann, Kabel umzustecken. »Danach habe ich es mit anderen versucht. Aber es war immer dasselbe. *›Ich will nach Hause … Ich will zu meiner Mama … Bitte las-*

sen Sie mich gehen‹, äffte er die Stimmen der Kinder nach. Stimmen, die ungehört hier unten verhallt waren. »Sie haben ständig nur geheult und hier alles schmutzig gemacht, haben sich meinen Anweisungen widersetzt. Und das tut niemand ungestraft.« Blitzartig fuhr er herum und kam aufgebracht auf Tom zugestapft. Sein Gesicht war eine verzerrte Maske des Zorns. »Niemand widersetzt sich dem Wächter, hörst du, *NIEMAND*!«, schrie er wie besessen, und Tom zog furchtsam die Beine an, kauerte sich noch dichter an die Wand. Er war sicher, jeden Moment geschlagen und getreten zu werden, und war nur noch ein zitterndes Bündel aus Angst.

Doch der Mann schien sich zu beruhigen, zog sich wieder in seine Nische zurück und zündete sich abermals eine Zigarette an. »Tja, und nun bist du gekommen«, sagte er, während Rauch aus seiner Nase und seinem Mund strömte wie bei einem Feuer speienden Drachen. »Bist hier einfach so reingeschneit und hast meine Pläne durcheinandergebracht, mich bei meiner Arbeit gestört. Aber ich betrachte das als einen Wink des Schicksals. Vielleicht will es mir damit andeuten, dass ein Junge gefügiger ist. Aber bevor wir das herausfinden, erkläre ich dir lieber gleich, was passiert, wenn du dich meinen Anweisungen widersetzt.« Er zog ein weiteres Mal an seiner Zigarette, dann drückte er sie aus. Anscheinend brauchte er jetzt beide Hände. »Kennst du die Aufgaben und Pflichten eines Wächters, Tom? Sie sind in etwa vergleichbar mit denen eines Vaters. Man bewacht das Eigentum und die Menschen, die einem anvertraut worden sind, und beschützt sie vor jeglichen Gefahren. Das verlangt eine Menge Verantwortungsgefühl, das kannst du dir bestimmt vorstellen. Und ein gehöriges Maß an Autorität. Man befolgt seine Anweisungen, oder man lernt die Konsequenzen kennen. Ein Wächter ist eine Respektsperson, mein Junge. Also hat er auch das Recht, Respekt zu lehren.« Er drehte sich zu Tom herum und kam langsam auf ihn zu. In der Hand hielt er den pistolenartigen Gegenstand, von dessen Griff das Verlängerungskabel zur Wand über der Werkbank führte. »Nun, ich bin ein Wächter, Tom«, verkündete er und kniete erneut vor ihm nieder. »Und du wirst sehen, ich bin der Beste!«

Toms Augen wurden riesengroß vor Entsetzen, als er den Gegenstand erkannte, der sich ihm jetzt unaufhaltsam näherte. Er hatte im Keller seines Großvaters selbst schon damit gearbeitet. Gedanken rasten wie Lichtblitze durch seinen Kopf, und im ersten Moment hielt er sie für Gebete. Doch dann erkannte er ihren wahren Charakter. Es waren Versprechen, Gelübde sich selbst gegenüber. Dinge, wie Erwachsene sie manchmal an einem Silvesterabend versprachen. Vorsätze für ein besseres Leben. Wenn er das hier überstehen sollte (und zum ersten Mal zweifelte er ernsthaft daran), schwor er sich, dann würde er sich nie wieder in den Vordergrund spielen, würde nie wieder der Versuchung nachgeben. Er war kein Held, denn Helden wussten immer einen Ausweg. Aber das hier war kein Film, und er war nicht Steve McQueen. Er war nur Tom Kessler, der Musterschüler. Tom, der einfache Junge, der sich gerne Geschichten ausdachte. Tom, der Todesängste ausstand! Und dieser Tom würde sich nie wieder über seine Schwester beklagen oder seiner Mutter widersprechen. Er würde sich nie wieder über Chris' dumme Sprüche ärgern. Das alles erschien ihm plötzlich viel zu kostbar, zu einzigartig. Doch ihm war auch klar, dass diese Einsichten ihn nicht retten konnten. Und es würde auch niemand kommen, um ihn zu befreien. Jedenfalls nicht rechtzeitig. Dieser Alptraum würde weitergehen, ganz gleich, wie sehr er sich läuterte. Der Wahnsinn folgte seinen eigenen Grundsätzen.

»Warten Sie, bitte!«, schrie er verzweifelt, als ihm klarwurde, was ihn nun erwartete. Er spürte den warmen Urin, der seine Unterhose und die Decke zwischen seinen Beinen tränkte. Am liebsten hätte er sich auf der Stelle dafür entschuldigt, um nicht bestraft zu werden. Tränen der Angst schossen ihm in die Augen, und er brachte nur noch ein wimmerndes Flehen zustande. »Sie brauchen das nicht zu tun! Ich verspreche, ich mache alles, was Sie wollen, aber bitte tun Sie mir nicht weh!«

Über das Gesicht des Mannes hatte sich erneut dieses irre Grinsen gelegt, und Tom konnte gerade noch eine der Spinnen erkennen, die über den dicht behaarten Arm krabbelte, der ihr Zuhause zerstört hatte und der nun auf ihn niederfuhr. Dann spürte er, wie die Spitze des Gegenstandes auf sein schweißnasses Bein gepresst wurde und ein widerliches Zischen ertönte.

»Willst du mit mir spielen?«

Tom schrie, wie er noch nie zuvor geschrien hatte, als sich die glühende Spitze des Lötkolbens in das Fleisch seines Oberschenkels brannte. Der Schmerz war unerträglich, durchfuhr sein Bein mit der Wucht einer Explosion, deren Energie nicht zu versiegen schien und sich in seinem ganzen Körper ausbreitete. Wieder und wieder fuhr der Kolben auf ihn herab, brandmarkte ihn wie Vieh.

»Willst du mit mir spielen?«

Er hörte das Kreischen des Mannes noch, als wieder Punkte vor seinen Augen zu tanzen begannen und er erneut in jenes tiefschwarze Nichts hinabglitt, das er nun als willkommene Erlösung betrachtete …

»Tom!«, drang die Stimme erregt zu ihm durch, doch dieses Mal schien sie nicht allein zu sein. Da waren auch wieder die anderen Stimmen. Nicht konkret, nicht greifbar, aber

sie waren da, schwirrten umher wie Blätter, die von einem Windstoß erfasst wurden. Dann spürte er einen stechenden Schmerz in seinem Bein, doch das war unmöglich. Er war hier an seinem sicheren Ort, wo ihm niemand etwas tun konnte, wo nur die Stimme Macht über ihn hatte. Und hier würde er keine Schmerzen spüren, hatte sie gesagt. Also, was zum Teufel …

»Sie müssen aufwachen, Tom … Wachen Sie auf!«

Er fühlte, wie die Anspannung von ihm wich, wie seine Glieder wieder schwerer wurden und ihm die Sinne schwanden. Dann ein Schrei … Poltern, wildes Getrampel. Den Bruchteil einer Sekunde lang glaubte er, eine sanfte Berührung an seinem Ohr zu spüren.

Dann war alles wieder schwarz.

Der Nebel lichtete sich nur langsam. Er war geblendet, wie vom Blitz einer Kamera. Dann grelle Bilder, die schnell Farbe annahmen.

Da waren seine Hände, fest um den Hals eines Menschen geschlungen. Da waren Augen, die ihn voll panischer Angst anstarrten. Und das Gesicht, zu dem sie gehörten, sah bläulich und geschwollen aus. Aus dem geöffneten Mund drang ein grunzendes Röcheln. Dazwischen immer wieder eine Stimme, der es kaum gelang, verständliche Worte zu bilden. Worte, die so verzweifelt klangen wie die eines Sterbenden.

»Tom … nicht … Wachen Sie auf, Tom … *bitte* …«

Tom kniete auf den Schultern des Professors, presste ihn zu Boden. Noch immer spürte er seine Berührung am rechten Ohr – Finger, die verzweifelt daran rieben wie an einer Wunderlampe –, während sich Toms Finger immer fester um den pochenden Hals des anderen schlossen. Einen flüchtigen Moment lang konnte er die ungezügelte Kraft in seinen

Händen spüren und die Wut, aus der diese Kraft erwuchs. Dann verblassten diese Empfindungen schlagartig, und seine Hände erschlafften. Erschrocken ließ er von dem Professor ab, der sich sofort zur Seite rollte und nach Luft schnappte.

Was um alles in der Welt war geschehen?

Völlig orientierungslos schaute er sich um. Er stand mitten in seinem Wintergarten. Zu seiner Linken sah er einen umgestürzten Stuhl auf dem Boden. Daneben lag Dr. Westphal. Sie rieb sich benommen die Wange und stemmte sich hoch.

»Tom, sind Sie wieder bei uns?«, fragte sie, während sie ihn wachsam musterte. »Alles in Ordnung?«

Nein, nichts war in Ordnung. So wie es aussah, hatte er gerade versucht, jemanden zu erwürgen, der jetzt keuchend vor seinen Füßen lag und nach Luft rang. Und er hatte nicht die geringste Ahnung, warum er das getan hatte. Wie konnte sie da also annehmen, dass alles in Ordnung wäre?

Tom richtete sich auf, taumelte einige Schritte zurück und ließ sich kraftlos auf das Sofa fallen, auf dem er noch vor wenigen Augenblicken gelegen hatte. Zumindest war es das, woran er sich erinnerte. Er saß da und sah die beiden Ärzte an, die sich langsam von ihrem Schock erholten.

»Professor?«, hörte er Dr. Westphal durch seine wattegleiche Benommenheit hindurch rufen. Er sah, dass ihre Wange rot und angeschwollen war. »Professor, ist alles in Ordnung?«

Der Professor tastete nach seiner Lesebrille auf dem Boden und richtete sich auf. »Ja«, krächzte er heiser und hielt sich den schmerzenden Hals. »Ich lebe noch.«

»Wie konnte das passieren?«, fragte sie aufgeregt und eilte zu ihm. »Ich meine, wieso ist er nicht aufgewacht?«

Der Professor betrachtete Tom skeptisch. Irgendetwas an der Art, wie er dasaß, schien ihn misstrauisch zu machen.

»Nun, wenn ich Ihr Gesicht und meinen Hals in Betracht ziehe, denke ich, er *ist* aufgewacht.« Er ergriff ihre Hand, die ihn auf die Beine zog. »Allerdings könnte es sein, dass das nicht derselbe Tom Kessler war, den ich in Tiefschlaf versetzt habe. Sehen Sie das?« Er deutete auf Toms Hand, die in gleichmäßigem Rhythmus über seinen Oberschenkel strich. »Das ist ein typisches Erdungsverhalten nach einem *Switch*.«

»Ein Wechsel?« Dr. Westphal betrachtete ihn erstaunt. »Sie meinen ... *ein Multipler*?«

»Nun ja, es könnte natürlich auch die ganz normale Nachwirkung einer Hypnose sein, zumindest wenn sie so abrupt beendet wurde. Andererseits wäre eine Dissoziative Identitätsstörung eine plausible Erklärung für die anfänglichen Probleme bei der Rückführung. Und für sein plötzliches aggressives Verhalten. Immerhin ist er einfach aufgestanden und auf uns losgegangen. Hätte er sich zu diesem Zeitpunkt noch in Trance befunden, wäre das wohl kaum möglich gewesen. Findet aber während der Hypnose ein Wechsel der Persönlichkeit statt, wären die indizierten Befehle außer Kraft gesetzt.«

»Mein Gott«, stieß Dr. Westphal hervor. »Wieso habe ich das in all den Jahren nie in Betracht gezogen?«

»Sie wissen genauso gut wie ich, dass eine Dissoziative Identitätsstörung nur sehr schwer zu diagnostizieren ist. Selbst die Ursachen sind nach wie vor umstritten. Wäre dieser Vorfall nicht gewesen, hätte ich es auch nicht in Betracht gezogen. Was übrigens noch lange nicht bedeutet, dass es auch so ist.« Er stützte sich erschöpft auf die Lehne des Sessels, bevor er sich keuchend darin niederließ.

»Aber es deutet doch einiges darauf hin«, meinte Dr. Westphal, und es klang wie ein Vorwurf, der gegen sie selbst gerichtet war. »Das Trauma in der Kindheit, die Gedächtnislücken, soziale Abgrenzung, Panikattacken … Das sind alles Anzeichen für DIS.«

»Ja, genau wie für viele andere psychische Erkrankungen, einschließlich der posttraumatischen Belastungsstörung, die Sie diagnostiziert haben, Frau Kollegin. Wir sollten also nicht zu vorschnell sein. Es gibt noch einige andere DIS-Symptome, die ich in diesem Fall vermisse.«

Er griff nach Toms Akte, die zu seinen Füßen lag. Dann setzte er sich die Brille auf die massige Nase und blätterte hastig in den Unterlagen.

»Soviel ich weiß, leidet der Patient nicht an Essstörungen, die ebenfalls typisch sind«, meinte er und klang dabei wie ein Fährtensucher, der auf die Spur eines Grizzlys gestoßen war. »Auch Selbstverletzung scheidet aus. Und in seinen Unterlagen steht, dass er verheiratet ist. DIS-Patienten sind in der Regel zu solchen Bindungen nicht fähig. Außerdem müssten der Partnerin die ständigen Wechsel in der Persönlichkeit aufgefallen sein.« Nachdenklich blickte er von den Unterlagen auf. »Wo ist seine Frau jetzt? Ich würde ihr gerne ein paar Fragen stellen.«

»Ich möchte, dass Sie jetzt gehen«, sagte Tom, dessen Verstand wieder eingesetzt hatte und der sich vorkam wie der Tagesordnungspunkt eines medizinischen Kongresses über Schwachsinnige.

Der Professor beäugte ihn skeptisch über den Rand seiner Brille hinweg. »Tom?«, fragte er vorsichtig.

»Höchstpersönlich«, entgegnete er trotzig und war zugleich erleichtert, dass die Stimme nun keine Kontrolle mehr über ihn hatte. Er hatte vorerst genug von Stimmen.

»Wie fühlen Sie sich?«

»Erschöpft. Ich brauche jetzt etwas Ruhe, wie Sie bestimmt verstehen werden.«

»Natürlich, Tom. Vorher würde ich aber gerne wissen, an was genau Sie sich von Ihrer Sitzung erinnern.«

An alles bis zu dem Zeitpunkt, an dem ich dir an die Gurgel gesprungen bin! »Das Letzte, woran ich mich erinnern kann, ist der Schmerz von glühendem Metall in meinem Bein«, antwortete Tom gereizt. »Ich hoffe, dass Sie nicht von mir verlangen, Ihnen die Vorfälle noch einmal zu schildern.«

»Natürlich nicht«, erwiderte Dr. Westphal mitfühlend.

»Dann werden Sie sicher auch verstehen, dass ich jetzt etwas Zeit für mich brauche.«

»Ich halte es unter den gegebenen Umständen nicht für ratsam, ihn alleine zu lassen«, mahnte der Professor und sah Dr. Westphal mit hochgezogenen Augenbrauen an.

»Er hat recht.« Die Ärztin warf einen suchenden Blick auf den offenen Zugang des Wintergartens. »Wo ist Ihre Frau, Tom? Ich habe sie vermisst, als wir vorhin gekommen sind. Ist heute nicht ihr Geburtstag?«

Rufen Sie sie doch an, hätte er beinahe gesagt. *Es wundert mich fast, dass Sie nicht eingeladen sind!* Er räusperte sich. »Sie ist … weg.«

Dr. Westphal betrachtete ihn prüfend. »Was ist passiert?«

»Ich habe sie nicht umgebracht, falls Sie das meinen.« Seine Stimme überschlug sich vor Sarkasmus. »Sie ist mit Mark zu ihren Eltern gezogen.«

»Und was war der Grund dafür?«

Toms überraschter Blick schien zu fragen, ob sie neuerdings auch als Eheberaterin fungierte. »Ich denke nicht, dass Sie das etwas angeht.«

»Da irren Sie sich, Tom«, erwiderte sie. »Wenn der Grund dafür, wie ich vermute, ein ähnlicher Wutanfall war, wie wir ihn hier gerade erlebt haben, dann geht mich das als Ihre Ärztin sehr wohl etwas an!«

Tom erhob sich und kehrte ihr den Rücken zu.

»Na gut«, sagte sie darauf, »da ich keinen Widerspruch von Ihnen höre, gehe ich also davon aus, dass ich mit meiner Vermutung richtigliege.«

Er schwieg weiter.

»Hören Sie, Ihre Sturheit bringt uns nicht weiter. Ich glaube, ich weiß, wie Ihnen zumute ist. Aber es haben sich völlig neue Aspekte in Ihrem Fall ergeben, die wir analysieren müssen. Es werden weitere Sitzungen nötig sein, um …«

»Nein.« Tom drehte sich abrupt zu ihr um. »Bilden Sie sich bloß nicht ein, Sie hätten auch nur die leiseste Ahnung von dem, was ich durchgemacht habe. Ich bin heute zum zweiten Mal durch die Hölle gegangen, Frau Doktor. Verlangen Sie nicht auch noch von mir, Ihnen meine Narben zu zeigen. Ich bin sicher, ich habe Ihnen heute diesbezüglich genug Einblicke gewährt. Falls nicht, tut es mir leid, denn es wird keine weiteren Sitzungen mehr geben. Ich weiß jetzt, was ich wissen wollte. Der Wächter war allein, es gab keinen zweiten Täter.«

»Sie haben recht, Tom«, gab sie zu. »Ich hatte keine Ahnung. Ich wusste zwar, dass diese Erlebnisse sehr schrecklich für Sie gewesen sind, aber mit einem solchen Ausmaß an Grausamkeit hatte ich nicht gerechnet. Das lässt mich vieles in einem anderen Licht sehen. Aber es zeigt mir auch deutlicher als vorher, dass Sie Hilfe brauchen. Ich hätte ernsthafte medizinische Bedenken, Sie hier einfach zurückzulassen.«

»Meine Familie ist weg. Wen könnte ich also gefährden außer mich selbst?«

»Also, das wäre ein völlig ausreichender Grund, finden Sie nicht?«

Ihre Blicke ruhten einige Sekunden aufeinander, und Tom betrachtete die Schwellung über ihrem rechten Wangenknochen.

»Ich weiß Ihre Fürsorge durchaus zu schätzen«, sagte er schließlich. »Aber sie ist nicht länger notwendig. Ich danke Ihnen beiden für Ihr schnelles Erscheinen und Ihre Mühe. Und natürlich entschuldige ich mich in aller Form für den Zwischenfall vorhin. Aber nun möchte ich Sie bitten, mein Haus zu verlassen.«

»Aber …«

»Gehen Sie!«, wiederholte Tom mit Nachdruck. Noch immer verspürte er das Nachbeben der Wut, die sich in ihm entfesselt hatte. Wut, die bereit gewesen war zu töten.

»Tom, Sie wissen, dass ich als Ihre Ärztin das Recht hätte, Sie im Falle einer Unzurechnungsfähigkeit zu zwingen, sich unter Aufsicht stellen zu lassen.«

Er betrachtete sie finster. »Ich bin nicht verrückt!«, wehrte er entschlossen ab.

»Das behauptet auch niemand. Aber sehen Sie denn nicht die Parallelen zu dem, was Ihnen damals passiert ist? Wollen Sie etwa an Ihrer Situation zugrunde gehen wie Ihr Peiniger? Denn genau das wird früher oder später passieren, wenn Sie nicht bereit sind, sich helfen zu lassen.«

»Entschuldigen Sie, wenn ich mich einmische«, sagte Professor Bartsch. »Ich will Ihre Meinung sicher nicht untergraben, Frau Kollegin, aber was das betrifft, teile ich Ihre Ansicht nicht.« Er stand aus dem Sessel auf und kam gemächlich auf Tom und Dr. Westphal zu, wobei er sich nachdenklich den Bart rieb. »Entgegen der allgemeinen Meinung nimmt die Hypnose einem nicht den eigenen Willen. Zumindest nicht, wenn man stark genug ist, sich ihr zu widersetzen. Und da Tom dies getan hat, indem er gegen meine Anweisungen zurück in diesen Keller gereist ist, halte ich ihn für einen äußerst entschlossenen und starken Charakter, der sich nicht mit der labilen und meiner Meinung nach krankhaft geltungsbedürftigen Psyche seines Peinigers vergleichen lässt. Auch die Härte des Traumas spricht eher für ihn. Viele andere wären daran zerbrochen, hätten ihr Leben ohne Hilfe nicht mehr in den Griff bekommen. Die medizinischen Fachbücher sind voll von solchen Fällen. Tom hingegen hat sich erfolgreich diesem Schicksal widersetzt, auch wenn sich sein Handlungsbereich auf seine häusliche Umgebung beschränkt. Aber gerade deshalb halte ich es nicht für förderlich, ihn gewaltsam aus dieser Umgebung herauszureißen. Das könnte mehr schaden als nützen.« Er nahm seine Lesebrille ab und fixierte ihn abschätzend. »Es sei denn, Sie erklären sich freiwillig dazu bereit. Selbstverständlich kann ich nicht behaupten, so intensiv mit Ihrem Fall vertraut zu sein wie meine Kollegin«, fuhr er fort, »aber für mich steht eines außer Frage, Tom: Wenn Sie je wieder ein normales Leben führen wollen, dann müssen Sie die Nabelschnur zu dieser Umgebung hier durchtrennen, oder Sie bleiben für immer ein Gefangener in diesem Keller.«

Tom erwiderte den Blick des Professors, während er über dessen Worte nachdachte. Ständige Beobachtung hätte durchaus ihre Vorteile, wie er zugeben musste. Keine heimlichen Botschaften mehr, keine Überraschungen. Zumindest keine, die nicht auch anderen auffallen würden. Es würde ihm Klarheit verschaffen. Andererseits fühlte er sich wohl hier. Sicher. Und es gab schlimmere Orte als diesen hier. Allerdings verlangte seine jetzige Situation ein gewisses Maß an Eigenständigkeit, was sich als schwierig erweisen könnte. Dagegen war der Rundumservice einer Klinik, wo er nur einen Knopf zu drücken brauchte, wenn er etwas benötigte, eine verlockende Alternative. Doch schon der Gedanke daran, jeden Morgen in einer fremden Umgebung unter fremden Menschen zu erwachen, begrub sämtliche Vorzüge unter einer Lawine aus Angst.

»Nein, danke«, sagte er schließlich. »Ich ziehe die Einsamkeit vor.«

»Hm«, meinte der Professor nur und schien äußerst enttäuscht. »Es ist Ihre Entscheidung, Tom.«

»Bitte«, flehte dieser und starrte die beiden Ärzte an, »nehmen Sie mir nicht auch noch das bisschen Freiheit, das mir geblieben ist.«

Dr. Westphal warf ihrem Kollegen einen kurzen, resignierten Blick zu. Dann wandte sie sich wieder an Tom. »Also gut«, sagte sie. »Aber ich knüpfe einige Bedingungen daran.«

»Was immer Sie wollen«, sagte Tom.

»Ich rufe Sie mehrmals am Tag und zu unterschiedlichen Zeiten an. Sollten Sie sich nicht melden oder ich das Gefühl haben, dass etwas nicht stimmt, leite ich gegebenenfalls entsprechende Maßnahmen ein.«

Tom nickte zustimmend.

»Außerdem komme ich gelegentlich vorbei, um nach Ihnen zu sehen und mir persönlich ein Bild von Ihnen zu machen. Sind Sie damit einverstanden?«

»Ja«, stimmte Tom zu. Wahrscheinlich hätte er ihr auch erlaubt, vor seinem Grundstück zu zelten, nur um sie loszuwerden. Er wollte nur noch alleine sein.

»Meine Nummer haben Sie ja. Rufen Sie mich jederzeit an, wenn Sie glauben, mit jemandem reden zu müssen.«

»Versprochen.«

Tom begleitete die beiden zur Tür und verabschiedete sie. Und als sich das Motorengeräusch ihrer Wagen entfernte, sackte er schluchzend zusammen und vergrub sein Gesicht in den zitternden Händen.

Zwei Tage später

Montag, 22. Mai

Tom saß in der Küche und stocherte gedankenverloren in den Resten des Kartoffelsalates herum. Seit zwei Tagen ernährte er sich jetzt von dem, was eigentlich für Karins Geburtstagsgäste vorgesehen gewesen war. Doch ihm war klar, dass dieser Vorrat nicht ewig anhalten würde. Den Kalbs- und Rinderbraten hatte er als Erstes entsorgt, Fleisch kam für ihn ohnehin nicht infrage. Als Nächstes würde er sich von den restlichen Salaten trennen müssen, wenn er nicht riskieren wollte, sich mit Salmonellen zu vergiften. Blieb ihm also nur noch der Kuchen, bevor er auf die Dienste eines Lieferservice angewiesen war. Aber auch das wäre bestenfalls eine vorübergehende Lösung, das wusste er. Es sei denn, er würde sich zum Frühstück mit kalter Pizza und Reis begnügen. Doch er verdrängte das Problem der Nahrungsbeschaffung, so gut er konnte, und ging stattdessen zur Tagesordnung über, die größtenteils daraus bestand, seiner abgeschiedenen und nunmehr einsamen Existenz eine gewisse Normalität zu verleihen.

Ein paarmal hatte er sich dabei ertappt, wie er durch das Haus gewandert war, das verwaiste Kinderzimmer inspiziert oder vor Karins leerem Kleiderschrank gestanden hatte und ihn das bleierne Gefühl der Einsamkeit beinahe erdrückt hatte. Mehrmals hatte er versucht, sie zu erreichen, um sich endlich mit ihr auszusprechen. Doch ihr Handy war ausgeschaltet, was ihm signalisierte, dass sie noch nicht dazu bereit war. Also hatte er es unterlassen, bei ihren Eltern anzurufen. Sie hätte sich ohnehin von ihnen verleugnen lassen. Und so hatte er damit begonnen, die Vorteile seiner Situation zu betrachten. Er war von allen verlassen und allein. Auch Fanta hatte sich seit ihrem Streit nicht mehr gemeldet, und selbst Dr. Westphal ließ, entgegen ihrer Ankündigung, nichts mehr von sich hören, so dass er davon ausging, auch sie verloren zu haben. Seine Enttäuschung darüber hielt sich jedoch in Grenzen, denn er fühlte sich mehr denn je in dem Gefühl bestätigt, dass dies alles nichts weiter als eine Illusion gewesen war. Der verzweifelte Versuch, sich an ein Leben zu klammern, zu dem er längst nicht mehr fähig war. Ein Leben in einer Welt, die für ihn nur aus Argwohn und Furcht bestanden hatte. Und auch wenn es ihm im Moment noch sehr schwerfiel, das zu akzeptieren, so war er sich insgeheim doch sicher, allein besser dran zu sein. Immerhin war es ihm nach all den Jahren, in denen er sich mühsam in dieses Leben zurückgekämpft hatte, quasi im Alleingang gelungen, sich eine erfolgreiche Existenz aufzubauen. Außerdem schien diese Gegenwart einzig und allein auf ihn zugeschnitten zu sein, da sie nur räumlich begrenzt war. Hier, in seinem Zuhause, konnte er der sein, der er sein wollte. Es war sein Refugium, seine angstfreie Zone. Und sollte es tatsächlich sein Schicksal sein, sich hier für den Rest seines Lebens vor der Außenwelt zu verstecken, dann würde er das stillschweigend hinnehmen. Er hatte am eigenen Leib erfahren, dass es schlimmere Fügungen gab. Dies hier war nur eine weitere Enttäuschung, die das Zusammenleben mit anderen Menschen zwangsläufig mit sich brachte. Wenn er recht darüber nachdachte, fühlte er sich gleichermaßen schwermütig wie auch befreit. Befreit von der Pflicht der Verantwortung und der Fürsorge. Und auch befreit von jeglichen Verbindlichkeiten und von Mitgefühl. All diese Dinge waren es gewesen, die ihn schließlich in diesen Keller getrieben hatten, somit gehörten sie der dunklen Seite an, die er aus seinem Leben verbannen wollte. Daher war Einsamkeit für ihn die unausweichliche Folge. Vermutlich war er jetzt einfach an dem Punkt angelangt, auf den seit jenem Tag vor dreizehn Jahren alles zugesteuert war. Und obwohl das Verlustgefühl im Augenblick dominierte, war er sicher, diesen Verlust schon bald akzeptieren zu können. Denn mit den Menschen würde er auch seine Ängste ausschließen. Womöglich gelang es ihm dadurch sogar, sich wieder ganz dem Schreiben zu widmen. Denn darin sah er jetzt seine einzige Berufung.

Nachdem er die Reste entsorgt und das schmutzige Geschirr in der Spülmaschine verstaut hatte, ging er in den Wintergarten. Vor dem Mittagessen hatte er hier vergeblich versucht, ein wenig Schlaf zu finden. Die letzten beiden Nächte waren alles andere als erholsam für ihn gewesen. Ständig hatten ihn Alpträume gequält und aus dem Schlaf gerissen, und allmählich begann er zu begreifen, weshalb ihm sein Bewusstsein all die Jahre den Zugriff auf diese Erinnerungen verweigert hatte. Denn seit der Rückführung hatte er diese schrecklichen Erlebnisse fortwährend vor Augen. Sie verfolgten ihn wie ein Raubtier auf Beutezug, das nur darauf lauerte, ihn hinterrücks anzufallen und zu Boden zu reißen. Immer wieder tauchte das Gesicht des Wächters vor ihm auf, dessen Augen von Wahnsinn erfüllt waren. Jedes unerwartete Geräusch ließ ihn zusammenzucken, und hinter jedem Schatten vermutete er eine Bedrohung. Selbst jetzt, als er vor der Polsterliege stand, auf der er vor zwei Tagen dies alles noch einmal durchlebt hatte, zitterten seine Hände abermals. Er würde hier nicht zur Ruhe kommen. Wahrscheinlich überhaupt nie mehr.

Er machte ein paar Schritte und ließ seinen von Müdigkeit getrübten Blick durch die glasigen Wände des Raumes nach draußen gleiten, beobachtete die regenschweren Wolken, die den Himmel bedeckten wie dunkle Rauchschwaden und die Landschaft in ein düsteres, bedrohliches Licht tauchten, das ihre erblühende Pracht in Trostlosigkeit erstickte. Beinahe kam es ihm so vor, als passe sich das Wetter seinen Stimmungen an, als ändere es sich im wechselhaften Takt seiner Emotionen und verdeutliche ihm auf diese Weise, dass die Welt da draußen ihn ebenso verachtete wie er sie. Doch gerade als er diesen Gedanken mit einem Kopfschütteln abtat und sich abwenden wollte, überflutete plötzlich eine Welle der Angst seinen Körper und spülte sämtliche Müdigkeit davon, während er wie gelähmt durch das Glas nach draußen starrte.

In seinem Garten stand ein Mann.

Dank des fast dämmerigen Lichts der dichten Gewitterwolken, die sich wie ein Rußfilter vor die Mittagssonne geschoben hatten, hätte man ihn zunächst nur für einen Schatten halten können. Doch bei genauerem Hinsehen konnte Tom eindeutig die Konturen eines Menschen ausmachen. Er stand reglos etwa fünfzehn Meter entfernt vor der Zypressenhecke, fast genau an der Stelle, an der Tom wenige Tage zuvor seinen eigenen Sohn fast bewusstlos geschlagen hatte.

Das Zittern seiner Hände wurde stärker, und seine Knie gaben nach. Er presste sich gegen das Glas, um die Gestalt möglichst genau sehen zu können. Und als wolle das nahende Unwetter ihm dabei behilflich sein, zuckte in diesem Moment ein Blitz am Himmel auf und tauchte seinen Garten in grelles, blendendes Licht, das für Sekundenbruchteile das Gesicht des Mannes erhellte. Soweit Tom erkennen konnte, war der Mann relativ jung; er schätzte ihn auf Mitte zwanzig. Er hatte dunkles, fast schwarzes glattes Haar, das über der Stirn spitz zulief. Das Gesicht war kantig, mit geraden Linien und markantem Kiefer. Der Mann trug eine Brille mit dunklem Rand. Die schmalen Augen dahinter waren wachsam, und sie starrten ihn an, beobachteten ihn. Sein entschlossener Blick schien ihm mitteilen zu wollen, dass er ihn genau das wissen lassen wollte. Auch seine helle, beinahe weiße Kleidung, an der das Licht des Blitzes abprallte wie an Reflektoren, deutete keineswegs auf Verstohlenheit. Dieser Mann *wollte* gesehen werden, er wollte ihm damit sagen, dass es selbst hier, in seinem Refugium, in seiner vermeintlich sicheren Zone, kein Entrinnen vor ihm gab.

»Verschwinde!«, schrie Tom und schlug in seiner Verzweiflung mit der flachen Hand gegen das Glas, das ihn wie eine durchsichtige Wand von der Außenwelt trennte. »Mach, dass du wegkommst!«

Doch die Gestalt verharrte regungslos und starrte ihn weiter an, studierte ihn, schien sich an seiner Angst zu weiden.

Tom erwiderte den Blick des anderen, und der altbekannte Hass stieg wieder in ihm auf, befiel sämtliche Moleküle seines Körpers und spannte jeden seiner Muskeln. Sosehr er sich auch gegen dieses Gefühl zur Wehr setzte, gegen seine Unkontrollierbarkeit ankämpfte, es machte ihn rasend. Er spürte, wie die Wut sich in ihm verdichtete wie Luft in einer Druckkammer. Wut darüber, dass dieser Dreckskerl hier einfach eindrang und damit kaltblütig seine so sicher geglaubte Vorstellung von Geborgenheit zerstörte. Aber auch Wut darüber, dass er ihn über seine Motive im Unklaren ließ. Sein Atem ging schneller, schlug sich in nebligen Flächen auf dem Glas nieder, als wollte er damit den angestauten Druck ausgleichen. Doch es war vergebens.

Rasend vor Wut stemmte er sich von der Glasfront weg, rannte durch den Wintergarten ins Wohnzimmer. Dort riss er wie von Sinnen die gläserne Schiebetür auf und stürmte auf die Terrasse. Als er nach wenigen Metern deren Ende erreicht hatte, blieb er keuchend stehen. Seine vor Zorn geröteten Augen suchten hektisch den Garten ab. Doch der Mann war ebenso plötzlich verschwunden, wie er aufgetaucht war, ohne eine Spur oder einen Beweis seiner Anwesenheit zu hinterlassen. Aber er *hatte* dort gestanden, dessen war Tom sich völlig sicher. Genauso, wie er überzeugt davon war, dieses markante Gesicht schon einmal gesehen zu haben. Doch so sehr er auch in sich hineinhorchte, die Erinnerung daran war so weit entfernt, dass er sie nur erahnen, aber nicht einordnen konnte. Es war wie ein Déjà-vu, eine Situation, von der man sicher war, sie schon einmal erlebt zu haben, die einem aber gleichzeitig wie ein lange zurückliegender, unwirklicher Traum vorkam.

Ein weiterer Blitz zuckte durch die immer dichter werdenden Wolken, ließ sie wie todbringende Schatten auf einem Röntgenbild erscheinen.

»Wer bist du?«, schrie Tom wutentbrannt in seinen Garten hinaus. »Und was zum Teufel willst du von mir?«

Doch die einzige Antwort bestand aus Donnergrollen, das der auffrischende Wind über den See zu ihm herübertrug.

Ein Gedanke tauchte in seinem verwirrten Verstand auf wie Treibgut eines gesunkenen Schiffes: Vielleicht war dieser Kerl ja nur eine weitere Vision gewesen. Nur eine weitere versteckte Erinnerung, die durch die Hypnose freigelegt worden war. Was war real, und was entsprang seinem Unterbewussten? Dies zu unterscheiden schien immer schwieriger zu werden, gab ihm immer mehr das Gefühl, sich in einer Zwischenwelt zu bewegen, einer vierten Dimension, in der nichts so war, wie es erschien. Andererseits überfielen ihn diese Visionen nicht völlig unverhofft. Sie kündigten sich meist durch imaginäre Erscheinungen an wie Boten aus einer Schattenwelt. Licht, das intensiver wurde. Stimmen, die aufgescheucht durch seinen Kopf geisterten. Hecken, die sich zu Zäunen verflochten. Und immer hatte er dabei das Gefühl, sich in einem Vakuum zu befinden, das ihn von der realen Welt abschirmte. Dieser Kerl jedoch, diese Gestalt, war einfach in seinem Garten aufgetaucht, ohne jede Vorwarnung. Deshalb hielt er die Erscheinung für echt, was seinem Gefühlsausbruch keinen Abbruch tat. Und gerade als er dorthin laufen wollte, wo der Mann noch vor wenigen Augenblicken gestanden hatte, um nach Beweisen dafür zu suchen, dass er nicht völlig den Verstand verloren hatte, verharrte er ein weiteres Mal.

Durch die dichten Bäume hindurch sah er die Scheinwerfer eines Autos, die sich auf ihn zubewegten. Fast im selben Moment, als der Wagen sich etwa dort befand, wo der Weg in die Zufahrt zu seinem Grundstück mündete, klingelte das Telefon.

Aufgeschreckt wirbelte Tom herum, zögerte aber unentschlossen. Er beobachtete weiterhin die Scheinwerfer, die immer näher kamen, bis sie schließlich von der Frontseite seines Hauses verdeckt wurden. Kurz darauf hörte er das dumpfe Zuschlagen einer Autotür. Erst jetzt hastete er ins Haus zurück und blieb atemlos vor dem Telefon stehen. Das Display zeigte eine unbekannte Nummer an. Unschlüssig schwebte seine Hand über dem Hörer, und das Zittern kehrte in seine Finger zurück wie bei einem Parkinsonschub. Er hatte Mühe, die Sprechtaste des Mobilteils zu drücken.

Ein angespanntes »Ja?« war alles, was er hervorbrachte.

»Hallo, Tom«, ertönte Dr. Westphals Stimme am anderen Ende der Leitung. Die Verbindung war glasklar, und außer ihrem Atem konnte Tom das hohle Klacken ihrer Absätze hören, die sich über festen Boden bewegten.

»Ich dachte schon, Sie wären nicht zuhause«, fügte sie hinzu.

Tom fragte sich, ob diese Bemerkung als Witz gedacht war oder ob sie es ernst meinte. Ihr neutraler Tonfall ließ jedenfalls keinerlei Anzeichen von Humor erkennen. »Sie haben Glück, ich wollte gerade zu meinem wöchentlichen Golftreffen«, erwiderte er, ebenso neutral.

Den Hörer fest gegen das Ohr gepresst, hatte Tom mittlerweile das Wohnzimmer verlassen und ging den Flur hinunter zur Haustür. Durch das Bleiglas konnte er einen Schatten erkennen, der sich davor bewegte.

»Sie sind ziemlich außer Atem«, stellte sie fest. »Ist alles in Ordnung?«

Der Schatten kam näher, wurde größer, bis er die schmalen Glasflächen der Tür ausfüllte.

»Ja ... ich war nur draußen im Garten, als Ihr Anruf kam.« Er zwang sich, so normal wie möglich zu klingen, wollte keinesfalls irgendeinen Zweifel in ihr aufkommen lassen, dass etwas nicht stimmte. Doch sein Herz schlug so heftig, dass er fürchtete, sie könnte es durchs Telefon hören. »Was kann ich für Sie tun?«, fragte er so gelassen wie möglich.

»Nun ja, Sie könnten mir die Tür öffnen«, antwortete sie.

»Wie bitte?« Seine Verwirrung war komplett.

»Ihre Haustür. Ich habe Ihnen doch gesagt, dass ich unangekündigt auftauchen würde, um nach Ihnen zu sehen.«

»Sie meinen, Sie stehen vor meinem Haus?«, fragte Tom unsicher.

Wie zur Bestätigung klopfte es dumpf gegen das Glas.

»Reicht Ihnen das als Beweis?«, rief der Schatten von draußen.

Tom ließ den Hörer sinken und öffnete die Tür.

»Na, Gott sei Dank«, sagte sie und lächelte ihn an. »Ich dachte schon, ich müsste Ihnen meinen Ausweis in den Briefschlitz werfen.« Sie verstaute ihr Handy in der Jacke ihres dunkelbraunen Kostüms, dessen enger Rock ihr bis knapp über die Knie reichte und ihre durchtrainierten Beine betonte. Dann bückte sie sich und griff nach der übervollen Einkaufstasche, die neben ihr stand. Als sie sich wieder aufrichtete, durchwühlte der aufkommende Wind ihr Haar und trieb es in ihr Gesicht, was sie einen kurzen Moment lang wie einen verführerischen Vamp aussehen ließ. »Ich hoffe doch, Sie wollen mich bei diesem Wetter nicht hier draußen stehen lassen«, meinte sie, und wie auf Kommando färbten die ersten Regentropfen die roten Pflastersteine der Einfahrt dunkel, in der ihr schwarzer Volvo stand.

»Nein … natürlich nicht«, stammelte er noch immer etwas konfus und bat sie herein. »Sie sind allein?«, fragte er.

Sie drehte sich zu ihm um, nachdem sie den Flur betreten hatte. »Ja«, antwortete sie und runzelte verwundert die Stirn. »Sind Sie immer so misstrauisch, wenn jemand vor Ihrer Tür steht?«

»Nein«, erwiderte er unsicher, »ich dachte nur, ich hätte da draußen noch jemanden gesehen.« Er schloss die Tür. »War vermutlich nur einer von den Anglern vom See unten.«

»Mir ist auf dem Weg hierher niemand aufgefallen.« Sie betrachtete ihn eingehend. »Meine Anwesenheit scheint Sie ziemlich nervös zu machen.«

Er überspielte seine Unsicherheit mit einem Lächeln. »Nun ja, ich bekomme selten Besuch, wie Sie ja wissen. Aber selbst wenn, ruft der mich in der Regel nicht an, wenn er bereits vor meiner Tür steht. Warum haben Sie nicht einfach geklingelt?«

»Weil ich sicher sein wollte, dass Sie mich hereinlassen und nicht später behaupten, Sie wären im Garten gewesen und hätten mich nicht gehört.«

»Warum sollte ich das Ihrer Meinung nach tun?«

»Tja, da fallen mir auf Anhieb ein Dutzend Gründe ein.« Sie lächelte zurück und deutete auf die Einkaufstasche in ihrer Hand. »Ich habe Ihnen ein paar Sachen eingekauft. Nur das Nötigste, von dem ich dachte, dass Sie es gebrauchen können. Das meiste davon sollte schnellstmöglich in den Kühlschrank.«

Sie gingen in die Küche, wo Tom sich sofort daranmachte, die Tasche auszuräumen. Er fand frisches Obst, Brot, diverse vegetarische Aufstriche und gut ein halbes Dutzend Tiefkühlgerichte, bei deren Auswahl sie darauf geachtet hatte, dass keine tierischen Produkte oder Zusatzstoffe darin enthalten waren. Tom verschlug es die Sprache.

»Ich ...«, setzte er zögernd an, »ich weiß nicht, was ich sagen soll.«

»Schon gut, Tom«, meinte Dr. Westphal, während sie am Tisch Platz nahm. »Anscheinend fällt es Ihnen immer noch schwer, zu glauben, dass es da draußen ein paar Menschen gibt, die sich tatsächlich Sorgen um Sie machen.«

Hektisch räumte er das Obst und die Aufstriche in den Kühlschrank. Nicht aus Dringlichkeit, sondern weil er sich mit etwas beschäftigen wollte, um seine Nervosität zu überspielen. Nachdem er auch das Brot verstaut hatte, brachte er zum ersten Mal wieder die Kraft auf, Dr. Westphal in die Augen zu sehen.

»Den Rest bringe ich gleich in die Kühltruhe«, meinte er und fand langsam die Fassung wieder. »Sie müssen meine Überraschung entschuldigen, ich hatte schon gedacht, Sie hätten mich aufgegeben.«

»Wie kommen Sie denn darauf?«

»Ich hatte nichts mehr von Ihnen gehört, seit … seit der Hypnose.« Verlegen kratzte er sich am Ohr. »Wie geht es Ihrer Wange?«

»Nichts, was man nicht mit etwas Schminke kaschieren könnte«, meinte sie und lächelte ihn an. »Und was das andere angeht: Ich hatte in den letzten beiden Tagen ziemlich viel zu tun, daher hat mir die Zeit gefehlt, mich bei Ihnen zu melden.«

Tom nickte. »Möchten Sie etwas trinken? Ich könnte Ihnen einen Kaffee machen.«

»Danke, aber davon hatte ich heute schon genug«, lehnte sie ab.

»Etwas anderes vielleicht? Wasser oder Limonade?«

»Einem Tee gegenüber wäre ich nicht abgeneigt«, gab sie schließlich aus Höflichkeit nach.

»Tee«, wiederholte Tom und schien zu überlegen. Er öffnete mehrere Schränke, bis er schließlich fündig wurde. »Ah, hier«, meinte er, und es klang eher überrascht als nach einer Feststellung. »Schwarz oder grün?«

»Schwarz, bitte.«

Tom zog eine dunkelrote Blechdose aus dem Apothekerschrank und schüttete die getrockneten Blätter unbeholfen in ein Teesieb. Dabei verstreute er den größten Teil davon über die Arbeitsplatte. Das Zittern seiner Hände hatte zwar nachgelassen, doch mit dem Versuch, es gänzlich zu verbergen, verstärkte er nur den Eindruck seiner inneren Unruhe.

»Die Küche ist nicht gerade Ihr Revier«, stellte sie fest, ein wenig amüsiert über seine Unbeholfenheit.

»Nun ja«, meinte Tom verlegen, während er Wasser in den Kocher goss, »bis jetzt gab es für mich auch keinen Anlass, darin wildern zu gehen. Ich habe mich in meinem Leben bisher nie selbst versorgen müssen, wenn Sie wissen, was ich meine. Mist, verdammter!«, fluchte er, als das Wasser über den Rand des Kochers lief.

»Und das aus gutem Grund, wie es scheint«, sagte sie und kam lächelnd auf ihn zu. »Lassen Sie mich das lieber machen, bevor Sie sich noch verletzen.«

Sie schob ihn beiseite und goss das überschüssige Wasser in den Ausguss. Anschließend leerte sie das Sieb und setzte eine etwas verträglichere Mischung darin an.

»Müssten Sie jetzt nicht in Ihrer Praxis sein?«, fragte Tom, während er ihre grazilen Bewegungen verfolgte.

»Auch Therapeuten haben eine Mittagspause«, meinte sie nur.

»Und die opfern Sie, um für mich einzukaufen?«

»Bei Ihnen klingt das so, als hätte ich dafür auf den Nobelpreis verzichtet.«

»Na ja, ich habe mich nur gefragt, ob Sie das auch bei Ihren anderen Patienten machen.«

»Keiner meiner anderen Patienten ist so an seine häusliche Umgebung gekettet wie Sie, Tom.«

Anders ausgedrückt: Keiner ist so verrückt wie ich, schickte er in Gedanken hinterher. »Was bin ich Ihnen schuldig?«

Ihre braunen Augen, mit winzigen bernsteingoldenen Einschüssen darin, fixierten ihn. »Wie wäre es mit Vertrauen?«

Tom seufzte. »Ich meine für die Einkäufe.«

Sie lächelte, während im Hintergrund das Wasser zu brodeln begann. »Sie stehen nicht gerne in der Schuld von anderen, nicht wahr?«

»Die meisten verlangen eine Gegenleistung dafür.«

»Und was ist, wenn ich Ihnen sage, dass ich nichts dergleichen vorhabe?«

Tom betrachtete sie skeptisch. »Wir beide wissen doch, dass Sie nicht nur aus Höflichkeit hier sind.«

»Vielleicht haben Sie recht.« Sie goss das kochende Wasser in die Teekanne. »Möglicherweise geht mein Besuch ja weit darüber hinaus.« Ihre Augen blinzelten geheimnisvoll.

Flirtete sie etwa mit ihm?

Der Gedanke erregte Tom ebenso sehr, wie er ihn beunruhigte, was seine Nervosität nur noch steigerte. Er spürte, wie ihm das Blut ins Gesicht schoss, und senkte verlegen den Blick, der nun auf die Kanne fiel, in der sich das heiße Wasser mit dem Tee vermischte und die Flüssigkeit immer dunkler verfärbte. Ein Vorgang, den Tom sogleich auf sein Gewissen übertrug. Viel zu hastig griffen seine Hände in die Besteckschublade, um dort nach Teelöffeln zu greifen, die ihm prompt entglitten und mit metallischem Klirren auf dem Boden landeten.

»Nur die Ruhe, Tom«, sagte sie und lächelte leicht. »Ich will nur mit Ihnen reden. Ich dachte, Sie könnten jetzt eine Freundin gebrauchen.«

»Eine Freundin, natürlich.« Tom ging vor ihren Füßen in die Knie, um die Löffel aufzuheben. Dabei konnte er nicht umhin, die glatte Haut ihrer Waden zu bewundern, die sich straff über feste Muskeln spannte und seidig schimmerte. Sie hatte die Beine einer Tänzerin, deren Anblick aus dieser Perspektive sein Blut nur noch mehr in Wallung versetzte. Er spürte Hitze in sich aufsteigen, und einen winzigen Sekundenbruchteil lang spielte er tatsächlich mit dem Gedanken, ihr den Rock vom Leib zu reißen und über sie herzufallen. Blitzschnell fuhr er hoch und tauchte mit hochrotem Kopf vor ihr auf.

»Was ist denn los mit Ihnen, Tom?«, fragte sie besorgt.

»Nichts … wieso?«

»Nun, Sie schwitzen sehr stark. Ist Ihnen nicht gut?«

»Nein … doch …« Er wischte sich über die feuchte Stirn.

»Ist vermutlich nur mein Kreislauf. Ich habe in den letzten Nächten nicht viel geschlafen.«

»Dann sollten wir uns lieber setzen«, schlug sie vor und holte zwei Keramiktassen aus einem der Hängeschränke.

»Ja, das ist sicher eine gute Idee.«

Dr. Westphal schenkte den frisch aufgebrühten Tee ein und folgte ihm an den Tisch. »Hier«, meinte sie und reichte ihm eine der Tassen. Das fruchtig herbe Aroma stieg ihm sofort in die Nase. »Das wird Ihnen guttun.« Sie nahm ihm gegenüber Platz. Dabei knöpfte sie ihren Blazer auf, der den Blick auf die weiße Bluse freigab, die sich reizvoll um ihre wohlgeformten Brüste schmiegte.

Starr sie nicht an, ermahnte Tom sich in Gedanken. *Sonst hält sie dich noch für einen notgeilen Psycho und lässt dich sofort in die Geschlossene einliefern.*

Die Situation wurde zunehmend peinlicher für ihn. Am liebsten wäre er einfach aufgestanden und davongelaufen, um sich auf diese kindische Art und Weise ihrer Gegenwart zu entziehen, die aus irgendeinem Grund mit jeder Sekunde verführerischer auf ihn wirkte und ihn erregte. Was zum Teufel war los mit ihm?

»Wie werden Sie mit der Situation fertig?«, fragte sie.

»Welche Situation?« Sein Blick zuckte von ihrem Ausschnitt zu ihren Augen.

»Dass Ihre Frau Sie verlassen hat?«

»Oh … natürlich, mit *dieser* Situation.« Der unbeholfene Versuch, an seiner Teetasse zu nippen, endete damit, dass er sich den Mund verbrühte, was ihm Tränen in die Augen trieb. Allerdings merkte er erleichtert, wie seine Erregung nachließ. »Na ja«, meinte er und wischte sich die Augen, »es ist sehr ungewohnt, so allein im Haus.«

»Sie müssen sich mir gegenüber nicht verstellen. Es macht

mich eher misstrauisch, wenn Sie hier versuchen, den coolen Typen zu spielen.«

»Was verlangen Sie von mir, dass ich Ihnen mein Herz ausschütte?«

Sie seufzte. »Nein, nur eine ehrliche emotionale Reaktion.«

»Ich komme schon zurecht, wenn Sie darauf anspielen. Außerdem bin ich sicher, dass das nur vorübergehend ist. Sobald sich diese verdammte Geschichte geregelt hat, läuft alles wieder in seinen normalen Bahnen.«

Sie lehnte sich auf dem Stuhl zurück und trank einen Schluck. »Ihr Leben verläuft im Moment ganz und gar nicht in *normalen Bahnen*, Tom. Und ich frage mich langsam ernsthaft, ob Sie fähig sind, das zu begreifen. Was muss noch alles geschehen?« Sie neigte den Kopf etwas zur Seite und kniff prüfend die Augen zusammen. »Haben Sie sich eigentlich schon mal die Frage gestellt, ob Ihre Frau überhaupt beabsichtigt, zu Ihnen zurückzukehren? Vielleicht ist es ihr ja mittlerweile egal, wie das Ganze ausgeht. Und möglicherweise sind es ja gar nicht die Umstände, die sie von hier fernhalten, sondern die Tatsache, dass sie Angst vor Ihnen hat.«

Er schwieg einen Moment. Seine Finger umklammerten den Henkel seiner Tasse so fest, dass die Sehnen an seinem Handrücken hervortraten. »Wie kommen Sie darauf? Haben Sie mit ihr gesprochen?«

»Sie hat mich gestern angerufen, nachdem ich versucht hatte, sie zu erreichen. Das war unter anderem auch der Grund dafür, weshalb ich mich nicht bei Ihnen gemeldet habe. Ich musste diese neuen Erkenntnisse erst einmal aufarbeiten.«

»Was … was hat sie Ihnen gesagt?«

»Nun, sie hat mir erzählt, was passiert ist. Und sie hat gesagt, dass sie sich im Moment außerstande fühlt, in dieses Haus zurückzukehren. Schon Ihres Sohnes wegen. Sie hat auch gesagt, sie würde Zeit brauchen, um mit dem fertigzuwerden, was geschehen ist, und dass sie vermutlich nie wieder Vertrauen zu Ihnen fassen könne, was den Umgang mit Mark betrifft. Und sie hat mir gegenüber auch die Möglichkeit erwähnt, einen Anwalt hinzuzuziehen.«

Tom schluckte, und sein Herzschlag schien einen Gang herunterzuschalten. Nicht dass er über diese Möglichkeit nicht schon selbst nachgedacht hatte. Doch es nun aus dem Mund eines anderen zu hören, ließ das alles schmerzhaft konkret werden.

»Tja«, erwiderte er nach einer längeren Pause, und seine Stimme klang kraftlos, »dann ist das eben so. Ich werde damit fertigwerden müssen, wie jeder andere in meiner Lage auch.« Er schob seine Tasse beiseite und lehnte sich ebenfalls zurück. »Und nun können Sie gehen und Ihren Bericht schreiben, oder was immer Sie in solchen Fällen tun.«

»Wie ich Ihnen bereits gesagt habe, die Analytikerin in mir hat gerade Mittagspause. Ich habe nicht gelogen, als ich Ihnen erklärt habe, dass ich als Ihre Freundin hier bin. Und Sie dürfen mir trotz meines Berufes ruhig zutrauen, eine solche Situation auch aus menschlicher Sicht heraus betrachten und beurteilen zu können, nicht nur aus medizinischer. Auch Ärzte haben Gefühle, Tom, und wir sind durchaus in der Lage, diese mit anderen zu teilen. Ihnen allerdings scheint diese Fähigkeit völlig abhandengekommen zu sein.«

Er starrte auf seine Finger, die unruhig auf und ab zuckten. »Mag sein«, meinte er kleinlaut. »Vermutlich ist sie noch immer in diesem Keller gefangen, wie der Rest von mir.«

»Nein, Tom«, widersprach sie energisch und stellte ihre Tasse auf den Tisch. »Im Moment ist es eher so, dass Sie sich Ihren eigenen Keller bauen, in dem Sie all Ihre Gefühle einsperren, in der Hoffnung, sich so vor neuen Attacken schützen zu können. Und wenn Sie auch weiterhin vorhaben, sich vom Rest der Menschheit abzuschotten, dann werden die wenigen Menschen, denen Sie noch etwas bedeuten, sich von *Ihnen* abwenden. Wollen Sie das wirklich?«

Er betrachtete sie einige Sekunden schweigend, dann jedoch war es ihm nicht länger möglich, ihrem fordernden Blick standzuhalten. Sosehr er sich nach außen hin auch bemühte, den Gleichgültigen zu spielen, es gelang ihm nicht, seine innere Zerrissenheit vor ihr zu verbergen.

»Und was soll ich Ihrer Meinung nach dagegen tun?«

»Begraben Sie Ihren Hass, Tom«, antwortete sie, »bevor er Sie begräbt. Öffnen Sie sich dieser Welt und lernen Sie, wieder auf andere Menschen zuzugehen. Finden Sie wieder zu sich selbst.«

»Und wenn es dafür schon zu spät ist?«

»Dafür ist es nie zu spät. Es hängt allein von Ihrer Einstellung ab. Versuchen Sie einfach wieder der Tom zu sein, der Sie als Kind gewesen sind.«

»Ja, das hat mich wirklich weit gebracht ...«

»Und hören Sie endlich damit auf, andere für alles verantwortlich zu machen, was in Ihrem Leben schiefläuft«, unterbrach sie seinen Einwand entschlossen. »Sie können die Ereignisse von damals nicht ewig als Entschuldigung für Ihre Unfähigkeit benutzen, sich dem Leben zu stellen. Und die Angst davor, verletzt zu werden, gehört nun einmal dazu. Sie ist ein ganz normaler Bestandteil davon, man muss nur lernen, sich darauf einzustellen. Leider fehlt Ihnen diese Gabe, weil Sie viel zu früh mit dieser Angst konfrontiert worden sind, zu einer Zeit, in der Sie einfach noch nicht in der Lage waren, diese Dinge zu verarbeiten. Aber jetzt ist Ihr Verstand älter, Tom, reifer. Und man kann durchaus von Ihnen verlangen, sich damit auseinanderzusetzen.«

Tom dachte an den Ständer in seiner Hose und fragte sich, ob *der* auch seiner Reife entsprach.

»Ich dachte, das hätte ich bereits getan.«

»Sie meinen die Hypnose? Es waren doch wohl mehr die Umstände, die Sie dazu getrieben haben. Eine solche Maßnahme schließt die Aufarbeitung des Erlebten mit ein. Aber so, wie ich Sie einschätze, haben Sie in den letzten beiden Tagen erfolgreich verdrängt, was während der Rückführung und danach passiert ist. Und ich könnte wetten, Sie haben noch nicht einmal die Polizei davon in Kenntnis gesetzt, was Sie über den Täter von damals in Erfahrung gebracht haben, so dass die vermutlich noch immer wertvolle Zeit damit verschwenden, unter falschen Prämissen zu ermitteln. Das alles hat für mich weder etwas mit Anteilnahme noch mit Aufarbeitung zu tun, das zeugt nur davon, wie sehr Sie auf sich selbst und Ihre Ängste fixiert sind. Und darauf, Ihre kleine *normale* Welt hier vor dem Einsturz zu bewahren. Mit wenig Erfolg, wie Sie selbst zugeben müssen. Daher würde ich Ihnen vorschlagen, es mal mit einer anderen Strategie als mit Flucht zu versuchen.«

Das waren klare Worte. Und Tom musste sich eingestehen, dass sie damit nicht ganz falschlag. Es war ihm tatsächlich nicht in den Sinn gekommen, Kommissar Dorn anzurufen. Er hätte nicht sagen können, was ihn daran wütender machte, die Möglichkeit, dass ihm das alles anscheinend egal geworden war oder dass Dr. Westphal es ihm so unverblümt zum Vorwurf machte. Was immer es auch war, es brachte sein Blut augenblicklich zum Kochen, und er spürte Wut mit der Wucht einer Gasexplosion in sich aufsteigen.

»Ach ja?«, gab er abfällig zurück, und sein Blick verriet, wie schwer es ihm fiel, diesen erneuten Wutausbruch einzudämmen. »Spricht da jetzt die Freundin oder die Analytikerin?«

Sie betrachtete ihn abschätzend. Dann seufzte sie enttäuscht. »Ich glaube nicht, dass das eine Rolle spielt. Ich war einfach der Meinung, dass es an der Zeit ist, einmal offen mit Ihnen darüber zu reden.«

»Oh, Sie wollen Offenheit!«, schrie Tom nun außer sich und schlug mit der flachen Hand auf den Tisch, so dass die Teetassen einen Satz machten und sich ein Teil ihres Inhaltes über den Tisch ergoss. »Na schön, dann spitzen Sie mal die Ohren, *Frau Doktor*!« Er spürte, wie seine Wangen vor Zorn glühten, während sein Zeigefinger wie ein Taktstock vor ihren überraschten Augen fungierte. »Bis vor zwei Monaten war meine kleine *normale* Welt weitgehend intakt. Ich hatte eine Frau und einen Sohn und war ein erfolgreicher Schriftsteller. Und dann, wie aus heiterem Himmel heraus, habe ich plötzlich eine Schreibblockade und bin nicht einmal mehr fähig, auch nur einen einzigen Satz zu Papier zu bringen. Und als wäre das nicht schon beängstigend genug, häufen sich aus unerklärlichen Gründen auch noch meine Panikattacken, und mein Gedächtnis ist mittlerweile so zerklüftet wie der Grand Canyon, was vermutlich auch die Erklärung für die anfänglichen Blackouts bei der Rückführung ist.«

Sie sah ihn nur stumm an, und in ihren Augen flackerte eine unterschwellige Angst.

»Dann wird in unmittelbarer Nähe unseres Hauses die Leiche eines Kindes gefunden«, fuhr er aufgebracht fort. »Und dieses Kind sieht nicht nur genauso aus, es wird auch noch unter denselben Umständen gefunden wie die Leiche im Garten dieses Verrückten. Zwei Kriminalbeamte tauchen auf und zeigen mir eine Botschaft, die an mich gerichtet ist und die eigentlich nur von dem Mann stammen kann, der angeblich seit dreizehn Jahren tot ist.«

Sein Atem war wieder zu einem Keuchen geworden. Er

spürte, wie die Energie durch seinen Körper peitschte und ihn zu einem Akku des Zorns machte, der zu überladen drohte.

»Von da an hatte ich gar keine andere Wahl, als mich mit diesen schrecklichen Dingen zu beschäftigen, denn sie beschäftigen sich seitdem mit *mir*. Ich hätte diese beschissene Hypnose gar nicht gebraucht, denn seitdem vergeht fast kein Tag, an dem meine Vergangenheit mich nicht in Form von Visionen und Rückblenden heimsucht. Erinnerungen, die ich längst verloren geglaubt habe und die so real sind, dass ich sie langsam nicht mehr von der Wirklichkeit unterscheiden kann. Und plötzlich bricht alles auseinander, und mein Leben verwandelt sich quasi über Nacht in einen trostlosen Haufen Scheiße. Und dann höre ich auch noch ständig diese Stimmen, die wie eine Funkstörung durch meinen Kopf geistern, so dass ich mir langsam vorkomme wie eine schlechte Kopie dieses Irren, dem ich das alles zu verdanken habe!« Er beugte sich zu ihr vor und sah ihr tief in die Augen. »Und nun frage ich Sie, Frau Doktor, haben Sie eine plausible Erklärung für all das?«

Sie betrachtete ihn unsicher. Ihr Mund öffnete sich leicht, als wollte sie etwas erwidern, doch die Worte versiegten bereits im Ansatz.

»Was denn«, fauchte er gereizt, »keine teuren Ratschläge, keine Analyse, nicht mal der Ansatz eines schlauen Spruchs?«

Sie senkte den Blick und schüttelte den Kopf. »Nein, tut mir leid, Tom«, hauchte sie kaum hörbar. »Ich habe auch keine Erklärung dafür, weshalb das alles mit Ihnen geschieht. Aber …«

»Tja, das enttäuscht mich aber sehr«, fiel er ihr ins Wort und beugte sich noch weiter vor, bis sich ihre Gesichter fast berührten. »Eigentlich hatte ich mir diesbezüglich etwas mehr von Ihnen erhofft. Ehrlich gesagt finde ich es nämlich langsam ziemlich merkwürdig, wie brennend sich plötzlich alle für meine Vergangenheit interessieren und versuchen, *Ihren* Job zu machen, indem sie mir schlaue Ratschläge erteilen und mich zu etwas drängen, was ich eigentlich gar nicht tun will. Zuerst mein bester Freund, dann meine eigene Frau und jetzt auch noch Sie, Frau Doktor. Und jedes Mal, wenn ich mich diesem Drängen widersetze, bekomme ich postwendend eine Art Denkzettel verpasst. Und das mit einer Regelmäßigkeit, die mich langsam nicht mehr an Zufälle glauben lässt.«

»Ich … ich weiß wirklich nicht, worauf Sie hinauswollen«, erwiderte sie verunsichert.

»Darauf, dass hier irgendjemand ziemlich viel Zeit und Grips investiert, um mir das Leben zur Hölle zu machen. Und ich will verdammt noch mal wissen, was dieser Jemand damit bezweckt! Sagen Sie es mir, Frau Doktor, was wird hier gespielt?«

»Tom, ich garantiere Ihnen …«

»*Sie* garantieren *mir*? Ich dachte, die Psychoanalyse bietet keine derartigen Dienstleistungen.« Wütend ließ er sich gegen die Stuhllehne zurückfallen. »Sie und Ihre altklugen Phrasen. Was für eine Ärztin sind Sie eigentlich? Sie kommen einfach in mein Haus, geben vor, meine Freundin zu sein, und bilden sich ein, mein Leben und meine Entscheidungen mit fünf Sätzen infrage stellen zu können. Und dabei haben Sie im Grunde genauso wenig Ahnung von dem, was hier eigentlich vorgeht, wie ich. Wodurch Ihren diesbezüglichen Analysen eine gewisse Willkür anhaftet, die mich langsam an Ihren Fähigkeiten zweifeln lässt. Nur in einer Sache stimme ich Ihnen zu: Es ist mir nämlich wirklich langsam scheißegal, was Sie oder sonst wer im Schilde führen oder was vor dreizehn Jahren in irgendeinem beschissenen Keller passiert ist! Ich will von alldem nichts mehr wissen, ich will nur noch meine Ruhe haben. Und wenn das bedeutet, dass ich Menschen wie Ihnen den Rücken kehren muss, dann nehme ich das gerne in Kauf! Und jetzt packen Sie am besten Ihre Geschenke und Ihre schlauen Sprüche und schwingen Ihren Knackarsch wieder in Ihr Auto! War das offen genug für Sie, *Frau Doktor*?«

Er wischte schwungvoll mit dem Arm über den Tisch und fegte die beiden Tassen weg, die an der Anrichte zerschellten und den Rest ihres Inhaltes über den Boden verteilten. Dann stand er wütend auf und ging zu dem Küchenfenster über der Spüle, wo er schnaufend verharrte und seiner völlig perplexen Besucherin demonstrativ den Rücken zuwandte.

Eine bleierne Stille legte sich über den Raum, die nur vom fernen Grollen des Unwetters unterbrochen wurde, das sich draußen entlud. Dr. Westphal holte ein paarmal tief Luft, um sich von dem Schock zu erholen und ihre Fassung zurückzugewinnen. Nur langsam fand sie die Kraft, sich von ihrem Stuhl zu erheben.

»Sie machen es einem wirklich nicht leicht, Sie zu mögen, Tom«, sagte sie mit zittriger Stimme. »Aber anscheinend legen Sie ja auch keinen großen Wert darauf, dass jemand das tut. Ich jedenfalls bin heute nur hier, um zu tun, worum Sie mich gebeten haben, als Sie zum ersten Mal in meine Praxis gekommen sind. Aber so wie ich das sehe, haben Sie ein ernsthaftes Problem damit, die Hilfe anderer anzunehmen, weshalb meine Dienste hier wohl nicht länger benötigt werden.« Noch immer rang sie um Fassung, ihre Finger hatten Mühe, die Knöpfe der Jacke zu schließen. »Falls Sie es sich doch noch anders überlegen sollten, gebe ich Ihnen gerne die Nummer eines Kollegen. Ich jedenfalls sehe mich durch

Ihre Einstellung außerstande, Sie weiter zu behandeln. Für die Einkäufe sind Sie mir nichts schuldig. Betrachten Sie es meinetwegen als eine Art Entschädigung für nicht erbrachte Dienstleistungen. Ich wünsche Ihnen alles Gute, Tom. Leben Sie wohl.« Die Scherben der Tassen knirschten unter ihren Schritten, als sie hastig zur Tür ging.

»Warten Sie«, sagte Tom mit einer Stimme, aus der alle Dominanz gewichen war. »Bitte, gehen Sie nicht.« Noch immer stand er vor dem Fenster und kehrte ihr den Rücken zu, die Hände auf die Arbeitsplatte gestützt, den Kopf gesenkt.

Das Knirschen verstummte.

»Es tut mir leid«, gestand er kleinlaut. »Sie haben recht, mit allem, was Sie behaupten. Und vermutlich ist es genau das, was mich so wütend macht. Das Schlimme daran ist, dass ich diese Wut nicht kontrollieren kann. Ich weiß nicht einmal, wo sie herkommt. Aber sie trifft mich so unverhofft, dass ich ...«

Er schlug mit beiden Fäusten auf die Arbeitsplatte und schnaufte den angestauten Druck aus sich heraus. Dann drehte er sich langsam zu ihr um und betrachtete sie durch den Schleier der Tränen in seinen Augen.

»Bitte geben Sie mich nicht auf«, flehte er und schluchzte auf. »Ich habe immer mehr das Gefühl, den Verstand zu verlieren, nicht mehr ich selbst zu sein. All die Dinge, die ich sehe, die Stimmen in meinem Kopf ... Ich frage Sie aufrichtig, bin ich verrückt?« Er kniff die Augen fest zusammen, so dass die Tränen nach draußen drängten, als wollten sie sich mit dem Regen vereinen, der gegen das Fenster klopfte. »Halten Sie es tatsächlich für möglich, was der Professor gesagt hat?« Sanft schlug er sich mit der geballten Faust gegen die Schläfe. »Dass da drin noch jemand existiert? Jemand, der mich innerlich auffrisst und womöglich zu schlimmen Dingen in der Lage ist?«

Er hörte, wie sie langsam auf ihn zukam. Und als er die Augen wieder öffnete, sah er erleichtert, dass in ihrem Gesicht keinerlei Zorn oder Härte lag.

»Hören Sie, Tom.« Ihre Stimme klang wieder neutral. »Ich habe in den letzten beiden Tagen viele Fachbücher gelesen und stundenlang über dieses Thema im Internet recherchiert. Heute Morgen habe ich schließlich ein paar Kollegen kontaktiert, die auf diesem Gebiet etwas mehr Erfahrung besitzen als ich. Und sie alle haben mich in meiner Meinung bestätigt.« Ihr Blick wurde fester. »Nein, Tom, ich halte Sie weder für verrückt noch für eine gestörte Persönlichkeit. Lediglich für jemanden, dessen Gefühlswelt gründlich durcheinandergewirbelt worden ist und der jetzt zu stolz ist, sich beim Aufräumen helfen zu lassen.«

Tom betrachtete sie mit einer Mischung aus Erleichterung und Argwohn. »Und was macht Sie da so sicher?«, wollte er wissen, während er sich die Tränen aus dem Gesicht wischte.

»Es sind mehrere Dinge, die mich und meine *bescheidenen* medizinischen Fähigkeiten zu dieser Erkenntnis bringen.« Sie betonte das Wort ironisch und warf ihm dabei einen vielsagenden Blick zu. »Zum einen entwickelt sich eine solche Spaltung der Persönlichkeit unmittelbar nach einem traumatischen Erlebnis und bis zu einem maximalen Alter von sechs bis acht Jahren. Da Sie zum Zeitpunkt Ihres Traumas bereits dreizehn waren, können wir diese Entwicklung ausschließen. Außerdem liegt bei fast allen Betroffenen ein langer, oftmals Jahre andauernder Missbrauch zugrunde. Ihre Erlebnisse waren zwar massiv, aber nur von relativ kurzer Dauer, was trotz der Härte kaum ausreichen dürfte, eine solche Aufspaltung zu verursachen. Darüber hinaus erscheint es mir nahezu unmöglich, eine derartige Krankheit über so viele Jahre vor anderen zu verbergen. Schon gar nicht, wenn man sich wie Sie seit seiner Kindheit in ärztlicher Behandlung befindet. Denn die aufgespalteten Persönlichkeiten entwickeln sich normalerweise in völlig unterschiedliche Richtungen. Und damit meine ich nicht nur auf emotionaler Ebene. Sie haben andere Interessen und Fähigkeiten, kleiden sich unterschiedlich, entwickeln eine eigene Handschrift und ein eigenes Stimmbild. Mitunter sogar ein anderes Geschlecht. Ist Ihnen in irgendeiner Form jemals etwas Derartiges an Ihnen aufgefallen? Eine fremde Handschrift? Kleidung, die Sie nicht zuordnen können? Menschen, von denen Sie nicht wissen, woher Sie sie kennen?«

Tom schüttelte den Kopf.

»Ihrer Frau auch nicht, wie sie mir am Telefon bestätigt hat. Und ich bin ziemlich sicher, dass sie so etwas bemerkt hätte. Und außerdem ...« Beherzt trat sie einen Schritt auf ihn zu, so dass sie jetzt direkt vor ihm stand und er ihren Atem auf seinem Gesicht spüren konnte. »In Anbetracht der kleinen Ansprache, die Sie gerade gehalten haben, würde ich behaupten, Sie brauchen gar keine andere Persönlichkeit, um ein Arschloch zu sein! Reicht Ihnen das als Erklärung?«

»Touché!« Tom hob die Hände, als wolle er sich ergeben. »Ich schätze, das habe ich verdient.«

»Ja, Tom, das haben Sie, verdammt noch mal!«

»Es tut mir leid.«

»Das sagten Sie bereits.«

»Und ich meine es auch ernst.«

»Manchmal genügt das aber nicht!« Dr. Westphal ging einige Schritte durch die Küche, während sie sich energisch die Haare hinter die Ohren streifte und so ihre vor Empörung geröteten Wangen freilegte. Es war das erste Mal, dass Tom sie so emotional erlebte. »Wissen Sie«, fauchte sie zornig, »langsam kann ich Ihre Frau sehr gut verstehen. Sie scheinen eine Art Berufung daraus zu machen, andere vor den Kopf zu stoßen. Und anstatt sich ständig zu entschuldigen, sollten Sie lieber daran arbeiten, dieses Verhalten einzustellen.«

»Ich weiß«, seufzte er.

»Aber?«

»Es ist nur ... jedes Mal, wenn ich mit Ihnen rede, komme ich mir vor wie ein Experiment, bei dem jede Reaktion von mir beobachtet und bewertet wird.«

»Und deshalb schalten Sie auf stur.«

»Ja, aber ich bin keineswegs so kalt und abgeklärt, wie Sie vielleicht denken.«

»Ich halte Sie nicht für gleichgültig, Tom. Nur für einen ziemlich verbohrten Idioten!«

»Damit liegen Sie wohl richtig«, gab er betreten zu.

»Und Ihnen ist hoffentlich auch klar, dass Ihre Sturheit an Ihrer momentanen Situation nicht unschuldig ist. Wären Sie früher zu dieser Einsicht gelangt ...«

»Ja, ich weiß«, fiel er ihr ins Wort. »Aber das ändert nun auch nichts mehr.«

Er ertappte sich dabei, wie sein Blick von seinen Händen wieder zu ihrem Ausschnitt wanderte, über den sich eine dünne, glänzende Schweißschicht gelegt hatte. Unwillkürlich stellte er sich vor, wie es wohl wäre, ihre Brüste zu küssen, während sich seine Hand über ihre festen Schenkel zu den Regionen unter ihrem Rock vorarbeitete. Ihr direktes, aufbrausendes Verhalten schien ihn offensichtlich nur noch mehr zu erregen.

Reiß dich endlich zusammen, ermahnte er sich, *sonst hast du es dir endgültig mit ihr verscherzt.*

Er zwang sich, ihr in die Augen zu schauen. »Und es erklärt auch nicht diese plötzlichen Wutausbrüche«, fügte er hinzu.

»Erzählen Sie mir mehr darüber. Wann genau treten diese Ausbrüche auf?«

Tom grübelte darüber nach, während er die Frage verdrängte, weshalb er neuerdings bei jedem Windstoß ein Zelt baute. »Ich glaube, immer wenn ich …«

»Wenn Sie sich bedroht oder angegriffen fühlen, nicht wahr?«

Er nickte. »Ich schätze ja.«

»Nun, das ist in Ihrem Fall eine ganz typische Reaktion.«

»Wie meinen Sie das?«

Dr. Westphal lehnte sich mit verschränkten Armen an die Anrichte. »Sehen Sie, Tom, der Mensch basiert im Grunde auf dem gleichen Prinzip wie ein Computer, er funktioniert ebenfalls durch ständig wiederkehrende Variablen. Nur dass wir sie Gewohnheiten nennen. Bestimmen jedoch negative Dinge wie Gewalt und Ausgrenzung unseren Alltag, entwickeln wir mit der Zeit ein empfindliches Frühwarnsystem für diese Bedrohungen und programmieren damit unbewusst eine Art Abwehrverhalten, bevor der potenzielle Angriff überhaupt stattfinden kann. Angstpatienten entwickeln mit der Zeit ein gereiztes, mitunter sogar aggressives Verhalten allem gegenüber, was sie als Bedrohung einstufen. Daher haben sie oft Probleme damit, sich unterzuordnen, und betrachten jegliche Art von Autorität als Angriff. Sie können sich einer solchen Dominanz nicht beugen, weil sie sich ihr sonst ausgeliefert fühlen.«

»Mit anderen Worten: Ich habe Angst vor der Angst!«

»Richtig. Und in Ihrem Fall äußert sich das in Form von unkontrollierten Wutausbrüchen. Die benutzt Ihre Psyche bewusst als Schutzschild, denn Wut ist in der Regel stärker als Angst.«

Die Falten auf Toms Stirn wurden tiefer, während er seinen Gedanken nachhing. »Fanta«, sagte er schließlich. Es war nicht mehr als ein Flüstern.

»Wie bitte?«

»Stefan Tauber.«

»Der Freund, von dem Sie mir erzählt haben?«

Tom nickte kaum merklich. »Er war es, der diese Wut zum ersten Mal in mir ausgelöst hat, an dem Tag, als wir uns kennengelernt haben. Und er hat genau dasselbe gesagt.«

»Eine weitere wichtige Begebenheit, von der Sie mir nie erzählt haben«, bemerkte Dr. Westphal spitz.

»Was Ihre Therapie betrifft, habe ich das bis jetzt auch nicht für wichtig gehalten.«

»Aber jetzt halten Sie es für wichtig. Also erzählen Sie mir davon.«

Tom atmete tief durch und lehnte sich gegen die Arbeitsplatte. »Mein Verlag hatte mich zu einer Autogrammstunde in einer Buchhandlung in Koblenz überredet. Na ja, ich war ziemlich weggetreten, ich hatte reichlich Medikamente geschluckt, um das Ganze durchzustehen.«

Sie nickte.

»Jedenfalls ist plötzlich dieser Handwerker aufgetaucht. Er trug genau so eine Latzhose wie …«, er stockte kurz, »… wie der Wächter.«

»Und das hat eine Assoziation in Ihnen ausgelöst«, stellte die Ärztin fest.

»Ja. Ich bin abgehauen und habe mich auf der Toilette verbarrikadiert, bis Stefan plötzlich aufgetaucht ist.«

»Sie haben sich auf einer Toilette kennengelernt?«

»Soll ich nun weitererzählen oder nicht?«, fragte Tom gereizt.

»Nur zu.«

Tom erzählte ihr alles über diese Begegnung, ließ kein Detail aus. Von Fantas plötzlichem Erscheinen bis hin zu ihrer gemeinsamen Rückkehr in den Verkaufsraum der Buchhandlung. Als er geendet hatte, spitzte Dr. Westphal nachdenklich die Lippen.

»Hm«, meinte sie skeptisch, »ziemlich ungewöhnlich. Ich meine, es entspricht nicht gerade gängigen Verhaltensmustern, jemanden unter solchen Umständen auf einer Toilette anzusprechen, um ihm auf diese Weise seine Ängste auszutreiben.«

»Glauben Sie mir, wenn Sie Stefan kennen würden, fänden Sie das keineswegs ungewöhnlich. Er ist alles andere als eine *gängige* Erscheinung. Er passt einfach in kein Muster.«

»Sie machen mich neugierig, Tom. Sie sagen, er hätte ähnliche Erfahrungen mit Angst gemacht. Hat er auch erwähnt, welche?«

Tom schüttelte den Kopf. »Nein. Ich glaube, er redet nicht gerne über sich. Jedenfalls weiß ich bis heute so gut wie nichts über ihn.«

»Ich wäre wirklich sehr daran interessiert, diesen Menschen kennenzulernen«, sagte Dr. Westphal. »Glauben Sie, er wäre damit einverstanden, zu Ihrem nächsten Termin mitzukommen?«

»Na ja«, meinte Tom und kratzte sich verlegen am Hinterkopf. »Das könnte problematisch werden, er ist im Moment nicht besonders gut auf mich zu sprechen.«

»Wieso überrascht mich das nicht?« Ihr Blick legte wieder an Schärfe zu. »Was ist passiert? Haben Sie ihn auch geschlagen oder beschimpft?«

Tom räusperte sich kurz. »Äh, nein, wir hatten nur eine heftige Meinungsverschiedenheit. Aber ich denke, das legt sich wieder. Allerdings kann man sich da bei Stefan nie so ganz sicher sein.«

Das Donnergrollen entfernte sich, doch der Sturm draußen schien noch heftiger zu werden. Er peitschte die Regentropfen gegen das geschlossene Fenster, als wollten sie verzweifelt um Einlass bitten.

»Tja, Tom«, meinte Dr. Westphal, und ein Lächeln wölbte ihre vollen Lippen, das ihre perfekten Zähne freilegte. »Wie es aussieht, bin ich jetzt Ihre einzige Verbündete.«

Langsam kam sie auf ihn zu, und Tom fiel auf, dass sich etwas an ihrem Verhalten verändert hatte. Wieder strich sie sich die Haare hinters Ohr, doch diesmal waren ihre Bewegungen sanft, beinahe lasziv. Und in ihre Augen hatte sich wieder dieser fordernde Blick geschlichen, der die bernsteinfarbenen Punkte darin zum Funkeln brachte. Sie blieb unmittelbar vor ihm stehen, so dass Tom ihr Parfüm riechen konnte, dessen süßlich herbe Aura ihn augenblicklich betörte. Ihre Weiblichkeit war so dominant, dass sie ihn beinahe erdrückte.

»Sie sollten also lernen, Ihre Chancen wieder zu nutzen«, sagte sie. »Nur dann können Sie wirklich frei sein.«

Da war er wieder. Dieser Augenaufschlag, der ihn aufzufordern schien, sich zu nehmen, was ihm so gut gefiel. Oder redete er sich das bloß ein? Jedenfalls erhöhte sich seine Herzfrequenz spürbar.

»Ich …«, stammelte er nervös. »Ich bringe die Lebensmittel in die Kühltruhe, bevor sie unbrauchbar werden.« Er griff nach der Tüte wie nach einem rettenden Stück Treibholz.

»Tun Sie das«, sagte Dr. Westphal und trat einen Schritt zurück. Sie betrachtete die Reste der Tassen auf dem Boden, die unter ihren Sohlen knirschten. »Inzwischen kümmere ich mich um dieses *Missgeschick* hier.«

»Das brauchen Sie doch nicht zu tun.«

»Ich habe gesehen, wie Sie Tee kochen«, entgegnete sie

entschlossen. »Also stelle ich mir lieber gar nicht erst vor, was alles passiert, wenn Sie versuchen aufzuwischen.«

»Wie Sie meinen.«Gerade wollte er gehen, als er innehielt und sich erneut zu ihr umdrehte. Er sah sie nicht direkt an, sondern schaute auf die Scherben, die überall auf dem Küchenboden verstreut lagen und abermals dieses beklemmende Gefühl in ihm erzeugten. »Wieso sind Sie geblieben?«, fragte er schließlich.

Sie sah ihn mit hochgezogenen Brauen an und seufzte. »Nun ja, an Ihrem unwiderstehlichen Charme hat es bestimmt nicht gelegen«, meinte sie spöttisch. Dann schlich sich etwas Anrührendes in ihren Blick. »Aus irgendeinem Grund mag ich Sie, Tom. Und ich will nicht, dass Sie hier zugrunde gehen. Das haben Sie nicht verdient.«

Er nickte.

»Und außerdem«, fügte sie hinzu, »fand ich Ihr Kompliment vorhin sehr nett.«

Seine Stirn legte sich erneut in Falten. »Welches Kompliment?«

»Nun ja«, meinte sie und stemmte die Hände kokett in die Hüften, »offensichtlich sind Sie ja der Meinung, ich hätte einen Knackarsch. Und eine Frau in meinem Alter kriegt so etwas nicht mehr oft zu hören.«

»Oh … äh … ach das …« Er fühlte, wie er rot anlief. »Gern geschehen«, meinte er verlegen und fingerte nervös an der Tüte herum. »Ich geh dann mal schnell«, stotterte er und eilte aus der Küche, während Dr. Westphal ihm amüsiert nachblickte.

Was zum Teufel war denn das gerade?, fragte er sich, als er die Stufen der Kellertreppe hinabstieg. Hatte seine Therapeutin tatsächlich versucht, ihn anzubaggern?

Blödsinn! Sie versucht nur, dir zu helfen, du Idiot!

Aber sie mag mich, das hat sie selbst zugegeben.

Ja, als Freund. Den Rest hast du dir mal wieder eingebildet!

Tom war noch immer verlegen. Er hatte sich benommen wie ein Teenager, der begierig seinem ersten Mal entgegenfiebert. Aber er war kein Teenager mehr. Er war sechsundzwanzig Jahre alt, verheiratet und Vater eines kleinen Sohnes. Eine Konstellation, die einen Mann gewöhnlich dazu veranlasste, grünen Tee statt Bier zu trinken und nicht mehr in jedem Rock eine potenzielle Möglichkeit zu sehen, seine Triebe auszuleben.

Nur dass dein Leben eben nicht gewöhnlich ist, kam es ihm in den Sinn.

Doch das allein war keine Rechtfertigung für sein Verhalten. Es war richtig, was Dr. Westphal gesagt hatte. Er musste endlich aufhören, für alles eine Entschuldigung zu suchen. Und vielleicht war das ihre Art, ihm das klarzumachen.

An diese Form der Therapie könnte ich mich glatt gewöhnen, dachte er.

Er ging weiter durch den Keller, bis er den Waschraum erreicht hatte. Dort machte er das Licht an, da die Schächte der beiden schmalen Fenster den Raum nur unzureichend erhellten. Um die Waschmaschine herum hatten sich bereits mehrere Körbe voller schmutziger Wäsche angesammelt. Das meiste davon gehörte Mark. Karin hatte in der Eile vermutlich nicht daran gedacht, die Sachen mitzunehmen, weshalb er immerhin damit rechnen konnte, dass sie noch einmal zurückkam, um sie zu holen. Das wäre wahrscheinlich seine letzte Gelegenheit für eine Aussprache.

»Als Erstes solltest du anfangen, den Tatsachen ins Auge zu sehen«, murmelte er vor sich hin. »Sie kommt nicht zurück. Finde dich damit ab!«

Als hätte er das damit bereits getan, drehte er sich um und ging weiter zu der Kühltruhe, die rechts im hinteren Teil des Raumes stand. Kurz davor blieb er stehen und betrachtete sie ausgiebig.

»Heute keine Gliedmaßen?«, stellte er mit gespielter Überraschung fest und hätte beinahe über diese makabere Bemerkung gelacht. Es schien tatsächlich ein Umdenken in ihm stattzufinden, wenn es ihm bereits gelang, Witze über sich selbst zu reißen. Amüsiert schüttelte er den Kopf, als er, ohne zu zögern, den Deckel der Truhe öffnete.

Der Schock traf ihn wie eine Gewehrkugel.

Blitzartig schreckte er zurück, als hätte sich seine Hand an der Truhe verbrannt. Die Tüte mit den Lebensmitteln entglitt seinen kraftlosen Fingern, während er wie paralysiert den kleinen Körper betrachtete, der dort zwischen tiefgefrorenem Gemüse und Eiscreme lag. Das Bild raubte ihm augenblicklich den Atem und erstickte den instinktiven Impuls zu schreien. Bleierne Schwere legte sich über seine Muskeln, ließ sie ebenso erstarren wie die eisigen Glieder des Kindes, das dort in seiner Kühltruhe lag wie ein tiefgefrorenes Sakrileg seines Verstandes.

»Nein!«, schrie er auf und schüttelte heftig den Kopf. »Das kann nicht sein … das ist unmöglich!«

Verzweifelt kniff er die Augen zu, in der Hoffnung, dass sich dieser grauenhafte Anblick als eines seiner üblichen Trugbilder entpuppte. Doch als er sie wieder öffnete, lag Tanja Peters' Leichnam noch immer dort. Kristallisierte Edelsteine aus Blut schimmerten dunkel im Inneren der tiefen, klaffenden Wunde an ihrem Hals. Eine dünne Schicht aus winzigen Eiskristallen hatte sich über ihre bläuliche Haut und ihre Kleider gelegt wie ein frostiger Kokon. Und in ihren offenen Augen, die ausdruckslos auf ihn gerichtet waren wie die einer Puppe, lag ein mattes Glitzern, als hätte jemand Puderzucker daraufgestreut.

Willst du mit mir spielen?

Tom riss die Hände hoch und hämmerte gegen seine Schläfen in dem verzweifelten Versuch, diese Stimme aus seiner Vergangenheit endgültig zum Schweigen zu bringen. Doch sie antwortete nur mit einem schrillen Lachen, das schadenfroh durch seinen pochenden Schädel hallte.

Er taumelte einige Schritte zurück, wie ein Betrunkener, der die Orientierung verloren hatte. Schließlich stolperte er über einen der Wäschekörbe und stürzte rücklings zu Boden. Benommen vor Angst blieb er dort liegen und starrte zitternd auf die Truhe, deren Deckel offen an der Wand lehnte und jetzt wie die Verschlussplatte eines Sarkophags aussah. Erst jetzt bemerkte er die Schrift auf der Innenseite. Sie war mit Blut geschrieben.

Tanjas Blut!

Das Bild pulsierte vor seinen Augen, als er die Zahl betrachtete, die fast das ganze Ausmaß des Deckels in Anspruch nahm und sich dunkelrot von dem weißen Hintergrund abhob wie eine dämonische Inschrift: *46!*

»NEIN!«

Das Lachen in seinem Kopf steigerte sich zu einem Kreischen. Mit Schrecken stellte er fest, dass das Licht an der Decke schlagartig greller wurde, als würde jemand den Strom hochfahren. Gleichzeitig glaubte er zu spüren, wie sich die Luft um ihn herum verdichtete.

»Tom? Ist alles in Ordnung?«, hallte Dr. Westphals besorgte Stimme durch den Kellerflur. Sie kam näher, doch Tom kam es so vor, als ob sie sich mit jedem Schritt weiter von ihm entfernte. Er hörte noch ihren Aufschrei, als sie ihn erreichte. Dann verklang die Stimme im Nichts, wurde von seiner Wahrnehmung ausgeblendet. Nur noch dieses furchtbar kreischende Lachen war zu hören, das nun völlig Besitz von ihm ergriff. Schreiend wälzte er sich auf dem Boden und presste verzweifelt die Hände gegen die Ohren. Doch es war vergebens.

Das Licht war nun so grell, dass es alles andere überlagerte. Geblendet kniff er die Augen zusammen und ließ sich auf den Boden zurücksinken, ergab sich der Erinnerung, in der Hoffnung, nie wieder daraus zu erwachen …

Als er die Augen aufschlug, sah er seine Hände, die über blanken Betonboden wischten. Der graue Lappen, den er umklammerte, roch widerlich nach Erbrochenem. Er tauchte ihn in den roten Wassereimer, neben dem er kniete, und wrang ihn aus, bevor er fortfuhr, sein *Missgeschick* zu beseitigen. Dabei schmerzte sein rechter Oberschenkel so sehr, dass er fürchtete, sich erneut übergeben zu müssen. An fünf Stellen hatte sich der Lötkolben in sein Fleisch gebrannt. Dicke, wulstige Brandblasen säumten die schwarzen Ränder der Wunden. Die geschwollene Haut darum herum spannte bei jeder Bewegung, ließ den Schmerz in Wellen durch sein Bein fahren, so heftig, dass er glaubte, jeden Moment wieder die Besinnung zu verlieren. Doch er ließ sich nichts anmerken und tat, was der Wächter ihm aufgetragen hatte, aus Angst vor weiterer Bestrafung.

Trotz der Hitze, die wie brennendes Kerosin durch seinen Oberschenkel strahlte, zitterte er vor Kälte. Noch immer hatte er nur seine Unterhose an. Und obwohl draußen hochsommerliche Temperaturen herrschten, war es in dem Keller kühl. Was das lähmende Gefühl verstärkte, von der Außenwelt abgeschottet zu sein, und ihn gleichzeitig vermuten ließ, dass hier irgendwo ein Kühlgerät lief.

Durch den Schleier der Schmerzen hindurch vernahm er ein gedämpftes Rumpeln und fuhr zusammen. Bestimmt würde er gleich eine weitere Lehrstunde in Sachen Grausamkeit bekommen. Doch als er den Kopf ein wenig zur Seite drehte, sah er aus dem Augenwinkel, dass der Wächter über die offene Kühltruhe gebeugt stand. Er schien damit beschäftigt zu sein, irgendetwas darin zu bewegen. Etwas offensichtlich Schweres, denn er schnaufte angestrengt. Die Truhe stand in der rechten hinteren Ecke des Kellerraumes, so dass Tom sich fast den Hals verrenken musste, um zu erkennen, was dort geschah. Als er jedoch den Fuß erspähte, der steif über den Rand der Truhe hinausragte, bereute er seine Neugier sogleich und schaute wieder auf den Boden vor seinen Händen.

Noch ein Kind. Wie viele Leichen hatte dieser Geisteskranke hier unten deponiert?

Der Wächter keuchte, sein Atem bildete kalte Nebelschwaden über der Kühltruhe. Tom konnte seine Anstrengung förmlich spüren, als er den Leichnam anhob. Ein dumpfes Poltern ertönte.

Schau nicht hin, ermahnte er sich. Doch genauso, wie seine Neugier ihn zu der Grube im Garten geführt hatte, zwang sie ihn jetzt dazu, den Kopf zu drehen.

Der gefrorene Leichnam lag in gekrümmter Haltung auf dem Boden. Es war ein Mädchen. Ihre Shorts waren ebenso blau wie die nackten Beine und Füße, die daraus hervorragten. An einigen Stellen hatten sich dunkle Flecken gebildet, die auf beginnende Verwesung deuteten. Sie trug ein gelbes Shirt, das wegen der Kälte aussah, als hätte man es in Stärke gebadet. Ihr Kopf war leicht angewinkelt und seitlich geneigt, so dass es den Anschein hatte, als sehe sie ihn mit ihren bereiften Augen an. Auch sie hatte blonde, zu steifen Zöpfen geflochtene Haare. Tom schätzte das Mädchen auf vier bis fünf Jahre. Ihr gefrorener Leichnam hatte gekrümmt in der Truhe gelegen, und so schaukelte er ein wenig auf dem gewölbten Rücken, wobei die hervorstehenden Wirbel auf dem glatten Betonboden ein unheimliches Geräusch erzeugten.

Mach weiter, zwang Tom sich und presste den Lappen fester auf den Boden, während das Pochen in seinem Bein zunahm. *Tu einfach so, als würde das alles nicht passieren.*

»Das ist Anna«, ertönte es im Hintergrund, und Tom verstand diese Worte als Anweisung, seine Aufmerksamkeit wieder dem Wächter zu widmen. Und obwohl es gegen seinen Willen geschah, gehorchte er, wischte dabei jedoch weiter den Boden auf.

»Ich wollte ihr nicht wehtun, wirklich nicht.« Der Wächter saß vor dem erstarrten Leichnam, den Rücken gegen die Truhe gelehnt. In seinem Blick lag etwas Trauriges, während sich in seinen feuchten Augen der starre Körper des Mädchens spiegelte. »Sie war so ... so zart und zerbrechlich. Ich wollte sie beschützen, weißt du?«

Tom betrachtete die tiefe Wunde am Hals des Mädchens, die ihren Kehlkopf in zwei Hälften spaltete. Zum ersten Mal fühlte er Wut in sich aufsteigen, Wut über so viel Sinnlosigkeit. Doch sie war nicht stark genug, seine Angst zu besiegen und sich gegen seinen Peiniger zu richten. Also schluckte er seinen Zorn hinunter und drückte stattdessen den Lappen aus, wrang ihn so fest, dass seine Handgelenke schmerzten.

»Aber sie hat ständig nur geweint, sie hatte Angst vor mir«, berichtete der Wächter weiter. Seine Stimme begann leicht zu beben. »Dabei wollte ich ihr doch gar nichts Böses. Ich wollte doch nur, dass sie sich hier wohlfühlt.«

Tom klatschte den Lappen fester als nötig auf den Boden.

»Ich habe ihr immer wieder zugeredet. Aber sie hat nicht

aufgehört, war nicht zu trösten. Da … da ist es irgendwann mit mir durchgegangen, verstehst du?«

Versuchte er etwa, sich vor Tom zu rechtfertigen? Wenn ja, war es ein jämmerlicher Versuch in Anbetracht dieses sinnlosen Mordens. Es verdeutlichte ihm nur, dass er mit Demut allein nicht überleben würde. Dieser Irre würde früher oder später über ihn herfallen, egal, wie unterwürfig er sich verhielt. Ein falsches Wort oder eine unangemessene Bewegung, und die Sicherung im kranken Hirn dieses Wahnsinnigen würde endgültig durchbrennen. Wenn er hier lebend rauskommen wollte, musste er sich selbst helfen. Aber wie? Noch während er darüber nachdachte, hörte er zu seiner Rechten leises Schluchzen.

Heulte der Kerl etwa?

»Als es vorbei war«, wimmerte der Wächter, »da hat es mir furchtbar leidgetan. Es tut mir immer furchtbar leid.« Er zog ein Taschentuch hervor und schnäuzte sich. Dann wischte er die Träne weg, die seine speckige Wange hinablief. »Ich versuche dann, es rückgängig zu machen, aber das geht natürlich nicht. Also habe ich sie in die Truhe gelegt, um sie so zu erhalten, wie sie waren. Aber irgendwann wurden es zu viele.« Er schniefte und wischte sich noch mehr Tränen aus den Augen. »Ich habe wirklich alles versucht, sie zu erhalten, das kannst du mir glauben. Ich wollte nicht allein sein, weißt du? Aber ich verstehe nicht viel davon. Und in der Truhe war nur Platz für einen. Also habe ich sie abwechselnd da reingelegt. Aber mit der Zeit sind sie immer mehr zerfallen.« Ein zittriges Aufschluchzen. »Verstehst du, sie haben mich verlassen! Also musste ich eine Entscheidung treffen. Ich konnte doch nicht meinen eigenen Sohn …« Er hielt inne und schluckte. Dann wurde sein Blick klar und fiel wieder auf den Leichnam vor ihm. »Also habe ich beschlossen, mich von den Mädchen zu trennen.« Er sah zu dem geschlossenen Schrank hinüber, in dem das Einmachglas stand. »Nur Susanna wollte ich nicht hergeben. Vielleicht weil sie die Erste war. Ist wahrscheinlich wie bei Erstgeborenen. Man hat eine stärkere Bindung zu ihnen und will sie nicht loslassen.«

Tom wischte weiter den Boden und versuchte dabei, nicht zu viel Wahnsinn in diese Worte zu interpretieren. Doch es gelang ihm nicht.

»Na ja«, fuhr der Wächter schließlich fort, »jedenfalls war ich gerade dabei, einen der Körper im Garten zu vergraben, als du aufgetaucht bist. Ironisch, nicht wahr?« Seine Stimme wurde fester und nahm wieder diesen schneidenden Unterton an. »Die Frage ist nur: Was mache ich jetzt mit *dir*?«

Tom erstarrte mitten in der Bewegung. Seine Finger krallten sich in den Lappen, den er auf den Boden presste. Auf einmal war es so still in dem Keller, dass er glaubte, die Zeit wäre stehengeblieben. Ein paar quälend lange Sekunden vergingen, in denen er sich ausmalte, wie er vor seinem eigenen Grab im Garten stand, während die Klinge eines Messers durch *seinen* Kehlkopf schnitt, als plötzlich ein Geräusch durch die offene Kellertür drang.

Die Türklingel!

Toms Herz überschlug sich. Hoffnung durchflutete seinen geschundenen Körper wie Wasser ein ödes Tal nach einer Sintflut.

Sie sind da!, dachte er, und sein Puls pochte heiß an seinen Schläfen. *Ich bleibe am Leben!*

Er sah, wie der Wächter blitzschnell aufsprang und zu der Werkbank hinüberhastete. Aufgeregt wühlte er in einigen Schubladen herum, kurz darauf stand er direkt vor Tom. Er packte ihn an den Schultern und stieß ihn unsanft auf die Decke vor der Wand zurück. Dann stopfte er Tom das Taschentuch in den Mund, bis dieser anfing zu würgen. Anschließend fixierte er das Ganze mit Klebeband, das er Tom um Mund und Nacken wickelte. Dabei streifte er sein gebrochenes Nasenbein. Tom stieß einen stummen Schrei aus.

»Du bleibst, wo du bist!«, sagte der Wächter in seinem strengen Befehlston, während er zu der stählernen Tür eilte, die auf der Innenseite ebenfalls dick mit Styropor verkleidet war. »Und wage ja nicht, auf dumme Gedanken zu kommen, sonst nehme ich mir auch noch das andere Bein vor!« Dann schlug er die Tür zu und schloss zweimal von außen ab.

Tom lauschte gespannt den Geräuschen, die gedämpft zu ihm hereindrangen. Das leise Knarren der Treppe; die Schritte des Wächters, die sich entfernten. Abermals glaubte er, das Läuten der Türglocke zu hören, war sich aber nicht ganz sicher, ob er sich das vielleicht nur eingebildet hatte.

Weshalb klingeln sie überhaupt? Wieso treten sie nicht einfach die verdammte Tür ein?

Falls es tatsächlich die Polizei war, die dort vor der Tür stand, würde der Kerl sie wohl kaum hereinlassen. Vermutlich stand er wieder an irgendeinem Fenster und beobachtete sie, bis sie wieder abzogen.

Der instinktive Drang zu schreien oder irgendwie auf sich aufmerksam zu machen, war so allmächtig, dass es Tom beinahe übermenschliche Kraft kostete, ihn zu unterdrücken. Doch er zwang sich eisern dazu, stillzuhalten und abzuwarten; mit dem Knebel im Mund würde ihn ohnehin niemand hören. Stattdessen setzte er seine ganze Hoffnung auf die Entschlossenheit seiner Retter. Doch die hatten es allem Anschein nach nicht sonderlich eilig, denn er hörte nichts mehr. Die Stille, die sich über den Raum gelegt hatte, schien jede Hoffnung zu ersticken, so dass er das Geräusch von splitterndem Holz oder berstendem Glas förmlich herbeisehnte.

Kommt schon, na los! Tut doch irgendwas!

Das Taschentuch in seinem Mund saugte den Speichel auf und wurde mehr und mehr zu einem nassen Klumpen, der unangenehm gegen seinen Rachen drückte. Wieder musste er würgen, und der Gedanke daran, dass das Tuch bereits benutzt worden war, ließ den Brechreiz noch stärker werden. Das Atmen durch die geschwollene Nase fiel ihm schwer. Ein leises Pfeifen ertönte bei jedem Atemzug, deshalb hielt er die Luft an, um in der Stille, die ihn umgab, jedes Geräusch aufzufangen.

Hörte er tatsächlich entfernte Stimmen, oder war das nur Wunschdenken?

Eine Ewigkeit schien vergangen zu sein, als er wieder das Knarren der Treppe hörte. Sein Herz hämmerte gegen seinen Brustkorb, als das Schloss mit zwei schnellen Drehungen entriegelt und die Kellertür aufgestoßen wurde.

Tom stieß enttäuscht die angestaute Luft aus, als er die massige Gestalt des Wächters erblickte, die den ganzen Türrahmen ausfüllte. Die Hoffnung, die er kurze Zeit gehegt hatte, wurde augenblicklich unter einer Lawine aus Angst begraben, als er sah, dass der Wächter wieder das Haar seiner Frau auf dem Kopf trug. Schäumend vor Wut kam er auf ihn zugestapft, und mit jedem seiner Schritte wuchs Toms Panik. Sein Atem ging schwer und stoßweise, und das Pfeifen in seiner Nase wurde immer schriller.

Der Schlag traf ihn so hart, dass er seitlich wegkippte und auf den Betonboden knallte. Dabei stieß er den roten Eimer um; Wasser und Erbrochenes verteilten sich um ihn herum.

»Das ist alles deine Schuld!«, schrie der Wächter, wieder in jener hohen, schrillen Stimmlage, die wohl der einer Frau gleichen sollte, sich aber anhörte wie Kreide, die über eine Tafel quietschte. »Sieh mich an!«

Er packte Tom und zerrte ihn wieder hoch. Dann riss er ihm mit einem Ruck das Klebeband vom Mund, so dass seine Lippen aufrissen. Anscheinend hoffte er, ihn schreien zu hören, doch Tom tat ihm den Gefallen nicht, was den Mann noch wütender machte.

»Sie sind weg. Aber sie kommen wieder, das ist sicher. Und sie werden hier alles durchwühlen, werden uns alles kaputt machen. Und daran bist nur du schuld!« Seine Nasenflügel blähten sich wie die Nüstern eines Pferdes. »Was musstest du auch deine neugierige Nase über unseren Zaun stecken? Ich lasse mir meinen Sohn nicht wegnehmen, verstehst du? Nicht meinen Sohn!« Der Wächter schüttelte ihn heftig. »Sieh mich an!«, schrie er erneut.

Tom hustete den nassen Knebel heraus. Er hatte Mühe, die Augen auf einen bestimmten Punkt zu fokussieren; er war noch viel zu benommen von der Wucht des Schlages. Nur undeutlich nahm er die verzerrte Fratze seines Peinigers wahr, die wie ein nebliger Alptraum über ihm schwebte. Und in diesem Moment, in dem er sich beinahe schwerelos fühlte, spürte er, wie die Kraft der Wut in ihm stärker wurde, wie sie alle Ängste ausschaltete und ihn sämtliche Vorsicht vergessen ließ. Sie übertrumpfte die Vorstellung von dem, was ihm noch bevorstand, und entwickelte ein widerspenstiges Eigenleben.

Sie waren einfach weggegangen, hatten ihn hier zurückgelassen. Was hatte er jetzt noch zu verlieren?

Seine rechte Gesichtshälfte fühlte sich geschwollen und taub an, und er schmeckte Blut im Mund. Ein Geschmack, der die Kraft in ihm noch wachsen ließ. Schließlich holte er tief und pfeifend Atem durch seine gebrochene Nase und spuckte dem Wächter mit der ganzen Wucht des abgrundtiefen Hasses, der sich in ihm angestaut hatte, blutigen Speichel ins Gesicht.

»Leck mich doch, du geisteskranker Dreckskerl!«, legte er gleich darauf nach.

Augenblicklich durchströmte ihn das warme, befriedigende Gefühl des Triumphes, erzeugte einen Glücksrausch, der ihm einen Moment der absoluten Überlegenheit bescherte. Zwar war ihm klar, dass dies nur von sehr kurzer Dauer sein würde, doch trotz des tranceähnlichen Zustandes, in dem er sich befand und der ihn in einer Sphäre aus absoluter Gleichgültigkeit schweben ließ, kostete er jede Sekunde davon voll aus.

Dann sah er aus dem Augenwinkel etwas aufblitzen. Durch den Schleier der Benommenheit kam es ihm vor wie ein goldener Sonnenstrahl, der sich durch dichten Nebel hindurchkämpfte. Es erinnerte ihn an glückliche Kindertage, an denen er sorglos auf Wiesen gespielt und mit Freunden gelacht hatte, und kurz empfand er ein warmes Gefühl von Geborgenheit. Doch dann begriff er, dass es nur ein reflektierender Lichtpunkt an der Hand des Wächters war, die nun zur Faust geballt auf ihn niederfuhr.

Toms Gesicht schien zu explodieren, als der goldene Ehering mit der Wucht des Wahnsinns gegen sein Kinn schmetterte und ihm den Kiefer zertrümmerte. Der Nebel wurde schlagartig dichter, umhüllte ihn wie eine Schicht aus Lachgas, die jeglichen Schmerz absorbierte und seine Wahrnehmung zu dem blendenden Licht der Kellerdecke emportrug, dessen Intensität mit jeder Sekunde zunahm. Er spürte noch die Sohle des schweren Arbeitsschuhes, die auf seinen Oberschenkel gepresst wurde; fühlte die Flüssigkeit, die sich aus den aufplatzenden Brandblasen über seine brennenden Wunden ergoss. Doch er empfand keinen Schmerz mehr, der war bereits ausgeblendet. Immer weiter schwebte er auf das gleißende Licht zu (oder das Licht auf ihn?), das nun heller war als die Sonne, nach deren wärmenden Strahlen er sich so sehr sehnte, bis der grelle Lichtkranz ihn endgültig verschlungen hatte …

Es war sein eigener Schrei, der ihn wieder ins Diesseits beförderte. Augenblicklich ließ das grelle Strahlen über ihm nach, bis es wieder das normale Licht einer Glühbirne war und ihm auf diese Weise signalisierte, dass sich das Tor zu seiner Vergangenheit geschlossen hatte. Sein Atem ging wie der eines Hundertmetersprinters nach einem Weltrekord. Jede Faser seines Körpers stand in Flammen. Hastig griff er nach seinem rechten Oberschenkel, in dem noch immer der brennende Schmerz nachhallte. Als seine Hand den Stoff der Jeans spürte, verging das Gefühl der Nacktheit und des Ausgeliefertseins. Immer wieder streiften seine Finger über die glatte, weiche Oberfläche, streichelten den Stoff, als wäre es die Haut eines Neugeborenen. Seine Wahrnehmung kehrte zurück, registrierte die Stimme, die er zunächst für eine der Stimmen aus seinem Kopf hielt. Doch dann wurde sie klarer.

Erschöpft richtete er sich auf und drehte sich in die Richtung, wo er die Stimme vermutete, die wie durch Wasser zu ihm durchdrang. Sie gehörte Dr. Westphal, die in der Tür des Wäscheraums stand. Er sah, dass sie ihr Mobiltelefon am Ohr hatte und aufgeregt mit jemandem telefonierte. Tom brauchte einige Sekunden, bis sich die Worte zu Sätzen formten, die nun wie Scheinwerfer in die Dämmerung seines Verstandes eintauchten.

»… ja, und bitte beeilen Sie sich! Er wacht gerade wieder auf«, konnte er eben noch verstehen, bevor sie das Gespräch beendete.

»Was … was ist passiert?«, fragte er und sah sie verwirrt an.

»Es ist alles in Ordnung«, beteuerte sie, doch das wirkte wenig glaubhaft. »Sie sind in Ihrem Haus. Gleich kommt jemand, der Ihnen hilft.«

»Aber ...«, stammelte Tom und versuchte, sich zu orientieren. »Mir fehlt doch nichts. Ich muss gestolpert sein und die Besinnung verloren haben.« Er rieb sich seinen Kopf, konnte jedoch weder eine Beule noch eine schmerzende Stelle finden. Noch immer rieb seine Hand seinen Oberschenkel. »Das Letzte, woran ich mich erinnere, ist die Tüte mit den Lebensmitteln. Ich wollte sie in die Truhe stellen, als ...«

Die Erinnerung raste auf ihn zu wie ein Schnellzug, der ihn frontal erfasste. »Sechsundvierzig!«, entfuhr es ihm wie eine Offenbarung. Sein Kopf schwenkte langsam herum, bis seine Augen die Truhe erblickten, die ihm klarmachte, dass dies alles nicht nur ein böser Traum gewesen war.

Entsetzt sprang er auf, wirbelte herum und starrte Dr. Westphal völlig verwirrt an.

»Hören Sie«, stieß er hervor und klang dabei verzweifelter, als er beabsichtigte. »Dafür gibt es eine Erklärung, das hat nichts mit mir zu tun!«

»Tom, bitte bleiben Sie ruhig«, erwiderte Dr. Westphal nur. »Sie müssen sich jetzt erst einmal beruhigen.«

Sie selbst wirkte alles andere als ausgeglichen. Tom sah ihr an, dass sie ihn nur hinhalten wollte. Vermutlich so lange, bis die Polizei eintraf, die sie offensichtlich eben verständigt hatte. Bei dem Anblick, der sich ihr hier bot, konnte er es ihr nicht verdenken.

»Ich weiß, das ist sicher schwer zu glauben«, redete er weiter auf sie ein, »aber ich habe das Mädchen weder entführt noch umgebracht. Da will mir jemand was anhängen!« Es hörte sich genauso abgedroschen an wie ein Satz aus einem seiner Bücher.

Er machte einen Schritt auf sie zu.

»Bleiben Sie stehen, Tom«, befahl sie und hielt ihn mit ausgestrecktem Arm symbolisch auf Distanz, während sie einen Schritt zurückwich. »Kommen Sie nicht näher.« Ihre Hand griff hastig in die Tasche ihres Jacketts und zog eine Dose Pfefferspray hervor, die sie vor sich hielt wie eine Pistole.

Tom erstarrte unwillkürlich. Die Situation wurde für ihn immer unübersichtlicher. »Kommen Sie, Frau Doktor, Sie können doch nicht ernsthaft glauben, dass ich …« Er zeigte auf die Truhe, brachte es jedoch nicht fertig, es auszusprechen. »Jetzt überlegen Sie doch mal. Ich wäre ja wohl kaum hier hinuntergegangen, wenn ich gewusst hätte, was mich erwartet, und hätte dann auch noch so ein Theater gemacht, damit Sie darauf aufmerksam werden. Trauen Sie mir so etwas tatsächlich zu?«

»Ehrlich gesagt weiß ich nicht mehr, was ich glauben soll, Tom.«

»Willkommen in meiner Welt, Frau Doktor.«

»Aber was ich hier sehe, spricht nicht gerade für Sie«, fügte sie hinzu.

Tom trat unruhig von einem Bein aufs andere. Ihm blieb wenig Zeit, das war ihm klar. Er musste sie überzeugen oder überwältigen, bevor die Polizei eintraf. Doch selbst wenn ihm das gelang, was dann? Wohin sollte er fliehen? Das Haus zu verlassen erschien ihm unmöglich, aber er sah ein, dass es wenig erfolgversprechend war, sich hier zu verbarrikadieren. Er musste untertauchen, musste einen Ausweg finden, der ihm mehr Zeit verschaffte. Zeit, die er benötigte, um dieses Chaos zu ordnen, in dessen Mitte er sich befand. Und er hätte sein Leben darauf verwettet, dass der Schlüssel dazu in seiner Vergangenheit zu finden war. Diese immer wiederkehrenden Rückblenden, die vielen Übereinstimmungen. Das alles musste irgendwie zusammenhängen. Aber zunächst einmal galt es, heil aus dieser Situation herauszukommen. Doch der Countdown zu seiner Hinrichtung lief bereits. Er musste sich beeilen.

»Sehen Sie mich an«, sagte er und versuchte dabei, so überzeugend wie möglich zu klingen. »Sehen Sie mir in die Augen, und sagen Sie mir, dass ich für das hier verantwortlich bin.«

»Kommen Sie mir nicht so, Tom«, wehrte sie ab und umklammerte das Pfefferspray noch fester. »Ich blicke jeden Tag in die Abgründe menschlicher Seelen, aber in den Augen habe ich dergleichen noch nie gefunden. Heben Sie sich also diese billigen Tricks für Ihre Bücher auf.«

Er atmete tief durch. Dass sie Psychiaterin war, erschwerte ihm das Ganze erheblich. Natürlich hatte sie recht. Der Blick in die Augen eines Menschen offenbarte selten seine Geheimnisse. »Na schön«, sagte er entschieden. »Und was ist dann mit all dem, was Sie mir gerade in der Küche gesagt haben? Was ist mit ›*Ich bin als Ihre Freundin hier*‹? Und was ist mit ›*Ich halte Sie nicht für verrückt*‹? Und vor allem, was ist mit ›*Ich mag Sie, Tom*‹?«

Er glaubte, ein winziges Zögern in ihrer Körperhaltung zu erkennen. Aber vermutlich war das ein Trugschluss. Sie war viel zu professionell, um sich von solchen Anspielungen beeindrucken zu lassen.

»Darüber können wir gerne reden, wenn Sie sich in Polizeigewahrsam befinden«, antwortete sie. Doch in ihrer Stimme lag etwas weniger Festigkeit als noch vor einigen Sekunden.

»Ich kann meine Unschuld nicht beweisen, wenn ich eingesperrt bin.«

»Und ich kann nicht einfach über das hier hinwegsehen, Tom. Diesmal nicht.«

Er trat noch einen Schritt auf sie zu.

Die Hand, die das Pfefferspray hielt, begann zu zittern. »Zwingen Sie mich nicht dazu«, warnte sie, während sie weiter zurückwich. Jetzt war sie an der geöffneten Tür angekommen, war etwa fünf Schritte von ihm entfernt, und ihre freie Hand legte sich um den Türgriff, entschlossen, ihn hier unten einzusperren.

»Bitte«, flehte er und sah sie eindringlich an. »Ich bin kein schlechter Mensch, das wissen Sie doch.«

»Herrgott noch mal, Tom«, fauchte sie aufgebracht. »In Ihrer Kühltruhe liegt die Leiche eines kleinen Mädchens!«

»Und darüber bin ich genauso schockiert wie Sie!« Er machte einen weiteren Schritt, sorgsam darauf bedacht, nicht über die Wäschestücke zu stolpern, die wahllos am Boden verteilt lagen. »Und jetzt fordere ich ein bisschen von dem, was Sie von mir verlangt haben, nämlich Vertrauen. Ich bin seit Jahren bei Ihnen in Behandlung. Gut, vielleicht war ich nicht immer offen zu Ihnen, aber ich habe Sie nie belogen. Und wenn Ihr Urteilsvermögen nicht gänzlich versagt hat, dann müssen Sie mir glauben!«

Wieder dieses Flattern in ihren Augen. Die Hand, in der sie das Spray hielt, senkte sich etwas. »Tom, wenn Sie sich freiwillig stellen, kann ich ein gutes Wort für Sie einlegen. Ich werde bei jeder Vernehmung dabei sein und Sie unterstützen, so gut ich kann. Aber wenn Sie mich zwingen, diese Tür zuzuschlagen, dann machen Sie das Ganze nur unnötig kompliziert.«

»Ich werde mich nicht für etwas rechtfertigen, das ich nicht getan habe.«

»Die Polizei wird den Fall untersuchen. Wenn Sie wirklich unschuldig sind, haben Sie bestimmt auch nichts zu befürchten.«

»Tut mir leid, aber dieses Risiko kann ich nicht eingehen.«

Ihre Finger legten sich fester um den Türgriff, während sie weiter zurückwich. »Seien Sie vernünftig, Tom. Allein kommen Sie ohnehin nicht weit.«

»Wer weiß«, entgegnete er. »Sie sagen doch immer, ich soll mich meinen Ängsten stellen. Jetzt wäre doch eine gute Gelegenheit dazu, finden Sie nicht?«

Beklommen sah Tom, wie Dr. Westphal langsam durch die Tür zurückwich. Wenn es ihr gelang, sie zu verriegeln, war alles verloren. Er wäre hier gefangen, bis sie kämen, um ihn zu holen. Sie würden ihn in eine Zelle zu sperren, so wie der Wächter es getan hatte. Die Guten würden zu den Bösen werden, und sein Alptraum würde ewig andauern.

»Nein!«

Von Panik erfasst, stürzte er vor. Im selben Moment fiel die Tür ins Schloss. Das hastige Klappern eines Schlüssels war zu hören, der sich im Schloss drehte. Tom drückte auf die Klinke und zog daran. Erleichtert stellte er fest, dass der Riegel noch nicht gegriffen hatte und die Tür nachgab. Zunächst nur ein wenig. Er konnte spüren, wie auf der Gegenseite daran gezerrt wurde, was seine Entschlossenheit noch steigerte. Er stemmte den Fuß gegen die Wand und warf sich mit der ganzen Kraft seines Körpers rückwärts. Ein gedämpfter Schlag ertönte. Dann war der Widerstand verschwunden, und die Tür schwang auf.

Von seinem eigenen Schwung mitgerissen, stürzte Tom rücklings zu Boden und warf noch mehr Wäschekörbe um, die Hemden und Shorts über ihn verteilten. Er schleuderte sie beiseite, stemmte sich sofort wieder auf die Füße und schaute in den offenen Durchgang, fest entschlossen, sich seinen Weg freizukämpfen. Doch voller Bestürzung sah er, dass der Kampf bereits gewonnen war.

Dr. Westphal lag reglos auf der Türschwelle. Aus einer Platzwunde an ihrer Stirn floss Blut über ihr Gesicht und ihre Haare. Mit wenigen Schritten war Tom bei ihr. Erst jetzt sah er den blutigen Fleck, etwa auf halber Höhe des Türrahmens. Sie war mit voller Wucht dagegengeschleudert worden, als Tom die Tür aufgerissen hatte.

Behutsam fasste er sie unter den Schultern und zog sie in den Wäscheraum. Ihr Handy und ihr Schlüsselbund rutschten aus ihrem Blazer und fielen zu Boden. In der Hand hielt sie noch immer das Pfefferspray. Tom verband ihre Kopfwunde notdürftig mit einem der T-Shirts, die auf dem Boden lagen. Als er sie dann betrachtete, verletzt und hilflos, überrollte ihn eine Woge der Schuldgefühle.

»Es tut mir leid«, beteuerte er, obwohl er wusste, dass sie ihn nicht hören konnte. »Aber ich habe keine andere Wahl.«

Angespannt atmete er tief durch. Es war höchste Zeit, zu verschwinden. Auf dem Weg nach draußen fiel sein Blick auf das Mobiltelefon, das neben dem Schlüsselbund auf dem Boden vor der Tür lag. Er schnappte sich beides und rannte durch den Gang nach oben.

Auf dem Flur im Erdgeschoss angekommen, klappte er das Handy auf und rief das Menü für getätigte Anrufe auf. Sie hatte die Nummer des Polizeinotrufs gewählt. Ihm blieben also maximal zehn Minuten, wahrscheinlich weniger. Die Ironie der Situation war schwer zu übersehen. Damals hatte er die Polizisten verzweifelt herbeigesehnt. Und heute, dreizehn Jahre später, waren sie diejenigen, gegen die er sich wehren musste. Und wieder einmal war er dabei auf sich allein gestellt. Es wiederholte sich alles, es begann erneut. Nur dass die Verhältnisse sich umgekehrt hatten. Er nahm seine Jeansjacke von der Garderobe und verstaute das Handy darin.

Dann ist es jetzt also offiziell, dachte er, während er die Haustür betrachtete, die sich plötzlich immer weiter zu entfernen schien, bis der Flur einem langen Tunnel glich, dessen Ausgang unerreichbar war. *Ich bin auf der Flucht!* Angst schnürte ihm die Kehle zu, ließ seinen Magen steinhart werden. Der Ringkampf unten im Keller hatte ihm eine Menge abverlangt, doch der, der nun vor ihm lag, würde alles in den Schatten stellen. Es erschien ihm nahezu unmöglich, dass er als Sieger daraus hervorgehen würde.

Mit zitternden Händen öffnete er die Tür und trat ins Freie.

Der Sturm erfasste ihn augenblicklich, peitschte ihm Regentropfen wie Kieselsteine ins Gesicht und nahm ihm den Atem. Die schwarzen Wolken über ihm schienen sich auf einen Schlag von ihrer gesamten Wasserlast zu befreien. Sie färbten das Tageslicht schmutzig grau, so dass es jegliche Farbe verschluckte. Fast hoffnungslos stemmten die Wipfel der Bäume sich dem Sturm entgegen und gaben schließlich nach, als wollten sie sich seiner Macht beugen. Genau wie seine eigene Welt war nun wohl auch die Welt hier draußen dem Untergang geweiht.

Er stemmte sich gegen den Wind und, was noch schwieriger war, gegen die aufkeimende Panik in ihm, die jeden seiner Schritte lähmte. Doch die Vorstellung, wieder in einer kalten Zelle eingesperrt zu werden, noch einmal diesen Zustand absoluter Hoffnungslosigkeit zu ertragen, besiegte seine Angst. Angesichts der wenigen Zeit, die ihm blieb, war Zögern ein Luxus, den er sich nicht leisten konnte. Wenn er auch nur den Hauch einer Chance haben wollte, musste er schleunigst von hier weg.

Das Auto!

Es war die einzige Möglichkeit.

Nervös fingerte er an dem Schlüsselbund herum, den er noch immer in der Hand hielt, bis er den Zündschlüssel fand. Als er die Fernbedienung daran betätigte, leuchteten die Blinklichter des schwarzen Volvo kurz auf, und ein elektronisches Piepen ertönte.

Hastig riss er die Fahrertür auf. Obwohl der Regen wie ein Steinschlag auf das Dach trommelte, fühlte Tom sich augenblicklich sicherer, als er im Wagen saß. Der Innenraum war vom Duft des blumigen Parfüms erfüllt, das Dr. Westphal trug. Dieses süßliche, durch und durch weibliche Aroma würde für ihn für alle Zeit mit Verrat verbunden sein. Er würde einiges wiedergutzumachen haben, sollte er das hier heil überstehen.

Mechanisch griff er nach dem Gurt und schnallte sich an. Dann glitt sein Blick verzagt über das Armaturenbrett.

Was jetzt?

Er konnte ebenso wenig ein Auto steuern, wie er in der Lage war, einen Hasen aus einem Hut zu zaubern.

Komm schon, du hast darüber geschrieben. Und du hast Karin mindestens hundertmal dabei zugesehen. Das kann doch nicht so schwer sein!

Unsicher suchten seine Augen das Zündschloss. Er brauchte drei Versuche, bis der Schlüssel schließlich einrastete. Das Zittern wurde schlimmer, und die Angst gewann immer mehr die Kontrolle über ihn.

Seine Medikamente!

Kalte Panik stieg sein Rückgrat empor. Er musste zurück, musste die Tabletten holen.

Keine Zeit mehr. Er hatte keine Zeit mehr!

»Verdammt!«, schrie er und trommelte wie besessen auf das Lenkrad, bis der Druck in seinem Kopf nachzulassen begann. *Gut so*, dachte er sich. *Sei lieber wütend, Wut ist stärker als Angst!*

Abermals atmete er tief durch, um seinen hämmernden Puls zu beruhigen. Dann wischte er sich den kalten Schweiß von der Stirn, blickte entschlossen die Einfahrt hinunter, die wie ein finsterer Weg ins Ungewisse aussah, und drehte den Schlüssel …

Und es war, als würde er einen Schalter in seinem Gehirn umlegen, denn urplötzlich war alles wieder schwarz.

Seine Wahrnehmung kehrte so schlagartig zurück, wie sie verschwunden war. Und sie vermittelte ihm den sehr deutlichen Eindruck, auf eine blaugraue Wand zuzurasen, die mit Lichtgeschwindigkeit näher kam. Die Scheibenwischer rasten über das Glas, hatten erhebliche Mühe, die Regenmassen zu bewältigen, die darauf einprasselten. Durch die erschwerte Sicht brauchte Tom einige Schrecksekunden, um zu begreifen, dass es keine Wand, sondern ein Streifenwagen war, der da auf ihn zukam.

Er schrie auf. Erschrocken riss er die Hände hoch, die eben noch das Lenkrad gehalten hatten. Sein Entsetzen steigerte sich noch, als er auf die Geschwindigkeitsanzeige starrte.

»Großer Gott!«

Es fiel ihm schwer, zu begreifen, was hier geschah. Er saß tatsächlich am Steuer dieses Wagens und raste mit über achtzig Sachen den schmalen Waldweg entlang, der von seinem Haus wegführte. Und hielt dabei geradewegs auf einen Streifenwagen zu, der ihm mit Blaulicht und Sirene entgegenkam und ihm den Weg versperrte.

Es waren nur wenige Augenblicke vergangen, seit er den Zündschlüssel gedreht hatte, dessen war er sich sicher. Dennoch befand er sich plötzlich an der Ausfahrt zur Straße, als hätte er einen Zeitsprung vollzogen. Und es hatte den Anschein, als hätte er den Wagen bis eben so routiniert beherrscht wie jemand, der schon seit Jahren damit vertraut war.

Ihm blieben noch etwa zwei Sekunden, um darüber nachzudenken.

Der schmale, abfallende Weg bot zu beiden Seiten hin keinerlei Ausweichmöglichkeit. Rechts von ihm erhoben sich die bewaldeten Flanken der Talwand, die sich bis zu seinem Haus erstreckte. Auf der linken Seite wiederum fiel das Gelände neben dem Weg etwa vierzig Meter steil zum Seeufer ab. Aus Toms Beinen schien jede Kraft gewichen zu sein, als er ungelenk auf die Pedale eintrat. Sein rechter Fuß verkantete sich, rutschte ab und traf den Gashebel, der keinerlei Widerstand bot. Die Automatik schaltete herunter und ließ den Motor aufheulen wie ein tollwütiges Tier, dessen ungezügelte Kraft ihn ruckartig in den Sitz presste, während der Wagen noch schneller auf das Hindernis zuraste.

Noch drei Meter!

Instinktiv riss Tom das Steuer herum. Der Wagen brach nach links aus und streifte die Stoßstange des Polizeiwagens. Dann wurde Tom in seinen Gurt geschleudert, als der Volvo das grüne Metall der Absperrung durchbrach, die den Weg auf dieser Seite begrenzte. Pfosten wurden weggeschleudert, Drahtgitter kratzte mit einem widerlich durchdringenden Geräusch an den Seitenverkleidungen entlang, das dem Schrei einer Katze glich. Die Äste vereinzelter Sträucher, die hinter der Absperrung in den Abhang hineinwuchsen, streiften über den Unterboden, schlugen gegen Auspuff und Benzintank, bevor sie knisternd wegbrachen. Dann war einige Sekunden lang nur das Heulen des Motors zu hören, als die Reifen den Bodenkontakt verloren und über den Rand der Böschung hinausschossen. Wie in Zeitlupe neigte sich die

Motorhaube des Wagens nach vorn und gab Tom die Sicht in den Abgrund frei, in den er stürzte.

Mit aller Kraft stemmte er die gestreckten Arme gegen das Lenkrad, als die Front des Volvo sich in den vom Regen aufgeweichten Abhang grub. Dreck und Moos spritzten auf, klatschten auf die Frontscheibe – die durch den Aufprall an mehreren Stellen Risse bekam – und wurden sofort von den Wischblättern verschmiert, die wild hin und her schlugen, als wollten sie ihr Revier verteidigen. Wieder wurde Tom in den Gurt gepresst, der schmerzhaft in seine Brust schnitt und ihm die Luft aus der Lunge presste. Sein Kopf schleuderte haltlos nach vorn, wurde aber mehr oder weniger sanft von dem großen Airbag aufgefangen, der sich explosionsartig vor seinen Augen entfaltete. Die Stoßdämpfer ächzten unter der Wucht des Aufschlags, doch der Wagen stabilisierte sich wieder, als die Hinterräder den Boden berührten. Tom wurde in die Höhe geschleudert, und diesmal verhinderte der Gurt, dass sein Kopf gegen das Wagendach krachte.

Der Aufprall hatte die Fahrt des Wagens gebremst, der nun jedoch durch das steile Gefälle sofort wieder an Geschwindigkeit gewann. Der Airbag sank nur langsam in sich zusammen, und Tom drückte ihn nach unten, so dass die Luft daraus entwich und er das Lenkrad wieder sehen konnte. Sofort versuchte er, es zu fassen zu bekommen, doch es ruckte so wild hin und her, dass es ihm die Hände wund schürfte, während der Wagen immer schneller den holprigen Abhang hinunterrollte. Dessen oberer Teil war wegen des steilen Gefälles nur spärlich bewachsen. Lediglich einige kleinere Büsche kreuzten seinen Weg, schrappten über die Stoßstange und das Blech, hatten aber dem Gewicht des Wagens nichts entgegenzusetzen. Erst im unteren, sich allmählich abflachenden Drittel, auf das er nun zuraste, wurde das Buschwerk dichter, und die knochigen Stämme vereinzelter Bäume ragten in den Himmel empor und säumten in einem etwa zehn Meter breiten Gürtel das rasch näher kommende Ufer. Mit Entsetzen stellte Tom fest, dass er dort auf eine Erhebung zusteuerte, die sich zunächst wie ein dunkler Schatten vor dem helleren Licht des Ufers abzeichnete. Erst etwas weiter unten erkannte er den in seine Richtung geneigten Stamm eines mächtigen Baumes, dessen Wurzeln dem Sturm nicht gewachsen gewesen waren. Er hatte sich in den Kronen benachbarter Bäume verfangen, die seinen Sturz aufgehalten hatten. Doch nun ragte das verästelte Wurzelwerk empor, in dem das Erdreich des aufgeweichten Waldbodens hing und auf das der Wagen unausweichlich zuraste.

Während das dichter werdende Buschwerk gegen die Seiten des Autos peitschte, trat Tom mit aller Kraft auf das Bremspedal. Das raue Kratzen des Antiblockiersystems setzte ein, doch die Bremsen waren diesen extremen Umständen nicht gewachsen. Der Wagen zitterte und bebte, als wollte er sich wehren, und Tom hatte das Bild eines Hundes vor Augen, der sich verzweifelt gegen seine Leine stemmte, die ihn jedoch unaufhaltsam weiterzog.

Ein weiterer Ruck erschütterte den Wagen, als etwas am Unterboden entlangschabte und das Endstück des Auspuffs abriss; das Summen des Motors wurde zu einem heiseren Röhren, das einem letzten Aufschrei glich.

Tom schloss die Augen und presste sich, so fest er konnte, in den Sitz.

Mit der Wucht einer Explosion krachte der Wagen gegen das Hindernis. Der Motorblock wurde hochgedrückt, Streben brachen und ächzten dabei wie die Schotten eines untergehenden Ozeandampfers. Das Knacken der armdicken

Wurzeln, die wie Knochen brachen, wurde vom Kreischen sich verformenden Metalls übertönt. Der Volvo wurde herumgeschleudert und seitlich in die Höhe gerissen, so dass Tom einige Sekunden lang das Gefühl der Schwerelosigkeit empfand, während er sich langsam in der Luft drehte.

Mit ohrenbetäubendem Getöse schlug das Dach auf dem Boden auf. Tom hätte nicht sagen können, wie oft sich der Wagen überschlug – vielleicht zweimal, vielleicht fünfmal –, weil oben und unten und rechts und links jede Bedeutung verloren hatten. Ein Schauer aus winzigen Splittern des Sicherheitsglases prasselte auf ihn ein, und ihm war, als zerre eine übernatürliche Kraft von allen Seiten gleichzeitig an ihm und mache ihn zum Spielball dieses Infernos. Er kniff die Augen zu und verlor sich in völliger Machtlosigkeit.

Erst nach einer kleinen Ewigkeit ließ das Gefälle nach. Tom spürte, wie die Kräfte, die auf ihn einwirkten, nachließen, bis der völlig zertrümmerte Wagen schließlich am Seeufer auf den Rädern zum Stehen kam.

Ich lebe! war sein erster Gedanke in diese übernatürliche Stille hinein, von der er nicht wusste, ob sie Realität oder dem entsetzlichen Lärm dieser Höllenfahrt geschuldet war, der ihn halb taub gemacht hatte. Er konnte den Regen spüren, der durch die glaslosen Fenster hindurch in den Innenraum prasselte und seinen erhitzten Körper angenehm kühlte, als wolle er ihm auf diese Weise signalisieren, dass er diesen Sturz tatsächlich überlebt hatte. Allerdings konnte Tom noch nicht sagen, ob das gut oder schlecht für ihn war.

Vorsichtig öffnete er die Augen. Das Erste, was er sah, waren die beiden Wischblätter, die dreckig und verbogen in die Luft ragten wie die Knochen eines metallenen Skeletts. Dahinter erblickte er das vom Regen aufgepeitschte Wasser des

Sees. Es erstreckte sich in einem Umkreis von etwas mehr als zweihundert Metern und füllte die gesamte Talsohle aus, die durch die düsteren Wolken in ein diesiges, unheilvolles Grau getaucht wurde.

Langsam machte er sich daran, sich die Scherbensplitter von den Kleidern zu wischen, wobei er erleichtert und zugleich überrascht feststellte, dass er offenbar nicht verletzt war. Ein paar Prellungen und Abschürfungen an den Armen, aber keine nennenswerten Schäden. Nach dem, was er gerade durchlebt hatte, mutete das beinahe wie ein Wunder an. Noch immer kamen Trümmer und Geröll den Abhang heruntergeschliddert und sammelten sich an dessen Ausläufern.

Toms Finger bekamen den Türgriff zu fassen und rüttelten daran, doch es tat sich nichts. Auf der Beifahrerseite brauchte er es gar nicht erst zu versuchen. Dort hatte sich das Dach durch den Aufprall um gut die Hälfte gesenkt, so dass der Türrahmen völlig verzogen war.

Wenn das auf meiner Seite passiert wäre … ging es ihm durch den Kopf, als er das verbogene Stahlblech betrachtete, doch er dachte den Gedanken nicht zu Ende.

Mit dem Oberkörper voran kroch er durch das zertrümmerte Fenster der Fahrerseite nach draußen. Der Regen hatte noch zugelegt und prallte am Blech des Wagens ab wie Querschläger an einer Wand. Erst jetzt erkannte Tom das volle Ausmaß des Schadens. Die Räder waren aus ihren Aufhängungen gerissen worden und standen schräg. Die gesamte Front hatte sich nach oben geknickt und war dann seitlich weggebogen. Das Dach fiel in einem schrägen Winkel zur Seite ab. Selbst die Schweller waren verzogen. Nichts schien auch nur annähernd dort zu sein, wo es normalerweise hingehörte.

»Eigentlich müsste ich tot sein«, keuchte er beim Anblick

dieses völlig deformierten Wracks unwillkürlich. Es schien nahezu unmöglich, einen solchen Sturz fast unbeschadet zu überstehen. Er spürte, wie die Kraft langsam in seinen Körper zurückkehrte und den Schock verdrängte. Vorsichtig versuchte er aufzustehen, doch sein Gleichgewichtssinn war noch immer völlig durcheinander und ließ ihn heftig schwanken, so dass er sich an dem Autowrack abstützen musste. Erst nachdem sich auch das Schwindelgefühl gelegt hatte, betrachtete er seine Umgebung. Das Ufer verlief an dieser Stelle parallel zu dem höher gelegenen Waldweg, der in die Zufahrt zum See mündete, durch die hohen Bäume jedoch nicht einzusehen war. Allerdings näherte sich von dort bereits das Heulen einer Sirene, wie Tom mit wachsender Anspannung feststellte. Er musste sich beeilen, denn seine Chancen standen ohnehin denkbar schlecht.

Entschlossen setzte er sich in Bewegung und lief an dem kiesigen Ufer entlang. Ungefähr fünfzig Meter trennten ihn von der Zufahrt. Als er dort angelangt war, klang das Heulen der Sirene bereits bedrohlich nahe. Nur wenige Sekunden bevor der Streifenwagen das Ufer erreichte, schlug Tom einen Haken und tauchte im dichten Gehölz der Böschung unter. Die Sirene schmerzte in seinen Ohren, als der Wagen vorbeiraste. Tom erkannte die Beule an der Stoßstange. Es war derselbe Polizeiwagen, der ihm vor dem Unfall entgegengekommen war. Im Innern des Fahrzeuges konnte er zwei Gestalten ausmachen. Er ging von mindestens zwei weiteren Einheiten aus, die mittlerweile bestimmt sein Haus erreicht hatten. Erst als sich das Sirenengeheul entfernte und kurz darauf ganz verstummte, sprang er auf und kletterte weiter die Böschung hinauf.

Auf dieser Talseite war das Gefälle deutlich weniger steil und zudem nur halb so hoch, was ihm den Aufstieg erleichterte. Allerdings war der Hang hier auch wesentlich dichter bewachsen. Farne, mannshohe Sträucher und die knorrigen Stämme einiger Bäume bildeten ein verfilztes Dickicht, das ihm zwar ausreichend Deckung bot, in dem er jedoch nur schwer vorankam. Der Untergrund war vom Regen durchweicht und matschig, was ihn zusätzliche Kraft kostete. Er war bis auf die Haut durchnässt, und seine Kleider waren schmutzig und schwer wie eine Bleiweste. Hinzu kam, dass er solche Anstrengungen nicht gewohnt war und immer wieder kleinere Verschnaufpausen einlegen musste. Am meisten aber beunruhigte ihn sein Bein, in dem der ziehende Schmerz über das Knie bis in die Hüfte hinauf ausstrahlte. Bei dieser Belastung würde es schlimmer werden, das wusste er. So war es nur eine Frage der Zeit, bis er würde aufgeben müssen.

Vielleicht sollten Sie es mal mit einer anderen Strategie als mit Flucht versuchen, rief er sich die Worte von Dr. Westphal ins Gedächtnis. Er hätte verdammt noch mal auf ihre Hilfe vertrauen sollen. Stattdessen hatte er sich wieder einmal zur Flucht entschlossen und dabei auch noch sein Leben riskiert. Dieses Mal jedoch war er nicht nur auf der Flucht vor sich selbst und seiner Vergangenheit. Das hier war sein ganz realer Alptraum, aus dem es kein Erwachen gab. Und er würde die Konsequenzen tragen müssen, denn jetzt führte kein Weg mehr zurück. Wie ein gehetztes Tier würde er sich im Wald verkriechen müssen, bis sich die Lage beruhigt hatte. Aber selbst wenn ihm das gelang, was dann? An wen konnte er sich wenden? Wem konnte er noch vertrauen? Seine Situation war mehr als aussichtslos, und allmählich fragte er sich, weshalb er das alles auf sich nahm.

Weil du seit annähernd dreizehn Jahren ein Gefangener deiner Ängste bist, lautete die Antwort. *Und es ist endlich an der Zeit, auszubrechen!*

Als er das obere Drittel des Abhangs erreicht hatte, hielt er erschöpft inne und rieb sein schmerzendes Bein. Seine Augen schweiften über das diesige Tal und den See. An einem normalen Sommertag hätte er diesen Anblick sicher genossen, doch unter den jetzigen Bedingungen wirkte er nur düster und beklemmend.

Plötzlich hörte er ein Geräusch.

Durch das Fauchen des Windes hindurch hätte er nicht sagen können, woher es gekommen war, doch er hatte es eindeutig gehört. Sofort duckte er sich. Schlammige Erde saugte sich am Stoff seiner Jacke und seines T-Shirts fest und machte sie noch schwerer. Toms Augen tasteten das Gelände unter ihm ab wie zwei Scanner, die jedes noch so winzige Detail zu erfassen versuchten. Doch durch das dichte Blattwerk hindurch war kaum etwas zu erkennen.

Es war nur der Sturm, nichts weiter, versuchte er sich zu beruhigen. Wieder schaute er nach oben, in Richtung des Waldweges. Der Regen schlug ihm ins Gesicht, trommelte auf die Blätter der Büsche und Sträucher ein wie Geschosse, die daran abprallten und ihre nassen Splitter über ihn verteilten. Dann erstarrte Tom jäh, als er unmittelbar über sich, etwas seitlich versetzt, neben dem dicken Stamm eines Baumes eine Gestalt entdeckte. Das hohe Dickicht schränkte sein Sichtfeld stark ein. Doch nur wenige Schritte entfernt konnte er ganz deutlich das Gesicht eines Mannes erkennen, der dort reglos am Rande des Abhangs stand wie eine unheimliche Statue. Und dieser Mann blickte mit derselben grimmigen Teilnahmslosigkeit auf ihn herab, wie er es vor zwei Stunden in seinem Garten getan hatte. Dicke Regentropfen liefen an den Gläsern seiner Brille hinab, so dass seine dunklen Augen verzerrt erschienen und noch undurchsichtiger wirkten.

Tom spürte, wie sein Herz gegen den schlammigen Untergrund hämmerte. Er hätte schwören können, dass es dort einen Abdruck hinterließ.

Der Mann stand regungslos da und beobachtete ihn wie ein Ausbilder, der seinen Rekruten beurteilt. Tom fragte sich, ob er ihn damit einschüchtern wollte. Wenn ja, gelang ihm das auf eindringliche Weise. Aber was sollte das alles? Wollte er ihm am Ende helfen? Oder war er dafür verantwortlich, dass die Leiche eines vierjährigen Mädchens in seinem Keller lag?

Es gab nur eine Möglichkeit, das herauszufinden.

Tom stemmte sich hoch und grub die Hände in den schlammigen Abhang, um sich auf die Beine zu ziehen. Im selben Moment wandte sich die Gestalt ab und verschwand in Richtung des Waldwegs.

»Warten Sie!«, schrie Tom verzweifelt, auf die Gefahr hin, seine Verfolger damit auf sich aufmerksam zu machen. Sein Fuß rutschte weg und löste einen dicken Erdklumpen, der die Böschung hinunterrollte und dabei in kleinere Brocken zerfiel, die sich im dichten Geäst verfingen. Hastig kam er auf die Füße und kämpfte sich weiter den Hang hinauf. Kurz darauf hatte er den Rand des Abhangs erreicht, wo er sich völlig erschöpft und durchnässt gegen den Baum lehnte, neben dem eben noch der Fremde gestanden hatte. Doch von dem Mann war keine Spur zu sehen. Genau wie in seinem Garten hatte er sich auch hier scheinbar in Luft aufgelöst.

Das war keine Einbildung, sagte er sich verbissen. *Der Kerl hat hier gestanden, und ich werde ihn verdammt noch mal finden und sämtliche Antworten aus ihm rausprügeln, wenn es sein muss!*

Er kniff die Augen zusammen und folgte mit dem Blick dem Verlauf des Weges bis hinauf zu der asphaltierten Straße. Doch es war nichts zu sehen außer ein paar Pfützen, auf deren Oberfläche der Regen tanzte.

Verdammter Mistkerl, fluchte er stumm in sich hinein. Dann vernahm er hinter sich das Knacken von Zweigen.

»Polizei, bleiben Sie stehen!«

Ein Gefühl vollkommener Ohnmacht übermannte Tom, lähmte ihn. Die Schutzhülle aus Anspannung, die seine Ängste und Schmerzen besiegt und ihn bis zur völligen Erschöpfung vorangetrieben hatte, fiel wie ein alter rostiger Panzer von ihm ab, und an ihrer Stelle senkte sich die Last der Resignation auf seine Schultern herab. *Es ist vorbei* war sein erster Gedanke, als er langsam den Kopf drehte und den Polizisten erblickte, der ihm den Abhang hinauf gefolgt war. Und im selben Moment wurde ihm klar, dass es nie richtig begonnen hatte. Er hatte von Anfang an nicht die geringste Chance gehabt, war wie ein verängstigtes Kind in den Wald gelaufen, um sich dort zu verkriechen und sich seiner Verantwortung zu entziehen. Und nun stand er hier durchnässt und verdreckt auf einem holprigen Waldweg, und seine Verantwortung holte ihn in Gestalt der Sirene ein, die erneut vom Ufer her ertönte, sich der Zufahrt näherte und damit sämtliche Fluchtwege blockierte. Er konnte weder vor noch zurück.

Dann hörte er das Geräusch. Der tosende Wind und die Sirene hatten ihn halb taub gemacht, so dass er das dumpfe Röhren zunächst nicht wahrnahm. Doch dann schwoll es an wie das Donnergrollen eines Gewitters, das rasend schnell auf ihn zukam. Und als er sich schließlich danach umdrehte, hatte es ihn schon fast erreicht.

Tom fuhr erschrocken zusammen, als der Wagen mit blockierenden Reifen neben ihm zum Stehen kam. Und seine

Verwunderung steigerte sich noch, als er erkannte, dass es kein Polizeifahrzeug war. Die Beifahrertür flog auf, und Tom blickte in das grinsende Gesicht seines Freundes Fanta.

»Na los, Alter, steig ein!«

Tom glotzte ihn an. So, wie man vermutlich einen Außerirdischen anstarren würde, der ohne Vorwarnung vom Himmel gefallen war.

»Was ist?«, rief Fanta. »Willst du erst noch deine Mutter anrufen?«

»Bleiben Sie stehen, oder ich bin gezwungen zu schießen.«

Sein Verfolger hatte den Rand des Abhangs fast erreicht, und Tom konnte erkennen, wie er nach seiner Pistole griff, während er gleichzeitig versuchte, auf dem schmierigen Untergrund der Böschung das Gleichgewicht zu halten.

»Jetzt mach schon!«, riss Fanta ihn aus seiner Lethargie.

Ohne weiteres Zögern stürzte Tom auf den Wagen zu und sprang hinein. Noch ehe er die Tür geschlossen hatte, heulte der Motor des Mustang auf, und sie rasten davon.

»Wo zum Teufel kommst du denn jetzt her?«, stieß Tom hervor, dessen Dankbarkeit über Fantas plötzliches Auftauchen in blankem Erstaunen fast völlig unterging.

»Gern geschehen«, erwiderte Fanta nur und grinste Tom an. »Ich bin auch froh, dich zu sehen.« Er trug ein gelb-orange-farbenes Hemd, dessen Muster an eine Tapete aus den frühen Siebzigerjahren erinnerte.

»Lass die Späße«, wehrte Tom ab. »Diesmal ist es ziemlich ernst! Und ich will dich da nicht auch noch mit reinziehen.«

»Tja, ich schätze, dafür ist es jetzt zu spät. Kopf runter!«

Sie hatten nun die Stelle erreicht, wo der Weg in die Asphaltstraße überging. Tom konnte gerade noch erkennen, wie ein weiterer Wagen der Polizei in die Zufahrt zu seinem

Grundstück einbog. Dann rutschte er auf dem Sitz hinunter, damit man ihn nicht sehen konnte.

Fantas Blick war starr auf die nasse Straße geheftet, wobei er den Rückspiegel im Auge behielt, als sie die Zufahrt hinter sich ließen und an der Gaststätte vorbeirasten. Kurz bevor die Straße steil abknickte und in die Stadt hinabführte, lenkte Fanta den Wagen nach links auf einen holprigen Feldweg, der zu einer großen Lichtung führte.

»Was hast du denn vor?«, wollte Tom wissen, der sich wieder in den Sitz hochzog.

»Trotz unseres kleinen Vorsprungs halte ich es für ratsamer, nicht die Hauptstraße zu benutzen«, meinte Fanta, während er den Wagen geschickt über die Unebenheiten des Weges lenkte, ohne dabei merklich Gas wegzunehmen.

»Mich wundert es sowieso, dass wir so wenig Probleme haben«, sagte Tom. »Ich hatte eigentlich gedacht, der ganze Bereich wäre längst abgeriegelt.«

Fanta warf ihm einen kurzen fragenden Blick zu, während er mit dem wild ausschlagenden Lenkrad kämpfte. »Was hast du angestellt, deine Seelenklempnerin kaltgemacht?«

»Nicht ganz«, entgegnete Tom kleinlaut. »Sie liegt bloß bewusstlos in meinem Keller.«

Fanta schielte abermals zu ihm herüber. »Dann war das wohl ihr Auto, das du da unten am See atomisiert hast.«

Tom nickte.

»Hm«, meinte Fanta nur und wich geschickt einer weiteren Bodenwelle aus. »Erinnere mich daran, dass ich dich nie wieder zu einer Therapie überrede.«

Sie rasten an einigen leeren Pferdeweiden vorbei, die vereinzelt von Apfelbäumen gesäumt wurden. Tom stockte der Atem, als er hinter einem der knorrigen Stämme das Gebäude am Horizont aufragen sah.

»Halt an!«, befahl er augenblicklich.

»Spinnst du?«, fragte Fanta erstaunt. »Was glaubst du, was das hier ist, 'ne Stadtrundfahrt?«

»Stopp!«

Die Räder des Mustang rutschten über den aufgeweichten Boden, der teilweise mit Gras überwuchert war, bis der Wagen nach etlichen Metern zum Stehen kam.

Tom starrte gebannt aus dem Seitenfenster. Über den rechten Ausläufern der Lichtung erhoben sich die Umrisse eines Daches. Beinahe verloren sich die Konturen in dem nebligen Grau des Unwetters, und das Gebäude war vor dem diesigen Hintergrund nur undeutlich zu erkennen. Trotzdem fiel Tom die Veränderung daran auf, die seit seinem letzten Besuch dort stattgefunden hatte. Die Dachziegel wiesen deutliche Lücken auf, die wie dunkle, unheilvolle Augen in den tief hängenden Himmel starrten. Teile des vorderen Giebels waren eingebrochen, so dass die gesamte Konstruktion in einem unnatürlich schrägen Winkel nach vorn geneigt war. Beinahe hatte es den Anschein, als wolle sich das alte Gemäuer den Kräften des Sturms entziehen, indem es ihm weniger Angriffsfläche bot.

»Ist das nicht das Haus, bei dem die Leiche gefunden worden ist?«, erkundigte sich Fanta.

»Ja«, erwiderte Tom geistesabwesend. »Es zerfällt.«

»Tja«, meinte Fanta, »bei dem Sturm wundert es mich ehrlich gesagt, dass es nicht längst dem Erdboden gleich ist. Diese alten Mauern sind widerstandsfähiger, als ich dachte.« Er lehnte sich wieder zurück in seinen Sitz. »Ist aber nur noch eine Frage der Zeit, wenn du mich fragst.«

Tom nickte zustimmend. *Nur noch eine Frage der Zeit*, wiederholte er in Gedanken und fügte hinzu: *bis es sein Geheimnis preisgibt!*

»Tom, wir müssen weiter«, drängte Fanta. »Unser Vorsprung ist eh schon verdammt knapp.«

Er hörte die Stimme seines Freundes, doch die Worte drangen nicht zu ihm durch. Wieder hatte ihn diese morbide Faszination gepackt, in der Angst und Hoffnung zugleich mitschwangen.

»Tom?«

»Ja«, antwortete er schließlich und löste sich nur widerwillig von dem Anblick. »Lass uns von hier verschwinden.«

Nach einer Weile wurde der Weg besser, bis er schließlich wieder in Asphalt überging. Der Wald lichtete sich nun auf beiden Seiten, und sie fuhren an weiten Feldern und Wiesen vorbei, die sich beinahe bis zum Horizont erstreckten. Bereits nach wenigen Hundert Metern mündete der Weg in eine breite Landstraße, die nach Nordosten aus der Stadt führte. Zu Toms Verwunderung lenkte Fanta den Wagen jedoch in die entgegengesetzte Richtung. Mithilfe etlicher Nebenstraßen umfuhr er den Stadtkern, bis sie schließlich einen Kreisverkehr erreichten. Dort angekommen nahm er die zweite Abfahrt, die zur Autobahn führte.

»Wo willst du hin?«, fragte Tom.

»Ich will mir nur einen besseren Überblick verschaffen.«

Kurz vor der Stelle, wo die Straße zur Autobahn hin abknickte, bog Fanta nach links auf einen Weg ab, der sich serpentinenartig auf eine Erhebung schlängelte und an einem weitgehend unbebauten Landstrich etwas oberhalb der Stadt endete. Auf einem schmalen Schotterweg brachte er den Wagen schließlich im Schutz einiger dichter Büsche zum Stehen. Das Fauchen des V8-Motors erstarb.

»Ich denke, hier sind wir erst mal unbehelligt«, stellte Fanta fest.

Tom blickte sich um. Trotz des schlechten Wetters konnte man von hier große Teile der Stadt überblicken, ohne dabei selbst gesehen zu werden. Nicht der schlechteste Standort, wenn man sich »einen besseren Überblick« verschaffen wollte, wie er zugeben musste.

»Ich kenne diese Stelle«, sagte Tom, nachdem er sich orientiert hatte. Links von ihnen erstreckte sich ein breites Wiesengrundstück, das weiter oben an das alte Sportstadion grenzte. »Ich bin als Kind öfter hier gewesen. Meine Großeltern und ich haben hier manchmal gepicknickt.«

»Tja, ich schätze, heute ist das hier eher ein beliebter Ort für ein Schäferstündchen«, meinte Fanta augenzwinkernd. »Aber keine Angst, ich habe nichts dergleichen mit dir vor.« Wieder dieses verschmitzte Grinsen.

»Na schön«, sagte Tom und entspannte sich ein wenig. »Und was jetzt?«

»Jetzt wirst du mir ausführlich erzählen, was genau passiert ist.«

Als Tom geendet hatte, zog Fanta die Augenbrauen hoch und pfiff leise durch die Zähne. »Alle Achtung, mein Freund, du verstehst es wirklich, dich in die Scheiße zu reiten.«

»Aber ich habe niemanden umgebracht, weshalb sollte ich das auch tun? Das Ganze ist mir ehrlich gesagt ein Rätsel.«

Fanta begutachtete ihn einige Sekunden lang schweigend. »Ich glaube dir«, sagte er schließlich. »Ich kenne dich besser, als dir bewusst ist. Zu so was wärst du nicht einmal imstande, wenn du dir hundert Persönlichkeiten einbilden würdest.«

Nun war es Tom, der ihn eingehender betrachtete. »Tja, mit dieser Meinung dürftest du im Moment ziemlich allein dastehen. Wenn ich's nicht besser wüsste, würde ich mir diese Geschichte nicht einmal selbst abkaufen.« Er atmete tief durch, während er weiterhin den Mann betrachtete, der ihm trotz all der Jahre noch immer wie ein Fremder vorkam. Und zum wiederholten Male war er zutiefst dankbar für die ungewöhnliche Freundschaft, die sie miteinander verband. »Danke, dass du mich da rausgeholt hast«, sagte er nach einer kurzen Pause. »Und auch für dein Vertrauen. Das bedeutet mir wirklich viel.« Er senkte seinen Blick. »Bitte entschuldige, dass ich neulich so …« Er vollführte eine unbestimmte Geste, als suchte er mit den Händen nach den richtigen Worten, »… so stur war. Diese ganze Angelegenheit wächst mir allmählich über den Kopf.«

Fanta boxte ihm sanft gegen die Schulter. »Nun mach dich mal nicht gleich nass, Alter«, knurrte er aufmunternd. »Wir kriegen das schon wieder hin.«

Tom schüttelte den Kopf und seufzte. »Ich habe deinen Optimismus immer bewundert, Stefan. Aber diesmal dürfte das nicht so einfach werden. Wenn du nicht plötzlich aufgetaucht wärst, hätten die mich wahrscheinlich eingebuchtet.« Fragend hob er eine Augenbraue. »Was hattest du da im Wald eigentlich zu suchen? Und erzähl mir bloß nicht, du wärst bei diesem Wetter am See spazieren gegangen.«

»Nein. Eigentlich war ich auf dem Weg zu dir, um mich für mein Verhalten neulich zu entschuldigen. Ich hatte kein Recht, so mit dir zu reden.«

»Tja, ich weiß nicht.« Tom senkte abermals den Blick. »Wenn ich früher auf dich gehört hätte, hätte ich jetzt vielleicht noch eine Familie und müsste mich nicht vor der Polizei verstecken.«

»Sieh das Ganze doch positiv. Immerhin hast du jetzt keine Angst mehr.«

Tom schaute zum Fenster hinaus. Der Regen hatte mittlerweile nachgelassen, war zu einem leichten Sprühnebel geworden, der sich in kleinen, dichten Tröpfchen auf den Scheiben niederschlug, in denen sich das Licht brach. Am Horizont mischten sich mehr und mehr hellere Flecken in das dunkle Grau des Himmels, dessen Wolkendecke an einigen Stellen bereits löchrig zu werden begann. Er sah das feuchte Gras der Wiese, das im zunehmenden Licht glitzerte wie Glas. Er sah die Landschaft, die langsam wieder an Farbe und Klarheit gewann und sich aus den diesigen Fängen des Unwetters befreite. All das sah er vor sich, weit jenseits seines gewohnten Territoriums, ohne das geringste Anzeichen von Angst zu verspüren.

»Seltsam«, meinte er schließlich. »Mein Schneckenhaus musste wohl tatsächlich erst in sich zusammenbrechen, bevor ich es verlassen konnte. Der Arschtritt hat jedenfalls gesessen.« Er schüttelte den Kopf, doch diesmal huschte ein Lächeln über seine Lippen. »Der menschliche Verstand ist schon etwas Merkwürdiges, findest du nicht? Er muss erst einen Verlust erleben, um seine Schwächen zu besiegen.«

»Eigentlich«, meinte Fanta, »ist es ziemlich einfach: Wenn man nichts mehr zu verlieren hat, wovor sollte man sich dann noch fürchten?«

Tom musste unwillkürlich an den Moment in dem Keller denken, als er seinem Peiniger ins Gesicht gespuckt hatte. Damals hatte er genau dasselbe gedacht. Er blickte Fanta in die Augen, deren Blau so unergründlich war wie ein See am Fuße eines Vulkankraters. »Gibt es eigentlich irgendetwas, wovor *du* Angst hast?«

Fanta überlegte einen Moment lang. Schließlich antwortete er: »In mir selbst eingesperrt zu sein, nicht zu wissen, wer ich eigentlich bin. Das würde mir eine Scheißangst einjagen. Deshalb bin ich wohl auch so versessen darauf, dir zu helfen. Nur dass ich dabei manchmal übers Ziel hinausschieße.«

»Und dich damit nebenbei auch noch in ziemliche Schwierigkeiten bringst«, fügte Tom hinzu. »Allzu viele rote Ford Mustang dürften in dieser Gegend nicht zugelassen sein. Die werden nicht lange brauchen, um auf dich zu kommen.«

Fanta machte eine abfällige Handbewegung. »Mach dir da mal keine Sorgen. Mit der Obrigkeit werd ich schon fertig.«

»Ja«, lachte Tom, »da habe ich keine Zweifel.« Sofort wurde er wieder ernst. »Ich werde es da wohl etwas schwerer haben. Selbst wenn wir davon ausgehen, dass ich unschuldig bin, dürfte es ziemlich knifflig werden, das alles zu erklären.«

»Was soll das heißen, *wenn wir davon ausgehen*? Zweifelst du etwa daran?«

Tom schwieg einen Moment lang unsicher. »Ich weiß nicht ... ich habe immer wieder diese Blackouts. Nur vorhin war es ...« Resigniert zuckte er die Schultern. »... anders.«

»Inwiefern?«

»Als sich mein Bewusstsein bei voller Fahrt wieder eingeschaltet hat, da war es für eine Sekunde lang so, als ... Ich weiß auch nicht, als wäre ich jemand anders. Ich habe nie fahren gelernt, aber in diesem kurzen Moment hatte ich das Gefühl, als wüsste ich genau, was ich tue. Verstehst du, ich habe diesen Wagen gefahren, als wäre es das Normalste auf der Welt.«

»Du bist also immer noch von diesem Bullshit überzeugt, dass du an einer Persönlichkeitsstörung leidest«, stöhnte Fanta.

»Eigentlich nicht«, entgegnete er. »Dr. Westphal schließt das aus, und sie hat durchaus überzeugende Argumente vorgebracht. Aber was für eine Erklärung könnte es denn sonst dafür geben?«

Fanta überlegte einen Augenblick. »Na ja, du bist doch Schriftsteller, nicht wahr?«

»Was hat denn das damit zu tun?«, fragte Tom erstaunt.

»Ich meine, es gehört zu deinem Beruf, dich in andere Menschen hineinzuversetzen. Und wir beide wissen, dass du das ziemlich gut draufhast.«

Toms Stirn legte sich nachdenklich in Falten. »Du meinst …«

Fanta nickte. »Wenn du an einer Geschichte arbeitest, kommst du doch sicher früher oder später an eine Stelle, wo du etwas beschreiben musst, was du selbst noch nie erlebt oder getan hast.«

»Natürlich.«

»Und was machst du in so einem Fall?«

»Ich frage nach, recherchiere. Der Rest ist reine Vorstellungskraft. Ich habe dann meistens ein ziemlich klares Bild vor Augen, in das ich mich hineinversetzen kann. Das verläuft fast automatisch, so als …« Er stockte, als er begriff, worauf sein Freund hinauswollte.

»Ja«, bestätigte Fanta. »Ich denke, es wäre doch immerhin möglich, dass sich dein Unterbewusstsein in ausweglosen Situationen *vorstellt*, jemand anders zu sein. Jemand, der der betreffenden Lage besser gewachsen ist und sie leichter beherrschen kann. Jemand, für den es das *Normalste auf der Welt* ist, ein Auto zu fahren.«

»Du meinst also, mein Verstand flüchtet sich nicht in eine andere Persönlichkeit, sondern in eine andere … nun ja, *Identität*?«

Tom musste zugeben, dass sich das ziemlich verrückt anhörte. Allerdings war diese These im Moment eine der plausibleren Erklärungen in seinem Leben, von dem er kaum behaupten konnte, dass es sich auf einer rationalen Ebene abspielte. Allerdings hatte diese These auch einen erschreckenden Aspekt. Denn wenn seine Vorstellungskraft ihn dazu befähigte, Dinge zu tun, zu denen er sonst nicht in der Lage war, dann könnte sie ihn doch auch einen Mord begehen lassen.

»Ich weiß nicht«, meinte er schließlich. »Klingt ziemlich weit hergeholt.«

»Der menschliche Verstand ist etwas Merkwürdiges. Deine eigenen Worte. Es wäre immerhin eine Möglichkeit.«

»Ja, aber eine, mit der ich einen Richter nur schwer beeindrucken könnte. Außerdem erklärt das nicht, wie die Leiche in mein Haus gekommen ist.«

»Was ist mit dem Kerl, den du in deinem Garten gesehen hast? Glaubst du, der hat was damit zu tun?«

»Davon gehe ich aus. Allerdings müsste er schon ins Haus eingedrungen sein, denn der Keller ist von außen nicht zugänglich. Das alles klingt nicht sehr überzeugend. Aber zumindest glaube ich, dass er einiges zur Aufklärung dieses Verwirrspiels beitragen könnte. Es sei denn ...«

»Was?«

»Es sei denn, er entspringt auch nur meiner Fantasie.« Tom seufzte resigniert. »Ich bin mir ziemlich sicher, diesen Mann schon einmal gesehen zu haben. Aber ich finde einfach keinen Zusammenhang.« Er fuhr sich erschöpft mit der Hand übers Gesicht. »Es muss irgendetwas mit der Zahl Sechsundvierzig zu tun haben.«

»Und du hast keine Ahnung, wofür diese Zahl stehen könnte?«

»Nein, nicht die geringste«, erwiderte Tom müde. »Aber ich nehme an, es hat etwas mit meiner verkorksten Vergangenheit zu tun. Nur eines verstehe ich nicht: Wenn dieser Geisteskranke mir etwas zu sagen hat, warum tut er es dann nicht einfach? Warum spricht er in total bescheuerten Rätseln mit mir?«

»Tja, darüber kann man wohl nur Vermutungen anstellen«, sagte Fanta. »Aber ich denke, er will, dass du deine Vergangenheit durchforstest und sie dadurch aufarbeitest. Er will, dass du dich an alles erinnerst.«

»Dieser Drecksack spielt mit mir«, schnaufte Tom, und seine Hände ballten sich zu Fäusten. »Und ich wette, es macht ihn richtig an, mich leiden zu sehen. Aber bitte schön, soll er ruhig seinen Spaß haben. Irgendwann muss er aus seinem Versteck kriechen, und dann schnappe ich mir das Schwein.«

»Wir sollten lieber dafür sorgen, dass *wir* nicht geschnappt werden.«

Fanta griff an Toms Knien vorbei und öffnete das Handschuhfach. Er zog einen kleinen Feldstecher daraus hervor, mit dem er die Straßen der Stadt beobachtete, in denen reger Verkehr herrschte. Seine Aufmerksamkeit konzentrierte sich dabei auf den Polizeiwagen, der in einer kleinen Zufahrt kurz unterhalb des Kreisels Position bezogen hatte.

»Sie gehen in Stellung«, meinte er und hielt Tom das Fernglas hin. »Ein Glück, dass wir ihnen zuvorgekommen sind.«

Tom nahm den Feldstecher und betrachtete ihn erstaunt. »Gehört das zur Standardausrüstung für Überlebenskünstler?«

»Ich habe meine Umgebung eben gerne im Blick«, meinte Fanta. »Dadurch behält man die Übersicht.«

»Dann sollte ich mir wohl auch ein Dutzend von den Dingern besorgen, was?« Er hob das Glas an die Augen und ließ es über die Hauptstraße gleiten, bis er den Streifenwagen im Blickfeld hatte. »Das bedeutet wohl, dass wir nicht in die Stadt zurückkönnen.«

»Das ist auch nicht nötig.«

Verwundert ließ Tom das Fernglas sinken. »Wie meinst du das?«

»Zuerst einmal«, sagte Fanta und öffnete die Tür, »machen wir dich wieder gesellschaftsfähig. Ich will dir ja nicht zu nahetreten, aber du siehst aus, als wärst du durch ein Scheißhausrohr gekrochen.« Er stieg aus und ging zum hinteren Teil des Wagens.

»Tja, so ähnlich fühl ich mich auch«, entgegnete Tom und folgte ihm. Der Regen hatte jetzt ganz aufgehört. Die Luft war so klar und frisch, als wäre sie durch Minze gefiltert worden. Das belebte ihn ein wenig, reichte jedoch nicht aus, um die Erschöpfung zu vertreiben, die nun über ihn herfiel wie ein Mückenschwarm. Verträumt ließ er die Finger über die Dachschweller und das breite, flach abfallende Heck des Mustang gleiten. »Ist wirklich eine verdammt heiße Karre, die du da fährst«, bemerkte er, während seine übermüdeten Augen die rassigen Konturen der Karosserie bewunderten wie die Kurven einer schönen Frau.

»Ja, ein echter Klassiker«, bestätigte Fanta unbeeindruckt.

»Wusstest du eigentlich, dass ich als Kind genau den Gleichen als Modell auf dem Regal über meinem Schreibtisch stehen hatte? Als ich dich zum ersten Mal damit gesehen habe, konnte ich es kaum fassen. Ich meine, wie groß ist die Wahrscheinlichkeit, einen Freund zu haben, der genau so ein Auto fährt? Dasselbe wie …«

»Wie das, das Steve McQueen in *Bullitt* gefahren hat, ich weiß. Ich steh auch auf den Film, schon vergessen?« Fanta stand hinter dem geöffneten Kofferraum und zog eine blaue Sporttasche daraus hervor. »Nur leider habe ich keinen in der Originalfarbe gefunden. Aber Rot finde ich auch ziemlich cool.«

Tom nickte. »Du glaubst gar nicht, wie oft ich mir gewünscht habe, mal darin mitzufahren.«

»Tja, manche Wünsche erfüllen sich quasi von selbst«,

stellte Fanta mit einem schrägen Lächeln fest. Er stellte die Tasche vor Tom auf den Boden. »Hier, da sind ein paar Sachen für dich drin. Wir wollen doch schließlich nicht, dass du unnötig auffällst.«

Skeptisch betrachtete Tom die Tasche zu seinen Füßen. Allmählich konnte ihn gar nichts mehr überraschen. »Ich gehe einfach mal davon aus, dass es normal für dich ist, jederzeit eine Ersatzgarnitur dabeizuhaben.«

»Nein, grundsätzlich nur, wenn ich guten Freunden zur Flucht vor der Polizei verhelfe.«

Tom schüttelte den Kopf. »Gibt es eigentlich Situationen, auf die du nicht vorbereitet bist?«

»Die Tasche hab ich immer dabei, falls ich mal längere Zeit unterwegs bin. Wir haben dieselbe Größe, von daher dürfte es keine Probleme geben.«

Tom öffnete die Tasche und begutachtete den Inhalt. »Wegen der Größe habe ich auch keine Bedenken.«

»Jetzt hab dich nicht so. Kann ja nicht schlimmer sein als das Schuljungen-Outfit, das du da anhast.«

»Na schön.« Tom wühlte in der Tasche. »Aber irgendwann musst du mir mal erzählen, was genau du eigentlich machst, wenn du längere Zeit *unterwegs* bist.«

»Tja, irgendwann tue ich das vielleicht«, entgegnete Fanta und grinste.

»Du bist unverbesserlich.«

Fanta zuckte unschuldig die Achseln. »Hey, die Leute lieben mich, ich kann nichts dagegen machen.«

Tom hielt einen Augenblick nachdenklich inne. Seine Augenbrauen zogen sich irritiert zusammen. »Was hast du da gerade gesagt?«

»Dass ich dir irgendwann mal erzähle, was ich mache?«

»Nein, danach.«

Fanta starrte ihn lediglich fragend an.

»Ach, vergiss es«, meinte Tom und machte eine abwehrende Handbewegung.

»Hab ich was Falsches gesagt?«

»Nein, ich dachte nur … Irgendwie hat mich das an etwas erinnert. Ist nicht weiter wichtig. Bin wohl einfach übermüdet.«

»Also gut, wir sollten uns beeilen, bevor noch mehr von denen auftauchen.« Er deutete in Richtung des Streifenwagens.

Noch immer starrte Tom ihn nachdenklich an.

»Was ist?«, fragte Fanta. »Soll ich mich etwa umdrehen?«

Wenige Minuten später führte Tom auf dem schmalen Kiesweg sein neues Outfit vor, in dem er sich sichtlich unwohl fühlte. Seine Füße steckten in glatten braunen Cowboystiefeln, die ihm ein wenig zu groß zu sein schienen. Darüber trug er eine schwarze Jeans mit hellen Nähten und einer Stickerei in Rot und Blau auf der Knopfleistenabdeckung, die wohl eine Art indianisches Symbol darstellte. Die Ärmel des roten Hemdes waren ihm etwas zu lang; außerdem hatte das Hemd eine Brusttasche, in der er locker seine Geldbörse hätte verstauen können. Abgerundet wurde seine Erscheinung durch ein beigefarbenes Tuch, das er locker um den Hals geknotet hatte.

»Und du meinst, damit falle ich weniger auf?«, fragte er skeptisch.

»Also, ich finde es ziemlich cool«, stellte Fanta sichtlich zufrieden fest. »Hat fast schon was von Steve McQueen«, kicherte er.

»Na, ich weiß nicht.« Tom schaute bedenklich an sich herab. »Ich komme mir eher vor wie John Wayne in einem

Karl-May-Film. Und du bist wirklich sicher, dass das kein Karnevalskostüm ist?«

»Du siehst gut aus, glaub mir. Musst dich nur erst dran gewöhnen.«

»Na schön, wie du meinst«, gab Tom sich schließlich geschlagen. »Und was jetzt? Reiten wir zusammen in den Sonnenuntergang?«

»Für ein Happy End ist es noch zu früh«, wehrte Fanta ab und verstaute Toms Sachen im Kofferraum. Dann öffnete er die Fahrertür. »Erst mal sollten wir herausfinden, wer dieser Kerl ist und was er von dir will.«

»Und wie willst du das anstellen?«

»Indem wir deiner Vergangenheit einen Besuch abstatten. Vielleicht bringt uns das ja weiter.« Er stieg ein und ließ den Motor an.

Tom zögerte ein paar nachdenkliche Sekunden lang. Dann stieg auch er in den Wagen.

Fanta fuhr den Weg zurück bis auf die Hauptstraße. Er folgte ihrem Verlauf bis circa hundert Meter vor den Kreisverkehr und bog dann nach links auf die Zufahrt zur Autobahn ab. Dabei schien er sich kaum darum zu bemühen, nicht aufzufallen. Obwohl sie sich kurz im Sichtfeld des Streifenwagens befanden, der hinter dem Kreisverkehr stand, schenkte er ihm keinerlei Beachtung. Entweder hatten sie ganz einfach das Glück des Unschuldigen, oder an der Aussage, dass Dreistigkeit immer gewinnt, war tatsächlich etwas dran. Jedenfalls machte die Streife keinerlei Anstalten, ihnen zu folgen. Tom dachte noch darüber nach, als ihn die Müdigkeit plötzlich überrollte wie eine Lawine und sich bleischwer auf seine Lider legte. Keine drei Kilometer weiter war er eingeschlafen, während sie auf der Autobahn in Richtung Wiesbaden fuhren.

Etwa eine Stunde später

Wiesbaden, Stadtteil Biebrich
Montag, 22. Mai

Tom?«

Fantas Stimme klang, als wäre sie Lichtjahre entfernt.

»Tom, wach auf!«

Er spürte eine Hand, die fest seinen Arm packte und an ihm rüttelte. Schwerfällig öffnete Tom die Augen, die lediglich grelle, schemenhafte Umrisse wahrnahmen. Nur schrittweise bildeten sich Details heraus, wie beim Aufbau einer Computergrafik, die schließlich zur grauen Fassade eines Hochhauses wurden, das rechts von ihm über das Seitenfenster des Wagens hinaus aufragte.

»Was …?« Langsam richtete er sich auf und rieb sich den schmerzenden Nacken. »Bin ich eingeschlafen?«

»Das wäre vermutlich untertrieben«, sagte Fanta. »Du warst dermaßen weggetreten, dass ich schon dachte, du hättest das Zeitliche gesegnet.«

»Tja, ich schätze, ich brauchte dringend ein bisschen Erholung.« Er stöhnte und reckte sich. »Wo sind wir?«

»Zuhause, mein Freund.« Fanta öffnete die Tür und stieg aus.

Tom, der seine Erschöpfung noch immer nicht ganz abgeschüttelt hatte, schaute blinzelnd hinaus. Die Müdigkeit machte seine Augen so lichtempfindlich wie die eines Maulwurfs nach langem Winterschlaf. Die Sonne hatte sich mittlerweile die Vorherrschaft zurückerkämpft, doch sie stand so tief am nachmittäglichen Himmel, dass ihre Strahlen ihn blendeten und ihm die Orientierung noch zusätzlich erschwerten. Soweit er es erkennen konnte, standen sie am Rand einer breiten, langen Straße mit schrägen Parkbuchten, die auf beiden Seiten von Hochhäusern gesäumt wurde. Es herrschte so gut wie kein Verkehr, das bedeutete wohl, dass es sich um eine Nebenstraße oder um einen Vorort handeln musste. Erst als sich seine Augen an die Helligkeit gewöhnt hatten, konnten sie diesen Ort als jenen identifizieren, der in der kargen Landschaft seiner Erinnerung unter der Legende »Kindheit« existierte. Seine Müdigkeit verschwand augenblicklich, als sein Blick abermals nach rechts schwenkte, auf das hohe Gebäude mit der Hausnummer 7.

»Mein Gott!«

Ohne den Blick abzuwenden, öffnete er die Tür und stieg aus. Seine Augen waren unablässig auf die Fenster der unteren Etage gerichtet, durch die er jeden Augenblick seine Mutter zu sehen erwartete, die ihm zuwinkte und ihn zum Essen hineinrief.

»Home, Sweet Home«, trällerte Fanta und legte ihm den Arm um die Schultern.

»Aber …«, stammelte Tom. »Aber woher wusstest du …?«

»Hab ich dir eigentlich schon von meinen erstaunlichen Fähigkeiten als Hacker erzählt?«, prahlte Fanta. »Wenn man sich in die richtigen Datenbanken reinmogelt, ist es ein Kinderspiel, an frühere Adressen heranzukommen.«

Tom bedachte ihn mit seinem skeptischsten Blick.

»Okay«, gab Fanta schließlich zu und musterte verlegen seine Finger. »Karin hat's mir gesteckt.«

»Du hast mit ihr gesprochen?«

»Ist schon ein Weilchen her.«

»Aha, und wie lange ist *ein Weilchen*?«

Er zögerte. »Ein paar Monate.«

Tom starrte ihn fassungslos an. »Wie lange läuft das eigentlich schon mit euren heimlichen Treffen?«

»Hey, Mann, denk jetzt bitte nichts Falsches!«

»Ach nein?«, stieß Tom hervor. »Was soll ich denn bitte schön dann denken?«

»Hör zu, Karin ist damals zu *mir* gekommen, klar? Sie hat mich um Hilfe gebeten, hat gesagt, du würdest dich immer mehr zurückziehen. Damals wusste ich nur ganz wenig über die Vorfälle in deiner Vergangenheit. Du hast ja nie viel darüber geredet. Also hat sie mir alles erzählt.«

»Und dabei hat sie dir einfach diese Adresse genannt?«

»Na ja, nicht direkt.«

»Was soll denn das schon wieder heißen?«

»Sie hat mir Kopien von Arztbriefen gezeigt, und von deiner Krankenakte. Da stand auch dein alter Wohnsitz drin.«

»Verstehe ich das richtig, sie hat dir einfach so vertrauliche Unterlagen von mir gezeigt?«

»Sie war verzweifelt, Tom. Sie hat sich total alleingelassen gefühlt. Und sie war der Meinung, du bräuchtest einen Freund. Und wenn du nicht so verflucht stur gewesen wärst, wäre dir vermutlich aufgefallen, wie verloren sie sich vorgekommen ist.«

Tom war sprachlos. Zum ersten Mal begriff er, wie schwer dieses Leben für Karin gewesen sein musste. Im Laufe der Jahre hatte er sich immer weiter von ihr entfernt, war zum emotionalen Einsiedler geworden. Bis heute war ihm nie klar gewesen, wie sehr seine Frau darunter gelitten hatte. Er war einfach davon ausgegangen, dass diese Art zu leben auch ihrem Ideal entsprach. Dabei hatte er in seinem grenzenlosen Egoismus völlig übersehen, dass sie an dieser Einsamkeit zerbrach. Sie hatte Freunde, war sozial engagiert. Sie brauchte den Kontakt zu anderen. All das hatte unter seiner Zurückgezogenheit gelitten, hatte auch sie zur Einsiedlerin werden lassen. Sie musste sich gefühlt haben wie in einem Käfig, an dessen Stäben sie verzweifelt gerüttelt hatte, indem sie sich bemühte, ihm seine Ängste auszutreiben. Und dabei hatte sie nichts unversucht gelassen. Doch trotz ihres Scheiterns hatte sie bis zum Schluss zu ihm gehalten. Bis zu dem Tag, als seine Ängste eskaliert waren. Er hatte nicht anderes verdient, als von ihr verlassen zu werden.

Er schluckte. »Glaubst du, es ist zu spät, mein verkorkstes Leben wieder auf die Reihe zu kriegen?«

»Dafür ist es nie zu spät, mein Freund.«

Tom nickte. Dann blickte er an der grauen Betonfassade des siebenstöckigen Gebäudes empor, hinter der er den Großteil seiner Kindheit verlebt hatte. »Na schön«, sagte er, »versuchen wir's.«

Zögernd schritt er auf die gläserne Eingangstür zu und blieb davor stehen. Sein Blick glitt über die zahlreichen Klingelschilder, die links neben der Sprechanlage säuberlich in drei Reihen angeordnet waren. *Wenzel, Höhn, Erhard, Kern, Karpinsky …* Ein paar der Namen kamen ihm bekannt vor. Doch er konnte sich auch täuschen. Bis auf ein gelegentliches »Guten Tag« hatte er mit den meisten Bewohnern des Hauses nicht viel zu tun gehabt. Als Kind verspürt man noch nicht das Bedürfnis oder die Pflicht, sich eingehender mit seinen Nachbarn zu beschäftigen, es sei denn, sie haben gleichaltrigen Nachwuchs. Im Grunde hatte sich für ihn daran bis heute nichts geändert, was ihm auch keine schlaflosen Nächte bescherte.

Schließlich blieb seine Aufmerksamkeit aber doch an einem bestimmten Namen hängen, dessen Klang seinen Puls noch immer in die Höhe trieb. »Neumann«, verkündete die etwas verblasste Schrift durch die abgenutzte Plastikverkleidung hindurch.

»Babs.«

»Wer?«, fragte Fanta.

»Barbara Neumann.«

»Eine Freundin von damals?«

»Das könnte man sagen. In meiner Erinnerung sieht sie aus wie Karin, nur jünger natürlich. Aber ich denke, da bringe ich irgendwas durcheinander.«

Fanta deutete die Melancholie in Toms Blick richtig. »Verstehe, die erste große Liebe.«

Tom seufzte. »Sie hätte es werden können, wenn ich nicht …« Er schloss die Augen.

»Glaubst du, sie wohnt immer noch hier?«

»Nein, das halte ich für ausgeschlossen«, antwortete er ein wenig zu schnell. Er trat ein paar kleine Schritte zurück und fuhr sich nervös mit der Hand durch die Haare.

»Was ist los, was hast du denn?«

Tom zögerte ein paar Sekunden. »Es … es ist nur …«, begann er zaghaft. »Dieses Kapitel ist abgeschlossen. Und das sollte es auch bleiben.«

»Weshalb sind wir dann hier?«

»Sag du's mir, Stefan.« Er deutete mit dem Finger auf seinen Freund, bis er bemerkte, dass seine Hand wieder zu zittern begonnen hatte. Genau wie sein Mut hatte sich auch seine neu gewonnene Selbstsicherheit anscheinend in Wohlgefallen aufgelöst. »Was soll dieser Ausflug? Was hoffst du hier zu finden?«

»Keine Ahnung. Einen Hinweis? Spuren deiner Vergangenheit? Irgendetwas aus dieser Zeit, das mit diesen Vorfällen zusammenhängt?«

»Das hier ist aber nicht meine Vergangenheit«, sagte Tom entschlossen. »Die ist einzig und allein hier drin.« Er tippte gegen seine Stirn.

»Ja, und um sie dort rauszukriegen, brauchen wir einen Auslöser. Ich dachte, diese Eindrücke hier bewirken möglicherweise, dass du dich erinnerst.«

»Woran, an eine Zahl?«

»An irgendetwas, das dir hilft, dein verkorkstes Leben wieder auf die Reihe zu kriegen, schon vergessen?«

Tom trat unruhig von einem Fuß auf den anderen. Er kam sich vor, als hätte man ihn zwischen zwei Züge gespannt, die in entgegengesetzte Richtungen fuhren. Auf der einen Strecke ging es ohne Umwege in die Gegenwart und damit zurück in sein Zuhause, das nun keines mehr war. Die andere führte auf die dunklen Gleise seiner Vergangenheit, die durch endlose, verschüttete Tunnel führten. Eine Reise, die ihm alles abverlangte, an deren Ende aber auch die Hoffnung schimmerte, die Weichen seines Lebens wieder richtig zu stellen.

Erneut kam ihm der verlockende Gedanke an Flucht. Doch selbst ihm war mittlerweile klargeworden, dass diese Strecke auf toten Gleisen endete.

»Na schön«, gab er schließlich geknickt nach. »Du willst also, dass ich mich in meine Kindheit zurückversetze?«

Fanta nickte stumm.

»Dann lass uns gehen.«

Nachdem sie ein gutes Stück die Straße hinaufgegangen waren, stießen sie auf einen gepflasterten Weg, der um das obere Ende des Wohnblocks herumführte und kurz dahinter in ein ausgedehntes Spielgelände überging. Tom blieb wie angewurzelt auf den Stufen der kleinen Treppe stehen, die zu den leicht erhöhten Spielflächen hinaufführte.

Schon auf dem Weg hierhin war das Gefühl der Verbundenheit, die er für diese Gegend empfand, mit jedem Schritt stärker geworden. Er sah auf den grauen Asphalt vor seinen Füßen hinab, über den er so oft als Kind gelaufen war und der so viele Geschichten und Eindrücke in ihm wachrief. Plötzlich musste er an den Tag zurückdenken, an dem er sich auf dieser Straße seine beste Hose ruiniert hatte, weil sie in die Kette seines Fahrrades geraten war, was ihm zwei Tage Hausarrest eingebracht hatte. Und an Chris, der seine ersten Versuche, diese Strecke mit einem Skateboard zu meistern, mit etlichen Schürfwunden und einer zertrümmerten Brille bezahlt hatte. Und er dachte an Babs, mit der er oft hier entlanggeschlendert war. Sie hatten auf den Schaukeln des Spielplatzes gesessen, und er hatte ihr von den Geschichten erzählt, die ihm im Kopf herumgeisterten. Sie war die Einzige gewesen, die darin etwas Besonderes sah, und er fragte sich jetzt, ob sie wohl jemals eines seiner Bücher gelesen hatte. All das schwirrte in seinem Kopf herum, und beinahe erwartete er jeden Augenblick seine Freunde um die Ecke biegen zu sehen, die mit ihren Fahrrädern auf ihn zugerollt kamen, um ihn abzuholen. Er verspürte ein vages Gefühl von Heimat. Etwas, das er in den gefängnisartigen Mauern seines Hauses nie wirklich empfunden hatte.

Doch als er nun auf den Stufen des Spielplatzes stand, überrannten diese Empfindungen ihn geradezu. Er betrachtete die alte Rutsche, die wie das eiserne Relikt einer längst vergangenen Epoche aus dem Boden ragte, direkt vor dem hölzernen Klettergerüst in Form einer Burg. Unwillkürlich sah er sich selbst und seine Freunde dort herumtoben, mit jener Ausgelassenheit, die nur Kinder an den Tag legen konnten. Seine Kindheit lief in all ihren Facetten vor seinen Augen ab, die sich bei diesen Erinnerungen mit Tränen füllten.

»Tom?«, fragte Fanta. »Alles in Ordnung?«

Ohne zu antworten, ging er weiter, bis zu der Rutsche, deren Bahn in einer großen Sandgrube endete. »Hier hat alles angefangen«, flüsterte er und deutete auf die Grube. »Ich weiß noch, wie ich hier gesessen habe, mit einer Eiswaffel in der Hand. Es war Sommer, und ich war drei Jahre alt. Meine Mutter hat dort auf einer von den Bänken gesessen. Sie hat mich angelacht, und mir ist das Eis auf die Hose und auf die Schuhe getropft.« Tom drehte sich zu Fanta um, der wenige Schritte hinter ihm stand. Durch die Tränen nahm er ihn nur verschwommen wahr. »Das ist meine früheste Kindheitserinnerung.«

Sein Freund nickte stumm.

Toms Finger glitten an den glatten Rändern der Rutsche hinab, als wäre sie eine Art Antenne, durch die er weitere Signale aus seiner Vergangenheit empfangen konnte. »Ich erinnere mich, wie ich mal von da oben runtergefallen bin. Ich bin so hart aufgeschlagen, dass ich total benommen war und ins Krankenhaus musste. Dort hat sich dann rausgestellt, dass es nur eine leichte Gehirnerschütterung war.« Ein Lächeln legte sich über seine schmalen Lippen. »Ich hatte wohl schon damals einen ziemlichen Dickschädel.« Seine Hand verharrte an einer Stelle, wo eine herzförmige Einkerbung die glatte Oberfläche der eisernen Konstruktion zierte. Rost hatte sich darübergelegt, und die blaue Lackierung blätterte ab. Dennoch waren die beiden Buchstaben in dem Herz noch gut zu erkennen.

T + B

»Mein Gott! Es ist immer noch da.«

»Stammt das von dir?«, erkundigte sich Fanta, der jetzt neben ihn getreten war.

»Ja. Hat mich die Spitze meines Taschenmessers gekostet.

Ich habe es Babs nie erzählt, weil's mir hinterher ziemlich dämlich vorgekommen ist. Aber ich denke, sie hat immer gewusst, von wem es stammt.« Er machte eine kurze Pause, bevor er weitererzählte. »Hier bin ich ihr zum ersten Mal begegnet. Ich muss sieben gewesen sein oder acht. Ihre Eltern sind damals zwei Stockwerke über uns eingezogen. Babs und ich haben uns auf Anhieb gut verstanden, das weiß ich noch. Mit Chris war das nicht immer so.« Er deutete auf eine weitere Einkerbung, etwas weiter unten. »Chris ist doof« war dort in ungelenker Handschrift eingeritzt, und Tom musste kichern, als er es las. »Das muss Ralf gewesen sein. Die beiden hatten sich ständig wegen irgendetwas in den Haaren, obwohl ich sicher bin, dass sie eigentlich die besten Freunde waren. Aber Chris war immer ein bisschen ... na ja, ungestüm. Es war nicht immer leicht, mit ihm auszukommen, er hat ständig seine Grenzen ausgereizt und ist uns auf die Nerven gegangen. Allerdings war das nicht von Anfang an so.« Seine Finger streiften gedankenverloren über die Einkerbungen. »Wir kannten uns alle von der Schule her. Ralf und Ingo waren eine Klasse unter uns, und nach dem Unterricht haben wir uns immer hier getroffen. Manchmal hatte Chris ein paar Zigaretten dabei. Die hat er seinem Vater geklaut, und dann haben wir uns in dem Kletterturm versteckt und reihum an den Dingern gezogen, bis uns sauschlecht geworden ist. Einmal hat Ingo so gekotzt, dass wir ihn nach Hause bringen mussten. Seine Eltern haben natürlich sofort geschnallt, was los war. Hat mächtig Ärger gegeben.« Er musste lachen, als er daran dachte. »Danach haben wir das Zeug nie wieder angerührt, worüber ich insgeheim froh war, denn ich fand, es hat ziemlich widerlich geschmeckt. Aber wir haben immer zusammengehalten, verstehst du? Es hat kaum Meinungsverschiedenheiten oder Streitigkeiten zwischen uns gegeben.«

»Bis Babs dazugestoßen ist«, mutmaßte Fanta.

Tom nickte. »Sie war das einzige Mädchen in unserer Clique, und das hat Chris plötzlich dazu veranlasst, sich bei jeder Gelegenheit in den Vordergrund zu spielen und über die anderen herzuziehen.«

»Typisches Platzhirsch-Gehabe«, kommentierte Fanta.

»Ja, wahrscheinlich. Ich glaube, da war auch ein bisschen Eifersucht mit im Spiel. Nicht im klassischen Sinne, dafür waren wir noch zu jung. Aber ich glaube, als er gemerkt hat, dass … na ja, dass zwischen Babs und mir eine besondere Beziehung existiert hat, da hat er vermutlich Angst bekommen, unsere Freundschaft könnte nicht mehr dieselbe sein.«

Sie gingen zu einer der zahlreichen Parkbänke und setzten sich.

»Jedenfalls hat das alles verändert«, erzählte Tom weiter. »Ich weiß noch, einmal habe ich mich sogar hier im Sand mit Chris geprügelt. Er hat mich Leseratte genannt, weil ich immer eines von meinen Taschenbüchern dabeihatte und bei jeder Gelegenheit darin geschmökert habe. Eigentlich fand ich diese Bezeichnung gar nicht mal so schlimm, aber bei ihm hatte sie immer einen etwas abwertenden Charakter. Und in Babs' Gegenwart konnte ich mir das natürlich nicht gefallen lassen.« Wieder schmunzelte er bei dieser Erinnerung. »Ich weiß nicht einmal mehr, wer von uns beiden damals gewonnen hat, vermutlich war das auch gar nicht entscheidend. Jedenfalls hat er mich nie wieder so genannt, und wir waren danach wieder gute Freunde. Aber irgendwie war es nie mehr so wie vor dieser Keilerei. Mich würde wirklich interessieren, was aus ihm und den anderen geworden ist.«

»Finde es doch heraus«, meinte Fanta.

»Ja«, meinte Tom und sah ihn an. »Vielleicht mache ich das sogar.«

Er stand auf und trat an den leicht abfallenden Rand des Spielplatzes. Gleich darunter lag das weitläufige Rasengrundstück, das sich hinter den Hochhäusern erstreckte, die größtenteils ihre gewaltigen Schatten darüberwarfen. Er schloss die Augen und atmete den Duft seiner Kindheit ein, und seit langer Zeit empfand er wieder ein Gefühl von Frieden. Es tat gut, sich an all diese Dinge zu erinnern, die er all die Jahre lang verdrängt hatte, weil er seine Kindheit ausschließlich mit den schrecklichen Dingen in jenem Keller verbunden hatte. Sie hatten die schönen Erinnerungen überwuchert wie giftiger Efeu. Und plötzlich verspürte er das Bedürfnis, seine Freunde von damals wiederzusehen, um all diese Dinge gemeinsam mit ihnen Revue passieren zu lassen. Allerdings bezweifelte er, dass auch nur einer von ihnen noch bei seinen Eltern lebte. Wahrscheinlich hatten einige selbst Familie, genau wie er, oder waren aus beruflichen Gründen weggezogen.

»Wie fühlst du dich?«, fragte Fanta, der neben ihn getreten war.

Tom atmete tief durch. »Toll«, sagte er schließlich. »Es ist schön, zu wissen, dass in meiner Vergangenheit auch Dinge passiert sind, die es wert sind, sich daran zu erinnern.«

Fanta knuffte ihm sanft gegen die Schulter.

»Siehst du das untere Fenster da hinten, links neben dem Balkon?« Tom deutete auf den ersten Wohnblock. »Das war mein Zimmer. Von da konnte ich alles sehen, bis zu den Neubaugebieten.« Ein Strahlen machte sich auf seinem Gesicht breit. »Lust auf einen Spaziergang?«

Sie gingen durch das feuchte Gras, entlang den grauen, eintönigen Hochhäusern, und Fanta hatte Mühe, mit Tom mitzuhalten. Diesen hatte plötzlich eine Euphorie ergriffen, wie er sie lange nicht mehr verspürt hatte; sie elektrisierte ihn förmlich. Es war das Gefühl, lebendig zu sein und sich frei zu bewegen, ohne die üblichen Zwänge, die seinen Verstand sabotierten. In diesem Moment war er wieder er selbst, Tom Kessler, der unbeschwerte Junge, der über eine Wiese laufen konnte, ohne dabei Angst zu haben. Und er war wieder zurück, in seinem Revier.

»Da drüben, in den Einbuchtungen, unter den Balkonen, haben wir uns als Kinder immer versteckt«, rief er aufgeregt, und es gelang ihm kaum, die vielen verloren geglaubten Erinnerungen zu verarbeiten, die jetzt auf ihn einstürzten. »Und da, an dem Abhang, haben wir Wettrennen mit unseren Rädern veranstaltet.« Er lachte laut auf, während sein Blick hektisch umherhuschte. »Da vorne, an der Biegung, hat Chris mal sein Zelt aufgeschlagen, bis der Hausmeister gekommen ist und einen riesigen Aufstand gemacht hat.« Atemlos blieb Tom stehen und stützte sich auf die Knie. »An dem Tag hab ich mir geschworen, dass ich später mal ein eigenes Grundstück haben werde, auf dem meine Kinder machen können, was sie wollen.« Er wartete, bis Fanta zu ihm aufgeschlossen hatte. »Und sieh mal, die Stelle dort oben.«

Er deutete auf den Rand eines etwa fünf Meter hohen Vorsprungs, der auf der gegenüberliegenden Seite des Wiesenstücks emporragte wie die Wand eines Kraters, als hätte eine gigantische Schaufel das Erdreich davor abgetragen. Das brachliegende Gelände darüber war von Gras und Büschen überwuchert, die sich zu einem dichten grünen Geflecht verstrickten. In der Senke dahinter konnte man die ersten Ausläufer eines entfernten Wohngebietes erkennen.

»Babs und ich sind oft da raufgeklettert.« Toms Tonfall veränderte sich, hatte nun etwas Entrücktes. »Von dort hat man eine tolle Sicht auf die Siedlung. Wir haben diese Stelle immer unseren Wintergarten genannt, und wir haben oft Stunden dort im Gras gelegen und gelesen oder uns über Bücher unterhalten. Sie war genau so eine begeisterte Leserin wie ich. Und sie ist bis heute der einzige Mensch, mit dem ich diese Leidenschaft teilen konnte.« Er hielt einen Moment inne, nachdem er diese Erinnerung losgelassen hatte. »Kaum zu glauben, aber das alles kommt mir plötzlich wieder so vor, als wäre es erst gestern gewesen«, meinte er und lächelte Fanta befangen an. Mühsam würgte er ein heiseres »Danke« hervor.

»Wofür?«

»Dass du mich hierhergebracht hast. Es ist, als dürfte ich das alles noch einmal erleben. Langsam wird mir klar, wie einsam ich im Grunde all die Jahre gewesen bin.«

Sie gingen noch ein Stück weiter, bis sie schließlich unter dem Fenster standen, das erste von insgesamt sieben, die in jedem Stockwerk identisch übereinander angeordnet waren.

Tom starrte die weißen Gardinen dahinter an, die ihm den Blick ins Innere verwehrten. »Mann, ich würde was dafür geben, wenn ich da noch einmal reinschauen dürfte.«

Fanta trat unbehaglich von einem Bein aufs andere. »Ich würde dir ja gerne dabei helfen, aber ich kann mir nicht vorstellen, dass sich dahinter etwas verbirgt, was uns weiterbringt.«

Tom sah ihn einen Moment lang verwirrt an. Er schien fast vergessen zu haben, weshalb sie hierhergekommen waren.

»Ich will dir deine Heimkehr ja nicht vermiesen«, meinte Fanta, »aber wir sind immer noch keinen Schritt weiter, und in nicht einmal zwei Stunden ist es dunkel. Wir sollten uns ein bisschen beeilen.«

»Ja, du hast recht«, räumte Tom ein wenig enttäuscht ein. »Aber wie stellst du dir das eigentlich vor? Ich kann so etwas nicht erzwingen. Es muss einfach ... *passieren*.«

»Was löst denn üblicherweise so was aus?«

»Assoziationen«, antwortete Tom. »Dinge, die unmittelbar mit den Vorfällen von damals in Verbindung stehen.«

»Aber davon muss es hier doch jede Menge geben«, meinte Fanta ungeduldig. »Ein bestimmter Gegenstand vielleicht, oder ein Ort, ein Name … denk nach!«

Plötzlich durchfuhr Tom ein Ruck. »Kern«, sagte er wie vom Blitz getroffen.

»Wer?«

»Der Name auf einer von den Türklingeln.«

»Und, was ist damit?«

»Das ist der Name des Mädchens, das man bei dem alten Gebäude gefunden hat. Franziska Kern. Dass mir das nicht gleich aufgefallen ist.«

»Das kann ein Zufall sein.«

Tom schüttelte den Kopf. »Nein, was diese Geschichte angeht, glaube ich nicht mehr an Zufälle. Wer auch immer das alles inszeniert hat, wollte, dass ich hierher zurückkomme. Er hat von Anfang an eine Verbindung zu diesem Ort hier hergestellt.«

»Dann ist es allerdings eine Verbindung, die uns in keiner Weise hilft«, wandte Fanta ein. »Das Mädchen war damals doch noch gar nicht auf der Welt.«

»Nein«, stimmte Tom zu. »Aber es gibt hier eine andere Verbindung, die uns todsicher weiterbringen kann.«

Er atmete tief durch. Nur widerwillig schwenkte sein Blick vom Fenster seines Zimmers zur gegenüberliegenden Seite. Dort, in einiger Entfernung, wirkten die vereinzelten Häuser eines kleinen Wohngebietes mit ihren farbigen Dächern und gepflegten Vorgärten wie eine Oase, die sich eisern gegen die architektonische Tristesse der Hochbauten stemmte, von denen sie flankiert wurde. Etwas links von der Mitte erkannte er vage Ralfs Elternhaus. Es war nur ein Punkt innerhalb vieler Punkte und lag unmittelbar an der Hauptstraße, die sich zu kleineren Nebenwegen oder Zufahrten verästelte. Noch immer waren vereinzelt Lücken zwischen den Bauten, die als Platzhalter fungierten. Ingo hatte im hinteren Teil gewohnt, wo die Häuser dichter standen. Mehrere große Apfelbäume säumten das Gebiet auf der rechten Seite, trennten es wie ein natürlicher Zaun von den weiter hinten gelegenen Großstadtbauten ab.

Tom runzelte bei diesem Anblick irritiert die Stirn. »Merkwürdig.«

»Was?«, fragte Fanta.

»Na ja, es hat sich nichts verändert. Das hier vorne war früher alles Bauland«, erklärte Tom und vollführte mit dem Arm einen weiten Bogen. »Hier haben überall Schilder im Boden gesteckt. Und trotzdem steht hier kein einziges neues Haus. Und die Rohbauten dort hinten waren meines Wissens schon damals da.«

»Na ja«, meinte Fanta zögerlich, »dreizehn Jahre sind keine Ewigkeit.«

»Wenn es darum geht, ein Haus zu verputzen, schon, findest du nicht?«

»Hm.« Fanta schien einen Moment darüber nachzugrübeln. Dann schüttelte er den Kopf. »Diese Häuser sind wahrscheinlich neu. Du irrst dich bestimmt.«

»Aber ich bin mir ziemlich sicher.«

»So sicher, wie du glaubst, Babs hätte als Kind genauso ausgesehen wie Karin?«

Tom erwiderte Fantas Blick, doch es gelang ihm nicht, ihm standzuhalten. »Schon möglich, dass ich da was verwechsle«, räumte er schließlich ein, obwohl Fantas Frage für ihn beinahe einem Vorwurf gleichkam. »So viel von damals liegt noch im Dunkeln.«

Fanta beobachtete die Schatten der Hochhäuser, die immer länger wurden. »Ja, und wenn wir uns nicht beeilen, geht es uns genauso.«

Gerade wollte Tom etwas erwidern, dann jedoch verstummte er jäh. Eiswasser schien seinen Rücken hinunterzuströmen, und plötzlich hatte er wieder das beklemmende Gefühl von Ketten, die sich um seine Brust schnürten. Unwillkürlich trat er einen Schritt zurück, als er in der Ferne die roten Schindeln des Daches erkannte, das steil über das eingezäunte Grundstück emporragte. Im warmen Schein der untergehenden Sonne schienen sie beinahe zu leuchten. Es war das erste Haus an der Straße und grenzte unmittelbar an die breite Wiesenfläche des früheren Baugebietes, auf dem sie als Kinder gespielt hatten. Aus dieser Entfernung wirkte es eher unscheinbar und hob sich auf den ersten Blick nicht weiter von den übrigen Häusern ab, die etwas abseits davon dem Straßenverlauf folgten, so als hielten sie gebührenden Abstand zu dem Grundstück. Dennoch ließ der Anblick Toms längst besiegt geglaubte Panik eine neuerliche Offensive starten, die wie ein Blizzard durch sein Inneres jagte. Sein Atem wurde flacher und schneller, brachte seinen Herzschlag aus dem Takt.

Fanta hatte die Veränderung bemerkt, die mit seinem Freund vorging. Er folgte Toms Blick, bis er dessen Ziel fand. Selbst seine sonst so unerschütterliche Fassade bekam Risse, als er das Haus erblickte. »Das ist es, nicht wahr?«

Obwohl es eine Frage war, benötigte sie keine Bestätigung.

Tom räusperte sich. »Es …«, begann er zögernd, als wären die Worte verborgene Artefakte, die er erst in den verschütteten Kammern seines Verstandes ausgraben musste, »… es sieht noch genauso aus wie in meiner Erinnerung.« Sosehr er sich auch von dem Gebäude bedroht fühlte, es gelang ihm einfach nicht, sich dessen Anblick zu entziehen. Es übte dieselbe morbide Faszination aus wie das alte, verfallene Haus an der Straße zu seinem Grundstück. »Ich denke, dort finden wir, wonach wir suchen.«

»Worauf warten wir dann noch?«

»Hör zu.« Tom packte Fanta fest am Arm. »Wenn wir dort sind, musst du mir eins versprechen: Egal, was vielleicht mit mir passiert, du darfst nicht eingreifen, hast du verstanden?«

Fanta legte die Stirn in Falten. »Was genau passiert denn in solchen Situationen mit dir?«, erkundigte er sich besorgt. »Ich meine, rastest du dann völlig aus und schlägst um dich?«

»Ich weiß es nicht. Wahrscheinlich stehe ich einfach nur da und starre Löcher in die Luft, während die Erinnerungen über mich hereinbrechen. Was auch geschieht, halt dich einfach zurück. Sprich mich nicht an, und fass mich vor allem nicht an. Das würde alles kaputt machen.«

»Na schön«, willigte Fanta etwas unsicher ein. »Wie du meinst.«

Tom atmete tief durch.

Es dauerte fast eine Viertelstunde, bis sie das Grundstück erreicht hatten. Als Kind hatte Tom diese Strecke oft zu Fuß zurückgelegt, hatte dafür jedoch nie länger als zehn Minuten gebraucht. Jetzt jedoch kam es ihm vor, als ginge von dem Gebäude eine unheimliche Kraft aus. Eine Art umgekehrtes Magnetfeld, das ihn fernhalten wollte. Plötzlich hörte er die Stimmen seiner Freunde, die ausgelassen über die Wiese tobten. Sie drangen aus den Tiefen seines Verstandes empor wie ein entferntes Echo seiner Erinnerung, dessen Widerhall wie eine Fata Morgana durch sein Bewusstsein flimmerte. Er hörte, wie sie lachten und seinen Namen riefen. Tom, der Anführer. Tom, den nichts erschüttern konnte. Diese Signale verstärkten das unheilvolle Gefühl in ihm, das sich immer drückender um seine Brust legte wie eiserne Schraubzwingen.

Schließlich standen sie vor dem hölzernen Lamellenzaun, der das Grundstück an der Rückseite begrenzte. Die Luft schien zu vibrieren, war jetzt fast schon ein physisches Hindernis. Dieses merkwürdige Gefühl wurde immer stärker, bis Tom den Eindruck hatte, er könnte die Atmosphäre mit seiner nächsten Bewegung sprengen wie ein Überschallflieger. Eine Weile stand er da und starrte auf die Stelle, wo seine Kindheit ein so jähes Ende gefunden hatte. Nicht einmal sechshundert Meter lagen zwischen seiner ersten und seiner letzten Kindheitserinnerung, zwischen kindlichem Glück und grenzenlosem Wahnsinn. Dieser Gedanke ließ tiefe Traurigkeit in ihm aufsteigen, und mit einem Schlag wurde er von den Emotionen überwältigt, die über ihn hereinbrachen.

Er stürzte vor und hämmerte mit beiden Fäusten wild gegen den Zaun.

»DU VERFLUCHTER DRECKSKERL!«, schrie er aus tiefster Verzweiflung heraus. »WIE KONNTEST DU MIR DAS ANTUN?«

Das Feuer seiner Wut erlosch ebenso jäh, wie es aufgelodert war. Seine Beine zitterten und gaben schließlich nach, und er sank schluchzend auf die Knie wie ein Betender vor einem Altar. Seine Stimme war nur noch ein Flüstern. »Wie konntest du mir das antun?«

Fanta eilte zu ihm; er wollte ihm helfen, ihm beistehen, irgendetwas tun, doch Tom hob abwehrend die Hand.

»Nein! Du hast es versprochen!«

Fanta zögerte, trat dann aber zurück und überließ ihn sich selbst.

Noch immer kniete Tom vor dem Zaun. Langsam ließ er die Hände über die lasierte Oberfläche gleiten, als wäre diese

Umzäunung ein göttliches Symbol, dem er sich unterwarf. Seine Finger spürten die Struktur des Holzes – die Vertiefungen, die feinen Risse, die die Jahreszeiten darauf hinterlassen hatten –, versuchten auf diese Weise wieder wachzurufen, was er als Kind an genau dieser Stelle empfunden hatte, an jenem schicksalhaften Tag vor annähernd dreizehn Jahren. Dann schloss er die Augen und presste die Stirn gegen den Zaun. »Komm schon«, flüsterte er ihm zu, als wäre er ein lebendiges Wesen, das nur darauf wartete, geweckt zu werden. »Spiel mit mir. Hol mich in deinen Keller zurück, und bring es zu Ende. Zeig mir, was ich wissen muss ... Komm schon!« Seine Finger krallten sich in die Zwischenräume der Lamellen, schienen sich daran hochziehen zu wollen, wie damals, als er über diesen Zaun geklettert war. Und plötzlich spürte er es. Ein Gefühl, als öffne sich etwas in seinem Kopf. Gleichzeitig glaubte er, von Treibsand umgeben zu sein, der ihn hinabzog und ihn zu verschlingen drohte. Wärme durchströmte ihn, und er meinte zu spüren, wie die elektrischen Impulse in seinem Gehirn durch die dunklen Tunnel seiner Vergangenheit rasten, um sie zu erhellen. Obwohl die Sonne bereits tief über den Dächern der Hochhäuser stand, schien ihr grelles Licht dem dunklen Holz jegliche Farbe zu rauben. Schließlich wurden die Strukturen der Lamellen, die sich um die Längsstreben wanden, immer blasser, schienen sich aufzulösen, als würden die Sonnenstrahlen sie ausradieren wie die Farbpigmente eines Gemäldes.

»Ja«, schrie Tom, der sich mehr und mehr in dieses Trugbild seines Verstandes hineinsteigerte. »So ist es gut, komm schon!«

Die Strukturen wurden noch blasser, durchscheinender. Durch die Lücken zwischen Toms Fingern wurden die schwachen, milchigen Konturen einer gemauerten Kellerwand sichtbar. Er hörte den Zug der Vergangenheit auf sich zurasen, und er war bereit, auf ihn aufzuspringen. Ein Sog erfasste ihn, als würde er in diese Szenerie hineingerissen, die mit furchterregenden Klauen nach ihm griff, bis sie ihn schließlich zu fassen bekam und ihn gänzlich verschlang …

Er sah seine Hände vor den blanken Mauersteinen der Kellerwand. Sie waren nach oben gerichtet wie die Hände eines Volleyballspielers. Und genau wie diese warteten sie darauf, den Angriff des Gegners abzuwehren.

»Nicht schlagen!«, flehte Tom. Doch die Worte klangen unverständlich, waren nur Laute, ähnlich der unartikulierten Aussprache eines Taubstummen.

»Was sagst du?«, erwiderte die schroffe Männerstimme des Wächters. Die Haare waren ihm in seinem Anfall von Wahnsinn vom Kopf gerutscht. Sein kahler, hochroter Schädel war von glänzendem Schweiß bedeckt, in dem sich das Licht der Decke spiegelte. »Ich kann dich nicht verstehen.«

Ein weiterer Schlag traf Tom auf die Brust und nahm ihm die Luft. Er glaubte, das Knacken einer Rippe zu hören.

»Ich dachte, du hättest deine Lektion gelernt.«

Der nächste Schlag traf ihn hart in die Magengrube. Tom krümmte sich vornüber.

»*Hast* du deine Lektion gelernt?«

Obwohl es unbeschreiblich wehtat, nickte Tom heftig.

»Und wie lautet sie?«

»Niemand widersetzt sich dem Wächter«, stöhnte er, doch es klang, als hätte er den Mund voller Watte. Sein Gesicht fühlte sich geschwollen an, und sein Kiefer knirschte schmerzhaft bei jedem Versuch zu sprechen.

»Und warum hältst du dich dann nicht daran?« Er zeigte auf Toms durchnässte Unterhose und die Urinpfütze, in der

der Junge saß. »Zuerst kotzt du, dann spuckst du mich an, und jetzt pisst du mir auch noch auf meinen Fußboden. Das hört sich für mich nicht sehr respektvoll an.«

»Ich … ich musste ganz dringend aufs Klo«, wimmerte Tom.

»Und was habe ich dir gesagt, was du dann tun sollst?«, fragte der Mann wie ein Lehrer, der einen minderbemittelten Schüler zurechtwies, und zeigte auf den roten Eimer. »Ich habe dich nicht umsonst losgebunden.«

»Mein Bein«, sagte Tom, und sein gebrochener Kiefer schmerzte bei jedem Wort wie glühende Lava in seinem Mund. »Ich hatte solche Schmerzen, ich konnte nicht …«

»Och, der arme Tom hat *soolche* Schmerzen«, äffte der Wächter ihn nach. »Tja, daran bist du ja wohl selbst schuld, nicht wahr? Hättest du dich an die Regeln gehalten, würde dir jetzt auch nichts wehtun!«

Tom spürte, wie die Wut erneut in ihm zu kochen begann. Ihre Kraft war das Einzige, was ihn noch am Leben hielt, doch er war zu schwach, um sie in sich aufzunehmen, sie weiter zu nähren. »Ja, *natürlich*«, antwortete er und legte dabei so viel Schärfe in die Worte, wie er konnte.

»Ach, was soll's«, meinte der Wächter schließlich und betrachtete ihn wie eine Schabe, die es zu zertreten galt. »Auf ein paar Spuren mehr, die ich beseitigen muss, kommt es jetzt auch nicht mehr an. Allerdings werde ich mich beeilen müssen, bevor deine Freunde noch einmal hier auftauchen.« Er ließ von dem Jungen ab und richtete sich auf. »Ich schätze, da du es ja nicht einmal mehr schaffst, in einen Eimer zu pinkeln, kann ich es mir sparen, dich noch einmal zu fesseln und zu knebeln. Trotzdem rate ich dir, komm nicht auf dumme Gedanken, während ich weiter im Garten arbeite. Ich bin fast fertig, es dauert also nicht mehr lange.«

Tom sah auf die Stelle am Boden, wo die tiefgefrorene Leiche gelegen hatte. Nur ein letzter Rest Schmelzwasser zeugte noch davon. Vermutlich lag Anna bereits in der für sie bestimmten Grube. »Ich … ich habe schrecklichen Durst«, sagte er, so verständlich, wie es ihm möglich war.

Der Wächter hielt inne und betrachtete ihn mit einem Blick, den Tom nicht zu deuten wusste. Es war eine Mischung aus aufrichtigem Erstaunen und abgrundtiefer Verachtung. Und wieder sah der Junge den Wahnsinn in diesem Blick funkeln.

»Du verlangst tatsächlich von mir, dass ich dir was zu trinken gebe, damit du noch mehr Unrat auf meinem Boden verteilen kannst?« Sein Lachen klang kalt und emotionslos. »Wenn du Durst hast, leck deine Pisse auf. Dann brauche ich sie wenigstens nicht aufzuwischen.« Er ging zur Tür, blieb kurz davor stehen und drehte sich noch einmal zu ihm um. Seine Augen waren so leer wie die eines Toten.

»Ich weiß, du hasst mich«, sagte er, und seine Stimme nahm unverhofft einen tonlosen Klang an, in dem so etwas wie Resignation mitschwang. »Aber du kannst froh sein, dass ich so nachsichtig bin, nach dem ganzen Ärger, den du mir eingebrockt hast. Die anderen hatten nicht so viel Glück.« Sein Blick glitt zu Boden. »Ich weiß, du wünschst dir nichts sehnlicher, als dass deine Freunde mit der Polizei hier auftauchen, um dich zu befreien. Aber du solltest lieber beten, dass das nicht passiert. Denn der Moment, wo sie vor meiner Tür stehen, ist der Moment, in dem du stirbst, Tom Kessler.« Ohne ihn noch einmal anzusehen, ging er hinaus.

Tom blieb reglos auf seiner Decke zurück, deren widerlichen Gestank er schon längst nicht mehr wahrnahm. Der Schmerz schien alle anderen Sinne unterdrückt zu haben, als wolle sein Körper sich nur auf seine Qualen konzentrieren und sich nicht durch Gerüche oder andere Eindrücke davon ablenken lassen. Er spürte, wie die Anspannung nachließ und das Gift der Schmerzen seinen Verstand lähmte. Das durfte er nicht zulassen. Angst und Wut waren jetzt seine einzigen Verbündeten. Nur sie waren noch in der Lage, seine Sinne zu schärfen und seinen Verstand davon abzuhalten, in jene rauschhafte Tiefe hinabzugleiten, deren dunkler Abgrund mit erlösender Gleichgültigkeit lockte. Sosehr er sich auch wünschte, diesem Ort mit all seinen Grausamkeiten zu entfliehen, er durfte jetzt auf keinen Fall das Bewusstsein verlieren. Das käme einem Todesurteil gleich. Denn für Tom stand es außer Frage, was dieser Irre in diesem Moment in seinem Garten tat. Er hob eine weitere Grube aus, ein weiteres Grab. Und es war nicht allzu viel von seiner ausgeprägten Fantasie nötig, um sich auszumalen, was der Wächter darin verschwinden lassen wollte. Allerdings konnte selbst eine krankhafte Persönlichkeit wie die seine kaum der naiven Vorstellung anhängen, drei frisch ausgehobene Gruben in seinem Garten würden keinerlei Verdacht erregen. Ganz abgesehen von der bizarren »Trophäe« in seinem Schrank und den Überresten seines Sohnes, die wieder in ihrem eisigen Sarkophag lagen. Und das waren nur die, von denen er wusste. Womöglich befanden sich noch mehr Leichen auf dem Grundstück. Entstellte Körper, die einmal Kinder gewesen waren und die, wie er, hier gefangen und gefoltert worden waren. Menschliche Wesen, deren Todesqualen Spuren hinterlassen hatten. Haare, Fasern, Blut … So etwas konnte man nicht so ohne weiteres beseitigen oder wegwischen. Es blieb immer etwas zurück, das wusste Tom aus dem Fernsehen und aus seinen Büchern. Doch diese hatten ihn nicht darauf vorbereiten können, sich einer wirklichen Leiche gegenüberzusehen, den Gestank des Todes einzuatmen. Natürlich war Tom bisher bewusst gewesen, dass es Menschen auf dieser Welt gab, die zu Mord und Grausamkeit fähig waren. Doch es war eine Sache, dem reinen, elementaren Bösen auf einer fiktiven oder dokumentarischen Ebene zu begegnen; ihm direkt gegenüberzustehen und diesen unberechenbaren Wahnsinn hinter der scheinheiligen Fassade eines ganz normalen Daseins aufblitzen zu sehen war etwas ganz anderes. Bis heute war er immer davon ausgegangen, dass man das Böse erkennen konnte, dass es sich auf Dauer nicht verbergen ließ und nur dort zu finden war, wo man es auch vermutete. Nicht hier, nicht in dieser Gegend, in der er aufgewachsen war und wo er so viele unbeschwerte Stunden verbracht hatte. Hier, an seinem sicheren Ort, seinem Zuhause. Jetzt jedoch war ihm auf erschreckende Weise klargeworden, dass es auf dieser Welt keinen sicheren Ort gab. Das Böse war wie ein Virus, das sich mit dem Deckmantel der Harmlosigkeit tarnte, sich einschlich und schließlich jede Zelle befiel. Dass man dieses Virus in einer Gegend wie dieser weniger vermutete als in einem Armenviertel oder einem Gefängnis, machte einen im Nachhinein nicht weniger davon betroffen. Und im schlimmsten Fall nicht weniger tot. Er fing an, sich zu fragen, welche Sichtweise eigentlich die naivere und verrücktere war? Betrachtete man die Welt durch die verzerrten Strukturen dieses Irren, war seine Sicht der Dinge bestimmt nicht weniger einfältig, als Toms eigene es gewesen war.

Der Moment, wo sie vor meiner Tür stehen, ist der Moment, in dem du stirbst.

Anscheinend hoffte er noch immer, unbeschadet aus alldem herauszukommen, seine *Schätze* nicht hergeben zu müssen. Warum war Tom wohl sonst noch am Leben?

Weil eine Katze nicht nur tötet, um ihren Hunger zu stillen, schickte er sogleich stumm hinterher.

Willst du mit mir spielen?

Ja, das Ganze war für den Wächter zu einer Art Spiel geworden, in dem der Tod nur etwas Nebensächliches darstellte und, so vermutete Tom, nicht einmal beabsichtigt war. Dieser Kerl hasste es, verlassen zu werden. Und der Tod war ein endgültiger Abschied. Vielleicht konnte sein krankes Hirn ihn deshalb nicht akzeptieren, was immerhin eine Erklärung für dieses Gruselkabinett hier wäre. Aber hoffte er tatsächlich, ihn hier unten für alle Ewigkeit einsperren und foltern zu können? Wie verzweifelt und einsam konnte der kranke Geist eines Menschen sein?

Tom setzte sich unter erheblichen Schwierigkeiten auf. Sein geschundener Körper schien nur noch aus Schmerz zu bestehen, der wie eine wabernde Masse in ihm pulsierte und jede Bewegung zu einem Akt eiserner Überwindung machte. Seine Augen blieben auf die Kellertür gerichtet. Hatte der Wächter sie absichtlich offen gelassen? Wollte er ihn womöglich auf die Probe stellen? *Du musst es riskieren*, dachte er, *oder du gehst drauf!*

Mühsam und unter Höllenqualen begann er sich aufzurichten. Seine Rippen schmerzten bei jedem Atemzug. Das rechte Bein dagegen fühlte sich zunächst seltsam taub an, doch er konnte es belasten. Erst als die geschwollene, glühende Haut über den Brandstellen bei jeder Bewegung zu spannen begann, setzte das Feuerwerk des Schmerzes wieder ein und sprühte wilde Formationen in sein wundes Fleisch. Er kam nur langsam voran, doch der Raum war nicht so groß, dass ihn das zu kümmern brauchte. Eine Flucht war ohnehin undenkbar. Er würde nicht weit kommen, sein Zustand machte das unmöglich. Deshalb ignorierte er die Kellertür und konzentrierte sich ganz und gar auf die Werkbank, die in Form eines umgedrehten L links hinten an der Eckwand verlief.

Als er sie erreichte, ließ er den Blick hastig über die Werkzeuge gleiten, die über der Bank an Haken befestigt waren. Er entdeckte Schraubenschlüssel, Sägeblätter, verschiedene Zangen und eine ganze Reihe von Bohraufsätzen. An einigen klebte getrocknetes Blut, von dem Tom sich gar nicht erst auszumalen versuchte, woher es stammte. Stattdessen war er damit beschäftigt, einen Gegenstand zu finden, mit dem er den Wächter ohne viel Kraftaufwand außer Gefecht setzen konnte. Zuerst dachte er an einen Hammer. Er überflog das Durcheinander von geöffneten Farbdosen, Pinseln und verdreckten Lappen auf der Arbeitsplatte, bis er schließlich fündig wurde. Neben dem Feuerzeug und dem übervollen Aschenbecher lag ein breiter, langstieliger Hammer. Doch als er danach griff und ihn in der Hand wog, kam er ihm zu schwer vor. Er brauchte etwas, mit dem er trotz seines geschwächten Zustandes schnell und überraschend handeln konnte. Außerdem hatte er nichts am Leib, worunter er den Hammer hätte verstecken können. Also legte er ihn wieder an seinen Platz zurück. Daneben entdeckte er die Lötpistole, der er die Wunden an seinem Bein verdankte. Wie gerne hätte er diesem Dreckskerl damit alles heimgezahlt, hätte sie ihm in sein pochendes Fleisch gestoßen, bis er sich vor Schmerzen wand und um Gnade bettelte.

Ein leises Geräusch war zu hören; er konnte nicht sagen, ob er es sich in seiner Panik bloß eingebildet hatte. Nervös drehte er sich um. Doch es war niemand sonst im Raum, der plötzlich immer kleiner zu werden schien, als würden die Wände sich auf ihn zubewegen. Die Tür stand noch immer offen, lockte mit dem Duft einer Freiheit, die er nicht erreichen konnte. Nicht, solange dieser Geisteskranke da draußen war und seinen Friedhof bestückte. Tom musste sich beeilen. Die nächste Grube war für ihn bestimmt.

Er zog die erste der fünf Schubladen auf, die unter der Arbeitsplatte nebeneinander angeordnet waren. Darin fanden sich mehrere kleine Kästen mit Schrauben, Nägeln und Muttern, allesamt wenig geeignet, um einen gut neunzig Kilogramm schweren Verrückten damit außer Gefecht zu setzen.

Der Inhalt der zweiten Schublade war ebenso enttäuschend. Neben zwei Dosen Farbverdünner lagen mehrere Sorten Klebeband in verschiedenen Farben und Breiten darin. Doch damit konnte man seinen Gegner nur kampfunfähig machen, wenn man ihn knebelte und fesselte, und das setzte körperliche Überlegenheit voraus, die er nicht besaß. Außerdem wollte er seinen Peiniger nicht nur bewegungsunfähig machen, er wollte ihn zerquetschen. Dieser Abschaum sollte genauso leiden wie er. Er hatte Tom Höllenqualen der Angst durchleben lassen und ihn dem Gefühl vollkommener Hilflosigkeit ausgesetzt. Es war an der Zeit, sich dafür zu revanchieren.

In der dritten Schublade fand er schließlich, wonach er gesucht hatte. Mehrere Schraubenzieher lagen darin, deren Anblick seinen Puls schneller pochen ließ. Doch als er auf seiner Suche nach dem kleinsten, griffigsten Exemplar darin herumwühlte, entdeckte er dazwischen noch etwas viel Besseres.

Ein Messer!

Es war schon sehr abgenutzt, und der Griff war dick mit Klebeband umwickelt. Auf der etwa fünfzehn Zentimeter langen Klinge klebte hier und da eine weiche, durchsichtige Substanz, von der Tom annahm, dass es Silikonmasse war. Vermutlich benutzte der Irre das Messer für Ausbesserungsarbeiten an seinen »Schätzen«. Die Schneide sah frisch geschliffen aus, und als Tom mit dem Daumen darüberfuhr, bestätigte sich dieser Eindruck. Das Messer war zwar alt, aber rasiermesserscharf.

Er schloss die Hand darum, und es schien eine seltsame Energie davon auszugehen, die durch ihn hindurchströmte und ihm ein Gefühl von Macht und Überlegenheit vermittelte. Ein Sturm der Entschlossenheit fegte durch sein Inneres, dessen Kraft seinen Hass und seine Wut weiter schürte. Trotzdem war da etwas, das ihn zögern ließ. Jene winzigen, aber schwerwiegenden Zweifel, die jegliches Glücksgefühl nach sich zog. Seine physische Verfassung war nicht die richtige Voraussetzung für einen Überraschungsangriff, sie war wie das bröckelnde Fundament eines Hauses, das jeden Moment einzustürzen drohte. Bei jeder Bewegung flammte der Schmerz auf wie die blinkenden Lichter eines Spielautomaten. Wenn er nun nicht schnell genug war? Wenn er nicht genügend Kraft aufbringen konnte, den Wächter nur geringfügig verletzte? Einen längeren Kampf könnte er nicht durchstehen, der Kerl war stark wie ein Bulle. Einzig und allein das Überraschungsmoment war auf seiner Seite. Ihm blieb nur diese eine Chance, die sich hier in Gestalt dieses alten Messers offenbarte.

Hastig durchsuchte er auch noch die beiden verbliebenen Schubladen. Er hätte nicht genau sagen können, warum. Vielleicht aus Gründlichkeit, um all seine Möglichkeiten auszuschöpfen. Eine äußerst unwahrscheinliche Möglichkeit war die Hoffnung, dass der Kerl hier irgendwo auch eine Schusswaffe versteckt hatte, mit der Tom das Risiko eines Kampfes erst gar nicht würde eingehen müssen. Doch wie nicht anders zu erwarten, erwies sich diese Hoffnung sehr schnell als unbegründet. Trotzdem stieß er bei seiner Suche auf etwas, das ihn aufmerken ließ.

In der hintersten Schublade lag ein Fotoalbum. Es hatte einen roten Einband, der an den Rändern und Ecken bereits einzureißen begann. Zunächst wunderte Tom sich, wieso der

Wächter etwas so Persönliches in der Schublade einer Werkbank im Keller verstaute. Vorsichtig zog er das Album heraus und schlug es auf.

Die ersten Bilder, so vermutete Tom, zeigten den Sohn des Wächters kurz nach seiner Geburt. Ein zartes, fast kahlköpfiges Wesen in den Armen seiner erschöpften, aber glücklichen Mutter. Auf den weiteren Seiten waren Schnappschüsse von diversen Geburtstagen, auf denen der Junge bereits älter war. Seine hellblonden Locken füllten die Bilder, während er Kerzen auspustete. Dazwischen ein paar Urlaubsfotos – der Junge mit Schaufel und Plastikeimer am Strand, der Junge mit seiner Mutter vor einer Gebirgslandschaft, der Junge in einem Planschbecken im Garten –, keins der üblichen Klischees schien ausgelassen worden zu sein. Und immer zeigten die Aufnahmen fröhliche, unbekümmerte Gesichter. Erst im letzten Drittel des Albums bemerkte Tom eine deutliche Veränderung. Hier waren fast ausschließlich Innenaufnahmen zu sehen, bei denen kein besonderer Anlass zu erkennen war. Und das Lächeln des Jungen, ganz besonders aber das der Mutter, wirkte plötzlich aufgesetzt und gestellt, als hätte sie jemand eingeschüchtert und zu diesen Fotos gezwungen.

Sie haben mich manchmal wütend gemacht, verstehst du?

Tom schluckte, als er die Haare der Frau betrachtete, die sie auf den Bildern zu einem Pferdeschwanz gebunden trug. Ein kaltes Kribbeln durchzog seinen Nacken, als er den Blick nach links zu der grauen Decke gleiten ließ, neben der noch immer die groteske Perücke auf dem Boden lag wie ein totes, ausgetrocknetes Tier. Der Wächter hatte sie dort liegen lassen, nachdem sie ihm bei seinem Wutanfall vom Kopf gerutscht war. Die dunkelbraunen Haare, noch von Resten goldblonder Strähnen durchzogen, glichen in Länge und Farbe exakt denen auf den Fotos. Demnach waren dies wohl die letzten Aufnahmen, die die Frau lebend zeigten. Tom begann sich zu fragen, ob sie noch bei Bewusstsein gewesen war, als ihr die Haare vom Kopf geschnitten worden waren. Das Kribbeln auf seinem Rücken schwoll daraufhin sogleich zu einem eisigen Gletscherfluss an. *Wahrscheinlich hat sie auch gegen eine von seinen Regeln verstoßen*, dachte er und blickte voller Mitgefühl auf das Bild der Frau hinab.

Schnell konzentrierte er sich wieder auf das Foto des Jungen, der – bis auf die gelockten blonden Haare und die silberne Zahnspange, die durch sein künstliches Lächeln zum Vorschein trat – keinerlei Ähnlichkeit mehr mit jenem Etwas besaß, das in der Kühltruhe lag. Tom hatte den Verdacht, dass der Wächter diese letzten Bilder des Jungen als Vorlage für seine »Modellierarbeiten« benutzte. Deshalb bewahrte er das Album auch hier auf. Schon bei dem Gedanken daran drehte sich ihm abermals der Magen um. Doch es verdeutlichte ihm auch die Verzweiflung, mit der der Verrückte bemüht war, seinen Sohn zu *erhalten*, ihn nicht *hergeben* zu müssen. Und das brachte ihn plötzlich auf eine Idee.

Gerade wollte er das Album angewidert an seinen Platz zurücklegen, als er die eingeklebten Zeitungsausschnitte auf den letzten beiden Seiten bemerkte. »WACHMANN DREHT DURCH« lautete ein kleiner, zweispaltiger Artikel ganz oben. Neugierig überflog Tom hastig die Zeilen:

> Eine Überraschung der schmerzhaften Art erlebte am späten Freitagabend der Mitarbeiter eines Industriebetriebes am Rande von Wiesbaden, als er beim Betreten des Betriebsgeländes von einem Mann des Sicherheitsdienstes festgehalten und schließlich massiven Miss-

> handlungen ausgesetzt wurde. Der Mitarbeiter wurde mit schweren Schlagverletzungen im Kopf- und Armbereich in ein nahe gelegenes Krankenhaus gebracht und konnte bis jetzt noch nicht zu den Vorgängen vernommen werden. »Die genauen Umstände des Geschehens sind noch nicht eindeutig geklärt«, sagte Polizeisprecher Bernd Weiler gegenüber unserer Zeitung. »Es spricht einiges dafür, dass der Mann lediglich seine Schicht antreten wollte, die um 23 Uhr beginnt, und dass er sich verspätet hatte«, sagte Weiler weiter. Anscheinend hatte der Mann seinen Betriebsausweis vergessen, weshalb der Wachmann ihn nicht durchlassen wollte. Daraufhin kam es zunächst zu einem heftigen Wortwechsel, der schließlich eskalierte. Zeugenaussagen zufolge soll der Wachmann plötzlich »ausgerastet« sein und wie besessen auf den Mann eingeschlagen haben. Die Staatsanwaltschaft hat bereits Ermittlungen angekündigt.

Ein Wachmann, ging es Tom durch den Kopf. Er war bei einer Sicherheitsfirma angestellt gewesen. Langsam ergab das Geschwafel dieses Kerls einen verschwommenen Sinn.

»MÄDCHEN VERMISST« lautete die Schlagzeile des Artikels darunter, neben dem das Porträt eines Kindes abgebildet war. Abgesehen von ihrem fröhlichen Lächeln hatte das Foto deutlich Ähnlichkeit mit dem Inhalt des Einmachglases im Trophäenschrank. Der Artikel besagte, dass sie Susanna Schubert hieß. Sie war gerade einmal vier Jahre alt geworden.

Entsetzt betrachtete Tom die anderen Artikel, die wahllos auf den beiden Seiten verteilt waren. Es waren noch fünf weitere, von unterschiedlichem Umfang. Doch die Überschriften waren nahezu identisch: »FÜNFJÄHRIGE SPURLOS VERSCHWUNDEN«. »EIN WEITERES MÄDCHEN ALS VERMISST

GEMELDET«. Tom zählte insgesamt vier Fälle von vermissten Kindern über einen Zeitraum von fünf Monaten.

Der Kerl sollte sich lieber »der Schlächter« nennen, dachte er entsetzt.

Bei den beiden übrigen Artikeln handelte es sich um Berichte zum Stand der Ermittlungen. »POLIZEI TAPPT WEITERHIN IM DUNKELN« und »SONDERKOMMISSION GEGRÜNDET« schilderten die verzweifelten Bemühungen der Behörden, die Kinder zu finden, und baten um Hinweise aus der Bevölkerung.

Toms Hass wuchs in ihm wie ein bösartiger Tumor, dessen kranke Zellen seinen Verstand befielen. Seine Hände begannen zu zittern, als er die Artikel betrachtete; plötzlich sah er hinter jeder Zeile eine weinende Mutter und einen verzweifelten Vater, die das ungeklärte Schicksal ihres Kindes schier in den Wahnsinn trieb. Menschen, die ihr eigenes Kind nicht einmal zu Grabe tragen konnten, weil es im Garten dieses Monsters begraben lag, verscharrt wie ein Hund. Kein Grabstein, der die Daten ihres kurzen Lebens verkündete. Keine Gedenkstätte, an der die Angehörigen ihren unerträglichen Verlust betrauern und ihn so verarbeiten konnten. Nur ein Artikel in der Tageszeitung, der Ungewissheit und Leere hinterließ. Und die aussichtslose Hoffnung auf ein Lebenszeichen, an der schließlich ihr eigenes Leben zugrunde ging. Zum ersten Mal, seit er der Willkür des Wächters ausgeliefert war, begriff Tom, dass nicht nur seine eigene Existenz von seinem Überleben abhing. Und diese Bürde lastete schwer auf seinem Gewissen. Plötzlich sah er seine eigenen Eltern dieser Qual ausgesetzt, und dieses Bild zerriss ihm das Herz. Er konnte nicht zulassen, dass er zu einem weiteren Artikel in dieser Sammlung wurde. Zu einem weiteren ungelösten Fall in der Schublade dieses Wahnsinnigen. Er musste dieses Ungeheuer zur Strecke bringen, bevor es noch mehr Eltern ins Unglück stürzen konnte. Fast war ihm, als wären es *ihre* Qualen und Schmerzen, die er verspürte, *ihr* Hass, der ihn durchfuhr. Und er hatte in ihrem Namen genug gelitten, wollte nicht länger ein Gefangener sein. Es war Zeit, sich zu wehren. Und jetzt wusste er auch, wie.

Willst du mit mir spielen?

»Und ob, du krankes Dreckschwein!«, flüsterte er vor sich hin.

Entschlossen klappte er das Album zu und klemmte es sich unter den Arm. Er würde es noch brauchen. Dann nahm er das Einwegfeuerzeug und steckte es zusammen mit dem Messer in den Gummibund seiner Unterhose, um die Hände frei zu haben. Die kalte Klinge hinterließ ein angenehmes Gefühl auf seiner fiebrigen Haut. Dann öffnete er erneut die zweite Schublade und griff nach den Dosen mit dem Farbverdünner. Eine davon war bereits angebrochen und nur noch zu zwei Dritteln gefüllt. Trotzdem müsste es für seine Zwecke ausreichen. Erfreut betrachtete er die Warnzeichen auf den Dosen: Leicht entzündlich!

Er humpelte auf den gegenüberliegenden Bereich des Kellers zu. Das Album unter seinem Arm behinderte ihn ein wenig, weil es auf seine gebrochene Rippe drückte und ihm das Atmen erschwerte. Als er an der offenen Kellertür vorbeikam, spähte er vorsichtig nach draußen. Doch er konnte nur den unteren Teil der hölzernen Treppe einsehen, die leer und verlassen war. Dieser Psychopath war irgendwo da draußen, so viel war sicher, und tat, wozu sein kranker Verstand ihn trieb. Im Moment schien es jedenfalls, als wäre Tom vor ihm sicher.

Als er endlich die Truhe erreicht hatte, die hinter der geöffneten Tür stand, legte er die Sachen vor sich auf den Boden, was sein Bein mit einer Schmerzexplosion quittierte. Doch er war so auf seinen Plan fixiert, dass er nicht darauf achtete. Dann klappte er den Deckel der Truhe hoch.

Der Gestank, der ihm entgegenschlug, war unerträglich. Hätte der Wahnsinn einen Geruch gehabt, er hätte genau so gestunken. Wieder stieg der Brechreiz in seiner Kehle hoch, und er musste sich die Hand vor die Nase halten. Eilig schraubte er eine der Dosen auf und goss deren Inhalt über die Leiche. Selbst der beißende Geruch des Verdünners kam nicht gegen die Verwesungsgase an, doch immerhin machte er sie ein wenig erträglicher. Tom leerte auch die zweite Dose in die Truhe bis auf einen kleinen Rest. Die Entschlossenheit, mit der er seinen Plan in die Tat umsetzte, erzeugte ein heißes Prickeln auf seiner Haut und ließ ihn eine trügerische Hoffnung empfinden, der er sich vollkommen hingab. Von diesem Moment an war er nicht länger der hilflose Junge. Er war ein Junge mit einem Ziel. Seine Angst war verflogen, seine Schmerzen nur noch ein weit entferntes Signal jenseits seiner Wahrnehmung. Das Zittern war noch da, doch es wurde nicht mehr durch blanke Panik ausgelöst, sondern durch die Erregung, die durch seine Adern rauschte.

Plötzlich hörte er ein Geräusch. Das Knarren von Holz, schwere Schritte auf den Stufen.

Noch nicht! Seine Hand zitterte jetzt so stark, dass er kaum noch die Dose festhalten konnte. *Bitte*, flehte er stumm, *lass mich jetzt nichts falsch machen!*

Die Schritte kamen schnell näher, waren jetzt kurz vor der Tür, hinter der Tom kauerte. Er konnte bereits den schnaufenden Atem seines Peinigers hören.

Ein wenig zu hastig goss Tom den Rest des Verdünners über die eingeklebten Anzeigen. Dabei verschüttete er in der Aufregung einen Teil davon auf den Boden. Die eisigen Klauen der Panik packten abermals zu. Sein Herz trommelte so heftig gegen die gebrochene Rippe, dass er kaum Luft bekam.

Reiß dich zusammen!, befahl er sich. *Du hast nur diese eine Chance!*

Er drückte das Album in die kleine Pfütze, bis die Blätter die Verdünnerflüssigkeit aufgesogen hatten. Von dem beißenden Verdünnergeruch wurde ihm ein wenig schwindlig, deshalb wandte er das Gesicht ab. Dann griff seine zitternde Hand nach dem Feuerzeug, bekam es jedoch nicht richtig zu fassen, und es fiel zu Boden.

Verdammt!

Von der Tür her war ein erschrockenes Grunzen zu vernehmen. Dann wieder schnelle Schritte, die den Raum durchquerten, bis der Wächter schließlich an der Tür vorbei in Toms Sichtfeld trat. Er blieb vor der grauen Stoffdecke stehen und starrte sie ein paar Sekunden lang verwundert an, bis sein wirrer Verstand in Gang kam und er sich zu fragen begann, was hier vorging. Schließlich bückte er sich, hob die Decke auf und hielt sie an sein Gesicht. Beinahe hatte es den Anschein, als schnuppere er daran wie ein Hund, der eine Fährte aufnahm. Dann jedoch begriff Tom, dass der Mann vermutlich den chemischen Geruch des Verdünners bemerkt hatte, der wie ein beißendes Parfüm im Raum hing.

Nervös tastete er nach dem Feuerzeug am Boden. Salziger Schweiß brannte ihm in den Augen, und seine Haut fühlte sich an, als ob sie vor Aufregung glühte. Endlich fühlte er die glatten Rundungen des Feuerzeugs in der Hand.

»Was zum Teufel …?« Der Wächter ließ die Decke fallen und sah sich um. »Wo steckst du?«, rief er, und es klang beinahe belustigt, als wolle er Tom verhöhnen. »Wo hast du dich verkrochen, du kleine Made?« Der Jagdinstinkt des Mannes war geweckt. Seine Augen tasteten jeden Winkel des Raumes ab, bis sie an der geöffneten Tür hängenblieben. »Es hat keinen Sinn, sich vor mir zu verstecken, das weißt du doch. Also zeig dich endlich, damit wir es zu Ende bringen können.«

Toms Blick huschte zwischen dem Wächter und dem Feuerzeug in seiner Hand hin und her. Hilflos sah er zu, wie der Verrückte langsam auf die Tür zukam. Nur noch Sekunden, dann würde er sich auf ihn stürzen. Der Wächter würde ihm jeden einzelnen Knochen brechen, denn er hatte gegen seine Regeln verstoßen, und das war unverzeihlich.

Trotz seiner Angst konzentrierte er sich auf das Feuerzeug. Nur mühsam gelang es seinen steifen Fingern, das Zündrädchen zu bedienen. Doch es zündete nicht.

Ein weiterer Versuch.

Wieder nichts.

Mit zittrigen Fingern schob Tom den Riegel für die Gaszufuhr auf maximal. Dann umklammerte er das Feuerzeug mit beiden Händen wie im Gebet.

Lieber Gott, bitte!

Ein Ratschen.

Ein Funken …

Dieses Mal stieg eine Flamme aus der winzigen Düse auf wie das brennende Schwert der Vergeltung. Tom schrie vor Erleichterung auf. Trotz seiner Schmerzen war er blitzschnell auf den Beinen und trat gegen die Tür, die daraufhin krachend ins Schloss fiel und die Sicht auf ihn freigab.

»Hier bin ich!«, rief er und versuchte, so deutlich wie möglich zu sprechen. Trotzdem klang er beinahe genauso verrückt wie sein Peiniger. »Siehst du das?« Triumphierend hielt er das Fotoalbum in die Höhe.

Die verblüfften Augen des Wächters glitten von dem Album zu der Flamme und weiteten sich, als er begriff. »Wo hast du …?« Sein Kopf zuckte hastig zur offenen Schublade der Werkbank herum, dann starrte er wieder Tom an. »Nein!«

»Oh doch«, gab Tom zurück. Das Lachen tat weh, trotzdem ließ er es sich nicht nehmen, seine Schadenfreude zu zeigen. Eine Spur von Wahnsinn flackerte jetzt auch in seinem Gesicht. »Schau genau hin, jetzt bin *ich* derjenige, der *dein* Leben in der Hand hat!« Das Lachen verstummte. »Was ist es dir wert, Arschloch?«

»Nicht! Bitte ... nicht das Buch ... nicht den Jungen!« Die unnachgiebige Miene des Wächters hatte sich in eine groteske Maske der Verzweiflung verwandelt. Wie ein kleines Kind stand er da und bettelte, versuchte verzweifelt, den drohenden Verlust abzuwenden. »Ich bitte dich, nimm ihn mir nicht weg!«

»Tja«, erwiderte Tom unbeirrt, »daran bist du ja wohl selbst schuld, nicht wahr? Wenn du mich nicht hier unten eingesperrt und gefoltert hättest, wäre das hier jetzt nicht nötig.«

Die Flamme des Feuerzeugs begann zu flackern, wurde kleiner.

»Du willst mit mir spielen?« Tom ließ seinen ganzen Hass aus seinen Augen sprechen. »Also schön, spielen wir!«

Er hielt die Flamme an das Album. Wie trockene Schwämme sogen die mit dem Verdünner getränkten Blätter das Feuer auf. Dann trat er mit hoch erhobenem Arm einen Schritt zurück und warf das brennende Buch in die offene Kühltruhe.

Augenblicklich schossen bläuliche Flammen daraus hervor, als hätte sich darunter das Tor zur Hölle aufgetan. Rasch breitete sich eine Hitzewelle aus, und Tom hob schützend die Arme. Ein widerliches Zischen ertönte, als die Restfeuchtigkeit des entstellten Leichnams verdampfte.

»NEEIIIN!«

Der Wächter stürzte auf die Truhe zu. Tom griff nach hinten und zog das Messer aus dem Hosenbund. Er hatte vor, es dem Kerl in den Rücken zu stoßen, während der versuchte, die sterblichen Überreste seines Sohnes zu retten. Doch in einem Moment der Unachtsamkeit sah er die fleischige Hand des Wächters nicht kommen, die ihn blitzschnell packte und zur Seite stieß. Tom strauchelte und prallte rücklings gegen die Wand, dass es ihm die Luft aus der Lunge presste. Benommen vor Schmerz ließ er das Messer fallen. Es rutschte über den Boden und blieb etwa in der Mitte des Kellers liegen.

»Mein Junge!«, schrie der Wächter, während er verzweifelt versuchte, durch die Flammen hindurch nach dem Deckel der Truhe zu greifen. »Mein lieber Junge!«

Grelle Punkte tanzten vor Toms Augen, hüpften um das Messer am Boden herum wie kleine Trolle, die sich über seine Dummheit lustig machten.

Verdammt, du hast es verbockt! Du blöder Idiot hast es vermasselt!

Den Trumpf der Überraschung hatte er verspielt. Aber eine Chance blieb ihm noch.

Er stemmte sich von der Wand weg und hastete zur Tür, so schnell es sein Bein erlaubte. Wenn es ihm gelang, den Kerl hier unten einzuschließen, ihn zu einem Gefangenen in seinem eigenen Kerker zu machen, dann hatte er gewonnen.

Dem Wächter war es mittlerweile gelungen, den Deckel zu schließen und so das Feuer zu ersticken. Dichte Rauchschwaden hüllten ihn ein, hingen wie schwere Vorhänge in der Luft, die sich langsam hoben und die Bühne für den letzten Akt freigaben.

Tom hatte die Tür erreicht. Ein Anflug von Erleichterung ließ ein angedeutetes Lächeln auf seinen Lippen erscheinen, als seine Finger den Griff zu fassen bekamen und sie mit einem Knarren aufschwang. Doch im selben Moment stürmte der Wächter wie ein Raubtier aus dem Nebel hervor. Sein speckiges Gesicht war jetzt eine verzerrte Fratze des Zorns, eines Zorns, der ihm eine schier übermenschliche Kraft verlieh.

»Hiergeblieben, du Ratte«, zischte er boshaft. »Wir sind noch nicht fertig!«

Er packte Tom mit beiden Händen im Nacken und schleuderte ihn entschlossen in den Keller zurück. Der Schwung riss Tom von den Beinen. Er schlug hart gegen den Trophäenschrank, der daraufhin heftig ins Wanken geriet. Die Türen sprangen auf, und einige der Bälle rollten von den oberen Regalen herunter, hüpften wie ein graziles Ballett durch den Raum, bis sie vor der Werkbank liegen blieben. Das große Einmachglas folgte ihnen. Mit einem hohlen *Poff* zerplatzte es auf dem steinernen Grund und gab mit einem widerlich klatschenden Geräusch seinen grausigen Inhalt frei. Eine Welle aus Scherben und Flüssigkeit verteilte sich über den Boden und umspülte die graue Decke, bis sie zwischen ihren groben Fasern versiegte.

Voller Entsetzen starrte Tom in das tote Antlitz von Susanna Schubert, deren leere Augen ihn betrachteten, als wollten sie ihm mitteilen, dass er versagt hatte. Aus den Augenwinkeln sah er, wie der Wächter einen länglichen Gegenstand aus einer Halterung an der Wand nahm. Dann drehte er sich zu ihm um.

»Wie es aussieht, hat das Blatt sich wieder zu meinen Gunsten gewendet.« Die Stimme des Mannes klang ruhig und gefasst. Doch es schwang ein harter, unberechenbarer Unterton darin mit. Hinter seinen Augen öffnete sich eine dunkle Leere wie ein bodenloser Abgrund. Eine verlassene Schaltzentrale, aus der aller Verstand geflohen war und in der das Feuer des Irrsinns loderte. Seine rußigen Finger umklammerten eine schwarze Brechstange, die er drohend in den Händen wog.

Verzweifelt suchte Tom den Boden nach dem Messer ab, doch er konnte es nicht entdecken. Die Flüssigkeit aus dem Glas musste es weggespült haben. Schließlich sah er es neben der grauen Decke, die nur noch ein nasser, stinkender Lumpen war. Unzählige Splitter bedeckten den Boden davor, machten ihn zu einem gläsernen Minenfeld. Tom sah auf seine nackten Füße.

»Was ist, kleiner Tom, spielen wir weiter?« Klatschend ließ der Wächter die Brechstange in seine Handfläche fallen, während er seinen Gefangenen gedankenverloren betrachtete. Eine leere Hülle, fernab von jeglichem Menschsein.

Dann ertönte die Türklingel.

Toms Herzschlag legte eine Pause ein, um dann in doppeltes Tempo überzugehen, als er eine gedämpfte Stimme hörte.

»Polizei! Machen Sie die Tür auf, Herr Homberg!«

Wie elektrisiert von dem Gedanken an Rettung schrie Tom augenblicklich gellend: »Hilfe!« Seine Stimme klang genauso spröde wie die Klingel, erreichte aber aufgrund seines zertrümmerten Kieferknochens nicht deren Lautstärke. Er konnte den Mund nicht weit genug öffnen, was ihn nicht davon abhielt, es weiter zu versuchen. »Ich bin hier unten! Schnell!«

Die Teilnahmslosigkeit, mit der der Wächter dies alles beobachtete, war gespenstisch. Mit wachsender Panik sah Tom zu, wie er langsam die Brechstange über seinen Kopf hob.

Wieder die Tür. Diesmal ein lautes Hämmern. »Seien Sie doch vernünftig, Herr Homberg, sonst sind wir gezwungen, die Tür aufzubrechen!«

Aufbrechen oder nicht, macht schon, oder ich bin tot!

Hektisch musterte Tom den Boden. Die größeren Scherben konnte er umgehen, aber den Rest ... Er würde es nicht einmal in die Nähe des Messers schaffen. Unmöglich.

Noch immer starrten ihn Susannas tote Augen an, und unwillkürlich kam ihm ein Gedanke. Doch der war so unvorstellbar abstoßend, so grauenhaft, dass er schauderte. *Nein, das kannst du nicht von mir verlangen*, wehrte er stumm ab. Und plötzlich hatte er den Eindruck, hinter diesen glasigen Augäpfeln etwas aufblitzen zu sehen, als kommunizierten sie auf einer höheren Ebene mit ihm. *Du musst!*, schienen die Augen zu sagen. *Du hast keine andere Wahl!*

Ein erbärmliches Wimmern kroch aus seinem Mund. Er fühlte sich unendlich müde, wollte sich nur noch zusammenrollen und die Augen schließen, wollte diese schrecklichen Bilder ausblenden, in der Hoffnung, nie wieder zu erwachen. Tränen der Verzweiflung liefen seine Wangen hinab, als er sah, wie der Wächter sich in Bewegung setzte. Mit langsamen, beinahe mechanischen Schritten kam er auf ihn zu.

Los!

Nein!

Doch! Du kannst mir nicht mehr wehtun, also tu es gefälligst!

Die Polizei ist da. Lass uns noch warten, nur noch zwei Sekunden.

Du hast keine zwei Sekunden mehr. TU ES!

Obwohl sich alles in Tom dagegen sträubte, packte er mit einer Hand den vorderen Rand des Schrankes und verlagerte sein Gewicht auf das unverletzte linke Bein. Die andere Hand stemmte er gegen die Wand. Dann nahm er so viel Schwung, wie er konnte –

Gott, ich hasse dich!

– und sprang ab. Und es war, als hätte er etwas in sich getötet, als hätte er eine Grenze überschritten, die keine Rückkehr mehr zuließ. Er hatte die Demütigungen ertragen, die Angst und die Schmerzen. All das hätte er verkraftet, hätte es mit der Zeit verwunden. Doch für das, was nun folgte, hasste er sich selbst und die Welt, die es ihm abverlangte, so sehr, dass es ihn innerlich zerfraß wie reine Salzsäure.

Er hörte das widerlich schmatzende Geräusch, als Susannas aufgeweichter Schädel barst, spürte den glitschigen Matsch aus Gewebe und Gehirnmasse, der sich unter seinen nackten Fußsohlen gallertartig ausbreitete, und schrie vor Scham und Ekel auf. Verzweifelt bemühte er sich, nicht hinunterzusehen, hielt die weinenden Augen fest geschlossen, um dieses Bild nicht in sein Inneres eindringen zu lassen. Er geriet ins Straucheln, wäre beinahe ausgerutscht. Doch es gelang ihm unter Qualen, das Gleichgewicht zu halten und sich erneut abzustoßen. Nur reichte diesmal der Schwung nicht aus. Feurige Blitze durchzuckten ihn, als sich fingerdicke Scherben in die dünne Haut seiner Fußsohlen bohrten und sein Blut auf den Boden tropfte. Er zwang sich, nicht zu schreien, empfand diese Schmerzen als gerecht, als eine Art Wiedergutmachung für das, was er gerade getan hatte, was er hatte tun müssen. Doch sie waren nur ein fader Vorgeschmack derer, die folgen sollten. Tom bückte sich, und seine Hand war nur Zentimeter von dem Messer entfernt, als die Brechstange mit der unkontrollierten Wucht des Wahnsinns seitlich gegen sein Schienbein geschmettert wurde und es mit einem abscheulichen hohlen Krachen zertrümmerte.

All seine bitteren Gedanken erstarben schlagartig, und einen kurzen, wohltuenden Moment lang empfand er eine eigenartige Stille wie kurz nach einer Explosion. Dann knickte sein Bein in einem unnatürlich schrägen Winkel weg, und er sank kraftlos zu Boden. Scherben stachen in sein Fleisch, rissen es auf wie die Zähne eines Raubtieres. Doch er spürte es nicht mehr. Das alles geschah an einem anderen Ort, fernab seiner Wahrnehmung, die nun wieder in diesen rauschartigen Zustand versunken war, dessen dunkler Abgrund ihn lockte. Er sah die trüben Umrisse des Wächters neben sich, eine formlose Erscheinung, mit schlaff herabhängenden Schultern und Augen, die in eine Ferne blickten, die keinen Horizont besaß. Gleich würde er zu einem weiteren Schlag ausholen, würde ihn endgültig in diesen Abgrund stoßen und ihn in ewiger Finsternis versenken. Die Erlösung war jetzt greifbar nahe, er konnte spüren, wie sie ihre sanften Hände nach ihm ausstreckte, und er sehnte sich nach ihrer Umarmung, die alles auslöschen würde.

Tu es!

Doch dann hörte er, wie die Stange mit metallischem Klirren neben ihm zu Boden fiel.

»Das Spiel ist noch nicht vorbei.« Eine Stimme, so leise und monoton wie die eines Erstickenden. »Ich lasse dich am Leben, Tom Kessler.«

Die Worte trafen Tom wie eine Ohrfeige. Er wollte nicht mehr zurück, er sehnte sich zu sehr nach dem dunklen Abgrund.

»Ich habe beschlossen, dass es eine schlimmere Strafe für dich gibt«, fuhr die Stimme fort. »Sie werden mich wegsperren, aber ich werde auf dich warten. Ich werde die Tage, Monate und Jahre zählen, bis es so weit ist. Und dann werde ich dir das wegnehmen, was du mir genommen hast. Ich werde dich spüren lassen, was Verlust ist.«

Ein dumpfer Schlag drang von oben in den Kellerraum. Dann splitternder Kunststoff. Metall, das auf den Boden schlug. Schritte, laute Stimmen.

Tom hörte das alles. Doch es löste keinerlei Empfindungen in ihm aus. Sein Verstand hatte sich in den hintersten Winkel seines Bewusstseins verkrochen, in ein mentales Flüchtlingslager, an dessen schützenden Mauern sämtliche Einflüsse von außen abprallten. Regungslos lag er da, inmitten von Scherben und totem menschlichem Gewebe, und starrte mit Augen, aus denen sämtliches Bewusstsein gewichen war, an die graue Kellerdecke. Er sah nur den dunklen Abgrund, in den er fiel, dessen Ende aber unerreichbar blieb. Ein schwereloser Zustand im Zwischenreich der Existenz, wo sämtliche Schreie verstummten …

»Tom!«

Fantas Stimme war nur ein fernes Echo aus einer anderen Welt.

»Tom, hörst du mich?«

Er konnte den Ruck förmlich spüren, mit dem er in diese andere Welt zurückkatapultiert wurde. Feuchtes Gras kitzelte seine Wangen, während seine Hände auf etwas einschlugen, das sich über ihm befand. Es dauerte einige Sekunden, bis er begriff, dass es Fantas Arme waren, auf die er eintrommelte und die ihn eisern zu Boden pressten. Jäh entspannte er sich.

»Bist du wieder bei mir, Kumpel?«

Tom nickte betäubt. »Was ist passiert?«

»Du bist plötzlich weggekippt und wurdest von Krämpfen geschüttelt. Ich dachte schon, du hättest einen epileptischen Anfall oder so was.«

»Nein, alles in Ordnung.«

Der Zug der Vergangenheit entfernte sich und ließ ihn in der Gegenwart zurück wie einen Gestrandeten, der sofort von ihr heimgesucht wurde.

»Meine Familie!« Ruckartig setzte er sich auf. Seine kraftlosen Hände packten Fanta am Hemdkragen und zogen ihn zu sich herunter. »Der Scheißkerl ist hinter meiner Familie her!«

»Was …? Wer?«

Tom rappelte sich auf. »Der Wächter!«

Fantas Verwirrung grub tiefe Falten in seine Stirn. »Aber ich dachte, der Kerl ist tot.«

»Zumindest sollte er das sein, wenn man den Polizeiakten glauben darf. Aber wenn mich meine Erinnerung nicht trügt, habe ich nicht mitbekommen, wie er gestorben ist. Zu dem Zeitpunkt war ich schon völlig weggetreten.«

»Aber weshalb sollte die Polizei lügen?«

Tom zuckte die Achseln. Dann durchfuhr ihn ein Gedanke wie ein Stromschlag. »Karin! Ich muss sie warnen.« Ohne zu zögern, fingerte er das Handy aus der Gesäßtasche seiner Jeans. Er klappte es auf und tippte nervös ihre Nummer ein.

»Seit wann hast du ein Handy?«, fragte Fanta.

»Das ist nicht meins.«

Fanta stöhnte. »Lass mich raten, das Teil gehört deiner Seelentante. Dir ist doch hoffentlich auch klar, dass man die Dinger orten kann.«

Tom hatte keine Zeit, etwas zu erwidern. Eine Bandansage teilte ihm mit, dass der gewünschte Teilnehmer momentan nicht zu erreichen sei. »Verdammt«, fluchte er. Dann versuchte er es bei Karins Eltern, doch auch dort meldete sich niemand. Nach dem zwanzigsten Läuten gab er verzweifelt auf.

Ein unheilvoller Druck stieg in ihm empor, legte sich eisig um seinen Brustkorb, so dass er in panischer Angst nach Luft rang. Das altbekannte Gefühl der Angst meldete sich zurück, nistete sich in ihm ein wie ein Parasit. Gedanken flogen wie dunkle Schatten an ihm vorüber.

Ich muss zu ihr, muss sie beschützen … und Mark … Er kommt sie holen, er wird sie quälen und foltern, wie er es mit mir getan hat … Alles fängt wieder an … Oh Gott!

»Ganz ruhig, Tom«, beschwichtigte Fanta, der merkte, dass sein Freund zu hyperventilieren begann. »Karin und Mark geht es bestimmt gut.«

»Ich muss sie warnen«, wiederholte Tom atemlos.

Fanta packte ihn fest an den Schultern. »Im Moment kannst du nichts für sie tun, Tom. Also solltest du dich jetzt zuerst um deinen eigenen Arsch kümmern, hörst du?«

Tom stieß ihn wütend von sich weg. »Es geht um meine Familie, Mann! Dir bedeutet das vielleicht nicht viel, aber ich kann ohne sie nicht leben!«

»Ach nein?«, fauchte Fanta zurück. »Sieh dich doch an. Ich finde, du hast auch ohne sie ziemliche Fortschritte gemacht. Sie hat dich verlassen, Tom! Du solltest endlich lernen, deine Fesseln abzustreifen, sonst wirst du niemals frei sein.«

»Frei von was? Von Liebe? Von Zuneigung? Geborgenheit? Ich habe in den letzten Tagen immer wieder versucht, mir einzureden, ich könnte ohne das alles existieren. Aber ich habe mir nur selbst etwas vorgemacht. Die Fahrt hierher hat mir das klargemacht.«

»Das ist gut, Tom, es verlangt ja auch niemand von dir, auf all das zu verzichten. Aber es nützt keinem etwas, wenn du dich jetzt ans Messer lieferst. Der Kerl will dich. Und er benutzt deine Ängste, um dich weichzukochen. Lass das nicht zu.«

Tom raufte sich die Haare. »Aber ich muss doch irgendetwas tun, verdammt! Ich kann doch nicht …«

Er fuhr erschrocken zusammen, als das Handy in seiner Hand zu vibrieren begann und die Melodie von *Mamma Mia* erklang. Das Display zeigte einen unbekannten Anrufer. Unsicher sah er Fanta an.

»Geh nicht ran.«

»Was ist, wenn es Karins Eltern sind? Die Nummer ist bestimmt auf ihrem Display.«

»Es könnte genauso gut die Polizei sein. Die wissen inzwischen vermutlich, dass du deiner Seelentussi das Handy geklaut hast.«

Ein paar unentschlossene Sekunden starrte Tom das Handy in seiner Hand an. Dann drückte er auf die Sprechtaste. »Ja?«

»Sind Sie das, Herr Kessler?«

Tom schloss die Augen, als er Kommissar Dorns Stimme erkannte. Fanta hatte mal wieder recht behalten. Doch das störte ihn nicht weiter. »Was wollen Sie?«, fragte er kühl.

»Na ja, Sie haben hier ein ziemliches Chaos hinterlassen, Herr Kessler, und wie Sie sich bestimmt vorstellen können, habe ich deswegen einige Fragen an Sie.«

»Ich versichere Ihnen, dass ich ebenso wenig eine Antwort darauf weiß wie Sie.«

»Hm …« Eine kurze Pause. »Wissen Sie was, ich glaube Ihnen sogar.«

Tom riss die Augen auf. »Ach … tatsächlich?«

»Ja, deshalb wäre es sehr wichtig, dass ich persönlich mit Ihnen spreche. Ich möchte nicht, dass Sie noch mehr Dummheiten machen.«

»Dafür ist jetzt keine Zeit.«

»Hören Sie, Tom …«

»Nein«, unterbrach er den Kommissar, »jetzt hören *Sie* mir zu. Es ist mir egal, was mit mir passiert. Ich verspreche Ihnen, ich tue alles, was Sie von mir verlangen, aber Sie müssen meine Familie beschützen.«

»Nennen Sie mir auch einen Grund dafür?« Dorn klang überrascht.

»Der Kerl, der das alles zu verantworten hat, ist hinter meiner Frau und meinem Sohn her.«

»Und warum?«

Tom überlegte einen Augenblick, bevor er antwortete. »Ich denke, das wissen Sie, nicht wahr?« Er wartete gespannt. Schließlich fuhr er fort. »Er will sie benutzen, um an mich ranzukommen. Es ist Teil seines Spiels.«

Noch immer Schweigen am anderen Ende der Leitung.

»Herr Kommissar?«

»Es tut mir leid«, sagte Dorn beklommen, »aber ich befürchte, der Kerl hat bereits erreicht, was er wollte.«

Die kalten Fesseln der Angst schnürten sich fester um Toms Brust. »Was soll das heißen?«, keuchte er.

Ein Seufzen drang aus dem Hörer. »Ihre Frau und Ihr Sohn sind heute Mittag von einem Einkauf nicht zurückgekehrt«, sagte der Kommissar. »Ihr Wagen wurde auf dem Parkplatz des Einkaufszentrums gefunden. Eigentlich sind wir davon ausgegangen, dass die beiden bei Ihnen sind.«

Ein Gefühl absoluter Hilflosigkeit nahm Tom den Atem. Sekundenlang starrte er ins Leere, bis ihm fast schwarz vor Augen wurde. Ein kurzes elektronisches Signal des Handys verhinderte schließlich gerade noch, dass er ohnmächtig wurde.

»Tom, sind Sie noch da?«

Er beendete das Gespräch und schaute verblüfft auf das Display, das den Eingang einer Kurznachricht meldete.

»Weiß sonst noch jemand, dass du dieses Telefon hast, außer der Polizei und deiner Seelenklempnerin?«, fragte Fanta, der die ganze Zeit neben ihm gestanden hatte.

Tom schüttelte stumm den Kopf. Wieder tat sich der schwarze Abgrund vor ihm auf. Mit zitterndem Finger drückte er auf die Wiedergabetaste, und die Mitteilung erschien auf der Anzeige:

Ich habe jetzt endlich, was Dir gehört.
Und Du weißt, wo Du sie finden kannst.
Aber Du solltest dich beeilen, Tom,
sonst fange ich an, mit ihnen zu spielen!
46

»NEEIN«, schrie Tom gellend und schleuderte das Handy mit voller Wucht gegen den Zaun, wo es in mehrere Teile zersprang. Wie von Sinnen sprang er den Zaun an, krallte sich an der Oberkante fest und zog sich mit aller Kraft daran hoch.

»Tom!«, brüllte Fanta hinter ihm. »Was zum Teufel hast du vor?«

Doch Tom hörte ihn nicht. Er stemmte sich hoch, wie er es vor dreizehn Jahren getan hatte, und sprang auf das Grundstück. Dann rannte er los, lief und lief, befand sich in einer Art Vakuum, das sämtliche Geräusche abschottete. Nur sein Atem keuchte im Takt seiner Schritte. Er rannte durch den Garten, durch den er als Kind gelaufen war, und zu seinem Entsetzen hatte sich auch hier so gut wie nichts verändert. Die Bank vor den Rosen, die Hecke, der kleine Springbrunnen, der Bach ... alles war noch da, als hätte es jemand für seine Rückkehr so hergerichtet. Nur die Dämmung über dem Kellerschacht und die Grube waren verschwunden.

Tom bog nach rechts ab, lief auf die Vorderfront des Hauses zu und drückte wiederholt auf die Klingel neben der weißen Kunststofftür.

»Mach auf, du Schwein!«, schrie er, während er wie besessen mit den Fäusten gegen die Tür hämmerte.

Gleich darauf wurde sie geöffnet, und ein Junge von vielleicht zehn Jahren stand auf der Schwelle. Er hielt einen kleinen Ball in der Hand, und seine Augen wurden groß vor Schreck, als er Tom betrachtete. Er musste ihm vorkommen wie ein Wahnsinniger, wie er da schnaufend und mit wutverzerrtem Gesicht vor ihm stand. Doch das änderte sich augenblicklich, als Tom die rote Baseballkappe sah, die der Junge auf dem Kopf trug. Wie betäubt trat er ein paar Schritte zurück und betrachtete den Ball in den Händen des Jungen.

Willst du mit mir spielen?, hallte es unaufhörlich durch seinen Kopf. Verzweifelt hielt Tom sich die Ohren zu, versuchte die Stimme zu ersticken. Doch es war vergeblich.

Willst du mit mir spielen?

Er taumelte weiter zurück. Die Welt um ihn herum begann sich plötzlich zu drehen, ließ alles verzerrt und unscharf erscheinen. Er stand am Rande des schwarzen Abgrunds, der sich klaffend vor seinen Füßen auftat. Nur noch ein Schritt, ein winziger Schritt. Seine Augen verdrehten sich, bis nur noch das Weiße zu sehen war. Dann sackte sein Kreislauf weg. Seine Knie gaben nach, und er stürzte in ein dunkles, bodenloses Nichts …

TEIL DREI

Zeit des Erwachens

Am selben Tag

Gegen 22:30 Uhr

Die Stimmen, die er hörte, hielt er zunächst für die aus seinem Kopf. Sie waren ohne Substanz, so flüchtig wie Benzindämpfe. Dann festigte sich ihr Ton, und sie nahmen Gestalt an. Es waren zwei. Die eine war eine Männerstimme, herb und frech. Sie klang lässig und jugendlich unverbraucht. Die andere Stimme gehörte einer Frau. Ihr Klang war reifer, sensibler und gleichzeitig gebildet, ohne altklug zu wirken. Beide Stimmen unterhielten sich angeregt.

Als Tom die Augen öffnete und sich die Dunkelheit des Abgrunds verflüchtigte, blickte er auf eine hell getäfelte Decke. Sie gehörte zu einem lang gezogenen Raum, an dessen hinterem Ende er vor einer Bücherwand undeutlich einen Schreibtisch ausmachen konnte. Die Stimmen kamen von dort. Etwas zu schnell stemmte er sich von dem cremefarbenen Sofa hoch, auf dem er gelegen hatte, und wurde abermals von jenem Schwindelgefühl heimgesucht, das die Welt um ihn herum zu einem rotierenden Kreisel werden ließ. Stöhnend ließ er sich wieder auf das Sofa sinken.

Das Gemurmel im Hintergrund verstummte schlagartig.

»Tom?«, hörte er die Frauenstimme sagen. »Sieht aus, als wäre er zu sich gekommen.«

»Alles klar, Kumpel?« Fanta klang plötzlich so nah, dass Tom erschrak. »Hast mir ziemliche Sorgen gemacht, Alter.«

Tom krächzte seine belegten Stimmbänder frei. »Wo … wo sind wir?«

»In meiner Wohnung, über der Praxis«, antwortete Dr. Westphal, und Tom sah, wie sie sich über ihn beugte. Sie trug noch immer das dunkelbraune Kostüm. Auf ihrer Stirn prangte ein handtellergroßes Pflaster. »Sie hatten einen Zusammenbruch. Ich habe Ihnen etwas zur Beruhigung gegeben, deshalb fühlen Sie sich vielleicht ein bisschen schwach.«

Tom starrte sie unsicher an. Immer wieder suchte sein Blick nach Fanta, kehrte dann aber wieder zu der Ärztin zurück. Wieder versuchte er aufzustehen, doch es gelang ihm lediglich, sich aufrecht hinzusetzen.

»Wie lange war ich weg?«

»Ein paar Stunden.« Ihre Stimme klang wie immer besonnen. Für seinen Geschmack etwas zu besonnen, nach allem, was geschehen war. »Ganz ruhig, Tom. Es ist alles in Ordnung.«

»Was …? Wie bin ich hierhergekommen?«

»Na ja«, meinte Fanta mit seiner üblichen Gelassenheit, »nachdem du wie eine aufgescheuchte Wildsau durch diesen Garten getobt bist, den Leuten dort eine Heidenangst eingejagt und schließlich mit verdrehten Augen vor ihnen den Abgang gemacht hast, hat es mich einiges an Überredungskunst gekostet, sie davon zu überzeugen, dass du kein völlig durchgeknallter Serienmörder bist. Ich konnte sie schließlich davon abhalten, einen Krankenwagen zu rufen, indem ich behauptet habe, du hättest nur einen über den Durst getrunken. Dann habe ich dich ins Auto verfrachtet und bin zurückgefahren.«

»Und ausgerechnet hierher?« Er warf einen misstrauischen Blick auf Dr. Westphal.

»Ich wusste nicht, wo ich sonst mit dir hinsollte.«

»Ihr Freund hat das einzig Richtige getan«, sagte Dr. Westphal. »Sie hatten einen Nervenzusammenbruch und brauchten Hilfe. Da war es nur logisch, Sie zu mir zu bringen.«

»Damit Sie wieder die Polizei rufen können? Das hat mir wirklich sehr geholfen!«

»Versetzen Sie sich bitte in meine Lage, Tom. Es kommt auch bei mir nicht alle Tage vor, dass ich ein totes kleines Mädchen in einer Kühltruhe finde. Ich bin zwar Ärztin, aber ich bin auch nur ein Mensch. Ich habe in meiner Panik ganz einfach überreagiert.«

»Und wer garantiert mir, dass Sie das nicht wieder tun? Immerhin wäre ich Ihretwegen beinahe draufgegangen.«

»Hey!«, bremste Fanta ihn. »Ich finde, jetzt übertreibst du ein bisschen.«

»So, findest du, ja? Wie soll ich ihr denn noch mal vertrauen, nach dem, was passiert ist?«

»Ich denke, Dr. Westphal hätte eher das Recht, dir diese Frage zu stellen«, meinte Fanta und schlug einen strengeren Ton an. »Immerhin hast du sie beleidigt, sie bewusstlos geschlagen, ihr Auto gestohlen, es verschrottet und zu guter Letzt auch noch ihr Handy plattgemacht. Ganz zu schweigen von dem, was sie in deinem Keller gesehen hat. Trotz alledem hat sie dich ohne Zögern hier aufgenommen und war bereit, dir zu helfen. Ich finde, dafür hat sie durchaus ein wenig Vertrauen verdient.«

»Nun, vielleicht ist es ja gerade diese plötzliche Fürsorge, die mich stutzig macht«, entgegnete Tom. »Jeder andere wäre mehr daran interessiert, mir den Kopf abzureißen.«

Ein leises Lächeln huschte über Dr. Westphals Lippen. »Glauben Sie mir, ich habe in den vergangenen Stunden mehr als einmal mit dem Gedanken gespielt.« Ihre Finger berührten sanft das Pflaster auf ihrer Stirn. »Aber es wäre meiner

Reputation als Ärztin sicher nicht dienlich, wenn ich meine Patienten aufgrund meiner eigenen Fehleinschätzungen hinrichte.«

»Und was ist der wahre Grund dafür, dass Sie Ihre Meinung geändert haben?«

Sie trat einen Schritt zur Seite und setzte sich neben ihn auf die Couch. »Ein Anruf von diesem Kommissar. Ich glaube, sein Name ist Dorn.«

Tom nickte angespannt.

»Er hat mir erklärt, dass sie in dem getrockneten Blut, mit dem diese Zahl in den Deckel der Truhe geschrieben worden ist, einen Fingerabdruck sichergestellt haben. Und wie sich herausgestellt hat, stammt er nicht von Ihnen.«

»Sondern?«, fragte Tom, ohne sich seine Erleichterung anmerken zu lassen.

»Von deinem Freund, dem Wächter«, verkündete Fanta. »Laut Dorns Aussage stimmt er mit den Abdrücken überein, die damals von ihm genommen wurden, nach dem Zwischenfall auf dem Betriebsgelände.«

Tom stieß einen zischenden Laut aus. »Und hat der Kommissar gleich noch eine plausible Erklärung mitgeliefert, wie der Fingerabdruck von jemandem dort hinkommt, der angeblich seit dreizehn Jahren tot ist?«

Dr. Westphal schüttelte den Kopf. »Nein, ihm war das Ganze auch ein Rätsel.«

»Ach, wirklich?«

»Ja. Soviel ich weiß, will er sich mit dem Kollegen in Verbindung setzen, der damals für Ihren Fall zuständig war.«

»Tja, so wie ich das sehe, dürfte ihm das kaum neue Erkenntnisse bringen. Es ist doch wohl offensichtlich, dass hier irgendetwas vertuscht worden ist. Die Frage ist nur: Warum? Wieso den Tod dieses Mannes vortäuschen?«

Fanta rieb sich nachdenklich das Kinn. »Das würde eigentlich nur dann einen Sinn ergeben, wenn er Informationen hätte, die für die Polizei von großem Interesse wären.«

Tom blickte zu ihm auf. »Du meinst, so eine Art Zeugenschutzprogramm?«

Fanta nickte. »Klingt äußerst unwahrscheinlich, ich weiß, aber es wäre die einzig mögliche Erklärung.«

»Aber … aber wieso? Ich meine, der Kerl war ein psychopathischer Mörder. Was für Erkenntnisse könnten die Behörden dazu veranlassen, so jemanden in Schutz zu nehmen?«

»Nun ja«, gab Fanta zu bedenken, »vielleicht hat er ja nicht allein gehandelt. Vielleicht war er Mitglied einer Kinderschänderbande.«

»Das hat Kommissar Dorn auch schon in Betracht gezogen.« Tom klang wenig überzeugt. Wie zur Bekräftigung schüttelte er den Kopf. »Nein, ich denke, das können wir ausschließen.«

»Und warum?«, fragte Dr. Westphal. »Sie waren doch nur drei Stunden in seiner Gewalt. Was macht Sie so sicher?«

»Die Tatsache, dass ich nicht sexuell missbraucht worden bin.«

»Was?« Dr. Westphal starrte ihn erstaunt an. »Aber ich dachte …«

»Ja, das dachte ich auch, zumal man damals davon ausgegangen ist. Wahrscheinlich, weil man mich nur mit einer Unterhose bekleidet vorgefunden hat. Aber wenn mich meine Erinnerungen nicht täuschen, hatte er so etwas nie vor. Der Kerl war einfach nur ein einsamer, geisteskranker Irrer, der alles verloren hat und sich verzweifelt an die Vergangenheit geklammert hat. Nicht gerade der klassische Anwärter für ein staatliches Schutzprogramm.«

»Hm.« Fanta rieb sich weiter das Kinn. »Ich denke, ich spreche für uns alle, wenn ich behaupte, Übersinnliches in diesem Fall sicher ausschließen zu können. Und ich bin mir auch ziemlich sicher, dass sich der Kerl vor seinem Ableben nicht selbst geklont hat. Trotzdem ist er anscheinend am Leben und auf freiem Fuß, obwohl er eigentlich seit dreizehn Jahren Wurmfutter sein müsste. Wenn jemand eine bessere Erklärung dafür hat, kann er sie jetzt gern einbringen.«

»Verdammt!«, fauchte Tom wütend. »Wenn ich nur wüsste, wofür diese bescheuerte Zahl steht!«

»In der Kurzmitteilung stand, du wüsstest, wo er zu finden ist«, sagte Fanta. »Denk nach. Es muss irgendein Ort sein, den du kennst.«

Tom raufte sich die Haare. »Keine Ahnung. Sechsundvierzig ... das könnte für sonst was stehen. Wahrscheinlich ist das der IQ von diesem Dreckskerl!«

»Wohl kaum«, entgegnete Fanta, »dafür ist er zu clever.«

Toms Augenbrauen senkten sich. Nachdenklich betrachtete er Dr. Westphal. »Vielleicht sollten wir uns lieber fragen, woher er wusste, dass ich Ihr Handy hatte, und woher er die Nummer kannte?«

Dr. Westphal zuckte die Schultern. »Woher soll ich das wissen?«

»Vielleicht, weil es jemand ist, den Sie kennen? Haben Sie heute mit irgendjemandem über all das gesprochen?«

»Natürlich. Mit der Polizei.«

»Und sonst noch? Aus Ihrem engsten Bekanntenkreis?«

»Nur mit meinem Sohn. Sie glauben doch wohl nicht ...«

»Was ist mit dem Arzt, der Ihre Kopfverletzung behandelt hat?«

»Er war vom Notdienst, und ich kannte ihn nicht. Aber ich habe ihm gegenüber nichts dergleichen erwähnt. Allerdings weiß ich nicht, was er in dem ganzen Durcheinander aufgeschnappt hat.«

»Was ist, wenn es jemand von der Polizei ist?«, warf Fanta ein. »Ich meine, das wäre doch stimmig, wenn wir tatsächlich von einer Vertuschung ausgehen. Vielleicht hat der Wächter ja einen Informanten bei denen.«

»Vielleicht, vielleicht auch nicht … Letztendlich spekulieren wir nur. Das bringt uns auch nicht weiter.« Tom stieß einen tiefen Seufzer aus. Dann betrachtete er abwechselnd Fanta und Dr. Westphal. »Wie ich sehe, habt ihr beiden euch mittlerweile näher kennengelernt.«

Dr. Westphal nickte. »Ja, und Sie hatten recht. Ihr Freund ist wirklich eine äußerst interessante Persönlichkeit.«

»Sie würden Ihre Meinung bestimmt ändern, wenn Sie mit ihm Auto fahren«, scherzte Tom.

»Du hast es gerade nötig«, konterte Fanta.

»Was hattet ihr eigentlich vorhin so intensiv zu besprechen?«

Die beiden wechselten einen kurzen, aber vielsagenden Blick.

»Wir haben ein bisschen im Internet recherchiert, bezüglich dieser Zahl«, erklärte Fanta rasch.

»Und? Habt ihr was herausgefunden?«

»Nicht wirklich. Es sei denn, du hältst die sechsundvierzig Irrtümer des Buddhismus für relevant.«

»Wohl eher nicht«, meinte Tom enttäuscht.

»Allerdings«, warf Dr. Westphal ein, »ist diese Zahl durchaus nicht ohne Bedeutung. In der fernöstlichen Mythologie symbolisiert sie den Neuanfang und läutet die Zeit des Erwachens ein.«

»Und inwiefern sollte uns das weiterhelfen?«

»Nun, möglicherweise will der Täter damit auf Ihre zurückkehrende Erinnerung anspielen.«

»Es wäre mir bedeutend lieber, er würde in einer Sprache mit mir reden, die ich verstehe und die mich wissen lässt, wo ich das Schwein finde, damit ich ihm den Kopf abreißen kann!«

»Tom, Sie sollten sich beruhigen, ehe Sie noch einen Zusammenbruch erleiden. Ihre Nerven sind vermutlich noch nicht stark genug, das Erinnerte zu verarbeiten.«

»Meinen Nerven geht es bestens, Frau Doktor. Ich habe keine Angst mehr vor meiner Vergangenheit. Alles, was mir gefehlt hat, war ein bisschen Schlaf.«

»Sind Sie sich da ganz sicher?«

»Glauben Sie mir, mich kann nach diesem Tag so schnell nichts mehr erschüttern.«

Tom bemerkte, wie Dr. Westphal erneut Fanta ansah. Fast kam es ihm so vor, als suche sie seine Bestätigung.

»Das ist gut, Tom«, meinte sie schließlich. »Das ist sogar mehr, als ich zu hoffen gewagt hätte. Ich freue mich für Sie.« Ein Strahlen zeigte sich auf ihrem Gesicht, als sie Tom die Hand drückte.

Tom musste daran denken, was er dieser Frau alles zugemutet hatte. Und trotzdem hielt sie weiter zu ihm, als Ärztin und als Mensch. Ihr Mitgefühl und ihre Freude waren aufrichtig, daran bestand kein Zweifel, und als Tom das begriff, öffnete sich etwas in seinem Herzen, was lange Zeit verschlossen gewesen war. Er empfand ein Gefühl von Wärme und Güte, das Bedürfnis, etwas von dem zurückzugeben, was ihm diese Frau entgegenbrachte. In diesem Moment verspüre er tiefe Dankbarkeit dafür, dass selbst ein sturer Eigenbrötler wie er das Glück erleben durfte, von solchen Freunden umgeben zu sein.

»Das … das mit Ihrem Auto tut mir wirklich sehr leid«, versuchte er etwas hilflos, seinen Gefühlen Ausdruck zu verleihen, während er ihren Händedruck erwiderte. »Und das mit Ihrem Handy auch.« Verlegen kratzte er sich an der Schläfe und betrachtete das breite Pflaster an ihrer Stirn. »Und natürlich das mit Ihrem Kopf. Ich hoffe, es tut nicht allzu weh.«

Sie lächelte. »Wunden heilen, Tom.«

»Ja«, antwortete er zögernd. »Manchmal tun sie das.«

»In Ihrem Fall bin ich mir da jetzt ziemlich sicher.«

»Ich möchte Ihnen danken. Sie waren mir immer eine große Hilfe, auch wenn ich gelegentlich ziemlich unerträglich war. Das werde ich Ihnen nie vergessen. Und natürlich komme ich für alle Schäden auf.«

»Darüber mache ich mir keine Sorgen, Tom.«

Er nickte und erhob sich. »Dasselbe gilt natürlich für dich, mein Freund«, sagte er an Fanta gewandt. »Ich denke, ich habe auch bei dir einiges wiedergutzumachen.«

»Schon okay, Alter«, meinte Fanta, »aber bevor wir hier in Harmonie verfallen, sollten wir nicht vergessen, dass der Kerl noch immer deine Familie in seiner Gewalt hat.«

»Das weiß ich«, sagte Tom, »aber das sollte mich nicht davon abhalten, ein bisschen mehr Dankbarkeit zu zeigen. Ohne euch wäre ich nie so weit gekommen. Außerdem haben wir keinerlei Anhaltspunkte, wo sie sich befinden.«

»Das sollte uns aber nicht daran hindern, weiter nach ihnen zu suchen.«

»Wird es auch nicht. Aber im Moment können wir nur raten, und das dürfte uns nicht weiterhelfen. Wir brauchen einen konkreten Ansatz.«

»Und wo willst du den hernehmen?«

»Keine Ahnung«, seufzte Tom. »Wir müssen abwarten, was als Nächstes geschieht. Wenn er wirklich gefunden werden will, dann wird er uns einen weiteren Hinweis geben.«

Fanta betrachtete ihn eingehend. »Alle Achtung, Alter. Deine Denkweise scheint sich wirklich verändert zu haben.«

Einen kurzen Augenblick lang hielt Tom inne. Die plötzliche Besonnenheit, mit der er vorging, schien ihn selbst zu überraschen. »Na ja«, antwortete er schließlich. »Wenn ich mich recht erinnere, warst du derjenige, der behauptet hat, ich klammere mich zu sehr an meine Gefühle.«

»Sieht aus, als hättest du mir tatsächlich mal zugehört.«

»Ich habe wohl einfach nur begriffen, dass ich meiner Familie nicht helfen kann, wenn ich einen weiteren Zusammenbruch riskiere. Das kostet nur unnötig Energie und Zeit. Und von beidem habe ich im Laufe der Jahre schon zu viel verschwendet.«

Fanta nickte anerkennend und wechselte abermals einen Blick mit Dr. Westphal. Sie strahlte Tom noch immer an.

»Ich bin sehr stolz auf Sie.« Ihre Augen füllten sich mit Tränen, die sie sogleich wegwischte. »Wie sieht's aus?«, fragte sie verlegen. »Sie müssen doch völlig ausgehungert sein.«

»Ich könnte einen Bären vertilgen«, gestand Tom.

Nachdem sie in die Küche gegangen war, sah sich Tom ein wenig um. Die halbrunde Couch, auf der er gelegen hatte, bildete den Mittelpunkt des Raumes. Auf der rechten Seite befand sich eine Art Arbeitszimmer, mit einem Schreibtisch vor einer überfüllten Bücherwand. Die linke Seite des Zimmers, ihm gegenüber, war weniger überfrachtet. Ein weißes Sideboard, das sich dekorativ von der braun gestrichenen Wand abhob und auf dem ein Breitbildfernseher stand. Dieser wurde auf beiden Seiten von einem halben Dutzend Regale flankiert, in denen fast ausschließlich gerahmte Fotografien standen.

»Und, was hältst du von ihr?«, fragte Tom, während er neugierig einige der Schnappschüsse betrachtete.

»Tolle Frau«, stellte Fanta fest.

»Ja, das stimmt.« Sein Blick blieb an einem Urlaubsfoto hängen, das Dr. Westphal zusammen mit einer jüngeren Frau, die ihr wie aus dem Gesicht geschnitten war, beim Beachvolleyball zeigte. »Und für ihr Alter verdammt attraktiv«, fügte er hinzu, während er den Körper auf dem Bild anstarrte, der lediglich mit einem orangefarbenen Bikini bekleidet war. Wieder fühlte er Erregung in sich aufkommen.

»Ich würde sogar sagen, sie ist ein verdammt heißer Feger.« Fanta schnalzte mit der Zunge. »Regt die Fantasie an, was, Alter?«

»Das ist noch reichlich untertrieben, wenn ich ehrlich bin. Und das wiederum gibt mir ziemlich zu denken. Meine Familie ist in den Händen eines geisteskranken Mörders, und ich bin scharf auf meine Therapeutin. Ich frage mich ernsthaft, was mit mir los ist.«

»Glaub mir, das ist völlig normal für dein Alter.«

»Für mein Alter?« Tom löste sich von dem Foto und sah Fanta erstaunt an. »Ich bin sechsundzwanzig.«

Fanta zuckte die Achseln. »Na und?«

»Was soll das heißen, *na und*? Ich halte das keineswegs für normal.«

»So, da bin ich wieder.« Dr. Westphal hielt einen Teller mit Broten und ein Glas Wasser in den Händen. Sie stellte beides auf dem Birkenholztisch ab. »Was halten Sie nicht für normal?« Sie betrachtete Tom mit einer mütterlichen Fürsorge, die ihn fast schmerzte.

»Ach, nichts«, wich er aus. »Wir haben nur gerade über die Wetterumschwünge in letzter Zeit gesprochen.« Er betrachtete den Teller mit den Broten. »Danke für Ihre Mühe. Was würde ich nur ohne Sie machen?«

»Sie müssen mir nicht danken. Wissen Sie, es tut gut, mal

wieder jemanden zu umsorgen. Meine Kinder sind schon erwachsen und führen ihr eigenes Leben.«

»Was ist mit Ihrem Mann?«

Dr. Westphal seufzte.

»Entschuldigen Sie«, meinte Tom. »Ich wollte nicht indiskret sein.«

»Nein, schon gut. Er hat mich wegen einer anderen verlassen.«

Deshalb kein Foto von ihm. »Das tut mir leid. Vielleicht ist es ja ein Trost, wenn ich Ihnen versichere, dass er ein ziemlicher Vollidiot ist.«

»Es braucht Ihnen nicht leidzutun«, sagte sie und konnte nicht ganz verbergen, dass sie sich geschmeichelt fühlte. »Das ist schon viele Jahre her. Danach war meine Arbeit immer das Wichtigste für mich. Nach den Kindern, natürlich.«

»Dann muss das auf dem Bild Ihre Tochter sein.« Er deutete auf das Strandfoto.

»Ja. Das war vor zwei Jahren, auf Mallorca.«

»Sie sieht Ihnen sehr ähnlich.«

»Stimmt. Sie hat auch einen Knackarsch.«

Tom spürte, wie ihm das Blut in die Wangen schoss. Dann fingen sie beide an zu lachen.

»Kann mich mal jemand aufklären?«, schaltete sich Fanta ein.

»Später. Jetzt wird erst mal gegessen. Nicht dass Sie mir wieder umfallen, Tom.« Sie sah zu ihm herüber. »Tom?«

Er stand noch immer vor den Regalen und starrte wie versteinert auf eines der Bilder.

»Ist alles in Ordnung, Tom?«

»Wer ist das da, auf dem Foto?« Seine Stimme hatte einen schärferen Tonfall angenommen. Er deutete auf das gerahmte Bild rechts außen auf dem obersten Regal. Es zeigte einen jungen Mann mit Brille und kurzen, dunklen Haaren. Sein schmallippiger Mund war zu einem Lächeln verzogen.

»Das ist mein Sohn Gerrit«, antwortete Dr. Westphal mit einem gewissen Stolz. »Er ist auch Arzt und arbeitet in der Uniklinik von Wiesbaden, in der Psychiatrie.« Sie bemerkte den Ausdruck in Toms Augen. »Stimmt irgendetwas nicht? Warum fragen Sie?«

Noch immer zeigte Tom auf das Bild. »Weil das der Mann ist, den ich heute Mittag in meinem Garten gesehen habe.«

»Aber das kann unmöglich sein«, meinte Dr. Westphal, nachdem Tom ihr die Einzelheiten geschildert hatte. »Ich sage doch, mein Sohn arbeitet in Wiesbaden. Ich habe heute Mittag noch mit ihm telefoniert.«

»Na und?«, meinte Tom. »Wiesbaden ist quasi um die Ecke. Wir waren heute auch schon dort.«

»Wenn ich Sie richtig verstanden habe«, entgegnete sie besonnen, »dann haben Sie diesen Mann gesehen, kurz bevor ich bei Ihnen aufgetaucht bin, also gegen 13 Uhr.«

Tom nickte aufgebracht. »Ja.«

»Nun, das Gespräch mit meinem Sohn war etwa eine halbe Stunde vorher. Ich habe ihn angerufen, um mit ihm über Ihren Fall zu sprechen. Gerrit ist auf schwere traumatische Störungen spezialisiert.«

»Das bedeutet gar nichts.«

»Doch, Tom, es bedeutet, dass er unmöglich dreißig Minuten später in Ihrem Garten gestanden haben kann, ich habe ihn nämlich in der Klinik angerufen.«

Toms Augen huschten wild hin und her, suchten nach einer Lösung. »Es gibt Rufumleitungen«, meinte er schließlich.

»Sie sind sich hoffentlich im Klaren darüber, wie verzweifelt das klingt.«

»Aber ich weiß doch, was ich gesehen habe!«

»Sind Sie sich wirklich sicher, Tom? Ich habe auf dem Schreibtisch in meiner Praxis auch Bilder von meinen Kindern stehen. Möglicherweise haben Sie bei einer Ihrer Sitzungen meinen Sohn darauf gesehen und projizieren ihn nun unbewusst in Ihre Wahrnehmung hinein.«

»Sie meinen, dieser Kerl ist eine Fata Morgana?«

»Ich meine, dass Ihr Unterbewusstsein Ihnen möglicherweise einen Streich spielt. Das muss nicht zwangsläufig bedeuten, dass Sie diesen Mann nicht gesehen haben. Aber weil Ihre visuelle Wahrnehmung durch die ständigen unterbewussten Rückblenden sehr stark beeinträchtigt ist, können solche Fehlinterpretationen mitunter möglich sein.«

Tom schüttelte energisch den Kopf. »Nein. Ich bin mir absolut sicher.«

»Tom«, beschwichtigte Fanta, »denk nach. Du hast selbst gesagt, dass du hin und wieder bestimmte Dinge durcheinanderbringst.«

Verzweifelt betrachtete Tom das Foto genauer. Der Mann stand vor einem Gebäude, dessen Mauern so massiv und uneinnehmbar wirkten wie die eines Hochsicherheitstraktes. Die braunen Fensterrahmen hoben sich deutlich vom Weiß der Fassade ab und verteilten sich über zwei Stockwerke. Und sie waren mit dicken Stäben vergittert. Auf den ersten Blick wäre es ihm vermutlich nicht aufgefallen, jetzt jedoch ging Tom auf, wo dieses Bild entstanden war, und seine Augen weiteten sich vor Entsetzen. Mit einem Ruck griff er nach oben und riss das Foto vom Regal, um es genauer in Augenschein zu nehmen. Sein Herz raste.

»Wann wurde dieses Foto gemacht?«, fragte er atemlos.

»Tom, was spielt das für eine Rolle?«

»Wann?«, schrie er.

Dr. Westphal sah ihn erschrocken an. »Bei … bei einer Tagung, wenn ich mich recht erinnere«, begann sie zögerlich. »Ich glaube, es ging damals um einen neuen, schwerwiegenden Fall, der ihm vorgestellt wurde. Er hat damals von einer beruflichen Herausforderung gesprochen. Das muss etwa vier Jahre her sein.«

Wie in Trance starrte Tom das gerahmte Bild in seinen Händen an. »Nein«, stieß er hervor und begann zu schwanken. »Das kann nicht sein, das ist unmöglich.«

»Tom, was ist denn los?« Fanta trat zu ihm und wollte ihn stützen.

Doch Tom entzog sich ihm. »Sie müssen sich irren«, beharrte er. Es klang beinahe hysterisch. »Das Bild ist nicht echt. Das muss eine Montage sein. Was zum Teufel wird hier eigentlich gespielt?«

Fanta unternahm einen erneuten Versuch. »Tom, was …?«

»Sieh dir das Foto an!« Er hielt es ihm hin.

Fanta studierte die Aufnahme einige Sekunden lang. »Ich … ich weiß nicht, was du meinst.«

»Kommt dir das Gebäude nicht bekannt vor?«

»Nein, nicht dass ich wüsste.«

»Denk nach. Wir sind erst vor ein paar Stunden daran vorbeigefahren.«

Fanta sah von dem Foto auf. »Du meinst doch nicht etwa diese alte, verfallene Bruchbude gegenüber von dem Hotel?«

»Doch, genau die meine ich«, bestätigte Tom. »Nur dass sie auf dem Bild nicht alt und zerfallen ist. Sie sieht aus wie neu.«

»Ja, du hast recht. Das Gebäude hat eine gewisse Ähnlichkeit. Aber wieso sind die Fenster vergittert? Sieht ja beinahe aus wie ein Gefängnis.«

»Eher wie eine Festung«, meinte Tom. »Fällt dir sonst noch etwas daran auf?«

Hastig überflogen Fantas Augen die Fotografie. »Merkwürdig«, meinte er nach einer Weile. »Ich kann nirgends einen Eingang erkennen. Vielleicht ist das die Rückseite des Hauses.«

»Was immer dieses Gebäude einmal war, es hatte nichts mit einem Haus zu tun. Auf diesem Bild sieht es eher aus wie ein Bunker, in dem jemand etwas verbergen will.«

»Aber was hat das alles mit dieser Geschichte zu tun?«

»Ich weiß jetzt, wofür diese Zahl steht.«

Fanta betrachtete ihn ungeduldig. »Mach's nicht so spannend, Alter.«

Tom deutete auf eine Stelle des Gebäudes knapp oberhalb der linken Schulter des Mannes im Vordergrund. Erst bei genauerem Hinsehen fiel das Detail dahinter auf.

Fanta pfiff leise durch die Zähne. »Nun sieh sich das einer an«, murmelte er. *»Sechsundvierzig.«*

»Ja. Es ist die Hausnummer dieses Gebäudes. Und genau dort hält er meine Familie gefangen.«

Nach etlichen Sekunden des Schweigens war es Dr. Westphal, die das Wort ergriff. »Sie glauben doch nicht wirklich, dass mein Sohn etwas damit zu tun hat.«

»Ich bin mir zumindest sicher, dass er irgendwie da mit drinsteckt. Was Sie angeht, Frau Doktor, bin ich mir langsam über gar nichts mehr im Klaren.« Nach einigen Sekunden verlor sein Blick etwas an Härte. »Glauben Sie mir, ich würde nichts lieber tun, als weiter auf Ihrer Seite zu sein. Aber ich weiß nicht, ob ich diesem Gefühl noch trauen kann.«

»Tom«, setzte sie an, »ich versichere Ihnen …«

»Ich halte nicht viel von Versicherungen, ganz gleich welcher Art«, fiel er ihr ins Wort. »Sie geben einem nur das trügerische Gefühl von Geborgenheit, halten aber nie, was sie versprechen, und machen Gewinn aus den Ängsten anderer. Trifft das auch auf Sie zu?«

»Hey«, ging Fanta dazwischen. »Wir sollten jetzt alle vernünftig bleiben.«

»Ich glaube nicht, dass wir bei dieser Geschichte mit Vernunft weiterkommen.«

»Mit Schuldzuweisungen aber auch nicht! Und bevor du damit weitermachst, solltest du dir eine Frage stellen«, gab Fanta mit erhobenem Zeigefinger zu bedenken. »Wenn dein Haus die Nummer neunundsiebzig hat und zwischen ihm und diesem Gebäude nur eine Gaststätte, ein Reiterhof und ein Hotel liegen, wie kann das dann Nummer sechsundvierzig sein? Mal abgesehen davon, dass so dicke Mauern innerhalb von vier Jahren nicht derart verfallen.«

»Ich sage doch, das muss eine Fotomontage sein.«

»Oder ein ganz anderes Gebäude, das nur genauso aussieht«, ergänzte Fanta.

Tom warf den beiden einen scharfen Blick zu. »Denkt von mir aus, was ihr wollt«, sagte er und schritt zielstrebig zur Tür. »Ich fahre jetzt jedenfalls zu dieser Ruine und hole meine Familie da raus.«

»Tom, es ist spät«, wandte Dr. Westphal ein. »Draußen ist es stockdunkel. Außerdem zieht bereits das nächste Gewitter auf. Wir sollten jetzt nichts Unüberlegtes tun.«

Tom machte kehrt und kam auf sie zu. »Sie können ja meinetwegen weiter hier sitzen und darüber nachgrübeln, was zu tun ist. Ich habe das schon viel zu lange getan.«

»Tom, Sie sind sehr erregt, Sie sind nicht Sie selbst.«

»Oh doch, das bin ich«, widersprach er mit Nachdruck. »Zum ersten Mal seit dreizehn Jahren.« Er richtete energisch den Finger auf sie. »*Sie* waren es doch, die den alten Tom Kessler zurückhaben wollte. Den Tom, der vorausgeht und der, ohne zu zögern, handelt. Nun, er steht vor Ihnen, Frau Doktor!«

Die Analytikerin hielt seinem entschlossenen Blick einige Sekunden lang stand. Dann wandte sie sich wieder an Fanta. Tom bekam gerade noch mit, wie sich die beiden zunickten.

Was dann geschah, kam so überraschend für ihn, dass er kaum reagieren konnte.

Blitzartig schnellte die Hand von Dr. Westphal aus der Tasche ihres Rocks nach oben, und fast im selben Moment verspürte Tom einen stechenden Schmerz in der rechten Schulter. Mit erschrocken aufgerissenen Augen sah er die Einwegspritze, die aus seiner Haut ragte.

»Was … was tun Sie da?«, bekam er gerade heraus, bevor er eine bleierne Schwere verspürte, die rasend schnell durch seinen Körper zog.

»Ich denke, er ist jetzt so weit«, hörte er Dr. Westphal sagen. Mit schwindenden Sinnen registrierte Tom, wie Fanta ihn skeptisch betrachtete.

»Wir werden sehen«, lautete seine Antwort.

Dann knickten Tom die Knie weg, und der dunkle Abgrund raste mit Lichtgeschwindigkeit auf ihn zu.

Wieder diese Stimmen! Sie holten ihn ein wie ein Fluch, der durch seinen Kopf geisterte und nichts außer Beklemmung hinterließ. Eine Art Ohnmacht, die dadurch erzeugt wurde, dass diese Stimmen nicht zuzuordnen waren. Sie trieben schwerelos durch sein Unterbewusstsein wie Weltraumschrott, der stetig auf seiner berechneten Umlaufbahn kreiste und dabei seine Wahrnehmung nur streifte. Doch diese Umlaufbahn hatte sich verändert, war näher gerückt. Die Stim-

men wurden deutlicher, greifbarer, drangen tiefer zu ihm durch. Es war nur noch eine Frage der Zeit, bis er sie verstehen, sie deuten konnte. Bis er eins mit ihnen werden würde. Erst dann bestand für ihn die Möglichkeit, frei zu sein, das wusste er. Und so schwebte er weiter in der Leere seines Universums, getrieben von der Gewissheit, dass es bald so weit sein würde …

Am nächsten Morgen

Dienstag, 23. Mai

Ebenso schnell, wie die Fesseln der Betäubung sich um ihn geschlungen hatten, gaben sie ihn auch wieder frei und konfrontierten sein Bewusstsein mit einer völlig veränderten Umgebung, was ihn zunächst nur verwirrte. Sein Verstand benötigte einige Sekunden, um die neue Situation zu begreifen. Schlagartig schnellte er vor und fühlte Angst in sich aufwallen, die die Benommenheit aus seinen trägen Gliedern vertrieb. Er schaute sich um und fand sich auf dem Beifahrersitz von Stefans Auto wieder. Niemand sonst war im Wagen. Hastig glitt sein Blick nach draußen, wo er durch die Frontscheibe im grauen Morgenlicht die verfallenen Fassaden des alten Gebäudes erkennen konnte.

Jäh brach die Erinnerung über ihn herein wie ein Tsunami. *Stefan … Dr. Westphal …* Er griff sich an seine Schulter, in der er noch immer einen dumpfen Schmerz verspürte. *Die Spritze*. Sie hatten ihn betäubt und hierhergebracht. Er musste mehrere Stunden geschlafen haben.

Aber was steckte hinter alldem? Waren die beiden tatsächlich für all das verantwortlich? Hatten sie gemeinsam diesen Plan ausgeheckt und seine Familie entführt? Gott, er betete, dass es nicht so war. Aber für all das musste es eine Erklärung geben, und trotz seiner Angst war er fest entschlossen, dieser Angelegenheit auf den Grund zu gehen.

Langsam öffnete er die Tür und stieg aus … und konnte sich gerade noch am Türrahmen festhalten, als er sah, dass der Wagen direkt neben der Grube stand. Die Absperrung war verschwunden, so dass die Öffnung wie eine Fallgrube nach ihm schnappte. Es gelang ihm gerade noch, sich trotz seines halb betäubten Zustandes wieder in den Wagen zu ziehen.

Er fluchte, während er in das klaffende Erdloch blickte, in dem vor neun Tagen die Leiche des kleinen Mädchens gelegen hatte. Die starken Regenfälle des Vortages hatten es zu einem schlammigen Tümpel gemacht, auf dessen Grund braunes, brackiges Wasser stand. Einen Moment lang überlegte er, ob seine Gegner ihm auf diese makabere Weise verdeutlichen wollten, dass die Grube nun für ihn bestimmt war. Doch dann dachte er an Karin und Mark und verwarf diesen Gedanken. Ausnahmsweise hatte er Wichtigeres zu tun, als über sein eigenes Schicksal nachzugrübeln. Seine Familie benötigte jetzt seine volle Aufmerksamkeit, und er hatte nicht vor, sich von irgendetwas ablenken zu lassen. Diese Entschlossenheit nahm ihm seine Angst vor dem, was ihn dort drin erwartete, und drängte den Gedanken an ein mögliches Scheitern in den Hintergrund. Es war das erste Mal seit Jahren, dass er nicht nur an sich selbst dachte, dass er andere über sich und seine Ängste stellte. Und dieses Gefühl baute ihn auf, gab ihm Selbstvertrauen. Er hatte jetzt wieder die Kraft, für andere einzustehen. Seine jahrelange Phase der Verpuppung war beendet, seine Rückwandlung abgeschlossen. Er war wieder ganz er selbst.

Tom öffnete das Handschuhfach. Wider Erwarten war es vollkommen leer. Er hätte nicht sagen können, was er darin zu finden gehofft hatte, doch er verspürte das instinktive Bedürfnis, sich seinen Gegnern nicht mit leeren Händen zu stellen. Genau wie damals in jenem Keller brauchte er irgendetwas, das ihm zumindest die Illusion ließ, nicht völlig unvorbereitet zu sein, diesen Kampf nicht schutzlos anzutreten. Doch auch in den Seitenablagen fand er nichts, was ihm nützlich erschien. Er rutschte über den Sitz auf die Fahrerseite und öffnete die Tür, die sofort von einem heftigen Windstoß erfasst und aufgerissen wurde. Zumindest der Wetterprognose seiner Ärztin konnte er also vertrauen. Ein weiterer Sturm kündigte sich an, und seine ersten Ausläufer zeigten bereits, dass er dem gestrigen in nichts nachstand. Gegen eine weitere Windböe ankämpfend, ging er zum Heck des Wagens.

Als er den Kofferraum öffnete, um nach dem Bordwerkzeug zu suchen, traf ihn der Schock wie ein Blitz. Er schrie auf und taumelte einige Schritte zurück, konnte den Blick jedoch nicht von dem Leichnam abwenden, der dort lag. Der gebrochene Blick der weit offenen blauen Augen, deren Pupillen keinerlei Regung mehr zeigten, ließ ihn schier verzweifeln.

Ein Blitz zerriss den düsteren Himmel, der sogleich mit Donnergrollen antwortete. In dem Lärm ging Toms Schrei fast völlig unter.

»Stefan!« Instinktiv wollte er ihm helfen, doch er begriff, dass hier niemand mehr helfen konnte. Sein einziger Freund war tot. Umgebracht aus Gründen, die er nicht verstand, von Menschen, die völlig skrupellos waren. Und in deren Machenschaften er auf irgendeine Weise verstrickt war. Diese Erkenntnis schlug wie eine Granate in Toms Hirn ein.

»Großer Gott, nein!« Tränen stiegen ihm in die Augen, und er fiel vor Fantas reglosem Körper auf die Knie. Er packte ihn an der Schulter, schüttelte ihn, als schliefe er nur. »Du verdammter Idiot«, schrie Tom die Wut heraus, die sich zwischen Schock und Trauer festgesetzt hatte. »Worauf hast du dich da bloß eingelassen?«

Doch es half nichts. Fanta würde nie wieder aufwachen, würde nie wieder sein verschmitztes Grinsen präsentieren. Und er würde ihm nie wieder aus der Patsche helfen können. In diesem Moment kam sich Tom vor wie der einsamste Mensch auf Erden, wie ein Eremit auf dem Gipfel der Welt. Er war nun ganz und gar auf sich allein gestellt.

Vorsichtig schob er Fantas Leichnam beiseite. Dann hob er eine Seite der Kofferraumabdeckung an. In einer Ausbuchtung gleich neben dem Reserverad steckte das Bordwerkzeug. Tom ignorierte den Wagenheber und griff stattdessen nach dem Radschlüssel. Dann ließ er die Abdeckung wieder fallen und wog das Werkzeug prüfend in der Hand. Als Schlagwaffe würde es seine Wirkung nicht verfehlen. Tom warf noch einen letzten Blick auf Fantas reglose Gestalt.

»Tut mir leid, mein Freund«, sagte er und wischte sich die Tränen aus dem Gesicht. Dann wanderte sein Blick zu dem verfallenen Gebäude, das bedrohlich vor ihm aufragte. »Aber ich habe noch etwas zu erledigen.«

Mit bedächtigen Schritten ging er auf das Haus zu.

Der Wind wurde immer stärker, er zerrte und rüttelte an den maroden Mauern, als wären die Kräfte der Natur darauf aus, sie dem Erdboden gleichzumachen. Tom hatte Mühe, das Gleichgewicht zu halten. Lose Dachpfannen wurden weggerissen, schlugen dumpf auf den von Unkraut überwucherten Boden und zersprangen wie Glas. Der Wind hatte mittlerweile riesige Löcher ins Dach gefressen. Die Balken darunter sahen morsch aus und waren zum Teil gebrochen, der Giebel war eingeknickt. Handkantenbreite Risse durchzogen die Fassade des Hauses, so dass es beinahe an ein Wunder grenzte, dass es noch nicht in sich zusammengefallen war. Doch aus irgendeinem Grund schienen diese Mauern nicht nachgeben zu wollen. Und doch stand es außer Frage, dass es an Selbstmord grenzte, dieses Gebäude zu betreten.

Was in Gottes Namen sollte das alles?, fragte sich Tom. Wieso hier? Weshalb gingen die Entführer ein solches Risiko ein? Was für eine Bedeutung hatte dieser Ort?

Nagende Angst breitete sich in ihm aus, doch er kämpfte eisern dagegen an. Einen Moment lang überlegte er, ob er zur Straße laufen und von dem gegenüberliegenden Hotel aus die Polizei rufen sollte. Aber irgendetwas sagte ihm, dass das keine gute Idee wäre und dass er nicht weit kommen würde. Inzwischen hatte er gelernt, auf diese innere Stimme zu hören.

Langsam näherte er sich dem Eingang. Nur noch ein einsames Brett versperrte den ehemals verbarrikadierten Durchlass. Erst jetzt wurde Tom klar, wie dick die Mauern waren. Hätte er den ganzen Arm durch die Öffnung gestreckt, er hätte das andere Ende nur knapp erreicht. Auch fiel ihm auf, dass das hier eigentlich gar kein Eingang war. Für ihn hatte es eher den Anschein, als hätte jemand ein Loch in die Wand gesprengt. Dieses alte Gemäuer machte ihm nicht nur Angst, es gab ihm auch Rätsel auf.

Das Grollen des Unwetters kam näher. Abermals durchzuckte ein Blitz das Schwarz der Wolken und zerteilte sie, um sie dann wieder zusammenzufügen. Noch einmal schaute Tom zurück. Der Sturm tobte mittlerweile mit voller Wucht. Fantas Wagen schwankte in den kräftigen Böen wie ein Boot auf dem Wasser. Papierfetzen wirbelten umher, alte Getränkedosen rollten blechern über den Boden. Sträucher und Büsche knickten um. Und über alldem heulte das Tosen des Gewitters, das das altersschwache Gebäude stöhnen ließ wie die

Schotten eines sinkenden Schiffes. Tom nahm all dies in sich auf, und plötzlich überkam ihn die absolute Gewissheit, dass er das alles nie wiedersehen würde.

Einen Moment lang verharrte er regungslos. Dann drehte er sich um, riss das Brett aus seiner Verankerung und trat ins Innere des Hauses.

Sofort entließ der Wind ihn aus seinem eisernen Griff. Nur sein Fauchen war noch zu hören. Von innen sah das Gebäude wie ausgeplündert aus, vollkommen verwahrlost. Wände waren herausgerissen worden, so dass große Teile der Decke herabgestürzt waren. Schutt lag überall auf dem Boden. Auch die Treppe, die zum oberen Stockwerk geführt hatte, war zerstört. Nichts schien mehr so zu sein, wie es einmal gewesen war. Ein völlig willkürlicher Vandalismus hatte hier stattgefunden, der für Tom nach blanker Raserei aussah. Nach einem gewaltigen Kampf.

Er kam nur langsam voran, kletterte über Geröllberge und Teile der herabgestürzten Betondecke, bis er einen Gang erreichte, der ehemals ein Flur gewesen war. Plötzlich fiel ihm das Atmen schwer. Er musste sich abstützen und darauf achten, nicht zu hastig nach Luft zu schnappen; er wusste, es würde nur schlimmer werden, wenn er hyperventilierte. Erst nach einigen Minuten ließ der Panikanfall nach. Doch gerade als sein Puls wieder auf einen normalen Wert gefallen war, schwappte das Gefühl der Beklemmung erneut aus seinem Magen und lähmte jede weitere Bewegung. Er hatte den Eindruck, als balanciere er auf dem Stahlträger eines Hochhauses. Als verströmten diese maroden Mauern Angst, schwitzten sie quasi aus in Gestalt Tausender kleiner schwarzer Spinnen, die aus den Poren des Betons krochen und sich in Scharen zu seinen Füßen sammelten, um schließlich über ihn herzufallen, in jede Körperöffnung einzudringen und ihn von innen heraus zu zerfressen.

Tom atmete tief durch und ging weiter bis zu der Stelle, wo die Trümmer der Treppe lagen. Nur ein kurzer, halbwegs intakter Rest ragte noch aus dem Boden. Vier Stufen, die im Nichts endeten. Er konnte also davon ausgehen, dass man seine Familie in den unteren Räumen festhielt.

Im Keller, dachte er, und sein Magen verkrampfte sich.

Tatsächlich stellte Tom fest, dass die Treppe einen Knick machte und dann weiter abwärts verlief. Bis auf das fehlende Geländer war sie dort nahezu unversehrt und endete an einer Stahltür. Das Gefühl der Beklemmung wurde stärker, als er zögernd am Treppenabsatz stehen blieb und hinabblickte. Ein fürchterlicher Gedanke untergrub seine so fest geglaubte Entschlossenheit. Wenn er nun dort unten auch seine Frau und seinen Sohn nur noch tot vorfand?

Ich werde dich spüren lassen, was Verlust ist!

Eine weitere Panikwelle durchflutete ihn, zwang ihn, sich auf eine der Stufen zu setzen.

Geht weg, Spinnen, geht weg!

Er musste sich zusammenreißen und einen klaren Kopf bewahren. Nur so konnte er den beiden helfen. Mark und Karin waren noch am Leben, sie mussten ganz einfach am Leben sein. Sie waren die Trümpfe des Wächters, sein Wetteinsatz. Und das Spiel war noch nicht zu Ende.

Er rappelte sich auf, umklammerte den Radschlüssel mit beiden Händen und zwang sich, die Stufen hinunterzugehen. Schließlich erreichte er die Tür. Sein Herz raste so schnell, dass er mit dem Atmen nicht mehr nachkam. Keuchend lehnte er sich gegen den Stahl, der kalt gegen seine Haut drückte.

Kalt wie der Deckel einer Kühltruhe.

Geht weg, Spinnen, geht weg!

Erst als er sich wieder halbwegs gefangen hatte, bemerkte Tom die Fußmatte, die wie ein Willkommensgruß vor der Tür ausgebreitet lag. *»Home Sweet Home«*, verkündete sie höhnisch.

Mit einem festen Tritt beförderte Tom die Matte zur Seite. Schlagartig fühlte er eine Kraft in sich aufsteigen, die seine von Furcht gelähmten Glieder zu neuem Leben erweckte. Verbissen schlug er mit der Faust gegen die Wand, um dieses Gefühl noch zu steigern, es wie ein Feuer in seinen Eingeweiden zu entfachen.

Noch zweimal holte er tief Luft. Dann öffnete er die Tür.

In dem Raum dahinter war es stockfinster. Eine Schwärze, wie er sie sonst nur von dem dunklen Abgrund her kannte. Trotz des Restlichtes, das durch die Tür hereinfiel, konnte Tom nicht einmal seine eigene Hand erkennen, die sich blindlings vorantastete. Mit der anderen suchte er an der Wand nach einem Lichtschalter, wurde jedoch nicht fündig. Hinter sich hörte Tom weitere Deckenteile herabstürzen. Mit zitternden Beinen ging er weiter.

»Karin? ... Mark?«, rief er in die Finsternis hinein. Doch er wartete vergeblich auf eine Antwort. Fast erschien es ihm, als verschlucke die Dunkelheit seine Stimme. »Ist hier jemand?«

Mit lautem Krachen fiel die Tür hinter ihm ins Schloss.

Erschrocken fuhr er herum. Nun war er endgültig von der Dunkelheit eingeschlossen. Er glaubte eine Bewegung wahrzunehmen, das leise Scharren von Schuhsohlen. Sein Blick hastete durch das schwarze Nichts, fand jedoch keinerlei Anhaltspunkte.

Und dann dieser Geruch. Er war ihm sofort aufgefallen, als er die Tür geöffnet hatte. Wie in einer Gruft. Eine drückende Mischung aus feuchtem Moder und süßlicher Fäulnis.

Der Geruch des Todes.

Geht weg, Spinnen, geht weg!

Ein kaltes Kribbeln breitete sich entlang seines Nackens aus, als wären die feinen Härchen darauf zu kleinen Fühlern geworden. Und plötzlich war er überzeugt, unmittelbar hinter sich jemanden zu spüren. Eine Gegenwart, die den ganzen Raum ausfüllte.

»Wer ist da?«, schrie er verzweifelt und wirbelte herum. Schweiß brannte in seinen Augen, machte ihn noch blinder, als er ohnehin schon war. Er schlug wild mit dem Radschlüssel um sich, bis er plötzlich auf Widerstand traf. Eine Hand, die das Metall festhielt, so unnachgiebig wie ein stählerner Greifarm. Warmer, feuchter Atem schlug ihm entgegen.

Geht weg, ihr verdammten Spinnen, haut endlich ab …!

Er fühlte eine Berührung. Hände, die ihn packten und fortschleuderten. Keuchend prallte er gegen eine Wand, schlug hart mit dem Kopf auf. Der Radschlüssel entglitt seinen Fingern, und einen Moment lang drehte sich sogar die Dunkelheit vor seinen Augen. Er fühlte, wie alle Kraft aus ihm entwich. Seine Beine gaben nach, und er rutschte an der rauen Wand hinunter. Eine wohlige Schwere umgab ihn, als wäre die Luft plötzlich dichter geworden. Dieses Gefühl weitete sich auf seinen Verstand aus, ließ ihn träge dahingleiten.

Als er kurz darauf wieder bei vollem Bewusstsein war, fühlte er etwas Kratziges an seinen Beinen und stellte erschrocken fest, dass er fast nackt war. Er konnte sich vage daran erinnern, wie jemand hastig an ihm gezerrt, ihm die Kleider heruntergerissen und ihn wie eine Schaufensterpuppe hier ausgestellt hatte. Seine Hände ertasteten den groben Stoff, der ihn von dem blanken Boden trennte.

Eine Decke. Und er hätte sein Leben darauf verwettet, dass sie grau war.

Da sind wir also wieder, dachte er und atmete tief durch. *Es beginnt erneut!*

»Zeig dich endlich, du Mistkerl!«, rief Tom und trat wild mit den Beinen ins Leere. »Wer bist du?«

Lichter zuckten auf, blinzelten wie verschlafene Lider, bevor sie den Raum erhellten.

Dann ertönte schallendes Gelächter.

Geblendet hielt sich Tom die Hand über die Augen und starrte auf die Gestalt, die sich verschwommen und in Licht getaucht vor ihm aufbaute.

»Stefan?« Seine Stimme klang, als wäre er kurz vorm Ersticken.

Fanta hatte Mühe, seinen Lachanfall unter Kontrolle zu bekommen. »Oh Mann, es ist doch immer wieder eine Offenbarung, dich zu verarschen, Alter«, stellte er schließlich erschöpft fest.

Toms Augen gewöhnten sich allmählich an das Licht, und was sie sahen, war so erschreckend und so unglaublich, dass es ihm sekundenlang den Atem verschlug. Es war alles genauso wie in seiner Erinnerung. Die Kühltruhe in der rechten hinteren Ecke. Der Trophäenschrank. Gegenüber die Werkbank mit den Schubladen. Der Mauervorsprung. Sogar die Bohrer an der Wand hingen alle an ihrem Platz. Er befand sich in einer exakten Kopie jenes Kellerraumes, in dem er als Kind gefangen gehalten und gefoltert worden war. Alles war bis ins kleinste Detail identisch. Sogar die Spinnweben an der Decke.

»Das …«, stammelte er hilflos. »Das kann nicht sein. Das ist …«

»Unmöglich?« Fanta grinste ihn an und schüttelte den Kopf. »In meiner Welt existiert dieses Wort nicht. Alles lässt sich plausibel erklären, mein Freund. Aber dazu kommen wir später.«

Toms Blick blieb an Fanta hängen, der so gelassen und

routiniert vor ihm stand, als hätte er diesen Auftritt seit Monaten einstudiert.

»Aber ich dachte, du wärst tot.«

Fanta stemmte die Fäuste in die Hüften und legte den Kopf etwas schief. »Sehe ich wirklich so gruftig aus?«, fragte er mit übertriebenem Ernst.

»Ich habe dich gesehen«, bekräftigte Tom. »Du hast im Kofferraum deines Autos gelegen. Deine Pupillen waren völlig starr. Du warst tot!«

»Nun, wie du siehst, erfreue ich mich bester Gesundheit. Was deinen Bezug zur Realität ja irgendwie infrage stellt, findest du nicht?«

»Lass die Sprüche! Sag mir lieber, was das Ganze soll!«

»Vielleicht wollte ich dir damit nur demonstrieren, dass nicht immer alles so ist, wie es scheint. Und ganz nebenbei war es eine gute Methode, um festzustellen, ob deine Entschlossenheit auch tatsächlich stark genug ist.«

Das Feuer in Toms Innerem wurde zu einem Waldbrand. Für einen albernen Streich hatte er durchaus Verständnis, das hier jedoch ging zu weit. Wütend rappelte er sich auf, doch Fanta stieß ihn entschieden zurück.

»Du solltest lieber sitzen bleiben«, meinte er trocken.

»Was ist los mit dir, bist du übergeschnappt?«, brüllte Tom ihn an. »Gib mir sofort meine Klamotten zurück, und mach den Weg frei. Dir ist hoffentlich klar, dass hier gleich alles über unseren Köpfen einstürzen wird.«

Fanta gab sich weiter unbeeindruckt. »Das hoffe ich doch sehr« war seine Antwort. »Es wäre wirklich äußerst schade, wenn die ganze Arbeit umsonst gewesen wäre. Aber mal abgesehen davon, wäre es unseren Gästen gegenüber auch ziemlich unhöflich, wenn du dich einfach davonstehlen würdest.« Er deutete auf die hintere rechte Ecke des Raumes.

Tom folgte seiner Hand und erkannte erst jetzt im Halbdunkel mehrere Gestalten, die genau wie er bis auf die Unterwäsche entkleidet waren und reglos gegen die Wand gelehnt auf Decken saßen. Sie atmeten gleichmäßig, wirkten aber völlig leblos, was dem Ganzen den morbiden Charakter eines Wachsfigurenkabinetts verlieh. Erstaunt stellte Tom fest, dass auch Dorn und Bender unter den Gefangenen waren. Die beiden saßen ganz außen, ihm am nächsten. Dann folgten Dr. Westphal und ihr Sohn Gerrit. Sie alle saßen bewegungslos am Boden, den Blick seltsam starr geradeaus gerichtet. *Wie Maschinen*, dachte Tom bei ihrem Anblick. Er vermutete, dass sie unter Drogen standen.

Und schließlich sah er sie. Die beiden saßen etwas abseits von den anderen, dort, wo die Wand einen Knick machte. Eine Welle der Erleichterung überschwemmte Tom, als er sah, dass sie atmeten, dass sie lebten! Auch wenn es nur schwer zu ertragen war, sie in diesem Zustand zu sehen.

»Karin! … Mark!«

Doch die beiden rührten sich nicht, wie Marionetten, die schlaff an ihren Schnüren hingen. Auch sie sahen aus wie betäubt. Wieder versuchte Tom aufzustehen, wollte zu ihnen, und wieder hinderte Fanta ihn daran.

»Lass mich gefälligst«, brüllte Tom ihn an. »Was hast du mit ihnen gemacht, du Arschloch?«

»Nichts«, versicherte Fanta. »Es geht ihnen gut, wenn man so will.«

»Ach ja? Sie sehen alle aus wie tot!«

»Sie sind nur ruhiggestellt. Jedenfalls fürs Erste.« Fanta trat bis auf wenige Schritte an ihn heran und ging vor ihm in die Hocke. »Aber wenn wir hier fertig sind und alles gut gelaufen ist«, sagte er und zwinkerte mit den Augen, »dann sind wir beiden hier die Einzigen, die noch atmen.«

Ein lautes Poltern war von draußen zu vernehmen. Vermutlich war ein weiterer Teil der Decke eingebrochen oder Teile des Daches. Immerhin schien der Raum, in dem sie sich befanden, vor den Zerstörungen sicher zu sein.

»Egal, was du vorhast, es geht nur uns beide was an.« Tom hatte Mühe, die Panik in seiner Stimme zu unterdrücken. »Lass die anderen gehen.«

Fanta seufzte übertrieben. »Glaub mir, das würde ich wirklich gerne tun, aber das geht leider nicht.«

»Und warum nicht?«

Wieder ein Seufzen. Diesmal hatte Tom das Gefühl, dass es ehrlich war.

»Ganz einfach, mein Freund: Solange sie am Leben sind, kannst du niemals frei sein.«

»Was redest du da für einen Unsinn?«, fragte Tom verwirrt. »Ich dachte, du wärst mein Freund.«

»Das bin ich auch, Tom, glaub mir.«

»Und wieso tust du das dann? Was machen die alle hier? Soviel ich weiß, geht es doch um *meine* Vergangenheit.«

»Das ist richtig. Aber diese Menschen sind auf eine gewisse Weise untrennbar damit verknüpft.«

Tom starrte ihn lediglich verständnislos an.

»Ich werde versuchen, es dir zu erklären«, sagte Fanta, nun wieder betont lässig. »Ich denke, am besten betrachten wir das Ganze mal aus der schriftstellerischen Perspektive. Tun wir also einfach so, als wäre das hier eine von deinen Geschichten, und plaudern wir ein wenig aus dem Nähkästchen. Sozusagen ein Treffen unter Kollegen.« Er ging in die hintere Ecke des Raumes und stellte sich demonstrativ vor seine Gefangenen. »Stellen wir uns also folgende Frage: Was braucht man für einen guten Thriller?« Er betonte die einzelnen Worte mit ausladenden Gesten, als wäre er ein Dozent für Kreatives Schreiben und dies hier einer seiner Kurse. »Nun, als Erstes natürlich Inspiration. Aber auch dazu kommen wir später. Des Weiteren wäre da die gute alte Polizei.« Damit deutete er auf die beiden Kommissare. »Sie haben die Einleitung geliefert, quasi den Stein ins Rollen gebracht. Sie waren der Antrieb für diese Geschichte, in deren Verlauf sie immer wieder für Tempo sorgten, indem sie neue Erkenntnisse eingebracht haben.« Sein Enthusiasmus ließ plötzlich merklich nach. »Aber in unserem Fall«, stellte er mit einer abfälligen Handbewegung fest, »sind sie nur Statisten und Stichwortgeber. Sie hatten lediglich kurze, wenn auch intensive Auftritte, aber bei der Auflösung spielen sie keine Rolle mehr. Ihre Aufgabe ist somit erfüllt, sie werden nicht länger benötigt.«

Mit einer schwungvollen, fast grazilen Bewegung griff er hinter sich, und Tom erstarrte, als Fanta plötzlich eine großkalibrige Pistole in der Hand hielt und sie auf die beiden Beamten richtete. Mit einer Selbstverständlichkeit, als würde er eine Fernbedienung benutzen, drückte er auf den Abzug. Tom konnte nicht sagen, was ihn mehr erschreckte: das ohrenbetäubende Krachen der Schüsse oder die Kaltblütigkeit, mit der sie abgefeuert wurden. Die beiden Polizisten sackten mit je einem dunklen, fingernagelgroßen Loch in der Stirn leblos zur Seite.

»Wow!«, schrie Fanta und tänzelte begeistert auf der Stelle. »Mann, war das cool! Ich hätte nie gedacht, dass Schreiben so viel Spaß machen kann!«

Wie betäubt starrte Tom auf den Lauf der Pistole. Der Schock hatte sich so tief in ihn eingegraben, dass er Mühe hatte, seine Stimme wiederzufinden. »Du … du hast die beiden Mädchen entführt und umgebracht, nicht wahr?«, brachte er hervor, doch es war nur ein kraftloses Flüstern.

»Du hast ihnen die Kehlen durchgeschnitten wie Schlachtvieh. Die ganze Zeit über hast du so getan, als wolltest du mir helfen, hast den besten Freund gespielt. Dabei warst du für das alles verantwortlich. Wieso, Stefan?«

»Du tust etwas, was Schriftsteller nicht tun sollten«, bemerkte Fanta, ohne auf die Frage einzugehen. »Du greifst der Geschichte vor und nimmst ihr die Spannung. Das langweilt und enttäuscht den Leser. Und das wollen wir doch nicht, oder?« Übertrieben lässig ließ er die Waffe um seinen Zeigefinger rotieren. »Konzentrieren wir uns stattdessen lieber auf die wesentlichen Dinge dieser Geschichte und kommen nun zu einer der wichtigeren Personen.« Die Waffe lag wieder fest in seiner Hand, und ihr Lauf zeigte auf Dr. Westphal. »Die Seelentante! Dein wichtigster Ansprechpartner. Sie sorgt für dein seelisches Gleichgewicht, ist Anlaufstelle für alle medizinischen Fragen und gleichzeitig auch eine Art Muttterersatz. Dennoch umgibt sie eine etwas zwielichtige Aura, die den Leser das ein oder andere Mal in die Irre führt. Und wie ich jetzt festgestellt habe, sorgt sie wohl auch ganz nebenbei dafür, dass deine Palme stramm im Wind steht, hab ich recht, Alter?« Er grinste verschmitzt. »Tja, gegen die Hormone ist selbst die Fantasie machtlos.« Er machte einen Schritt nach vorn. »Und dann wäre da noch ihr Sohn Gerrit. Der geheimnisvolle Unbekannte, dessen Identität erst kurz vor Schluss offenbar wird und der scheinbar alle Fäden in der Hand hält.« Er lachte hämisch auf. »Dieser dramaturgische Taschenspielertrick zieht doch tatsächlich immer wieder. Es erstaunt mich jedes Mal aufs Neue, wie leicht der Leser sich damit an der Nase herumführen lässt.« Fanta trat einen Schritt auf Gerrit zu und strich ihm sanft über das Haar. »Fast schon schade um ihn«, sagte er. Es klang beinahe aufrichtig. »Glaub mir, ich hätte dich liebend gerne näher mit ihm bekanntgemacht, denn im wahren Leben ist er gar kein schlechter Typ. Aber wie auch immer, für ihn ist hier leider Endstation.« Er hob die Pistole.

»Warte!«, schrie Tom und hob abwehrend die Hand. Für ihn ergab dieses Gefasel nicht den geringsten Sinn. Zu dem Schock, der nach wie vor durch seine Glieder sickerte wie feiner Sand, gesellte sich nun noch grenzenlose Verwirrung. Sein bester Freund schien komplett den Verstand verloren zu haben. Und da er Erfahrung mit Verrückten hatte, konnte er sich ausmalen, wohin das Ganze führen würde. Wieder einmal schien es seine Aufgabe zu sein, diesen Wahnsinn zu stoppen.

»Du hast gesagt, ich könnte nicht frei sein, solange diese Menschen am Leben sind.«

Fanta nickte.

»Aber du irrst dich!« Er wollte schon aufstehen und auf ihn zugehen, beschloss dann aber angesichts der Waffe, das lieber bleiben zu lassen. »Ich habe jetzt keine Angst mehr, das weißt du doch«, beteuerte er und versuchte, so gefasst wie möglich zu klingen. »Also brauche ich auch keine Therapeutin mehr. Du siehst also, ich bin nicht mehr länger abhängig von ihr. Und obwohl ich die Gründe dafür nicht kenne, habe ich es ja wohl auch ihr zu verdanken, dass ich hier gelandet bin. Weshalb sollte sie also noch länger wichtig für mich sein?« Ohne Fanta die Möglichkeit eines Gegenargumentes zu lassen, zeigte er hastig auf den jungen Mann neben Dr. Westphal. »Ihren Sohn kenne ich überhaupt nicht. Und ich habe auch nicht die geringste Ahnung, was er überhaupt mit der ganzen Geschichte zu tun hat. Ich habe ihn in meinem ganzen Leben nur zweimal gesehen, und das auch nur für wenige Sekunden. Weshalb sollte er mir also etwas bedeuten?« Sein Blick wurde weich, als er weiter um die Ecke wanderte. »Und meine Familie …«, begann er mit zittriger Stimme, fing sich jedoch sogleich wieder. »Meine Familie hat mich verlassen. Erst dadurch war es mir überhaupt möglich, mich von meinen Ängsten zu befreien. Natürlich liebe ich sie, und das werde ich auch immer tun, aber du hast selbst gesagt, dass ich ohne sie besser dran bin. Wenn man mal von Gerrit absieht, stimme ich dir zu, dass all diese Menschen einmal eine sehr wichtige Rolle in meinem Leben gespielt haben. Aber mein Leben hat sich geändert, Stefan. Also bitte ich dich, sie zu verschonen. Wenn ich das alles richtig verstehe, geht es hier doch ausschließlich um uns beide.«

Fanta hob nachdenklich die Augenbrauen, während er Tom betrachtete. »Na ja«, meinte er nach einer längeren Pause, »was Letzteres betrifft, gebe ich dir völlig recht. Was das andere angeht … Wenn man deine eingeengte Sichtweise in Betracht zieht, sind deine Argumente durchaus überzeugend. Allerdings kennst du noch nicht alle Fakten. Und solange das so ist, wirst du meinem Urteil vertrauen müssen.«

»Dann klär mich auf«, bat Tom etwas überhastet. In Wahrheit gab er einen Dreck auf dieses hirnlose Geschwafel, doch er sah darin die einzige Möglichkeit, Fanta hinzuhalten. Denn nach den beiden Ärzten waren nur noch Mark und Karin übrig. »Sag mir, was ich wissen muss.«

»Immer mit der Ruhe, mein Freund. Wir wollen doch nichts überstürzen. Es hat lange gedauert, bis es so weit war. Ich möchte jetzt nichts riskieren.«

»Nichts riskieren? Aber warum bin ich dann hier? Um was geht es hier eigentlich, verdammt noch mal?«

»Um dein Leben, Tom. Und damit zwangsläufig auch um meins.«

Das Unwetter wurde immer stärker. Selbst durch die dicken Mauern und Decken konnte man das Getöse hören. Immer wieder vernahm Tom dumpfe Schläge über sich. Das Gebäude gab nach, konnte der Kraft des Sturms nicht länger standhalten. Nicht mehr lange, und sie würden unter den Trümmern begraben werden. Und das alles wegen eines Mannes, den er einmal als seinen besten Freund bezeichnet hatte und der sich nun als skrupelloser Mörder entpuppte.

»Du sagst, es geht um unser Leben. Da hast du sicher recht, weil nämlich gleich alles über uns zusammenkracht.«

»Wie gesagt, das hoffe ich sehr«, erwiderte Fanta nur.

»Verdammt noch mal, Stefan! Lass uns die anderen hier rausbringen und wie vernünftige Menschen miteinander reden. Dann muss niemand mehr sterben!«

»Dafür ist es jetzt zu spät.«

»Wieso?«

»Weil wir eine Entscheidung treffen müssen, Tom. Und zwar eine endgültige.« Gemächlich schritt Fanta auf Karin zu und blieb vor ihr stehen. Beinahe verträumt blickte er auf ihren regungslosen, fast nackten Körper herab. »Sieh sie dir an«, sagte er und ging in die Hocke. »Sie ist wunderschön.« Langsam ließ er die Mündung der Pistole über die glatte Haut ihres Gesichtes gleiten, vorbei an dem kleinen Muttermal über ihrem Mundwinkel. »Du warst schon damals ziemlich verknallt in sie. Gott, sie war wirklich etwas Besonderes, sie hat dich inspiriert. Aber du musstest ja unbedingt über diesen Scheißzaun klettern und den Helden spielen, nicht wahr? Und jetzt ist alles zum Teufel. Nur die verfälschte Erinnerung an sie ist noch da.«

Tom sah ihn ratlos an. »Stefan«, sagte er, »du redest wirres Zeug.«

»Und du hast nicht den Mumm gehabt, mit diesem Fehler zu leben«, fauchte Fanta zurück. »Du hast dich jahrelang verkrochen und deine Wunden geleckt, hast allen anderen die Schuld gegeben.« Er schnellte hoch und richtete den Lauf der Waffe auf Tom, so dass der vor Schreck zusammenfuhr. »Mach die Welt nicht verantwortlich für das, was mit dir passiert ist! Es war ganz allein deine Überheblichkeit, die dich hierhergebracht hat, dich und die Menschen, die in den letzten Jahren dein Leben geprägt haben. Oder zumindest das, was du für dein Leben hältst«, fügte er bitter hinzu.

»Bitte«, flehte Tom. »Tu's nicht!«

»Keine Sorge«, versicherte Fanta. »Sie spüren nichts.« Er ließ die Pistole sinken.

Tom atmete auf.

»Kannst du dich noch an diesen Film erinnern, wo Robert De Niro einen Mann spielt, der so eine seltene Schlafkrankheit hat?«, fragte Fanta und stolzierte vor ihm auf und ab. »Seit seiner Kindheit saß er völlig erstarrt in seinem Stuhl, war zu einer Puppe im Schaufenster des Lebens geworden. Nur gelegentlich hat er ein paar Reflexe oder Zuckungen gezeigt. Ansonsten war genauso wenig Leben in ihm wie in unseren beiden Kommissaren hier.« Mit dem Lauf deutete er auf die Leichen zu seinen Füßen. »Bis ein gewisser Dr. Malcolm Sayer, gespielt von Robin Williams, sich seiner und seinesgleichen angenommen und ihnen immer größere Dosen von einem bestimmten Medikament verabreicht hat. Eines Tages sind sie schließlich aufgewacht. Und sie haben angefangen zu leben, haben sich weiterentwickelt, Ansprüche gestellt.«

»Ja, ich kenne den Film«, sagte Tom ein wenig zu genervt. »Er heißt *Zeit des Erwachens*. Aber was hat das verdammt noch mal …?« Er stockte, als sein Gehirn die Verbindung herstellte.

Fanta brach in schallendes Gelächter aus. »Oh Mann, du hast mir doch hoffentlich diesen Schwachsinn von wegen fernöstlicher Mythologie und Neuanfang nicht wirklich abgekauft, oder?« Er schlug sich vor Vergnügen auf die Schenkel, als er in Toms verwirrtes Gesicht blickte. »Du machst es einem aber auch wirklich nicht schwer, dich zu verschaukeln.« Mit Tränen in den Augen holte er schließlich zweimal tief Luft. »Wie dem auch sei«, sagte er, nachdem er sich wieder gefangen hatte. »Jedenfalls stellt sich nach einer Weile heraus, dass die Betroffenen sich schnell an das Medikament gewöhnen, wodurch es allmählich seine Wirkung verliert und sie wieder in ihren früheren Zustand zurückfallen.«

»Was wird das hier, eine verdammte Filmbesprechung?«, knurrte Tom. »Wie gesagt, ich kenne die Handlung.« Er wurde zusehends unruhiger. Die Wut gewann abermals die Oberhand. In seiner jetzigen Situation bezweifelte er allerdings, dass dies ein Vorteil für ihn sein könnte. »Komm endlich zur Sache!«

»Na, der Vergleich liegt doch wohl auf der Hand«, fuhr Fanta unbeirrt fort und deutete auf Toms Mitgefangene. »Sie hatten auch ihre Zeit des Erwachens, in der sie zum Leben erweckt worden sind. Aber jetzt ist ihre Zeit um, Tom, genau wie bei den Leuten in diesem Film. Ihre Geschichte ist eine Metapher für den Zyklus des Lebens. Alles hat seine Zeit, auch deine Freunde hier. Sie haben ihren Zweck erfüllt und müssen gehen.«

»Ich fasse es nicht, dass das wirklich dein Ernst ist«, stieß Tom entsetzt hervor.

»Glaub, was du willst, aber so ist nun mal der Lauf der Dinge. Schriftsteller sind es doch gewohnt, Charaktere zu erschaffen, nur um sie dann wieder sterben zu lassen. Denk ja nicht, dass mir das leichtfallen würde. Sie sind mir auch ans Herz gewachsen, sind im Laufe der Jahre zu Verbündeten geworden. Aber wie alle Romanfiguren müssen sie den Weg des Vergänglichen gehen, nachdem ihre Geschichte erzählt ist. Natürlich könnte ich sie jederzeit wieder zum Leben erwecken. Aber ich bin nun mal kein Freund von Fortsetzungen.«

Die Hand mit der Pistole schnellte vor, und zwei weitere Schüsse hallten durch den Raum. Dr. Westphal und ihr Sohn Gerrit sackten zur Seite, und ihre Köpfe hinterließen blutige Schmierspuren an der Wand.

»Gott, nein!« Tom schloss die Augen. Doch es half nichts. Tränen der Wut und der Verzweiflung quollen zwischen seinen Lidern hervor.

»Sieh gefälligst hin!« Fanta stand plötzlich neben ihm und zerrte seinen Kopf zu den Leichen herum. »Sieh sie dir an, sonst kannst du es nicht verinnerlichen!«

Tom gehorchte nur widerwillig. Doch schließlich betrachtete er die Toten, sah, dass Dr. Westphals Beine, deren Schönheit er stets bewundert hatte, noch immer zuckten, einen Kampf austrugen, der nicht mehr zu gewinnen war. Übelkeit stieg in ihm auf, und er übergab sich heftig.

»Ja«, schrie Fanta, »so ist es gut, lass es raus, akzeptiere es!«

»Bitte lass meine Frau und meinen Sohn gehen«, wimmerte Tom verzweifelt. »Bitte!«

Sein ehemaliger Freund packte ihn fester und zog ihm den Kopf in den Nacken. Speichel und Erbrochenes liefen Tom übers Kinn. »Kapierst du denn immer noch nicht?«, brüllte Fanta wie von Sinnen. »Es spielt keine Rolle, ob ich das tue oder nicht!«

»Bitte«, flehte Tom wieder.

Fanta schnaufte vor Wut. Er zog ihn hoch, so dass er wieder aufrecht dasaß, und beugte sich zu ihm hinab. Dann nahm er Toms Kopf fest zwischen beide Hände und sah ihm direkt ins Gesicht.

»Du hast Angst um deine Familie?«, fragte er. »Du trauerst um diese Menschen? Das wäre alles gar nicht nötig, wenn du dich endlich von den Klammern dieser Illusion befreien würdest!«

»Wovon zum Teufel redest du eigentlich?«, schrie Tom ihn verzweifelt an.

»Ich rede davon, dass diese Menschen weder in Gefahr noch tot sind.«

Einen kurzen Augenblick lang riss der Strudel der Verwirrung die Verzweiflung mit.

»Ach nein?«

»Nein, Tom. Sie haben nie existiert.«

Toms Widerstand erlahmte unter der Wucht dieser Worte. Plötzlich bebte der Raum, als etwas Schweres donnernd auf die Decke krachte. Staub und Putz rieselten auf sie herab. Ein paar der Bohraufsätze und einige Werkzeuge rutschten aus ihren Halterungen an der Wand und fielen scheppernd auf die Werkbank.

»Wir müssen hier raus!« Toms Stimme kämpfte gegen das Getöse über ihren Köpfen an.

»Nein«, entgegnete Fanta. »Hier sind wir genau richtig!«

»Wir werden draufgehen!« Tom schielte verzweifelt zu Mark und Karin hinüber.

»Das hängt ganz von dir ab, Tom!«

Schlagartig wurde es ruhiger. Nur das Fauchen des Windes drang noch zu ihnen und das vereinzelte Poltern herabfallender Trümmerteile.

»Ich schätze, das war das Dach«, meinte Tom.

»Ja. Es hat angefangen.«

»Ich gehe mal davon aus, dass du mir nicht sagen wirst, was du damit meinst, oder?« Langsam hatte Tom genug von diesem Irrsinn. Doch er hatte beschlossen, dieses Spiel mitzuspielen, zumindest so lange, bis er eine Möglichkeit fand, Fanta zu überwältigen. Oder bis ihnen die Decke auf den Kopf fiel.

»Doch, das werde ich«, antwortete Fanta zu seiner Überraschung. »Aber es wird dir nicht gefallen, und es wird dir schwerfallen, es zu begreifen. Aber alles hängt davon ab, wie du es aufnimmst.«

»Verstehe«, meinte Tom.

Fanta lächelte. »Wohl kaum, mein Freund.«

»Ich denke mal, nach dem, was hier passiert ist, können wir die Bezeichnung *Freund* getrost aus unserem Vokabular streichen. Vielleicht solltest du damit anfangen, dass du mir erklärst, wer du eigentlich bist.«

»Also gut«, sagte Fanta und steckte die Waffe wieder in seinen Hosenbund. »Aber die korrekte Fragestellung in diesem Fall wäre: *Was* bin ich?«

Ein Mörder, ein Heuchler und ein Riesenarschloch!, antwortete Tom im Stillen.

Fanta betrachtete ihn skeptisch. »Hm«, meinte er. »Weder originell noch kreativ, aber immerhin vulgär.« Er grinste. »Das mit dem Riesenarschloch, meine ich.«

Tom starrte ihn fassungslos an.

»Habe ich jetzt deine ungeteilte Aufmerksamkeit?«

Tom nickte stumm.

»Na schön«, sagte Fanta zufrieden. »Dann denk mal an die Zeit zurück, als wir noch Freunde waren. Wenn du mich mit einem einzigen Wort hättest beschreiben müssen, welches wäre das gewesen?«

Tom überlegte einen Moment. »Ausgeflippt«, sagte er schließlich.

Fanta verzog die Mundwinkel. »Na schön«, meinte er enttäuscht. »Mit diesem Klischee muss ich wohl leben. Mir schwebt da ja eher so eines von diesen neudeutschen Attributen vor, *cool* oder *hip*.« Seine blauen Augen musterten Tom neugierig. »Ach, komm schon ... Zugegeben, ich sehe nicht gerade aus wie Steve McQueen, das wäre ja wohl auch zu offensichtlich, aber ein klein wenig seiner Coolness musst du mir doch zugestehen, oder? Der Wagen, die Flucht vor der Polizei, unser Lieblingsfilm ... Das kannst du doch unmöglich alles für Zufall halten. Ich meine, wie hoch ist die Wahrscheinlichkeit, einen Freund zu haben, der genau so einen Wagen fährt und der dann auch noch immer da ist, um dir aus der Patsche zu helfen? Und dann der Sturz in die Schlucht. Denkst du tatsächlich, du hättest einen solchen Unfall unbeschadet überstanden? So etwas ist nur in meiner Welt möglich, Tom.«

Tom sagte nichts. Er saß nur da und starrte auf Fanta, wie man jemanden anstarrt, den man für tot gehalten hat.

»Na gut.« Fanta schien aufzugeben. »Die indirekte Art bringt's bei dir anscheinend nicht. Dann versuchen wir's mal anders.« Er griff wieder hinter sich, ging mit schnellen Schritten auf Tom zu und schlug ihm den Griff der Pistole mit voller Wucht ins Gesicht.

»Hat das wehgetan?«, fauchte er ungeduldig.

Tom heulte auf. »Ja, verdammt!«

»Und, bist du wirklich verletzt?«

Tom tastete sein Gesicht ab. Doch er konnte keinerlei Verletzungen feststellen. Nicht einmal eine Spur von Blut war an seinen Fingern zu entdecken. Selbst der Schmerz war plötzlich wie weggeblasen.

»Nein«, antwortete er verwundert.

»Und hältst du das für normal?«

Steif schüttelte Tom den Kopf.

»Prima, dann hätten wir das ja durch.« Fanta trat zurück und steckte die Waffe weg.

»Aber … aber das ist unmöglich.«

»Ich sage dir doch, dieses Wort existiert in meiner Welt nicht.«

»Und was ist das für eine *Welt*?« Er betonte das Wort wie etwas, vor dem man sich ekelte.

»Erinnere dich, Tom«, sagte Fanta. »Du hast dich früher oft dort rumgetrieben, wenn du deine Geschichten geschrieben hast.«

Toms Augen wurden riesengroß.

»Es gibt sicher viele Begriffe für das, was ich bin«, fuhr Fanta fort. »Aber wenn du mich öfter mit meinem Spitznamen angeredet hättest, wärst du vielleicht sogar auf die gängigste Bezeichnung gekommen.«

»Mein Gott«, hauchte Tom.

»Nun, ganz so weit würde ich nicht gehen«, erwiderte Fanta trocken. »Das wäre auch ziemlich anmaßend. Aber du hast nicht ganz unrecht, auch ich bin im Grunde so etwas wie ein Schöpfer.«

»Du bist verrückt.«

»Nein, Tom. Bloß reine Fanta*sie*.« Er breitete die Arme aus wie ein Herrscher, der zu seinem Volk spricht. »Ich bin dein Befreier, dein Fährmann, wenn du so willst. Ich bin der Regisseur und der Intendant der Inszenierung, die du dein Leben nennst. Und ehrlich gesagt bin ich ein bisschen gekränkt darüber, wie wenig Anerkennung mir für diese kreative Meisterleistung menschlicher Vorstellungskraft entgegengebracht wird.« Wieder trat er auf Tom zu, beugte sich zu ihm hinunter und berührte sanft seine Schulter. »Ich bin dein Dr. Malcolm Sayer aus *Zeit des Erwachens*. Und ich bin hier, um dich aus *deiner* Starre zu befreien.«

Eine weitere schwere Erschütterung ließ die Decke erzittern. Risse bildeten sich, zogen sich bis zu den Wänden. Regale fielen um, Farbdosen rollten über den Boden. Und selbst dort deuteten sich bereits feine Risse an, die sich wie ein Netz über den Beton erstreckten. Offenbar brach allmählich sogar das Fundament auseinander.

Tom registrierte das alles nur beiläufig. Es erschien ihm plötzlich nicht mehr wichtig. Sein Blick war starr auf Fanta gerichtet.

»Du behauptest also, ich hätte mir das alles nur eingebildet?«

»Nein, Tom, eingebildet ist das falsche Wort. Du hast dich verkrochen, hast dich der realen Welt völlig entzogen und dir mit meiner Hilfe deine eigene erschaffen. Eine Welt nach deinen Maßstäben und Wunschvorstellungen. Nur deine Angst konntest du dadurch nicht besiegen. Sie hat dich zu einem Gefangenen deiner eigenen Fantasie gemacht.«

Tom schloss die Augen und schüttelte den Kopf. »Du musst zugeben, dass sich das ziemlich abgedreht anhört.«

»Es ist immer schwer zu begreifen, wenn die Welt, die einem vertraut ist, einem unter den Füßen wegbricht.«

Tom zögerte kurz. »Aber ... aber wieso das alles?«

»Das Trauma, der Wächter, die Erinnerungen daran ... Die sind real. Und sie waren der Nährboden für diese Fantasie. Ich musste deine erfundene Welt erst zum Einsturz bringen, damit du diese Erinnerungen wieder zulässt, sie findest und befreist.«

»Sie findest?«, fragte Tom.

»Ja. Damit sie dir deine kleine heile Illusion nicht zerstören konnten, hattest du sie gut versteckt. Du hattest sie sicher eingeschlossen und den Schlüssel weggeworfen. Ich musste sozusagen die Brechstange nehmen, um an sie heranzukommen.«

»Und da hast du dir gedacht, du erscheinst mir mal eben auf der Toilette, um dich an mich ranzumachen und mein Leben zu zerstören.«

»So ungefähr.« Fanta lächelte unwillkürlich. »Ich habe den Wächter noch einmal auferstehen lassen. Aber dieses Mal, um dich zu retten, um dich noch einmal deinen schlimmsten Ängsten auszusetzen, damit sie ihren Schrecken verlieren.«

Tom ließ den Blick durch den Raum kreisen. »Wenn es stimmt, was du sagst, dann ist das alles hier also nicht echt.«

»Doch, in gewisser Weise schon.«

»Was soll das heißen?«

»Ich habe es nur verbildlicht, es plastisch dargestellt. Was du hier siehst, ist nur das, was deine Angst dich glauben lässt. Denn wir befinden uns an dem Ort deines Verstandes, wo all deine Ängste und dein Hass gelagert sind, die dich seit jenem Tag blockieren und dich in dem Zustand verharren lassen, in dem du seitdem bist.«

»Stopp!« Tom wollte aufstehen, taumelte jedoch und stützte sich an der Wand ab. Sein Atem ging flach und schnell, und in seinem Kopf begann sich alles zu drehen. »Warum sollte ich mich der übrigen Welt entziehen wollen?«

»Um dich zu schützen, Tom. Die Welt hatte dir übel mitgespielt. Also hast du ihr den Rücken gekehrt. Das ist ganz normal, zumindest für eine gewisse Zeit. Das Fatale daran war, dass es dir gefallen hat und du nicht mehr zurückwolltest. Es war dein Verstand, der diese Mauern hier errichtet hat, um das einzuschließen, was sie einmal beherbergt haben, nämlich deine Erinnerungen. Es hat lange gedauert, sie mürbe zu machen, aber heute bringen wir sie zum Einstürzen.«

Tom rieb sich die Schläfen. Er hatte auf einmal rasende Kopfschmerzen. Was nicht weiter verwunderlich war, angeblich tobte ja ein Sturm in seinem Schädel.

»Wie lange genau?«, fragte er.

Fanta sah ihm in die Augen. »Fast vier Jahre!«

Tom rechnete kurz nach. »Sechsundvierzig«, murmelte er gedankenverloren.

»Ja, Tom, sechsundvierzig. Diese Zahl markiert nicht irgendeinen Punkt, und sie steht auch nicht für absurde fernöstliche Mythologien. Sie ist schlichtweg eine Zeitangabe. Denn du befindest dich jetzt auf den Tag genau seit sechsundvierzig Monaten im Koma. Und heute ist die Zeit *deines* Erwachens gekommen.«

Tom starrte regungslos auf den Boden vor seinen Füßen. Nichts ergab mehr einen Sinn und doch alles. Er war hin- und hergerissen, schwankte zwischen strikter Ablehnung und zaghafter Akzeptanz. Schließlich kam es nicht alle Tage vor, dass sich das Leben, das man zu leben geglaubt hatte, als Illusion erwies, als Fantasiegebilde, das man sich zusammengeschustert hatte, während man vier Jahre lang in einer Art Todesschlaf gelegen hatte. Solche Erkenntnisse benötigten in der Regel Zeit und eine ganze Armee von Psychiatern, um sie zu begreifen. Doch er saß mitten in einem Orkan, der in seinem Verstand tobte und die restlichen Trümmer von dem wegfegte, was ihn blockierte und ihn am Leben hinderte.

»Wow!« war das Erste, was er zustande brachte. »Was du da behauptest, ist ziemlich schwer zu schlucken.«

»Es ist die Wahrheit, Tom. Das alles hier spielt sich ganz allein in deinem Unterbewusstsein ab.«

»Dann … dann bin ich also erst *siebzehn*?«, fragte Tom überrascht. »Aber … wie ist das möglich?«

»Das war nötig«, erklärte Fanta. »Ein siebzehnjähriger Bestsellerautor mit Familie wäre nicht sehr glaubwürdig gewesen.«

»Ja«, gab Tom nach einer Weile zu. »Ebenso wenig wie das hier.« Er schüttelte den Kopf. »Tut mir leid, aber ich kann das einfach nicht glauben.«

»Kannst du nicht, oder willst du nicht?«

Tom sah ihn an. »Wie meinst du das?«

»Na ja, anscheinend gefällt es dir ja, in dieser Illusion zu leben. Es ist bestimmt besser, ein reicher und bekannter Schriftsteller zu sein, als ein Siebzehnjähriger, der vier Jahre seines Lebens verschlafen hat.«

»Nun, wie du siehst, bin ich im Moment ausgesprochen wach. Ich hole mir jetzt meine Familie und verschwinde von hier. Und du wirst mich verdammt noch mal nicht daran hindern.«

»Wenn du jetzt gehst, werden diese Mauern nicht einstürzen, und du wirst nie wieder aus diesem Schlaf aufwachen.«

»Na und? Wie du schon bemerkt hast, geht es mir hier ja gar nicht so schlecht.«

Kaum hatte er sich von Fanta abgewandt, ertönte ein ratschendes Geräusch wie von zerreißendem Papier. Er drehte sich wieder um und sah ein rechteckiges, zigarettenschachtelgroßes Plastiketui, das über den Boden schlitterte und schließlich vor seinen Füßen liegen blieb.

»Wann hast du das letzte Mal bewusst in einen Spiegel geschaut?«, fragte Fanta.

Überrascht sah Tom von dem Gegenstand auf. »Was soll denn das jetzt? Ist das wieder einer von deinen Tricks?«

Fanta lächelte. »Hast du dich eigentlich nie darüber gewundert, dass es in deinem Haus keinen einzigen Spiegel gibt? Nicht einmal im Badezimmer. Sogar das Glas in deinem Wintergarten ist entspiegelt. Was glaubst du wohl, woran das liegen könnte?«

Toms Stirn legte sich in Falten. »Was redest du denn da? Natürlich haben wir im Bad einen …« Er dachte nach, konzentrierte sich. Doch sosehr er sich auch anstrengte, er konnte es nicht vor sich sehen. Sein Spiegelbild war nur ein leerer Fleck über dem Waschbecken. »Aber das ist doch … Ich bin mir sicher …«, stotterte er.

»So sicher, wie du mir sagen kannst, an welchem Tag du geheiratet hast oder in welchem Krankenhaus dein Sohn zur Welt gekommen ist?«

Toms Gedanken rasten wild umher, fanden jedoch keinen Halt. »Das … das gibt's doch nicht.« Hilflos starrte er Fanta an. »Was … was hast du mit mir gemacht?«

»Gar nichts, Tom. Da diese Ereignisse niemals stattgefunden haben, hast du sie auch nie hinterfragt. Du hast sie als selbstverständlich betrachtet, denn du hattest eine Frau und einen Sohn. Das hat die Illusion in deinen Augen perfekt gemacht.«

»Du lügst!«, schrie Tom gellend. »Meine Familie ist keine Illusion!« Er war nun außer sich, bekam kaum noch Luft. »Du hast mir irgendeine Droge verpasst, genau wie den anderen. Wahrscheinlich ist das auch der Grund für meine Gedächtnislücken.«

Fanta sah verlegen zu Boden. »Ach ja, das mit deinen Blackouts ist tatsächlich auf meinem Mist gewachsen«, gab er zu. »Ich konnte ja nicht ahnen, dass du da gleich eine Geisteskrankheit reininterpretierst.« Er zuckte die Achseln. »Tut mir echt leid, Mann, aber ich war wohl eine Zeit lang ein bisschen überfordert. Später habe ich mir das dann absichtlich zunutze gemacht, um dir immer dann eine Gedächtnislücke zu verpassen, wenn aufgrund deines Handelns Sachen passiert sind, die ich nicht realistisch hätte darstellen können, wie Autofahren zum Beispiel.« Missmutig erwiderte er Toms vorwurfsvollen Blick. »Sieh mich nicht so an«, knurrte er gereizt. »Es ist verdammt noch mal nicht einfach, diese Fantasie hier andauernd glaubhaft am Laufen zu halten und dir ganz nebenbei auch noch den Arsch zu retten. Das Ganze war wesentlich leichter, als du mit selbigem noch den lieben langen Tag in deiner blöden Hütte gehockt hast. Aber um dich da rauszukriegen, musste ich ja auch noch diese ganze Geschichte inszenieren, von wegen Mord, Verschwörung und Trallala. Da kann einem ja wohl mal das ein oder andere vom Tisch fallen, oder?« Er schnaufte aufgebracht und verschränkte die Arme vor der Brust. »Gott, diese Scheißperfektionisten!«

Nach einem Augenblick des Schweigens sah Tom ihn fragend an. »Nachdem ich das alles nun weiß, wieso wache ich dann nicht auf?«

Fanta seufzte. »Weil noch etwas Entscheidendes fehlt, um die Mauern einstürzen zu lassen und die Blockaden endgültig zu durchbrechen.«

»Und was soll das sein?«

»Nun, es gibt in diesem Gebäude einen Raum, der noch unversehrt ist.«

Die Falten auf Toms Stirn glätteten sich. »Du meinst, es existiert noch eine Erinnerung?« Sein Blick glitt durch den Keller. *»Hier?«*

Fanta nickte.

»Aber das kann nicht sein, ich habe mich doch schon an alles erinnert. Der Rest ist Dunkelheit.«

»Du irrst dich«, meinte Fanta. »Dein Unterbewusstsein

ist durchaus in der Lage, allein zu handeln. Sonst würden wir uns jetzt kaum unterhalten. Du hast nur nach außen hin keine Möglichkeit, darauf zu reagieren.«

»Und wie komme ich an diese Erinnerung heran?«

»Durch Glauben, mein Freund. Der versetzt bekanntlich Berge. Reines Wissen allein nützt dir nichts, du musst letztendlich überzeugt sein. Wenn du das hier aber alles für Blödsinn hältst, dürfte sich kaum etwas an deiner Einstellung ändern.«

Tom blickte verzweifelt zu seiner Familie hinüber. »Ich weiß nicht mehr, was ich noch glauben soll.«

»Wenn du eine Entscheidungshilfe brauchst ...« Fanta deutete auf das schwarze Etui zu Toms Füßen.

Zögernd ging Tom in die Knie und hob es auf.

»Mach es auf, und sieh der Wahrheit ins Gesicht.«

Unsicher betrachtete er das Mäppchen in seiner Hand. *Was soll schon passieren?*, dachte er. Doch seine Hand zitterte, als er die kleine Verriegelung löste.

Als er es aufklappte und sich in dem kleinen Taschenspiegel darin betrachtete, traute er seinen Augen nicht. Sein Gesicht war jung, aber fahl und eingefallen. Seine Augen waren offen, aber ihr Blick war so leer wie ein Tunnel ohne Ausgang. Seine Züge waren in einer Mischung aus Erstaunen und Desinteresse erstarrt. Die Haut um die Mundwinkel herum war schlaff, die Haare gleichmäßig kurz geschnitten. Er war das Bild eines jungen Mannes, der nur noch eine leblose Hülle war.

Erschrocken ließ er den Spiegel fallen. Mit leisem Klirren zersprang er auf dem Boden. »Nein!«, schrie er die Scherben an. »Das kann nicht sein!«

»Manchmal ist die Wahrheit schwer zu ertragen«, meinte Fanta.

Erneut schaute Tom zu Karin und Mark hinüber. Sie schienen in immer weitere Ferne zu rücken, wurden unerreichbar. Er stöhnte auf und rieb sich die pochenden Schläfen. Sein Kopf dröhnte.

»Du hörst die Stimmen wieder, nicht wahr?« Fanta deutete mit zwei Fingern auf seine Stirn. »Und sie werden lauter.«

Aus Toms Augen starrte nackter Schmerz. »Wo… woher weißt du das?«

»Ich bin ein Teil von dir, schon vergessen?«

»Und … und diese Stimmen sind real?«

»Ja, Tom. Sie kommen von draußen, dringen immer weiter zu dir durch. Es sind die Stimmen der Menschen, die sich um dich kümmern. Pfleger, Schwestern, Ärzte. Aber auch die von deinen Angehörigen.«

Angehörige, dachte Tom, und sein Puls ging schneller, während die Stimmen wie entfernte Echos durch seinen Kopf hallten. Und plötzlich wurde sein Herz schwerer, als würde es sich verdichten, an Masse gewinnen. »Dann …«, begann er zaghaft, »dann habe ich also gar keine Frau und keinen Sohn.«

»Im wahren Leben nicht, nein.« Fanta trat neben ihn. »Aber um dorthin zurückzugelangen, musst du sämtliche Brücken hier abbrechen«, sagte er und drückte ihm die Waffe in die Hand.

»Das ist nicht dein Ernst.« Tom erstarrte vor Entsetzen. »Du kannst doch nicht wirklich wollen …«

»Du musst die Illusion zerstören, die dich hier festhält«, sagte Fanta. »Sonst wirst du niemals frei sein.«

»Du verlangst, dass ich sie erschieße?«

»Ich verlange, dass du diese *Vorstellung* von einer Familie beendest und wieder zu leben anfängst.«

Sein Blick huschte von der Waffe in seiner Hand zu Fanta, dann zu Karin und Mark und wieder zurück zu der Pistole. Er zögerte einen Moment. Dann sprang er vor, drehte sich um und richtete die Waffe entschlossen auf Fanta. »Und was ist, wenn ich das nicht tun will?«

Fanta gab sich unbeeindruckt. »Drück ab«, sagte er kühl, »und du versinkst in ewiger Finsternis.«

Verzweifelt umklammerte Tom die Pistole mit beiden Händen. Schweißperlen liefen an seinen Schläfen herab und kitzelten auf seinen Wangen. Die Anspannung drohte ihn zu zerreißen. »Verdammt!«, stieß er hervor und trat unruhig von einem Bein aufs andere. »Ich kann nicht … Ich kann das einfach nicht!«

Ohne auf die Pistole zu achten, trat Fanta einen Schritt vor. »Ich kann verstehen, dass es dir schwerfällt«, sagte er mitfühlend. »Das hier war unser größtes Abenteuer, die Geschichte unseres Lebens. Aber jede Geschichte geht einmal zu Ende, Tom. Und dieses Ende hast du jetzt in der Hand.« Er deutete auf die Waffe. »Entscheide dich, ob du weiterleben oder dich für eine Fantasie opfern willst. Es liegt bei dir, mein Freund.«

Tom hob die Waffe. Wieder zielte er auf Fanta, sah ihm dabei in die Augen, deren Blau ihm so vertraut war. Langsam krümmte sich sein Zeigefinger um den Abzug, übte sanften Druck aus. Die Waffe zitterte in seinen Händen, als wolle sie sich wehren, sich verweigern. Mehrere quälend lange Sekunden verstrichen, während die Blicke der beiden aufeinandertrafen, sich abtasteten. Die Stimmen in Toms Kopf schwollen an, drohten ihm die Schädeldecke zu sprengen. Ein wirres Kauderwelsch aus Lauten, die wie elektronische Signale durch seine Wahrnehmung rasten. Nichtssagende Impulse, deren Botschaft ihm verborgen blieb. Doch sie wurden klarer, kristallisierten sich zu Sprache, zu Wörtern und Sätzen. Zunächst nur bruchstückhaft und schwach wie bei einer Antenne, die auf einen fernen Sender ausgerichtet wird. Doch schließlich wurde der Empfang besser, das Signal stärker.

Tom schloss die Augen, konzentrierte sich nur noch auf das, was in seinem Kopf geschah. Er blendete das Dröhnen und den Schmerz aus, filterte sämtliche störenden Elemente heraus, die dieses Feuerwerk begleiteten … und plötzlich hörte er es. Das Fragment eines Satzes, noch weit entfernt, doch klar und verständlich.

»… hat sich bewegt!«

Eine Frauenstimme. Sie klang leise und hohl, fast wie ein Echo aus einer anderen Welt. Doch er konnte sie eindeutig hören. Und er kannte diese Stimme sehr gut!

»Sehen Sie, da!«

Es war die Schreibstimme! Tom erstarrte.

»Ich sage sofort Dr. Clausen Bescheid!«

Eine zweite Stimme, ebenfalls weiblich. Und sie klang so nah, als wäre sie direkt neben seinem Ohr.

Erschrocken riss Tom die Augen auf. Sogleich verblasste das Signal, wurde wieder zu Impulsen, die zu einem Dröhnen verschmolzen.

»Mein Gott!«, flüsterte er. Der Lauf der Waffe senkte sich wie in Zeitlupe. »Es ist wahr.«

Diese Erkenntnis erschütterte ihn wie ein Erdbeben, das alles, woran er geglaubt hatte, in sich zusammenstürzen ließ. Die Säulen, die sein Leben getragen hatten, zerfielen, wurden schlagartig zu Sand zermahlen. Es war, als würde ihm seine Identität gestohlen, als wäre sein gesamtes Dasein eine einzige Lüge. Seine Rückkehr ins Leben, sein Kampf gegen die Angst, der Erfolg als Autor … und nicht zuletzt seine Liebe. Dieses unerschütterliche Gefühl der Verbundenheit. All das war verloren, war auf einen Schlag ausgelöscht. Er war zu Neo in der Matrix geworden, der gerade begriffen hatte, dass seine Welt nur eine Simulation war.

»Es ist so weit, Tom«, sagte Fanta, und in seiner Stimme lag ein Hauch von Wehmut. »Sie warten auf dich, du musst dich entscheiden.«

Tom nickte, während ihm Tränen in die Augen stiegen. Und als er Fanta betrachtete, der lächelnd vor ihm stand, fragte Tom sich, ob er ihm danken oder ihm die Zähne einschlagen sollte. Er hatte ihm das Leben gerettet, indem er es zerstörte. Wenn man es auf diese Weise betrachtete, klang das Ganze absurder, als es ohnehin schon war. Denn eigentlich konnte er Fanta noch nicht einmal einen Vorwurf machen, er existierte ja gar nicht. Jedenfalls nicht auf diese Art. Er war nur *der* Teil seiner selbst, der sich gerne Geschichten ausdachte.

»Werde ich dich je wiedersehen?«, fragte Tom.

»Immer dann, wenn du es zulässt, mein Freund«, antwortete Fanta.

Tom schaute auf die Waffe in seiner Hand hinunter. »Eigentlich tue ich es ja nicht wirklich, nicht wahr? Ich meine …«

»Du tötest nur deine Vorstellung von ihnen.«

Tom nickte. Die Tränen hatten sein Kinn erreicht, als er sich langsam umdrehte. Karin und Mark saßen noch immer an die Wand gelehnt da und starrten ihn mit ihren leeren Augen an. Doch ihre Gesichter waren jetzt blasser, unwirklicher, fast durchsichtig.

Es ist nur eine Fantasie, dachte er, als er Karin betrachtete. *Nur eine der Figuren in dieser Geschichte. Ein Hirngespinst, das gealterte Abbild dessen, was einmal deine Jugendliebe gewesen ist. Nichts weiter als eine Wunschvorstellung!*

Doch sosehr er sich das auch einredete, es machte die Entscheidung nicht leichter. Denn immerhin hatte diese Wunschvorstellung jahrelang zu ihm gehalten und ihm versichert, dass sie ihn liebte. Hatte diese Illusion einer Familie zusammengehalten. Seine Kehle schien immer enger zu werden, als er die Pistole hob, um sie auf das zu richten, was bis eben noch sein Lebensinhalt gewesen war. Schweiß gesellte sich zu den Tränen und tropfte zu Boden. Ein Schauer der Verzweiflung überlief ihn.

»Es tut mir leid«, keuchte Tom, während seine Hände zitternd die Waffe umklammerten. »Aber ich will wieder leben.«

Er schloss die Augen und drückte ab.

Immer wieder.

Und noch ehe er darüber nachdenken konnte, was er gerade getan hatte, erfasste ihn die Erinnerung wie eine riesige Welle und riss ihn zu Boden.

Ein letztes Mal raste der Zug der Vergangenheit auf ihn zu, und er spürte regelrecht, wie sein Sog ihn mitriss. Er drehte sich, wurde herumgewirbelt, hatte das Gefühl, seinen Körper zu verlassen.

Als er die Augen wieder öffnete, stand der Wächter neben ihm, genau an der Stelle, wo Fanta gestanden hatte. Tom blickte zu ihm auf, sah, wie sich die Lippen des Mannes bewegten, wie sie Worte formten, die er schon einmal gehört hatte:

»… werde die Tage, Monate und Jahre zählen, bis es so weit ist. Und dann werde ich dir wegnehmen, was du mir genommen hast. Ich werde dich spüren lassen, was Verlust ist.«

Es war, als wäre er in eine Fortsetzung seines Alptraums geraten, von dem er geglaubt hatte, er wäre beendet und jetzt würde er endlich daraus erwachen. Doch nun hatte es den Anschein, als wäre die Frist verlängert worden. Er war wieder der dreizehnjährige Tom, der inmitten von Scherben blutend und mit zerschmettertem Bein auf dem Boden lag und dem dunklen Abgrund entgegenraste. Der Schmerz, der seinen Körper vereinnahmte, ließ nach, wurde langsam ausgeblendet. Genau wie sein Seh- und Hörvermögen. Die Bilder wurden dunkler, die Geräusche leiser, als entferne er sich von dem Geschehen. Tom hatte die Kontrolle abgegeben. Sein Körper war desertiert, gehorchte ihm nicht mehr, war zu einem stillen Beobachter geworden. Wie durch eine Wand aus Wolle hindurch hörte er das Splittern der Haustür. Dann schnelle Schritte, Getrampel, Stimmen auf der Treppe zum Keller. Schließlich stürmten zwei Männer in Uniform durch die Kellertür, die Pistolen im Anschlag. Einer der beiden schrie: »Keine Bewegung! Auf die Knie, Hände hinter den Kopf!«

Tom sah, wie der Wächter gehorchte. Ohne eine Miene zu verziehen und ohne die leiseste Gegenwehr folgte er den Anweisungen. Weitere Polizisten drängten in den Keller, und ihre Gesichter erstarrten, als sie Tom entdeckten. Einer der Männer trug keine Uniform. Er löste sich von den Übrigen und stürzte auf ihn zu.

»Tom!«, hörte er ihn rufen, während er reglos in das entsetzte Gesicht des Mannes starrte, der sich neben ihn kniete. »Mein Junge! Um Gottes willen!«

Papa! Tom wollte schreien, ihn umarmen, ihm sagen, wie froh er war, ihn zu sehen. Doch er nahm das alles bereits auf einer unterbewussten Ebene wahr, auf der es ihm nicht mehr möglich war, nach außen hin zu agieren. Zu tief hatten Hass, Angst und Schmerzen sich in ihm verankert, zu weit war er in den dunklen Abgrund vorgedrungen. Sein Körper war nur noch ein starres Abbild seiner selbst, ein katatonisches Gefängnis, in dem es keinerlei Bewährung gab.

»Wir brauchen einen Arzt. Holt einen Krankenwagen, schnell!«

Wie aus einer Einbildung heraus nahm Tom die Berührung wahr, als sein Vater ihm über die Stirn strich. Frank Kessler sah seinem Sohn in die Augen, sah die unvorstellbaren Qualen darin, und seine Miene verfinsterte sich.

»Sag doch was, Tom. Rede mit mir!«

Ich bin hier drin, Papa! Es geht mir gut, ich spüre keine Schmerzen mehr!

Tränen stiegen seinem Vater in die Augen. »Wir sind zu spät gekommen«, flüsterte er. »Zu spät …«

Aus der Tiefe des Abgrundes heraus sah Tom Hass im Gesicht seines Vaters auflodern.

»Verdammt noch mal, was hast du mit ihm gemacht, du Schwein?«

Im Spiegel seiner zornigen Augen konnte Tom einen Gegenstand erkennen, den sein Vater plötzlich in der Hand hielt, ihn fest mit den Fingern umklammerte.

Was tust du da, Papa?

»Es wird alles wieder gut, mein Junge«, versicherte Frank Kessler, als hätte er Toms stumme Frage gehört, sie aus den dunklen Schluchten des Abgrundes heraus aufgefangen. Er streichelte ihm sanft den blutverkrusteten Arm, dann wandte er sich von ihm ab und stand auf.

Nicht, Papa!

»Mach gefälligst den Mund auf«, herrschte er den Wächter an und verbarg den Gegenstand hinter seinem Rücken, während er auf ihn zuging. »Was hast du mit meinem Sohn gemacht, du Ungeheuer?«

Der Wächter reagierte nicht. Sein Verstand war ausgeschaltet, und sein leerer, ausdrucksloser Blick war nach wie vor starr auf den Mauervorsprung gerichtet, als befände sich dort etwas, das er für wichtig hielt. Letztendlich war es jedoch nur ein Punkt, auf den sich sein gestörter Verstand fixierte, um nicht völlig den Halt zu verlieren.

Toms Vater stand jetzt hinter ihm. Er packte den Wächter am Kopf und riss ihn herum.

»Sieh ihn dir gefälligst an!«, schrie er. »Was dort fast nackt und halb tot in seinem eigenen Blut liegt, ist mein Sohn, du widerliches Stück Scheiße!« Er versetzte dem Knienden mit der flachen Hand einen Schlag auf den Hinterkopf. »Warum?«

Die anderen Polizisten im Raum hatten die Waffen gesenkt und hielten sich zurück. Fast schien es, als wollten sie ihr Mitgefühl und ihr Entsetzen bekunden, indem sie ihrem Kollegen freie Hand ließen. Eine Art stilles Übereinkommen. Ein Blankoscheck der Vergeltung.

»Wie ich sehe, ist dir das scheißegal.« Aufgewühlt schritt Frank Kessler hinter dem Wächter auf und ab. »Gott, wie ich Kreaturen wie dich hasse!«, stieß er hervor. »Ihr glaubt, ihr wärt allmächtig, müsstet euch an keine Regeln halten. Und in eurer Geilheit und eurer grenzenlosen Machtbesessenheit vergreift ihr euch sogar an unschuldigen Kindern. Was seid ihr bloß für Menschen?« Er spuckte dem Wächter ins Genick. »Für mich bist du nur Dreck, und wenn es nach mir ginge, würdest du nie wieder einen Sonnenstrahl auf deiner Haut spüren. Aber wie ich unseren Rechtsstaat kenne, reibt sich vermutlich irgendwo da draußen gerade einer von diesen spitzfindigen Anwälten die Hände, weil er medienwirksamen Abschaum wie dich für unzurechnungsfähig erklären darf. Aber dazu lasse ich es nicht kommen. Diesmal nicht.«

Papa! … Nein!

Das Knistern eines Funkgerätes war zu vernehmen. Kurz darauf eine kratzige Stimme.

»Der Notarzt ist unterwegs«, meldete einer der Polizisten.

»Egal«, sagte Toms Vater ungerührt. »Du jedenfalls brauchst keinen mehr.«

Die Hand mit dem Gegenstand schnellte nach vorn … und die Klinge des alten Messers, das Tom in der Hektik des Kampfes entglitten war, fand verspätet doch noch ihr Ziel. Dieses Mal jedoch aus den falschen Gründen. Es ging nicht um Selbstschutz, nicht ums Überleben. Das hier war eine Hinrichtung.

Keiner der Polizeibeamten machte auch nur den Versuch, seinen Vater davon abzuhalten. Die meisten von ihnen hatten selbst Familie, und Tom las stumme Zustimmung in ihren Gesichtern. Sie duldeten es, ließen es geschehen, wegen dem, was sie hier vorgefunden hatten. Weil sie es für gerecht hielten.

Ein schreckliches Gurgeln ertönte, als das Messer die Kehle des Wächters durchtrennte. Es klang wie das Lachen eines Ertrinkenden. Erst jetzt, im Angesicht des Todes, war in den Augen des Mannes eine Reaktion zu erkennen, ein letztes Aufflackern von Verstand. Dann erstarrten sie, als jegliches Leben aus ihnen wich. Ein Blutschwall spritzte über Tom, legte sich warm auf sein Gesicht. Plötzlich drehte sich alles. Er fühlte die bodenlose Tiefe des dunklen Abgrundes unter sich, die finstere Leere, die ihn von der Welt dort draußen abkapselte, vor der er plötzlich entsetzliche Angst hatte. Er wollte nichts mehr von ihren Schrecken wissen, entzog sich ihr auf die einzige Weise, die ihm noch möglich war.

Er kappte alle Seile und ließ sich fallen …

Ein markerschütterndes Donnern holte Tom aus der Vergangenheit zurück. Der Kellerraum, in dem er sich plötzlich wiederfand, war jetzt vollkommen leer. Keine Kühltruhe mehr. Kein Trophäenschrank. Keine Werkzeuge.

Keine Erinnerung.

Bruchstücke der Werkbank ragten noch aus dem Trümmerberg hervor, unter dem sie begraben war. Dort, wo sie einmal gestanden hatte, waren zentnerschwere Stücke der Decke niedergegangen. Dichter Staub füllte die Leere des Raumes aus, lichtete sich langsam und hinterließ eine mehlige Schicht, die sich wie staubiger Tau auf dem Boden niederschlug. Noch mehr Trümmerbrocken regneten wie kleine Meteoriten durch das Loch in den Keller. Das Fauchen des Sturmes wurde lauter, klang jetzt wie der unheilvolle Gesang einer Sirene. Die Risse in den Wänden wurden größer. Ein furchteinflößendes Ächzen war zu vernehmen, dann fiel die Wand gegenüber in sich zusammen. Und plötzlich hatte Tom ein flaues Gefühl im Magen, als befände er sich in einem fahrenden Aufzug. Entsetzt stellte er fest, dass sich der Boden hob und das Fundament in der Mitte auseinanderbrach. Über sich hörte er die Mauern zusammenbrechen. Alles bebte, war im Begriff, zu Staub zu zerfallen.

Sich aufzulösen.

Die Decke über ihm bekam immer tiefere Risse, die wie zackige Narben aus ihr herausplatzten. Winzige Splitter trafen Tom wie Geschosse am Arm, während der Boden sich weiter emporwölbte und ihn nach rechts gegen die Wand schleuderte, an der Karin und Mark gesessen hatten. Auch sie waren verschwunden, ausradiert, genau wie die anderen. Nur Fanta war noch da. Tom entdeckte ihn inmitten des Chaos. Er stand aufrecht an der Stelle, an der der Boden aufgebrochen war, als wäre er aus dessen Spalten wiedergeboren worden. Mit seinem typischen verschmitzten Grinsen sah er Tom an und zwinkerte ihm zu, während sich über ihm die Risse bedrohlich ausbreiteten.

»Zeit des Erwachens, mein Freund!«

Dann gab die Decke mit einem lauten Krachen nach und begrub alles in Dunkelheit …

Nur ein winziger Punkt in allertiefster Finsternis raste auf Tom zu. Der Punkt schwoll an, wurde zu einem Licht. Das Licht zu einem Tunnel. Der Tunnel zu einem … *Ausgang*!

Wieder hörte er die Stimmen. Doch diesmal waren es nicht nur Impulse, die durch sein Hirn geisterten wie ferne Lichter. Sie waren so klar und rein wie geschliffenes Glas, und sie klangen erregt.

»Er kommt zu sich.« Diesmal war die Stimme männlich und dominant. »Sind seine Angehörigen schon verständigt?«

»Jemand von ihnen war hier, als es anfing«, erwiderte eine der Frauenstimmen, die Tom schon früher gehört hatte. »Sie wartet draußen im Flur.«

»Lassen Sie sie holen. Ich denke, es ist wichtig, dass jemand hier ist, den er kennt.«

Neben den Stimmen konnte Tom das Piepen einer Maschine hören. Ein gleichbleibender Ton, der sich im Takt seines Herzens wiederholte. Gleichzeitig kam der Ausgang immer näher, das Licht wurde greller. Er konnte bereits unscharfe Formen erkennen wie auf einer stark verwackelten Fotografie. Eine verschwommene Silhouette tauchte vor seinen Augen auf. Schemenhafte Bewegungen. Wie durch das Objektiv einer Kamera, das sich langsam scharf stellt, erkannte Tom immer klarere Konturen, bis sich schließlich das Gesicht eines Mannes über ihm verfestigte. Sein Haar war glatt und kurz und lief über der Stirn spitz zu. Er hatte wache, dunkle

Augen, die ihn hinter einer Brille forschend studierten, als warteten sie auf eine Reaktion.

»Können Sie mich hören?«, fragte der Mann mit befehlsgewohnter Stimme.

Tom wollte etwas sagen, doch seine Stimmbänder fühlten sich an, als lägen sie unter Tonnen von Staub begraben.

Der Mann schwenkte einen kurzen Stab vor seinen Augen. Lichtblitze zuckten auf, brannten wie Säure auf seiner Netzhaut.

»Pupillenreaktion normal«, hörte Tom ihn sagen. Dann sah er, wie der Mann zwei Finger hin und her schwenkte. Automatisch folgte Tom ihren Bewegungen. »Sehkraft intakt.«

Tom spürte, wie er sich verkrampfte, als etwas abwechselnd über seine Unterarme und Fußsohlen strich.

»Reflexe vorhanden.« Der Mann sah auf ihn herab. »Nicken Sie, wenn Sie mich verstehen können.«

Toms Puls beschleunigte sich jäh, als das Gesicht über ihm näher kam. Das Piepen der Maschine wurde schneller, immer schneller, während seine Augen wie magnetisiert auf den Mann über ihm geheftet blieben.

»Der Blutdruck geht hoch«, meldete die Frauenstimme nervös. »Hundertfünfzig zu zweiundneunzig. Weiter ansteigend.«

Tom wollte etwas sagen, doch es kam nur ein trockenes Krächzen heraus.

»Hundertdreiundsiebzig zu hundertfünf.«

»Konnten Sie verstehen, was er gesagt hat?«, fragte der Mann.

»Ich … ich bin nicht sicher«, erwiderte die Frauenstimme, »aber ich glaube, es war ein Name. Hat sich angehört wie *Gerrit* oder so.«

Tom nickte schwach und versuchte abermals, etwas zu sagen. Doch seine Stimme klang wie ein eingerostetes Tor, das im Wind hin und her schwang.

»Hundertneunzig zu hundertdreißig! Er kollabiert uns gleich, Herr Doktor!«

»Ein Anfall!« Der Mann fuchtelte hektisch mit den Armen. »Irgendetwas muss ihn in Panik versetzt haben. Schnell, zwanzig Milligramm BENZODIAZEPIN!«

Ängstlich schaute Tom sich um und erblickte einen Infusionsschlauch über seinem Bett, an dem eine junge Frau in weißer Schwesterntracht hantierte. Sie zog eine Spritze auf und schob sie in eine Öffnung des Schlauches.

»Ist drin«, verkündete sie knapp. Und gleich darauf: »Puls und Blutdruck gehen runter.«

»Das kann nicht sein«, widersprach der Mann. »So schnell wirkt das Zeug nicht.«

»Puls hundertzwanzig, Blutdruck hundertfünfzig zu fünfundneunzig«, kam es als Antwort. »Werte sinken weiter.«

Der Mann mit der Brille sah ein wenig ratlos auf Tom herab. »Nun, anscheinend ist der Anfall vorbei«, stellte er verwundert fest. »Möglicherweise hat er etwas Vertrautes gesehen, das ihn …«

»Doktor Clausen«, unterbrach ihn die Schwester.

Tom sah nicht, wie sie auf die Tür deutete. Er hatte nur noch Augen für die Frau, die dort stand. Sie hatte die Hände vor den Mund gepresst, und Tränen rannen über ihre blassen Wangen. Rasch strich sie sich die Strähnen ihres stufig geschnittenen Haares aus Stirn und Gesicht, und Tom sah, wie grau es geworden war. Ein zaghaftes Lächeln zeigte sich auf ihren vollen Lippen. Langsam, beinahe anmutig, kam sie auf sein Bett zu. Dann schluchzte sie laut auf, ergriff seine Hand und streichelte sie zart.

Toms kraftloser Händedruck löste sich, und er fuhr ihr ungelenk mit den Fingern über die Wangen, versuchte die Tränen zu trocknen. Dann formten sich seine Lippen zu Worten, und dieses Mal sprach er sie so klar und deutlich, dass alle im Raum es verstehen konnten:

»Nicht weinen, Mama.«

TEIL VIER

Zeit des Lichts

Drei Tage später

Donnerstag, 26. Mai
Uni-Klinik Wiesbaden

Tut mir leid, dass Sie warten mussten.« Dr. Clausen betrat mit mehreren Aktenordnern unter dem Arm sein Büro. Er trug weiße Klinikkleidung und machte einen sehr geschäftigen Eindruck. »Aber ich musste noch ein paar Unterlagen sortieren. Ihr Sohn gibt uns reichlich Stoff zum Archivieren.«

Miriam Kessler sah von dem Stuhl vor Dr. Clausens Schreibtisch auf und lächelte müde. Die blasse Haut ihres Gesichtes ließ sie älter erscheinen, als sie war. »Ich habe fast vier Jahre gewartet«, meinte sie, »da kommt es auf ein paar Minuten auch nicht mehr an, Herr Doktor.«

»Da haben Sie recht«, pflichtete er ihr bei. »Zumal sich das Warten wirklich gelohnt hat. Denn nach dem, was Ihr Sohn uns in den letzten Tagen alles erzählt hat, müssen wir wohl die Fachbücher umschreiben.« Er legte die Aktenordner auf seinem Schreibtisch ab. »Das ist erst ein Teil von dem, was wir bis jetzt analysiert und ausgewertet haben. Es ist einfach unglaublich«, fuhr er wie im Rausch fort. »Ihr Sohn zeigt uns Wege auf, die wir bis jetzt für unmöglich gehalten haben. Dinge, die in dieser Weise noch nie dokumentiert worden sind. Damit wird er in die Geschichte eingehen!«

Sein Eifer verschwand, als er sah, dass Miriam Kesslers Lächeln verschwunden war. Stattdessen hatte sich ein Ausdruck der Entrüstung auf ihre verhärmten Züge gelegt.

Dr. Clausen atmete tief durch und setzte sich. »Bitte entschuldigen Sie meine Euphorie«, meinte er etwas eingeschüchtert, »aber dieser Fall ist wirklich einzigartig. Selbstverständlich weiß ich, wie schwer die letzten Jahre für Sie gewesen sein müssen.«

»Das kann ich mir nicht vorstellen«, erwiderte Toms Mutter mit müder Stimme.

»Sie haben recht, niemand kann das.« Er schlug einen weniger lebhaften Ton an. »Aber wir können diese neuen Erkenntnisse auf Patienten übertragen, die in einem ähnlichen Zustand sind wie Ihr Sohn. Daher verstehen Sie bitte unsere Aufregung.«

Miriam Kessler seufzte. »Ich verstehe Sie durchaus«, lenkte sie ein. »Und eigentlich bin ich auch gar nicht wütend. Nur unendlich müde.«

»Das kann ich nachvollziehen«, beteuerte Dr. Clausen. »Die letzten Tage waren auch für uns sehr turbulent.«

»Glauben Sie mir, ich weiß Ihr Engagement durchaus zu schätzen«, sagte sie, und ihre Miene wurde weicher. »Sie haben viel für meinen Jungen getan. Aber vor allem haben Sie ihn nie aufgegeben. Dafür bin ich Ihnen auf ewig dankbar.« Wieder setzte sie zu einem zaghaften Lächeln an.

»Was Ihre Dankbarkeit betrifft«, fuhr Dr. Clausen nach einer kleinen Pause fort, »ich denke, sie gebührt eher Tom.«

»Und wie genau darf ich das verstehen?«

»Na ja, wir haben natürlich alles in unserer Macht Stehende getan, aber eigentlich war es Tom, der sich selbst ins Leben zurückgeholt hat. Das heißt, im Grunde war es mehr seine Fantasie.«

»Und genau deshalb wollte ich mit Ihnen sprechen«, sagte Miriam Kessler. »Wie Sie sich bestimmt vorstellen können, habe ich eine Menge Fragen.«

Dr. Clausen nickte. »Natürlich. Legen Sie los.«

»Zunächst einmal würde mich interessieren, wieso Tom felsenfest glaubt, dass meine Eltern bei einem Autounfall ums Leben gekommen sind.«

Dr. Clausens Augenbrauen senkten sich nachdenklich. »Stimmt das nicht?«

»Nein, sie erfreuen sich beide bester Gesundheit und kümmern sich im Augenblick rührend um Toms Schwester, die mittlerweile bei ihnen wohnt, und zwar in dem Haus, von dem Tom steif und fest behauptet hat, es gehöre jetzt ihm.«

Dr. Clausen stieß Luft durch die Nasenflügel. »Mein Gott«, brummte er schließlich und fing an, sich Notizen zu machen. »Das ist wirklich faszinierend. Mehr als das, es ist unglaublich!«

»Dr. Clausen?«

Trotz dieser neuen Erkenntnisse entging ihm ihr vorwurfsvoller Unterton nicht, und er legte den Stift widerwillig beiseite. »Also gut, aber um Ihre Frage zu beantworten, muss ich zum besseren Verständnis ein wenig weiter ausholen.«

Miriam Kessler nickte. »Meinetwegen.«

»Na schön«, begann Dr. Clausen und lehnte sich in seinen Stuhl zurück. »Wie Sie ja wissen, befand sich Ihr Sohn in den letzten sechsundvierzig Monaten in einem komatösen Zustand. Ursache war ein kompletter Zusammenbruch des Kreislaufsystems. Das zumindest dachten wir, denn er musste sofort nach dem Eintreffen des Notarztes reanimiert werden, noch während des Transports. Anschließend fiel er in eine Art Wachkoma. Er konnte zwar eigenständig atmen, und ein Schlaf-Wach-Rhythmus war ebenfalls vorhanden, aber er musste künstlich ernährt werden und war augenscheinlich nicht in der Lage, auf äußere Reize zu reagieren. In der Medizin nennt man diesen Zustand auch *Apallisches Syndrom*.«

»Ja«, sagte Miriam Kessler ein wenig ungeduldig, »das haben Sie mir alles schon mehrfach erklärt.«

»Das ist richtig«, bestätigte Dr. Clausen. »Aber bis jetzt sind wir immer davon ausgegangen, dass der Zusammenbruch und der daraus resultierende Sauerstoffmangel die Ursache dafür gewesen sind.«

»Und dem war nicht so?«

»Nein. Sehen Sie, grob gesagt besteht unsere Schaltzentrale aus einem Stammhirn und einem Großhirn. Das Stammhirn steuert die Lebenserhaltung: Atmung, Herzschlag, Schlafrhythmus, Reflexe. Das Großhirn ist quasi das Zentrum des Bewusstseins und des Denkens. Hier sind unsere Fähigkeit zu fühlen und unsere Persönlichkeit angelegt. Im Falle eines Apallischen Syndroms sind Teilbereiche des Großhirns geschädigt, aber das Stammhirn funktioniert noch. Dadurch ist das Bewusstsein weitestgehend ausgeschaltet, und der Patient hat keinerlei Möglichkeiten, auf äußere Reize anzusprechen. Zumindest haben wir das bis vor kurzem angenommen.«

Er schlug einen der Ordner auf, blätterte zu einer bestimmten Seite, heftete sie aus und reichte sie Toms Mutter. Das Blatt war in verschiedene Bereiche unterteilt, in denen mehrere untereinander verlaufende Linien mehr oder weniger starke Ausschläge nach oben und unten aufwiesen.

»Was Sie hier sehen, ist die Aufzeichnung eines Elektro-Enzephalogramms«, erläuterte Dr. Clausen, »allgemein auch als EEG bekannt. Es misst die Hirnströme, und wie Sie sehen können, waren die bei Ihrem Sohn auch während seines Komas weiterhin sehr aktiv. Mehr noch, seine Reaktionen, wenn man ihn angesprochen hat, waren mit denen eines völlig Gesunden gleichzusetzen.«

Miriam Kessler starrte auf die gezackten Linien. »Aber … davon haben Sie mir nie etwas gesagt.«

»Weil wir Ihnen keine falschen Hoffnungen machen wollten, solange wir uns nicht sicher waren. Und weil wir uns das zunächst selbst nicht erklären konnten. Ihr Sohn hat alle Anzeichen eines Apallischen Syndroms gezeigt, aber sein Gehirn schien völlig intakt zu sein.« Wieder blätterte er in dem Ordner und löste ein weiteres Blatt heraus. Es zeigte den Querschnitt eines menschlichen Gehirns. Dr. Clausen zeigte auf einen geschwungenen Bereich im inneren Zentrum. »Das hier ist das limbische System«, erklärte er. »Das ist eine Funktionseinheit unseres Gehirns, die der Verarbeitung von Emotionen dient. Auch intellektuelle Fähigkeiten werden dieser Region zugeschrieben.« Er deutete auf einen muschelförmigen Auswuchs im unteren Bereich. »Das hier ist die Amygdala, auch Mandelkern genannt, und dahinter befindet sich der Hippocampus. Diese beiden Regionen sind für das Angstempfinden und das Abspeichern von Gefühlen verantwortlich. Es ist quasi unser internes Alarmsystem, wenn Sie so wollen. Anhand verschiedenster Messungen und Untersuchungen konnten wir nachweisen, dass – neben dem Bereich, der für die Vorstellungskraft verantwortlich ist – dieser Teil von Toms Gehirn immer wieder ungewöhnlich aktiv war. Außerdem haben wir dann jedes Mal einen rapiden Anstieg von Blutdruck und Puls registriert.«

Er reichte Toms Mutter die Skizze und wandte sich wieder seinem Ordner zu. »Im Internet bin ich auf eine neue Studie gestoßen, bei der mithilfe funktioneller Magnetresonanz-Tomografie Hirnaktivitäten bei einem Wachkomapatienten festgestellt werden konnten, die denen eines normalen Menschen entsprachen.« Er entnahm dem Ordner drei weitere Blätter und reichte sie ebenfalls Toms Mutter. »Dabei gab es eindeutige Hinweise auf visuelle Bewusstseinsprozesse im Hirn des Betroffenen, was die allgemeine Lehrmeinung widerlegt, dass solche Patienten äußere Einflüsse nicht wahrnehmen und darauf reagieren können. Also haben wir diese Erkenntnisse auf Ihren Sohn übertragen.«

»Okay – halt!« Miriam Kessler warf die Blättersammlung auf den Schreibtisch und atmete tief durch. »Ich habe in den letzten drei Nächten kaum geschlafen und kann Ihnen nicht ganz folgen.« Sie rieb sich die Augen. »Wahrscheinlich verstehe ich dieses ganze Zeug ohnehin nicht.«

»Was ich Ihnen zu erklären versuche«, begann Dr. Clausen geduldig von Neuem, »ist, dass wir am Anfang einfach zu wenig Anhaltspunkte für die Ursache seines Komas hatten. Genauer gesagt war es uns sogar ein Rätsel«, fügte er hinzu. »Als Ihr Sohn damals eingeliefert wurde, konnte uns niemand genau sagen, wie lange sein Herz ausgesetzt hatte. Wir konnten also keinerlei Rückschlüsse ziehen, ob sein Großhirn durch Sauerstoffmangel geschädigt worden war, und wenn ja, wie stark. Aufgrund seines wachen, aber nicht ansprechbaren Zustands haben wir schließlich ein Apallisches Syndrom diagnostiziert. Aber eine direkte Schädigung konnten wir nicht nachweisen. Auf dem CT erschien jedenfalls alles normal. Wir hatten keinerlei Erklärung dafür.«

»Aber jetzt haben Sie eine?«, fragte Miriam Kessler ein wenig skeptisch.

»Nun, zumindest wissen wir jetzt, dass unsere Ergebnisse korrekt waren. Das Gehirn Ihres Sohnes war die ganze Zeit vollkommen intakt.«

»Aber was hat dann diesen Zustand ausgelöst?«

»Ganz einfach.« Dr. Clausen sah sie ernst an. »Er hatte fürchterliche Angst!«

Miriam Kessler starrte ihn erstaunt an. »Angst?«

»Ja«, bestätigte Dr. Clausen noch einmal. »Ihr Sohn litt unter heftigen, ständig wiederkehrenden Panikattacken, die vermutlich der Grund dafür waren, dass sein Bewusstsein blockiert war.«

»Panik? ... Aber wovor denn? Ich meine, er war hier doch in Sicherheit.«

»Es war nicht seine Umgebung, die ihm Angst gemacht hat. Es war das, was er in diesem Keller erlebt hat, und die Grausamkeiten, mit denen er dies verknüpft hat.«

Toms Mutter saß einen Moment lang wie versteinert auf ihrem Stuhl. Dann sank sie zusammen und schlug die Hände vors Gesicht. »Oh Gott«, schluchzte sie. »Was muss er durchgemacht haben!«

Dr. Clausen schwieg und dachte an das, was Tom ihm erzählt hatte. Er hatte nicht vor, diesbezüglich ins Detail zu gehen.

»Ja«, sagte er nur und musste Acht geben, dass seine Stimme nicht versagte. Dann räusperte er sich und lehnte sich wieder zurück. »Am Anfang haben wir seinen Zusammenbruch den schweren Misshandlungen und den Verletzungen zugeschrieben. Aber jetzt gehen wir davon aus, dass es eine Art massive Depression war, die ihn in diesen katatonischen Zustand versetzt hat und ihn schließlich ins Koma hat fallen lassen. Sein Bewusstsein war nicht geschädigt, es war lediglich ausgeschaltet. Seine Angst und sein Hass hatten es lahmgelegt, damit es ihn nicht an den Rand des Wahnsinns treiben konnte. Also musste er diese Angst erst besiegen und die Blockade durchbrechen, um wieder aufzuwachen.«

»Und wie hat er das gemacht, wenn er nicht bei Bewusstsein war?«

»Nun, wir sind durchaus in der Lage, auch unterbewusst zu handeln, in einem Traum zum Beispiel. Das Gehirn verarbeitet auf diese Weise Eindrücke und Emotionen quasi im Schlaf. Und mithilfe von Visualisierung.« Er legte den Ordner beiseite und griff nach einer wesentlich schmaleren Mappe. »Wie ich dem Gesprächsprotokoll von damals entnehmen kann, bescheinigen Sie Ihrem Sohn eine lebhafte Fantasie.«

Miriam Kessler nickte zustimmend. »Ja, er liebt Bücher und hat sich schon als Kind gerne Geschichten ausgedacht. Sogar seine Lehrer waren beeindruckt.«

»Das kann ich sehr gut nachvollziehen«, meinte Dr. Clausen und blickte anerkennend über den Rand seiner Brille hinweg. »Wie es scheint, war es nämlich genau diese Begabung, die Ihren Sohn ins Leben zurückgeholt hat.«

»Das verstehe ich nicht.«

»Nachdem sich Tom der Realität bewusst entzogen hatte, um sich zu schützen, hat er sich mithilfe seiner Fantasie seine eigene erschaffen.«

»Sie meinen …?«

»Ja, er hat fast vier Jahre lang in einer seiner Geschichten gelebt. Und darin war er sechsundzwanzig, verheiratet und Vater eines Sohnes. Und nebenbei ein ziemlich erfolgreicher Schriftsteller. Wie ich hier sehe, war das sein Berufswunsch, nicht wahr?«

Miriam Kessler nickte stumm.

»Nun, das ist durchaus logisch. Er hat quasi seinen Traum gelebt, hatte, wenn Sie so wollen, ein vollkommen neues Leben angefangen. Und das weitab von Gewalt und Verbrechen, dort, wo er sich vor alldem sicher gefühlt hat.«

»Im Haus meiner Eltern.«

»Richtig. Das war ein Ort, der ihm vertraut war, den er gernhatte und den er mit Liebe und Geborgenheit in Verbindung gebracht hat. Das ideale Versteck für ihn.«

»Wenn ich das richtig verstehe, hat er also meine Eltern sterben lassen, um sich ihr Haus unter den Nagel zu reißen.«

»Na ja, ganz so radikal würde ich das nicht sehen«, wehrte Dr. Clausen ab und lächelte. »Tom hat mir gesagt, er hängt sehr an seinem Großvater. Und er wird erleichtert sein, dass er noch am Leben ist. Es war einfach eine logische Konsequenz seines Verstandes, eine Voraussetzung für sein eigenes Überleben.«

»Aber … wenn Sie sagen, er hat das alles getan, um sich zu schützen, was hat ihn dann dazu bewogen, diesen Schutz aufzugeben?«

»Tja, etwas in ihm schien wohl der Meinung zu sein, dass es Zeit dafür sei. Nennen Sie es Instinkt oder Überlebenswillen. Sein Verstand hat jedenfalls ein eindrucksvoll ausgeklügeltes Katz-und-Maus-Spiel entworfen, um ihn aus der Reserve zu locken und über seinen eigenen Schatten springen zu lassen. So war er quasi gezwungen, sich mit seinen Ängsten auseinanderzusetzen und seine vermeintliche Sicherheit zu verlassen. Das ist mit Abstand der erstaunlichste Fall von Selbstheilung, der mir je untergekommen ist.« Dr. Clausen geriet erneut ins Schwärmen. »Natürlich ist der Fall Ihres Sohnes sehr speziell, zumal er strenggenommen nicht einmal in einem richtigen Koma gelegen hat, sondern sich lediglich auf einer anderen Bewusstseinsebene befunden hat. Trotzdem erlaubt uns das nie geahnte Einblicke in die Vorgänge im Gehirn eines Komapatienten. Möglicherweise werden wir damit sogar die Medizin in diesem Bereich revolutionieren …« Er hielt inne, als er Miriam Kesslers verstörten Blick bemerkte, spielte nervös mit seiner Brille herum und räusperte sich verlegen. »Bitte entschuldigen Sie«, brummte er beschämt. »Zu viel Koffein, nehme ich an.«

»Sie behaupten also, mein Sohn hat fast vier Jahre in einer Einbildung gelebt?«

»Wenn Sie so wollen, ja. Aber ich würde es eher als ein

komplexes Gebilde aus realen Erinnerungen und Eindrücken sowie aus der immensen Kreativität seiner Vorstellungskraft ansehen. Nehmen wir zum Beispiel das Haus Ihrer Eltern. Er kannte so gut wie jeden Zentimeter des Grundstücks und der umliegenden Umgebung, weil er seit seiner frühsten Kindheit oft dort gewesen ist. Trotzdem hat er einiges daran verändert, hat dem Ganzen gewissermaßen einen neuen Anstrich verpasst, um es seinen Bedürfnissen anzupassen. Der Ausbau des Kellers, zum Beispiel, hat ihm die Angst vor diesem Raum genommen, sie gleichsam von dort vertrieben. Eine Art mentaler Exorzismus, wenn Sie so wollen. Die Erinnerung an seine *alte* Heimat dagegen war völlig lebensecht. Er hat sie quasi von Neuem durchlebt. Deswegen hatte sich bei seiner angeblichen Rückkehr dorthin auch nichts verändert. Er hat seine Fantasie sozusagen aus dem Archiv seiner Erfahrungen und Erlebnisse gespeist. Viele Autoren entwickeln ihre Geschichten auf diese Weise. Sogar ein paar von seinen Figuren beruhen auf realen Vorbildern. So hat seine angebliche Therapeutin Ihnen nicht nur optisch entsprochen, Frau Kessler, sie war zugleich auch eine Art Mutterersatz für ihn. Eine helfende Hand, die immer für ihn da war.«

Miriam Kessler lächelte bei dem Gedanken, dass sie ihrem Sohn in den letzten vier Jahren nicht nur unbemerkt beigestanden hatte.

»Mich hat Tom offenbar auch unbewusst in diese Szenerie eingebaut«, fuhr Dr. Clausen fort. »Aber wenn ich ihm glauben darf, bin ich dabei nicht ganz so gut weggekommen wie Sie.«

Die Falten, die sich in den letzten Jahren in Miriam Kesslers Stirn gegraben hatten, wurden noch tiefer. »Aber er kannte Sie doch gar nicht.«

»Nein, das nicht«, sagte Dr. Clausen und lächelte. »Aber

ich habe Tom in der ganzen Zeit immer wieder untersucht und beobachtet. Oft habe ich in seinem Zimmer gestanden, ihn einfach nur angesehen und mich gefragt, was wohl in ihm vorgeht. Anscheinend hat ihm das Angst gemacht. Hätte ich gewusst, dass er mich deswegen zum Bösewicht seiner Geschichte degradiert, hätte ich ihn am Monitor beobachtet.«

Miriam Kessler sah ihn überrascht an. »Sie ... Sie meinen, er hat Sie gesehen? Aber wie ist das möglich?«

Dr. Clausen stützte die Ellenbogen auf den Schreibtisch und legte die Fingerspitzen aneinander. »Wissen Sie, ich war immer ein Befürworter der These, dass sich das Bewusstsein von Wachkomapatienten nicht vollständig ausschaltet. Vereinfacht betrachtet ist dieser Zustand durchaus mit einer tiefen Hypnose zu vergleichen. Äußere Einflüsse werden zwar weitestgehend ausgeblendet, trotzdem ist man durchaus in der Lage, Stimmen und Geräusche wahrzunehmen. Und natürlich Erinnerungen. Diesen Umstand hat sich auch Toms Fantasie zunutze gemacht, als sie ihn angeblich in einen Zustand versetzt hat, in dem er sich eigentlich schon längst befand, nämlich in den des Unterbewussten. Eine äußerst intelligente Finte, möchte ich behaupten. Nur dass die vorgetäuschte Hypnose zuerst zum Scheitern verurteilt war, denn man kann sich auch in diesem Zustand nicht an Dinge erinnern, die nie stattgefunden haben.«

»Sie wollen damit also sagen, dass Tom manche Dinge wahrnehmen konnte?«

»Ja, wie vermutlich die meisten Komapatienten. Daher bestärke ich Schwestern, Pfleger und auch Angehörige darin, mit den Betroffenen zu reden, sie anzusprechen und so normal wie möglich zu behandeln. Wir spielen den Patienten auch Musik vor oder lassen gelegentlich ein paar Stunden den Fernseher laufen, damit sie sich nicht isoliert fühlen. In regelmäßigen Abständen lassen wir auch jemanden kommen, der ihnen die Haare schneidet.« Ein Anflug von Heiterkeit machte sich auf seinem jugendlichen Gesicht breit. »Der Friseur behauptet immer, das wären ihm die liebsten Kunden, weil sich hinterher nie jemand beklagt, wenn er ihm das Ergebnis im Spiegel zeigt.«

»Ja, ich verstehe«, sagte Miriam Kessler. »Deshalb habe ich Tom immer etwas vorgelesen, wenn ich ihn besucht habe.«

»Und wie sich herausgestellt hat, trifft die Vermutung zu, dass eine vertraute Stimme am ehesten ins Unterbewusstsein vordringt, weil sie dort bereits gespeichert ist.« Wieder griff er nach seinem Ordner. Diesmal nahm er ein loses Blatt Papier ganz oben heraus und reichte es Toms Mutter. »Das hier ist eine Liste der Bücher, die Tom in dieser Zeit geschrieben haben will.«

Miriam Kessler starrte auf das Papier, das plötzlich in ihren Händen zu zittern begann. »Mein Gott«, schluchzte sie und schlug eine Hand vor den Mund. »Das sind seine Lieblingsbücher, die ich ihm in all den Jahren immer wieder vorgelesen habe.«

Dr. Clausen nickte. »Und es sind alles ausgeklügelte psychologische Thriller. Daher hatte er seine medizinischen Kenntnisse auf diesem Gebiet. Es war quasi die Quelle seiner Inspiration.«

Toms Mutter versuchte vergebens, die Tränen zurückzuhalten. »Er … er hat mich gehört … Er hat meine Stimme gehört«, wiederholte sie völlig aufgewühlt, während die Tränen auf das Papier tropften.

»Ja«, sagte Dr. Clausen, »das hat er. Nur hat er sie nicht direkt als die Ihre interpretiert. Er hat sie als seine unterbewusste Schreibstimme angesehen, die ihm die Texte diktierte.« Er lächelte sie an. »Sie waren sozusagen seine Muse.«

Miriam Kessler atmete tief durch. Trotz der Tränen trat ein schwacher Glanz in ihre braunen Augen. »Wenn es stimmt, was Sie sagen, dann war also ein Teil seines Bewusstseins ständig in Kontakt mit uns?«

Dr. Clausen öffnete eine Schublade seines Schreibtisches und reichte ihr eine Schachtel Papiertücher. »Nun ja«, meinte er dann, »obwohl seine Zeit- und Datumsangaben mit unseren übereinstimmen, gehen wir davon aus, dass es zumindest in den letzten Monaten seines Komas nicht ständig so war, sondern nur in bestimmten Abschnitten, da sein Unterbewusstsein ihn weitestgehend abgekapselt hatte, um seiner Fantasie freien Raum zu lassen. Deshalb konnte er zum Schluss auch Ihre Stimme nicht mehr wahrnehmen, was er als Schreibblockade gedeutet hat.« Dr. Clausens Finger bildeten ein Dreieck, dessen obere Spitze sein Kinn berührte. Die Geste eines Denkers. »Gibt es im Haus Ihrer Eltern eigentlich einen Wintergarten?«, fragte er.

»Nein«, antwortete Miriam Kessler überrascht, »nicht dass ich wüsste.«

»Das habe ich mir gedacht. Der gehört wohl zu den baulichen Veränderungen, die er in seiner Fantasie vorgenommen hat. Laut Toms Angaben befanden sich in dem Raum auch eine Uhr und ein Fernseher. Es ist davon auszugehen, dass diese Dinge für ihn Synonyme für Zeit und Raum waren. Mit anderen Worten: Sie waren seine Antennen nach draußen. Er sagt, er habe sich immer dort aufgehalten, wenn er sich *der Welt entziehen* wollte. Da seine Welt aber nun mal nicht wirklich existiert hat, bedeutet das unweigerlich, dass sich sein Bewusstsein in solchen Momenten der Realität genähert hat, indem es äußere Einflüsse wahrnahm wie Stimmen oder Bilder. Das ist wohl auch passiert, wenn er geschlafen hat, extreme Angst hatte oder sich durch irgendetwas bedroht fühlte. Durch meine Anwesenheit zum Beispiel«, fügte er bedrückt hinzu. »Er hat mich an diesem Tag nicht in seinem Garten gesehen, sondern vor seinem Bett. Vielleicht war es nur ein kurzes Aufflackern seines Bewusstseins, ein schnell verblassendes Bild in seiner Wahrnehmung, aber es hat ausgereicht, um mich in seine Fantasie einzubinden. Das erklärt auch die starke Reaktion, als er aufgewacht ist und als Erstes mich gesehen hat. Das muss ihn ziemlich verwirrt haben, das können Sie sich bestimmt vorstellen.«

»Also, das klingt alles sehr theoretisch.« Miriam Kessler rieb sich erschöpft die Stirn. »Und wie ich zugeben muss, auch ziemlich ungewöhnlich.«

»Das ist es auch, in der Tat. Nichts ist so komplex und verschachtelt wie das menschliche Gehirn. Durch den Fall Ihres Sohnes haben wir die einmalige Chance, einen detaillierten Einblick in die Denk- und Arbeitsprozesse des Gehirns zu bekommen, denn wie er uns mitgeteilt hat, erinnert Tom sich erstaunlicherweise an fast jedes Detail seines Komas. Das liegt vermutlich daran, dass es Bestandteil des Heilungsprozesses war, sein Erinnerungsvermögen zu stimulieren. Und die Fakten, die er uns liefert, sind einfach phänomenal.«

»Tja, das mag ja alles sein«, räumte Miriam Kessler ein und verzieh Dr. Clausen diesen erneuten Anflug ärztlicher Leidenschaft. »Aber eigentlich interessiert mich als seine Mutter nur eines: Hat mein Sohn durch diese ganze Geschichte irgendwelche Schäden davongetragen?«

»Nach dem, was unsere Untersuchungen bis jetzt ergeben haben, eindeutig nicht. Im Gegenteil, geistig gesehen ist Ihr Sohn seinem Alter sogar um Jahre voraus.«

Miriam Kessler lachte auf. »Ja«, sagte sie und seufzte. »Das war er schon immer.«

»Auch seine körperliche Entwicklung und sein geschlechtliches Verhalten unterscheiden sich in nichts von dem eines durchschnittlichen Teenagers in seinem Alter.«

»Geschlechtliches Verhalten?«, fragte Toms Mutter erstaunt.

»Nun ja«, meinte Dr. Clausen zurückhaltend. »Wie es scheint, hat er seiner Therapeutin gegenüber gewisse ... nun ja ... *Gefühle* entwickelt. Auf einer ganz besonderen, eher triebhaften Ebene ... wenn Sie wissen, was ich meine.«

Miriam Kessler sah ihn mit hochgezogenen Augenbrauen an. »Wollen Sie damit etwa sagen, mein Sohn hatte sexuelle Fantasien von mir?«

Die Augen des Arztes wurden so groß wie Tischtennisbälle. »Natürlich nicht«, wehrte er ab und wurde blass. »Es waren nicht Sie, an die er dabei dachte«, erläuterte er seine These hastig. »Sondern lediglich jemand, dessen Attraktivität gewisse Instinkte in ihm geweckt hat.« Sofort bemerkte er seinen Fehlgriff. »Womit ich natürlich nicht sagen will, dass Sie nicht attraktiv sind«, setzte er nervös hinzu. Er fühlte, wie ihm die Hitze ins Gesicht stieg. »Ich meine, rein äußerlich betrachtet, besteht ja eine gewisse Ähnlichkeit, und das ist keinesfalls ungewöhnlich. In mehreren Studien wurde bereits nachgewiesen, dass wir uns bei der Partnerwahl unbewusst von unseren Vorbildern beeinflussen lassen, und dazu gehören in erster Linie die Eltern. Natürlich nicht rein nach optischem Aspekt, mehr durch Übereinstimmungen in der Persönlichkeit.«

»Nur die Ruhe, Dr. Clausen«, sagte Miriam Kessler und lächelte amüsiert. »Ganz so ernst war das nicht gemeint. Ehrlich gesagt wundert mich das überhaupt nicht, Alter hin oder her. Genau genommen war er vier Jahre verheiratet und ist immer noch Jungfrau.«

»Nun ja, aus diesem Blickwinkel habe ich das noch gar

nicht betrachtet«, bemerkte Dr. Clausen und atmete erleichtert auf.

»Wie geht es denn nun mit ihm weiter?«, wollte Toms Mutter wissen.

»Also«, antwortete der Arzt, »es sind noch mehr Tests und Gespräche nötig, bis wir alle Daten zusammenhaben. Und natürlich wird eine umfangreiche physiotherapeutische und psychologische Nachbetreuung stattfinden. Aber im Grunde bin ich sicher, dass Ihr Sohn ein ganz normales Leben führen kann.«

»Was ist mit den Vorfällen in diesem Keller?«

»Tja, selbstverständlich wird ein so schwerwiegendes Trauma immer Bestandteil seines Lebens bleiben, aber ich bin mir ziemlich sicher, dass er es gar nicht besser hätte aufarbeiten können.«

»Ich meine das, was sein Vater dort unten getan hat.«

Der Arzt schwieg.

»Sagen Sie es mir, Dr. Clausen«, drängte sie ihn. »War es die Tat meines Mannes, die Tom in diesen Zustand getrieben hat?«

Er zögerte. »Na ja«, antwortete er verhalten. »Es ist zumindest die letzte bewusste Erinnerung, die Tom von dort hat. Aber es steht außer Frage, dass die Misshandlungen die Hauptschuld am Rückzug seines Bewusstseins tragen«, fügte er schnell hinzu. »Die Reaktion seines Vaters hat das Fass vermutlich nur zum Überlaufen gebracht. Alles, was er zuvor mit Liebe und Geborgenheit – mit dem Gefühl eines Zuhauses – in Verbindung gebracht hat, war plötzlich mit Gewalt und Schrecken verbunden, schien mit einem Mal nicht besser zu sein als die brutale und willkürliche Grausamkeit, der er ausgesetzt gewesen war. Er hatte die Kinderleichen gesehen, hatte ihre Qualen mit ihnen geteilt. Und dann hat sich ihm das Bild seines Vaters eingeprägt, der sich auf dieselbe Stufe begeben hat, der vor seinen Augen quasi ebenfalls zum Monster wurde. Die Grenzen zwischen Gut und Böse waren für ihn nicht mehr zu erkennen. Ich nehme an, das war der eigentliche Grund seines endgültigen Rückzugs. Er hatte seinen Glauben an das Gute im Menschen verloren.«

Miriam Kessler senkte betroffen den Blick und nickte. »Ich verstehe«, sagte sie mit einer Stimme, die nicht verlorener hätte klingen können.

Dr. Clausen seufzte. »Sie werden ihm sagen müssen, was tatsächlich mit seinem Vater passiert ist. Früher oder später wird er es sowieso erfahren. Aber ich denke, es wäre besser, wenn er es von Ihnen hört.«

»Ja«, pflichtete Miriam Kessler ihm betrübt bei. »Sicher. Aber halten Sie es unter den gegebenen Umständen für klug, Tom zu sagen, dass sein Vater sich seinetwegen das Leben genommen hat? Dass er es nicht ertragen konnte, ihn in diesem Zustand zu sehen, weil er sich die Schuld dafür gegeben hat?« Erneut stiegen ihr die Tränen in die Augen. »Immer wieder hat er sich Vorwürfe gemacht, dass er gleich beim ersten Mal in das Haus hätte eindringen müssen, ohne auf die offizielle Erlaubnis zu warten.«

»Ich bitte Sie, wie hätte er das wissen sollen? Ihr Mann hatte genauso wenig Schuld daran wie Sie oder der Junge, der den Ball über den Zaun geschossen hat. Es war ganz einfach Schicksal. Solche Dinge passieren nun einmal, so schlimm das auch ist.«

»Ich weiß nicht … Ich halte das jetzt für keine gute Idee.«

»Sie sollten Ihren Sohn jetzt nicht in Watte packen«, widersprach Dr. Clausen streng. »Unterschätzen Sie ihn nicht. Er ist eine Kämpfernatur, damals in dem Keller genauso wie in der Zeit seines Komas. Ich bin sicher, dass Tom jetzt die

Kraft hat, mit der Wahrheit umzugehen. Er hat sehr hart dafür gekämpft, und ich denke, er hat ein Recht darauf. Oder wollen Sie ernsthaft, dass er seinen Vater weiter hasst, weil er denkt, er habe Sie verlassen?«

»Nun, in gewisser Weise hat er das ja auch getan«, erwiderte Toms Mutter resigniert.

Der Arzt seufzte abermals. Er beugte sich vor und nahm Miriam Kesslers Hand. »Ich mache Ihnen einen Vorschlag«, sagte er versöhnlich. »Fahren Sie nachhause, und schlafen Sie sich mal wieder richtig aus. Danach sieht man meistens einiges klarer. Sie können hier ohnehin nichts mehr tun. In ein paar Tagen kommt Ihr Sohn nachhause. Bereiten Sie sich bis dahin einfach auf die Aufgabe vor, ihm wieder eine Mutter zu sein. Aber übertreiben Sie es nicht gleich«, mahnte er. »Lassen Sie ihm Luft zum Atmen, und trauen Sie ihm ruhig etwas zu. Er ist stärker, als Sie denken. Zeigen Sie ihm einfach, dass sein Kampf nicht umsonst gewesen ist und dass diese Welt und die Menschen darin auch ihre guten Seiten haben.«

»Meinen Sie wirklich, er kann das nach alldem noch annehmen?« Ihre Worte klangen gequält.

Dr. Clausen reichte ihr ein neues Papiertaschentuch. »Haben Sie einfach Vertrauen in ihn.« Er lächelte zuversichtlich. »Dann ergibt sich der Rest von ganz allein.«

Dann schloss er die Akte auf seinem Schreibtisch.

Epilog

Tom Kessler hat nie ein Buch geschrieben.

Seine Mutter zog mit ihm und seiner Schwester ins Haus ihrer Eltern, das genügend Platz für alle bot. Da es für Tom eine Zuflucht gewesen war, empfand sie diesen Schritt für seine weitere emotionale Entwicklung als die beste Alternative gegenüber der Großstadt.

Die Erinnerungen an die Vorfälle im Keller des Wächters beschäftigten Tom noch lange. Immer wieder sah er die Augen seines Peinigers vor sich, seinen letzten Blick, bevor der Wahnsinn darin für immer erlosch. Und er glaubte, eine Botschaft darin zu erkennen, einen Hinweis in einem kurzen klaren Moment dieses verwirrten, sterbenden Verstandes. Erst als er schließlich den Mut aufbrachte, den Polizeibeamten anzurufen, der die Ermittlungen in diesem Fall geleitet hatte, und dieser ihm sagte, dass die Leiche der Frau des Wächters noch immer nicht gefunden worden war, wusste Tom, was der Mann ihm mit diesem Blick hatte mitteilen wollen. Es war weniger eine Ahnung als eine Gewissheit.

Daraufhin fuhren die Beamten noch einmal zu dem Haus, das wegen eines Erbschaftsstreits noch immer leer stand, und untersuchten ein weiteres Mal den Keller. Der Leichenhund schlug fast augenblicklich an, und Klara Hombergs sterbliche Überreste wurden in dem künstlichen Wandvorsprung neben der Werkbank gefunden, in den sie eingemauert worden waren.

Danach blühte Tom auf. Nachdem er seinen Schulabschluss nachgeholt hatte, machte er den Führerschein und erwies sich als guter Autofahrer. Trotzdem mied er anfangs Straßen, die an steileren Abhängen entlangführten. Während seines Studiums besuchte er seine Familie, sooft er konnte. Trotzdem fand seine Mutter, er käme nicht oft genug. Wann immer sie ihn aus ihren fürsorglichen Fängen entließ, verbrachte er Zeit mit seinem Großvater. Zum einen, weil er das Bedürfnis verspürte, die verlorenen Jahre mit ihm nachzuholen, zum anderen, weil er ein schlechtes Gewissen hatte, dass er ihn einfach hatte sterben lassen, um an sein Haus zu kommen.

Einmal im Monat besuchte Tom seine alte Heimat. Allerdings nicht nur in seinen Erinnerungen oder aus sentimentalen Gründen. Das Grab seines Vaters lag dicht am Rande des Friedhofs auf einem kleinen Wiesenstück. Es war ein einfaches Urnengrab, nur durch eine kleine Steinplatte mit den Lebensdaten gekennzeichnet. Unauffällig, aber stolz, genau wie sein Vater es gewesen war. Jedes Mal verbrachte Tom dort gut eine halbe Stunde und versuchte, die Gründe zu hinterfragen, die seinen Vater dazu getrieben hatten, sich das Leben zu nehmen. Es endete immer in Tränen. Tom hasste ihn nicht dafür, er versuchte nur, es zu begreifen. Er hatte zwar Verständnis für die Motive seines Vaters – immerhin war er in seiner Vorstellung selbst Vater gewesen und angesichts des möglichen Verlusts seines Sohnes fast verzweifelt –, trotzdem konnte er sie nicht nachvollziehen. Denn trotz all der Schmerzen, der Qualen und der Hoffnungslosigkeit, die er selbst in jenem Keller empfunden hatte, war ihm nicht ein einziges Mal der Gedanke an Selbstmord gekommen. Gleichwohl kannte er das Gefühl der Resignation, des völligen Aufgebens. Und von dort war es nur noch ein winziger Schritt über den Rand des dunklen Abgrundes hinaus. Nein, er machte seinem Vater keine Vorwürfe, dazu hatte er kein Recht. Trotz seines eisernen Willens hätte diese Geschichte auch ganz anders für Tom ausgehen können. Er hatte einfach Glück gehabt. Und einen guten Freund.

Was seine Freunde von damals betraf, so hatte er oft erwogen, wieder Kontakt mit ihnen aufzunehmen. Schließlich stellte er Nachforschungen an und fand heraus, dass Ingo der Einzige war, der noch immer in Wiesbaden lebte. Er hatte eine Lehre als Metzger gemacht und arbeitete in der Firma seines Vaters. Ralf studierte in Frankfurt Jura, und Chris war nach der Scheidung seiner Eltern mit seiner Mutter nach Italien zurückgegangen, ein Land, das seinem leidenschaftlichen Charakter offensichtlich eher entsprach. Was Babs anging, so hatte sie früh geheiratet und war bereits Mutter einer kleinen Tochter. Sie wohnte mit ihrem Mann, einem Architekten, am Stadtrand von Köln. Nachdem Tom ihre Adresse ausfindig gemacht hatte, war er mehrfach der Versuchung erlegen, sie anzurufen. Doch jedes Mal verließ ihn der Mut, wenn ihre Stimme durch den Hörer klang, und er legte auf, ohne ein Wort zu sagen. Irgendwie kam es ihm falsch vor. Unwirklich. Schließlich gab er es ganz auf. Der Zug der Vergangenheit war endgültig abgefahren. Und soweit es die Freunde von damals betraf, war eine Umleitung in die Gegenwart nicht mehr möglich. Irgendwann beschloss er, dass es gut so war.

Immer wieder verspürte Tom im Verlauf seines Lebens das Bedürfnis, sich Geschichten auszudenken. Aus einem belanglosen Gedanken keimte eine Idee, und diese Idee zog wie magnetisch andere Ideen an, die sich zu einer Art Vision formierten, die ungeduldig darauf wartete, erzählt zu werden. Doch Tom unterdrückte den Drang seiner Fantasie, sich zu entfalten, ließ ihr keinen Spielraum. Er hatte Angst davor, sich erneut in der Fiktion zu verlieren. Sein Talent, Geschichten zu erfinden, verkümmerte; es hatte in seinen Augen ohnehin nur die Funktion gehabt, ihn aus seiner Dunkelheit zu befreien. Also ließ er nicht zu, dass seine Fantasie wieder die Oberhand über ihn gewann, was zur Folge hatte, dass er geradezu versessen auf die Realität war und sie ständig hinterfragte. Und als sich sein Leben sowohl beruflich wie auch privat immer weiter zum Besseren entwickelte, begann er gelegentlich damit, sein Glück infrage zu stellen. Alles lief zu gut, war zu perfekt. Es konnte einfach nicht real sein.

Etwa zu diesem Zeitpunkt fing er an, sich selbst kleinere Verletzungen zuzufügen. Winzige Schnitte an den Unterarmen, gerade so tief, dass es blutete. Quasi als Bestätigung, dass er nicht träumte, dass dies nicht wieder eine Welt war, die irgendwann in sich zusammenbrach. Doch das konnte auch die Realität nicht versprechen, wie er sehr wohl wusste. Daher betrachtete er diese selbst verursachten Verletzungen eher als einen »Tick« und achtete darauf, dass es nicht ausuferte. Erst nach einigen Jahren verschwand dieser Drang. Und auch seine Angst vor Rückschlägen ließ nach. Vermutlich brauchte er genauso viel Zeit, um völlig in der Realität anzukommen, wie nötig gewesen war, um den Zug der Vergangenheit zum Entgleisen zu bringen. Auch wenn es ihm nie völlig gelang, sich davon loszureißen.

Als sein Großvater eines Tages mit ihm über einer Schachpartie brütete, fragte er Tom zum ersten Mal, ob er irgendetwas aus der »Zeit der Dunkelheit« vermisse, wie er die Jahre seines Komas nannte. Tom dachte kurz nach, obwohl er die Antwort längst kannte. Dann schaute er seinem Großvater einige Sekunden lang in die Augen und lächelte.

»Ja«, sagte er, bevor er den Blick wieder senkte. »Einen Freund wie Fanta.«

Danksagung

Wow! Mein erstes Buch. Am liebsten würde ich natürlich der ganzen Welt dafür danken. Da dies aber den Umfang jeder Danksagung sprengen würde, versuche ich, mich auf die wichtigsten Personen zu beschränken. Ich hoffe, ich vergesse dabei niemanden!

Zuerst möchte ich mich bei meinen Kindern und meiner Frau Doris bedanken, für ihren unerschütterlichen Glauben an mich, ihre Liebe und für ihr Verständnis in den unzähligen Stunden, in denen ich allein und abgeschottet von der Welt in meinem Arbeitszimmer gesessen habe, um einen Großteil meiner knappen Zeit mit Mördern und Psychopathen zu verbringen, die durch meine dunkle Fantasie das Tageslicht erblickten. Dass man dafür überhaupt Verständnis haben kann, ist mir ein Rätsel.

Ich danke meinen Eltern, Bernd und Gisela Hübner, für ihre immer während Unterstützung in all den rastlosen Jahren, in denen ich meinen Platz im Leben noch nicht gefunden hatte. Ich hätte mir keinen besseren Beistand in dieser Zeit wünschen können! Leider war es meiner Mutter nicht vergönnt, das späte Resultat ihrer Aufopferung zu erleben.

Ich danke meinem Agenten, Dr. Harry Olechnowitz, der das unglaubliche Kunststück vollbracht hat, die größten Verlage dieses Landes auf meine Texte aufmerksam zu machen, und das in einer Zeitspanne, in der es andere Agenturen nicht einmal zustande gebracht haben, mir eine Absage zu erteilen.

Ich danke Frau Dr. Barbara Heinzius, Senior-Lektorin im Goldmann Verlag, für ihren leidenschaftlichen Einsatz und ihren unbeirrbaren Glauben an meine Arbeit. Ich verspreche hoch und heilig, ich werde Ihnen dafür treu bleiben!

Ich danke Marie-Luise Bezzenberger für ihr unaufdringliches, aber effektives und äußerst lehrreiches Lektorat (ich weiß, das waren mindestens zwei Adjektive zu viel).

Ich danke den Machern und Betreibern der Internetplattform »Wikipedia«, deren unerschöpflicher Wissensfundus mir in allen medizinischen Fragen geholfen hat. Sollte ich diesbezüglich dennoch etwas falsch dargestellt haben, ist das allein mir zuzuschreiben.

Ich danke den vielen Autoren (allen voran Stephen King), deren Bücher mich inspiriert haben und die zugleich Lehrstoff für mich waren.

Ich danke dem Geistesblitz, der an jenem Abend in mich eingeschlagen ist und mir die Idee zu dieser Geschichte beschert hat (was mich schließlich zwei Nächte lang nicht zur Ruhe kommen ließ, da die Muse mich in dieser Zeit nicht nur geküsst hat, sondern regelrecht über mich hergefallen ist).

Ich danke Fanta, wo immer er gerade ist.

Ich danke den Herstellern und Vertreibern von Fast Food und Kaffee für ihre äußerst nützliche Mitwirkung an der Entstehung dieses Buches.

Ich danke meinen Erstlesern – Melanie Schäfer, Steffi Theuer, Ann-Kathrin Cernohus, Dirk und Claudia Jakob, Heike Schneider und Thomas Eudenbach – für ihre Ermutigung, ihren Zuspruch und ihr überschwängliches Lob. Es müsste mehr Kritiker eurer Sorte geben!

Ein ganz spezieller Dank gilt einem besonderen Menschen, der mich über all die Jahre begleitet hat und sich bereits damals, nachdem ich meine ersten Schreibversuche gestartet hatte, als mein größter Fan geoutet hat. Ja, du bist gemeint, Melli! Ich weiß, du stehst nicht gerne im Mittelpunkt, aber du hast mich auch nach Rückschlägen und Enttäuschungen immer wieder dazu angespornt weiterzumachen und hast dadurch meine Zweifel ausgeräumt und mir gezeigt, was eigentlich wichtig ist. Dafür schulde ich dir mehr als nur Dank. Jeder angehende Schriftsteller sollte eine Freundin wie dich haben!

Nicht zuletzt danke ich Ihnen, lieber Leser! Ich kenne Ihren Namen nicht, aber ich kann Ihnen versichern, Sie sind maßgeblich daran beteiligt, dass dieser Traum wahr geworden ist und ich nun diesen Weg gehen darf. Meine Möglichkeit, Ihnen dafür zu danken, ist, Sie aktiv daran teilhaben zu lassen. Senden Sie mir Ihr Lob oder Ihre Kritik an *info@michaelhuebner.de* – ich verspreche, ich werde mein Möglichstes versuchen, alle eingehenden Mails zu beantworten.

Martha Grimes
Minette Walters